돔덴의 시간

파란비평선 0001 돔덴의 시간

1판 1쇄 펴낸날 2017년 2월 28일
지은이 장철환
펴낸이 채상우
디자인 최선영
펴낸곳 (주)함께하는출판그룹파란
등록번호 제2015-000068호
등록일자 2015년 9월 15일
주소 (07552) 서울특별시 강서구 공항대로 59길 80-12, K&C빌딩 3층
전화 02-3665-8689
팩스 02-3665-8690
모바일팩스 0504-441-3439
이메일 bookparan2015@hanmail.net

ⓒ장철환, 2017, printed in Seoul, Korea

ISBN 979-11-87756-02-6 03810

값 25,000원

*이 책의 국립중앙도서관 출판시도서목록(CIP)은 서지정보유통지원시스템 홈페이지
  (http://seoji.nl.go.kr)와 국가자료공동목록시스템(http://www.nl.go.kr/kolisnet)
  에서 이용하실 수 있습니다.(CIP 제어번호: CIP2017005149)
*이 책은 서울문화재단 '2016년 문학창작집 발간 지원 사업'의 지원을 받아 발간되었
  습니다.

장철환 비평집

돔덴의 시간

면목(面目)

등단의 자리에서 면목이 되는 글을 쓰겠다고 말한 적이 있다. 깜냥이 되지 않는 자의 주제넘은 말이라는 걸 깨닫는 데에는 그리 오래 걸리지 않았다. 글의 면목이란 쓰기의 과정에서 만들어진다는 말은 위로가 되지 못한다. 어찌할 것인가? 나의 글들이 다시금 나를 응시하는 사태 앞에서 무엇을 더 감당할 수 있는가? '평생 그 응시 속에서 나의 면목을 견디며 살아야 한다'는 예전의 소감을 다시 소환하는 건 또 얼마나 면목 없는 일인가. 이제 나는 이중의 곤혹 앞에서 두렵다.

넘어지다

어느 좌담회에서 시에 걸려 넘어진 자의 초라한 행색에 대해 말한 적이 있다. 쓰러져 있을 수만은 없다고 강변한 것, 평론가란 그래서는 안 된다고 속으로 첨언한 것은 비루한 일이다. 내가 놓치고 있었던 건, 나를 넘어뜨리는 게 다름 아니라 나의 글이었다는 사실이다. 그 이후 나는 '생리의 무두질'에 집중했다. 살과 가죽의 사이를 찾아 안팎을 가르는 무두질은 고역이었으되, 그것이 온전히 나의 것이라는 착각으로 위안을 삼았다. 그렇게 한참을 서투른 '생리의 무두질'에 고착되어 있다가, "나를 내지르는 힘의 충직한 방향과 속도"의 시(김언희,「공」) 앞에서 다시 쓰러진 적이 있다. 거기서 내가 건져 올린 건 돔덴(Domden)이라는 하나의 단어였다.

시간

돔덴의 시간을 산다. 이 말에 돔덴이고자 하는 뜻이 섞여 있다면, 그건 시에 대한 모독에 가깝다. 돔덴의 시간을 사는 것은 차라리 시인이다. 그들은 빠르거나 느리게, 혹은 격하거나 부드럽게, 하지만 충직하게 돔덴의 시간을 산다. 시는 시인에 의해 천장(天葬)된 생의 지체들이다. 이것은 역설이다, 시인이 시에 의해 천장된다는 것을 암시한다는 점에서.

만약 나의 글이 감히 돔덴의 시간을 전유하였다면, 그건 바로 후자와 관련되는 한에서만 간신히 그러할 뿐이다. 시의 넓고 깊은 세계를 주유하면서 행여 이물이 씹힌다면, 그건 온전히 넘어진 자의 것이다. 그러니 오해가 없기를 바랄 뿐, 이물은 무례의 산물이 아니라 자기가 무엇을 보는지 모르는 자의 실수일 테니⋯⋯. 그 실수 곁에 아내와 두 아이가 있어, 간신히 버틸 수 있었음을 고백하지 않을 수 없다. 사랑하는 윤진, 서연, 은우에게 시간을 바친다.

저자 장철환

차례

0. 나를 내지르는 힘의 충직한 방향과 속도

제1부 실재, 타자, 서정, 그리고 언어

실재, 타자, 서정, 그리고 언어

—2000년대 시의 세 개의 여울

1. 흐름과 여울—외연의 확대가 초래한 것

흐름을 다 잡아낼 수는 없다. 도도한 시의 흐름 앞에서, 헤라클레이토스의 말을 떠올리는 건 위무의 방식 이전에 무기력의 선언이다. 이 글은 단지 흐름이 변화하는 특정 지점들, 그러니까 여울목의 관찰인데, 와류의 수형과 속도와 수압의 계측에 힘을 쏟는다. 여기서 낙차는 계산하지 않는다. 낙차가 없기 때문이 아니라 낙차가 그리 크지 않기 때문이다.

우선, 두 개의 사건이 있다. '미래파'와 '시와 정치'. 2000년대의 시의 흐름에서 두 개의 '변곡점'[1]이 있다면, 그것은 단연 '미래파' 논쟁과 '시와 정치' 논의일 것이다. 둘 다 새로운 것은 아니되, 그렇다고 진부한 것도 아니다. 어째서 그런가? 20세기 초 아방가르드와 카프(KAPF), 1950년대 후반기 동인, 모더니즘과 리얼리즘 논쟁, 20세기

---

1 신형철, 「2000년대 한국시의 세 흐름」, 『현대문학』, 2015.1, p.386.

말의 해체시와 포스트모더니즘 등을 떠올려 보건대, 이들 논의는 과거와의 재접속이기 때문이다.

그러나 다른 게 있다. 이 '다름'은 '난해성/소통 불능', '정치/실천'이라는 말로 다 잡아낼 수 없다. 전자의 경우라면, 「오감도」와 독자의 반응에 대한 「작자의 변」[2]을 상기하는 것으로 충분하다. 후자의 경우라면, '순수/참여' 논쟁을 복기하는 것만으로도 충분하다. 분명, 이들 논의에는 과거와의 재접속으로 환원될 수 없는 어떤 '무엇'이 존재한다. 이런 의미에서 이들은 사이비 논쟁이 아니다. 문제는 이들 논쟁에서 살짝 기미를 드러낸 그 '무엇'을 어떻게 잡아낼 것인가에 있다. 여기서 핵심은 논쟁의 추이를 정리하는 것이 아니라, 각각의 입론들이 터를 잡았던 시적 실재를 파악하는 것에 있다. 시의 여울목에서 요동치는 새로움의 실질적 양상을 분별함으로써, 그것이 새로움의 기획으로서 비평의 의사 타진인지, 아니면 실재의 시 쓰기의 필연적 결과인지를 가늠하는 것. 이를 통해 "어떤 비평 개념이 유력한 담론의 지위를 갖는가를 놓고 벌이는 투쟁"[3]을 넘어, 미래의 예기로서의 새로움의 가능성을 모색할 수 있을지도 모를 일이다.

2000년대 시의 흐름은 시의 외연이 확대되는 방향으로 진행되어

---

2 "웨 미쳤다고들 그리는지 대체 우리는 남보다 數十 年式 떠러저도 마음 놓고 지낼 作定이냐. 모르는 것은 내 재주도 모자랐겠지만 게을러빠지게 놀고만 지내든 일도 좀 뉘우처 보아야 아니하느냐. 열아문 개쯤 써 보고서 詩 만들 줄 안다고 잔뜩 믿고 굴러다니는 패들과는 물건이 다르다. 二千 點에서 三千 點을 고르는 데 땀을 흘렸다. 三十一 年 三十二 年 일에서 龍대가리를 떡 끄내여 놓고 하도들 야단에 배암꼬랑지커녕 쥐꼬랑지도 못 달고 그만두니 서운하다." 이상, 「오감도 작자의 말」, 『증보 정본 이상 문학 전집 3』, 소명, 2009, p.219. 이상의 아방가르드적 실천, 곧 시적 형식 실험을 독자들은 견디지 못한 것이다. 아니, 그럴 수 없었던 것이다.

3 이광호, 「'2000년대 문학 논쟁'을 넘어서」, 『문학과 사회』, 2007.봄, p.244.

왔다. 여기가 우리의 출발점이다. 한 평론가는 이를 '비시의 무화', 즉 "묘하게도 시를 둘러싼 제반 환경과 조건은 위축되었지만, 내적으로는 시가 아닌 것도 없어지는 것이 2000년대 시적 환경의 특징"[4]이라고 요약한 바 있다. 명철한 말이다. 그러나 무엇이 외연의 확장을 초래했는지 묻지 않는다면 이 말은 공허할 수밖에 없다. 그러니 다시 묻자. 2000년대 시가 '비시의 무화'에 이르기까지 외연이 확대된 이유는 무엇인가?

시의 외연의 확장은 '실재의 귀환'과 짝패를 이룬다. 그렇다면 2000년대 시의 경우 실재의 귀환은 어떻게 이루어졌나? 실재의 귀환은 타자성의 도입과 함께 시작되었다. 타자성은 존재 방식에 따라 '내적 타자성'과 '외적 타자성'으로 구분될 수 있는데,[5] 단일한 주체에 저항한다는 점에서 새로운 주체성의 두 양태라고 할 수 있다. 여기서 핵심은 시에 타자성이 접합되는 방식, 즉 내적 타자성이 시에 내삽되는 방식과 외적 타자성으로 시가 외삽되는 방식의 파악에 있다. 이것은 주체의 분열 자체가 아니라 분열된 주체의 담론[6]이 논의의 중심이 되어야 함을 암시한다. 전언의 차이가 아니라 언술 방식의 차이가 결

---

4 유성호 외(좌담), 「2000년대, 새로운 시의 지형과 존재 방식」, 『서정시학』, 2010.겨울, p.15.

5 전자는 '섹슈얼리티, 무의식' 같은 주체 내부에 존재하는 타자성을, 후자는 사회적·문화적·제도적·이데올로기적 차원에서 주체 외부에 존재하는 타자성을 뜻한다. 핼 포스터 저, 이영욱 외역, 『실재의 귀환』, 경성대출판부, 2003/2010, p.326. 시적 담론의 차원에서, 전자는 발화 행위 속에 내재하는 '발화 내적 주체'의 타자성을, 후자는 세계 속에 거주하는 '발화 행위의 주체'의 타자성을 지시하기 위해 사용한다.

6 라깡은 담론을 네 개의 수학소($, S1, S2, a)가 네 개의 자리(집행자, 타자, 생산물/손실, 진리)에 위치하는 양상에 따라 '주인 담론, 대학 담론, 히스테리 담론, 분석가 담론'으로 구분한다. 대니 노부스 편, 문심정연 역, 『라깡 정신분석의 핵심 개념들』, 문학과지성사, 2013, pp.49-69 참조.

정적이라는 의미에서 더욱 그렇다.

시의 외연의 확대로부터 파생되는 또 다른 질문은 이렇다. 시의 경계가 확장됨으로써 시의 자장에는 어떤 변화가 초래되었는가? 한마디로, 그것은 내포의 축소이다. 논리학의 기초 지식에 따르면 외연과 내포는 반비례한다. '미래파' 논쟁 이후, 미래파가 터를 잡았던 바로 그 지점으로부터 '시와 정치' 논의가 개진되었다는 사실은 두고두고 곱씹어 볼 일이다. 미래파 논쟁이 내적 타자성을 견인하려는 기사들의 열정적 욕망으로 분주하였다면, 시와 정치 논의는 외적 타자성을 재구획하려는 목자들의 냉철한 이지로 차분하였다. 이러한 차이는 우리가 못 견딘 것이 내적 타자성이라기보다는 외적 타자성임을 보여 주는가? 정확히 그 반대일 것이다. 미래파 논쟁의 열정이 내부의 타자성을 구획할 수 없다는 것의 표현이었다면, 시와 정치의 냉정은 외부의 타자성을 견인할 수 있다는 것의 표현이었기에. 전자가 상징화되지 못한 사건이라면, 후자는 이미 상징화된 사건이다. 이는 실재의 귀환에 있어 외적 타자성보다는 내적 타자성이 결정적임을 암시한다. 따라서 먼저 살펴야 할 것은 내적 타자성이라는 여울이다.

2. 내적 타자성의 여울—시적 주체, 분열된 주체의 내삽(interpolation)[7]

'시적 주체'는 2000년대 시의 흐름에서 관찰되는 첫 번째 여울이다. 이곳은 '시인', '서정적 화자', '시적 화자'로 지칭된 발화 주체들이 혼용하는 지점이다. 시적 주체라는 말에는 '언술 행위의 주체'와 '언술

---

[7] 함수는 알 수 없으나 두 개 이상의 변수값을 알 경우, 그 사이의 임의의 변수값을 추정하는 방법이 내삽법(interpolation)이다. 이 글에서는 기지의 두 개의 변수값('발화 행위의 주체'와 '발화 내적 주체')을 통해, 내적 타자성이 기입되는 미지의 시적 주체의 값을 알기 위해 내삽의 방법을 사용한다.

내의 주체'의 차이와 간극이라는 의미가 함축되어 있다. 시적 주체는 이 두 주체의 거리 사이에서 발화한다. 2000년대 시의 가장 특징적인 양상은, 바로 이 두 주체 사이의 간극이 증대하는 경향을 띤다는 데에 있다. 그 틈으로 다양성, 혼종성, 이종성과 같은 타자성이 극적으로 틈입해 들어온 것이다. 그러나 이를 이전의 시에는 이러한 간극과 틈이 없었다는 것으로 오해해서는 안 된다. 오히려 상황은 반대인데, 소위 '서정시'는 이 간극과 틈을 최소화하려는 노력이기 때문이다. 서정시는 '언술 행위의 주체'와 '언술 내의 주체'의 차이를 언어의 미적 분을 통해 최소화하려는 시도로 이해할 수 있다. '미래파'는 그 반대편의 방향을 지향했다.

타자성의 도입이 시적 발화 내부에 어떤 공간을 창출했는지를 보기 위해서는, 황병승의 『여장남자 시코쿠』(랜덤하우스, 2005)로 돌아가 보아야 한다. '시코쿠'는 첫 번째 여울목의 가장 격렬한 발화자였다.

> 열두 살, 그때 이미 나는 남성을 찢고 나온 위대한 여성
> 미래를 점치기 위해 쥐의 습성을 지닌 또래의 사나이들에게
> 날마다 보내던 연애편지들
>
> ─황병승, 「여장남자 시코쿠」 부분

> 나의 또 다른 진짜는 항문이에요
> 그러나 당신은 나의 항문이 도무지 혐오스럽고
> 당신을 더 많이 알고 싶은 나는
> 입술을 뜯어 버리고
> 아껴 줘요, 하며 뻐끔뻐끔 항문으로 말할까 봐요
>
> ─황병승, 「커밍아웃」 부분

이 시집이 문제적인 것은 일차적으로 "남성을 찢고 나온 위대한 여성"이나 "뒤통수, 항문"과 같은 말이 퀴어(queer)나 하위문화와 같은 '혼종성의 미학'[8]의 한 양상을 드러내기 때문일 것이다. 그러나 보다 주목해야 할 것은 "열두 살, 그때 이미 나는"과 "나의 또 다른 진짜"와 같은 언사들이다. 시의 무대에 아무렇지도 않게 등장하여 태연하게 '커밍아웃'하는 '나'는 누구인가? 이 물음 앞에 '시인'은 발화자의 순백성으로 급격하게 경사된다는 점에서, '서정적 화자'는 '서술자(narrator)'의 가상성을 감성의 차원으로 경화시킨다는 점에서, '나(시코쿠)'와는 거리가 있다. 전자 쪽에 충실하든 후자 쪽에 충실하든, '나'는 단언키 어려운 곤혹스런 위치에 있는 것은 분명하다. 이런 곤혹은 "열두 살", "그때"와 같은 어휘들이 갖는 강력한 자성(磁性)에 힘입은 바가 크다. 즉 "열두 살"은 과거 실제 사건의 기록이라는 점을 부각시킴으로써 해석의 방향을 언술 행위 주체 쪽으로 유인하고 있는 것이다.

사실 황병승의 '나'는 이와는 정반대의 방향을 취한다. '시코쿠'는 가공의 인물이다. 이는 '시코쿠'로서의 '나'를 언술 내적 주체라는 차원에서 접근할 필요성을 제기한다. 이때 언술 행위의 주체는 새로운 인물의 말과 행위의 창조자이다. 이런 의미에서 '나(시코쿠)'는 '시적 주체'라는 말보다는 '시적 화자'라는 말에 더 어울린다. '나'가 1인칭 서술자이기 때문이기도 하거니와, 시적 주체는 언술 행위 주체와 언

---

8 "그래서 '남성을 찢고 나온 위대한 여성'의 존재로서의 '여장남자 되기'라는 시적 모티프 속에서 기존의 젠더적 위계와 가족 신화가 뒤집어지고 무의식의 담론과 하위문화적 상상력이 단속적이고 파편적인 방식으로 폭발하는 혼종성의 미학이 솟아난다. 그리고 이런 혼종성의 시학은 2000년대 시학의 가운데를 가로지르는 것으로 보인다." 이광호, 「대담: 이제 2000년대 문학을 말할 수 있다」, 『문학과 사회』, 2005.겨울, p.285.

술 내적 주체 사이에 존재하기 때문이다. 이러한 서술자의 도입이 언술 행위의 주체와 언술 내적 주체의 간극을 더욱 넓혔음은 틀림없다. 황병승은 전언의 차원에서뿐만 아니라 발화 행위의 차원에서도, 단일한 혹은 통일된, 그러므로 유기체적인 '나'를 부정한다. 그리고 이것은 시의 내용과 발화 형식의 층위에서 내적 타자성을 도입하는 것과 동궤를 이룬다. '나'의 분열과 타자성의 승인을 전제한다면, 혼종성과 다성성이란 말도 같은 맥락에서 이해될 수 있을 것이다.

이것은 우리가 황병승의 시적 언술을 대할 때, 그것의 언술 내용과 함께 언술 방식의 기능과 효과에 주목해야 한다는 것을 의미한다. 따라서 "열두 살, 그때 이미 나는 남성을 찢고 나온 위대한 여성"과 "나의 또 다른 진짜는 항문이에요"는 '나는 크라카우로 간다'는 것과 같은 기능을 지닌다고 봐야 한다.[9] 이것이 '시코쿠'를 개인의 성적 취향의 문제로 환원해서는 안 되는 이유이다. 우리는 '여성'과 '항문'이라는 말에 속아서는 안 된다. 왜냐하면 '여성'과 '항문'은 실제의 기표가 아니라 부재의 기표이기 때문이다. 따라서 황병승의 시의 기획은 이중적이다. 즉 퀴어와 같은 하위문화적 주체를 전면에 내세움으로써 주체와 세계가 혼종적이고 다성적이라는 사실을 폭로하는 시도는, 분열을 약호화하는 언술 방식 자체의 기획과 맞물리고 있는 것이다. 전자가 언술 내용의 분열을 약호화하려는 시도라면, 후자는 그러한 약호 자체의 분열을 약호화하려는 시도이다. 전자는 일회적이지만, 후자는 지속적이다. 전자는 반복될 때 그 효과는 급감하지만, 후자는

---

[9] "이런 거짓말쟁이가 있나! 넌 크라카우에 간다고 말하면서 네가 렘베르트에 간다고 내가 믿기를 원하겠지. 하지만 난 네가 실제로는 크라카우에 간다는 걸 안다구. 그런데 왜 거짓말을 하는 거야?" 프로이트 저, 임인주 역, 『농담과 무의식의 관계』, 열린책들, 2004, p.148.

언술 자체의 불가피성의 산물이라는 점에서 반복될수록 그 효과는 증대한다.

사실 김행숙은 이를 선취하고 있었다. 『사춘기』(문학과지성사, 2003), 특별히 「귀신 이야기」 연작을 권한다.

우히히, 정말 장난이 아니었어. 사람들은 귀신 들린다고들 하지만 사람에게 먹힌 귀신에 대해 들어 봤니? 히히히, 그래서 늙은 귀신들은 사람을 피해서 다녔지만 내가 세상에 귀신으로 남은 이유는 순전히 사람을 피해서 우회할 필요가 없었기 때문이지. 재밌어, 어떤 나무나 어떤 오토바이 어떤 전봇대……에 비길 수 없이 사람들을 그냥 통과할 때, 단숨에 어떤 一生이 한 줄로 정리될 때, 정말 神이 된 기분이야. 얼레리 꼴레리

나는 내 멋대로 흘러 다니지만 때때로 이상하게 빨리 흐르는 피를 가로지를 때, 우우우 휩쓸리고 싶어지기도 해. 정말 장난이 아니지. 늙은 이는 교활하거나 분별력이 뛰어나서 우리는 애송이일 뿐이지만 세상에 같은 살덩어리는 없어. 내가 누빈 살덩어리 사이에서라면 나는 훌륭한 거간꾼이 될 수 있지. 누구도 속일 수 없는 게 있으니, 피의 흐름 피의 향기…… 히히히, 난 네가 누군지 알고 있어.

—김행숙, 「귀신 이야기 2」 전문

전언의 차원에서 이 시의 핵심은, "귀신 들린다"고 생각하는 상식과 편견을 깨는 것에 있다. 혹은 "내가 세상에 귀신으로 남은 이유"를 전함으로써 '세상'에 대한 혐오를 표현하려는 것일 수도 있다. 상식에 대한 반증으로 제시된 "사람에게 먹힌 귀신" 이야기와 "누구도 속일

수 없는 게 있으니, 피의 흐름 피의 향기"는 이러한 추정을 가능케 한다. 그렇다면 물어야 할 것이 있다. 이 시는 왜 귀신이 말하는 것처럼 말하고 있는가? 발화자를 언술 행위의 주체에 귀속시켜 귀신의 목소리를 분열증자의 발화나 빙의(憑依)된 자의 발화로 간주하는 것은 엉뚱한 일이다. 전언의 효과라는 측면에서 귀신의 목소리를 빌어 인간 사회에 대한 풍자를 수행하는 것은 충분히 가능한 일이다. 세상에는 얼마나 많은 우화들이 존재하는가? 독자에 대한 각성과 계몽을 위해서라면 귀신에 대한 인간의 이야기보다 인간에 대한 귀신의 이야기가 더 효과적일 수 있다.

그런데 문제는 이 시에는 전언의 내용이나 전달 효과로 설명할 수 없는 잉여가 내재한다는 사실이다. 예컨대, "정말 神이 된 기분이야. 얼레리 꼴레리"와 "히히히, 난 네가 누군지 알고 있어"와 같은 구절이 그것이다. 이들 구절은 "내가 세상에 귀신으로 남은 이유"에서 우리가 주목할 것이 '이유'가 아니라 '나'에 있음을 알린다. 전자는 언술 행위 주체의 기분과 정서가 투영되어 있다는 점에서, 후자는 언술 행위 주체로 향한 발언이라는 점에서 그러하다. 특히 후자는 청자인 '너'가 결여하는 어떤 영역이 '너'의 내부에 있음을 고지한다는 점에서 의미심장하다. 다시 말해, 언술 행위 주체의 내적 타자성을 언술 내적 주체가 발화하고 있는 것이다. 따라서 언술 내적 주체인 '나(귀신)'는 언술 행위 주체인 '너'의 일부이자 잉여라는 점에서 이중적인 셈이다. 이런 의미에서 발화자인 '귀신'은 '나'와 '너'의 점이지대에 거주하는 '1.5인칭'이라고 말할 수도 있겠다. 「귀신 이야기 1」에 있는 '나'와 '그녀'의 명시적 구별이 「귀신 이야기 2」에서는 자취를 감췄다는 점도 이를 방증한다. 이런 진술이 요청하는 건 퇴마가 아니라, 내적 타자성의 인정이다. 김언의 말대로, "그가 유령인 것은 중요하지 않아요"(「유령-되기」).

2000년대 시에서 특정 서술자를 통해 타인의 목소리를 직접 발화함으로써, 시에 내적 타자성을 도입하는 예는 무수히 많다. 그중 미성년 화자의 경우, 김행숙과 함께 김민정의 『날으는 고슴도치 아가씨』(열림원, 2005)가 대표적이다. 어른의 세계와 미성년의 욕망 사이에서 부유하는 '1.5인칭' 주체는 "나는 한 그루의 거대한 눈알나무"가 되어 "밤마다 내 몸에서는 사랑스런 난자 대신 눈알들"(「멀리 개 짖는 소리 들리더니」)이 자라나는 광경을 지켜보는 자로 출현한다. 김근의 『뱀 소년의 외출』(문학동네, 2005)에서는 "뱀이기도 하고 소년이기도 한" 주체가 등장한다. 이미지의 기이함에 놀라지 않는다면, '눈알나무'이거나 '뱀 소년'이거나 상관없다. 문제는 이접된 이미지를 기술하는 시적 주체의 언술 방식에 있기 때문이다. 「변신」의 '그레고르'가 가족과 주변인들에게 낯설지만 친숙한 존재로 서술되듯, 2000년대 시에서 이러한 '친근한 낯섦(uncanny)'의 다양한 양상들을 확인하는 것은 더 이상 낯선 일이 아니다. 박상수의 『숙녀의 기분』(문학동네, 2013)에 나타난 '숙녀-주체'도 같은 맥락에서 이해될 수 있을 것이다. 한편, 김언의 특이성은 내적 타자성을 언술 차원에서 직접 실현한다는 것에 있다. 예컨대, 내적 타자성이 "팔다리가 하나 더 있거나 머리가 둘이거나 아무튼 정상과는 거리가 먼 문장들"(「시도 아닌 것들이―문장 생각」)로 현상하는 것이다.

'비성년 화자'의 등장은 보다 적극적인 함의를 지닌다. 신해욱은 "미성년은 대기 중이고 비성년은 열외에 있다"[10]고 말함으로써 '미'성년에서 '비'성년으로의 이동을 재촉했다. 전자는 '아직' 그렇게 되

---

10 신해욱, 『비성년열전』, 현대문학, 2012, p.20.

지 못했으되 이제 그렇게 될 이들이고, 후자는 '이미' 그렇게 되지 않은 이들을 의미한다. 특정의 화자의 목소리에 기대는 것이 아니라 처음부터 귀속되지 않는 주체를 상정하고 있다는 점에 '비'성년 화자의 특수성이 있다. '바틀비(Bartley)'와 '바틀바잉(bartleby-ing)', 그러니까 "바틀비를 견디려는 사람, 즉 바틀바잉이기 위해서는 그 역시 공동체에 온전히 소속될 수 없는 단독자로 서 있어야 한다"[11]는 말도 마찬가지이다. '단독자'라는 말 때문에 '바틀비'를 특정 집단의 아웃사이더와 같은 존재로 오해해서는 곤란하다. 왜냐하면 '비성년'과 '바틀바잉'은 공동체 내부에서 결여와 부재를 견디려는 사람이기 때문이다. 이는 주체의 차원에서는 내적 타자성을, 언술 차원에서는 상징화의 불가능성을 견디려는 시도이다. 이런 의미에서 시적 주체는 "과거에 속한 것이 아니며, 현재 속에 잠재된 것이지만 인식되지 않는 존재"[12]이며, 그의 발화는 '비인칭-중성적'인 존재의 발화가 된다. 이때 '비'성년의 '비'인칭 발화는 시적 발화의 (불)가능성과 직접 대면한다.

그런 탑의 꼭대기에 까마득히 서서
젖니를 혀 밑에 숨긴
이 세상의 모든 아이들이 모르는 이야기에 닿으면 좋을 텐데.

내 목에는 묵음들이 가득 고여 있으니까.

묵음들 속에는

---

11 신해욱, 앞의 책, p.27.
12 이광호, 「비성년 커넥션」, 『문학동네』, 2013.여름, p.351.

생각이 없으니까.

내가 놓친 소리들이 가청권 바깥에서
나를 기다리고 있을지도 모르니까.
　　　　　　—신해욱, 「뮤트」(『syzygy』, 문학과지성사, 2014) 부분

　"이 세상의 모든 아이들이 모르는 이야기"에 가닿으려는 욕망은 "내가 놓친 소리들"을 회복하려는 시도와 다르지 않다. 문제는 각각이 "탑의 꼭대기"와 "가청권 바깥"에 존재한다는 것에서 생긴다. 이 것은 지금 여기에 부재하는 '이야기'와 '소리'에 닿으려는 시도의 불가능성을 암시하는가? 그렇기도 하고, 아니기도 하다. 그 이유는 '묵음'의 존재 때문이다. 다시 말해 궁극적인 '이야기'와 '소리'에 가닿고자 하는 욕망과 그것의 불가능성 앞에서, 시적 발화는 '묵음'의 발화로써 그것의 가능성을 타진하고 있는 것이다. 위의 시에서 '묵음'이 진술되는 방식은 '묵음'의 기술이지 '묵음'의 현현은 아니다. 이때 언술 행위 주체와 언술 내적 주체의 틈이 발생한다. 그 틈은 전언의 차원에서는 기대와 좌절, 가능성과 불가능성 사이에 존재하지만, 언술의 차원에서는 '묵음'의 존재를 기술할 수밖에 없는 불가피성에서 발생한다. 이 것이 이 시가 처한 인식론적 난국의 일면이다. 시적 주체가 '묵음'이라는 부재의 기표를 '바틀바잉'해야 하는 이유도 여기에서 비롯한다.
　대체 왜 이런 일들이 벌어졌는가? 이는 이러한 현상이 왜 2000년대 시에는 처음 발생했는가를 묻는 질문이 아니다. 이런 현상들이 왜 2000년대 시에서 폭주했는가에 대한 질문이다. 시의 내부에 타자성을 기입하는 것은 주체의 인식 불가능에 대한 사유와 밀접한 관련이 있다. "니는 그리니 이디에 있는기"(「니는 클릭한디 고로 니는 존재한디」, 『야

후!의 강물에 천 개의 달이 뜬다』, 문학과지성사, 2001)라는 이원의 물음과 "발바닥 저 밑까지 손을 뻗어 휘휘 저어 보지만/나는 내 속에서 나를 꺼낼 수 없다"(「투명한 점묘」, 『앨리스네 집』, 민음사, 2008)는 황성희의 고백은 다르지 않다. 박상순은 한 발 더 나아가 '나'를 찾으려는 시도 자체를 무화시킨다. "아이덴티티는 너무 20세기적이야"(「가수 김윤아」, 『Love Adagio』, 민음사, 2004)라는 말은 통렬하다. 이제 '나'의 정체성은 핵심적인 문제가 아니다. '나'는 무엇으로 규정되어도 좋다. 김승일의 "나는 화장실이라 화장실에 가지 않았다"(「화장실이 붙은 별명」, 『에듀케이션』, 문학과지성사, 2012)와 같은 언술과 마주치는 일은 화장실에 가는 것처럼 일상이 되었다. '나'를 "투명 테이프"(김행숙, 「한 사람 3」, 『이별의 능력』, 문학과지성사, 2007)와 같은 임의로 탈부착이 가능한 존재로 간주하거나, "첫 번째의 내가/열 번째를 들고 반복해서 말한다"(박상순, 「6은 나무, 7은 돌고래, 열 번째는 전화기」, 『6은 나무, 7은 돌고래』, 민음사, 1993)와 같은 강박적으로 반복되는 사건에 의해 재구성되는 존재로 간주하는 것도 마찬가지이다. 그러니 김이듬이 『명랑하라 팜 파탈』에서 "난 일광을 낭비할 거야 날 낭비할 거야"(「서머타임」)라고 한 것도 이상한 일이 아니다. 그리고 결정적으로 정재학의 "i가 죽었어"(「일인극이 끝나고」, 『광대 소녀의 거꾸로 도는 지구』, 민음사, 2008)라고 외치는 '아이'가 있다.

엄밀하게 말하면, 여기서 죽은 '나'는 주체라기보다는 '자아'이다. 자기를 포함하여 대상을 반성하고 규정하는 의식의 주체로서의 '나'인 것이다. '나는 생각한다, 고로 존재한다'는 데카르트 식 자아는 '나는 나 자신을 보는 나를 본다(I see myself seeing myself)'의 다른 판본이다. 2000년대 많은 시들이 '나를 바라보는 나'에 대해 질문하고, 회의하고, 절망하기를 반복함으로써, 언술 행위의 주체와 언술 내적 주체의 간극을 심화시켰다. 그렇다면 이렇게 확대된 시적 공간 속에 거주하는 자는 누구인가? 다시 말해, '자아'의 죽음을 발화하는 자는 누구인가? 당연하게도, 그건 분열된 주체이다. '나'와 '나를 보는 나'의 분열. 여기서 우리는 '눈과 응시의 분열(the split between the eye and the gaze)'[13]을 참조할 필요가 있다. 라깡은 '눈과 응시의 분열'을 통해 "「자신을 바라보고 있는 자신을 바라다보는」 의식의 나르시스적인 자기 충족성의 허구"[14]를 드러냈으므로.

이제 우리는 분열된 주체를 발화하는 두 개의 방식을 분별할 단계에 이르렀다. 2000년대 시에서 시적 주체 내부에 타자성이 내삽되는 두 가지 방식은 다음과 같다. 하나는 타자성을 도입하여 주체를 정립하는 발화이고, 다른 하나는 주체의 정립 불가능성을 드러내는 발화이다. 황병승의 '나(시코쿠)'는 전자를 대표한다. 그의 시 쓰기는 타자를 통해 분열된 주체를 정립하려는 기획의 일면을 지닌다. 어떤 의미에서 '시코쿠'는 여전히 데카르트 식 '자아'의 위치에 있다고 말할 수 있을지도 모르겠다. 이민하의 '나'는 후자의 예이다. "내가 아직 못 만난 내가 있다. 나는 그것의 행방이 궁금하여 떠나지 못한 내 마을의 이방인"(「누드」, 『음악처럼 스캔들처럼』, 문학과지성사, 2008)으로서의 '나'는 '미지의 나'를 만나는 일에 끊임없이 실패한다. 욕망의 환유적 운동의 대리자에게 시 쓰기는 불가능한 시도처럼 보인다. 왜냐하면 글쓰기 속에서 주체가 끊임없이 소거되기 때문이다. "저는 시를 쓰는 게 아니라 시 속에 지워집니다"(「토크 쇼—관계에 대한 고집」). 자아의 죽음을 선언하는 주체의 글쓰기가 정립의 시도에 가깝다면, 시 쓰기 속에서

---

13 자크 라깡 저, 맹정현 역, 『세미나 11』, 새물결, 2008, pp.107-194.
14 윤일환, 「시각의 지울 수 없는 얼룩—라깡의 응시의 위상학」, 『비평과 이론』, 2004. 봄·여름, p.119.

부단히 소거되는 주체는 정립의 불가능성의 시도에 가깝다. 이는 신해욱의 '비성년'의 '비'와 통한다. 이민하의 '환상'은 바로 이 지점에서 '눈과 응시의 분열'이 현상하는 '스크린'으로 기능한다. 그것은 응시의 위치에서 발화의 주체를 스크린의 '얼룩'으로 만든다.[15]

담론의 차원에서 전자는 '대학 담론'을, 후자는 '히스테리 담론'의 구조를 띤다고 말할 수 있을지도 모르겠다. 이는 전자가 "'지식'이 지배적이고 명령하는 위치에 있는 부조리한 주인 기표를 대체한다"[16]는 점에서, 후자가 "분열된 주체가 지배적인 위치를 점하고, S1을 의문시"[17]하는 담론이라는 점에서 그렇다. 결정적인 것은 '히스테리 담론'의 기능이다. 왜냐하면, 히스테리 담론은 "주인이 모든 것을 설명하지 못하거나 그/그녀의 추론이 논리 정연하지 못한 경우가 생길 때까지"[18] '주인'을 밀어붙이기 때문이다. 그러므로 히스테리 담론에서 진리의 자리에 위치하는 것은 '주인 기표(S1)'가 아니라 '대상 a'이다. 확실히, 2000년대 시의 시적 주체는 담론의 구조와 기능에 대한 문제를 건드리고 있다.

3. 외적 타자성의 여울—정치, 발화 행위 주체의 외삽(extrapolation)[19]

'미래파' 논쟁의 와류 속에서 얼핏 드러난 여울의 속살은 시적 주체

---

15 핼 포스터, 앞의 책, pp.219-232.
16 대니 노부스 편, 앞의 책, p.54.
17 대니 노부스 편, 위의 책, p.56.
18 대니 노부스 편, 위의 책, p.58.
19 외삽법은 '어떤 변역 내에서 몇 개의 변수에 대한 함수값이 알려져 있을 때, 이 변역 외의 변수에 대한 함수값을 추정하는 방법'이다. 여기서 두 개의 기지의 함수값은 '시인'과 '시민'과 같은 대립항들이다.

와 시적 언술 방식이었다. 2000년대 시의 주체가 '나는 타자이다'(랭보)에서 '나는 비인칭이다'(말라르메)로 가로지르고 있다고 할 때, '타자'와 '비인칭'은 독특한 방식으로 고유의 시적 담론을 형성하고 있었다고 말할 수 있다. 문제는 이후의 논쟁이 '세대론적 인정 투쟁'의 양상을 띠거나, 다른 층위의 담론들에 의해 '미학적 아방가르드'의 차원으로 견인되는 양상을 띠었다는 데에 있다. 외연의 확대가 무엇을 초래했는지에 대한 숙고의 시간이 필요했는데, 그럴 여지없이 다시 '외연의 확대'가 부상한 것이다. 이는 여러 원인들이 있겠으나, 변질되는 논쟁 추이에 대한 회의[20]와 함께 현실 정치 지형도의 변화가 큰 영향을 끼쳤기 때문으로 볼 수 있다.

진은영의 제언은 "사회참여와 참여시 사이에서의 분열, 이것은 창작 과정에서 늘 나를 괴롭히던 문제"[21]에서 출발하여, "문학과 윤리 또는 미학과 정치의 관계에 대해 영원 회귀하는 질문들 그리고 그 대답들"로 이어졌다. 이러한 문제 제기가 '시인/시민', '문학적/사회적 실천', '미학적/정치적 전위'의 문제를 재사유하게 만들었다는 것은 재론의 여지가 없다. 흥미로운 것은 "텍스트들 간의 얽힘과 직조를 만들어 내는 것은 문학 텍스트와 다른 사회적 텍스트의 끊임없는 접합"을 랑시에르의 '감성적인 것의 분배'를 통해 시도했다는 점이다.

---

20 미래파 논쟁이 '세대론 논쟁'으로 변질되어 가는 와중에서 가장 먼저 지친 것은 논쟁을 제기한 시인 및 비평가들이었을 것이다. 이것은 우리가 어느 정도 견딜 만한 것이었다. 그러나 아류들의 재생산 속에서 미래파로 거론되었던 많은 시인들이 논쟁 자체에 대한 회의가 표명되었다.(「미래파의 자기 진단과 미래파의 미래」, 『시로 여는 세상』, 2007.가을.) 이것은 버티기 힘든 것이었다. 더욱 견디기 힘든 것은, 이 논쟁에 이중적으로 귀속되지 못했던 많은 시인들이 논쟁에 대한 회의를 무관심으로 표명했다는 사실이다.

21 진은영, 「감각적인 것의 분배: 2000년내 시에 내하여」, 『창비』, 2008.겨울, p.69.

이것은 외적 타자성을 내적 타자성과 연계하려는 시도이기에 주목을 요한다. '외적 타자성'은 2000년대 시의 흐름에서 우리가 살펴야 할 두 번째 여울이 되었다. 시를 보자.

우리는 목숨을 걸고 쓴다지만

우리에게

아무도 총을 겨누지 않는다

그것이 비극이다

세상을 허리 위 분홍 홀라후프처럼 돌리면서

밥 먹고

술 마시고

내내 기다리다

결국

서로 쏘았다

　　—진은영, 「70년대産」(『우리는 매일매일』, 문학과지성사, 2008) 전문

이 시에는 '비극'의 두 층위가 있다. 겉으로 드러난 비극은 "우리에게/아무도 총을 겨누지 않는다"는 것이다. 이것은 적대적 전선의 부재를 암시한다. 1980년대 거대 담론 속에서, 실천의 문제는 "이유 불문인 기표, 한마디로 주인 기표인 S1이 지배적인 또는 명령하는 위치"[22]를 차지한다는 점에서 '주인 담론'의 외형을 띠었다. "세상을 허리 위 분홍 홀라후프처럼 돌리면서"는 그러한 담론의 은폐된 본질을 비판한다. "결국/서로 쏘았다"는 최종 결말이 비극임을 고지한다. 이

---

22 대니 노부스 편, 앞의 책, p.52.

것이 이 시의 숨겨진 비극, 그러나 "70년대産" 쓰기의 실제적 비극이다. 이러한 비극으로부터 "70년대産" 이후의 쓰기를 다음과 같이 두 가지 방향으로 예측할 수 있을까? 한 번 더 우리에게 총을 겨눌 대상을 찾아내거나, 그럼에도 쏘지 않고 끝까지 기다리거나. 그러나 이러한 예측은 성급한 것이다. 1980년대식 투사와 믿음을 요청한다는 점에서 다시 비극으로 회귀할 가능성이 높기 때문이다. 또 다른 벡터, 시적 담론의 차원에서의 실천을 사유할 필요성은 여기에서 비롯한다. 위의 시는 시와 정치, 미학과 윤리학의 접합 가능성에 대한 사유로 나아가는 출발점이다.

한편, 이 시가 호명하는 것은 계층으로서의 '1970년대' 세대만은 아니다. 그것은 미래파 논쟁, 신형철이 '2000년대 한국시의 뉴웨이브'[23]로 규정한 '1970년대산(産) 2000년대발(發) 시인들'을 호출하고 있다. 이런 의미에서 위의 시는 미래파 논쟁에 대한 메타 담론으로도 읽힐 수 있다. 진은영은 이미 "그래서 우리는 아직(!) 아무 일도 저지르지 못했다"[24]고 단언함으로써, 새로운 벡터에 대한 요청과 함께 미래파 논쟁이 '아무 일'도 저지르지 못했음을 반성한 바 있다. 그런데, 왜 '아무 일'도 저지르지 못한 것일까? 그 이유는 미래파가 "전통의 부정만을 강조하는 상투적 의미의 미학적 실험"[25]으로 규정되기 때문이다. 진은영은 미래파의 호출을 받았으나, 미래파를 아방가르드의 '형식 실험'으로 규정함으로써, 역으로 미래파를 정치의 장으로 소환한 것이다.

---

23 신형철, 「전복을 전복하는 전복」, 『실천문학』, 2006.겨울.
24 진은영, 「소통을 넘어서, 정동의 문학을 향하여」, 『문학판』, 2006.겨울, p.83.
25 진은영, 위의 글, p.83.

그러나 '새로운 감성의 분배'와 '감성적 경험의 자율성'은 미학적 아방가르드와 상통하는 측면이 있다. 이들은 이장욱이 말한 "규율과 관습으로 미만한 세계를 돌파하는 에너지"[26]와 크게 다르지 않다. 시적 주체의 윤리의 문제를 제외한다면, 양자는 위상학적으로는 동일하다고 볼 수 있다. 대체 뭐가 문제인가?

> 그러므로 문제는 시적 자율성인가 정치적 양심에 따른 재현인가가 아니다. 시에서도 얼마든지 양심이 작동하고, 정치에서도 자율적인 행위들이 창조적으로 생산될 수 있다. (중략) 시가 정말로 '온몸'으로 수행된다면, 그 몸의 변화는 사상과 체질의 총체적인 이행을 의미한다. 다른 종류의 윤리가 숭엄의 그늘을 드리우는 것에 대한 반발은 이미 현실화되고 있다.[27]
>
> —

정한아는 실천으로서 '운동'의 숭엄에 열광하는 것과 '캠페인'의 세목들에 헌신하는 것의 차이에 대해 질문한다. 1980년대식 거대 담론의 실천으로서 '운동'이 아니라, 상대적으로 작고 다양한 구체적 실천들로서의 '캠페인'의 가능성에 대한 모색은 이로부터 비롯한다. 아마도 "아름다움은 협잡에 대해서는 늘 볼셰비키"(「프렌차이즈의 예외적 효과에 관하여」, 웹진 「발견」)라는 말이 시적 캠페인에 헌신하는 것이 무엇인지를 얼핏 보여 주는 것 같기도 하다. 그렇다면 이러한 생각이 운동과 실천에 대한 경직된 사고를 들어 올리는 지렛대가 될 수 있을까?

---

26 이장욱, 「체셔 캣의 붉은 웃음과 함께하는 무한 전쟁 연대기」, 황병승, 『여장남자 시코쿠』, 문예중앙, 2005, p.191.

27 정한아, 「운동의 윤리와 캠페인의 모럴」, 『상허학보』 35집, 상허학회, 2012.6, p.196.

내 언어에는 세계가 빠져 있다

그것을 나는 어젯밤 깨달았다

내 방에는 조용한 책상이 장기 투숙하고 있다

세계여!

영원한 악천후여!

나에게 벼락같은 모서리를 선사해 다오!

—심보선, 「슬픔의 진화」

(『슬픔이 없는 십오 초』, 문학과지성사, 2008) 부분

　이 시는 후기 자본주의 사회에서 '세계가 부재한 언어'가 일상화되어 버린 풍경을 배경으로 한다. 여기서 세계는 "영원한 악천후"로 존재하는 비극적 세계이고, 주체는 '노선'을 잃거나 '사랑'을 잃은 자(「미망 BUS」)로 존재한다. 이러한 상황 속에서 심보선은 자기를 비롯한 쓰기의 주체들이 처한 물적 기반을 사유하고, 반성한다. "그것을 나는 어젯밤 깨달았다"가 예증하는 것은 새로운 각성의 주체의 탄생이다. 이 탄생이 격렬한 것은 세계로부터 "벼락같은 모서리"를 요청하는 절실함이 내장되어 있기 때문이다. 이는 자본주의의 소비로 비만(肥滿)한 글에 대한 지식인의 통렬한 각성과 다짐임에 틀림없다. 이로써 이러한 각성이 지향하는 바 또한 분명히 드러난다. 쓰기와 삶, 문학과 공동체의 통합이 그것이다.[28] 이러한 통합에 있어 주목할 것은 두 가

---

28 "문학은 그 끊임없는 글쓰기의 좁고 희미한 여백에서, 공동체의 가능성을 꿈꾸고 가능성의 공동체를 추구하는 말과 행동으로 존재한다. 문학과 공동체의 삶은 그렇게 조금씩 하나가 되어 갈 것이다." 심보선, 『그을린 예술』, 민음사, 2013, p.89.

지이다. 첫째, 시적 주체의 재충전이 외부의 세계에서 온다는 점. 이는 텅 빈 혹은 방전된 주체를 전제한다. 둘째, 시적 주체가 충전된 에너지를 외부 세계로 방사한다는 점. 이는 텅 빈 혹은 엇나간 세계를 전제한다. 위의 시는 언어에 외적 세계를 기입함으로써 내적 타자성을 순화 혹은 정화하려는 '운동의 윤리'로 읽힌다.

진은영의 기소 이후, 논쟁의 지형도를 재편하고자 하는 다양한 시도들이 모색되었다. 이 중에서 가장 두드러진 것은 문학 텍스트 밖으로의 접속이다. 2000년대 후반 정치 지형의 변화 속에서, 시적 실천은 사회적 사건으로 끊임없이 재접속을 시도하고 있다. 용산 참사, 노무현 대통령의 죽음, 쌍용자동차 사태와 희망버스, 제주 강정마을, 세월호 사건 등. 여기서 특정 사건은 개인과 공동체, 문학과 정치를 하나로 묶는 매개 고리로 기능한다. '6.9 작가 선언'과 '2013 작가 행동'의 참여와 실천은 사회적 사건 속에 시적 실천을 기입하려는 시도들이다. 그러나 여기에 조직적으로 통합된 단일한 방향성이 존재하는 것은 아니다. 예컨대, 세월호 사건에서 시적 실천은 '애도'의 표백이라는 개인적 차원에서부터 진상 규명 및 책임자 처벌이라는 사회적 차원까지 매우 넓은 스펙트럼을 띠고 있다. '캠페인의 모럴'과 '운동의 윤리'가 중첩되어 있는 것이다.

0.00 00:00

초록 바다 수평선 너머 먼 곳으로 수학여행 가야 해요

수학여행, 가고 싶습니다

수학여행 보내 주세요

아니, 아니…… 돌아가야 해요

예쁘고 미운 친구들과 그래도 다닐 만하던 학교와

인사하던 골목길과 상점들에게로 그렇고 그런 사람들에게로,

돌아가야 해요, 꿈꾸고 꿈꾸던 괜찮아지던 힘든 곳으로,

끝내 와 주지 않던 그, 나라라는 곳으로 돌아가야 해요

무엇보다, 울고 있는 엄마에게로 울고 있는 아빠에게로

돌아가고 싶습니다.

수학여행 다녀오고 싶습니다.

수학여행 다녀올게요

수학여행 다녀올게요

　　—이영광, 「수학여행 다녀올게요—유령 6」(『현대시학』, 2014.11) 부분

　이 시는 단원고 학생을 비롯한 세월호 탑승객들에 대한 무사 귀환의 염원과 희망, 그리고 그것의 불가능성 앞에서 고인에 대한 애도를 표현한다. 이 시의 배면에는 "무엇보다, 울고 있는 엄마에게로 울고 있는 아빠에게로"에서 보듯, 남은 자들에 대한 위로와 애도가 포함되어 있다. 이 시가 주는 강력한 울림은 발화자의 목소리에서 비롯한다. 이 시는 특정 서술자('유령')를 채택하고 있는데, 이는 언술 행위 주체와 언술 내적 주체의 간극을 넓히려는 시도로 볼 수 없다. 오히려 양자의 간극은 영도에 가깝다. 그 이유는 서술자의 목소리가 발화 행위 주체의 소망의 직접적 투영으로 존재하기 때문이다. 시의 발화자가 발화 행위 주체의 대리자인 셈이다. 이것이 김행숙의 「귀신 이야기 2」의 발화와의 차이를 설명한다. 김행숙이 주체 내부의 결여를 드러내기 위해 '귀신'의 목소리를 차용했다면, 이영광은 주체의 소

망을 충족하기 위해 '유령'의 목소리를 빌린 것이다. 자기의 목소리에
타자의 목소리를 입힌 것이다.

> 돌려 말하지 마라
> 온 사회가 세월호였다
> 오늘 우리 모두의 삶이 세월호다
> 자본과 권력은 이미 우리들의 모든 삶에서
> 평형수를 덜어 냈다
> 사회 전체적으로 정규직 일자리를 덜어 내고
> 비정규직이라는 불안정성을 주입했다
> 그렇게 언제 침몰할지 모르는
> 노동자 세월호에 태워진 이들이 900만 명이다
>
> ──송경동, 「우리 모두가 세월호였다」
> (『우리 모두가 세월호였다』, 실천문학사, 2014) 부분

이 시는 세월호 사건의 본질이 특정 사건에 국한되지 않고 사회 시
스템 자체에 내재한 문제라는 사실을 강력하게 선언하고 있다. 그러
니 문제의 해결책이 '세월호'라는 사회에 승선한 '우리 모두'의 삶의
변혁으로 이어지는 것은 자연스런 일이다. "이 세월호의 항로를 바꾸
어야 한다/이 자본의 항로를 바꾸어야 한다"가 그것이다. 특이한 것
은 이 시에서 발화자인 '나'가 표면에 직접적으로 드러나지 않는다는
점이다. 이는 '나'가 "오늘 우리 모두"라는 더 큰 기표 속에 용해되었
기 때문이다. 용해는 두 가지 층위에서 이루어지고 있다. 하나는 '나'
의 전언이 '우리'의 전언이라는 점, 다른 하나는 '나'의 목소리가 '우리'
의 목소리라는 점. 발화자 '나'가 '우리'라는 더 큰 기표의 대리자라는

점에서, 이 시에서는 담론 층위의 간극을 발견할 수 없다. 이것이 '비인칭-중성화'된 발화와의 차이를 보여 준다. 신해욱의 '비'인칭이 간극 자체에 대한 '비틀바잉'의 귀결이라면, 송경동의 '나-우리' 인칭은 간극의 무화라는 의미에서 '비'인칭이다.

지금까지 살펴본 세 시인에게 시와 정치, 미학과 윤리학, 최종적으로 쓰기와 삶의 접합은, 주체와 세계에 가로놓인 간극과 분열을 건너뛰려는 시도로 이해될 수 있다. 이는 텅 빈, 그러나 충만한 언어의 주체, 타자로 대리된 주체, '우리'로 용해된 주체를 상정함으로써 이루어지고 있다. 여기에서 시적 주체의 분열과 간극은 노출되지 않는다. 오히려 쓰기의 실천을 통해 분열과 간극을 무화하려는 방향으로 진행되고 있다. 이것이 실천을 기입한 시적 담론의 새로운 벡터가 될 수 있을 것인가?

1980년대 박노해와 백무산은 '자본의 항로'를 바꾸는 기수였다. 그로부터 '민중시'와 '노동시'가 찬연하게 빛났음도 사실이다. 백무산의 『거대한 일상』(창비, 2008)과 『그 모든 가장 자리』(창비, 2012)는 아직 '자본의 항로'가 바뀌지 않았음을 증언한다. 이런 맥락에서 특히 과거로의 재접속, 그러니까 '민중시'와 '노동시'로의 복귀를 논할 수도 있을 것이다.[29] 그러나 시와 실천의 간극을 메우려는 시도가 특정 장르의 호출을 통한 단일한 주체의 재약호화가 아니라 '새로운 감성의 분배'를 목적으로 한다면, 시와 정치가 만나는 지점에 대한 "다양한 가능성"[30]이 제한돼서는 안 될 것이다.

---

29 황규관, 「'노동시'가 남긴 것과 노동시가 가져야 할 것」, 『실천문학』 2013.가을; 김성혁, 「2000년대 '노동시'의 부활과 그 용호」, 『문학사상』, 2013.10.
30 이경수, 「다시, 무엇을 할 것인가」, 『시작』, 2013.봄, p.65.

이런 의미에서 박정대, 장석원, 정한아의 시는 또 다른 참조점이 될 것이다. 박정대의 『모든 가능성의 거리』(문예중앙, 2011), 『삶이라는 직업』(문학과지성사, 2011), 『체 게바라 만세』(실천문학, 2014)는 낭만과 혁명의 재접합이다. 그는 지극히 낭만적이되, 그것이 또한 지극히 혁명적일 수 있음을 음악적으로 펼쳐 보이고 있다. 장석원은 첫 번째와 두 번째 여울에 걸쳐 있다. 예컨대 『아나키스트』(문학과지성사, 2005)에서, 시적 주체는 "내가 없는 곳에서 시작되는 다른 나"(「刺傷, 빗줄기」)와 "아버지의 끔찍할 뿐인 큰 사랑 때문에 죽을 수밖에 없는 나"(「울부짖음」) 사이에서 진동한다. 내적 타자성의 중심에 자리한 '아버지'와 그의 사랑, 이는 "아버지의 끔찍할 뿐인 큰 사랑"을 대하는 주체의 이중성을 암시한다. 마치 최초의 아버지의 살해 이후, 그것을 애도하기 위해 아버지를 내재화는 방식을 취하는 아들들처럼.[31]

정한아의 경우, '오늘'과 '여기'에 대한 고민과 천착에서 배태된 사유는 밀도가 높다. 그 기저에는 '오늘' '여기'를 살아가는 자의 냉철한 시대 인식과 함께, 철학과 종교와 윤리에 대한 치열한 고뇌가 포함되어 있기 때문이다. "나의, 나를 위한, 나에 의한, 가장 독재적이며 민주적인 마지막 위락(爲樂)을 포기"(「자살한 여배우」, 『어른스런 입맞춤』, 문학동네, 2011)하겠다는 다짐에 내포되어 있는 것은 '자유의 수사학'이다. 그의 발화는 "자기를 포함한 모든 것과 싸우고 있는 이"(「쪽팔리는 일」)의 '온몸'의 이행으로서, 시와 정치의 접합에 대한 새로운 가능성을 모색하고 있다.

4. 부재하는 여울―서정, 내삽과 외삽의 점이지대

---

31 프로이트 저, 이윤기 역, 「토템과 타부」, 『종교의 기원』, 열린책들, 1997, pp.401-410.

그래서 문제는 다시 '서정으로의 귀환'인가? 서정의 귀환은 두 가지 방향으로 진행되는 중이다. 하나는 '서정적인 것'을 포괄하여 서정의 외연을 확대하려는 시도이고,[32] 다른 하나는 서정성의 강화를 통해 서정시의 경계를 공고히 하려는 시도이다.[33] 다 알다시피, 서정시(lyric, 抒情詩)는 악기 리라로 부르는 노래를 지시하는 개념이었다. 문제는 근대시 이후 시에서 음악성이 탈각되었을 때 서정이라는 개념의 함의가 불분명해졌다는 데에 있다. 현재 우리의 경우 서정시는 좁게는 '감정을 표백하는 시'에서 넓게는 '시 일반'을 지시하는 개념으로 사용하고 있다.[34]

그러나 보들레르 이후, '주체와 대상의 서정적 일체'로서의 '서정'은 부재하는 여울이었다. 두 가지 의미에서 그렇다. 시적 상황의 변화와 주관성의 역사적 위상의 변화. 상징주의의 출현 이후 서정시와 독자 사이의 변화에 대한 발터 벤야민의 진술은 전자를 잘 보여 준다.[35] "자연의 매트릭스에 갇힌 서정시"[36]에 대한 비판은 이와 동궤를 이룬다. 독일 낭만주의 철학에서 배태된 서정시 개념은 후자를 예증한다.[37] 미래파 논쟁은 바로 이 부분에 대한 문제 제기이기도 했다.

---

32 고봉준, 「서정적인 것의 귀환」, 『서정시학』, 2014.가을.

33 최동호, 「새로운 서정시의 모색과 디지털 시대의 극서정시」, 『문학사상』, 2014.8.

34 함돈균, 「2000년대 서정시의 한 행방」, 『서정시학』, 2010.겨울; 오세영, 「서정시에 대한 오해」, 『문학사상』, 2014.8.

35 "서정시인은 이제 순수한 시인 자체로 여겨지지 않게 되었다는 사실, 서정시는 보들레르 이후 더 이상 대중적인 성공을 거두지 못하게 되었다는 사실. 독자들은 이전의 서정시에 대해서까지도 한층 더 냉담하게 되었다는 사실." 발터 벤야민 저, 반성완 편역, 「보들레르의 몇 가지 모티브에 대해서」, 『발터 벤야민의 문예이론』, 민음사, 1999, pp.119-121.

36 김수이, 「자연의 매트릭스에 갇힌 서정시」, 『파라 21』, 2004.가을.

37 고봉준, 「서정시 이론의 성찰과 모색」, 『한국시학연구』 20호, 한국시학회, 2007.12.

그렇다고, 미래파 논객들이 직접 겨냥한 것이 '서정성'이라고 오해해서는 안 된다. '행복한 서정, 불행한 서정'(권혁웅), '다른 서정'(이장욱), '서정의 진화'(김수이) 등이 이를 반증한다. 오히려 미래파가 직접 겨냥한 것은 서정의 권위였다. "서정의 권위를 지닌 시인의 미학적 '자살'"[38]이라는 이장욱의 발언은 이를 직접적으로 보여 준다. 김수이의 비판이 1990년대의 신서정과 생태주의, 그리고 여성의 몸과 감각을 겨냥한 것이었다면, '서정의 권위' 비판은 외적으로는 문화적·제도적 차원의 권력의 비판을, 내적으로는 서정시가 근간하는 것으로 가정된 '자아와 세계의 동일성'에 대한 비판을 포함하고 있었다. 서정시의 메커니즘이 "불가피한 나르시시즘"[39]으로 귀착될 수밖에 없다는 생각은 후자의 경우에 해당한다.

그러므로 이러한 호출에 먼저 반응한 것이 '서정'일 수밖에 없음은 당연했다. 놀라운 것은 이러한 비판에 대한 응전이 "시는 여전히 생생한 체험의 소산이며, 감각적 현실의 표명이며, 진지한 고민의 토로"(권혁웅)이거나 "감각의 직접성"(이장욱)의 강조로 돌출되었다는 데 있다. 이것은 '횡설수설', '극단적 시적 실험', '공상'으로부터 '미래파'를 건져 올리기 위한 필사의 전력이었을 것이다. 그러나 이는 시작부터 한계를 표명한 것이기도 하다. 왜냐하면 미래파 시인들의 실질적 토대는 '체험' '감각' '토로'와는 다른 층위에 놓여 있었기 때문이다.

사이사이 사라지는 무한정 아름다운 꼬리와 단 하나의 꼬리 사이

---

38 이장욱, 「꽃들은 세상을 버리고」, 『창비』, 2005.여름, p.86.
39 신형철, 「문제는 서정이 아니다」, 『문학동네』, 2005.가을.

—이근화, 「눈뜬 이야기」(『칸트의 동물원』, 민음사, 2006) 부분

맨발로 공중화장실을 서성이는
나를 못 본 척하고
집으로 돌아온 것 같다.

—하재연, 「그림일기」
(『세계의 모든 해변처럼』, 문학과지성사, 2015) 부분

사진 속으로 들어가 사진 밖의 나를 보면 어지럽다.
시차(時差) 때문이다

—김경주, 「비정성시」
(『나는 이 세상에 없는 계절이다』, 랜덤하우스코리아, 2007) 부분

나는 날마다 돌아온다
수세기의 대기를 가르며
기억 속으로 멀어졌다 되돌아오는 부메랑이 되어

—김중일, 「저녁의 청동기」(『국경꽃집』, 창비, 2007) 부분

 2000년대 젊은 시인들의 시에서 서정의 양상은 이전 혹은 이후의
세대와 결정적인 차이를 보이지 않는다. 차이는 주체의 반성적 사유
의 자리, 즉 '나를 바라보는 나'에 대한 방식과 태도의 차이에 있다.
'초록색 철대문집 아이'였던 '나'는 "나를 못 본 척"하거나, "사진 밖
의 나"와의 "시차 때문"에 현기증을 일으키거나, "부메랑이 되어" 돌
아오는 것을 반복하는 데 충실할 뿐이다. 이는 이현승의 "나는 알았
네/어두워지지 않고는 자신을 볼 수 없다는 깃을"(「거울 7」, 「이이스그립

과 늑대』, 랜덤하우스코리아, 2007)이라는 각성과 통한다. 밝은 조명 한가운데 비춤으로써가 아니라, 어둠 속에 사라짐으로써만 자신을 바라볼 수 있다는 사유. 이것이 문태준의 "이는 내가 예전에 한 번도 만져 보지 못했던/낮고 부드럽고 움직이는 고요"(「思慕―물의 안쪽」, 『가재미』, 문학과지성사, 2006)와의 차이를 설명한다. 문태준의 시는 새로운 감각에 대한 찬탄과 동시에 시적 주체가 미명의 상태에서 벗어났음을 암묵적으로 선언하기 때문이다.

따라서 '서정'과 '감각'의 차원에서 새로운 시의 흐름을 요약하려는 시도는 대체로 도로에 그칠 수밖에 없다.[40] 기존의 전통 서정시에 대한 비판이라는 의도를 제외한다면, 이것으로써 2000년대 한국시의 흐름을 잡아내는 것은 불가능하다. 하나로 단일화될 수 있는 감각이란 존재할 수 없을 뿐더러, '서정'이라는 말에는 '감정' 혹은 '정서'가 기입되는 방식이라는 문제가 내재되어 있기 때문이다. 핵심은 '서정 (抒情)'에서 '정(情)'이 아니라 '서(抒)'에 있다.[41]

---

[40] "따라서 '서정'과 관련된 개념들의 명명은 논의를 공전시키거나 소모적 논란으로 흐르게 한 주요 원인이다. 이 개념들은 선 규정될 문제가 아니라, 젊은 시인들의 작품의 내면 구조와 정체를 면밀히 탐색한 연후에 규정되어야 한다고 생각한다." 오형엽, 「환상의 심층」, 『문학과 사회』, 2006.겨울, p.323. 핵심은 '미적 형질의 변화'(권혁웅, 「미래파: 2005년, 젊은 시인들」, 『문예중앙』, 2005.봄)에서 찾아야 했다. 그러나 "1980년대 시인들이 걸머져야 했던 역사와 시대에 대한 채무 의식이 없고, 1990년대 시인들이 내세운 그럴듯한 서정, 고만고만한 서정이 없다. 그 대신에 다른 게 있다. 그리고 이들의 시는 무엇보다도 먼저, 재미있다"와 같은 성급한 일반화가 문제를 착종시켰다. 우선, 1980년대와 1990년대와의 차별화 전략 때문에 발생한 성급한 수사학적 언사들은 마치 새로운 시에 '역사와 시대'가 없고, 특별한 '서정'이 있다는 식으로 간주될 여지가 충분했다. 더욱 문제는 "그럴듯한 서정, 고만고만한 서정"에, 이들이 직접적으로 겨냥하지 않은 시인들마저 송두리째 귀속되었다는 점에 있다. 게다가 "다른 게"와 "재미있다"는 이전의 시들이 '재미없다' 또는 '흥미 없다'는 식의 불필요한 오해를 초래할 위험이 있었다.

우리 시대의 '서정'은 1인칭 의식 주체의 투명하고 단독적인 내면성을 발설하는 것이 아니라, 도리어 저 1인칭의 시각과 사유 바깥에 무한한 타자들이 실재하고 있으며, 그들에 의해 그 모든 1인칭들의 주체적 시점 이라는 것 역시 응시되는 대상에 불과할 수 있다는 사실을 철저하게 자각하는 자리로 변환되고 있는 것이 분명해 보인다[42]

이찬의 이 말은 서정 자체의 내용적 차이가 아니라, 주체가 서정 속에 기입되는 위치의 차이에 대한 지적이라는 점에서 주목을 요한다. "그 모든 1인칭들의 주체적 시점이라는 것 역시 응시되는 대상에 불과할 수 있다"는 말은 '실재의 귀환'이라는 맥락에서 이해될 수 있을 것이다. 반복하자면, 시적 주체의 자리는 시선의 차원에서의 조망점이 아니라, 응시의 차원에서 '세계의 스펙터클' 속에 스크린으로 기입되는 자리이다.[43] 이러한 이동으로부터 최근 젊은 시인들의 '서정'을 바라볼 수 있다. 예컨대 박준 시의 경우.

나는 유서를 못 쓰고 아팠다 미인은 손으로 내 이마와 자신의 이마를 번갈아 짚었다 "뭐야 내가 더 뜨거운 거 같아" 미인은 웃으면서 목련꽃 같이 커다란 귀걸이를 걸고 문을 나섰다

---

41 이런 이유로 "'미래파' 논쟁 이후의 젊은 시인들의 시에 좀 더 주목해 볼 필요가 있겠다"는 이경수의 제언은 "'미래파' 논쟁에서 무엇을 대립각으로 세웠어야 했는지에 대해서는 반성적 성찰이 필요해 보인다"는 말과 함께 깊이 통찰해 보아야 한다. 이경수, 「우리는 무엇을 뒤섞고 싶었을까」, 『서정시학』, 2010.여름, pp.103-104.
42 이찬, 「미래파, 서정시, 그리고 우리 시대의 서정」, 『시인수첩』, 2015.봄.
43 핼 포스터, 앞의 책, p.221.

한 며칠 괜찮다가 꼭 삼 일씩 앓는 것은 내가 이번 생의 장례를 미리 지내는 일이라 생각했다 어렵게 잠이 들면 꿈의 길섶마다 열꽃이 피었다 나는 자면서도 누가 보고 싶은 듯이 눈가를 자주 비볐다

힘껏 땀을 흘리고 깨어나면 외출에서 돌아온 미인이 옆에 잠들어 있었다 새벽 즈음 나의 유언을 받아 적기라도 한 듯 피곤에 반쯤 묻힌 미인의 얼굴에는, 언제나 햇빛이 먼저 와 들고 나는 그 볕을 만지는 게 그렇게 좋았다.

—박준, 「꾀병」

(『당신의 이름을 지어다가 며칠은 먹었다』, 문학동네, 2012) 전문

"나는 유서를 못 쓰고 아팠다"에서 시작할 수 있을 '유서'의 내용과 '아픔'의 고통은 이 시에 들어 있지 않다. 그것은 '유서'와 '아픔'의 몰입을 차단하는 존재가 있기 때문이다. '미인'이 그러한데, '미인'의 말과 표정과 행동은 '나'의 상처와 고통을 '꾀병'으로 전환시킨다. 여기서 '나'와 '미인'의 관계는 특이하다. 이상의 「날개」에서 '아내'를 연상케 하는 '미인'은 실체가 없는 것 같은 인상을 주기 때문이다. '나'의 유언과 장례를 단숨에 '꾀병'으로 전이시키는 존재, 그러나 그러한 존재와의 동거와 향락("나는 그 볕을 만지는 게 그렇게 좋았다")은 '미인'이 응시의 지점에서의 '빛(볕)'일 가능성을 보여 준다. 즉 '미인'의 응시에 의해 '나'는 스크린의 얼룩과 같은 존재로 전이된다.

요컨대, 이 시의 발화자인 '나'의 병은 기하학적 조망점에서 죽음의 병이지만, 응시의 지점('미인의 얼굴의 볕')에서는 향락을 위한 '꾀병'이라는 이중적 의미를 지닌다. 이는 "'주체 감정'의 서정을 변주하거나 갱신함으로써 '서정'의 진화를 증언하는 경향"[44]을 재고할 필요성을 제

기한다. 만약 '서정의 진화'가 '눈과 응시의 분열'을 전제하고 '주체 감정'이 스크린 속에 기입된 시적 주체의 '착종된 감정'을 지시한다면, 이는 옳은 말이다. 그러나 '주체 감정'이 조망점의 위치에서 감정의 정화와 순화를 의미하는 것이라면, 이는 잘못된 것이다. 아마도 최근 시의 '서정'은 '죽음의 병'과 '꾀병'이 겹치는 지점, 곧 '이미지-스크린'에서 탄생하는 듯하다.

5. 아직 도래하지 않은, 그러나 실재하는 여울—언어, 내삽과 외삽의 내외삽[45]

시의 흐름에서 언어는 항상 아직 도래하지 않은, 그러나 실재하는 여울이다. 여기는 내삽과 외삽이 불가능한 지역이다. 두 개의 기지의 변수값을 확정할 수 없기 때문이다. 과거에는 나와 세계, 나와 대상이라는 두 개의 견고한 기둥이 있었다. 구조주의에서는 랑그와 빠롤, 기표와 기의가 언어를 지탱하는 기둥 노릇을 해 왔다. 그러나 이제 그런 것이란 없다.

그렇다면 이제 시적 언어는 새롭게 발화되어야 한다. 그런데 무엇으로? 언어! 언어는 시적 발화의 유일한 실재이다. 이것은 언어가 시적 주체의 표현 수단이라는 의미에서가 아니라, 시적 주체가 시적 발화를 통해서만 존재한다는 의미에서, 나아가 시적 발화를 통해서만

---

44 고봉준, 「서정적인 것의 귀환」, p.32.

45 이로써 얼추 '한국문학의 10년'이라는 이름에 값하는 여울들의 실제적 양상들을 간추린 것 같으나, 실상은 시작도 하지 못했음을 고백하지 않을 수 없다. 언어라는 마지막 여울을 건너지 못했기 때문이다. 이것은 지면의 문제가 아니라, 언어의 여울 앞에서의 두려움 때문이다. 박지원이 『열하일기』에서 도도한 강의 흐름에도 불구하고 아홉 번이나 강을 건넌 것은 '한 번 떨어질 각오'를 했기 때문이다. 지금의 심정과 흡사하다. 그러니 부디 발을 헛디뎌도 용서하시길.

시적 주체의 세계가 구성된다는 의미에서 그렇다. '언어-세계'라는 서투른 조어는 이를 표현하기 위함이다.

'언어-세계', 여기서 우리는 최소화와 최대화라는 두 개의 방향을 떠올릴 수 있다. 흥미로운 것은 언어의 운동이 주체의 운동과 겹친다는 사실이다. 우선, 최소화의 방향을 살펴보자. 오규원의 『새와 나무와 새똥 그리고 돌멩이』와 『두두』가 있다. 이는 주체를 비워서 '언어-세계'를 채우려는 시도이다.

> 햇살 환한 베란다의
> 창턱에는
> 베고니아와
> 아이비 제라늄
> 그리고 캡이 찌그러진
> 브래지어
> ―오규원, 「베고니아와 제라늄」(『두두』, 문학과지성사, 2008) 전문

이 시에서 두드러지는 것은 사물의 나열과 이미지의 병렬이다. 이러한 '날 이미지'들이 "최소 형식이 보여 주는 언어적 투명성과 밀도"[46]를 지닌다는 것은 분명해 보인다. 여기서 우리가 생각해 봐야 할 것은, 이러한 최소 형식 속에서는 시적 주체가 사라질 수밖에 없다는 점이다. 오직 "햇살 환한"에만 살짝 나타나는 주체의 잔영, 이때 시적 주체는 시선의 주체로 존재한다. 그리고 이것은 시인의 '끝없이 투명해지고 싶은 욕망'과 궤를 같이 한다.

---

46 이광호, 「'두두'의 최소 사건과 최소 언어」, 오규원, 『두두』, 문학과지성사, 2008, p.65.

임선기는 그 뒤를 잇는다. 『항구에 내리는 겨울 소식』(문학동네, 2014)에서 그는 시적 주체와 연결된 탯줄을 소거하는 방식으로 '무언의 자리'를 걷는다. 그의 언어는 사물과의 내밀한 만남에서 오는 충일한 감정을 분출하지 않으며, 언어의 한계에 당면한 자의 절망을 토로하지 않는다는 점에서 최소화의 방향을 취한다. 이런 의미에서 시적 주체는 "가장 단순한 언어로/언어를 넘어서서/언어를 구해 온 그대"(「예언자」)라 할 수 있다.

이와는 반대편에 극대화의 방향이 있다. 이것은 '언어-세계'를 가득 채우려는 시도이다. 먼저, 타자의 언어로 넘치는 시가 있다. 『리튬』(천년의시작, 2013)에서 채상우는 다양한 '텍스트'들을 인용하고 변용하면서 타자의 목소리와 언어를 전면적으로 드러내고 있다. 그의 시에는 노래, 영화, 시, 소설, 성경, 그림 심지어는 주술(呪術)에 이르기까지 다성적 목소리가 넓은 음역대를 가지고 진동한다. '자유간접화법(free indirect discourse)' 또는 '하이퍼텍스트'로 요약되는 그의 기법은, 주체와 세계의 밀도를 발화하려는 시적 언술의 표현이기도 하다. 여기서 시적 주체는 '리튬'이라는 원소로 충전되어 있는데, 그것이 '멜랑콜리'로 방전될지 아니면 변혁의 에너지로 전변될지는 미지수이다.

조연호는 다른 방식으로 '언어-세계'의 최대치를 실현한다. 『저녁의 기원』(랜덤하우스코리아, 2007)에서 시작해, 『천문』(창비, 2010), 『농경시』(중앙북스, 2010), 『암흑향』(민음사, 2014)에 이르는 여정은 현기증을 일으킬 정도이다.[47] 범박하게 말하면, 그의 시는 쓰기와 세계의 아날로

---

[47] 조연호의 시에 대한 것이라면 조강석의 글을 권한다. 그의 글은 지금까지 조연호의 시에 대해 쓰인 글들 가운데 단연 최대치이다. 조강석, 「아는 것에 대한 보는 것의 능

지의 기원에 대한 탐색이다. 이로부터 지금까지와는 전혀 다른 방식의 발화 주체가 탄생한다. 태초의 말(Logos)처럼 그의 언어는 시의 창세기를 개시한다는 점에서, 시의 『율리시즈』라 할 만하다. 그의 '언어-세계'로부터 무사히 귀환하려면, 오디세우스의 밀랍으로 귀를 틀어막고 노를 저어야 하는 수고를 견뎌야만 한다.

이제, 마지막 질문이다. '언어-세계'의 층위에서 최소와 최대의 벡터는 무엇인가? 그러니까 무언과 다변 사이, 비움과 채움 사이에서 시적 주체의 향배는 어떻게 될 것인가? 알 수 없다. 그러니 다만, 2000년대 시의 흐름에서 눈에 띄는 시적 주체의 몇 가지 운동을 가늠하는 것으로 갈음할 뿐이다. 즉, 새로운 언어를 건축하거나 언어의 흐름에 몸을 맡기거나……. 아마도 '언어-세계'의 건축술에서 가장 웅장한 건 함기석의 시일 것이다. 『오렌지 기하학』(문학동네, 2012)은 '시간의 불완전성 공리'가 그의 시적 세계를 지탱하는 원리라는 사실을 분명히 보여 주고 있다.

끝났다　　　　시간의 왼손은 자신의 음부를 가린 오른손을 자른다
로 시작되어 시작된다　　　　언어의 처형지에서 언어가 시작된다
로 끝나는 시작에 종이가 놓여 있다　　　　사각형 뱀이 되어
이것은 백지다　　　時空을 잡어먹는 백 개의 혀가 달린 파충류
라고 쓰면 사라지는 백지　　　　그것은 독을 품고 있다
당신의 시작을 위한 無의 백지인 것이다　　　　벼랑 끝에서
시작을 시작하라　　　　벼랑 아래로 비상하는 백색 까마귀들

리, 혹은 시적 디테일의 문제」, 『이미지 모티폴로지』, 문학과지성사, 2014.

시작을 시작하지 않으면 시작은 영원히　　　　　시작될 폐허
미완으로 남는다　　　　死角의 링 아래 어둠 속에서 누가 우는가
시작은 3연으로 되어 있다　　　　그것은 천상과 지상과 침묵이다
2연에 따라 완전히 바뀌게 될　　　　생의 아픈 여백 속으로
나의 시작은　　　시작 전후와 함께 소멸하고 흑백 꽃비가 내린다
당신의 시작에 의해 이제　　　　최초의 문장이 세계가 호흡이
시작된다

—함기석, 「시작」 전문

　「시작」은 시로 쓴 "오렌지 기하학"이다. 위의 시는 실제적 텍스트의 층위와 잠재적 텍스트의 층위라는 이중 구조로 되어 있다. 이는 그의 시적 구조물들이 현존과 부재의 텍스트가 동시에 기입된 '제로의 텍스트'라는 것을 암시한다. 위에서 시작(詩作)과 시작(時作) 사이를 진동하는 "시작"은 복수의 의미가 분기하는 앙장브망이자 앙가주망이다. "당신의 시작"에 의해 완성되거나 미완으로 소멸할 기로에 놓여 있다는 의미에서, 그의 시는 기존의 이항 대립적 질서를 가로지른다. 그에게 "시는 언어들의 마임 공연. 말을 버린 언어들이 몸으로 말하는 퍼포먼스"[48]이다.

---

48 함기석, 「언어는 감각의 육체다」, 『열린 시학』, 2006.여름, p.100.

'언어-세계'의 흐름에 몸을 맡기는 데 자유자재인 건 이준규의 시다. 그는 언어의 '반복' 속에 몸과 시를 던진다. 그의 시는 '리듬의 아크로바틱'이라 할 수 있다.

해가 지고 있다. 해가 지고 있어. 그가 말했다. 그래 해가 지고 있지. 그녀가 말했다. 해가 지고 있으니 뭘 할까. 그가 말했다. 모르겠어. 그녀가 말했다. 술 마실까. 그가 말했다. 모르겠어. 그녀가 말했다. 울지 마. 그가 말했다. 안 울어. 그녀가 말했다. 울고 있는 거 같은데. 그가 말했다. 안 울어. 그녀가 말했다. 술 사 올까. 그가 말했다. 그래. 그녀가 말했다. 그는 술을 사러 나간다. 해 지는 겨울. 그가 술을 사러 나간 사이에 그녀는 죽지 않겠지. 그는 빨리 걷기 시작했다. 해가 지고 있다. 그는 가게를 지나쳐 계속 걸었다. 그는 돌아가지 않을 것이다. 어두워지기 시작했다. 해가 졌어. 그녀는 중얼거렸다.

—이준규, 「겨울」 전문

이준규의 반복은 하나의 질서로 통합되거나 수렴되지도, 그렇다고 중구난방으로 이산되거나 확산되지도 않는다. 이러한 이중 운동을 견인하는 실제적 힘은 반복하고자 하는 강박의 파열에서 생긴다. 위의 시의 슬픔과 아름다움도 바로 거기로부터 샘솟는다. 이것은 발화 방식의 변화와 밀접한 연관을 지니는데, 예컨대 위의 시에서 "그는 술을 사러 나간다"에서 시작하는 서술상의 변조가 그것이다. '그'와 '그녀'의 대화의 순차적 교대로 이루어져 있는 전반부의 반복은, "그가 술을 사러 나간 사이에 그녀는 죽지 않겠지"라는 일종의 자유간접화법에 의해 파열된다. 따라서 "그녀는 죽지 않겠지"와 "그는 돌아가지 않을 것이다"는 진술은 시적 주체의 내면 심리가 누설되는 틈이 된다. 그리고 여기가 '그'를 찢고 '시적 주체'가 실체를 드러내는 시적 '풍크툼'이다.

이제니는 말의 흐름을 타고 부리는 재주에 있어 가히 '언어-세계'의 연금술사라 할 만하다.

그 나무의 이름을 들었을 때 나무는 잘 보이지 않았다. 나는 일평생 제 뿌리를 보지 못하는 나무의 마음에 대해 생각했다. 그 눈과 그 귀와 그 입에 대해서. 알 수 없는 것들에 대해 생각하는 동안에도 나무는 자라고 있었다. 나무의 이름은 잘 모르지만 밤에 관해서라면 할 말이 있다. 나는 밤의 나무 아래 앉아 있었다. 너도 밤의 나무 아래 앉아 있었다. 밤과 나무는 같은 가지 위에 앉아 있었다. 그늘과 그늘 사이로 밤이 스며들고 있었다. 너는 너와 내가 나아갈 길이 다르다고 말했다. 잎과 잎이 다르듯이. 줄기와 줄기가 다르듯이. 보이지 않는 너와 보이지 않는 내가 마주 보고 있었다. 무언가가 바닥으로 떨어지는 소리가 들렸다. 꿈에서 본 나뭇잎이었다. 내가 나로 사라진다면 나는 바스락거리는 나뭇잎이라고 생각했다. 참나무와 호두나무 사이에서. 전나무와 가문비나무 사이에서. 가지는 점점 휘어지고 있었다. 나무는 점점 내려앉고 있었다. 밤은 어두워 뿌리조차 보이지 않았다. 침묵과 침묵 사이에서. 어스름과 어스름 사이에서. 너도밤나무의 이름은 참 쓸쓸하다고 생각했다.

　　　　　　　　　　　　　　　　　　　—이제니, 「나무 식별하기」 전문

이제니의 시에서 소리의 운행은 이미지의 파생과 의미의 확산을 거느린다. 밤(栗)에서 밤(夜)으로의 의미 전용, '너도밤나무'의 "너도 밤의 나무"로의 변주, 이로부터 '너'와 '나'의 접목(椄木) 불가능성, 곧 '너도밤나무'와 '나도밤나무'는 서로 다른 종(種)이라는 사유에 이르는 과정은 형언할 수 없는 것들이 지닌 고유의 결(texture)을 포착하려는 시도이다. 위의 시는 "일평생 제 뿌리를 보지 못하는 나무의 마음"이 몸을 풀어 언어를 출산할 때의 순간을 예증한다. 이는 "알 수 없는 것들"의 세계에서 언뜻 터져 나오는 말, 그러니까 "그림자의 말"[49]을 형언하고자 하는 (불)가능의 시도이다. 이렇게 시적 발화는 "침묵과 침묵 사이", "어스름과 어스름 사이"에서 배태되어 나온다. 그의 '언어-세계'는 소리의 흐름과 마음의 유동이 공명할 때 생기는 리듬으로 존재할 것이다.

6. 사족

잘라 버려야 할 것은, 이 글이 '히스테리 담론'이 되었어야 했다는 미련이다. 글을 끝낸다.

---

49 이제니, 「나무는 기울어진다」, 『왜냐하면 우리는 우리를 모르고』, 문학과지성사, 2014, p.136.

타자의 청색 편이와
섀도복서의 인파이팅

1. 의심하는 '나'와 타자의 청색 편이

거두절미, 이 글은 다음과 같은 질문으로 시작한다. '나'는 누구인가? 신해욱의 시의 첫 스텝은 '나'에 대한 물음에서 시작한다. 그러나 질문의 간명성에 비해 대답은 간명하지 않다. 그 이유는 질문의 대상이 된 '나'의 불명확성과 함께 질문하는 '나'의 불투명성이 존재하기 때문이다. 이렇게 말할 수 있다. 신해욱의 시는 "나를 지우고/나를 흉내 내는/무서운 선율"(「모르는 노래」, 『간결한 배치』, 민음사, 2005)을 통주저음으로 한다고. 따라서 물음은 다음과 같이 수정된다. '나'는 누구인지 묻는 '나'는 누구인가? 두 번째 스텝은 질문하는 '나'에게로 향한다. 그러나 이러한 물음으로부터 '의심하는 나'라는 단일한 주체가 정립되는 것은 아니다. 왜냐하면 의심을 통해 코기토의 존재를 정립하지 못한다면, 그것은 '의심하는 나'조차도 의심의 대상이 되는 사태를 예견할 수 있기 때문이다. 이는 신해욱이 데카르트의 '방법적 회의'와는 거리를 취하고 있음을 보여 준다. 여기서 우리는 의심하는 고기토의 난국과 그러한 난국의 임계점에서의 시적 주체의 선택이 무엇인지 묻지 않을 수 없다. 즉 '의심하는 나'는 데카르트가 최종적으로 도달한 코기토와는 다른 방향에서 주체 내부에 자신의 처소를 마련할수 있을 것인가?

다 알다시피, 2000년대 시는 주체 내부에 타자성을 도입함으로써 주체의 분열을 극대화하는 작업에 열중했다. 기존의 시가 기반하고 있다고 상정된 '자아와 세계의 동일성'을 파열하는 데에 매우 분주했다고 할 수도 있겠다. 기획의 성격을 강하게 띠긴 했지만, 가정된 '자아'의 권위에 대항함으로써 '서정적 자아' 내부에 상당한 균열이 생겼음도 부정할 수 없는 사실이다. 외적 폭발력 자체로만 한정한다면 이상의 「오감도」에 비할 것은 없다. 그러나 이상의 경우, '거울' 안팎에서 진행된 싸움은 타자성을 주체 내부로 온전히 이식·접합하는 데까지 이르지는 못한 것으로 보인다. 이는 '자아'와의 싸움이 '거울'이라는 장치로 말미암아 제한된 형태로 진행될 수밖에 없었기 때문인데, 2000년대 시는 이상이 깨뜨리지 못한 '거울-자아'의 인큐베이터를 내파함으로써 매우 다채로운 양상으로 주체성을 개진하게 된 것이다. 주체 내부에 기입된 타자성과의 새로운 관계 모색은 이때부터 본격화되었다고 해도 과언이 아니다. 타자성을 재영토화하는 작업에 투입된 막대한 에너지 집중(Cathexis)은 단번에 철회될 수 있는 것이 아니다. 새로운 시적 발화가 분열된 주체의 정립에서부터 그러한 정립에 대한 의심에 이르기까지 폭넓은 스펙트럼을 띠고 나타나는 것은 이상하지 않다.

지금 여기에서 2000년대 시의 전체 흐름을 복기하는 것은 불필요한 일이다. 필요한 건 차라리, 신해욱이라는 분광기(分光器)이다. 가시광선 외부에 적외선과 자외선이라는 또 다른 빛이 있듯, 신해욱은

'나'의 가시성 바깥에 다양한 비가시적 주체들의 실존을 투영한다. 소위 "3부작의 꿈"(『간이 식탁』, 『syzygy』, 문학과지성사, 2014)이라 할 만한 세 편의 시집(『간결한 배치』『생물성』『syzygy』)은 분광된 주체의 스펙트럼을 투명하게 고지한다. 여기서 주목할 것은 도플러 효과에 의한 청색 편이(blue-shift) 현상이다. 그의 시적 발화는 최근에 이를수록 적외선에서 자외선으로 이동하는 양상, 즉 타자와의 거리가 가까워질수록 주파수가 증가되는 현상이 관찰된다. 특히 『비성년 열전』(현대문학, 2012)에서의 청색 편이 현상이 두드러지는데, 이는 '바틀비'와 같은 열외적 존재가 주체 내부로 점근하고 있음을 강력히 예증한다. 더욱이 최근 시편들에서는 '의심하는 나'가 'syzygy'와 같은 확정될 수 없는 기표에 정박할 수밖에 없음을 암시적으로 보여 주는 듯하다. 이는 '의심'을 '부정성'으로 전도하려는 시도로 간주할 수 있는 바, 관건은 분열된 주체 내부에 터를 잡은 '바틀비'를 시적 주체가 과연 온전히 '바틀바잉'할 수 있는가의 여부이다.

2. '섀도복서'의 아웃-파이팅

'섀도복싱'은 눈앞에는 없지만 있다고 가정된 존재와의 대결이다. 이는 실제 상대와의 결전을 치루기 위한 예행연습이지만, 신해욱의 시에서는 시적 주체가 내부의 타자성과 치루는 대리전의 양상을 띠고 있다. 물론 여기서 전제되어야 할 것은 '너' 혹은 '당신'이 '나'의 다른 판본이라는 사실이다. 이러한 전이는 '당신'이 '나'에게로 점근할 때 발생하는 현상 가운데 하나임에 틀림없다. 『간결한 배치』의 무대를 보자.

거기 있다는 걸 안다.

빈틈을 노려 내가 커다란 레프트 훅을 날릴 때조차 당신은 유유히 들
리지 않는 휘파람을 불며 나의 옆구리를 치고 빠진다.

　　크게 한 번 나는 휘청이고

　　저 헬멧의 틈으로 보이는 깊고 어두운 세계와 우우우, 울리는 낮게
매복한 소리.

　　바닥으로 끌어내리는 완악한 힘에 맞서 당신을 안아 버리는 이 짧고
눈부신 한낮.

　　부러진 내 갈비뼈 사이의 텅 빈 간격으로 잠입하는 당신에 대해

　　당신의 그 느린 일렁임에 대해

　　나는 단지 말하지 않을 뿐이다.

　　천천히 저녁이 열리면

　　이 헐거움을 놓치지 않으며 길고 가늘게 드러나는 당신.

　　빈틈을 노려 내가 복부를 공격할 때조차 당신은 정확히 내 팔 길이만
큼만 물러서며 나를 조롱한다. 당신이

　　거기 없다는 걸 안다.

　　　　　　　　　　　　　　　　　　　　　　　　—「섀도복싱」 전문

　　「섀도복싱」에서 복서가 처한 난국은 이렇다. '당신'과의 대결에서
'나'의 공격은 허방만을 가로지르지만, '당신'의 공격은 항상 정확히
타격한다는 점. 섀도복서가 상대해야 할 것은 "빈틈을 노려 내가 복
부를 공격할 때조차 당신은 정확히 내 팔 길이만큼만 물러서며" '나'
를 가격하는 사태이다. 이는 "뒤를 보면 뒤는/다시 뒤로 가며 약간 물
러나고"(「오래된 구도」)의 곤경과 정확히 일치한다. 「검객」에서는 자기
도 모르는 사이에 베어진 자가 맞닥뜨린 난국으로 표현되고 있다. 왜
이런 일이 벌어지는가? '당신'은 항상 "나보다 조금씩/먼저 움직이

기"(「한 사람 1」) 때문이다. '당신'의 기민함과 '나'의 둔중함의 차이가 이러한 사태의 일차적 원인인 셈이다. 그러니 섀도복싱의 결과는 참담할 뿐이다. 헛손질과 클린칭의 반복. 이에 비해 '당신'의 일격은 치명적이다. 단 한 번의 가격으로도 "크게 한 번 나는 휘청이고", "바닥으로 끌어내리는 완악한 힘"에 맥을 추지 못한다. 상대는 나비처럼 날아 벌처럼 쏘지만, '나'는 벌처럼 날아도 나비처럼 펄럭일 뿐이다.

주목할 것은 "부러진 내 갈비뼈"가 실증하는 '당신'의 가격의 실재성이다. 이것은 '당신'이란 존재의 가상성을 일격에 무너뜨리며, '당신'이 단순한 연습용 파이터가 아님을 보여 준다. 실체는 드러나지 않지만 그 효과가 실재한다면, 우리는 '당신'이 누구인지 묻지 않을 수 없다. '당신'은 누구인가? 문제는 신출귀몰한 '당신'에 대해 알려진 것이 아무것도 없다는 사실이다. "아주 잠깐씩만/사라지는 당신에 대해/알려진 것은 없"(「잠식」)지만, 그런 존재에 의해 생명이 잠식당하고 있는 것이다. 따라서 질문은 '당신'이 출몰하는 내밀한 장소로 우회한다. "거기 있다는 걸 안다"와 "거기 없다는 걸 안다"가 동시에 확증하는 "거기"의 자리는 어디인가? 양자의 대척점이 '안다/모른다'가 아니라, '있다/없다'에 놓인다는 것에 특별히 주목해 보자. 그렇다면 시적 주체는 '당신'의 존재와 부재를 모두 알고 있는 자가 된다. 그러므로 '거기'는 '여기' 혹은 '저기'와 대립하는 특정의 장소가 아니라, '당신'의 존재와 부재가 이중적으로 출현하는 장소로 이해되는 것이 적절하다.

실재와 가상, 존재와 부재가 이중적으로 기입된 장소, '나'의 밖에서 일정한 거리를 두고 '나'와 이접하는 장소라면 가장 유력한 곳은 그림자이다. "당신의 그 느린 일렁임", "길고 가늘게 드러나는 당신"은 이를 방증한다. 따라서 그림자는 '당신'이 출몰하는 장소로서의 '거기'이며, 동시에 섀도복싱의 대상인 '당신' 자신이기노 하나. 섀도복서가 싸워야 하는 상대가 '섀도'라면, 섀도복싱은 '나'의 분신으로서의 그림자와의 싸움이 되는 것이다. 이로부터 '당신'에 대한 가격이 '나'에 대한 가격일 수밖에 없음이 도출된다. 싸울수록 "바닥으로 끌어내리는 완악한 힘"에 휘청거릴 수밖에 없는 이유이다. 이런 '당신'을 상대로 아웃파이팅을 할 수는 없다.

　시적 주체는 '섀도'를 일종의 "얽힌 시선"(「근시안 2」)으로 바라보는데, 이는 시적 주체가 자기의 분신을 바라보는 방식의 이중성을 설명한다. "얽힌 시선"은 일차적으로 대상을 포착하는 주체의 시력이 떨어진다는 의미일 테지만, 역으로 세계에 내재하는 비현실적 현상, 특히 존재와 부재로 얽힌 존재들을 가늠하는 데 있어 뛰어난 역능을 지니고 있다는 의미로 해석할 수도 있다. 그의 시선이 "하얀 얼굴이 너를 빌어/살고 있다"(「가부키」)나 "투명한 얼룩들이 나의 안쪽으로부터/자꾸 눈으로 배어 나온다"(「세입자」)와 같은 내밀한 사태를 감지할 수 있는 것도, "내가 거기에 없는데/내 눈이 거기에 있다"(「남는 것과 사라지는 것」)와 같은 착종된 시선의 존재 때문이다. 그러니 '소실점'은 유동할 수밖에 없다. 말 그대로 "소실점이 살아 있다"(「낡은 복도」). '섀도'와 같은 얽힌 존재를 제대로 바라보기 위해서라면 '소실점'은 존재와 부재 사이를 부단히 왕래해야 하는 것이다. 이것이 시차(視差)의 간극이 발생하는 이유이다.

3. '섀도복서'의 인-파이팅

　'섀도'와의 2회전은 무대를 주체 내부로 이동했을 때, 보다 잘 조망될 수 있다. '생일'마저 "어색한 시간"(「축, 생일」)이 돼 버리는 참혹한 광경의 엔딩-크레딧을, 『생물성』(문학과지성사, 2009)의 시계(視界)는 다음과 같이 그리고 있다.

앞으로는 이름을 나눠 갖기로 하자.
아주 공평하게.

지금까지의 시간은
너무 이기적이고 외로웠어.

우리는 두 개의 눈과
두 개의 귀와
수많은 머리칼이 있지만

나의 몫은
그런 식으로 존재하지 않는다.

손금은 제멋대로 흐르다가
제멋대로 사라지고

꿈속에 사는 사람은
꿈 밖으로 팔을 뻗어 전화를 받고

나는 뺄셈에 약하다.
남는 것들
사라지는 것들이 이해되지 않는다.

이름을 나눈다면
뒤를 밝히는 일도

두 개의 소리를 듣는 일도 없을 거야.

그렇게 생각하자.

　　　　　　　　　　　　　　　　　　—「따로 또 같이」 전문

　"따로 또 같이"라는 제목이 일차적으로 승인하는 것은 복수의 분열된 주체이다. 여기서 섀도복서는 "꿈속에 사는 사람"이란 헬멧을 쓰고 등장한다. "꿈속에 사는 사람"이 '나'의 다른 판본, 곧 다른 자아(alter ego)임은 분명해 보인다. "나는 내가 두 개인 것처럼/무겁다"(「체육 시간」)와 "나에게서는/두 가지의 피가 흐르는 중이었다"(「줄 속에서」)를 보라. 이들은 꿈과 현실, 환상과 실재에 가로놓인 경계를 단박에 무너뜨린다. "꿈 밖으로 팔을 뻗어 전화를 받고"는 꿈과 현실의 경계가 약화된 지점에서 섀도복서가 현실에 개입하는 순간이다. "뒤를 밟히는 일"과 "두 개의 소리를 듣는 일"이 벌어지는 것도 이 때문이다. 사각의 '링'과 객석을 구획하는 세 개의 가로줄이 너무 느슨한 까닭이다. 이로써 복안(複眼)의 존재, '겹눈의 주체'가 비로소 눈을 뜬다.

　"따로 또 같이"처럼 두 개의 '나'의 분리 병행의 삶을 압축적으로 표현하는 말도 드물 것이다. "앞으로는 이름을 나눠 갖기로 하자./아주 공평하게"는 이러한 삶의 불가피성을 선언한다. 이러한 선언이 섀도복서와의 결전이 무승부로 끝났음을 알리는 최종 선고로 해석될 수 있을 것인가? 그러나 "내가 목을 움켜잡고 있는 동안/따로 또 같이"(「지구의 끝」)에서 보듯, 복수의 '나'의 승인이 "지구의 끝"이라는 치명적인 조건 하에서 이루어지고 있음을 간과할 수 없다. 게다가 '이름'을 나눠 갖는 일, 그것도 "공평하게" 나누는 일은 그리 간단하지 않다. '나'와 '또 다른 나'의 사칙연산, 특히 뺄셈과 나눗셈으로부터 적당한 "나의 몫"을 "공평하게" 할당받는 것은 불가능하기 때문이다. 여기에는 "남는 것들"과 "사라지는 것들"이 운산되지 않기 때문이다.

"남는 것들"과 "사라지는 것들"을 포착하기 위해서는 「눈 이야기」에 나타난 세 가지 운산법을 참조할 필요가 있다. 그것은 다음과 같다. 첫째, "한 번에 한 사람이 된다는 건 충분히 좋은 일". 이는 순간의 시점에서 단 하나의 주체만을 승인한다. 그러나 매번 다른 사람이 되어야만 한다.("매일 다른 눈을 뜬다.") 둘째, "한꺼번에 한 사람이 될 수 없다는 건 조금 슬픈 일". 이는 복수의 '나'를 "한 사람"으로 견인하려는 시도의 실패를 보여 준다. 이로부터 발생하는 슬픔의 이면에는 복수의 '나'를 버틸 수 없는 주체의 한계가 내포되어 있다. 셋째, "한 개의 눈을 미리 뜨고/약간의 사람이 되는 건 옳지 않은 일." 이는 복수의 '나'의 일면을 드러냄으로써 부분적 인간이 되려는 시도이다. 이를 위해 "남는 것들"과 "사라지는 것들"을 은폐해야 한다. 이것이 시적 주체가 부분적 인간에 대해 강한 윤리적 거부감을 표출하는 이유이다.

이 세 가지 실패로부터 강제되는 것은 "제발 가라. 한쪽 눈을/강제로 감았다"(「생물성」)가 암시하는 제4의 운산법이다. 그러나 이런 방식 역시 실패할 수밖에 없다. "동시에 두 개의 말이 나오는데/나는 말의 방향을 짐작할 수 없었다"(「생물성」)에 명시된 "말의 방향"에 대한 주체의 불안이 최종 승인되지 않았기 때문이다. 자아의 정립에서 결정적인 것은 사후 승인이다. '거울 단계'에서 상상적 자아의 '오인(meconnaissance)'은 대타자의 승인이 전제되어야 하는데, 섀도복싱의 '링'에서는 이러한 승인이 존재하지 않는다. 이것이 난국의 실제적 원인이다. 그러므로 주체는 의심에서 벗어나 스스로를 확증할 수 없다. "그렇게 생각하자"는 승인받지 못한 자아가 복수의 '나'를 받아들일 때 내미는 일종의 자구책으로 볼 수 있다. 이것이 복수의 '나'를 견디는 주체에게 남은 유일한 카드일 테지만, 이것만으로 섀도복서와의 마지막 회전을 치를 수 없음 또한 분명하다. "얼굴이 없는 불행을 견디기엔/나는 너무 나약했다."(「생물성」)

'나약함'의 선언이 신해욱 시의 최종 판본이 아님은 재론의 여지가 없다. 분열된 주체의 승인은 오히려 '바틀비(Bartleby)'의 출현을 알리는 종소리로 기능한다는 점에서 시점이 전환되는 계기를 마련한다. 다소 오해의 여지가 있지만 '비성년'이라는 말도 마찬가지이다.

成年이란 말에는 움직임이 내포되어 있다. 움직여서 인간의 세계에 성공적으로 진입하여 권리를 행사하고 의무를 이해하게 된 이들을 성년이라 부른다. '아직' 그렇게 되지 못했으되 이제 그렇게 될 이들을 미성년이라 부른다. '이미' 그렇게 되지 않는 이들은, 그러니 비성년이라 부르기로 하자. 미성년은 대기 중이고, 비성년은 열외에 있다.[1]

'바틀비'이든 '비성년'이든, 상징화될 수 없거나 상징화를 거부하는 자의 존재는 이중적인 기능을 수행한다. 우선, '열외'의 자리는 현실 세계의 파열을 초래할 잠재력을 지닌다. '열외'는 현실 세계가 축적하는 상징적 질서를 교란하기 때문이다. 신해욱의 말대로, 우리의 사회에서 이러한 '열외'의 존재가 "달래도 구슬려도 위협해도 회귀하는 존재. 창백한 유령, 입가로만 웃는 고요한 인형. 악령이 깃든 아이. 죽은 채로 살아 있는 좀비. 외계의 기이한 생물체. 집요한 스토커"[2] 등으

---

1 신해욱, 『비성년 열전』, 현대문학, 2012, p.20.
2 신해욱, 위의 책, p.11.

로 묘사되는 것도 이 때문이다. 한편, 놓쳐서는 안 될 것은 이러한 '열 외'의 존재가 세계의 구성 요소이기도 하다는 사실이다. 마치 모든 집 합에는 공집합이 내재하듯, '열외'의 자리는 상징계의 작동을 가능케 하는 최소 지점이다. 텅 빈 결여의 자리야말로 퍼즐 맞추기, 그러니 까 섀도복싱을 가능케 하는 동력이라고 할 수 있다. 이는 "우리는 우 리가 몇 명인지 모른다./처음부터 한 자리가 모자랐으니까/어쩔 수 없다"(「모르는 동생들」)와 같은 구절에 암시되어 있는 사유와 통한다. 처 음부터 부재하는 '한 자리'가 우리의 '간식 시간'을 구성하고 있다.

그러므로 '바틀비'가 지닌 의의는 다른 차원에서 찾아져야 할 것이 다. 지젝은 '바틀비'의 "I would prefer not to"를 "가장 순수한 형태 의 감산의 행위"[3]로 규정한 바 있다. 지젝에 따르면, '바틀비'는 주 체 내부에 내재적 균열을 일으키는 존재이고, 그가 발생시키는 '시차 적 전환'은 최종적으로 "어떤 것(something)으로부터 아무것도 아닌 것(nothing)으로의 이동"[4]을 초래한다고 한다. '바틀비'는 특정의 '어 떤 것'을 부정하는 자가 아니라, '아무것도 아닌 것'을 선호하고 실천 하는 자인 것이다. 신해욱의 시에 등장하는 복수의 '나'와 그들의 치 열한 대결이 예비하는 것이 바로 '바틀비'의 '아무것도 아닌 것'으로 의 이주이다. 여기서 문제는 시적 주체가 이러한 '부정성'으로의 이 주를 제대로 치를 수 있는지의 여부이다. "상상 속에서나마 나는 심 연을 견디는 그들처럼 되고 싶은 것일까. 아니면 견디고 있는 그들을 견디고 싶은 것일까"[5]라는 고백에는 모종의 머뭇거림이 내재되어 있

---

3 슬라보예 지젝 저, 김서영 역, 『시차적 관점』, 마티, 2009, p.747.
4 슬라보예 지젝, 위의 책, p.748.
5 신해욱, 앞의 책, p.19.

다. 외적으로 그것은 스스로를 '바틀비'로 규정하려는 것과 그들과 이웃하려는 것 사이의 주저를 표현하지만, 그 이면에는 '바틀비'가 주체 내부에 마련한 '아무것도 아닌 것'의 공소성을 온전히 버틸 수 없을지도 모른다는 두려움을 함축하고 있는 것이다. 따라서 섀도복서와의 인파이팅은 주체 내부의 '바틀비'를 견디는 '바틀바잉(bartlebying)'의 승부라고 할 수 있다. 여기서 시적 주체는 "바틀비라는 병의 치료를 거절하고 자발적으로 용기 있게 앓는 이들"[6], 곧 '바틀바잉들(The bartlebyings)'의 일원이 된다.

4. 부적을 붙이는 심정

신해욱의 세 번째 시집 『syzygy』(문학과지성사, 2014)는 '바틀바잉들'에 소속된 한 주체의 '바틀바잉'의 채록이다. 여기서 '나'와 '당신'의 섀도복싱은 '시차적 간극'으로 인해 이중화된다. '나'와 '당신'은 생일 파티에서 뒤바뀌고, 과거와 현재는 아직 아닌 시간에서 중첩된다. '간이식탁'은 이러한 기이한 일들이 벌어지는 무대이다.

네가 나에게 식품과 젓가락을 나누어 주셔서
고맙게 생각합니다.

3부작의 꿈을 모두 꾸고 나니까 몹시
배가 고팠습니다.

3부에 걸쳐 내가 한 일이라곤

---

6 신해욱, 앞의 책, p.18.

매번 뒤늦게 도착해 끝을 보며 울어 버리는 것뿐이었지만.

그런데 이해가 안 된다. 왜 너의 눈에서
내 눈물이 앞을 가리는 걸까.

나는 너를 꿈에서도 그리워한 적이 없는데.

똑같은 축하 케이크를 반복해서 자르며
너의 뒷모습은 언제나 박수를 치고 있었는데.

—「간이 식탁」 전문

"3부작의 꿈"을 섀도복서와의 3회전에 빗댈 수 있다면, "매번 뒤늦게 도착해 끝을 보며 울어 버리는 것"이라는 구절은 섀도복서와의 매 회전에 어떤 문제가 생겼음을 암시한다. 판정에 뒤늦게 당도한 자의 '눈물'은, "너를 꿈에서도 그리워한 적이 없는데"라는 기억의 회로에 어떤 단락(short-cut)이 생겼음을 보여 주고 있다. '눈물'은 3회전의 결투가 '너'에 대한 그리움에서 치러진 것을 의미하기 때문이다. 생일 파티라고 다를 것이 없다. "똑같은 축하 케이크"가 직접 호출하는 것은 2회전 「축, 생일」(『생물성』)의 마지막 장면이다. "이목구비는 대부분의 시간을 제멋대로 존재하다가/오늘은 나를 위해 제자리로 돌아온다"는 생일 파티의 첫 장면은 「간이 식탁」의 엔딩-컷과 정확히 일치한다. 딱 하루 귀환한 이목구비가 「간이 식탁」에서 박수치는 "너의 뒷모습"인 셈이다. 여기에 이중의 '시차적 간극'이 발생한다. 생일 파티에 내재된 과거와 현재의 시차(時差)의 간극이 '나'와 '너'의 시차(視差)적 간극과 중첩되어 나타나는 것이다.

"그런데 이해가 안 된다. 왜 너의 눈에서/내 눈물이 앞을 가리는 걸까"는 이중적 시차의 간극과 그것을 인식한 주체의 난국을 그대로 보여 준다. 이는 "바꿀 것이 있는데"(「체인질링」)라는 "체인질링"의 상황과 동궤를 이루고, "맞아. 우리는 사실/흥정이라는 것을 하고 있는 거다"(「exchange」)와 다르지 않으며, 결정적으로 "나로부터/썩 물러난 간격을 유지하면서도 그는/나의 눈에 달라붙어 있었다"(「전염병」)와 짝패를 이룬다. '나'와 '섀도'의 위치가 전도된 채로 접속되어 있는 것이다. 이러한 전도된 상황에서 가장 문제가 되는 것은 '너의 눈에 흐르는 내 눈물'이다. 마치 '클라인의 병'처럼 '당신'의 눈과 '나'의 시선이 연결되어 있어, '너의 눈'에 '내 눈물'이 흐르고 있으니 말이다. 이 '눈물'은 '텅 빈 삶'을 견뎌야만 하는 주체의 비애를 표현한다는 점에서 의미심장하다. 다시 말해 "내 삶은 나보다 오래 지속될 것만 같다"는 추측의 반대편, 즉 '내가 내 삶보다 오래 지속될 것'에 대한 주체의 불안과 두려움을 표현하고 있는 것이다. '텅 빈 나'로 살아가는 것보다 '텅 빈 삶'을 살아야 하는 것이 더 슬픈 이유는, 후자가 "썩은 동아줄에 매달려/흔들리고 있는"(「허와 실」) 불안과 두려움을 증폭시키기 때문이다.

그러므로 『syzygy』의 마지막에 「未然에」가 놓이는 것은 마땅한 일이다. 섀도복서와의 마지막 회전이 "未然"의 링에서 치러지는 것은 거의 필연적이다.

이제 되었다니. 그럴 리가.

네가 너무 뚜렷하게 살아 있어서 나는 감히
불을 밝힐 수가 없었는데

네가 원을 그리면

나는 더 큰 원을 따라 분실물처럼

건성으로 움직여야 했는데

빛이 건드려 본 적 없는 물체들과

나에게 닿지 않는 난해한 경험들 사이에서

내가 잃어버린 건

동그란 열쇠 구멍일 것이었는데

그런데 네가

되었다니.

네가 버려진 거라니.

너에 의해 이제껏 내가 기다려진 거라면

누가 누구지.

이런 시간은 뭐지.

　　　　　　　　　　　　　　　　　—「未然에」 전문

　샤도복서의 전략은 '너'가 그리는 원보다 "더 큰 원을 따라" 움직이는 것이다. 이것은 외곽에서 '너'를 코너로 몰기 위한 작전일 것이다. 그러나 이로부터 결과하는 것은 "동그란 열쇠 구멍"의 상실일 뿐이다. 무엇이 이런 결과를 초래하는가? 이는 '나'의 스텝이 "분실물처럼/건성으로 움직여야"만 하는 이유에 대한 물음이기도 하다. 첫 번째 관문은 주체가 상실한 것이 '열쇠'가 아니라 '열쇠 구멍'이라는 사실을 이해하는 것에 있다. 상징화될 수 없는 사물들과 경험들이 '열쇠 구멍'을 내파·확장하여 기존의 '열쇠'를 무용지물로 만들고 '열쇠 구멍'을 구획하려는 '나'의 시도를 허사로 만들고 있다. 두 번째 관문은 섀도복싱이 '어떤 것'을 얻기 위한 싸움이 아니라 '아무것도 아닌 것'을 위한 싸움임을 이해하는 것에 있다. 싸움의 승패는 섀도복서를 링바닥에 처박는 것이 아니라 싸움을 '아무것도 아닌 것'으로 만드는 데에 있다는 말이다. '바틀비'처럼 "I would prefer not to"라고 말해야 한다.

그런데 "이제 되었다니. 그럴 리가" 없는 것이다. "이제 그만하자"(「무언극」)는 선언이 '나'가 아니라 '섀도'로부터 발화되는 순간, '너'와의 결전은 구도 자체가 근본적으로 뒤틀려 버린다. 여기서 '나'와 '너'의 능동성과 수동성의 전환이 야기된다. 지금까지 네가 '나'를 기다린 것이라면, '너'와 '나'의 자리 교환은 최종적으로 "누가 누구지"라는 인칭의 혼동과 "이런 시간은 뭐지"라는 시제의 혼돈을 야기할 수밖에 없을 것이다. 이러한 혼돈은 시적 주체가 다른 우주로 전송된 이후에야 비로소 종료될 수 있다. '인칭'은 "신해욱이 발견한 웜홀의 입구"이고, '시제'는 그 "출구"이기 때문이다.[7] 이렇게 요약할 수도 있겠다, '인칭'과 '시제'의 혼돈은 시적 주체를 '윈터바텀'이라는 시간의 임계점에서 복소수 아이(i)로 재생하고 있다고.

이로부터 다음과 같은 질문들이 추가로 제기된다. 혼돈된 시간 속에 거주하는 주체는 실수(實數)로 환원될 수 없는 유령과 같은 존재인가? 그렇다면 복소수 아이(i)는 복안의 주체들이 '한꺼번에' 눈을 뜨

---

7 박소연, 「헬륨 풍선처럼 떠오르는 시점과 시제」, 신해욱, 『생물성』, p.112, p.120.

는 장소가 되는 것인가? 그렇다고 실체 없는 자의 출현을 곧바로 발화 자체의 공소성으로 환원할 수도 없지 않은가? 이것들은 궁극적으로 '나'를 '하나의 나'로 정립하려는 시도가 실수(失手)였음을 예증하는가? 이러한 질문들은, 환원하려는 시도를 포기함으로써만 그 기미를 내보이는 '미연'의 시공간에 출몰하는 유령을 시적 주체가 어떻게 견뎌야 하는지의 문제로 수렴되는 것처럼 보인다. 유령의 이야기가 유령 자체가 아닌 것처럼, "내가 몹시 쓰고 싶었던 일기의/유령"(「일기와 유령」)이 존재한다고 해서 "내가 쓰고 싶었던 일기"가 '유령'인 것은 아니지 않은가?

　시적 주체가 'syzygy'라는 기표에 닻을 내렸다는 것은 꽤나 의미심장하다. '섀도' 혹은 '유령'과의 닿을 듯 말 듯 한 거리를 노정하는 'syzygy'는 "쓸 수 없는 것과/써서는 안 될 것들"(「개그맨」)의 기표이다. 따라서 닿을 듯 말 듯 한 '미연'의 시공간에 'syzygy'라는 이름을 붙이는 행위는 "부적을 붙이는 심정"(「표사」)과 다르지 않을 것이다. 액운이 덮칠 것이라면, "우리도 속옷 속에/부적을 한 장씩은 지녀야 하는 거다"(「예언보다 가까운」). 그러니 'syzygy'의 효험을 가늠하는 것은, 꽤나 상투적인 말일 테지만, '아직 아닌 것'이다. 신해욱의 시 쓰기는 '시를 쓰는 나'를 쓰고 지우는 자의 액막이이기도 하기에, 우리는 "베껴 쓴 이야기에 소리를 불어넣고/뜻을/때를/기다려야 한다"(「녹취록」). 대체 어디에서 기다리란 말인가? '미연'의 시공간에서, 아직은 그러하다'와 '아직은 그러하지 않다'의 중간에서, 하여 "태어남과/태어나지 않음"의 "중간에서"(「다음에는 중간에서」)……. 여기서 문득 "돌려줄까", "나눠 줄까", "돌아갈까"라는 소리가 들린다면, 그 대답은 역시 "아니"(「내가 감춘 것들」)일 것이다.

아버지의 방정식과
아들의 방아쇠

1. 입속 절벽

김수영은 "욕망이여 입을 열어라 그 속에서/사랑을 발견하겠다"고 말한 바 있다(「사랑의 변주곡」). 그렇다면, 그가 욕망의 입속에서 발견한 것은 무엇인가? 여기 '아나키스트'의 시인이 있다. 그는 이렇게 말한다, "우리는 우리의 기원 속에 깃들었던 사랑을 발견할 것"이라고(「신록의 무덤 앞에서」). 이것은 김수영의 「사랑의 변주곡」의 변주곡인가? 그렇다. 그러나 그것은 주체의 기원 속에서의 사랑의 탐색이라는 점에서 김수영의 「사랑의 변주곡」보다 앞자리에 놓인다. 프렐류드(prelude)는 이렇다. "절망이 확신이 되는 변곡점을 지나간다"(「시인의 말」). 그러니까 그는 지금 '우리의 기원'을 통과하고 있는 중이다. 입에서 위에 이르는 긴 식도…….

그러나 이번에는 위에서 입으로 향하는 방향이다. 그가 '역진화'를 통해 예전에 삼켰던 '어떤 것'이 반환점을 돌아 비로소 실체를 드러내고 있다. '어떤 것'이란 어떤 것인가? "입을 벌린다 후두를 넘어가는/

눈물, 삼켜 버린 검은 사람"을 보라(『역진화의 시작』의 뒤표지 글). 하지만 삼킨 것이 그대로 되돌아 나오라는 법은 없다. 들어간 것이 아니라 "입안에 절벽"(「black」)을 거슬러 오르는 '어떤 것'을 물어야 한다는 뜻이다. 그 중간에 경사를 아슬하게 "버티고"(「버티고」) 있는 '아담의 사과(Adam's apple)'가 있다. 여기가 이번 시집이 놓인 자리다. 언어와 리듬의 아슬한 터가 있다는 말이다. '아담의 사과'는 '아버지'에 대한 죄의 결과이자, 혁명의 언어와 와류의 리듬의 열매다. 그러니 "입안에 절벽"에 '아담의 사과'가 놓이게 된 연유부터 물어야겠다.

2. "선생(先生)의 당신"과 찢겨진 자

정북에서
그늘이 허물어진다

허벅지에 앉힌 아이가
새우깡을 먹는다

입술의 경련
뼛가루처럼

여객이 빨려 들고
미간으로 기차가 들어온다

낮은 어둠의 담장 아래
웅크리고 울던

선생(先生)의 당신

분쇄되어 나의 입속으로

—「영천(永川)」(『리듬』, 파란, 2016) 전문

『아나키스트』(문학과지성사, 2005)에서 『태양의 연대기』(문학과지성사, 2008)를 거쳐 『역진화의 시작』(문학과지성사, 2012)에 이르는 도저한 흐름을 찬찬히 목도한 자라면, 이 시 앞에서 "그늘이 허물어"지듯 한순간 허물어져도 좋다. 이 시에서 비애의 서정을 발견하는 것은 사소한 일이다. 시행과 문체의 변화를 지적하는 것은 더욱 사소한 일이다. 감정의 표백과 1연 2행의 전통적 형식의 차용은, 이 시에 내재한 거대한 에너지에 비하면 사소하다 못해 쇄말하기까지 하다. 그동안 장석원의 시에 "웅크리고 울던" 마그마가 그 기미를 드러내는 순간에 어찌 허물어지지 않을 수 있겠는가. 마치 "여객이 빨려 들고/미간으로 기차가 들어"오듯…… 아슬하다.

확실히, 시의 표면을 지탱하는 장력은 내부의 강력한 폭발력을 가까스로 버티고 있는 중이다. 「적막」(『태양의 연대기』)의 "당신이 허물어진다"가 일으킨 파문에 빗댈 수 있을까? 그러나 확연히 다른 것이 있으니, 그것은 파문이 "허벅지에 앉힌 아이"로부터 시작된다는 점이다. "새우깡을 먹는" 아이의 무심한 저작(詛嚼), 시작은 바로 그 아이에서 비롯한다. 아이가 으깨는 새우깡의 부스러기들은 "뼛가루"에 대한 기억, 곧 "분쇄되어 나의 입속으로" 빨려 드는 "선생의 당신"을 소환하고 있다. "아이"가 "나"를 저작하듯이 "나"는 이미 "선생의 당신"을 삼킨 자고, 지금 "아이" 앞에서 그것을 저작(著作)하는 자다. 「적막」이 "당신"과 "나"의 "사랑 후의 떨림"을 연장한다면, 「영천」은 "당신"

과 "나"의 관계가 "아이"와 "나"의 관계에 의해 '역진화'하는 사태의 절정을 "입술의 경련"으로 결정화한다. 이때 '영천'은 지명이기를 그치고 "당신"과 "나"와 "아이"로 이어지는 '영원한 흐름'으로서 역사성을 띤다. 따라서 "입술의 경련"은 "선생의 당신"이 '영천'의 주체에게 알리는 사이렌이다. "입안에 절벽"이 놓이게 된 까닭이 여기에 있다.

그럼, "선생의 당신"은 누구인가? 낱글자 하나하나에 주목한다면, 그는 시적 주체보다 먼저 산 자들 전체를 지시할 것이고, 낱글자의 합성에 주목한다면 스승이 될 것이다. 장석원의 시에서 "당신", 초기 시편들에서는 "그대"로 호명되었던 바로 그 "당신"이 맥락에 따라 여러 의미를 띤다는 것은 재론의 여지가 없다. 권력, 자본, 군주, 스승, 부친, 시대, 국가, 체제, 태양, 진리, 법, 도덕 등등. 이 가운데 군주와 스승과 부친은 "슈퍼 파더"로 통한다(「혼자 여는 문」, 『아나키스트』). 이들 "슈퍼 파더"는 일상적으로 금지의 명령을 통해 주체의 소외(alienation)를 야기하며, 때로는 도착적 쾌락을 위해 우리를 애용하는 "아버지들"이다. 잠시 『역진화의 시작』으로 돌아가 보자.

떠나는 바람의 꼬리가 허공에 기술한 우리의 이야기 우리의 것이 아니기에 보일 리 없지 우리가 경험한 어제의 사랑이 낯설고 고통 없이는 현실을 기록할 수도 기억할 수도 없으므로 창공의 별을 응시하는 우리는 세상이 잘못되었다고 믿으며 꺼져 가며 아버지의 탄생을 주재한다 오늘은 어둠의 할(割)뿐 할례뿐 아버지들과 할래

근친이므로 순수해질 수 있다네 피의 정화를 위해 아버지께서 말씀하실 때 우리 온몸을 집결시켜 봉헌을 준비하자 깨끗하게 몸을 닦자 번뇌와 후회가 우리를 용인하네 우리는 그들의 녕녕에 따따 이 니리의 씹

탱이들 아버지들과 상간한 후에야 재현되는 총체성을 바라본다.

—「별이 빛나는 밤에」 부분

이 시의 외설(外說)은 "아버지들과 할래"에 도드라지게 표현된 근친과의 상간이다. 지극히 외설(猥褻)적인 이러한 언사는 시적 주체의 욕망이 "억압자이자 동시에 유혹자"[1]인 '당신의 옷'을 벗기는 데 있음을 보여 주는 듯하다. 그렇다면 이러한 외설적인 일은 왜 벌어지는가? 그것은 일차적으로 "당신"이 "우리"의 사랑을 삼켰기 때문이고, "우리"가 그러한 사태를 향락하기 때문이다. 그러나 그것은 시의 표피 절개, 곧 할례(circumcision)에 불과하다. 외설적인 발화들의 내면에 존재하는 피하조직에 주목할 필요가 있다는 말이다. 예컨대, "우리는 세상이 잘못되었다고 믿으며 꺼져 가며 아버지의 탄생을 주재한다"는 전희가 암시하는, "아버지의 탄생"은 우리의 희생을 전제로 한다는 사실. 이로써 "우리는 임종 후 전시된 미라"(「시름과 검은 눈물」, 『역진화의 시작』)에 지나지 않게 되었다. 그리고 "우리는 그들의 명령에 따라 이 나라의 씹탱이들 아버지들과 상간한 후에야 재현되는 총체성을 바라본다"는 후희가 암시하는, 상간 이후에야 실체를 드러내는 '아버지들의 총체성'을 바로 보게 된다는 사실. 이 둘은 '아버지들과의 상간'이 "우리"를 번제(燔祭)함으로써 유지되는 "아버지들"의 세계를 현시하는 방법임을 암시한다. '역진화'는 바로 이러한 자기 소멸을 통해 누설되는 '아버지들의 총체성'을 외설적으로 만드는 장석원 식 사랑이었다.

군사부일체(君師父一體)는 '아버지들의 총체성'을 표현하는 또 다른

---

1 조강석, 「광장의 오후와 사랑의 형식」, 장석원, 『태양의 연대기』, p.171.

말이다. 이 공고한 봉건적 트리니티(Trinity)에서 군주를 분리하는 일은 쉽지 않다. 역사는 이를 위해 얼마나 많은 희생을 치러야 했는지를 이미 충분히 증언하고 있다. 장석원의 『아나키스트』에서 『역진화의 시작』에 이르는 처절한 여정은 이를 위한 고군분투라고 해도 과언이 아니다. 그러나 이는 '선생'을 떼어 놓는 일에 비하면 훨씬 수월하다. 군주가 '벌거벗은 임금님'처럼 자신의 외설적 욕망의 의장들을 하나씩 하나씩 벗어던질수록, 그러한 권력의 외설을 준엄하게 꾸짖을 존재로서 스승은 더욱 필요하기 때문이다. 군주는 사랑의 대상이 될 수 없지만, "선생의 당신"은 그렇지 않다. 이상의 「종생기」에서 따와 이번 시집에 리믹스된 「black」의 일절은 이를 가공 없이 보여 준다. "영원히先生님「한분」만을사랑하지오어서어서저를全的으로先生님만의것을만들어주십시오先生님의「專用」이되게하십시오". 시적 주체는 여기에서 한 번 더 찢긴다.

간질처럼 당신이 찾아온다
아버지는 선생님이었고
선생님은 나의
아버지
때문에
나는 찢겨
부스러질 것이다
바람의 손톱 끝에서
반짝거린다 나비 한 마리
그슬린 나의 검은 나비 내려앉는다

「black」 부분

"나는 찢겨/부스러질 것이다"에 담긴 비장한 예언은 "선생님" 때문에 생기는 일이다. 엄밀히 말하자면, "선생님"이 "나의/아버지"가 되었기 때문에 벌어지는 일이다. 스승이 아버지가 되는 이러한 전변에서 중요한 것은 전이의 내력이 아니라 투사의 강도이다. '선생님-아버지'의 접합의 정도는 시적 주체가 자기의 결여를 상징화하는 작업의 강도를 예증한다. 그러므로 핵심은 찢겨 갈라지고 독(毒)에 불탄 주체의 잔영을 형상화하는 "그슬린 나의 검은 나비"의 귀환에 있다. '나비'는 눈에 확연히 띄지는 않지만, 장석원의 시적 여정 전체를 날아온 자다. 그의 항적(航跡)은 다음과 같다.

> 내가 지니고 있던 무덤 밖으로
> 검은 나비 날아간다 (중략) 나도 그처럼……모든 것이 현재진행형으로 멸종되고 있는 경동시장 네거리에서, 나비야 나비야……
> ──「나의 전부는 거짓이었다」(『아나키스트』) 부분

> 나와 그의 접점에
> 나비 한 마리 앉아 있다
> ──「태양의 연대기」(『태양의 연대기』) 부분

> 당신의 게르 안에서 냄새 없는 대지의 몸통을 그리고 당신의 눈동자를 핥을 것이다. 삶의 기율은 가루가 되었다. 노래는 흘러가고, 나를 두고, 아리랑처럼 지워진다. 나비 한 마리의 失路를 기억한다. 나라는 나비, 나라는 곤충, 나라는 비행체. 초원을 향해 죽음의 비행을 시작한 후로 나는 줄곧 후회에 젖는다. 나는 지금 나의 비명을 기록한다.
> ──「육체 복사」(『역진화의 시작』) 부분

「black」의 "그슬린 나의 검은 나비"는 『아나키스트』의 "내가 지니고 있던 무덤"에서 출발해, 『태양의 연대기』의 "나와 그의 접점"을 거쳐, 『역진화의 시작』의 "나라는 나비"로 회귀하여 온 자다. "검은 나비"의 여정은 "그"라는 "당신"과 밀접한 관련이 있다. "나도 그처럼", "나와 그의 접점" 그리고 "당신의 게르"는 이를 명시적으로 보여 준다. 즉, "검은 나비"의 여정은 '선생님-아버지'와의 기이한 이접에 대한 시적 주체의 "죽음의 비행"의 항적이라고 할 수 있는 것이다. 이런 의미에서 "검은 나비"의 날갯짓은 "'나'와 '아비'라는 박절(拍節)로 이루어진, 죽음의 무한 반복"[2] 운동이 된다. 이때 "그슬린 나의 검은 나비"의 "그슬린"에 남겨진 흔적은 "나"와 '선생님-아버지'의 이접에 무슨 일이 생겼음을 암시한다.

나는 나의 사랑하는 사람의 육체를 단 한 번도 소유하지 못했기에 무릎 닳아 없어질 때까지 거리를 걷고 걸어 그곳에 도달할 것인데 여기서 옛날의 나를 만나니 이제야 나를 체념하기에 이르렀네 나의 사랑하는 사람이 그곳에서 나를 기다리네 나의 사랑하는 사람의 육체가 내 몸에 남겨 놓은 문자를 불태우네 우네 나의 사랑하는 사람의 얼굴 뭉개지고 그 몸을 화형하고 나는 어디로 가는 것일까 나의 사랑하는 사람이 눈물 흘리며 나를 바라본다네 불꽃 속에서 마지막으로 나의 사랑하는 사람의 얼굴을 본 듯하네 /// 나의 사랑하는 사람이 말한다 //// 나는 사랑 없고 동정 없는 세상에서 지리멸렬을 덮어쓰고 병통에 매여 원숭이처럼 울고 있네

─「문질빈빈(文質彬彬)」 부분

2 상철환, 「복사(複寫)와 나비, 죽음의 무한 회귀」, 『현대시』, 2012.2, p.35.

"나의 사랑하는 사람"의 화형식을 집도하는 자의 슬픔은 어떤 것일까? 그 불길 속에서 "눈물 흘리며 나를 바라"보는 그의 눈빛과 눈 맞춘 자의 비애와 절망은 가늠키 어렵다. 그럼에도 불구하고 물어야 할 것이 있다. 이러한 행위는 어디에서 비롯하는가. 체념인가 분노인가, 아니면 "순응하는 자의 복수"(「suicide note」)인가? 이를 판단하기 위해 먼저 확인해야 할 것은 화형식이 시적 주체 자신의 화형식이라는 사실이다. 곧 화형식은 "나의 사랑하는 사람의 육체가 내 몸에 남겨 놓은 문자"를 불태우는 행위다. 따라서 불타는 것은 "나의 사랑하는 사람의 육체"일 뿐만 아니라 "내 몸"이기도 하다. "나비 불꽃"(「연기와 재」)이라는 수일한 이미지의 비상은 여기에서 비롯한다. 만약 슬픔이 "들어차서는 분비되기 위해 요동치는 액체"(「버티고」)라고 한다면, 화상(火傷)으로 인한 물집과 고름은 뜨거운 슬픔이 될 것이다. 이는 "그슬린 나의 검은 나비"의 상처가 "그 몸을 화형하고 나는 어디로 가는 것일까"에서 비롯하는 멜랑콜리의 결과임을 보여 준다.

따라서 이 고통스러운 화형식은 "당신은 나의 마음을 들썩이게 하지만 당신은 나를 작동시킬 수 없고 나의 몸을 사용할 수도 없다"(「피정(避靜)」)는 엄정한 선언으로 읽혀야 한다. 이는 그동안 시적 주체를 규율했던 "선생님과 아버지의 충고 프로그램"(「탐닉」, 『태양의 연대기』)을 폐기해야 한다는 것을 뜻한다. 이 프로그램은 시적 주체를 비롯한 우리를 감염시키는 악성코드이기 때문이다. 바이러스(독)는 극미량으로도 숙주를 파괴할 만큼 치명적이라는 사실을 망각해서는 안 된다. "슈퍼 파더"의 대리자인 조교가 '오후의 연병장'에서 아무리 아니라고 강변해도, 그것은 "흔적 없이 뇌수에 스며들어 우리에게 사멸의 촛불을 찬양하게 하는지도 모른다는 사실 아닌 사실"(「바이러스」)을 드러낼 뿐이다. 그러므로 화형식은 시적 주체를 감염시켰던 "선생님과 아버지의 충고 프로그램"의 번제인 것이다. 여기에는 주체의 통렬한 각성, "독에 이르러 독이 나였음"(「suicide note」)을 깨달은 오이디푸스적 절망이 배어 있다.

3. '아버지의 방정식'과 판별식 D(Discriminant)

소용돌이에 빠진 내가 나를 구출하기 위해 왼팔로 오른팔을 끌어당긴다

엷은 먼지의 머리칼
부풀어 오르는 저녁의 하악
우리가 도달한 반환점
죽은 자들이 꽃을 밟는다
능지된 검은 꽃 안에
잠드는 아이들의 차가운 이야기
고통이 부족한 저녁이다

파도가 사람을 건드린다 사람은 거품이다 사랑하는 사람에게 배는 도래하지 않는다 당신을 믿지 못하여 사랑을 잃고 당신이 버린 우리와 버려진 우리의 고통 때문에 최후의 죄와 벌이 완성된다 불꽃이 타오른다

노예였던 우리의 주인과 제자였던 우리의 스승 우리는 한 몸을 지녔으나 영혼이 두 동강 난 비천한 쓰레기인데 당신이 더럽혀졌다는 것을 알게 되자 새로운 피조물이 될 수 있었던 것인네 ㅗ로부터 영속하는 종

오와 사랑이 우리를 격파해 버렸다는 것을 알게 되었기에 당신의 복막
을 찢고 새로 태어날 것이라고…… 선언한다

　이후의 혁명은 거짓이다

　너희의 무거운 죄를 보라 내가 아니었다면 너희에겐 절망뿐이었으리
참회와 증오가 죄진 육체를 둘로 찢은 후 나의 젖을 먹고 자란 아들이
나를 죽이려고 하니 아들이 바로 뱀이었으니 모두가 파멸한 후 너희의
죄는 나의 것이니라 옥에서 손발을 자른 채 벌을 받아야 하는 자 나이니
너희가 늙어 작아질 때 너희의 육체 붕괴되어 모래가 될 때 너희의 영혼
부서질 때 죽음이 너희의 영육을 씹을 때 내가 너희를 껴안을 것이니 너
희를 만들고 키워 낸 젖과 꿀이 흐르는 땅에 흑이 들어찼으니 이제 나는
되살아나느니라 나를 공양하는 자 생명으로 빚어 새로 태어나게 할 것
이니 내가 흘린 눈물이 너희의 육신을 적시리라

　그들은 죽지 않았다 우리 영혼에 잠입하여 우리의 몸이 되었다 피에
녹아 우리를 아프게 하는 그들 우리가 흘린 피 땅을 적시고 그 피에서 피
어난 꽃 다시 붉어지는데 우리는 그곳에 없었다 그들이 우리를 묻었다
　　　　　　　　　　　　　　　　　　　　──「아나스타시스 톤 네크론」 전문

　'죽은 자의 부활($\alpha\nu\alpha\sigma\tau\alpha\sigma\iota\varsigma$ $\tau\omega\nu$ $\nu\epsilon\kappa\rho\omega\nu$)'은 역진화에 의해 "우리가 도
달한 반환점"을 상징적으로 표현한다. 먼저, "당신이 버린 우리와 버
려진 우리의 고통"은 "탈출구. 없는. 우리. 여기는 세상의 끝"(「신식민
지국가독점자본주의」)이라는 카코토피아(Kakotopia)의 원인과 비참을 그
대로 보여 준다. 이것은 "아버지들과 상간한 후에야 재현되는 총체

성"이 결국 "잠드는 아이들의 차가운 이야기"로 넘치는 망자들의 세계임을 암시한다. "소용돌이에 빠진 내가 나를 구출하기 위해" 필사의 자력으로 도달한 곳이 결국 '아버지들의 뱃속'이었던 셈이다. 이로써 사랑과 구원을 약속했던 '아버지들의 말'은 헛된 것이 되었다. 그 결과 "최후의 죄와 벌"의 시간이 도래한다. "당신이 더럽혀졌다는 것"이라는 사실이 확증됨으로써 "새로운 피조물"의 탄생이라는 새로운 역사가 개시되는 것이다. 어떻게? "노예였던 우리의 주인과 제자였던 우리의 스승"의 복강에서 "복막을 찢고"서 말이다. 이러한 방식이 "최후의 죄와 벌"이자, "이후의 혁명"을 거짓으로 만드는 유일한 방식이다. 레아(Rhea)가 부재한 상황에서, 크로노스(Cronos)가 삼킨 아들들이 그로부터 탈주하기 위해서는 "복막을 찢고" 나올 수밖에 없지 않겠는가.

'죽은 자의 부활'의 또 다른 층위는 '찢겨진 아버지'의 부활이다. "이제 나는 되살아나느니라". 시의 마지막 두 연은 이러한 부활의 선포를 잠언의 형식으로 교설한다. 교설의 요체는 "나를 공양하는 자 생명으로 빚어 새로 태어나게 할 것이니"에 압축되어 있다. 그러나 이것은 아버지의 배를 찢고 나온 자에게는 용납될 수 없는 일이다. '부활의 동굴'에 이중의 바리게이트가 쳐지는 것은 이때이다. "이후의 혁명은 거짓이다"는 전방에 설치된 방벽의 푯대이고, "그들은 죽지 않았다"는 후방에 설치된 방벽의 푯대임에 틀림없다. 그런데 '아버지들의 부활'이 완료되었음을 암시하는 마지막 문장("그들이 우리를 묻었다")은 어찌된 일인가? 이는 이중의 바리게이트에 문제가 있음을 암시하는데, 바리게이트가 견고하지 않아서가 아니라 그것이 잘못된 장소에 쳐졌기 때문이다. 죽은 자가 부활하는 방식이 간과된 것이다. 바이러스의 틈입처럼, "그들"은 "우리 영혼에 삼입하여 우리의 몸이

되"는 방식으로 부활한다.

그리하여 우리가 "아버지"가 되었다. '우리는 아버지다'. 이 간단한 명제가 장석원의 시에서 지닌 함의는 적지 않다. "우리에겐 기원이 없어요", "우리는 돌연변이예요"(「밤의 반상회」, 『역진화의 시작』)와 대조해 보라. 그러니까 우리는 '아버지의 이름'이라는 상징적 격자(方程) 속에 갇힌 것이다. "아버지의 방정식"은 이를 다음과 같이 표현하고 있다.

거울이 나를 본다
나의 아버지의 아들의 성교의 하나의 증식
거울 속에는 번지는 얼굴
증오의 표면에는 이산화규소로 만든 혈족
사랑의 양산 체제
➡ 이 지점에서 박남정의 「사랑의 불시착」을 듣고,
커피나 담배를 즐긴 후 읽어 주시길 ➡
저 위의 아버지께 나는 벌거벗고 조아리고
절망의 기원을 품신하는 아버지는 나를 배고
아버지를 닮아 나도 원하지 않은 아이를 분식(粉飾)
아버지의 방정식, 나와 그의 근의 공식

$$x = \frac{-b \pm \sqrt{b^2 - 4ac}}{2a}$$

해는 뿌리, 뿌리가 같아요, 치골을 파헤치면 절망적인 실뿌리
―「세계의 물질적 정지」 부분

먼저 물어야 할 것은 "아버지의 방정식"이 필요한 이유이다. 단적

으로 말해, 그것은 무수한 개별적인 아버지들의 차이에도 불구하고, 반복 재생하는 '아버지의 부활'을 이해하기 위함이다. 이는 시적 주체를 포함한 '아버지-되기'의 메커니즘을 이해하는 것과 동궤를 이룬다. 만약 "아버지의 방정식"을 통해 "아버지의 탄생"의 기원을 규명할 수 있다면, "아버지들과 상간"하는 일을 중지할 수 있을지도 모른다. 다음으로 물어야 할 것은 "아버지의 방정식"이 1차 방정식이 아니라 2차 방정식인 이유이다. "아버지의 방정식"은 "나"와 "그"라는 두 개의 근(根) 또는 해(解)를 갖는 방정식인데, 이것은 "아버지들과 상간"함으로써 "나"가 "그"처럼 "아버지"가 되었음을 의미한다. "나"와 "그"는 모두 "아버지"라는 상징적 대수 x로 치환될 수 있는 자들이다. 따라서 "아버지의 방정식"은 "나의 아버지의 아들의 성교의 하나의 증식"을 표현한다. 이때 2차 방정식의 근의 공식 $x = \dfrac{-b \pm \sqrt{b^2 - 4ac}}{2a}$ 는 "사랑의 양산 체제"를 규명하는 방법이 된다.

미지수 x를 확정하기 위해서는 먼저 $ax^2 + bx + c = 0$의 계수 a, b, c를 알아야 한다. x^2의 계수 a는 "그"와 "나"의 곱에 의한 한 증식, 곧 "나의 아버지의 아들의 성교의 하나의 증식"이다. x의 계수 b는 "그"와 "나"의 각각의 증식의 합으로, "절망의 기원을 품신하는 아버지"와 "원하지 않은 아이를 분식"한 "나"의 합이다. 전자는 '군사 부일체'로 표현되고, 후자는 "나의 복수들"(「꿈의 대화」)로 표현된다. c는 영원한 아들들, 곧 "나의 아버지의 아들의 성교의 하나의 증식"에 포섭되지 않는 자, 다시 말해 "나"와 "그"의 잔여로서 "아버지"가 되지 않은 자를 의미한다. "오래전 청년이 교문에서 스러질 때"(「신록의 무덤 앞에서」)의 "청년"이 그들이다. "그의 얼굴은 1991년의 명지(明知)에 있는데, 그날이 더 또렷해진다"(「세계의 물질적 정지」)는 '강경대 열사'를 특칭한다.

이런 방식으로 우리는 "아버지의 방정식"의 계수들을 확정해 나갈 수 있다. 그러나 이것이 가능하기 위해서는 "나"와 "그"의 증식 전체가 도해되어야만 하는데, 이는 현실적으로 불가능하다. 잔존하는 유일한 방법은 두 개의 근 또는 해가 실근/중근/허근을 갖기 위한 계수 a, b, c 의 관계가 무엇인지를 추정해 보는 수밖에 없다. 2차 방정식의 판별식 D(Discriminant) $b^2 - 4ac$ 는 이를 가능케 한다. 판별식은 "나"와 "그"가 두 개의 실근을 갖기 위해서는 $b^2 - 4ac > 0$ 이어야 함을 보여 준다. 이것이 함의하는 바는 $b^2 > 4ac$ 일 경우에만 "나"와 "그"의 사랑이 서로 다른 실체로서 분별될 수 있다는 것이다. 그 외의 경우, 예컨대 $b^2 < 4ac$ 와 $b^2 = 4ac$ 는 사랑이 실체화되지 않거나 서로 다르지 않다는 것을 뜻한다. 여기서 "뿌리가 같아요"는 "아버지의 방정식"의 근의 상태를 추정하는 데 있어 결정적인 단서를 제공한다. 즉 "나"와 "그"는 하나의 중근을 갖는다. 이를 통해 "아버지의 방정식"이 하나의 중근을 갖기 위한 미지수 x의 값을 추정해 볼 수 있다. "치골을 파헤치면 절망적인 실뿌리"는 그것이 "절망"임을 조심스럽게 증언하고 있다. 요컨대, "아버지의 방정식"의 판별식 D가 증명하는 것은 "나"와 "그"의 "사랑의 양산 체제"가 "절망"이라는 하나의 중근을 공유한다는 사실이다. 이것은 주체의 층위에서는 "나"와 "그"의 동질성을 판별하고, 시간의 층위에서는 과거와 현재의 반복을 증명한다.

"아버지의 방정식"이 전제하고 있는 것은 '아버지 : 나 = 나 : 아이'라는 유추다. 그런데, 만약 이런 유추가 성립하지 않는다면 어떻게 되는가? "나"가 "어버지"가 되었을지라도, "나"의 "아버지"에 대한 관계가 "아이"의 "나"에 대한 관계와 같지 않다면 말이다. 이것은 "아버지"의 "나"에 대한 관계에서 출발해 "나"의 "아이"에 대한 관계로 반복되는 절망의 증식 프로그램과는 다르다. 여기서 제3의 방정식, 곧

"아버지"와 "나"와 "아들"이라는 세 개의 인수를 갖는 3차 방정식을 사유해야 할 필요성이 제기된다. "나"에게 "아버지의 방정식"은 2차 방정식이지만, "아들"에게 그것은 3차 방정식일 수 있는 것이다. 이를 '아이의 방정식'이라 부르기로 하자.

너를 보내고 대학로 커피빈에 앉아 있다

엉엉 울던
가기 싫다고 떼를 쓰다
아침부터 한 바가지 꾸중을 뒤집어쓴 너

유리창에 우물이 생긴다
일곱의 내가 나에게 말한다

아빠, 아빠

나를 기다리는 빳따 어느 날은 따스하고 어떤 날은 두들기는
사랑이라는 명사는 주어가 안 되고 보살핀다는 동사로는 서술되지 않는
그날 이후로 아빠 — 빳따는 내 몸에 새길 사랑의 증거를 확보하는 중
아빠 — 지랄의 권위자 — 옆차기의 제왕 — 터진 호떡 같은 나의 얼굴 — 진주소시지를 내밀며 말한다 늘 모자란 애비지만 너희를 아프게 하진 않을게 오전의 빛과 나의 전부를 줄게 나를 안아 다오

*

내가 만든 것이 나를 지배한다
(내가 만든 아이가 나를 기다린다)
그곳에서 이곳으로 다른 것이 쳐들어왔다
(나의 아이가 나에게 오지 않으면 나는 존재하지 않는다)
나는 父와 子로 이분되었다

*

덤프에 얹힌 작업화 옆 빗자루
누군가의 오줌과 코피

파란 증오가 찾아왔다
아빠, 아파, 아빠
　　　　　　　—「사랑과 절망의 둔주곡」 전문

　가슴이 아파 읽기 어려운 구절이 있다면, 그건 아이의 애원과 요구
의 절규다. "아빠, 아파, 아빠"가 산출하는 비명의 둔주곡(遁走曲) 앞에
서 어찌 "아버지들"이 달아나지 않을 수 있겠는가. 사랑과 절망 사이,
그 속에는 무엇이 있는가? "아빠, 아파, 아빠"에서 "아빠"들 사이에
"아파"가 있듯, 「사랑과 절망의 둔주곡」의 코데타(codetta)는 "파란 증
오"일 수밖에 없는 것인가? 그러나 이를 아이의 것으로 확정할 수는
없다. "파란 증오"가 "아빠"의 자기 증오의 투사일 가능성이 존재하기
때문이다. 가슴 아프지만 「사랑과 절망의 둔주곡」의 코데타를 살피지

않을 수 없는 이유가 여기에 있다.

우선, "한 바가지 꾸중을 뒤집어쓴 너"의 슬픔은 "나"에게 일곱 살의 기억으로 각인되는데, "유리창"에 새겨진 "우물"은 이를 표현한다. "나를 기다리는 빳따"는 "아빠"의 변용이자 증식이다. "아빠 — 빳따"는 방정식으로 치자면 "아버지"의 계수다. 이것은 '사랑'인가, '보살핌'인가? "지랄의 권위자 — 옆차기의 제왕"이라는 비례상수는 그것이 '사랑'도 '보살핌'도 아님을 아프게 고발한다. 이 통렬한 반성은 '아버지"를 인수분해하는데, "나는 父와 子로 이분되었다"에서 보듯, "父와 子"는 분열된 주체의 두 개의 인수를 구성한다. "나"는 "父와 子"의 사이에 존재한다. 이것은 그대로 "아버지의 방정식"의 판박이가 아닌가? 그렇다.

그러나 괄호 속에 웅크리는 있는 다음의 두 구절, 곧 "내가 만든 아이가 나를 기다린다"와 "나의 아이가 나에게 오지 않으면 나는 존재하지 않는다"는 선언을 간과하는 한에서만 그러하다. 이것이 선언인 이유는 "나의 아이"의 미래에의 기투이기 때문이다. 이런 미래에의 기투가 궁극적으로 지향하는 바는 "사랑이 사람을, 사람이 희망을, 희망이 패배를/먹어 치우는 패턴은 거짓인가요"(「세계의 물질적 정지」)라는 구절이 암시하고 있다. '사랑→사람→희망→패배'에 이르는 절망의 능동적 먹이사슬은, 역으로 지금-여기의 절망 속에서 사랑의 기원을 발견하려는 의지를 보여 준다. 이건 "지랄"이 아니다. '아버지→아이'로의 위계가 그것을 절망으로 판별한다면, '아이→아버지'로의 애원은 그것이 절망이 아님을 노래하기 때문이다. "아기가 아버지를 데리고 왔다/눈먼 자의 노래처럼"……(「하윤(廈阭)」). 아버지를 살해한 죄로 자기의 두 눈을 찌르고 유랑의 길을 떠났던 오이디푸스의 유일한 길잡이는 안티고네와 이스메네라는 이름의 아이였다.

여기서 '아이의 방정식'의 미지수 x의 값을 확증하기 위해, 3차 방정식의 근의 공식 전체를 소개하는 것은 무의미한 일처럼 보인다. 다만 3차 방정식의 판별식 D가 $a^2b^2 + 18abc - 4b^3 - 4a^3c - 27c^2$ 이라는 사실, 그리고 판별식에는 계수 d가 없다는 것을 확인하는 것은 중요한 일이다. 그것은 계수 d, 곧 영원히 '아이의 아이'로 남을 수밖에 없는 자가 '아이의 방정식'의 판별식 D에는 존재하지 않음을 보여 주기 때문이다. 이러한 사실은 '아이의 방정식'의 미지수 x가 절망 및 증오와 더불어 희망을 해로 갖는다는 것을 암시한다. 또한 시간의 층위에서는 과거와 현재 이외에 미래의 근을 갖는다는 것을 의미한다. 그러므로 '아이의 방정식'은 미래의 아이들의 희망을 노래하는 자의 방정식이라고 할 수 있다.

4. 블랙 리듬, '프로그레시브 아나키스트'의 "spin my black circle"

이제 코러스의 합창을 들을 차례다. "눈먼 자의 노래"는 "신록의 무덤 앞에서" "우리의 노래"로 울려 퍼진다.

(우리의 노래)

그들이 속삭여요

우리는 혁명을 기획하고 있어요

우리는 진보에 대해 말해야 해요

아무도 모르는 사실

빼앗긴 사람들은 일어설 거예요

그들이 우리에게 희망을 나누어 줄 거예요

그들이 우리에게 더 나은 삶에 대해 말해 줄 거예요

행복의 땅으로 달려요 달려요

그곳으로 그곳으로

달려요 우리를 무너뜨리기 위해

한 번도 이루어지지 않았던

미시 혁명이 필요해요

우리는 우리의 육체를 소각했어요

—「신록의 무덤 앞에서」 부분

"혁명"과 "진보"라는 "소모되고 사라지려는 저 붉음"(『赤記』, 『태양의 연대기』) 앞에서 "눈먼 자의 노래"가 절망의 노래가 아니라 희망의 노래로 전이되는 것은 무슨 까닭인가? 그건 "희망"과 "더 나은 삶"의 노래가 "빼앗긴 사람들"에 대한 것이 아니라 바로 그들로부터 나온 것이기 때문이다. 또한 "민중은 소멸되었지만 다시 민중이 되어야 한다는 허구가 진실이 된 날 아이들이 죽었다"(『진노의 날, 오늘』)는 준엄한 사실 앞에서, 우리는 우리가 해야 할 일이 무엇인가를 지속적으로 되묻지 않을 수 없기 때문이다. 이것이 거대 담론의 부활을 외치는 자의 노래와 변별되는 지점이다. 이를 위해 필요한 것은 "우리의 육체를 소각"하는 "미시 혁명"이다. 이 혁명은 '미시(微示)'적이지만, 아직 도래하지 않았다는 의미에서 '미시(未視)' 혁명이기도 하다. 이건 "우리를 무너뜨리기 위해" '촛불'이 되는 일과, "망매와 망부를 삼키는 나무의 혼신의 기립 앞에서" "나비 불꽃"(『연기와 재』)이 되는 일과 다르지 않다. 이들이 발화하는 '작은 불빛'이야말로 '혁명과 진보'의 "디퍼런스 엔진(difference engine)"(『진노의 날, 오늘』)이 온전히 작동하고 있음을 보여 주는 징표다.

"디퍼런스 엔진"의 시동을 위해 필요한 건 참회라는 연료이다. "아이의 아름다운 육체는 물속에 있어요 우리의 미래는 참회에서 시작될 거예요"(「지상의 첫 번째 사람」)는 아이들을 위한 미래가 통렬한 반성에서 시작해야 함을 선포한다. 반성은 '혁명과 진보'의 마중물이다.

이것을 반성이라 부르겠습니다

나의 시작은 모래의 이빨을
나의 결말은 수성의 투명한 무게를 알지 못합니다
나를 가두려 합니다 밤의 질서 밤의 골편 밤의 질량으로부터
내가 얻을 수 있는 것 나의 피골에서 분비되는 검은 고름 또는 너의 이름
지금 믿으려고 하는 사랑은 부푸는 피부에 달라붙는 증오
이것은 독백입니다 너의 시체가 빚어낸 융융거림 이것은 녹슨 총 움직이는 암흑
달빛 속 수척한 빗줄기

사랑의 절정에서 나와 너의 몸은 음악이 되는데
우리에겐 먹히는 숨소리 토해 내는 신음 그때 부식되는 양철판 위에 머무는 한 모금 저녁의 불빛

너는 내게 돌아와서 나의 멸망을 수행하라

동공에 들어찬 검정이 음악이라네 돌아갈 곳에 먼저 도달해서 네가 나를 구속한다고 울부짖는 다른 애인이여 나는 아직 아름답다네

네가 나를 지우고 창공 속으로 몸을 펴는 공화국의 깃발이 될 때 사

랑이 시작되겠네 더 낮은 곳에서

너를 잃고 너와 싸우기 위해 너에게로 간다

—「너를 잃고」 전문

이 시는 "눈먼 자의 노래"의 엔딩이자, "더 나은 삶"의 전주(前奏)다. 절망의 엔딩크레디트는 "지금 믿으려고 하는 사랑은 부푸는 피부에 달라붙는 증오"를 노래한다. 반면 "더 나은 삶"의 주제부인 "사랑의 절정"은 "나와 너의 몸은 음악이 되"어 빛난다. 양자의 사이에 "동공에 들어찬 검정"의 코데타가 있다. 그것은 "나의 피골에서 분비되는 검은 고름 또는 너의 이름"이 빚어내는 무늬다. "흰 눈동자"(「백야(白夜)」)가 "동공에 들어찬 검정"으로 채색되어 "움직이는 암흑"이 되기까지의 신산은 "달빛 속 수척한 빗줄기"가 노래하고 있다.

하여 검은 동공(瞳孔)이 이토록 아름다운 건, 그것이 '눈의 사과(the apple of eye)'라는 이름을 가질 뿐만 아니라, "너를 잃고 너와 싸우기 위해 너에게로 간다"는 역진화의 여정 전체를 담기 때문이다. 이 자발적 여정에는 두 개의 루트가 존재한다. 하나는 "나는 지금 너를 지우고/눈에 검정을 쏟아붓는다"(「시영이 생각」)이고, 다른 하나는 "너는 내게 돌아와서 나의 멸망을 수행하라"다. 후자는 "나의 시체를 마주할 용기"(「흡혈반응」)를 요구한다. 양자 사이에 "절망이 확신이 되는 변곡점"이 위치한다. 따라서 "너를 잃고 너와 싸우기 위해 너에게로 간다"의 시간은 "네가 나를 지우고 창공 속으로 몸을 펴는 공화국의 깃발이 될 때"와 일치한다. 비로소 사랑의 시간이 시작되는 순간이다. "나와 나 사이의 어둠 안에서/새로 사랑을 배웠다"(「수면 감옥」).

미간으로 기차가 들어온다 후진하는 기억의 열차 얼굴을 돌파할 때
비명은 다른 곳에서 다른 시간에 다른 사람을 향해 출몰하고 회귀한다
엄마 품으로 가자 소년의 붉고 매끄러운 살에 다가가는 늘어난 사람과
졸아든 사람 햇빛의 중량 제로 이런 날은 성욕도 투명해진다 적나라 베
어 물자 혀 위의 각설탕 같은 맛 이곳과 그곳을 동시에 거느리는 태도
두 개의 실존이 보이는 밤의 길에는 사라지는 사람 이 생의 끝이 오기
전에 피를 흘리리 바람 앞에서 나는 붉은 구멍이 되리 무게 없는 파동
아래 메이데이 메이데이 이것은 오래전부터 반복되는 사실 거리가 휘어
지고 어떤 상실은 생기기도 전에 소멸되고 소용돌이치는 여름 쪽으로
힘겹게 날아가는 나비 빨려 드는 얼굴 찢어진 그리움

어떤 사람들이 역사를 만들어 가는가

숲과 들에서 새로 돋은 싹의 속삭이는 소리와 아버지의 아들의 성교
의 하나의 증식과 산록에서 내려오는 안개와 나를 감추기 위해서 수기
한 상처와 우리의 내장 속으로 밀려드는 저녁과 패배한 민중의 공포와
도래한 종말
　트램펄린처럼
　소용돌이에 빠진 내가 나를 구출하기 위해 왼팔로 오른팔을 끌어당
긴다 미로 속에서 어제를 봤다 내가 떠난 그날 봄의 신록을 빨고 있는
나의 혀 위에 남겨진 연기와 재
　꽃잎 훨훨 다녀간다
　죽음의 이미지는 세계의 이빨 바닷속에 검은 사랑을 침몰시킨다 불
가능하기 때문에 이룰 수 있다 거품마다 아이들의 얼굴 그 몸은 어디에
서 비롯되었습니까 모두의 승리를 위해 나는 모든 사람에게 모든 것이

되겠습니다

흰 뼈의 무더기

물크러져 짜이고 엮여 트인 우리는 어디에서 시작되었나 우리 이 땅을 떠나자 모든 절차가 끝나고 있었기에 월말이면 추위도 꺾일 것이기에 우리는 필사적으로 소멸

비현실적 현실에서 기원한

흩어져 말라 가고 부서져 사라지는 이 노래는 무엇일까

흑에서 뼈뿐인 그녀가 돌아온다 흰 해에 먹힌다

우중의 붉은 살과 덤프에 얹힌 작업화 옆 빗자루와 누군가의 정액과 코피

아기가 아버지를 데리고 온다

이번 생에는 다시 만나지 못하리 나는 너를 두고서 떠나리 너를 잃고 너와 싸우기 위해 너에게로 밤의 안쪽으로

헐떡이며 쪼그라들며 파열 후의 들숨을 기다리며

화형의 재를 기다리는 붉은 저녁의 입구에서

—「spin my black circle」 전문

제3부 「black」과 「spin my black circle」은 "동공에 들어찬 검정"의 서사시다. 이 장대한 서사시에서 펄 잼(Pearl Jam)의 「Spin the black circle」을 연상케 하는 「spin my black circle」만을 인용한 것은, 해설상의 편의 때문이 아니라 "동공에 들어찬 검정"의 와류에 휩쓸리지 않고 그것을 적시하기 위함이다. 시의 제목에서 "spin"은 "my black circle"이 회전체라는 사실을 보여 주며, 거대한 블랙홀의 전체 형상을 도해한다. 그러니까 「spin my black circle」은 "질밍이 확신이 되

는 변곡점" 이후의 여정 전체를 흡입하는 시집 『리듬』의 블랙홀이다. 이건 비유가 아니다. 시를 보라. 『리듬』에 실린 시의 지체들이 모두 한곳으로 모이고 있지 않은가. 시의 첫 마디 "미간으로 기차가 들어온다"는 「영천」의 일절이고, "후진하는 기억의 열차 얼굴을 돌파"는 「xyz」의 일절이며, "비명은 다른 곳에서 다른 시간에 다른 사람을 향해 출몰하고 회귀한다"는 「찔레와 사령(死靈)」의 일절이다. 다른 구절 또한 다르지 않다. 그리고 마침내 마지막 시 「tiger — trigger」에 이르러 '열차'는 "화형의 재를 기다리는 붉은 저녁의 입구에서" 잠시 정차한다. 마치 '후진하는 기억의 열차'처럼 시집 전체의 검정 궤도를 순환하는 셈이다. 「spin my black circle」은 "역진화의 시작" 이후 "이번 생"의 여정을 관통하는, 심지어 제4부를 구성하는 미래의 시편들마저 지금 여기의 시간으로 빨아들이는 거대한 소용돌이인 것이다.

그렇다면 회전체의 중심부에서 "이번 생"을 빨아들이는 거대한 힘의 정체는 무엇인가? 「spin my black circle」의 쌍둥이 시의 일절, "제몸을 제가 매우 칩니다 죄가 회전하네요 검은 원이 커져요 검은 팽이가 곤두섭니다"(「spin my black circle」)는 회전이 죄에 대한 자기 징벌에서 비롯함을 보여 준다. 가속되는 "검은 원" 혹은 "검은 팽이"의 회전은 죄와 벌의 증식을 간접적으로 표현한다. 인용 부분의 마지막 구절 "화형의 재를 기다리는 붉은 저녁의 입구"는 자기 징벌의 궁극적 귀결이 주체의 소진, 곧 죽음에 있음을 암시한다. 그리고 바로 이것이 '눈의 사과'인 동공이 검정인 이유를 설명한다. 그러므로 "이번 생"의 거대한 와류가 산출하는 리듬은 '블랙 리듬'이다. 마치 "DJ 울트라"(「재소환한 적개심」)가 검정 LP판의 홈에 각인된 노래를 리믹스하듯, 시적 주체는 자기의 육체를 소진하며 '블랙 리듬'이라는 강력한 우주적 펄서(pulsar)를 방출하고 있는 것이다. 그것이 비록 "나의 혀 위에 남겨진 연기와 재"(「신록의 무덤 앞에서」)의 흔적만을 남긴다 할지라도 말이다.

5. 방아쇠 'g'

그것으로부터 두려움이 시작되었고
그것으로부터 나는 기어 왔으니
꿈틀거리며 흉곽을 뚫고 나오는
문자로부터 기립하는
그림자를 입고 소리의 피륙을 두르는
두 팔로 감싸 안을 수 없는
태양과 폭풍과 해양
성스러운 것들의 이름
그 짐승이 나를 가두었다

나는 기다리다가 음성이 되었다
주름진 살가죽에 검은 화살들
숨을 들이쉬며 발톱을 내밀며 아가리 벌리며 가슴을 핥으며
뚫고 나와 먼동을 향해 질주하는 문자들 육체를 불태우고 육체를 바람에 던져 넣는다 호랑이 쿵쾅거리는 천둥 나의 고기를 찢고 뼈를 부서 뜨리고
어둠 속에서 나를 끌어안는다
살과 골을 씹고 피와 액을 핥는다

피투성이

이것이 포유라 한다면 나는 나의 몸으로 돌아가 나를 제거하고

따스한 친부들의 숲 속에서 가여운 새끼가 되겠네

헐떡이며 쪼그라들며 파열 후의 날숨을 기다리며 화형의 재를 기다

리는 붉은 저녁의 입구에서 나를 삼키고 발기하는

목구멍을 지나 구강에 들어차는

호랑이 탕 탕

발사된다

—「tiger — trigger」전문

"그것"으로부터 시작되었다. "그것"으로부터 "절벽"이 시작되었
고, "그것"으로부터 "두려움"이 시작되었으며, "그것"으로부터 '포복'
과 "파열"이 시작되었다. 그리고 마침내 "그것"으로부터 '어떤 것'이
발화되었다. "그것"은 외경(畏敬)의 짐승, "성스러운 것들의 이름"으
로 불릴 때 "태양과 폭풍과 해양"이 되지만, "포유"의 이름으로 불릴
때 "호랑이"가 된다. 어쩌면 우리는 "그것"의 다른 이름을 알고 있는
지도 모르겠다. '군주들' '선생들' '친부들' 그리고 '우리들'. "그것"들의
생리가 "피투성이"라고 한다면, 우리는 우리의 "몸으로 돌아가" "그
것"들을 "제거하고" "가여운 새끼"가 될 수 있을까? 막 "입안에 절벽"
을 기어오른 자는 말한다, "따스한 친부들의 숲 속에서 가여운 새끼
가 되겠네"라고. 이것은 '아버지'를 살해한 오이디푸스의 고해(告解)인
가, 그렇다면 그는 살해된 "친부들" 앞에서 무슨 말을 할 것인가? "가
여운 새끼"의 울음! 이 대목에서 "아빠, 아파, 아빠"라는 사랑과 절망
의 코데타를 다시 듣는 건 우리가 오이디푸스이기 때문이 아니다. 우
리가 '아들'에게 살해될 운명을 타고난 자이기 때문이다. 이것은 비극

인가. 최소한 장석원의 시에서는 그렇지 않다.

"목구멍을 지나 구강에 들어차는/호랑이 탕 탕/발사된다"는 마지막 진술은 우리가 이미 그 "변곡점"을 지났으며, '아담의 사과'에서 발화된 '어떤 것'이 "호랑이"임을 최종적으로 고지한다. "내부의 충일과 단절의 결단과/일합하기 좋은/호랑이"(「찬 기의, 성 기의」)를 참조컨대, "호랑이"는 최후의 "일합"을 위해 발사된 것이 틀림없다. 그러니 묻자, '몸(gun)'에 장전된 '탄환(tiger)'을 발사하기 위해 '아담의 사과(trigger)'를 당기는 자는 누구인가? 장전과 조준은 "나"에 의해 완료되었다. 그리고 방아쇠에서 가늠쇠 't'가 정조준하는 것은 "나"다. 하여 방아쇠를 당기는 것은 '아들(son)'이어야 한다. "사랑 때문에 죽음이 돌아왔고 더 큰 사랑이 부활을 불러왔으니 아버지에 의해 많은 사람이 죽었으나 아들이 죽은 자들을 살아나게 할 것이니"(「생독(牲犢)」)를 보라. 이것은 "나"에서 "아들"로의 이행을 암시한다. "tiger"에서 "trigger"로의 변형은 "나"에 의해 완료되었으나, 그것을 격발하는 것은 "아들"의 몫이다. 단, 그의 방아쇠는 "trigger"가 아니라 'trigggger'가 되어야 한다. 그가 삼중의 'g'의 고리를 푸는 수고를 다할 때, 마침내 "죽은 자들을 살아나게 할" '아이의 방정식'의 해가 구해질 것이다. 그때 다시 '역진화의 반환점'을 돌아 '아이'에게로 귀환하는 자가 있다면, 그는 '호랑이-나비', 아니 '호랑-나비'로 "이 생"을 건너온 자임에 틀림없을 것이다.

말의 춤과
사이의 감각

1. 수피 댄스(Supi Whirling)

아름다운 춤이 있다. 아니 그건 춤이라기보다는 하나의 소용돌이에 가깝다. 시케(Sikke)를 쓰고 텐누레(Tennure)를 입고 세마(Sema)를 추는 세마젠들. 고개는 다소 기울이고 오른손은 하늘로 왼손은 땅으로……. 그렇게 몸이 축이 되어 하염없이 돌고 도는 소용돌이는 한순간 꽃이 된다. 이 신비로운 회전체 앞에서 우리의 눈은 무엇을 보는가? 아니 우리의 머리는 무엇을 생각하는가? 루미는 '상관없다'고 말한다.

우리 안에 있는 비밀스런 회전이
우주를 돌게 한다.

머리는 발에 대하여, 발은 머리에
대하여, 서로 모른다.

상관없다. 그들은

계속 돌고 있다.

—「회전」 전문

수피 댄스를 창안한 것은 시인 마울라나 루미(Rumi)이다. 루미의 시 「회전」은 바로 이 춤에 대한 노래이다. 이 시에서 놀라운 것은 우주를 돌게 하는 "비밀스런 회전"이 우리 안에 있다는 언명이다. 어디에 있는가? 우리의 '머리'는 그것을 알지 못한다. 왜냐하면 '머리'는 '발'이 하는 일을 알지 못하기 때문이다. 이 "비밀스런 회전"의 존재를 자각하는 유일한 방법은 세마젠이 되어 직접 수피 댄스를 추는 것뿐이다.

'발'은 아니지만, '말'로 수피 댄스를 추는 자가 있다. 화려한 수사도 세련된 화장도 없이 오직 '말'의 춤을 추는 시인. 「페루」에서 「나무 식별하기」까지 이제니는 단 한순간도 언어의 춤을 추기를 그친 적이 없다. 이렇게 말할 수 있다. 루미가 시를 통해 "비밀스런 회전"의 비의를 누설한다면, 이제니는 시로써 "비밀스런 회전"을 현시한다고. 이때 시와 노래와 시인을 구분하는 것은 어리석은 짓이다. 누가 춤과 춤추는 자를 구별할 수 있겠는가. 그러니 일단, "소용돌이치며 사라지는 문장이 있다라고 하자"(「나선의 감각—물의 호흡을 향해」).

2. 언어의 만조와 죽음의 후렴구

이제니는 첫 시집 『아마도 아프리카』에서 "슬프고 이상하고 아름다운 낱말들이/도처에서 차오른다"(「시인의 말」)고 증언한 바 있다. 이 말은 그의 시의 출발점이 어디인지를 가늠케 한다. 언어. 즉 그의 시의 출생지는 '말', 보다 엄밀히는 '낱말'이다. 이 말은 시가 언어의 천착이라는 점에 비추어 볼 때 그리 대수롭지 않은 것처럼 들릴 수도 있다. 그렇기도 하다. 그러나 이러한 간과는 언어를 시적 표현의 수단으로 간주할 때만 간신히 정당하다. 이제니에게 언어란 사물과 주체와 공명하며 제 스스로 호흡하고 유동하며 증식하는 나선이다. 따라서 중요한 것은 그의 시의 출발지인 "슬프고 이상하고 아름다운 낱말들"이 "도처에서 차오른다"는 것을 감각하는 것에 있다. 그러니까 이제니는 살아 있는 "낱말들"이 만조(滿潮)를 이루는 세계에서 살고 있는 자이다. 있는 그대로, 그는 언어 속에 산다. 그 안에서 그의 몸은 귀가 된다.

히잉 히잉. 말이란 원래 그런 거지. 태초 이전부터 뜨거운 콧김을 내 뿜으며 무의미하게 엉겨 붙어 버린 거지. 자신의 목을 끌어안고 미쳐 버 린 채로 죽는 거지. 그렇게 이미 죽은 채로 하염없이 미끄러지는 거지.

—「페루」부분[1]

몸이 귀인 자가 전하는 "말"이란 무엇인가? "히잉 히잉"이라는 말 (馬) 소리에서 파생하는 "말(言)"의 본성에 대한 다음과 같은 언급들은 통렬하다. "무의미하게 엉겨 붙어 버린 거지", "미쳐 버린 채로 죽는 거지", "이미 죽은 채로 하염없이 미끄러지는 거지"는 언어의 무의미를 넘어 주체의 비애를 암시하는 듯하다. 여기에는 다음과 같은 체

---

1 2장은 이제니의 첫 번째 시집 『아마도 아프리카』(창비, 2010)에 집중하고, 3장과 4장은 두 번째 시집 『왜냐하면 우리는 우리를 모르고』(문학과지성사, 2014)에 집중한다. 혼동이 없는 한, 본문에는 시의 제목만을 표기한다.

험이 내재해 있는지도 모르겠다. "끝없이 밀려왔다 밀려가는 가없음. 그것이 나를 울면서 어른이 되게 했다"(「무화과나무 열매의 계절」). 실제로 이제니의 많은 시편들은 주체를 지우며 "의미를 유보하는 작업"[2]에 몰두하고 있는 것처럼 보인다. 예컨대, '페루'가 "누구든 언제든 아무 의미 없이도 갈 수 있"는 곳으로 확정될 때, '후두둑 나뭇잎 떨어지는 소리'로부터 "나는 반성을 반성하지 않을 테다"는 결심이 출현할 때, 그리고 다음과 같은 진술들이 반복될 때,

문장 사이의 간격이 느슨해지듯 우리는 사라졌다

—「그믐으로 가는 검은 말」 부분

틀린 맞춤법을 호주머니에서 꺼냈다. 부끄러움을 기록하기 시작했다.

—「밤의 공벌레」 부분

어디로 가든 마찬가지라면 굳이 떠날 필요가 있을까.

—「공원의 두이」 부분

조금도 시적이지 않은 언어의 빙판 위에서 나 자신과 분리된 불안은 시적으로 미끄러지고.

—「코다의 노래」 부분

---

2 조재룡, 「리듬의 프락시스, 목소리의 여행」, 이제니, 『왜냐하면 우리는 우리를 모르고』, p.196.

먼지 같은 사람과 먼지 같은 시간 속에서 먼지 같은 말을 주고받고
먼지같이 지워지다 먼지같이 죽어 가겠지.

—「별 시대의 아움」 부분

오해라는 말로 이해하지 않기 위해, 이해라는 말로 오해하지 않기
위해.

—「그늘의 입」 부분

어째서 우리는 소멸하는 방식으로 스스로를 증명하는 사람이 되었을까

—「블랭크 하치」 부분

"이미 죽은 채로 하염없이 미끄러지는 거"의 추가 목록을 작성하는
것은 덧없는 일이다. '요롱이' '뵈뵈' '카리포니아' '녹슨 씨' '유우' '밋
딤' '하치' '홀리' '자니마' '모리' '라이라' '알파카' 등을 보라. 이스트를
넣은 구름처럼 차오르는 말들의 향연 속에서 시인은 "아무 의미 없이
도 갈 수 있다"는 것을 역설하고 있지 않은가. 그러나 이것이 언어유
희를 통해 주체를 방기하고 시의 사산을 도모하는 것으로 이해되어
서는 안 된다. 왜냐하면,

데크레센도 데크레센도 코다의 노래. 내가 바라는 건 아주 작고 희미
한 것들뿐. 단 한순간도 나 자신으로부터 달아나지 않는 것.

—「코다의 노래」 부분

어제 익힌 불안의 자세를 복습하며 한 시절에 대해 생각한다. 그것은
이제 막 떠올랐다 사라져 버린 완벽한 문장. 영원히 되찾을 수 없는 언

어의 심연. 시대에 대한 그 모든 정의는 버린 지 오래. 내 시대는 내가
이름 붙이겠다. 더듬거리는 중얼거림으로, 더듬거리는 중얼거림으로.

—「별 시대의 아움」 부분

떨어져 나간 겉장, 제목도 없는 책

나는 일평생 나라는 책을 읽어 내려고 안간힘 썼습니다.

—「갈색의 책」 부분

"단 한순간도 나 자신으로부터 달아나지 않는 것", 이것이 언어의
만조 속에서 시인이 세계를 견디는 방식이다. 그것이 비록 "더듬거리
는 중얼거림"에 불과하더라도 "내 시대는 내가 이름 붙이겠다"는 "안
간힘"의 표백은 충분히 의미심장하다. 이것이야말로 "영원히 되찾을
수 없는 언어의 심연" 속에서의 절규이기 때문이다. 그리하여 다음과
같은 아름다운 소망이 기미를 드러낸다. "그림자의 말을 들을 수 있
다면/나무의 마음을 볼 수도 있을 텐데"(「나무는 기울어진다」, 『왜냐하면 우
리는 우리를 모르고』). 사물의 배후이자 잔영 너머의 어떤 호소인 "그림
자의 말"을 들으려는 소망은 "아주 작고 희미한 것들"에 대한 지극한
관심을 표명한다. 그리고 이는 궁극적으로 "나무의 마음"을 보겠다는
열망으로 통한다. 어떻게? "아주 작고 희미한 것들"이 들려주는 말에
자신의 마음을 붙들어 맴으로써.

나의 바람은 나무가 되는 것이었다.

세계가 물결치고 있었다.

어떤 마음이 어떤 마음에게로 흘러가고 있었다. 물결은 춤추는 지에

게는 흔들리고, 분노하는 자에게는 흩어진다. 감정이 들끓는 것은 나무 밖의 일이다. 사건은 언제나 나무 밖에서 일어나고 있었다. 나무는 나무 로만 서 있었다.

그늘이 짙어진다, 들판이 넓어진다.

마음이 넓어진 것 같다고 어제의 너는 말했습니다.

—「나무 구름 바람」 부분

'나무'가 되고자 하는 소망은 세계를 '물결'로 인식하는 것과 하나이 다. 시적 주체의 '마음'이 사물 속으로의 스밈에 대한 소망 속에서 세 계를 물결치게 하기 때문이다. 이때 스밈은 '소리'의 파동, 곧 '마음'의 담지체인 언어의 파동으로 현상한다. 이것이 가능한 일인가? "나무 는 나무로만 서 있었다"는 구절은 이러한 마음의 스밈이 실패했음을 고지하는 것처럼 보인다. '마음'이 '나무'에게 스미지 못할 때의 풍경 을 첫 시집 『아마도 아프리카』는 "잿빛의 정물화"(「차와 공」)로 풀어 놓 는다. 여기서 주체는 "소리와 형태가 사라지는 소실점 너머 네 시원 을 찾아 끝없이 나아가는 블랭크 하치"(「블랭크 하치」)가 된다. 그러니 공백(블랭크)의 입은 "회색의 혀"와 "회색의 목소리"(「그늘의 입」)를 가진 "그늘의 입"이 될 수밖에 없다. 요컨대, "잿빛의 정물화"는 '그늘 언 어'의 만조로 소용돌이치는 세계의 풍경이다. 이 그늘의 풍경을 이제 니 시의 출발점으로 삼는다면, 「나선의 바람」은 어둠에 의해 침식당 하는 주체의 형상을 다음과 같이 그리고 있다.

기억의 숲에서 망각의 바람까지 우리의 목소리는 더 이상 어두울 수

없을 만치 어두워 숲으로 감추고 바람으로 속이고 숲에서 바람까지 나
무에서 구름까지 감추고 삼키고 속이고 숙이고 죽이고 묻히고 말리고
밀리고 우리는 뒤에서 우리는 목소리 뒤에서 우리는 우리의 죽은 목소
리 뒤에서 몇 발짝 뒤에서 간신히 어제에서 어제로 사라져 가는 시간 속
에서 숲으로 바람으로 구름에서 종이까지 어쩌면 거기에서 어쩌면 여기
로 나선의 숲에서 나선의 바람까지 어둠은 더 이상 어두울 수 없을 만치
어두워 죽음의 숲에서 기억의 바람까지 어쩌면 이제는 아직도 적어도
걸어서 기어서 숲에서 숲으로 곁에서 곁으로 의지와 망각과 불과 춤과
어둠과 죽음과 거기에서 여기로 여기에서 거기로 이미 드디어 우리는
죽었고 나선의 바람과 숲의 불과 물의 춤에게 드디어 우리는 아직도 우
리는 숲과 숲으로 망각과 망각으로 우리의 목소리는 더 이상 조용할 수
없으리만치 조용히 우리는 죽었고 나선의 바람에서 기억의 불까지 아직
도 이미 벌써 또다시

—「나선의 바람」 전문

"기억의 숲"과 "망각의 바람"은 나선의 폭을 결정하는 두 개의 힘
이다. 그리고 '기억'과 '망각'의 사이에서 "우리의 목소리"가 출현한다.
몸이 귀인 자에게 목소리는 주체성 자체인데, 이 목소리의 출현은 두
가지 방향의 운동으로 표현된다. 우선 '기억'에서 '망각'으로의 소멸
운동. 여기서 흥미로운 것은 '기억'의 기능이다. "숲으로 감추고 바람
으로 속이고"에서 보듯, "기억의 숲"은 목소리의 발생이 아니라 은폐
를 수행하고 있다. 상식과는 달리, '기억'은 망각처럼 "감추고 삼키고
속이고 숙이고 죽이고 묻히고 말리고 밀리고" 있을 뿐이다. 무엇을?
우리를. 무엇으로? 우리의 목소리로. 이것은 "우리의 목소리"가 은폐
와 숙음의 소리가 되있음을 암시힌다. "어제에서 어제로 사라져 가는

시간 속"은 기억이 현재로 출현하지 못하고 망각 속으로 소멸하는 시간의 운동임을 잘 보여 준다.

다음, '죽음'에서 '기억'으로의 재생 운동. "죽음의 숲에서 기억의 바람까지"의 운동은 기억과 망각의 전위(轉位)라고 할 수 있다. 이것은 죽음의 소리로부터의 탈주 운동에서 출발하지만, 그 결과는 참혹하다. 소리의 운동은 최종적으로 "의지와 망각과 불과 춤과 어둠과 죽음"의 소용돌이에 휩싸이기 때문이다. 여기서 '의지'의 출현은 '기억'의 재생이 더 이상 자동적일 수 없는 사태를 지시한다. '기억'이 '의지'의 힘에 의해 추동된다는 것은 역으로 '기억'의 부재를 뜻하기 때문이다. 위의 시의 "숲의 불"과 "기억의 불"은 기억의 소멸로서의 불타는 숲을 비유적으로 표현하고 있다. 그 숲에서 우리는 "우리의 죽은 목소리"인 침묵이 주체의 죽음("우리는 죽었고")으로 귀결되는 사태를 목도한다.

결국, 이제니의 '기억과 망각의 인식론'은 '목소리의 현상학'을 거쳐 '죽음의 존재론'에 이른다. 여기서 주목할 것은 기억에서 망각으로의 소멸 운동과 죽음에서 기억으로의 재생 운동이 "거기에서 여기로 여기에서 거기로" 순환하는 나선운동이라는 점이다. 이러한 운동 속에서 기억과 빛과 소리와 주체는 반복적으로 상실 혹은 소멸한다. 혹은 "트랄랄랄라 트랄랄랄라 죽음의 후렴구"(「유리코」)가 반복 재생된다. 따라서 나선(螺線)은 망각과 어둠과 묵음과 죽음의 소용돌이라고 할 수 있다. "아직도 이미 벌써 또다시"는 이러한 나선운동이 주체의 판단과 예상을 초과한다는 것을 암시적으로 보여 준다. 이런 의미에서 소용돌이치는 나선은 '머리'가 해독할 수 없는 "비밀스런 회전"의 원형이라고 할 수 있다. 또한 부상했다 사라지는 언어의 운동을 메타적으로 보여 준다는 점에서 시작(詩作)의 나선이라고 할 수도 있겠다.

3. 사이의 시학

이제니의 언어의 춤은 다음과 같은 질문을 품고 있다. "말과 말 사이에 있는 것은 무엇입니까"(「모르는 사람 모르게」). 이러한 물음은 때로는 "보아라, 저기 저 코끼리와 사자/호랑이와 두더지 사이/새와 쥐 사이"(「태양에 가까이」)와 같은 선언적 외침으로 표출되곤 한다. 그의 두 번째 시집 『왜냐하면 우리는 우리를 모르고』는 이러한 '사이'에 대한 천착을 두드러지게 보여 주는데, 「가지와 앵무」 「달과 부엉이」 「꽃과 재」 「달과 돌」 「구름과 개」 「차와 공」 「사과와 감」 「너울과 노을」 등은 대표적인 경우이다. 이들 시편들에서 '사이'는 말의 고유한 표면장력이 해체되어 서로에게 스미는 상호 침투의 장(場)으로 존재한다. 이것은 위의 물음이 단순히 말과 말의 범주적 관계에 대한 질문이 아님을 뜻한다. 서로 독립된 두 말의 자존이 아니라, 상호 교섭하는 말들 간의 겹침에 대한 물음이기 때문이다. 비유컨대, "말과 말 사이"는 언어의 춤이 상연되는 무대이다.

> 다시 한 번 두 손을 맞잡을 수 있겠습니까. 다시 한 번 당신 자신을 읽을 수 있겠습니까. 한 낱말 위에 한 낱말이 겹치면서. 한 목소리 위에 한 목소리가 흐르면서. 달아나는 말 위로 스며드는 물. 스며드는 물 위로 내려앉는 말. 얼음과 구름. 죽음과 묵음. 결국 헤매다가 죽게 될 것이다. 모르는 사람 모르게 살아가듯이. 모르는 사람 모르게 죽어 가듯이.
>
> ─「모르는 사람 모르게」 부분

"한 낱말"과 "한 목소리"는 하나의 고유한 입자이지만, 다른 "한 낱말"과 "한 목소리"와 겹치고 흐르면서 서로 스며든다. "달아나는 말 위로 스며드는 물. 스며드는 물 위로 내려앉는 말"은 이러한 상호자

용의 현상을 예시한다. "얼음과 구름" 및 "죽음과 묵음"의 관계 또한 마찬가지이다. 각각의 '낱말'과 '목소리'는 제 고유한 의미의 담지체이지만, 그것들이 서로 겹치고 스밀 때 고유성은 상호 교섭한다. '사이의 시학'이 주목하는 것은 바로 후자와 같은 말(소리)과 말(소리)의 삼투압 현상이다. 각각의 단어와 소리가 단단한 의미의 막을 투과하여 서로 섞일 때, 그러한 혼입에 의해 그려지는 무늬는 어떤 모양인가? 물결과 구름의 명료하지만 불확정적인 무늬.[3] 놀라운 것은 시인이 이 형태를 규정할 수 없는 물결과 구름의 무늬를 듣는다는 사실이다. 그는 "물결의 무늬를 소리로만 인식하는 당신"(「나선의 감각—물의 호흡을 향해」)이다. 이것이 가능한 것은 그가 "멀어지는 물결과 물결 사이/기억나지 않는 말과 말 사이"(「어둠과 구름」)에 철저히 복무하기 때문이다.

이로부터 '사이의 시'가 태동한다. "사이와 사이사이에 한 줄의 시가 있다"(「태양에 가까이」)는 '사이의 시'의 출생을 신고한다. 이렇게 말해도 좋다, 이제니의 시는 소리와 소리의 "사이", 사이들의 사이인 "사이사이"의 공명 속에서 산출된다고. 따라서 말과 말의 파동이 "사이와 사이사이"에서 어떻게 공명하는지를 살피는 것이 '사이의 시학'을 이해하는 관건이 된다. 여기서 "사이와 사이사이"의 공명의 차이를 결정하는 말의 생명은 그것의 시간(순간과 영원)에 비례하고 거리(가까움과 멂)에 반비례한다. 전자는 시간의 층위에서의 "순간의 안쪽"(「분실된 기록」)을 포착하려는 시도로 나타나고, 후자는 공간의 층

---

3 「어둠과 구름」의 다음 구절을 보라. "꿈속에서 둥글게 퍼지며 가장자리로부터 사라지는, 하나인 동시에 여럿인 구름을 보았다. 구름은 가장 불분명한 발음으로 존재하는 가장 명확한 형상이라고 생각했다. 아니, 가장 명확한 발음으로 사라지는 가장 불분명한 형상이라고."

위에서 "모든 어떤 것 안의 어떤 모든 것. 어떤 모든 것 안의 모든 어떤 것"(「거실의 모든 것」)을 발견하려는 시도로 나타난다. 한순간에 돌출하는 것은 전자이지만, 지속적으로 유출되는 것은 후자이다. '사이의 시학'은 양자로부터 주체의 마음이 유출되는 과정의 탐색에 집중한다. '잔디와 잔듸'의 사이에서 "유일한 잔듸의 유일한 기분"(「잔듸는 유일해진다」)이라는 주체의 감정이 유출하는 과정은 이를 예시한다. 이렇게 '낱말'과 '목소리'의 "사이와 사이사이"에서 "슬픔의 안쪽"(「분실된 기록」)이 채록된다. 그가 "소용돌이치며 다가가지 못하는 마음"(「나선의 감각―물의 호흡을 향해」)의 측량기사로 나서는 까닭이 여기에 있다.

먼저, 말과 말 사이는 가깝다.

(가-1)

달과 부엉이는 가깝다. 기억과 종이는 가깝다. 모자와 사과는 가깝다. 꽃과 재는 가깝다. 모래와 죽음은 가깝다. 나무와 열매는 가깝다. 수풀과 슬픔은 가깝다. 눈물과 바람은 가깝다. 구름과 어둠은 가깝다.

―「달과 부엉이」 부분

(가-2)

바람과 구름은 가깝다. 얼굴과 날개는 가깝다. 나무와 벌레는 가깝다. 어둠과 호수는 가깝다. 유리와 심장은 가깝다. 죽음과 묵음은 가깝다. 정오와 자정은 가깝다. 얼음과 울음은 가깝다. 밤과 몸은 가깝다.

―「달과 부엉이」 부분

밑바탕을 이루는 물음은 다음과 같다. 왜 어떤 사물들 혹은 말들은 가깝고 먼가? 일단 거리는 사물늘이 실재하는 공간 속에서의 물리적인 거리라고 보기는 어렵다. 그것은 사물들과 말들에 대한 '눈의 거리'에 가깝다. 사물들과 말들 사이에 마음이 있다는 것도 같은 말이다. 먼저, 「달과 부엉이」의 생략된 부분에는 이를 추정할 몇 개의 단서들이 흩어져 있다. 예컨대, "달과 부엉이"의 관계는 생략된 2연("밤의 부엉이는 날아오른다/멀어지는 달을 바라보는 부엉이의 눈")과 연결된다. 즉 양자의 가까움은 "멀어지는 달을 바라보는 부엉이의 눈" 속에서 발견할 수 있다. '달'은 "너의 눈 속 터널"(「초현실의 책받침」, 「아마도 아프리카」)에 거주하는 '부엉이'의 마음인 셈이다. 같은 방식으로 "기억과 종이" "꽃과 재" "수풀과 슬픔"의 가까움을 추정할 수 있다. 한편, 주어진 텍스트 밖에서 사이의 거리를 측량할 수 있는 가까움도 있다. "모자와 사과는 가깝다"가 그 경우이다. 엉뚱하겠지만, 양자의 가까움은 '거실'에서 발견할 수 있다. 이것은 이제니의 "거실에는 어떤 모든 것이 있"(「거실의 모든 것」)기 때문이 아니라, 그의 '눈의 거실'에 "어떤 모든 것"이 있기 때문이다.

더욱 흥미로운 건 (가-1)과 (가-2) 사이의 반복과 변주이다. 총 9개의 동일한 유형의 문장으로 되어 있는 (가-1)과 (가-2)에는 동일한 단어의 반복과 관계의 변주가 있다. 예를 들어, (가-1)의 "모래와 죽음은 가깝다"와 (가-2)의 "죽음과 묵음은 가깝다"에는 "죽음"의 반복이 있고, "모래"와 "묵음" 사이의 가까움의 변주가 있다. 이때 제기되는 질문은 '죽음'이 '모래' 및 '묵음'과 가깝다면, '모래'와 '묵음' 사이는 어떨 것인가이다. 소리 없는 '모래'의 형상에서 '죽음'을 본 것이라면, '모래'와 '묵음'은 가까운 것일 수 있다.("나무와 열매"와 "나무와 벌레", "눈물과 바람"과 "바람과 구름", "구름과 어둠"과 "어둠과 호수"의 쌍도 마찬가지이다.) 여기서 우리는 삶과 죽음의 사이뿐만 아니라 소리와 침묵의 사이의 "사이사이"와 마주하게 된다. 그리고 마침내 "사이사이"가 "하나의 몸에서 나뉜 두 개의 영혼"("먼 곳으로부터의 바람」)임을 발견한다. 말하자면, "나무"는 "열매"와의 사이, 그리고 "벌레"와의 사이가 이중적으로 겹쳐진 "사이사이"의 존재이다.

때로, 말과 말 사이는 멀다.

(나)
돌과 돌은 멀다. 달과 달은 멀다. 물과 물은 멀다. 말과 말은 멀다. 말과 물은 멀다. 물과 돌은 멀다. 돌과 달은 멀다. 달과 말은 멀다. 달과 달이라는 말은 멀다. 돌과 돌이라는 말은 멀다. 물과 물이라는 말은 멀다. 말과 말이라는 말은 멀다.

—「달과 돌」부분

(나)의 반복과 변주 또한 흥미롭다. 총 12개의 동일한 유형의 문장으로 되어 있는 (나)는 크게 세 부분으로 분할된다. 첫 번째 부분은 첫 문장 "돌과 돌은 멀다"에서 네 번째 문장 "말과 말은 멀다"까지. 두 번째 부분은 "말과 물은 멀다"에서 "달과 말은 멀다"까지. 세 번째 부분은 "달과 달이라는 말은 멀다"에서 "말과 말이라는 말은 멀다"까지. 세 부분은 비교되는 대상의 관계에 따라, 각각 '돌, 달, 물, 말'의 재귀적 거리, '돌, 달, 물, 말' 사이의 상대적 거리, 그리고 '돌, 달, 물, 말'과 "말"과의 거리를 표상한다. 이 단아한 배열에서 주목할 것은 두 번째 부분이다. 산술적으로 본다면, 두 번째 부분에는 총 여섯 개의 쌍이 존재해야 한다. 누락된 두 개는 '돌과 말은 멀다'와 '물과 달은 멀다'로 추정할 수 있다. 이러한 누락에 의한 배열이 우연의 결과가 아니라면, 그 까닭은 두 가지로 상정된다. 하나는 단어와 단어 사이의 의미론적 고려이고, 다른 하나는 언어의 흐름에 대한 구성상의 고

려이다. 비평가의 '머리'를 자극하는 것은 전자이지만, 시인의 '말'을 춤추게 하는 것은 후자이다. 후자가 형태적 균질성과 함께 리듬의 유연성을 보장함으로써, 시와 시인의 호흡을 실질적으로 추동하기 때문이다.

어떤 방식으로? 흐름으로, 회전으로. 그러니까 말들이 흐르면서 소용돌이친다. 첫 번째 부분에서 말들은 '돌(과 돌) → 달(과 달) → 물(과 물) → 말(과 말)'의 순으로 흐른다. 두 번째 부분에서 말들은 '말(과 물) → 물(과 돌) → 돌(과 달) → 달(과 말)'의 순으로 흐르는데, 이는 첫 번째의 역방향으로 진행하면서 '말'에서 '말'로의 순환 체계를 완성한다. 여기서 눈여겨보아야 할 것은 단어의 도약에 의한 변용과 흐름의 방향의 역전 현상이다. 예상대로라면 두 번째 자리에는 '돌(과 달)'이 와야 한다. 그런데 그 자리에 '물(과 돌)'이 옴으로써 이후의 흐름이 역전되게 된다. 즉 말의 흐름에 여울이 생기는 것이다. "뒤섞이며 자리를 바꾸는 문장들"(「나선의 감각—목소리의 여행」), 바로 여기가 와류의 지점이다. 여기에서 발생하는 와류의 소용돌이가 "달 아래 흐르는 돌/물 아래 번지는 달"(「달과 돌」)의 흐름과 변용을 야기한다. 세 번째 부분에서의 말들의 흐름은 이런 변용의 결과이다.

그렇다, "이것은 회전하고 이것은 끝없이 모양을 바꾼다"(「나선의 감각—목소리의 여행」). 말과 말은 각각의 고유한 힘의 자장의 상호 침투에 의해 "사이와 사이사이"에서 회전한다. 이런 이유로 나선의 회전을 하나의 명시적인 언어로 포획하는 것은 불가능하다. 그것은 "숨기는 동시에 드러내는 것/드러내는 동시에 숨기는 것"(「그곳에서 그곳으로」)으로, 혹은 "흐릿하고도 명확한. 명확하고도 흐릿한"(「나선의 감각—공작의 빛」) 방식으로 존재한다. 그곳에서 기억과 망각, 소리와 침묵, 빛과 어둠, 삶과 죽음이 뒤섞인다. 이때 주체는 "백색의 슬픔을 기록하는 사람"(「가지 사이」)이 된다. 그의 시가 "오직 여백의 문장으로서만 서로를 알아"(「태양에 가까이」)보는 이유가 여기에 있다.

4. 소리길과 이중나선

그렇다면 "여백의 문장"은 무엇이고, 왜·어떻게 발생하는가? 그런데,

> 무엇과 왜와 어떻게라는 말 대신 그저 그렇게 되었다라고 하자 그저 그렇게 지금 여기에 놓여 있다라고 하자 다만 호흡하고 있다라고 하자 다만 있다라고 하자 다만 멀리서 가깝게 있다라고 하자 물결을 따라 흐르는 소용돌이를 본다라고 하자 소용돌이치며 사라지는 문장이 있다라고 하자 전해지지 않는 말을 들었다라고 하자 끝없이 이어지는 호흡이 있다라고 하자 또 다른 호흡이 또 다른 호흡 속으로 뛰어들고 있다라고 하자 순간의 폭발이 있다라고 하자 다만 소리가 있다라고 하자 다만 호흡이 있다라고 하자
>
> ―「나선의 감각―물의 호흡을 향해」 부분

'물의 흐름'을 이해하는 것은 물결에 몸을 실어 '물의 호흡'에 참여하는 것과 다르지 않다. 이러한 방식만이 "언어의 심연"을 통해 "심해의 어원"(「나선의 감각―물의 호흡을 향해」)을 찾는 유일한 방식인지도 모르겠다. 그러니 "무엇과 왜와 어떻게라는 말"보다는 "그저 그렇게"가 이제니 시와 가깝다. "물결을 따라 흐르는 소용돌이"가 "무엇과 왜와 어떻게"보다는 "그저 그렇게"와 더 가까운 것과 같은 이치이다. 이것은 분명 "소용돌이치며 사라지는 문장"의 운명에 대한 용인이다. 사라지지 않으려는 의지의 발로로써 "무엇과 왜와 어떻게라는 말"은 "소용

돌이치며 사라지는 문장"과는 멀기 때문이다. 또한 이것은 시의 "소리"와 시인의 "호흡"과의 운명적 일치에 대한 용인이기도 하다. 시의 "소리"는 "전해지지 않는 말"로 존재하고, 시인의 "호흡"은 끝없이 이어지는 물결 속에서의 소용돌이로 존재하기 때문이다. 그렇다면 이제 우리가 살펴야 할 것은 "그저 그렇게"의 세 가지 층위이다.

먼저, 소리. 무엇보다도 궁금한 건 "전해지지 않는 말을 들었다"는 언명이다.

> 너는 그것을 듣는다. 존재와 존재의 어울림을. 사물과 사물 간의 대화를. 울림과 울림 사이의 침묵을. 한 번도 듣지 못한 내면의 음을 듣는 것. 한 번도 보지 못한 사물 간의 어울림 혹은 불협을 보게 되는 것. 의미 이전의 소리를 찾아 제 속의 소리길을 따라나섰다 의미 너머의 어떤 본질을 발견하게 되는 것. (중략) 들리는가. 이 음들이. 너에게로 나에게로 전해지는 이 사물의 무수한 진동이. 사라져 가며 다시 울리는 이 끝없는 존재의 증명이. 매 순간 처음으로 울리는 이 거대한 침묵이.
>
> ―「나선의 감각―음」 부분

"의미 이전의 소리"를 찾아 떠나는 여정은 어둠 속에서의 길 찾기와 같다. 우리를 안내하는 것은 "제 속의 소리길"이다. 이것은 소리와 소리, 사물과 사물, 너와 나 사이에 결이 있음을 암시한다. 그러니까 "의미 너머의 어떤 본질"을 발견하는 여정에서, 시는 소리가 "입자와 파동의 형태로 번져 나가는 관악기의 통로를 여행하듯 걸어간다"(「구름 없는 구름 속으로」)고 할 수 있다. 그 소리가 희미하거나 사라져 간다고 해서 그것이 없다고 주장할 수는 없다. 왜냐하면 "의미 이전의 소리"는 "사물의 무수한 진동"의 형태로 우리에게 감각되며, "사라져 가

며 다시 울리는" 방식으로 자신의 존재를 증명하기 때문이다. 이렇듯
"매 순간 처음으로 울리는 이 거대한 침묵"은 소리와 침묵의 나선운
동을 개시한다. 그리고 바로 여기가 "리듬으로 시작해서 리듬으로 끝
나는"(『먼 곳으로부터의 바람』) "여백의 문장"이 탄생하는 장소이다.

　다음, 나선. "소용돌이치며 사라지는 문장"은 겹으로 되어 있다. 잠
깐, 밤이 흐를 때 문장이 어떻게 소용돌이치며 사라지는지를 보기로
하자.

　　밤이 흐를 때 우리는 밤이 흐를 때 우리는 흰 것으로 말하기 흰 것으
　로 말하기 밤이 흐를 때 우리는 밤이 흐를 때 우리는 검은 것으로 말하
　기 검은 것으로 말하기 두 번씩 말하기 두 번씩 말하기 음영과 굴곡으로
　리듬과 기미로 물러나기 물러나기 다가가기 다가가기 (중략) 밤이 흐를
　때 우리는 밤이 흐를 때 우리는 겹으로 말하면서 겹으로 말하면서 겹으
　로 사라지듯이 겹으로 사라지듯이 어디서 흘러와서 어디로 흘러가는지
　뒤돌아보지 않으며 뒤돌아보지 않으며 나아가기 나아가기 돌아가기 돌
　아가기 한 발 더 한 발 더 밤이 흐를 때 우리는 밤이 흐를 때 우리는 첫
　문장을 기다리면서 마지막 문장을 지워 나가듯 마지막 문장을 기다리면
　서 첫 문장을 지워 나가듯 밤이 흐를 때 우리는 밤이 흐를 때 우리는

　　　　　　　　　　　　　　　　　　　　　　　　—「밤이 흐를 때」부분

　밤이 흐를 때 문장과 시가 어떻게 흐르는지를 보여 주는 데 이보다
적절한 예는 없을 듯하다. 위의 시는 "저마다의 낱말 속에서 저마다
아름답게 흐르고 있었다"(『몸소 아름다운 층위로』)는 사실을 적시한다. 흥
미로운 것은 시의 표면을 휘돌고 있는 이중 반복이다. 즉 "두 번씩 말
하기"를 두 번씩 말하기. 이것은 "음영과 굴곡으로 리듬과 기미로 물

러나기 물러나기 다가가기 다가가기"가 밤의 유동을 말하는 시적 방식임을 보여 준다. 우리의 눈이 '밤'이 실체를 포획하는 데 번번이 낙마할 수밖에 없다면, 그것을 말하는 방식은 언어의 "음영과 굴곡으로 리듬과 기미로" '밤'의 유동 자체를 발화하는 방법밖에 없을 것이다. 이때 "두 번씩 말하기 두 번씩 말하기"는 밤과 말의 유동을 고정하지 않고 말하려는 노력이다. 다시 말해, 첫 번째 "밤이 흐를 때 우리는" 이 밤의 유동 자체를 표현한다면, 두 번째 "밤이 흐를 때 우리는"은 밤의 언어의 유동을 표현한다. 언어의 층위에서 두 번째가 첫 번째의 흐름을 "음영과 굴곡으로 리듬과 기미로" 나타내는 것이다. 후자는 전자의 그림자인 셈이다.

이것은 위의 시가 두 개의 나선으로 되어 있음을 암시한다. 이제니의 시가 언어의 회전체라는 점을 상기한다면, 「밤이 흐를 때」는 이중나선(double helix) 구조를 띤다고 할 수 있다. 마치 생식세포가 부모로부터 각각 두 개의 유전자를 전수받듯이, 그의 시는 두 개의 나선의 분리와 결합으로 분열하고 증식한다. 우리는 이미 언어라는 기호가 기표와 기의의 결합으로 되어 있다는 사실을 안다. 그러나 이러한 지식으로부터 이제니 시의 이중나선이 기표와 기의의 나선으로 구성되어 있다는 단조로운 결론이 도출되는 것은 아니다. 오히려 그것은 기표와 기의 사이의 거리를 회전 반경으로 삼는 언어의 나선과, 있음과 없음 사이의 거리를 회전 반경으로 삼는 사물의 나선 간의 결합으로 이해되어야 한다. 즉 기억과 망각, 소리와 침묵, 빛과 어둠, 삶과 죽음 사이를 회전하는 두 개의 나선. 이를 이차원의 평면으로 표현한다면, "무수한 실선들 사이를 또 돌고 있는 무수한 점선들"(「유령의 몫」)이 된다. 이제니의 시가 때로는 모스 부호처럼 들리는 이유가 여기에 있다.

여기서 핵심은 이중나선이 같은 몸에서 나온 두 자식이라는 것과,

서로 역상으로서 결합하는 방식을 이해하는 것이다. 그러니까 이중나선은 "하나의 몸에서 나뉜 두 개의 영혼"으로, 각각의 나선은 "그리고. 그러나"(『초다면체의 시간』)의 병치에서 보듯 동일하지만 반대되는 것의 결합으로 존재한다. "각자 함께. 함께 각자"(『어둠과 구름』)는 이중나선이 결합하는 방식을 설명한다. 수소 결합이 물과 DNA의 결속 구조를 설명하듯이, 이제니의 시에서 언어의 나선과 사물의 나선의 결합을 설명하는 것은 주체의 내면이다. 보다 엄밀히 말한다면, 그것은 '호흡, 울림, 감정, 호소'의 결합이다. 내면의 열기와 냉기는 이중나선의 결합의 강도를 결정한다.

어딘가에 먼저 가닿는 것은 네가 전하는 의미보다는 네가 내뱉은 음들 고유의 성조와 고저와 장단이다. 바로 너의 내면이다. 호흡이다. 울림이다. 감정이다. 호소이다. 너는 네 속에서 들려오는 그 모든 소리들을 기록한다. 누군가의 입을 빌려 말하듯 너는 그 무수한 목소리들을 받아 적는다. 이것이 바로 내 시다. 어찌하여 그토록 오랜 세월 동안 같은 사물들이 같은 듯 다르게 표현되어 왔는지 또 다르게 표현되어야만 하는지. 너는 네 몸속의 소리길을 따라가며 깨닫는다.

—「나선의 감각―음」 부분

"음들 고유의 성조와 고저와 장단"이 곧바로 주체의 내면의 '호흡, 울림, 감정, 호소'와 등치될 수 있는 것은 까닭이 있다. 그것은 시가 "네 속에서 들려오는 그 모든 소리들"의 기록이자 녹취이기 때문이다. 즉 시는 일종의 "음파의 감각"(「나선의 감각―공장의 빛」)이다. 이때 "수풀 속에서 슬픔을 감추듯"(「달과 부엉이」), 언어와 사물의 나선 사이에서 내면의 감정은 양자를 결속한다. 혹은 "ㅗ을음 위로 그 울음이 번질 때//그 울음 위로 그 울림이 겹칠 때"(「그을음 위로 그 울음이」), 호흡과 울림은 감정과 호소로 전이된다. 이러한 결속과 전이는 소리와 사물의 인접성이 돌연히 시적 주체의 정조의 유사성과 겹칠 때 발생한다. 이것이 사물들에 대한 시적 표현의 같음과 다름을 설명한다. 즉 시는 사물들의 모방이나 언어의 유희에 구속되지 않는, "그 무수한 목소리들"이 인도하는 "몸속의 소리길"의 여정인 것이다.

"네 속에서 들려오는 그 모든 소리들"은 "내 속에서 흘러나오는 오래된 그 목소리"(「잔디는 유일해진다」)이기도 하다는 점에서, '너'와 '나'는 따로 또 같은 한 몸이다. 무엇이 '너'와 '나'의 경계를 획정하였는지는 모르지만, "너와 나는 다른 둘이 아닌 하나"(「모르는 사람 모르게」)임에 분명하다. '너'와 '나'는 쌍둥이다. 아니, '너'는 '나'의 그림자이거나, '나'는 '너'의 그림자이거나, 그것도 아니라면 '우리'는 '우리'의 그림자이거나……일 뿐이다. 따라서 "그 무수한 목소리들을 받아 적는" '너'의 기록은 다름 아닌 "바로 내 시"이다. 이는 이제니의 시가 "분열된 두 개의 손으로 쓰인 책"(「분실된 기록」)이자, 동시에 '너'와 '나'가 한 몸으로 물결치는 "이 세계의 책"이기도 하다는 사실을 보여 준다. 「나선의 감각—역양」은 '너'와 '나'의 대화를 다음과 같이 기록하고 있다.

너도 이미 알겠지만. 이 세계의 책들은 문자로 만들어진 것이 아니라. 소리와 색깔로 이루어져 있음을. 아니. 소리와 색깔의 여백으로 가득 차 있음을. 네가 그 소리에. 그 빛깔에. 귀 기울일 수 있다면. 눈 열릴 수 있다면. 너의 페이지는 또 다른 페이지로 건너뛸 텐데. 저기 저 소실점 너머로 사라지는 나무들처럼. 아득한 저 너머로 건너갈 수 있을 텐데. 너는 거리의 저 끝에서 눈물처럼 번지듯 은빛으로 서서히 사라져 가고 있었고. 나는 작고 검은 글씨처럼. 혹은 희고 둥근 음표처럼. 한 줄에서 또 다른 한 줄로. 위에서 아래로. 왼쪽에서 오른쪽으로. 조금씩 조금 씩 나아가고 있었고. 그때. 나뭇가지 위의 무수한 책들 중 하나가 바닥 으로 떨어졌고. 펼쳐진 페이지 너머로 어떤 낱말 하나가 부풀어 오르기 시작했고. 역양. (중략) 오래전 내가 썼던 페이지들을 펼쳤을 때. 역양. 그 익숙하고도 낯선 낱말 하나를 다시 발견했다. 꿈속에서처럼 페이지 는 비어 있었고. 그 낱말의 뜻을 다시 헤아리기 위해. 찾아 헤맸던 빈자 리를 다시 한 번 만지기 위해. 다시 한 번 쓰다듬기 위해. 다시 한 번 채 우기 위해. 나는 책상 위로 고개를 숙인다.

―「나선의 감각―역양」 부분

"이 세계의 책들"이 "소리와 색깔의 여백으로 가득 차 있음"을 듣 거나 보는 일은 무엇이고, 왜·어떻게 가능한가? 아니다, 질문이 잘 못 되었다. "무엇과 왜와 어떻게라는 말 대신 그저 그렇게 되었다라 고 하자". 이것은 일종의 '맥거핀 수법'(「편지광 유우」, 「아마도 아프리카」)인 가? 그렇지 않다. "아득한 저 너머"로의 도약할 수 있다는 '너'의 말 을 실증하는 것이 바로 '너'의 사라짐이기 때문이다. 마치 "저기 저 소 실점 너머로 사라지는 나무들"처럼. 이것은 '너'가 묶음과 죽음의 세 계로 소용돌이치며 사라지는 나선이라는 것을 암시한다. "그리고. 그 러나" 바로 여기에서 "작고 검은 글씨처럼. 혹은 희고 둥근 음표처럼" 서서히 나타나는 것이 있다. 이것은 시(쓰기)와 '나'의 나선이다. 전자 는 하나의 '소실점'으로 사라지는 '울음'의 나선이지만, 후자는 알 수 없는 어느 지점에서부터 출현하는 '물음'의 나선이다. 이 두 개의 나 선의 사이에서 무엇인가가 출현하는데, "어떤 낱말 하나가 부풀어 오 르기 시작했고"는 그것이 지금 막 생성 중에 있음을 고지한다. 이제 니는 그것을 "역양"이라고 말한다. "역양"은 "소실점 너머로 사라지는 나무들"의 열매이자 '너'의 "눈물"이라는 점에서, '너'와 '나'의 "운명을 예견하는 문장"(「고양이는 고양이를 따른다」)이다. 그러나 그것이 이미 결정되어 있다는 뜻은 아니다. "그 낱말의 뜻"은 비어 있다. 이것이 역으로 "소리와 색깔의 여백"을 헤아리고 만지고 쓰다듬는 행위, 그리하여 마침내 비어 있는 "페이지"와 "빈자리"를 다시 채우는 시(쓰기)의 작업을 호소한다. 이제니의 시(쓰기)가 사라지는 것에 대한 울음으로만 그치지 않는 이유가 이와 같다. 묵음과 암전과 죽음은 끝이 아니다.

5. 이것이 우리의 끝은 아니야

이로써 언어의 수피 댄스를 추는 자는 다시 그 자리로 돌아왔는가? 그의 무수한 회전은 하나의 동일한 회전의 반복인가? 그러니까 그의 언어의 춤은 그 이유를 알 수 없는 어떤 슬픔으로 환원되는가? 그렇다면 그 숱한 그림자의 "음영과 굴곡"들로부터 생성되는 어떤 "위로 위로 마음의 위로"(「나선의 감각—목소리의 여행」)는 대체 무엇인가?

우리가 우리의 그림자로 밀려날 때 저 밑바닥으로부터 번져 오는 것은 무엇인가. 우리가 우리의 어둠으로 몰려갈 때 저 하늘로부터 내려오는 것은 무엇인가. (중략) 언덕. 둔덕. 언덕. 둔덕. 언덕. 둔덕. 언덕. 둔덕. 한 걸음씩 내디딜 때마다 진창에 빠지는 기분으로. 울음. 물음. 울음. 물음. 울음. 물음. 울음. 물음. 한마디씩 내뱉을 때마다 점점 더 물러나는 기분으로. 그때에도. 이미. 벌써. 여전히. 아직도. 이것이 우리의 끝은 아니라고 믿는 마음이 있었을 테고. 순도 높은 목소리 사이사이로 몇 줄의 음이 차례차례로 울렸을 테고. 뒤가 없는 듯한. 이미 뒤가 되어버린 듯한. 어떤 나지막한 목소리 사이사이로. 어떤 풍경이. 어떤 얼굴이. 어떤 기억이. 어떤 울음이. 점점이 들렸을 테고. 귀신에 들리듯. 바람에 날리듯. 어딘가에서 어딘가로. 너는 지금 사라져 가는 무언가를 보고 있다고. 너는 지금 사라져 가는 무언가를 듣고 있다고. 사라지는 것과 사라지는 것 사이. 그 사이와 사이. 다시 그 사이와 사이사이의 사이. 사라지는 이 순간만이 오직 아름답다고. 우리가 우리의 목소리로 사라질 때 저 너머에서 다가오는 것은 무엇인가. 밤은 밤으로 다시 건너가고 있는데. 하루는 하루로 다시 기울고 있는데.

─「이것이 우리의 끝은 아니야」 부분

다시 묻자. "언덕. 둔덕. 언덕. 둔덕. 언덕. 둔덕. 언덕. 둔덕"에서 '언덕과 둔덕'의 사이에 있는 것은 무엇인가? 그것은 '둔주(遁走)의 언덕'인가? 마찬가지로 "울음. 물음. 울음. 물음. 울음. 물음. 울음. 물음"에서 '울음과 물음'의 사이에 있는 것은 무엇인가? 그것은 '울음의 달음박질'인가? 그러나 '물음' 사이에 '울음'이 있다고 해서, "사이사이"에 "사라지는 이 순간"만이 있다고 말할 수는 없다. 왜냐하면 "우리가 우리의 목소리로 사라질 때 저 너머에서 다가오는 것"이 있기 때문이다. 그것은 아직 '물음'으로 존재한다. 그것이 다시 '울음'의 소용돌이에 휩쓸려 작고 어두운 구멍으로 빨려 드는 절망의 춤이 될지 아직 우리는 알지 못한다. "왜냐하면 우리는 우리를 모르고", 말의 춤을 추는 자는 "저것 너머의 그것에 조금이나마 가까워지려고"[4] 하기 때문이다. 그러니 이제 처음으로 끝으로 물어야 한다. "우리가 우리의 그림자로 밀려날 때 저 밑바닥으로부터 번져 오는 것은 무엇인가." 루미는 말한다. '상관없다'고. '상관없다'고. 루미는 말한다.

---

4 이제니, 「풀을 따라 걷는 마음」, 『계간 파란』, 2016.여름, p.323.

오렌지 행성의
'사그라다 파밀리아'

1. 언어의 건축술

그의 언어는 어떤 세계를 건축한다. 얼마 전까지 실험과 모색의 차원이었다면, 이제 그의 건축은 매우 견고한 하나의 독자적 질서를 구축하기 시작했다. 놀랍게도, 그의 건축술은 이제 학문의 세계로 진입했다고 말할 수 있을 정도이다. 그가 자기의 건축에 적용한 수학의 법칙과 기하학의 공리(公理)를 보라. 비록 기하학의 공리는 잘 모른다고 할지라도, 그것이 얼마나 대단한 힘을 갖고 있는지 우리는 잘 알고 있다. 세상의 위대한 건축물들, 피라미드와 만리장성과 에펠탑을 지탱하는 것 역시 기하학이 아니던가. 물론 그의 언어 세계를 구축하는 기하학이 현실 세계의 그것과 완전히 동일한 것은 아니다. 그가 구축하는 세계는 생의 의미에 대한, 사랑과 죽음에 대한 시적 세계이기 때문이다. 그러니 당연하게도 그가 지렛대로 삼는 언어의 건축술에는 특수한 기하학적 공리가 내재해 있을 수밖에 없다. 그것은 무엇인가? 그것은 한마디로, '시간의 불완전성 공리'이다. 그렇다면 이렇게 말해도 무방하다. 시인 함기석은 자신의 시적 건축물을 지탱하는 '시간의 불완전성 공리'를 증명하기 위해 매우 특수한 언어의 방정식을 풀고 있는 자라고.

일찍이 이런 세계, 이런 건축가가 있었는가? 이상(李箱, 1910-1937)은 어떤가? 그러나 그가 조감하고 구축한 세계는 미궁에 가깝다. 미로가 어떤 질서와 원리에 의해 구축되는지는 알기 어렵다. 이것은 미궁의 목적이자 존재 이유가 눈속임에 있기 때문이다. 더욱이 아직 미궁을 통과한 자도 없는 상황이다. 이런 의미에서 이상의 건축술은, 그의 말대로 일종의 '기만술'에 불과한 것인지도 모르겠다. 산 자를 기만하는 죽은 자의 피라미드. 그러나 함기석은 다르다. 그가 조감하고 구축하는 세계는 미로의 피라미드가 아니다. 그것이 아무리 미궁처럼 보일지라도, 그의 건축에는 탈출을 지시하기 위해 끊임없이 명멸하는 방향 지시등이 존재한다. 사실 그의 건축이 미로처럼 보이는 것은 그것이 지금도 건설 중이기 때문이다. 비록 완성되지는 않았지만, 그가 건설하고 있는 것은 지금까지 그 누구도 구축하지 못했던 하나의 독자적인 공간이자 세계이다. 이런 의미에서 그의 시적 건축은 아직 완성하지 못한, 그래서 더욱 신비한 '사그라다 파밀리아'를 닮았다.

2. '뽈랑 공원'의 팡새와 '오렌지 기하학'

이제 함기석의 건축 세계로의 여정을 시작하자. 최종 목적지는 '오렌지 행성'의 '사그라다 파밀리아', 그곳에 가기 위해서는 "오일러 공항"(「오일러 공항」)으로 가야 한다. 그러니 얼른 "오일러 공항"에서 바르셀로나행 비행기에 탑승하자. 그러나 조심하라. 그곳에는 "아라비아 군복 차림의 무리수 병사들"이 지키고 있으니. 그들에세 잡힌다면

"Sodoku 감옥"에 갇혀 죽음을 기다려야 할지도 모른다. 만약 감시를 피해 무사히 탑승했다면, 바르셀로나까지는 안심해도 좋다. 비행기는 "명료한 제로(0) 궤도"(「사과의 2차원 균등 분할」)를 날아, 우리를 무사히 바르셀로나에 데려다 줄 것이기에. 바르셀로나는 기하학적 도시, 우리는 그곳에서 '오렌지 행성'의 '사그라다 파밀리아'로 가는 기이한 방정식을 풀어야 한다.

'뽈랑 공원'(「뽈랑 공원」, 랜덤하우스코리아, 2008)에 가면 '사그라다 파밀리아'로 가는 방정식을 풀 수 있다. '뽈랑 공원'은 함기석이 만든 인공 '새집'의 이름이다. 가우디가 바르셀로나 사람들을 위해 '구엘 공원'을 지었다면, 함기석은 '오렌지 행성'의 거주민들을 위해 '뽈랑 공원'을 지었다. '뽈랑 공원'의 볼거리는 특이하게도 '사라짐'에 있다. 그곳에서는 꽃밭이, 벤치들이, 나무들이, 하늘이, 새들이 차례차례 사라진다. 무엇보다도 "유모차를 끌고 행간으로 사라지는 여자의 뒷모습"은 인상적이다. 그러니까 '뽈랑 공원'에는 '부재중'이 있는 셈이다. '사라짐(無化)'이라는 진행형 부재. "함기석이라는 휴지통"은 이 진행형 부재로 넘치는 '석기함'이다. 모든 것이 '부재중'인 이 착란의 공원에서 파스칼 아저씨의 "팡새"를 만나기란 여간 어려운 일이 아니다. 그러나 '오렌지 행성'으로 가는 자라면 반드시 "팡새"를 만나야만 하는데, 그건 이 새가 '사그라다 파밀리아'행 "의미 없는 방정식"의 결정적 단서를 제공하기 때문이다.

의미 있는 시가 하도 지겨워
의미 없는 방정식을 푼다
내가 기호들과 즐겁게 노는데
창가로 팡새가 날아와 앉는다

주머니 달린 빨간 조끼를 입고 있다

선물이야 주인아저씨 몰래 훔쳐 왔어!

새는 과자로 만든 시계를 꺼내 건네준다

아이스크림으로 만든 발을 꺼내 건네준다

나는 시계를 먹으며 창밖을 본다

파스칼 아저씨네 과자 가게가 보인다

토마토 모자를 쓰고 과자를 굽고 있다

과자들은 모두 숫자로 되어 있다

가게 안에 사람들은 보이지 않는다

생각도 갈대도 보이지 않는다

나는 다시 방정식을 푼다

시계를 먹으며 발을 먹으며

맛있게 맛있게 방정식을 푼다

시간이 새콤달콤 녹아내린다

두통이 살콤살콤 녹아 사라진다

나는 계속 방정식을 푼다

그런데 아무리 풀어도 해답이 없다

그런데 그것이 해답인 방정식

그런데 그것이 해답인 나의 삶

—「파스칼 아저씨네 과자 가게」 전문

우리는 '뽈랑 공원'에서 파스칼 아저씨네 과자를 먹으며 방정식을 풀고 있는 시인을 만난다. 그런데 이상하게도 그가 풀고 있는 방정식은 "의미 없는 방정식", 그러니 아무리 열심히 풀어도 '의미'가 있을 리가 없다. 여기서 '의미'의 함의는 "의미 있는 시"와의 관계 속에서 그 의미가 읽힌다. 곧 "의미 있는 시"에서의 '의미'와 같은 의미가 없다는 뜻. 그럼 거기에는 무엇이 있나? 부재중인 '의미'의 있음. 다시 말해 "의미 없는 방정식"이 의미 있는 것은 그것이 '의미'의 부재중을 증명하는 한에서이다. 왜 그런가?

다 알겠지만, "팡새"는 수학자이자 철학자이며 신학자이기도 한 파스칼(Blaise Pascal)의 유작 『팡세(Pensées)』의 언어유희이다. "팡새"는 앵무새인 셈이다. 그럼 앵무새 "팡새"가 흉내 내는 주인 파스칼의 말은 무엇인가? 그것이 『팡세』다. 『팡세』는 파스칼 말년의 인간과 종교에 대한 고민과 성찰을 기록한 단상들의 모음이다. 여기에는 기하학적 정신과 섬세한 정신이 관찰한 신과 인간의 관계가 기록되어 있다. 파스칼의 의도가 인간의 궁극적 기원으로서 신에 대한 기독교 변증론의 증명과 설파에 있음은 분명해 보인다. 이를 기하학적으로 표현하면, 파스칼의 방정식은 "두 발의 보폭이 무한인/낱말 컴퍼스"(「망막에 작도되는 피의 음계」)로 그리는 신(神)의 원뿔의 작도법이라고 말할 수 있다.

그렇다면 '뽈랑 공원'의 시인이 풀고 있는 방정식은 파스칼의 그것과 동일한가? 반반이다. 먼저 "팡새"가 건넨 건 "과자로 만든 시계"와 "아이스크림으로 만든 발", 왜 하필 시계와 발(足)인지 묻지 않을 수 없다. 팡세의 일절, "누가 나를 여기에 놓아두었을까? 그 누구의 질서와 조정에 의해서 이 장소, 이 시간이 나에게 운명 지어졌을까?"는 그 이유를 해명한다. 전술했듯이 파스칼의 팡세(사유)의 핵심은 존재의 기원과 종말에 대한 신학적 해명에 있다. 이러한 신학적 사유는 "나는 왜 이 순간 이 시공간에 이런 형태로 존재하는가"라는 인간학적 물음으로 치환되는데, 이는 시간과 공간의 축에서 인간 좌표를 규정하려는 기하학적 해명과 동궤를 이룬다. 이때 "시계"는 시간을, "발"은 공간을 재는 척도로 기능한다. 따라서 "과자로 만든 시계"와 "아이

스크림으로 만든 발"을 먹으면서 "의미 없는 방정식"을 푸는 시인은 시간과 공간에 따른 인간 존재의 좌표를 기하학적 방정식으로 풀고 있는 자이기도 한 것이다.

'시계와 발 방정식'에 대한 파스칼의 해답은 간단하고 명확하다. 신. 그러나 함기석의 해는 다르다. 놀랍게도 그것은 '해답 없음'. "의미 없는 방정식"의 해답은 '해답 없음'인 것이다. '해답 없음'은 방정식을 푸는 자의 무능을 뜻하지 않는다. "그런데 아무리 풀어도 해답이 없다/그런데 그것이 해답인 방정식"에서 보듯, 오히려 그것은 '시계와 발 방정식' 자체의 본질적 성격을 규정한다. 이런 의미에서 "아이스크림으로 만든 발"은 파스칼의 '신(神)'을 기하학적 '신(靴)'으로 만드는 말놀이인지도 모르겠다. 도대체 이것이 가능한 일인가? 개인적 무지와 한계를 합리화하기 위한 방편은 아닌가? 현대의 많은 수학 이론들은 이 '해답 없음'의 가능성을 이론적으로 입증하고 있다. 먼저 칸토어의 집합론에서 '연속체 가설'을 보라. 그리고 괴델의 '불완전성 정리'를 확인하라. 그는 수학에는 증명도 부정도 되지 않는 명제가 반드시 존재한다는 것을, 따라서 칸토어의 '연속체 가설'은 부정되지 않는 명제임을 수학적으로 증명한 자이다. 함기석의 '오렌지 기하학'은 바로 여기에서 출발한다.

이러니 그는 수학자이다. 그러나 그가 수학자인 것만은 아니다. 무엇보다도 그는 시인이다. 이것은 그의 기하학이 수학이라는 학문의 겹만 있는 것이 아니라, 시인으로서의 삶이라는 인간의 겹이 하나 더 있음을 의미한다. 위의 시에서 "그런데 그것이 해답인 나의 삶"은 이를 명시적으로 보여 준다. 단언컨대, '오렌지 기하학'에는 시인의 삶을 미지수로 하는 또 하나의 방정식이 존재한다. 그것이 바로 사랑과 죽음 방정식이다. 우리는 이미 '뽈랑 공원'에서 "의미 없는 방징식"이란 맹아적 형태로 '시간의 불완전성 공리'가 출현하고 있음을 확인했다. 여기서 '부재중', 곧 부재를 가로지르는 중(中)인 시간은 '오렌지 행성'의 모든 시적 건축물의 봉인을 해제하는 열쇠이다. 그리고 마침내 『오렌지 기하학』(문학동네, 2012)에 이르러, 그것이 시적으로 정식화되었다.

3. 시간의 불완전성 공리—제로(0)의 방정식

코흐곡선 해안을 걷고 있다
벼랑 끝 하늘로 물고기들은 헤엄쳐 오르고
죽은 자들의 숨이고 육체였던 저 투명한 대기 속에서
빛이 제 눈을 검게 태우고 있다
제로(0)인 너와
제로(0)인 내가 만나
무한(∞)이 되었다가 더 큰 제로(0)로 되돌아가는
아름답고 비정한 원(Circle)의 우주
그것이 그대로 삶이고 죽음이고 사랑인 시
세계는
제로(0)와 무한(∞) 사이에서 녹고 있는 눈사람(8)
자신의 부재를 자신의 몸 전체로 목격하고 기억하기 위해
눈동자부터 녹아내리는
진행형 물질
우린, 죽음으로부터 같은 거리에 있는
점들의 집합

—「시인의 말」 전문

『오렌지 기하학』의 「시인의 말」은 너와 나와 세계와 우주를 하나의 기하학으로 설명한다. 그것은 원(Circle)의 기하학, 즉 하나의 지점으로부터 등거리에 있는 점들의 집합이다. 그런데 이 원의 중심점에 죽음이 있다. 따라서 "우린, 죽음으로부터 같은 거리에 있는/점들의 집합"이 된다. 말할 필요도 없이 죽음은 불가항력적이다. 이것은 인간과 우주가 죽음을 불변의 상수로 하는 하나의 방정식이라는 것을 보여 준다. 이때 시간의 상수 T는 죽음으로부터의 거리를 대수적으로 표현한 기호이다. 따라서 죽음의 시간을 대수학적으로 표현하는 원의 기하학은 수학적 아름다움과 함께 인간적 비정함을 동시에 지니고 있을 수밖에 없다. 불가항력적이지만 하나의 방정식으로 표현된다는 점에서, 그것은 진정코 "아름답고 비정한 원(Circle)의 우주"이다. 죽음은 '오렌지 기하학'의 공리이다.

그렇다면 죽음으로부터 등거리에 있는 점들의 집합인 인간과 세계와 우주의 실상은 무엇인가? 이것은 "아름답고 비정한 원"의 둘레를 구하는 기하학의 문제로 환원된다. 왜냐하면 원의 둘레는 인간과 세계와 우주의 윤곽(輪廓)을 결정하기 때문이다. 다 아시다시피, 원의 둘레를 결정하는 것은 반지름과 원주율이다. 이것은 죽음까지의 거리와 관계가 우리의 실상을 규정하는 두 매개 변수임을 의미한다. 이로써 우리는 원주율 대문자 파이(∅)와 시그마(Σ)라는 무한의 세계로 진입하는 두 장의 티켓을 획득한 셈이다.

'시간의 불완전성 공리'를 하나의 방정식으로 표현해야 하는 자라면, 다음 세 개의 기호에 능통해야만 한다. 0, 8, ∞. 여기서 제로(0)는 너와 나, 무한(∞)은 만남, 눈사람(8)은 제로(0)와 무한(∞) 사이에서 녹고 있는 진행형 물질이다. 이 세 개의 대수학적 기호는 '시간의 불완전성 공리'를 표현하는 방정식의 계수들이다. 이로부터 우리는 다음과 같은 두 개의 정리(定理)를 공식으로 얻을 수 있다.

첫 번째 공식은 '0+0=∞'. 이 공식은 너(0)와 나(0)의 만남(+)을 표현한다. 일명 사랑의 공식, 그런데 그 결과는 무한(∞)이다. 이것은 사랑이 도달 불가능한 세계임을 암시한다. 그러나 이를 인정하는 것은 쉽지 않은 일. 왜냐하면 '오렌지 행성'에 도달하기 전, 시인이 그토록 열렬히 꿈꿨던 세계이기에. 그사이 무슨 일이 있었는지 알고 싶다면, 당장 『국어 선생은 달팽이』(세계사, 1998)와 『착란의 돌』(천년의시작, 2002)을 보라. 특별히 전자의 「사랑」과 후자의 「끝없는 끝」을 보시길. 어디 사랑 때문에 아파하지 않은 시인이 있겠냐마는, 그의 아픔은 유달리 비장한 데가 있다. 그것은 시인의 사랑이 죽음을 내장한 "아름답고 비정한 원"을 그리기 때문이다. '사그라다 파밀리아'의 동쪽 파사드에는 바로 이 비장한 비정이 음각으로 기록되어 있다.

두 번째 공식은 '∞-T=0'. 이 공식은 너와 나의 사랑(∞) 이후의 세계에서 시간(T)을 소거한 결과를 표현한다. 그리고 그 값은 제로(0)이다. 제로(0)가 "아름답고 비정한 원", 즉 "죽음으로부터 같은 거리에 있는/점들의 집합"임을 상기한다면, 두 번째 시간(T) 방정식은 죽음 방정식이 된다. 이것은 너와 나의 만남인 사랑이 시간 함수에 의해 사랑 이전의 상태, 즉 너와 내가 분리된 상태로 회귀한다는 것을 의미한다. 다시 말해 사랑에서 죽음으로의 귀환. 여기서 핵심은 이러한 귀환이 반복된다는 것에 있다. 동일 패턴이 무한 반복한다는 것은 시간 방정식이 프랙탈(fractal)의 세계를 표현한다는 것을 암시한다. 이로써 우리는 이 시집이 왜 "코흐곡선 해안을 걷고 있다"로 시작하는지 이해할 수 있게 되었다. 코흐곡선(Koch curve)은 정삼각형의 각 변을 3등분한 뒤, 한 변의 길이가 이 3등분의 길이와 같은 정삼각형을 무한히 반복하여 얻는 프랙탈 도형이기 때문이다. 만약 사랑과 죽음 방정식을 0와 ∞이라는 기하학적 도형으로 나타낸다면, 우리는 하나의 큰 원의 반지름을 지름으로 하는 내부의 작은 원들이 무한 반복하는 프랙탈 모형을 얻을 수 있을 것이다. "벼랑 끝 하늘"과 "죽은 자들의 숨이고 육체였던 저 투명한 대기"는 바로 0와 ∞의 무한 회귀의 시각적 이미지들이다.

무한 회귀를 이해하는 관건은 무한(∞)이 제로(0)가 되는 메커니즘을 이해하는 것에 달렸다. 왜 무한은 제로로 수렴(Σ)되는가? 이것은 시간(T)이 무한에 일으키는 변화의 메커니즘을 이해하는 일이기도 하다. 따라서 우리의 질문은 시간이 어떻게 무한을 제로로 수렴하는가로 재정식화될 수 있다. 이를 알기 위해서 "부피 0 표면적 ∞인 입방체 기하 도시 기하 인간들"(「고고는 고고고 다다는 다다다」)이 거주하는 "맹거스펀지 빌딩"에 들어가야 한다. 거기서 '시간의 불완전성 공리'를 증명해야만 한다.

위상학적으로 무한(∞)과 제로(0)는 위상이 다르다. 2차원의 평면에서 무한은 두 개의 원이지만 제로는 하나의 원에 불과하다. 그렇다면 위상학적으로 무한을 제로로 수렴하는 일은 두 개의 원을 하나의 원으로 만드는 작업이기도 하다. 그럼 어떻게 두 개의 원을 하나로 만들 것인가? 비틀고, 녹이고, 자를 것. 누워 있는 팔자(八字)를 바꾸기 위해선 시간의 대장간으로 가야 한다. 우선, 비틀기. 이것은 위상학적 차원의 물리적 변용이다. 2차원과는 달리 3차원 입체 공간에서 무한(∞)은 제로(0)와 동일한 위상을 가질 수도 있다. 뫼비우스의 띠가 대표적인 예이다. 뫼비우스의 띠는 두 개의 원인가, 아니면 하나의 원인가? 2차원에서 그것은 두 개의 원(∞)이지만, 3차원에서는 하나의 원(0)이 된다. 무한(∞)이 뫼비우스의 띠이기만 하면, 누워 있는 팔자는 하나의 원(0)이 될 수 있는 것이다. 이때 필요한 건 하나의 넌을 두 번 비틀어 접합시키는 대장장이의 기술이다. 그럼, 누가 대장장이인가? 시인의 말대로, 그는 죽음이다.

다음, 녹이기. 이는 존재론적 차원의 화학적 변용이다. 무한(∞)이 제로(0)가 되려면 무한에 존재론적 변용이 있어야 한다. 즉 무한(∞)의 특정 지점인 너와 나의 접합면에 화학적 변화가 일어나야 하는 것이다. 이것의 가능성은 "제로(0)와 무한(∞) 사이에서 녹고 있는 눈사람(8)"이 예증한다. 여기서 우리는 눈사람을 녹이는 힘, 그러니까 빛이 눈에 일으키는 화학적 변화에 주목해야 한다. "빛이 제 눈을 검게 태우고 있다"는 구절은 빛이 "자신의 부재를 자신의 몸 전체로 목격하고 기억하기 위해" 행하는 일임을 보여 준다. 다시 말해 빛은 자기 안에 자기의 부재를 증명하는 진행형 물질이다. 이런 의미에서 "빛은 우주가 자신의 어두운 육체에 쓰는 망각의 유서"(「제로 행성」)라 할 만하다. 그러므로 무한(∞)은 쓰러진 눈사람이다. 그리고 제로(0)는 그것의 잔해, 얼룩, 흔적이 된다.

끝으로, 자르기. 이는 집합론적 차원의 물질적 변용이다. 칸토어의 연속체 가설과 괴델의 불완전성 정리에 따르면, 모든 집합에는 부재의 공집합(∅)이 존재한다. 집합에서 공집합(∅)이 지니는 의미는 부재하는 자의 목소리를 통해 확인할 수 있다. 왜냐하면 귀신 들린 자의 목소리는 부재의 존재를 예증하기 때문이다. 이를 보여 주는 시가 「벽에 비친 그림자 악사 빙」이다. "어둠 속의 빙"의 연주는 존재(being)의 연주임에 틀림없다. 그런데 재밌는 것은 이 존재(being)의 연주와 "없는 여자 ∅(phi)의 목소리"의 관계이다. 마치 빛과 그림자처럼 빙은 존재의 연주를 통해 "없는 여자 ∅(phi)의 목소리"를 발화하고 있다. 이는 존재의 귀신들림, 곧 빙의(憑依)를 암시한다. 귀신 들린 자에게 접신의 징표는 무엇인가? 일차적으로는 표정과 행동, 그러나 궁극적으로는 말이다. 아기의 말이든 처녀의 말이든 할아버지의 말이든 누군가의 말이 귀신 들린 자의 입에서 나와야 한다. 그렇다면 빙의 들린 빙의 말, 곧 "없는 여자 Ø(phi)의 목소리"는 어떤 소리인가? 당연히 그것은 부재의 소리이다. 없는 자에게 합당한 소리는 없는 소리이기 때문이다. 곧 "없는 여자 Ø(phi)의 목소리"는 공집합(∅)의 소리인 것이다. 그것은 절단된 목구멍을 표상한다. 그러므로 공집합(∅)은 녹아 쓰러지고 있는 눈사람(8)의 목에서 흘러나오는 피맺힌 절규이다.

한편 공집합은 빗금 친 원(∅)이기도 하다. 이것은 "없는 여자 Ø(phi)의 목소리"가 기하학적으로 원주율 대문자 파이(∅)로 표상될 수 있음을 의미한다. 다시 말해 공집합은 죽음으로부터의 거리와 존재의 궤적의 비를 대수적으로 나타낸 원주율(∅)인 것이다. 이런 의미에서 "없는 여자 Ø(phi)의 목소리"는 죽음의 말, "우린 언제나 같은 우주에 있고/영겁 속에서 만물은 모두 평등하게 소멸해요"를 전한다. 이리하여 빙(being)은 죽음의 원주, 죽음을 빙 두른 점들의 집합이고, 최종적으로 인간 존재가 죽음의 주위를 빙빙 돈다는 것을 의미한다. 다시 말해, 우리는 죽음의 궤도를 순환하는 '오렌지 행성'의 '기하 인간들'인 것이다.

그럼 다시 묻자, 비틀고 녹이고 베는 자는 누구인가?

예상했겠지만 그것은 시간(T)이다. 무한이 제로로 수렴되는 전 과정, 즉 뫼비우스의 띠를 비틀고, 눈사람을 녹이고, '없는 여자'의 목을 베는 자는 다름 아니라 시간이다. 그렇다, 시간은 세계라는 '진행형 물질'의 진정한 진행자이다. 이것은 시간이 위상학적, 존재론적, 집합론적 변용의 진정한 주재자라는 사실을 의미한다. 비유하자면 시간은 '오렌지 행성'의 "씨앗 속의 애벌레"들이나. 시어번스키 삼삭형과 냉거스펀지의 내부에서 끊임없이 내부를 좀먹는 기하학적 애벌레들, 그들은 부피를 제로로 수렴하는 죽음 벌레들이다. 사랑의 내부에서도 같은 일이 벌어진다. 너와 나의 만남이 이루어지는 순간부터 양자의 접합면에서 서로를 갉아 대기 시작하는 것도 시간 벌레들이다. 무한(∞) 내부에 구멍이 뚫려 제로(0)라는 하나의 원이 될 때까지……. 이렇게 '시간의 불완전성 정리'는 인간과 세계가 궁극적으로 제로(0)라는 부재로 정리될 수밖에 없음을 수학적으로 공식화한다.

그러므로 눈사람(8)과 무한(∞)은 죽음을 중심으로 회전하는 공집합(∅)이다. 그런데 그것이 회전하면서 그리는 궤적은 원이다. 풍차 혹은 바람개비. 이때 시간은 풍차 혹은 바람개비를 돌리는 바람이다. 이 풍차 혹은 바람개비의 날개가 '오렌지 행성'이라는 사실을 강조할 필요가 있을까? 이제 우리는 '오렌지 기하학'이 '오렌지 행성'의 방정식이라는 사실을 깨닫는다. 그러니 그곳은 결국 '제로 행성'이다.

　　　너의 모순 없는 주장처럼

　　　모순이 없고 충분히 강력한 어떤 공리계에서

　　　증명도 반증도 불가능한 명제가 존재한다면

　　　그건 사랑이고 죽음일 거다

　　　우리의 말과 수학기호, 기억의 불완전성을 우주는

　　　시간의 불완전성 정리로 정리해 명료히 망각할 거다

　　　(중략)

　　　나는 제곱하면 음수가 되는 i

　　　세계는 실수와 허수가 샴쌍둥이처럼 결합된 복소수의 시

시간도 죽음도 우주도

공집합을 집합으로 하는 기이한 무한집합이니

친구야, 나의 말은 너라는 무한을 향해

네 속의 캄캄한 우주를 향해 날아가는 혜성들이다

미지수 X처럼 인간은 누구나 불안한 새고 미궁들이고

각자의 명료한 착란 속에서 혹독한 섬이다

네 수학 이론이 네 영혼의 메아리고 파동이고 섬광이듯

나의 말은 진공 속으로 흩어져 사라지는

내 몸의 에코이자 아픈 피건만

—「제로 행성」부분

　드디어 우리는 '시간의 불완전성 정리'의 실체와 대면하게 되었다. '시간의 불완전성 정리'는 무엇보다도 사랑과 죽음이 "증명도 반증도 불가능한 명제"라는 사실을 선포한다. 다시 말해 시간과 죽음과 우주는 "공집합을 집합으로 하는 기이한 무한집합"인 것이다. 이는 시간과 죽음과 우주가 자기의 내부에 자신의 부재를 포함하는 복합적 존재, 곧 "실수와 허수가 샴쌍둥이처럼 결합된 복소수"라는 것을 의미한다. 전술한 것처럼, 사랑과 죽음 방정식은 인간과 세계가 궁극적으로 무(無)로 수렴될 수밖에 없음을 나타내는 제로 방정식이기 때문이다. 제로 방정식은 1차적으로 인간과 세계와 우주라는 보편적 존재에 대한 해명이다. 그러나 그것의 진가는 '시적 주체'와 같은 특정한 주체의 해명에 있다는 것을 잊지 말자.

　이제 '나'를 묻자, '나'는 누구인가? '시간의 불완전성 정리'에 따르면, '나'는 "제곱하면 음수가 되는 i"이다. 여기서 '나'를 지시하는 대수학적 기호 'i'는 소문자이다. 이것은 주상적이고 보편석 주체가 아니라 구체적이고 개별적인 주체로서의 '나'를 의미한다. 그러니 '나'는 실존적으로 "불안한 새고 미궁들"이며, "각자의 명료한 착란 속에서 혹독한 섬"이다. 문제는 이 '나'가 "명료한 착란"이라는 이율배반 속에서 실존하고 있다는 점이다. 착란의 기원과 탄생을 알고 싶다면, 두 번째 시집 『착란의 돌』을 보라. 여기서 착란은 현실 속으로 틈입하는 부재의 시간의 목격으로 요약된다. 즉 함기석의 착란은 있음과 없음, 삶과 죽음이 결합하는 광경의 목격인 것이다. 그러니 그것은 "명료한 착란" 혹은 "초현실적 실감"[1]이라는 이율배반적 성격을 띨 수밖에 없을 것이다. 수학적으로 말하면, 착란은 "실수와 허수가 샴쌍둥이처럼 결합된 복소수"이다. 만약 우리가 위의 착란에 "제곱하면 음수가 되는 i"라는 주체의 정의를 "샴쌍둥이처럼 결합"하게 되면, 시인의 착란이란 자기(실수) 내부에서 자기의 부재(허수)를 목격하는 것이라는 결론에 도달한다. 이는 주체 나(i)라는 실수가 양의 허수 '함기석'과 음의 허수 '석기함'이라는 제곱으로 이루어져 있음을 암시한다. 아니, 이렇게 말할 수 있다. 함기석 자체가 '착란의 돌'이라고. 하긴 '오렌지 행성'도 하나의 거대한 돌이지 않은가, 함기석이라는 '착란의 돌'.

그러니 '시간의 불완전성 정리'는 나(i)라는 시적 주체의 층위에서도 여전히 공리이다. 이것은 시적 발화가 수렴하는 힘과 발산하는 힘이라는 두 가지 이율배반적 힘의 결합체임을 보여 준다. "나의 말은 너라는 무한을 향해/네 속의 캄캄한 우주를 향해 날아가는 혜성들"이고, 동시에 "나의 말은 진공 속으로 흩어져 사라지는/내 몸의 에코이자 아픈 피"이다. 전자의 추동력은 사랑이고, 후자의 추동력은 죽

---

1 정한아, 「논리와 착란」, 『문학동네』, 2012.겨울, p.496.

음이다. 전자의 궤도는 사랑 방정식의 실수로 표현되지만, 후자의 분포는 죽음 방정식의 허수로 상상된다. 이로부터 우리는 제로 방정식이 시적 주체의 발화를 촉발하고 규제하는, 시학적 층위에서의 작동 원리라는 사실을 확인할 수 있다. 여기서 문제는 다시 시적 발화에서 무한이 어떻게 제로로 수렴되는지를 확증하는 것이다.

끝났다　　　　시간의 왼손은 자신의 음부를 가린 오른손을 자른다

로 시작되어 시작된다　　　　언어의 처형지에서 언어가 시작된다

로 끝나는 시작에 종이가 놓여 있다　　　　사각형 뱀이 되어

이것은 백지다　　　　時空을 잡아먹는 백 개의 혀가 달린 파충류

라고 쓰면 사라지는 백지　　　　그것은 독을 품고 있다

당신의 시작을 위한 無의 백지인 것이다　　　　벼랑 끝에서

시작을 시작하라　　　　벼랑 아래로 비상하는 백색 까마귀들

시작을 시작하지 않으면 시작은 영원히　　　　시작될 폐허

미완으로 남는다　　　　死角의 링 아래 어둠 속에서 누가 우는가

시작은 3연으로 되어 있다　　　　그것은 천상과 지상과 침묵이다

2연에 따라 완전히 바뀌게 될　　　　생의 아픈 여백 속으로

나의 시작은　　　　시작 전후와 함께 소멸하고 흑백 꽃비가 내린다

당신의 시작에 의해 이제　　　　최초의 문장이 세계기 호흡이

시작된다

　　　　　　　　　　　　　　　　　　　　　　　　—「시작」 전문

　「시작」은 시로 쓴 '오렌지 행성'의 제로 방정식이다. 따라서 함기석의 다른 많은 시적 건축물들처럼 복수의 층위로 구성되어 있다. 그것은 대체로 두 개의 층위로 분별되는데, 하나는 실제적 텍스트의 층위이고, 다른 하나는 잠재적 텍스트의 층위이다. 시간의 차원에서 전자는 현재의 텍스트를, 후자는 "시작 전후"의 텍스트를 의미한다. 좌표축에서 실제적 텍스트는 '시작(詩作)'의 기하학적 좌푯값(X, Y, Z)을 갖지만, 잠재적 텍스트는 시간축에 의한 '시작(時作)'의 좌푯값(T)을 갖는다. 이것은 그의 시적 구조물들이 현존과 부재의 텍스트가 동시에 기입된 제로의 텍스트라는 것을 암시한다. 즉 그의 시는 "실수와 허수가 샴쌍둥이처럼 결합된 복소수의 시"이다. 위에서 시작(詩作)과 시작(時作) 사이를 진동하는 "시작", 특히 2행의 "시작된다"는 이를 명시적으로 보여 준다. 왜냐하면 "시작된다"는 시작(詩作)과 시작(時作)이라는 복수의 의미가 분기하는 앙장브망이기 때문이다.

　「시작」의 1연이 "백지", "無의 백지"라는 사실부터 확인하자. "백지"는 「시작」의 현재적 텍스트의 층위를 이룬다. 만약 시인이 이 "백지"에 무엇을 쓰게 되면, 그것은 더 이상 "無의 백지"가 아니게 된다. 4행 "이것은 백지다"는 바로 현재적 텍스트와 잠재적 텍스트의 층위에 동시에 기입된다. 왜냐하면 "이것은 백지다"라는 말은 바로 "백지"를 지시하는 말이면서 동시에 "백지" 위에 쓴 글이기 때문이다. 마치 르네 마그리트의 그림 「이것은 파이프가 아니다」 속의 "이것은 파이프가 아니다"처럼. 따라서 위의 시는 "백지"라는 현재적 텍스트로부터 더 이상 "無의 백지"가 아닌 잠재적 텍스트로의 이동을 추동한다. 그 역도 마찬가지이다. 따라서 "시작을 시작하라"는 명령은 독자의 참여에 따른 텍스트의 위상 변화를 선언한다. 그렇다면 여기서 묻지 않을 수 없다, 왜 시작을 시작해야만 하는가?

3연은 그 이유를 설명한다. 만약 우리가 그의 권고와 명령을 따르지 않는다면, "시작은 영원히/미완으로 남"기 때문이다. 이것은 위의 시가 가능성의 상태에 놓인 "진행형 물질"임을 암시한다. 다시 말해, 이 시는 누군가의 '시작'에 의해 완성되거나 "미완"인 채로 소멸할 처지에 놓여 있는 것이다. "벼랑 끝에서"는 이 시가 생사의 기로에 있음을 보여 준다. 따라서 제로의 텍스트를 암시하는 2연의 사각형은 시적 발화가 탈출해야 할 "死角의 링"이다. 역으로 "死角의 링"은 그 자체로 4각형이 죽음의 원(ring)과 위상학적으로 동일함을 보여 주는 제로의 텍스트이다. 이런 맥락에서 "시는 언어들의 마임 공연. 말을 버린 언어들이 몸으로 말하는 퍼포먼스"[2]이며, 시작은 "비로소 늘 생성 중인 상태의 시적 언어의 모험"[3]이라고 말할 수 있겠다.

4. "나의 시작"이라는 '당신의 시작'

'오렌지 행성'의 '사그라다 파밀리아'를 보았는가? '사그라다 파밀리아'를 떠받치는 기둥들, 사랑과 죽음의 쌍곡 포물선이 그리는 이 "명료한 혼돈" 혹은 "초현실적 실감"을 무엇이라 해야 하는가? 그의 시적 건축의 매력과 신비를 시작한 자만이 누릴 수 있는, 이러한 특별한 감각은 어디에서 비롯하는가? 함기석의 시적 구조물들이 너와 나, 시인과 독자, 말하는 주체와 말 속의 주체의 이원론을 완전히 내

---

2 함기석, 「인이는 감가이 육체다」, 『열린 시학』, 2006.여름, p.100.
3 조재룡, 「無爲의 시학」, 함기석, 『오렌지 기하학』, p.152.

파하고 있음은 부정할 수 없는 사실이다. 이것은 그가 제로 텍스트에 매우 특수한 언어의 건축술을 사용하고 있기에 가능한 일이다. 그의 시는 끊임없이 시작으로서 존재한다. 시간이 돌리는 눈사람(8)과 공집합(∅)과 무한(∞) 회전체의 제로(0) 궤적. 이로써 시간의 축으로 무한을 제로로 수렴하는 제로 방정식이 그의 수학적, 존재론적, 인간학적, 그리고 마침내 시학적 차원의 작동 원리임이 규명되었다. 그러니 그의 시적 발화는 시적 주체를 "시간의 불완전성 정리로 정리해 명료히 망각할" 것이다. 그렇다, 그의 시는 대시학(代時學)이다.

그렇다면, 지금 '사그라다 파밀리아'를 짓고 있는 건 누구인가? '사그라다 파밀리아'의 서쪽 파사드인 『오렌지 기하학』의 마지막 문장(文章), 그 장엄함을 보라.

나의 시작은
당신의 시작에 의해 이제
시작된다

—「시작」 부분

가우디 사후에 그것은 결단코 "당신"의 작업이 되었다. 그렇다면, 다시 '시작'하는 "당신"은 누구인가? 그는 당장은 시간의 "아픈 방을 읽고 있는 바로 당신"(「아픈 방」)이다. 그러나 동시에 "당신"은 "녹지 않는 문장을 녹여 사물을 만드는 대장장이"(「4개의 회전체 眼球 사이에서 作圖되는 6개의 선과 4개의 면과 다면체 언어 큐브」)이기도 하다. 그곳에서 열심히 "나의 시작은……"이라는 문장(紋章)을 새기는 "당신", 그는 ( )이다.

제2부 욕망의 스펙트럼과 상상의 도정

당신이란 이름의
비상구

1. 에셔의 폭포, 영원히 순환하는 물

M. C. 에셔의 그림 「폭포(Waterfall)」에는 영원히 순환하는 물이 있다. 폭포에서 떨어진 물은 물레방아를 돌리고 수로를 따라 흐른다. 몇 굽이 흐른 물은 신기하게도 다시 처음의 폭포와 만나고 거기서 아래로 떨어진다. 이렇게 「폭포」의 물은 폐쇄적 수로를 무한히 순환하는데, 여기서 우리는 위와 아래, 처음과 끝이 하나가 되는 신기한 현상을 체험한다. 「폭포」는 위와 아래, 처음과 끝이라는 전통적 이항 대립을 넘어서는 어떤 경험으로 우리를 초대한다. 이러한 경험은 안과 밖의 구분이 없는 '뫼비우스의 띠'나 '클라인의 병'과 근본적으로 동일한 구조를 지닌다.

우리는 영원히 순환하는 물이 일종의 착시 현상임을 지적함으로써 그것이 지닌 가치와 의의를 축소할 수도 있다. 특히 착시 현상의 원인이 수로의 굽이마다 세워진 기둥들에 있음을 명시함으로써, 그것의 허상성을 폭로할 수 있을 것이다. 그림 밖의 존재인 우리의 시선은 기둥들의 공간적 오류를 놓치지 않는다. 이는 3차원 공간에 거주하는 주체들의 합리성과 우월성을 드러내는 것처럼 보인다. 그러나 이것은 아무것도 건드리지 못한다. 중요한 것은 그림 속의 인물들(그림 하단에 벽에 기댄 남자와 그림 우측에 빨래 너는 여자)의 태도에 있다. 놀랍게도 그들은 영원히 순환하는 이 기이한 물의 존재에 대해 낯설어하지 않을 뿐더러, 마치 그들의 일상성의 한 부분인 것처럼 자연스럽게 받아들이고 있다. 2차원적 세계에 갇힌 평면적 시선의 존재들로서는 이 영원히 순환하는 물의 모순성을 포착할 수는 없을 것이다. 마치 홀바인의 「대사들」에 나오는 해골이 그림 속 남녀의 시선에는 전혀 포착되지 않는 것처럼.

김혜순의 시에는 이처럼 영원히 순환하는 물이 있다. 이 기묘한 물은 말 그대로 초기 시에서부터 최근 시까지 그녀의 시 전체를 관류한다. 한 방울의 눈물에서부터 바다까지 가시적 물의 스펙트럼이 있고, 그 바깥에 얼음과 공기라는 비가시적 물의 스펙트럼이 존재한다. 물의 이미지는 시각적·청각적·촉각적 이미지의 변주를 통해 놀랄 만큼 다양화되고 중층화됨으로써 획일적 설명을 거부하는 것처럼 보인다. 여기서 우리는 이 물의 스펙트럼이 자연계의 그것과 동일한 것이 아님을 지적할 필요가 있을까? 주체의 내부를 돌아 외부와 접속하는 이 물은, 표층적 차원에서 자연계의 순환 메커니즘을 따르고 있다 하더라도, 항상 그것과는 다른 그 어떤 것을 가리키고 있다. 한마디로 그것은 주체의 내밀한 욕망으로서, 이때 영원히 순환하는 물은 바로 주체의 욕망의 구조를 표상하고 있는 것이다.

따라서 분석은 물의 이미지의 표층적 다양성이 아니라 그것의 구조적 상동성과 기능에 놓여야 한다. 이를 통해 우리는 이 모든 가시적·비가시적 물의 물리·화학적 변화를 관통하는 중심부에 '그녀의 방'이라는 욕망의 중심 지점이 있음을 알게 될 것이다. 여기는 그녀의 욕망의 원인이 거주하는 장소이며, 그녀 안에 유일하게 타자와 연결되는 공간이다. 한마디로 그곳은 실재가 귀환하는 장소이다. 이제 '그녀의 방'에서 솟고 튀고 흐르고 막히고 스미고 에돌고 솟구치고 떨어지고 굽이치고, 마침내 얼고 녹고 끓으면서 그리는 중심 무늬를 들여다볼 차례이다. 이를 통해 우리는 그녀에게 시 쓰기가 어떤 의미를 지니는지 밝힐 수 있을 것이다.

2. '프랙탈'의 세계와 '무서운' 물

김혜순의 시에서 가시적 물은 형태적 다양성에도 불구하고 하나의 중심 수로를 순환한다. 그녀가 "늘 순환하는. 그러나 같은 도형을 그리지 않는"(10:233)[1]이라고 표현했던 '프랙탈(fractal)'의 구조는 이 중심 수로를 지칭한다. 내부 순환계와 외부 순환계를 뫼비우스의 띠처럼 연결하는 이 '프랙탈'의 수로에서 그녀의 몸은 안과 밖, 위와 아래를 이어 주는 결절점이다.[2] 몸은 내부 순환계를 흐르는 미시적 물의 저장고이며, 동시에 외부 순환계를 흐르는 거시적 물의 시원지가 된다.

---

1 괄호 안의 숫자는 순서대로 출간된 시집과 쪽을 표시한다. 시집을 표시하는 숫자는 시집의 출간 역순에 따라 그 순서가 매겨졌다. 즉 최근작인 『당신의 첫』은 '1', 『한 잔의 붉은 거울』은 '2', 『달력 공장 공장장님 보세요』는 '3', 『불쌍한 사랑 기계』는 '4', 『나의 우파니샤드, 서울』은 '5', 『우리들의 陰畫』는 '6', 『어느 별의 지옥』은 '7', 『아버지가 세운 허수아비』는 '8', 처녀작인 『또 다른 별에서』는 '9'로 표시한 것이다. 이와는 별도로 산문집 『여성이 글을 쓴다는 것―연인, 환자, 시인 그리고 너』(문학동네, 2002)는 '10'으로 표시했다.

2 라깡에게 있어, '우리 존재의 중핵(Kern unseres Wesen)'은 주체 밖의 낯선 대상이기도 하다. '외밀성(Extimité)'은 주체 내부에 존재하는 이 낯선 대상을 지시하기 위해 만든 용어이다. 이에 대해서는 양석원, 「응시의 저편」, 『안과 밖』 15호, 영미문학연구회, 2003.하반기, p.65 이하를 참조할 것.

그 역도 마찬가지다. 따라서 그녀의 몸은 내부 순환계와 외부 순환계를 연결하는 에셔의 '폭포'와 같은 기능을 수행한다.

①
그래도 아직 내 몸통 속에 갇힌
미친 멜로디가 다 풀리지 않았는지

눈물이 한 방울 간신히 몸 밖으로 떨어지고
세상의 모든 우물이 넘쳐흐른다

광릉수목원 앞길 자동차들이 배처럼 떠 있다.
　　　　　　　　　　　　　—「흐느낌」 부분(2:109-110)

②
바다는 지쳤어요
파도치기 지쳤어요
그래서인지 오늘 밤엔 내 방까지 몰려 들어와
찬 물결 시린 몸으로 왔다가 갔다가 그러면서 울었어요
나는 그만 저 바다가 너무나 불쌍해서
웅크린 몸 따뜻한 눈물 한 방울로
그 푸른 파도를 꼭 껴안아 주었어요
　　　　　　　　　　　　　—「그녀의 음악」 부분(2:36)

①은 눈물에서 거대한 물(홍수 또는 바다)로 확산되는 과정을 보여 준다. 안에서 밖으로 흐르는 물의 출구는 눈인데, 거기에서 나온 한 방

울의 눈물이 세상의 모든 물을 넘쳐나게 한다. 이에 비해 ②는 바다에서 눈물 한 방울로 응축되는 과정을 보여 준다. 바다가 내 방인 "시린 몸"으로 들어와 한 방울의 눈물로 흐른다. 미시적 세계와 거시적 세계는 서로가 서로에게 시발점이 되는 프랙탈의 순환 체계를 이루고 있다. 양자는 구조적 유사성을 공유하고 있는 것이다.

전술했듯 그녀의 몸은 내부 순환계와 외부 순환계를 연결하는 통로이다. 그러나 그것은 하나의 전통적인 개념쌍으로서의 안과 밖의 연결이 아님에 주의하자. 다시 말해 그것은 안이면서 동시에 밖인 차원에서의 안과 밖의 연결이다. 따라서 그녀의 몸은 에셔의 「폭포」에서 기둥과 같은 역할을 수행한다. 「폭포」의 기둥은 일상의 기둥처럼 하나의 차원의 위와 아래를 연결하지 않는다. 그것은 위이면서 동시에 아래인, 그리고 아래이면서 동시에 위인 두 공간을 연결한다. 이때 기둥은 일종의 뒤틀림이다. 그림 속의 시선들은 눈치 채지 못하지만, 그것은 그림 밖의 시선에게는 뒤틀림으로 존재한다. 에셔의 그림은 그 뒤틀림을 은폐함으로써 착시 현상을 일으킨다.

그렇다면 내부 순환계와 외부 순환계를 연결하는 그녀의 몸에는 어떤 뒤틀림이 존재하는가? 그것은 한마디로 슬픔, "너무나 불쌍해서"가 보여 주듯 슬픔이다. 바다와 눈물은 이 슬픔이란 이름의 수로를 순환하는 물이다. 우리가 물을 "자꾸만 이곳에 있으면서 저곳으로 가고 싶은/그런 운명을 타고난"(3:151) 존재로 규정하고, "이곳"을 주체의 자리로, "저곳"을 타자의 자리로 이해한다면, 슬픔은 타자로 향한 주체의 충족할 수 없는 욕망의 표현이 된다. 즉 슬픔은 주체의 도달할 수 없는, 그러나 포기할 수 없는 내밀한 욕망에서 비롯되는 것이다. 이러한 사실은 ①의 "아직 내 몸통 속에 갇힌/미친 멜로디"가 명시적으로 보여 주고 있다. 혹은,

날마다 슬픔의 몸 바꾸며 소리쳐도

내 몸 밖으로 물길 열리지 않던 거, 보셨겠지요?

내 길 열어 그대 머릿결 따라 길을 내고

그대 뺨 위로 길을 내고 싶어 눈 껌뻑이던 거, 이제 몇 십 번째의 이

승길 걸은 듯하고

저 높은 산 저 깊은 계곡 저 神話의 굽이굽이

다 지난 듯하여 水面 위에 내 말의 꽃 끝내 못 피우고

그대 지붕 위에 물꽃 소리 못 피우던 거,

　　　　　　—「新派로 가는 길 5—구름城의 여자」 부분(5:31)

구름이 머금은 (눈)물은 슬픔이다. 그렇다면 구름은 슬픔이란 이름의 저수지가 된다. 비는 거기에 물꼬를 틔워 "그대"에게 가는 물의 길을 내는 것이다. 그러나 그 (눈)물이 그대에게 가는 길을 내지 못할 때, "내 말의 꽃"과 "물꽃 소리"는 피지 못한다. "슬픔의 몸"인 구름은 "비상구 하나 없는 몸통"(4:16)이 되어 "혼자 소용돌이치다 혼자 온몸 다 젖"(5:30)게 된다. 여기서 그대에게 가는 물길은, "날마다 슬픔의 몸 바꾸며 소리쳐도/내 몸 밖으로 물길 열리지 않던 거"에서 보는 것처럼, 결정적으로 지연되고 단절된다. 그러나 이러한 지연과 단절은 욕망의 회로의 오작동이나 작동 불능을 의미하지 않는다. 오히려 그것은 욕망의 회로의 작동 가능성을 표시한다. 왜냐하면 타자를 향한 주체의 욕망은 항상 지연과 단절을 토대로 해서 형성되기 때문이다. 타자를 향한 주체의 욕망이 "도착해도 도착해도 출발하는 이상한 길"(6:69)이 되는 것도 바로 이러한 이유에서이다.

타자로 향한 수로의 단절과 폐쇄는 필연적으로 물의 저장고인 몸의 이미지들을 산출한다. '어항' '수영장' '욕조' 등은 물의 서장고인

몸의 대표적 이미지들이다. "내 배 속 어항엔 물고기 반 눈물 반이에요"(1:145), "일생 동안 몸을 내리누르던 어항을요"(4:46), "**또다시 수영장**, 내 가슴속 저 밑바닥에 비 오는지 그 속에 사는 고기가 꿈틀한다"(4:63), "희디흰 욕조와 한 몸이 된 여자"(1:102) 등을 보라. 여기서 주체의 몸은, 타자에게로 향한 수로가 막혀 결국 다시 회귀하는 물이 담기는 일종의 물탱크가 아닌가. 따라서 주체의 몸은 하나의 "물 꾸러미"(1:96)라고 할 수 있다. 그런데 신기한 것은 이 물이 텅 빈 물이 아니라는 사실이다.

> 이 수족관 내부는 나선형으로 되어 있다
> 수족관 밖 멀리 남태평양쯤에서 상어가 울면
> 수족관 속 상어는 나선형 기둥을 타고 굽이굽이 내려간다
> 심해의 방까지 매순간 울음소리 타고 내려가지만
> 가도가도 메마른 바다 삶은 언제나 죽음의 나선형 주머니,
> 그 안에 들어 있었나
> 상어 한 마리
> 내 발가락쯤에서 다시 올라온다
>
> ―「수족관 밖의 바다」 부분(4:66)

수족관 내부에 거주하는 자는 누구인가? 그것은 기이하게도 상어이다. 우선 상어가 '나'라는 수족관에 거주하는 타자라는 것은 분명하다. "내 하반신엔 깊은 바닷속으로 내 몸을 끌고 헤매는/검은 상어 같은 사람/숨어 있네"(1:75)는 이러한 사실을 명시적으로 보여 준다. 그런데 이 상어는 "수족관 밖 멀리 남태평양쯤"에 사는 어떤 상어의 울음소리에 반응한다. 이는 내 안의 타자가 나의 통제를 따르지 않는다

는 것을 의미한다. 다시 말해 내가 상어를 통제하는 것이 아니라, 상어가 나를 통제하는 것이다. 이는 상어가 외부의 어떤 작용에 의해 주체의 내부에서 어떤 작용을 일으키는 존재라는 것을 의미한다. 만약 우리가 수족관 내부의 상어의 운동을 주체 내부의 욕망의 운동으로 환치할 수 있다면, 주체 안의 타자인 상어는 라깡이 '대상 a'라고 불렀던 욕망의 원인으로 볼 수 있다. 그렇다면 수족관 속 상어는 수족관 밖 상어의 유사물(semblance)이다.

우리는 여기서 또 하나 중요한 물음에 대해 답해야 한다. 상어의 최종 목적지는 어디인가? 그것의 최종 목적지가 수족관 밖 바다 혹은 그곳에 사는 또 다른 상어라는 사실은 분명해 보인다. 그런데 문제는 이 최종 목적지가 도달 불가능한 곳이라는 점이다. 왜냐하면 "수족관 내부는 나선형으로 되어 있"기 때문에, 그것의 임계점은 수족관 밖 바다가 아니라 수족관 안의 "심해의 방"이기 때문이다. 다시 말해 "심해의 방"은 나선형 주머니의 정점으로서, 내부의 상어가 도달할 수 있는 최대치이다. 따라서 "심해의 방"은 수족관 밖 상어에게로 가는 유일한 출구이면서, 동시에 그에게로 가는 것을 막는 벽이기도 하다. 그렇다면 주체 내부의 "심해의 방"은 타자의 현존과 부재를 동시에 체험하는 공간이 된다. 여기서 중요한 것은 타자의 목소리에 응대하는 행위가 죽음의 실현으로 인식된다는 점이다. "가도가도 메마른 바다 삶은 언제나 죽음의 나선형 주머니"는 타자를 향한 욕망의 운동자체가 죽음의 운동임을 암시한다. "내 발가락쯤에서 다시 올라"오는 상어는 타자를 향한 주체의 불가능한 욕망의 귀환이라고 할 수 있다. 이렇게 타자를 향한 욕망의 회로는 그 자체로 타자의 부재와 단절을 체험하는 죽음의 회로가 된다.

이러한 물은 무서운 물일 수밖에 없다. "무서운 눈물이 온몸을 적셨다"(5:48), "바다는 무서워"(5:116), "물 냄새만 맡아도 진저리가 쳐져"(4:22) 등의 구절을 보자. 이제 슬픔이란 이름의 중심 수로는 공포의 물로 채워진다. 슬픔에서 공포로의 이러한 전이는 타자를 향한 주체의 욕망이 지닌 역설적 성격을 표현한다. 우리 욕망의 구조는 타자와의 재회의 불가능성을 토대로 한다는 사실과 그러한 구조가 무한히 회귀하여 반복된다는 사실은 그 자체로 공포를 유발한다. 왜냐하면 그것은 궁극적으로 죽음의 완고함을 불러오기 때문이다.

김혜순의 시는 항상 이 욕망의 역설과 대면해 있다. 그녀는 공포를 야기하고 죽음을 소환하는 욕망의 완고함을 회피하지 않는다. 시인이 욕망의 역설에 직접 대면하는 순간, 그것은 대체로 욕망의 봉인과 욕망의 무화(無化)라는 두 가지 방향성을 띤다. 욕망의 수로에서 그것은 다음과 같은 두 가지 양상으로 표현된다. 얼음과 공기, 고체와 기체, 냉기와 열기, 응축과 확산, 결빙과 기화, 무거움과 가벼움으로의 변주가 그것이다.

3. '얼음 얼굴'과 욕망의 봉인

지하철 타고 강의하러 가는데 누군가 날 쳐다봤다
내 등을 깊숙이 찌르는 눈, 고드름같이 뜨거웠다
낮이나 밤이나 살 속 깊숙이
얼음의 칼날을 꽂은 채 살아가는 나지만
그 순간 부르르 떨었다
내 발밑에서 얼음장들이 소리 없이 깨어지고
나는 가라앉기 시작했다
(중략)

그러면서도 나는 내 속에 박힌 얼음을 꼭 끌어안았다

얼어붙은 연못 속에 갇혀 있는 아이 얼굴

내 어릴 적 얼굴을 도려낸 것처럼, 그렇게

나는 얼음 얼굴을 꼭 끌어안았다

(중략)

그리고 나는 다시 봉해졌다

미래는 한 방울도 섞이지 않은

과거만으로 봉인된 얼음 속으로

지하철이 계속 오고 갔지만 나는 빙산처럼 가만히 떠 있었다

아이를 꼭 껴안으면 껴안을수록 내가 녹는 것처럼, 그렇게

냉동실의 얼음이 아무도 모르게 가만히 증발하듯, 그렇게

사라지고 싶기도 했다.

—「성에꽃 다발」 부분(3:46~48)

시선이 있다. 문득 숨을 멎게 하고 온몸을 눈 안으로 빨아들이는, 그래서 온몸이 거대한 눈이 되게 하는 시선. "내 등을 깊숙이 찌르는" 그 시선은 의식을 무력화하고 자아를 무장해제한다. 일상의 문맥을 소거하고 주체를 가위질하는 이 순간은 항상 난데없이 출현한다. 그러한 순간은 주체를 공포로 떨게 한다. 주체의 토대를 무너뜨리고 어떤 심연으로 가라앉게 만드는 이 "누군가"의 시선의 정체는 무엇인가? 우선, 이 "누군가"의 시선이 타자의 시선이라는 것은 분명하다. 이 타자의 응시(gage)가 주체에게 영향을 미친다. 이것은 앞서 본 것처럼 수족관 밖의 상어의 울음소리가 수족관 안의 상어를 움직이게 하는 것과 같다. 이 타자의 응시가 주체에게 미치는 작용은 열기의 산출이다. 왜냐하면 타자의 응시는 근본적으로 빛의 응시이기 때문이

다.[3] 문제는 이 "누군가"의 시선이 산출하는 열기가 주체 내부의 "얼음"을 녹인다는 데에 있다. "고드름같이 뜨거"운 눈의 열기가 "과거만으로 봉인된 얼음"을 녹이는 것이다.

이 시에서 특이한 점은 봉인된 얼음을 녹이는 타자의 응시에 대한 주체의 태도이다. 화자는 "누군가"의 시선의 열기로부터 내부의 냉기를 보호하고 있다. 소중한 것을 보호하는 행위는 "내 속에 박힌 얼음을 꼭 끌어안"는 극적 행위에 의해 극대화되고 있는데, 여기서 주의할 것은 화자가 보호하려는 것이 살아 있는 "아이 얼굴/내 어릴 적 얼굴"이 아니라는 것이다. 화자가 보호하려는 것은 봉인된 얼굴 자체, 즉 "얼음 얼굴"이다. 다시 말해 그녀는 "얼음 얼굴"이 녹지 않도록 타자의 응시의 열기로부터 "얼음 얼굴"을 보호하고 있는 것이다. 얼음이 녹는다는 것은 타자로 향한 욕망의 수로의 활성화를 의미한다. 이때 수로를 채우는 것이 '무서운' 물이기 때문에, 화자의 보호 행위는 '무서운' 물의 활성화를 저지하는 행위가 된다. 또한 이러한 행위는 과거의 재생과 귀환이라는 또 다른 차원과 연결된다. 화자가 보호하려는 "얼음 얼굴"이 "과거만으로 봉인된 얼음"이라고 할 때, 그녀가 보호하는 것은 과거 자체가 아니라 '봉인된' 과거가 된다. 이것은 과거가 주체에게 고통과 공포를 야기하는 부정적 대상으로 인식되고 있음을 의미한다. 따라서 얼음은 봉인된 과거의 재생과 귀환을 막는 일종의 바리케이드라 할 수 있다. 우리는 그 과거가 주체의 어떤 외상적 경험을 구축하는지 명시적으로 알 수는 없다. 다만 그 과거가

---

3 "이러한 장에서 나를 근본적으로 결정짓는 것은 바깥에 있는 응시입니다. 응시를 통해 나는 빛 속으로 들어가며, 응시로부터 빛의 효과를 입게 됩니다." 자끄 라깡 저, 맹정현 역, 『세미나 11』, 새물결, 2008, p.164.

주체의 욕망의 수로를 작동시켜 '무서운' 물을 활성화한다는 것, 따라서 주체는 그 과거의 재생과 귀환을 필사적으로 저지하고 있다는 점은 분명하다.

'봉인된' 과거의 귀환을 저지하는 가장 손쉬운 방법은 "누군가"의 시선으로 대표되는 외부의 열기를 회피하는 것이다. 그러나 이 방법은 내부의 "얼음 얼굴"을 보호하는 데에는 한계를 지닌다. 타자의 응시는 나의 통제에서 벗어나 있기 때문이다. 더욱이 그것은 "내가 녹는" 혹독한 대가를 치를 수도 있다. 따라서 봉인된 과거의 활성화를 막기 위해서는 보다 더 적극적인 방법이 요청된다고 할 수 있다. 그것은 주체 자신이 외부의 열기를 견딜 수 있게 내부의 냉기를 공급하는 방식이다. 주체는 이제 "누군가"의 뜨거운 시선에 맞서 내부에서 지속적으로 냉기를 생산하는 냉각기로 대응한다.

내가 이렇게 참고 있었던 건 내가 내 소유의 냉장고를 갖게 된 후부터인 것도 같다. (중략) 그러니 바람이 불어와도 필사적으로 220볼트의 콘센트 속에 손가락을 끼운 채 버티자. 얼어붙은 풍경화, 얼마나 아름다운가. 그 풍경 속의 얼음나라 얼음공주 얼마나 순결한가. 그러니 허벅지 밑으로 피가 조금 흘러내려도 금방 얼어붙을 테니 걱정 말자. 밖은 뜨겁고, 안은 시리다. 시리다 못해 팽팽히 끓는다. 문을 열면 화들짝 놀라 불을 켜는, 얼어붙은 창자들을 매단 겨울 풍경화 한 장. 태풍이 와서 정전이 며칠째 계속되고 몸속이 전부 썩어 문드러지기 전까지 몇 십 년째 혼자 새침을 떨던.

　　　　　　　　　　　　　　　　　—「오래된 냉장고」 부분(2:20-21)

스스로 내부를 얼리는 행위, 그것은 봉인된 과거를 유지하기 위한

주체의 처절한 몸부림이다. 슬픔과 아픔, 공포와 죽음을 견디기 위해
선 "필사적으로" 밖의 열기를 버텨야 한다. 이렇게 해서 봉인된 과거
의 내면이 하나의 "얼어붙은 풍경화"를 이룬다. 이때 "문을 열면 화들
짝 놀라 불을 켜는" 냉장고 속 전등은 열기와 과거의 무단 침입을 경
계하는 주체의 충혈된 시선으로 볼 수 있다. 이제 시인은 자신의 내
부에 냉장고를 갖고 있는 "얼음나라 얼음공주"가 된다. 이 풍경과 주
체가 아름답고 순결한 까닭은 그것들이 부패하지 않기 때문이다. 내
부의 냉기는 "창자들을" 얼리고 "허벅지 밑으로" 흐르는 피마저도 얼
린다. 냉각기는 내부의 모든 기관들을 얼리고 마침내 외부의 열기로
부터 "얼음나라 얼음공주"를 봉인한다.

그렇다면 냉장고에 전원을 공급하는 것은 무엇인가? 화자가 필사
적으로 손가락을 끼운 채 버티는 "220볼트의 콘센트"는 어디로 연결
되어 있는가? "220볼트의 콘센트"가 주체의 외부에 있기 때문에, 전
원의 공급지 역시 주체의 외부에 있다는 것은 분명하다. 문제는 이
주체의 외부가 주체의 부패를 촉진하는 열기의 세상이라는 점이다.
다시 말해 냉기를 생산하는 전력의 공급원은 주체가 버텨야 하는 세
상의 어느 한 지점으로부터 온다. 여기서 열기의 세상인 '밖'은 이중
적으로 기입된다. 그곳은 주체 내부의 얼음을 녹이는 열기를 산출하
는 타자의 응시가 거주하는 공간이며, 동시에 외부의 열기를 막고 내
장의 부패를 저지하는 냉기를 공급하는 존재가 거주하는 공간이기도
하다. 이때 후자는 주체 외부의 상징적 질서 안에 있으면서 그 상징
적 질서를 벗어나 있는 곳, 즉 상징적 질서에 난 구멍과 같은 곳이다.
이곳은 "당신이란 이름의 비상구"(1:7)가 열리는 곳이기도 하다. 따라
서 주체는 상징적 질서로서의 '밖'과 상징적 질서의 구멍으로서의 또
다른 '밖'에 이중적으로 기입되어 있다고 할 수 있다. 그리고 이러한

이중의 기입의 팽팽한 긴장 관계가 열기와 냉기의 필사적 투쟁을 일으킨다. 이 투쟁에서 "태풍"은 주체의 '밖'의 접속을 차단할 수 있는, 즉 냉장고의 코드를 뽑아 버릴 수 있는 위력적인 존재로 그려진다. 실제로 마지막 구절은 무언가 왔음을, 그래서 두꺼비집이 내려졌음을 암시하고 있지 않은가?

　이제 우리는 전력이 차단되어 내부의 냉각기에 이상이 생기면 주체에게 무슨 일이 일어나는지 살펴볼 차례이다. 우리는 여기서 왜 플러그가 뽑혔는지, 왜 "얼음나라"의 환상 스크린이 닫혔는지 그 이유를 알게 될 것이다.

　　어디 한번 둘러봐 변압기 속처럼 추위로 만든 내 세상
　　겨울 물고기들의 조용한 얼음거실에서 끓어오르는 얼음주전자
　　아무도 여기 들어올 수는 없어, 오직 당신과 나뿐

　　그러나 조금만 방심하면 고드름같이
　　살을 파고드는 차디찬 저 계모들의 발톱
　　저 세상은 우리를 너무나도 사랑하는 척
　　이렇게 신선하게 보관했다가 플러그를 빼 버리려나 봐
　　(중략)
　　그러나 이제 돌아가야 할 시간 얼음닭이 길게 울었어
　　한없이 몸속에서 눈물이 솟구치는 저곳엔 정말 가기 싫어
　　저곳에 붉은 꽃 핀 자리는 내 가슴을 꿰맨 자리
　　나 더러운 그 자리 다시는 보기 싫어
　　(중략)
　　탁자 위의 무성한 시간이 마지막 잔을 들이 쭈욱 들이켜 버렸어

당신의 손바닥 위에서 마지막 남은 얼음조각이 반짝거렸어

　　　　　　　　　　　　　　　　　　—「신데렐라」부분(1:132-134)

　신데렐라의 무도회는 "추위로 만든" 세상에서 벌어지는 얼음 무도
회다. 그곳은 "한없이 몸속에서 눈물이 솟구치"고 "내 가슴을 꿰맨"
슬픔과 고통으로서의 현실, 즉 계모와 언니들의 시기와 학대가 있는
현실 바깥의 환상 속 공간이다. 이 또 다른 '밖'의 세상, "얼음나라 얼
음 공주"의 풍경화가 펼쳐진 곳에서 "당신과 나"의 무도회가 벌어진
다. 그러나 이 무도회는 영원히 지속될 수 없다. "무정한 시간이 마지
막 잔"을 들이키면 신데렐라는 "더러운 그 자리"로 다시 귀환해야만
한다. 이렇듯 당신과 나의 만남이 이뤄지는 환상 무대는 한시적으로
만 존재한다. 그곳을 지속시키는 동력은 어딘가로 접속해 있는 '플러
그'에서 발생한다. 그 '플러그'에서 공급된 전력이 "얼음나라"의 환상
스크린을 가동시킨다. 이때 당신과 나의 만남의 장면이 '냉각된' 장면
임을 잊지 말자. 즉 "얼음 속에 봉인해 둔 서로의 얼굴만 생생하게 담
겨 있을 뿐"(1:132)이다. 플러그가 뽑히면 얼음 무도회는 끝나고, 냉각
된 슬픔과 아픔이 녹아 흐르며, 봉인된 과거의 공포와 죽음이 부활할
것이다.

　그런데 밖에는 플러그를 뽑는 존재가 있다. 신데렐라의 '계모들',
즉 거짓 어머니들이 그들이다. 어머니는 "자신의 죽음으로써 타자에
게 생명을 주는 존재"(10:53), 사랑을 실천하는 존재이다. 반대로 '계
모들'은 자신의 삶으로써 타자에게 죽음을 주는 존재, "우리들을 너무
나도 사랑하는 척"하는 존재들이다. 이러한 거짓 어머니의 거짓 사랑
이 "플러그를 빼 버리"고 신데렐라의 얼음 무도회를 말 그대로 녹여
버린다. 앞서 본 "누군가"의 시선이 바로 "계모들"의 시선임을 확인할

필요가 있을까. 이처럼 거짓 어머니는 '폭포'의 물줄기를 막고 "심해의 방"을 닫아 "얼음나라"의 왕자와의 만남을 차단한다. 이제 주체는 사랑과 생명의 환상 세계에서 증오와 죽임의 세계인 현실로 복귀해야만 한다.

이 순간에 터지는 절규가 있다. 이미 「얼음의 알몸」에서 표현된 그 애절함은 다음과 같다. "땡볕 쏟아지는 여름 그 큰 얼음을 아픈 사람처럼 담요에 싸안고/눈물을 훔치며 가던 사람을 본 적이 있느냐/너는 그 적나라하게 뜨거운 얼음의 알몸을 만져 본 적이 있느냐"(2:14-15). 신데렐라의 귀환에는 이러한 절규를 더욱 비극적인 것이 되게 하는 것이 있다. 그것은 해빙이 "마지막 남은 얼음조각"마저 녹인다는 사실, 즉 신데렐라의 "얼음구두"도 녹는다는 사실이다. 이제 현실 속에는 환상 속 왕자의 귀환을 보증해 줄 어떠한 보증도 없다. 당연히 찾아올 왕자도 없다. "얼음나라 얼음공주"는 "온몸 뭉그러진"(1:101) 채, 거짓 사랑인 밖의 열기에 의해 마침내 녹고 마는 것이다.

4. '불꽃 머리칼'과 욕망의 무화(無化)

자신의 내부에 냉각기를 설치함으로써 '무서운' 물을 봉인하고자 하는 주체의 노력은 최종 지점에서 좌절하고 만다. 이것은 욕망의 봉인의 불가능성을 암시한다. 이제 물의 저장고인 주체의 몸은 새로운 운동을 개시하는데, 그것은 냉각이라는 이전의 방식과는 정반대의 방법이다. 기화(氣化)라는 새로운 차원의 운동, 즉 욕망의 무화(無化)를 향한 운동을 개시하는 것이다. 그러나 이 운동은 주체에게 죽음이라는 새로운 차원을 기입한다.

밤하늘 깊숙이 날아가는 너

그러나 나는 자다가도 너의 열원을 감지한다

공대공 미사일 발사!

먼 하늘에서의 가열찬 폭파!

(중략)

저 먼 곳에서 다시 숲의 나무들이 끓는 소리

몸 내부로만 꽂힌 수만 개의 붉은 전선들이

안으로 안으로 전기를 방출하기 시작한다

이것은 감각이 아니라 초음파야 물결이야

손을 넣기만 해도 감전사해 버릴 나의 내부

이번엔 내가 전파 냄비처럼 끓기 시작한다

이것은 사랑이 아니라 전파 탐지기야 미사일이야

귀에서 끓는 소리가 난다

내 몸에서 내가 쉭쉭 빠져나간다

물이 다 졸아붙는다

―「끓다」 부분(2:10)

　이 시의 상황은 단순하다. 나는 날아가는 너의 열원을 감지해, 너를 향해 미사일을 발사하여 폭파시킨다는 내용이다. 이때 나는 너를 감지하는 "전파 탐지기"이며 동시에 너를 폭파하는 "미사일"이기도 하다. 여기서 문제는 "몸 내부로만 꽂힌 수만 개의 붉은 전선들"이 발생시키는 초음파와 전파의 존재이다. 이들은 물의 저장고로서 주체의 몸에 화학적 변화를 야기하기 때문이다. 즉 초음파와 전파는 주체 내부를 끓게 만드는 것이다. 그리고 이 끓음이 미사일의 동력이 되어 너를 폭파시킨다. 따라서 끓음은 이중적 반응을 매개하는 운동이다. 하나는 "너의 열원을 감지한" 나의 몸 내부의 운동이고, 다른 하나는 너를 향해 발사된 미사일 내부의 운동이다. 전자가 타자에 의한 주체의 수동적 반응이라면, 후자는 타자에 대한 주체의 능동적 반응이라고 할 수 있다. 따라서 '끓는' 몸은 주체와 타자의 관계에서 수동성과 능동성이라는 이중적 운동이 병존하는 에셔의 「폭포」의 '기둥들'이다.

우리는 위의 시에서 욕망의 수로가 차폐된 상황 속에서 물의 저장고로서의 몸이 어떤 방식으로 활성화되는지를 목격한다. 주체는 물의 적극적 활성화인 기화(氣化)를 통해, 타자를 향한 주체의 욕망의 무화를 시도한다. 이것은 좌절된 욕망의 봉인 앞에서 주체가 선택할 수 있는 거의 유일한 대안이다. 여기서 타자가 무엇으로 이해되든 그것은 주체에게 동일한 결과를 초래한다는 것이 강조될 필요가 있다. 즉 타자의 "가열찬 폭파!"는 "내가 쉭쉭 빠져나"가는 주체의 소진을 전제하는 것이다. 결국 "물이 다 졸아붙"듯이, 주체는 자신의 몸의 기화와 증발로써 타자의 죽음과 함께 죽을 수밖에 없다. 여기서 '끓는' 물은 타자의 파괴와 주체의 소멸이라는 이중적 죽음을 활성화시키는 에너지가 된다.

욕망의 무화는 바로 이러한 주체의 죽음이라는 역설을 전제한다. 이제 죽음은 매우 적극적으로 사유된다. 그것은 자기 자신을 죽이는 행위인 자살에까지 이르게 된다.

방에 시체가 있다
내가 누군가를 죽였다
시체를 두고 나 여기 술 마시러 왔다
(중략)
나는 왜 방에다 불을 지르고 소리소리 지르다

그 사람의 몸에 물을 끼얹었을까

하루 종일 문 앞을 떠나지 않는

주인 기다리는 강아지같이 빤히 열린 그 눈알

그것을 닫고 오기는 했나?

두렵다

그럼에도 지금 이 자리

웃고 떠드는 나를 견딜 수 없다

아무래도 불꽃 머리칼 다시 길러야겠다

아무래도 나는 나를 다시 죽이러 가야겠다

—「lady phantom」 부분(1:31)

이 시에서 나의 죽음은 이미 완료된 것으로 존재한다. 즉 내가 "누군가를 죽"인 것은 이미 과거의 사건이다. 현재의 시체가 완료된 죽음을 표시한다. 그럼에도 불구하고 나는 두려워하고 있다. 이 두려움은 살인 행위 자체에서 오는, 즉 윤리적 책임감 혹은 양심 때문에 겪는 두려움이 아니다. 그것은 죽음이 완결된 것이 아닐 수도 있다는 것에서 오는 두려움이다. 즉 공포 영화에서 보는 것처럼 시체의 갑작스러운 눈뜸이 주는 공포감이다. 이것은 내가 죽인 것이 다시 부활할 수도 있다는 것을 반증한다. 시체의 완전한 소멸만이 시체의 부활과 재생을 막을 수 있다. 그러나 나는 "불"을 "물"로 끔으로써 완전한 소멸을 이루지 못했다. 이러한 주저함의 중심부에 죽음의 역설이 있다. 자신을 죽이는 것은 다 죽이지 않는 것이다! 반만 죽임으로써 혹은 최종의 죽음을 지연시킴으로써, 죽음은 "다시" 시작될 수 있다. 그것은 항상 "다시"를 불러오는 완료될 수 없는 행위이다. 왜냐하면 "나를 다시 죽이러" 가는 이 행위는 "나는 매일 밤 여기 남아/너를 꺼내어 다시 묻"(6:74)는 일을 전제하기 때문이다. 따라서 "불꽃 머리칼 다시 길러야겠다"는 다짐은 자신을 "다시" 죽이러 가는 행위, 끊임없이 나/너를 꺼내 다시 묻는 행위에 대한 의지로 읽혀야 한다. 이는 우리의 삶의 내부에 죽음 자체에 대한 강력한 충동이 있음을 암시한다. 프로이트가 '타나토스'라 불렀던 죽음충동은 욕망의 무화를 향한 주체의 부단한 운동으로 볼 수 있다. 이러한 충동의 가장 극단적인 형태가 '죽음의 분만'이라는 역설적 행위이다.

> 당신은 나를 불의 침상 위에 올리네요, 당신은 내 목구멍에 기름을 넣고, 심지를 꽂네요, 심지에 불을 붙이네요, 내 목구멍이 촛대가 되었네요, 내장이 밀랍처럼 타오르네요, (중략) 나에게서 내 죽음이 태어나네요, 내가 온몸을 수축시켜 죽음을 분만 중이네요, 이제 일을 마친 내가 타오르는 내 알몸을 물끄러미 바라보기도 하네요, 불길이 죽음을 저 바람에게로 데려가네요, 당신은 재를 강물에 뿌리네요
>
> —「목구멍이 촛대가 되었네요」부분(1:150)

불의 현상학에서 죽음은 일회적으로 종료되는 사건이 아니다. 불은 몸을 태우지만, 그 타는 와중에 죽음이 새롭게 탄생한다. 즉 불은 자신의 몸을 태워 새로운 "죽음을 분만"하는 것이다. 이것은 죽음이 삶의 종결이 아니라 또 다른 삶의 시작이라는 죽음의 역설을 보여 준다. 다시 말해 새로운 삶은 죽음으로 시작하는 것이다. 이러한 역설은 우리의 삶이 죽음과 양립 불가능한 것이 아니라는 사실을 반증한다. 에로스와 타나토스는 주체를 구축하는 두 가지 힘이자 원리이다. 그러나 그것은 각기 독립적인 방식으로 우리를 구성하지 않는다. 오히려 그것은 동전의 양면처럼 동시에 우리를 구성한다. "이미 죽은

나를 내가 오래 지켜보"(4:20)거나, "나는 죽어서도 늙는"(4:29, 원문 그대로 임) 일이 그래서 가능하다. "이제 일을 마친 내가 타오르는 내 알몸을 물끄러미 바라보기"가 가능한 것도 바로 이러한 이유에서이다.

'죽음의 분만'이라는 역설은 우리 욕망의 이중적 성격을 예시한다는 점에서 매우 중요하다. 앞에서 보았듯 기화는 일차적으로 욕망의 무화를 향한 주체의 운동이다. 그것은 폐쇄된 욕망의 수로에서 '무서운' 물의 저장고인 몸의 소진, 즉 죽음으로 결과한다. 이러한 죽음의 운동에서 '끓는' 몸의 변이형인 '타는' 몸은 욕망의 무화의 가장 극단적인 형태를 이루는 것처럼 보인다. 위의 시에서 보듯, 초가 타는 것은 초의 몸을 구성하는 파라핀이 녹아서 타는 것이기 때문이다. 즉 초는 일종의 '타는' 물이다. 여기서 문제는 욕망의 무화의 가장 극단적인 형태인 죽음이 사실상 다른 형태의 욕망을 예시한다는 점이다. 나의 죽음은 당신을 위한 것이다! 이것은 다음과 같은 사실에서 비롯한다. 첫째, 당신은 나의 죽음의 시발점이라는 사실. 이는 "나를 불의 침상 위에 올리"고, "기름을 넣고", "불을 붙이"는 당신의 행위에서 관찰된다. 둘째, 당신은 나의 죽음을 완결하는 존재라는 사실. 이는 나의 죽음의 잉여인 '재'를 강물에 뿌리는 당신의 행위에서 확인된다. 따라서 나의 죽음에 의해 분만된 '죽음'은 내가 당신을 위해 낳은 당신의 자식이다. 이때 나는 죽음으로써 당신의 욕망에 복종하는 자가 된다. 그렇다면 나의 죽음은 욕망의 무화가 아니라 다른 차원의 욕망의 완수라고 볼 수 있다.

이것은 궁극적으로 우리 욕망의 무화가 불가능하다는 사실을 암시하는가? 그렇다. 그것은 죽음마저도 타자를 위한 것으로 만드는 욕망의 불가해한 힘 때문이다. 그렇다면 이러한 불가능성 앞에서 대체 시 쓰기란 무엇인가? 그것은 이 불가능성에 마주한 자의 무력한 자기 응시에 지나지 않는가? 우리는 다음 장에서 이러한 질문에 대한 대답을 모색할 것이다.

5. 시'하기', 내가 내 얼굴에 쓴 글씨

욕망의 수로에서 시 쓰기가 어떤 위상을 차지하는지를 짐작케 하는 인상적인 시가 한 편 있다. 이 시에서 우리는 욕망의 수로를 작동시키는 최초의 물의 존재를 확인할 수 있다.

출근 지하철 안에서 새파란 처녀가
젖은 머리칼을 휘휘 내두르며
친구랑 떠들고 있다
신문 읽는 내 손등에 목덜미에
물이 뚝뚝 떨어져
옷 속으로 스며들었다
덩달아 신문도 젖어 버렸다
소녀 시절
여러 번 같은 꿈을 꾸었다
누군가 붓에다 먹을 찍어
내 얼굴에다 자꾸 글씨를 썼다
눈을 떠 보면(여전히 꿈속이었지만)
내 얼굴에 글씨를 쓰는 사람의
얼굴도 글씨로 가득했다
(그는 누구였을까)
(무슨 글자들이었을까)
실제로 출판사에 다닐 땐 내 입안에

글씨로 엉킨 검은 실뭉치가 가득 찬

날도 있었다

(결핵성 늑막염으로 가래를 퉤퉤 뱉고 다녔다)

집에 돌아와 목욕탕에서 거울을 보며

딸의 붓으로 얼굴에

글씨를 써 보았다

그러다 화들짝 놀라고 말았다

그 시절 내 얼굴에 글씨를 쓰던 사람의 얼굴을 보고 말았다

—「얼굴에 쓴 글씨」(3:24)

지하철 안, 젊은 처녀의 젖은 머리칼에서 흘러내리는 물은 "누군가 붓에다 먹을 찍어/내 얼굴에다 자꾸 글씨"를 쓰는 어린 시절의 꿈을 소환한다.[4] 붓으로 쓰는 글의 가장 중요한 특징은 물로 쓴다는 것이다. 이는 "흐릿한 먹물로 찍어 쓴 초서처럼 내 몸 위에 씌어지는 물"(1:59)이라는 구절에서도 확인할 수 있다. 욕망의 수로를 순환하는 물은 바로 여기에서 발원한다. 다시 말해 "누군가"가 나의 신체(얼굴)에 글을 쓰는 이 원초적 경험이 나의 욕망을 작동시키는 원인이 된다. 이러한 꿈의 또 다른 특징은 그것이 주체의 능동적 행위가 아니라는 점이다. 즉 나의 신체(얼굴)는 "누군가"에 의해 쓰이는 종이나 책

---

4 이 꿈은 피터 그리너웨이 감독의 영화 「필로우 북」과 동일한 모티브로 구성되어 있다. 이 영화에서 어린 주인공 '나키코'의 얼굴에 글을 쓰는 자는 그녀의 아버지이다. 이때 '나키코'의 몸은 아버지의 글쓰기가 행해지는 종이이자 책이 된다. 남성적 글쓰기에 기입당한 '나키코'는 '제롬'의 죽음과 함께 점차 남성적 글쓰기에서 벗어나게 된다. 김혜순은 이러한 과정을 남성적 글쓰기에서 "어머니로서의 글쓰기에 도달하는 과정"(10:90)으로 파악하고 있다.

일 뿐이다. 이것은 주체의 욕망의 수동성을 암시한다. 우리가 주체의 욕망이 타자의 욕망이라는 사실을 상기할 때, 바로 글쓰기가 주체의 욕망을 구성한다는 것을 알 수 있다. 이러한 사실을 징후적으로 보여 주는 것이 바로 "가래를 퉤퉤 뱉고 다"니는 일이다. '가래'는 이 수동적 존재가 생산하는 유일한 배설물이자 창조물이다. 그것은 아직 글쓰기라는 타자의 욕망이 체화되지 못한 상태에서 주체가 산출한 과도기적인 생산물이다. '가래'라는 하나의 병으로서 존재했던 타자의 욕망이 주체의 욕망으로 전이되는 순간은 내가 타자의 행위를 대리하는 때이다. 즉 주체가 자신의 얼굴에 글을 씀으로써, 주체는 봉인된 과거를 개봉하고 거기에서 타자의 귀환을 목격하게 된다. 이것은 "심해의 방"에 거주하는 욕망을 작동시키는 것과 동일하며, 그런 의미에서 주체 내부의 '무서운' 물을 소환하는 행위이기도 하다. 따라서 글쓰기는 "핏줄 속에 새긴 이름들"(6:71)을 호명해서 그 이름들로 하여금 부르게 하는 노래라고 할 수 있다.

글쓰기가 내 안에 있는 타자성과 직접적으로 대면하는 일이라면, 그것은 나에게 여전히 미지의 것으로 남는다. 이에 타자성에 직면한 주체의 질문은 두 가지로 구성된다. 하나는 "그는 누구였을까"이고, 다른 하나는 "무슨 글자들이었을까"이다. 전자는 내가 타자의 글쓰기를 대리하는 순간, 그 실체를 드러낸다. "그 시절 내 얼굴에 글씨를 쓰던 사람의 얼굴을 보고 말았다"는 극적인 진술은 이러한 사실을 보여 준다. 이제 문제는 그 '얼굴'이 누구의 얼굴이냐는 것이다. 우리가 질문 자체에 주목한다면, '누구'는 '그'로서 대리되는 어떤 존재이다. 다시 말해 "내 얼굴에 글씨를 쓰던 사람의 얼굴"은 '그'라는 인칭대명사로 대표되는 어떤 남성적 존재를 가리킨다.

①

내 심장의 화면에 투명한 글자들이 또 새겨진다 (비)

글자들 위에 글자들이 또 새겨진다 (비)

나는 해독하지 못한다 (비)

글자들이 이어져 어떤 파장을 그린다 (비)

새겨진다 (비)

하느님, 무슨 말씀하시는 거예요? (비?)

못 알아듣겠어요 (비)

이 전깃줄은 물이잖아요?

—「(비)」부분(5:11)

②

당신의 말씀, 그 말씀의 세상 뒤로 나가면

아니 그 교란의 거울 뒤로 나갈 수 있다면

뭔가 있긴 있는 건가요?

당신과 나의 스무고개 이제 지겹지도 않나요?

절대로 한 가진 안 가르쳐 주는 사람, 그런 사람을

사람들은 아버지라 부르나요?"

—「말씀」부분(2:105)

"누군가"는 ①에서 "하나님"이란 이름으로, ②에서 "아버지"라는 이름으로 등장한다. "하나님"과 "아버지"는 "누군가"의 실명이 아니다. 그들은 상징적 세계의 "누군가", 상징적 세계의 남성성을 지칭하는 가명들이다. 이들의 역할은 "내 심장의 화면"에 글자와 말씀을 각인하는 것이다. 즉 그들은 주체를 언어의 세계로 구성된 상징계로 등록하는 자들이다.

그렇다면 이들의 언어는 무슨 내용으로 구성되어 있는가? 우리는 타자성에 관한 주체의 두 번째 질문("무슨 글자들이었을까")과 마주해 있다. 이 질문이 「얼굴에 쓴 글씨」에서 제기되었지만, 아무런 대답 없이 넘어갔음을 상기할 필요가 있다. 그것은 이 질문 자체가 대답할 수 없는 성질의 것이기 때문이다. 그들의 글과 말은 해독 불가능한 "스무고개"인데, 그들은 내 몸에 글을 쓰면서 "얼굴에 쓴 글자"가 무엇인지 알리지 않기 때문이다. 즉 그들의 언어는 "절대로 한 가진 안 가르쳐 주는" 언어이다. 여기서 그들의 언어가 숨기는 것이 기표(시니피앙) 뒤에 숨은 기의(시니피에)라고 생각하지 말자. 오히려 그들이 숨기는 것은 기표 뒤에 숨어 있는 기의와 같은 것은 없다는 사실이다. 마치 "교란의 거울" 뒤에 무엇이 있는 듯 그들은 기표의 텅 빔 자체를 은폐하는 차폐막(스크린)으로 기능한다.[5]

이러한 남성적 언어를 대변하는 글쓰기가 바로 '자술서'이다.

그러나 가까이 가서 들여다보니 그들이 모두 나다
문 닫은 학교 걸상 가득 모두 내가
앉아 자술서를 읽고 있다
또 그 목소리가 나에게 이르기를
할머니는 자라서 엄마 되고
엄마는 자라서 네가 되지 하였다

---

[5] 이런 점에서 그들의 언어는 제욱시스(Zeuxis)가 아니라 파라시오스(Parrhasios)의 그림과 같은 역할을 수행한다. 제욱시시와 파라시오스의 그림 시합에서 진정한 승리자는 파라시오스이다. 왜냐하면 파라시오스가 그린 것은 베일, 즉 그 너머의 존재를 가리는 스크린이기 때문이다.

나는 내가 너무 많아 정말, 죽을 지경이다

그 모든 내가 밤이면 밤마다 단체로

학교로 자술서 쓰러 간다

光子에게 검열받으러 간다

──「내 꿈속의 문화 혁명」부분(2:124-125)

일반적으로 자술서는 스스로 자신의 과오와 잘못을 진술하는 글이다. 그런데 이 시에서 자술서를 쓰는 주체는 여성적인 존재들로 한정되어 있다. 즉 할머니, 엄마, 그리고 '나'로 이어지는 여성적 계보가 자술서를 쓰는 주체들이다. 그렇다면 이들은 무슨 잘못을 고백하는가? 그러나 그것은 알 수 없다. 다만 "내 출신 성분은 반동"이란 구절을 통해 우리는 그 죄가 처음부터 강요된 어떤 것임을 짐작할 수 있다. 강요된 죄는 사실 말해질 수 없는 것, 즉 하나의 텅 빈 기표에 지나지 않는다. 그것은 텅 비어 있기 때문에 끊임없이 "다시 쓰고 다시 쓰는" 행위를 반복한다. 결국 자술서 쓰기는 "날마다 불어도 불어도 또 불 것이 남는" 죄를 쓰는 행위이다. 원본 부재의 상황은 그 부재를 메우기 위해 반복적인 글쓰기를 재생산한다. 이러한 강요된 글쓰기가 남성적 글쓰기이다.

따라서 자술서를 검열하는 "光子"는 일차적으로 여성의 죄를 강요하고 판결하는 남성적 글쓰기의 대리자로 볼 수 있다. 이런 점에서 "光子"는 남성적 글쓰기의 초자아와 같은 역할을 수행한다. "光子"는 "내 몸속을 스크린 삼아/밤새도록 노는" 존재이다. 여기서 "내 몸속"은 "光子"가 비추는 '빛(光)'의 스크린이다. 이는 주체가, "光子"라는 타자의 응시(gaze)의 대상으로 존재함을 의미한다. 내 몸은 남성적 글쓰기가 상영되는 일종의 놀이터인 것이다. 한편, 우리가 여성적 이름의 일상적 용례들에 주목한다면, "光子"는 여성적 존재들을 대리한다고 볼 수도 있다. "光子"는 여성이면서 여성적 글쓰기를 감독하는 존재가 되는데, 이러한 존재가 바로 '신데렐라의 계모'이다. 따라서 "光子"는 '그/녀'라는 이중적 층위로 구성된 존재라고 할 수 있다.

이것은 여성성이 하나의 단일한 내용으로 구성되어 있지 않음을, 따라서 여성적 글쓰기가 다층적인 차원으로 구성되어 있음을 보여준다. 그렇다면 무엇이 여성적 글쓰기의 중심부에서 여성성의 핵심을 구성하는가? 그것은 한마디로 말하면 '모성성'이다. 그녀에게 어머니는 현실 속의 실제의 어머니로서 존재할 뿐만 아니라, 내부의 내적인 어머니로서 존재한다. 특히 후자는 "나에게 생명을 주었음으로 내 안에 죽음으로, 혹은 없음으로써 살아 있는 어머니"(10:78)이다. 여성적 글쓰기는 바로 이 어머니의 탐색과 발견의 과정이다. 이런 면에서 시는 "자기 안의 어머니를 찾아가는 기나긴 도정 안에서 쏟아지는 말"(10:53)로 이해된다. 그것은 마치 아버지의 세계에서 유폐된 바리데기가, 아버지를 구하기 위해 출산과 육아라는 과정을 거쳐 모성을 실현해 가는 과정과 유사하다.[6] 따라서 시 쓰기는 바리데기 식으로 말하면, 죽음의 세계인 서천서역국에서 겪는 고난의 과정이라고 할 수 있다.

> 오늘은 내 시집이 출간된 날
> 일평생 나를 빨아먹은 내 시들
> 레버를 당겨 시가 왔던 그곳으로

---

6 이에 대해서는 다음의 구절을 참조할 것. "바리데기는 그 어머니의 새로운 모성성을 발견해 나가는 길 위에서 죽음을 넘어 이미지의 세계를 숙살이한다."(10:60)

이름 없는 것들 우글대는 그곳으로

흩어 보낼 수 있다면

(중략)

시집 출간일의 화장실이 부르르 떨고

콘크리트 속 배관들도 덩달아 부르르 떨고

이름 붙인 자의 이름은 여전히 더럽다

몸을 다 씻고 나오자 베란다 창밖엔 말을 배우기 이전의 내 혀가

침을 줄줄 흘리며 붙어 있다

내게 전해 줄 슬픈 말을 평생 참은 것처럼

―「화장실」부분(1:152)

시는 나에게 무슨 짓을 하는가? 시는 "나를 빨아먹"거나, "나를 빨아마"(4:115)시거나, "뜯어먹"(4:83)는다. 이때 하나님, 아버지, "光子"는 시인 안에서 시인을 빨아먹고, 빨아 마시고, 뜯어먹는 존재들이다. 그렇다면 시인의 몸은 그들에게는 하나의 "장엄 부엌"(2:100)이자 식탁이 된다. 그들의 식사와 배설이 시의 생리가 된 것이다. 따라서 시는 몸이 아직 토해 내지 못한 남성적 언어의 배설물이다. 이제 시인은 "냄새 나는 눈물"의 소유자, "세상에서 제일 큰 꽃, 라플레시아"가 되어, "이 케케묵은 순수 썩는 냄새!"(3:144)를 풍긴다. 그래서 시의 자리는 "시궁창=시의 궁창=발아래 터널"(1:40)의 자리이다.

이제 우리는 마지막으로 다음과 같이 물어야만 한다. 이 남성적 글쓰기가 '시 쓰기'의 최종적 판본이냐고, 서명은 끝났고 이제 우리에게 남은 일은 시집을 덮는 일뿐이냐고. 그러나 아직 "말을 배우기 이

전의 내 혀"가 있다. 상징적 질서에 편입되지 않은, 그래서 '하나님'과 '아버지'와 "光子"의 말을 배우지 못한 혀, 그 혀가 주체의 밖("베란다 창밖")에 유폐되어 있는 것이다. 베란다 창문을 열고 그 혀로 하여금 "평생 참은" 말을 하게 하는 것, 이것은 주체의 선택이다. 이는 아버지의 언어를 각인하기 위해 몸을 내어주는 수동적 행위가 아니라, 어머니의 언어가 내 혀로 들어와 말하게 하는 능동적 행위이다. 이런 능동적 행위로의 전환이 그녀가 시'하기'로서 말하고자 하는 바이다.[7] 우리는 이 시'하기'를 통해 "에로스와 타나토스가 만나는 관능적 지각으로 촉발되고 감지되어서, 사랑이라는 에너지를 발산하는 영적인 시"(10:148)를 만난다. 그것은 이 "노래의 관능적이고 격렬한 리듬의 도가니"(10:21)[8] 속에서 주체와 타자는 혼연일체가 되기 때문이다.

6. 당신, 칼날처럼 스쳐 지나는 비상구

그녀의 욕망의 수로는 '당신'과 '죽음'과 '사랑'이라는 상징적 질서의 '밖'에 접속해 있다. 그곳에서 욕망은 "늘 순환하는. 그러나 같은 도형을 그리지 않는" 프랙탈의 구조를 이루며 순환 운동을 반복한다. 에셔의 '폭포'가 위와 아래를 연결하는 역설적 구조를 현시한다면, 김혜순의 시에서 이러한 역설은 에로스와 타나토스를 동시에 접속하는 방식으로 나타난다. 이 역설의 가장 어두운 심연에는 그녀를 절망과

---

7 이에 대해서는 다음을 참조할 것. "우리는 흘러가면서 하나의 시 텍스트를 완성한다. 시'한다.' 그래서 나의 시'하기'는 의미체를 구성하는 말들의 나열이 아니라 의미, 혹은 우리 몸의 움직임 그 자체이다."(10:151)

8 이에 대해서는 다음을 참조할 것. "이 현실 세계 속에서 각 여성 시인은 자신들의 타자, 바리데기 식으로 말하면 자신들의 단골들과 은유적 확장의 관계 속에서 그들의 죽음과 삶의 소용돌이와의 진정한 교류의 관계를 맺게 된다. 그들은 춤과 노래의 관능적이고 격렬한 리듬의 도가니에서 혼연일체가 된다."(10:21)

공포에 빠뜨리는 '죽음의 방'이 있다. 그러나 그녀의 시는 그 심연의 방을 방기하거나 은폐하지 않는다. 오히려 적극적으로 폭로하고 누설함으로써 그 심연의 공포와 절망을 산다. 그녀의 시가 갖는 기이한 에로티시즘의 역동성은 바로 여기에서 탄생한다. 그러나 이러한 작업은 주체를 절멸시킬 수도 있는 매우 위험한 일이기도 하다. 삶 자체가 "모두 참 위태롭다"(2:126)고 할 밖에……. 이 위태로움에 매달려 절박한 안간힘을 쓰는 와중에 아름다운 시 한 편이 "오려지고"(1:17) 있다.

누가 쪼개 놓았나
저 지평선
하늘과 땅이 갈라진 흔적
그 사이로 핏물이 번져 나오는 저녁

누가 쪼개 놓았나
윗눈꺼풀과 아랫눈꺼풀 사이
바깥의 광활과 안의 광활로 내 몸이 갈라진 흔적
그 사이에서 눈물이 솟구치는 저녁

상처만이 상처와 서로 스밀 수 있는가
두 눈을 뜨자 닥쳐오는 저 노을
상처와 상처가 맞닿아
하염없이 붉은 물이 흐르고
당신이란 이름의 비상구도 깜깜하게 닫히네

누가 쪼개 놓았나

흰 낮과 검은 밤

낮이면 그녀는 매가 되고

밤이 오면 그가 늑대가 되는

그 사이로 칼날처럼 스쳐 지나는

우리 만남의 저녁

—「지평선」 전문(1:7)

이렇게 말할 수 있다. 노을은 "저 지평선"이 흘리는 눈물이며, 눈물은 내 몸에서 번져 오는 노을이라고. 하여 핏물과 눈물은 "상처"로서 서로에게 스민다. "두 눈을 뜨"는 행위는 그 상처에 대한 인식이자 만남이다. "상처와 상처가 맞닿"은 그곳에서 핏물과 눈물의 혼합물인 "붉은 물"이 흐른다. 낮에서 밤으로 가는 이 시간은 "당신이란 이름의 비상구도 깜깜하게 닫히"는 시간이다. 그렇다고 낮이 "당신이란 이름의 비상구"가 활짝 열린 시간이라고 생각하지 말자. 그들의 "침대는 서로 다른 대륙에 놓여 있어"(2:37) 서로 같이 자리할 수 없지 않은가. 그들이 만나는 유일한 때는 "그 사이"의 시간, 낮과 밤이 서로 교차하는 시간이다. 거기에 "칼날처럼 스쳐 지나는" 비장한 만남이 있다. 그러니 부탁이다, 욕망의 수로에서 "고장 난 수도꼭지처럼 헐떡거리며 서 있는"(2:128) 그녀를 잊지는 말자.

'젊은 빠르끄'의 시선(視線)과
시간의 열병합

나는 언제나 시를 쓰는 나를 관찰하면서 시를 써 왔다.

—폴 발레리

1. '젊은 빠르끄'의 시선과 속임수

말라르메의 제자이며 「해변의 묘지」의 시인인 발레리가 파리에 정착하여 에두아르 르베의 개인 비서로 활동했을 때, 그는 완전히 시를 떠나 있었다. 베르느 조르꽈는, 발레리가 시 쓰기를 그만둔 이 시기를 '지성의 수도원'에서의 칩거 생활로 명명한 바 있다. 「젊은 빠르끄」(1917)가 나오기까지 약 22년을 그는 이 '지성의 수도원'에서 오로지 정신의 수양에만 몰두하고 있었던 것이다. 「젊은 빠르끄」는 바로 이 고독한 정신의 혹독한 수련의 아름다운 결정체이다. 거기에는 시 쓰는 자신을 바라보는 자기의 냉철한 시선(視線)이 담겨 있다. 그러므로 "의식하는 의식"[1]은 발레리의 눈동자다.

---

1 "이 詩는 矛盾의 所産이다. 이 詩는 꿈의 모든 斷絶, 되풀이, 놀람을 가질 수 있는 꿈이다. 그러나 그 주인공이 꿈꾸는 대상이 〈意識하는 意識〉인 꿈이다." 폴 발레리, 『전집』 1권, 플레이아드 판, p.1626: 김현, 「젊은 빠르끄 연구」, 『불어불문학 연구』 1집, 한국불어문학학회, 1966, p.106에서 재인용.

놀랍게도 우리는 발레리의 '젊은 빠르끄'의 시선을 규정하는 "의식하는 의식"을 원구식 시인에게서 발견한다. 그는 바로 자신의 시 속에 자기가 자기를 바라보는 시선을 응축함으로써, 자기의 시를 본질적인 것으로 만든다.[2]

…깨진 꿈은 아름답다. 나는 자신의 꿈을 세상에 팔아 버리고 돌아선 내 자신의 뒷모습을 한없이 불쌍한 눈으로 바라보았다. 오, 속임수. 몸에 남은 고통의 희미한 빛에 나는 나보다 의식된 나를 더 깨달았으니…

(중략)

…나는 펜촉 끝으로 땅을 판다. 순결을 버림으로써 더욱 순결해지는 자만이 흙 속에 묻혀 있는 순결을 안다. 오, 속임수. 몸에 남은 고통의 희미한 빛에, 나는 나보다 의식된 나를 한없이 불쌍한 눈으로 바라보았으니…

—「꿈을 씻어 내는 作業」
(『먼지와의 싸움은 끝이 없다』, 한국문연, 1992) 부분

시인이 명기했듯이, "오, 속임수. 몸에 남은 고통의 희미한 빛에 나는 나보다 의식된 나를 더 깨달았으니…"는 발레리의 「젊은 빠르끄」의 한 구절이다. 주지하다시피, 「젊은 빠르끄」는 여주인공 빠르끄가 하룻밤 동안 겪은 세 번의 잠과 각성을 모티브로 한 512행의 장시이다. 여기서 발레리는 빠르끄를 통해 "의식/존재, 정신/육체, 인식/관

---

2 원구식·주영중(대담), 「내 시는 시간여행자의 기록」, 『열린 시학』, 2010.여름, p.23.

능 사이의 대립 갈등의 발생과 양자의 투쟁"[3]을 묘파하고 있다. "오, 속임수"는 바로 빠르끄가 '뱀'에게 물려 자기 자신을 인식하는 단계, 즉 그녀가 의식의 주체로서 각성되는 상태에 대한 시인의 최초의 언명이다.

원구식의 시「꿈을 씻어 내는 작업」은 바로 이러한 의식의 주체("의식된 나")에 대한 놀라운 성찰을 보여 준다. 자기가 자기를 보는 시선 속에서 자기는 이중의 겹으로 되어 있다. 즉 보는 자와 보이는 자로 분할된다. 이때 의식은 보는 자의 기관, 눈(目)이다. 따라서 보는 자는 '의식하는 나'이고, 보이는 자는 '의식된 나'라고 할 수 있다. 여기서 '의식된 나'를 '나'로 가정하는 것은 자연스럽다. "나는 나보다 의식된 나를 더 깨달았으니"는 일차적으로 '나'가 자기를 '의식된 나'로 규정해 왔음을 보여 준다. 그러나 시인은 여기에 "속임수"가 있을 수 있음을 놓치지 않는다. 어떤 속임수인가? 그것은 '나'와 '의식된 나' 사이의 틈과 간격을 메우는 일종의 눈속임 같은 것이다. "불쌍한 눈"은 바로 이러한 눈속임의 결과물이다. 여기에는 의식의 주체에 대한 시인의 준엄한 태도가 함축되어 있다.

왜 그런가? 그것은 "불쌍한 눈"이 '나'를 망각하고 '의식된 나'를 더 깨닫게 하기 때문이며, 나아가 그 '의식된 나'의 모습을 통해 스스로를 위무(慰撫)하기 때문이다. 이것은 역으로 말해 '나'를 '의식된 나'로 한정할 수 없음을, 나아가 '의식된 나'와 '의식하는 나' 사이에는 간극이 있음을 의미한다. 이를 알기 위해서, 우리는 의식의 주체('의식하는 나')가 자기 자신('의식된 나')을 특정 시선("불쌍한 눈")으로 바라보았을

---

3 김시원,「「젊은 빠르끄」의 신화적 구조」,『불어불문학 연구』37집, 한국불어불문학회, 1998, p.20.

때, 주체 내부에 무슨 일이 벌어지는지를 살펴야 한다. 그의 첫 번째 시집 『먼지와의 싸움은 끝이 없다』는 이러한 시선이 주체 내부에서 일으키는 화학적 변용의 구체적 메커니즘을 예증한다. 그리고 여기가 원구식 시의 출발점이자 원형질[4]을 이루는 곳이다.

> 누에보다 깊은 잠 속을 나는 간다.
> 처음부터 모르고 갔던 길
> 돌아가고 싶지 않다, 유혹처럼.
> 내 죄가 보이고
> 돌아볼 시간도 없이
> 우리는 날지 않으면 안 된다.
>
> —「골방」 부분

"불쌍한 눈"으로 포착된 '의식된 나'를 규정하는 것은 무엇인가? 그 것은 "내 죄"이다. 여기서 "내 죄"가 과거에 대한 반성의 결과물임은 자명하다. 이때 '의식된 나'는 '반성된 나'이다. 그렇다면 시인의 죄목을 구성하는 것은 무엇인가?

> (용서받을 수 있을까요?
> 살기 위해 저지른 잘못과
> 神을 위해 저지른 잘못은)
>
> —「다락방」 부분

---

4 오형엽은 원구식의 시를 네 가지 층위(사랑, 풍자, 추억, 진리의 층위)로 분별한다. 이 네 가지 벼주는 원구식 시의 원형질을 설명하는 유용한 지표들이다. 오형엽, 「지독한 패러독스」, 『열린 시학』, 2010.여름.

"내 죄"는 "살기 위해 저지른 잘못"과 "神을 위해 저지른 잘못"으로 대별된다. 이것은 죄의 동기 혹은 원인에 따라 자기의 죄를 구분한 것으로, 전자는 인간적 질서에, 후자는 신적 질서에 속한다. 이 두 가지 죄는 "천상과 지상, 신성과 인성, 절대적 진리와 유한한 지식의 이원성으로 인해 양극으로 갈라진 채 고뇌하는"[5] 화자의 내면 의식을 보여 준다. 그런데 자신의 죄를 반성하는 것과 그 죄의 용서를 구하는 것은 별개의 문제이다. 전자가 죄의 내용을 구성하는 인식론적 차원의 문제라면, 후자는 죄의 결과를 책임지는 윤리적·종교적 차원의 문제이기 때문이다.

표면적으로 "용서받을 수 있을까요?"는 용서에 대한 직접적인 요청인 것처럼 보인다. 그러나 위의 구절은 "잘못했다, 용서해라"(「처정」)처럼 자신의 죄에 대해 용서를 구하는 행위와는 구분된다. 오히려 위의 구절은 자신의 죄가 용서를 받을 수 있을 것인가에 대한 질문, 즉 자신의 죄의 용서의 가능성에 대한 자문(自問)으로 보는 것이 타당하다. 이는 자신의 죄가 용서받지 못할 수도 있다는 용서의 불가능성을 암시한다. 이것은 앞에서 지적한 대로 죄의 두 가지 양상이 갖는 저 불가피한 이원성에서 비롯한다. 따라서 "용서받을 수 있을까요?"는 용서에 대한 직접적 요청이라기보다는, 용서받지 못할 수도 있다는 인식과 거기에서 비롯하는 주체의 자조적 목소리로 읽혀야 한다. 문제는 용서를 받는 것에 있지 않고, 자신의 죄에 대한 반성 자체에 있다. 실천보다 인식이 우선한다. 이것은 '의식된 나' 혹은 '반성된 나'의 우월성을 반증한다.

이러한 인식은 용서하는 자에 대한 새로운 태도를 함축한다. 죄의

---

5 오형엽, 앞의 글, p.73.

사면은 당연히 용서하는 자를 전제한다. 그자가 주체의 내부에 있든 아니면 외부에 있든 상관없이, 용서의 요청은 자기보다 우월한 존재로부터 죄의 소멸을 요구하는 행위이다. 그런데 만약 죄의 사면이 불가능한 것이어서 주체가 용서에 대해 회의하고 있다면, 이것은 용서하는 자의 우월성과 함께 용서를 바라는 자기에 대한 부정적 시선이 함축되어 있는 것으로 볼 수 있다. 더구나 죄의 동기 자체가 선택의 여지가 없는 불가항력의 것이었다면, 다시 말해 죄가 "살기 위해" 또는 "神을 위해" 저질러진 것이라면, 이에 대한 주체의 책임은 어디까지인가?

이러한 회의는 "그렇다, 나는/지금까지 잘못 살아왔다./앞으로도 계속 잘못 살아야겠다"(「먼지와의 싸움은 끝이 없다」)와 같은 역설을 산출한다. 이것은 일차적으로 용서(구원)받을 수 없는 죄에 대한 인정임과 동시에, 초월적 존재로부터 용서받지 못한 주체의 불가피한 선택을 보여 준다. "지금까지 잘못 살아왔다"와 "앞으로도 계속 잘못 살아야겠다"에서 양자의 공통분모인 "잘못"은 동일한 함의를 지니지 않는다. 전자가 자신의 과거의 잘못에 대한 반성이라면, 후자는 자신의 잘못의 불가피성에 대한 인정이다. 전자는 '반성된 나'와 관련되고, 후자는 '반성하는 나'와 관련된다. 이는 '반성된 나'와 '반성하는 나'와의 대립과 갈등을 예시한다.[6] 이러한 갈등 속에서 우리는 '반성된 나'에서 '반성하는 나'로 이동함으로써, 죄의식으로부터의 탈주를 시도할 수 있다. 여기가 바로 데카르트적 의미의 근대적 자아, 즉 '의식된 나'에서 '의식하는 나'로의 이동이 출현하는 장소이다. 이러한 전환이

---

6 첫 번째 시집의 자서를 보라. 첫 번째 시집에 대한 그의 솔직한 심정은 '억울함'이다. '억울함'은 '반성된 나'와 '반성하는 나' 사이에 간극이 있음을 보여 주는 징표이나.

보여 주는 것은 분명하다. 그것은 '반성하는 자아'의 윤리적 정당성, 즉 반성의 주체('반성하는 나')가 자기 자신('반성된 나')을 특정 시선("죄")으로 보는 것에 대한 면죄부이다. 반성이 죄를 사면한다.

'젊은 빠르끄'의 시선이 빛나는 것은 바로 이 순간이다. 그의 시선은 이 죄의식을 동반한 자기의식과 자기반성이 하나의 "속임수"일 수 있다는 것을 간파한다. 원구식의 두 번째 시집은 이를 매우 선명하게 실증하고 있다.

2. 시차(視差)에서 시차(時差)로의 '시간 탐색자의 여행'

원구식의 두 번째 시집 『마돈나를 위하여』(한국문연, 2007)는 '반성하는 자아'의 윤리적 기만성을 여실히 폭로한다. 특히 「정밀한 숲」은 '반성하는 자아'의 균열이 어디쯤에서 발생하는지 매우 분명히 보여 주고 있다. '정밀한 숲'에 그어진 이 균열의 지형도를 보는 것은 매우 중요하다.

나는 정밀한 숲을 노래한다. 그것은 죽음의 집. 째깍거리는 시계. 집적된 시간의 톱니바퀴들이 모여 숲이라는 거대한 기계를 돌린다. 어린 나이에 세상의 모든 것을 알았지만, 어리석게도 나는, 아, 정말 어리석게도 나는, 숲이 만들어 내는 시간의 입자들이 무엇을 의미하는지 몰랐었다. 얼음보다 차가운 이성으로 말미암아 천박한 자신을 한없이 경멸하고, 껍데기뿐인 육체를 세상에 내보내 즐겁게 학대하였다. 그러나 지금은 아니다. 고백컨대, 빛나는 정신만이 세상을 구원하리라는 나의 신념은 그릇된 것이었다.

—「정밀한 숲」 부분

"빛나는 정신만이 세상을 구원하리라"는 신념은 "얼음보다 차가운 이성", 즉 '의식하는 나'와 '반성하는 나'의 우월성을 전제한다. 정신과 이성의 우월성에 대한 믿음은, 그 이면에 빛나지 않는 것과 차갑지 않은 것에 대한 부정과 경멸을 함축한다. 부정과 경멸이 자기 자신에게로 향할 때, 주체는 육체성과 정신성으로 양분된다. "천박한 자신을 한없이 경멸하고, 껍데기뿐인 육체를 세상에 내보내 즐겁게 학대하"는 일이 가능한 것은 바로 '자기'가 육체성과 정신성으로 분열되었기 때문이다. 그것은 육체성으로서의 '자기'에 대한 학대이지만, 동시에 정신성으로서의 '자기'에 대한 즐거움이기도 하다. 죄의식을 동반한 자기의식과 자기반성이 "속임수"일 수 있는 것은 바로 이러한 이유 때문이다. 죄의식은 바로 이러한 위악(僞惡)적 자학의 한 단면이다. 시인은 역설한다. "상처가 세상을 지배한다./그를 조심하지 않으면 안 된다."(「상처의 힘」)

이러한 각성이 일차적으로 육체성에 대한 새로운 인식을 산출하는 것은 당연해 보인다.

마돈나, 나의 방황이 부질없는 모래사막을 이룰지라도, 너의 자궁이 낙원을 향해 열려 있으니, 젖과 꿀이 흐르는 향락의 밤이 내 것이로구나. 천국의 유물이 산재한 지상의 낙원이 여기서 멀지 않구나. 마돈나, 눈을 들어 나를 보려마. 나는 모든 백조들의 오빠, 돼지코보다 강한 탐욕의 성기를 소유한, 기다리기의 영원한 명수.

　　　　　　　　　　　　　　　　　　　　—「나는 방황의 야전 사령관」 부분

이상화의 「나의 침실로」를 연상케 하는 이 시는 육체성에 대한 시인의 대담한 인식을 보여 준다. 그것은 한마디로 육체성 사제의 인징

이랄 수 있다. 이를 보여 주는 극적 행위가 바로 두 번째 시집 『마돈나를 위하여』전체를 그녀(마돈나)에게 헌정한 사건이다.[7] 육체성에 대한 인정은 일차적으로 탐욕과 향락에 대한 승인으로 나타난다. "젖과 꿀이 흐르는 향락의 밤", "돼지코보다 강한 탐욕의 성기" 등의 표현은 이러한 추측을 정당한 것으로 만들고 있다. 마돈나의 육체에 대한 탐닉은 그의 사랑이 "온갖 죄와 더러움 속의 사랑"(「디스코嬢」)의 연장선 상에 있음을 보여 준다.

그렇다면 이제 우리는 그가 "빛나는 정신"과 "얼음보다 차가운 이성"의 대척점, 성욕의 대상인 육체로 귀환했다고 말할 수 있는가? 이에 대한 대답은 분명하다. 문제의 핵심은 이성/감정, 정신/육체 라는 이항 대립에 있지 않다. 이것들은 모두 인간성과 사랑에 대한 이분법에서 비롯한다. 이러한 사유는 우리의 사랑에는 "비천함과 숭고함이 공존하"[8]고 있다는 사실을 보지 못한다. 우리는 이성/감정, 정신/육체라는 추상적인 대립항을 뛰어넘어, 양자가 어떻게 길 항하는지를 봐야 한다. 이것은 "돼지코보다 강한 탐욕의 성기를 소유한" 자가 어떻게 "기다리기의 영원한 명수"가 되는지를 밝히는 일 이며, "너를 그리며 승냥이처럼 울부짖는 까닭"이 "내게 끝끝내 몸을 허락하지 않았기 때문"(「지상의 낙원」)이라는 역설을 이해하는 일 이기도 하다.

우리는 여기서 정신/육체라는 이항 대립항 이외에 제3의 요소를 도입할 필요가 있다. 이것은 정신성과 육체성이라는 양가적 시선(視線)의 차이를 규정짓는 근본적인 지점에 대한 탐색이다. 시선의 차이

---

7 원구식, 「시인의 말」, 『마돈나를 위하여』, p.3.
8 권혁웅, 「비천한 상징, 숭고한 알레고리」, 원구식, 위의 시집, p.104.

는 일차적으로 시점(視點)의 차이에서 비롯한다. 우리는 어떤 하나의 시점을 확정함으로써 시선의 우월성을 가정할 수 있다. 이것이 바로 "불쌍한 눈"이 취한 "속임수"이다. 혹은 각 시점의 공통분모를 축출함으로써 시선의 정당성을 가정할 수도 있다. 이것은 '의식하는 나'와 '반성하는 나'가 취한 "속임수"이다. 우리는 이 속임수의 이면을 들여다보아야 한다. 그랬을 때 우리는 시점의 차이 이면에서 그 차이를 규정짓는 근본적인 지점을 발견할 수 있다. 그것은 무엇인가? 그것은 바로 시간이다. 시선의 차이는 시간(時間)의 차이에서 비롯하는 것이다.

「정밀한 숲」에서 시인의 탄식의 중심 지점은 "숲이 만들어 내는 시간의 입자들이 무엇을 의미하는지 몰랐었다"는 데에 있었다. 이는 깨달음의 중심 지점이 "시간의 입자들"에 있음을 반증한다. 그렇다면 "시간의 입자들"은 무엇인가?

먼지, 그 보잘것없는 미물이 내게 부여하는 질서. 몸부림치지만 나는 결코 자유롭지 못하리. 내가 부르는 노래는 결코 온전하지 못하리. 잃어버린 시간 속에 오로지 소멸만을 꿈꾸었으니.

—「먼지와의 싸움은 끝이 없다」 부분

우선, 시인은 "잃어버린 시간 속에 집을 세우고 세상을 바라본다." 여기서 시인의 시선은 "잃어버린 시간" 속에 거주한다. 거기서 바라보는 세상은 "먼지"로 존재하는 세상이다. "먼지"는 소멸 직전의 세상의 표상이다. 그렇다면 "먼지" 이후에는 무엇이 있는가? "정밀의 숲"이 "째깍거리는 시계"인 "거대한 기계"라면, 이 숲의 "시간의 입자들"은 죽음인가? 그렇다. 그것은 "산자를 예외 없이/죽음으로 몰고 가는 시간"(「연천 가는 길」)인 것이다. 이런 면에서 먼지의 시간은 "시간의 감옥"이다. 그리고 이때의 주체는 "시간의 감옥"을 어슬렁거리는 한 마리의 "게으른 사냥개"(「우주는 나의 감옥」)에 지나지 않는다.

그러나 우리는 이 죽음으로서의 시간이 "얼음보다 차가운 이성"에 의해 파악된 시간임을 잊어서는 안 된다. 시인은 그것이 "그릇된 것"임을 깨닫지 않았는가? 이는 "시간의 입자들"이 죽음으로서의 시간의 경계를 넘어선 지점에 있음을 암시한다.

> 나는 왜 아직도 추억의 1학년 3반을 벗어나지 못하는가. (중략) 삐걱이는 복도를 지나 만국기가 펄럭이는 시간의 감옥에 갇히자. 즐겁게 얼음의 시간을 녹이자. 조개탄의 매캐한 유황 냄새가 코를 찌르는, 밤이면 박쥐가 튀어나오는, 이미 사라지고 없는 교실에서 무릎을 꿇고 얼굴을 들지 못하는 1학년 3반 원구식을 해방시키자.
>
> —「추억의 1학년 3반」 부분

"시간의 감옥에 갇히자"는 것은 죽음으로서의 시간에 굴복하자는 의미가 아니다. 오히려 정반대이다. 죽음으로서의 시간을 극복하고 새로운 시간을 개시하기 위해, "시간의 감옥"에 갇힐 필요가 있다는 것이다. 이것은 죽음으로서의 시간 속에 새로운 시간이 내재해 있음을 암시한다. 여기서 문제는 그 새로운 시간을 개시하는 방법이다. 그것은 "시간의 감옥" 바깥에서 "얼음의 시간"을 녹이는 것이 아니라, 그 감옥 안에 갇혀 "얼음의 시간"을 녹이는 일종의 내파의 방법이다. 이 내적 방법이 어려운 이유는 "시간의 감옥"의 속임수, 즉 감옥 안에 갇힌 주체들로 하여금 일종의 기만 상태에 빠지게 하기 때문이다. 그것은 주체 자신이 "시간의 감옥"에 갇히지 않았다는 착각이다. 여기서 "개방은 나를 가두기 위한 속임수"(「우주는 나의 감옥」)로 기능하는데, 우리가 이 기만 상태에서 벗어나기 위해서는 무엇보다도 자기가 갇힌 감옥이 "개방된 감옥"임을 자각해야만 한다. 즉 속임수가 속임수임을 아는 것. 이것이 '돈오(頓悟)'이다.

> 너를 향해
> 나 한 걸음도 나가지 못했구나.
> 얼음의 시간,
> 시간의 감옥을 즐겼으니
> 타락이구나, 영혼의 쓰레기통에 코를 박은
> 돼지로구나, 야생의 들개가 아니라
> 사육된 시간의 노예였구나.
> 게으른 몸으로
> 늙은 살가죽으로 사랑을 꿈꾸었으니
> 욕망이 아니라 욕심이었구나.
>
> ─「신부」 부분

"얼음의 시간"인 "시간의 감옥"에 갇힌 주체가 자신이 갇혔다는 사실을 모를 때, 아니 오히려 자신이 갇히지 않았다는 기만 상태에 빠졌을 때, 그는 영락없이 "영혼의 쓰레기통에 코를 박은/돼지"일 뿐이다. 한마디로 그는 "사육된 시간의 노예"이다. 이렇게 "개방된 감옥"에서 길들여지면, 주체는 일종의 도착(倒錯) 상태에 빠지게 된다. "시간의 감옥을 즐기는" 기괴한 사태가 벌어지는 것이다. 이때 주체는 "게으른 몸으로/늙은 살가죽으로 사랑을 꿈꾸"면서, 자신의 추레한 욕심을 욕망으로 채색한다. 따라서 새로운 시간을 활성화시키는 깃은 죽음의 시간 속에 갇힌 주체의 재구성에서부터 시작된다고 할 수 있다. 이 '돈오'의 각성을 통해 주체는 "얼음의 시간"인 "개방된 감옥"에서 해방으로의 첫걸음을 뗀다.

> 얼음의 시간을 깨고 내가 간다.
> 너의 혼곤한 잠 속으로
> 애타는 너의 꿈속으로 내가 간다.
> 슬픔의 바다를 지나
> 인연의 사슬을 끊으니
> 천년의 빙하가 물처럼 흐르는구나.
> 세상의 불빛이 아직 꺼지지 않았으니
> 너무 늦었다 하지 마라.
> 내 일찍 인생을 탕진하여
> 사랑이 부족하다면
> 어둠의 힘으로 너를 사랑하리.
> 길 없는 길을 지나
> 한 숨도 쉬지 않고 내가 왔다.
> 자, 이제 슬픈 노래를 불러 다오.
>
> ―「신부」 부분

그렇다. "얼음의 시간"을 깨고 가는 것은 바로 '나'이다. 네가 오는 것이 아니라 내가 가는 것이다. 얼음의 시간이 저절로 녹기를 기다리는 것이 아니라 내가 감으로써 그 얼음을 녹이는 것이다. "길 없는 길을 지나/한 숨도 쉬지 않고" 내가 너에게 갈 때, 비로소 죽음의 시간은 깨지고, "얼음의 시간"은 풀리는 것이다. 이 쉼 없이 가는 행위, 이것이 '점수(漸修)'가 아니라면 무엇이겠는가?[9] '점수'의 진정한 의미는 그것이 주체를 새롭게 재구성하여 새로운 차원을 개시한다는 데 있다. 너에게로 가는 것은 스스로 기존의 "인연의 사슬을 끊"는 행위를 전제한다. 우리는 이 "사슬을 끊"고 너에게 가는 행위의 근본적인 추동력이 너에 대한 사랑에서 비롯한다는 것을 쉽게 알 수 있다. 그러나 "사랑이 부족하다면/어둠의 힘으로 너를 사랑하리"라는 구절에 담긴 숭고한 의지는 알아채기 쉽지 않다. "어둠의 힘"은 무엇인가? 원구식의 시어법에서 어둠이 대체로 시간의 주변을 맴돌고 있는 말이란 것[10]을 고려한다면, "어둠의 힘"은 시간의 힘을 의미한다고 볼 수 있다. 한편 시간의 힘은 소멸(죽음)과 생성(탄생)의 힘으로 나뉜다. 그렇다면 앞뒤 문맥상, "어둠의 힘"은 소멸(죽음)의 힘으로 볼 수 있겠다. 누구의 소멸인가? 그것은 주체의 죽음을 암시하는가?

최초의 시간은 얼음 속에 있다. 시간의 자궁을 생쥐처럼 들락거리는 비유의 천재들이여, 인간의 영화가 덧없다 하지 마라. (중략) 주체할 수 없는 시간이 이제 곧 얼음의 감옥을 날려 버릴 것이다. 우리의 청춘도, 영화도 그렇게 쪼개질 것이다. 흔적도 없이 사라질 것이다. 그러나, 흐르는 시간에 몸을 맡긴 채 오로지 보기 위해 존재하는 견자의 눈이 있다. 지존의 몸으로 노래하는 시인이 있다. 아직 불리어지지 않은 노래가

---

9 주영중과의 대담에서 원구식은 자신의 시적 성찰을 '돈오점수'를 깨우치는 과정이라고 말한 바 있다. "흔히 말하는 '돈오점수'인데 시인들이 돈오는 다 한다고 봐요. 그런데 돈오가 사실 끝이 아니라 시작이거든요. 그것을 깨달은 거죠. 그것을 점수해 가는 과정이 중요한 거죠." 원구식·주영중, 앞의 대담, p.19.

10 이는 "시간의 검은 구멍"(「나는 방황의 야전 사령관」), "모든 짐승의 아버지인 시간이 검은 구멍"(「네안데르탈」), "어둠의 경로여,/시간의 검은 구멍이여"(「어둠의 경로」)를 보면 확인할 수 있다.

저 얼음 속에 있다.

—「빙산」 부분

　"얼음의 감옥"이 사라지는 것에 수반되는 현상, 즉 "우리의 청춘도, 영화도 그렇게 쪼개질 것이다. 흔적도 없이 사라질 것이다"에 주목해 보자. "얼음의 감옥"을 날려 버리는 것은 "주체할 수 없는 시간"이다. 그런데 이 시간이 "얼음의 감옥"만을 날리는 것은 아니다. 그것과 함께 주체도 소멸한다. "주체할 수 없는 시간"이 지닌 이 소멸의 힘이 바로 "어둠의 힘"이다. 따라서 "어둠의 힘으로 너를 사랑하리"라는 구절은 자신의 소멸을 대가로 사랑을 유지하겠다는 숭고한 의지의 표현이다. 그러나 이것이 모든 것이 소멸한 무(無)의 상태를 지향한다는 말은 아니다. 왜냐하면 이곳에 와서야 비로소 새로운 주체가 탄생하기 때문이다. 그는 누구인가? 우선, 그는 "견자의 눈"이다. 다음, 그는 "노래하는 시인"이다.

　우선 "견자의 눈". 우리는 여기서 또다시 '의식된 나'와 '의식하는 나'의 이분법과 대면하는가? "오로지 보기 위해 존재하는"이라는 구절은 이러한 추측에 정당성을 부여하는 것처럼 보인다. 그러나 '의식하는 나'의 시선과 "견자의 눈"의 시선은 뚜렷한 차이가 있다. 시간관의 차이는 양자가 결정적으로 갈라지는 지점이다. 앞에서 보았듯이, 전자는 하나의 특정한 시점의 정당성을 가정하거나 또는 다양한 시점에 공통적인 하나의 시선을 가정함으로써, 지상의 시간을 하나의 고정되고 경화된 "얼음의 시간"에 가두어 버렸다. 그러나 후자는 그 반대의 방식을 취한다. "흐르는 시간에 몸을 맡긴 채" 바라보는 시선은 하나의 고정되고 경화된 시간을 부정한다. 오히려 그것은 "얼음의 시간"으로부터의 해방이다. 여기에는 특정 시점을 가정함으로써 주체의 시선을 정당화하거나, 보편적 자아를 상정함으로써 시차(時差)를 무화할 필요가 없다. 이는 시간의 흐름을 있는 그대로 받아들인다는 것, 곧 시차(時差)의 시차(視差)를 그 자체로 인정한다는 것을 의미한다.

다음, "노래하는 시인". 그는 무엇을 노래하는가? "아직 불리어지지 않은 노래"를 노래한다. 그것은 "얼음의 시간" 속에 봉인된 노래이다. 만약 "얼음의 시간"이 풀리면, 그 속에 봉인된 노래도 풀릴 것이다. 환언하면, 그의 노래는 "흐르는 시간"의 노래이다. 따라서 우리는 그의 노래를 하나의 '흐름'으로 규정할 수 있다.

> 나는 시간의 톱니바퀴이며
> 사색의 오랜 친구인 침묵의 노래이다.
> 나의 노래는 원시의 강물이며
> 그 힘이다.
>
> —「네안데르탈」 부분

"시간의 톱니바퀴"가 만들어 낸 것은 "침묵의 노래"이다. "침묵의 노래"인 까닭은 그것이 아직 발화가 되지 않은 노래("아직 불리어지지 않은 노래")이기 때문이며, 하나의 '흐름'이자 에너지("원시의 강물이며/그 힘")로 존재하기 때문이다. 이제 우리는 "원시의 강물"이 만들어 낸 "물의 노래"(「정밀한 숲」)와 만날 차례이다.

3. '물속의 불'과 시간의 열병합

원구식의 시에서 시간으로서 물의 이미지의 변주를 보는 것은 흥미롭다. 특히 최근 시에서 불의 이미지의 변주는 매우 다채롭게 전개

되는데, 이는 물이 그의 최근 시의 핵심부를 관류하는 중심 이미지라
는 사실을 보여 준다.

> 물의 경로가 길이다.
> 이 길을 따라 흘러가는 것은
> 모두 시간이다.
> 나는 말한다, 시간은
> 물처럼, 졸졸졸 흐른다고.
> 달콤하지 않느냐?
> 시간을 정의하는
> 내 사상은 능히 물의 불순물 같은 것.
> (중략)
> 얼음은 멈춘 시간이다.
> 최초의 시간은 아마 얼음처럼,
> 어디에서 온 바도 없고 어디로 갈 바도 없는
> 멈춘 시간들의 집적 속에 있을 것이다.
> 나는 애인과 함께
> 룸으로 가기 위해 엘리베이터를 탄다.
> 지금 어디선가 연어들이 알을 슬고
> 하늘에서 내려온 물들이
> 나무들의 뿌리를 해탈시키고 있을 것이다.
> 오늘 밤도 나는 물길을 따라 흘러간다.
> 나는 시간이다.
>
> —「물길」 부분

무엇보다도 먼저 흐름으로서의 물은 시간이다. 시간은 물처럼, 물은 시간처럼 흐른다. 이것은 새로울 것 없는 흔해 빠진 비유이다. 그러나 신기하게도 시인은 이 낡은 비유("시간은/물처럼, 졸졸졸 흐른다") 앞에서 '달콤함'을 맛본다. 무엇이 그리도 달콤한가? 이를 알기 위해서는 "물처럼, 졸졸졸 흐른다"의 반대편, 즉 흐르지 않는 물을 경유할 필요가 있다. 흐르지 않는 물은 크게 세 가지 변주를 지닌다. 가장 먼저, 흐르는 물속에는 그 물의 흐름을 방해하는 "물의 불순물"이 있다. 여기서 "시간을 정의하는" 일이 "물의 불순물"인 까닭이 드러난다. 그것은 정의(定義) 자체가 분절(分節)이기 때문이다. 시간의 본성이 흐름이고 연장(延長)이라면, 시간을 정의하는 일은 이러한 흐름과 연장을 차단하는 것이 된다. 이런 면에서 시간의 정의, 그리고 정의의 주체로서 지성은 시간의 본성에 역행한다. 흐르지 않는 물의 두 번째 변주는 고인 물이다. 이 고인 물은 과거의 시간 속의 한 시점과 밀접한 관련을 지닌다. 즉 아버지와 관계된 '원초적 장면'을 상기한다. 그 대표적인 예는 "괴롭게 몸을 뒤척이는 새벽, 졸음에 겨운 눈을 떴을 때, 아버지 빈 물 대접에 말없이 고이는 한탄강의 슬픈 물"(「거머리」)이 보여 주고 있다. 물론 이 물은 과거의 기억 속에 거주하며, 슬픔으로 회귀한다. 즉 고인 물은 과거 속에 유폐된 시간이다. 세 번째 변주는 얼음으로서의 물이다. 우리가 지금까지 보아 온 "얼음의 시간"이 여기에 해당한다. 이 "얼음의 시간"은 시원적 시간의 원형으로서 정지된 시간이다. 이것은, 다른 변주들과 마찬가지로 흐름으로서 물의 본성에 역행한다.

시인은 왜 흐르는 물에 집착하는가? 그것은 흐르는 물이 어떤 기능을 하기 때문이다. 그 기능은 무엇인가? "지금 어디선가 연어들이 알을 슬고/하늘에서 내려온 물들이/나무들의 뿌리를 해딜시키고 있

을 것"이라는 구절은 물의 기능에 대한 우리의 갈증을 해소시켜 준
다. 단도직입적으로 그것은 생성이다. 연어의 알이 새로운 탄생을 의
미한다면, 뿌리의 해탈은 성장으로서의 상승을 의미한다. 이것이 나
와 애인의 충위에서는 "물길을 내는 일", 즉 애인과의 사랑 행위로 현
상한다. 그것은 사랑 행위의 최종 판본이 바로 생성이고 탄생이기 때
문이다. 그러니 그녀에게로 "물길을 따라 흘러"가는 것이 어찌 달콤
하지 않을 수 있겠는가.

우리는 여기서 한 번 더 물어야 한다. 물이 생성과 탄생의 매체가
될 수 있다면, 그것은 물의 어떤 특질과 관련되느냐고. 다시 말해 물
이 생명의 기원으로서 작용할 수 있는 이유는 무엇이냐고. 기이하게
도 이에 대한 해답은 발레리의 「물 예찬」에서 찾을 수 있다.

이 이상한 모험들에서 물은 얼마나 많은 것들을 알아보았는가! … 한
데 물의 알아보는 방식은 별나다. 물의 본질이 기억이 되는 것이다: 물
은 제가 스치고 적시고 굴린 것 모두의 어떤 흔적을 붙잡아 그것과 동화
되는 것이다: 제가 구멍 뚫은 석회암의, 제가 씻어 준 광맥의, 저를 걸러
준 푸짐한 모래의 흔적을 말이다. 물이 햇빛에 솟았다 하면, 물은 제가
지나온 바위들의 태고의 힘들을 온통 짊어지고 있는 것이다. 원자들의
동강이들을, 순수 에너지의 요소들을, 땅속 가스의 거품들을, 그리고 때
로는 땅속의 지열을, 물은 저와 함께 끌고 다니는 것이다.

─「물 예찬」 부분[11]

발레리에 따르면, 물은 "제가 스치고 적시고 굴린 것 모두의 어떤

---

11 폴 발레리 저, 박은수 역, 『발레리 시 전집』, 민음사, 1987, pp.217-218.

흔적을 붙잡"는다. 즉 사물의 핵심을 기억한다. 그리고 그것들을 운반한다("물은 저와 함께 끌고 다니는 것이다"). 이것이 가능한 것은 물의 특별한 능력, 다른 사물들과 "동화되는" 능력을 지녔기 때문이다. 물이 "전쟁이, 태풍이,/화산의 용암이 휩쓸고 간 세상을/파랗게 물들이는 것"(「조용한 물」)도 바로 물이 지닌 이러한 능력 때문이다. 따라서 흐르는 물은 사물들과 동화하면서 자신의 내부에 그 사물들의 핵심을 보존하고, 그것을 다른 사물들과 공유한다. 흐르는 물은 사물들을 분유(分有)하는 것이다. 여기에 이르면, "시간 자체도, 우리에게 시간을 그려 보이는 모습을 물의 흐름 속에서 길어 내었다"[12]고 말할 수 있을 것이다.

> 너와 내가 '비'라고 부르는 이 물속에서
> 내가 가장 잘하는 일은
> 자전거를 타고 비에 관한 것들을 생각하는 것이다.
> 지금 내리는 이 비는 어디에서 오는 것인가?
> 지금 이 순간 이 비가 오지 않으면 안 될
> 그 어떤 절박한 사정이 도대체 무엇인가?
> 이런 것들을 생각하면서 자전거를 타고
> 하염없이 어디론가 물처럼 흘러가는 것인데,
> 어느 날 두 개의 개울이 합쳐지는 하수종말처리장 근처
> 다리 밑에서 벌거벗은 채 그만 번개를 맞고 말았다.
> 아 그 밋밋한 전기의 맛. 코피가 터지고
> 석회처럼 머리가 허옇게 굳어질 때의 단순 명료함,

---

12 폴 발레리, 앞의 전집, p.219.

그 멍한 상태에서 번쩍하며 찾아온 찰나의 깨달음.

물속에 불이 있다!

그러니까, 그날 나는 다리 밑에서 전기뱀장어가 되어

대책 없이 사물의 이치를 깨닫게 된 것이다.

한없이 낮은 곳으로 흐르기 위해, 물은 자신의 몸을 아낌없이 증발시

켜 하늘에 이르렀는데

그 이유가 순전히 허공을 날기 위해서였음을

너무나 뼈저리게 알게 된 것이다.

—「비」 부분

　상황은 이렇다. 비를 맞으며 자전거를 타고 가다 미끄러지는 바람에 코피가 터졌다. 그런데 이 우스꽝스러운 순간에 깨달음이 있다. 깨달음의 내용은 "물속에 불이 있다!"는 것. 이 대책 없는 깨달음이 중요한 것은 그것이 시간과 "사물의 이치"에 대한 통찰이기 때문이다. 어째서 그런가? 우선 '물속의 불'이 어떤 기능을 하는지 살펴야 한다. '물속의 불'이 불인 한에서, 그것은 물의 증발을 야기한다. 이때 증발하는 것은 물 "자신의 몸"이다. 그렇다면 물의 증발은 자기 자신을 소멸하는 행위가 된다. 이때 '물속의 불'은 물의 소멸을 초래하는 원인으로 볼 수 있다. 여기서 우리는 묻지 않을 수 없다. 무엇을 위해서? 그것은 "순전히 허공을 날기 위해서"이다. 비상(飛上)을 위한 상승 자체가 물의 증발의 이유이자 목적인 것이다. 그렇다면 다시, 물의 증발은 비상을 위해 자기의 소멸을 완수하는 행위가 된다.

　이제 우리는 "사물의 이치"의 마지막 고리를 완성하는 순간에 이르렀다. 그것은 최초의 시간의 개시와 시간의 흐름의 최종 종착지에 관한 것이다. 즉 시간이 물의 흐름이라면 최초의 물은 어디에서 왔는

가, 그리고 그 흐름의 끝은 어디인가? 전자는 창조(시간의 시작)에 대한 질문이고, 후자는 종말(시간의 끝)에 대한 질문이다. 위의 시에서 전자의 질문은 "지금 내리는 이 비는 어디에서 오는 것인가?"의 형태로, 후자의 질문은 "하염없이 어디론가 물처럼 흘러가는 것"의 형태로 나타난다. 직선적 시간관은 시간의 시작과 끝이라는 질문 앞에서 이율배반에 빠진다. 무엇으로 창조와 종말이라는 시간의 이율배반을 해결할 것인가?

시인은 시간의 한쪽 끝을 다른 쪽 끝으로 연결함으로써 이러한 난국을 타개한다. '물속의 불'의 발견은 바로 이 창조와 종말이라는 단절된 두 시간을 하나의 고리로 완성한다. 그것은 생성과 소멸이 하나의 고리로 연결되는 순간이다. 물론 이 연결되는 순간에 두 번의 뒤틀림이 발생한다. 증발과 냉각이 그것이다. 증발(상승)과 함께 종말론적 시간은 새로운 질서로 재편되고, 냉각(하강)과 더불어 최초의 시간으로 연결된다. 비로소 순환론적 시간이 완성되는 것이다. 따라서 순환하는 시간 속에서 소멸은 시간의 정지로서의 죽음의 시간과는 구분되어야 한다. 후자는 뒤틀리지 않은 시간이다.

이러한 사실은 '증발하지 않는 물'이 일으키는 변이의 양상을 살펴봄으로써 확증할 수 있다.

> 참을 수 있다면 유혹이 아니다.
> 저주받은 이 피의 계보는
> 물처럼 흐르되
> 결코 증발되지 않는 모래의 집적 속에 있다.
> 시간의 문지기인 모래는
> 오래전에 아주 오래전에

땅의 내장을 야금야금

봉인된 시간 속에 넣어 버렸다.

그날 이후 시간의 지렁이들은

모두 죽어 버렸다. 0.01초도 안 걸렸다.(사막에 지렁이가 없는 이유를

이제 알 것이다)

비를 뿌리는 한때의 구름이

죽을힘을 다해 겨우 빠져나간 뒤,

사막은 정지된 풍경이다.

그러니까, 굳어 버린 시간의 독이다.

—「전갈」부분

"물처럼 흐르되/결코 증발되지 않는" 것은 무엇인가? 그것은 사막의 모래이다. "시간의 문지기"로서 모래는 "땅의 내장"을 "봉인된 시간 속에 넣"고 그것을 지키는 자이다. 여기서 "땅의 내장"이 "봉인된 시간"에 갇힌 '시간의 흐름', 곧 물임을 간파하는 것은 쉽다. 이처럼 사막은 시간과 물의 흐름이 마지막에 도달하는 곳, 그러니까 구름이 뿌린 비가 마지막으로 "봉인된 시간 속에" 유폐되는 장소이다. 이러니 사막이 "정지된 풍경"일 수밖에. 이 시간의 흐름의 끝자락, "봉인된 시간"에서 일종의 시간의 돌연변이가 출현한다. 그것은 바로 전갈이다. 전갈은 "자신의 하초를/치명적인 독으로/봉인해 버린" 자이다. 이때 전갈의 독은 '증발하지 않는 물'이 만든 "굳어 버린 시간의 독"이다. 따라서 전갈의 독은 증발하지 않고 '고인 물'의 또 다른 변주로 볼 수 있다.

우리는 "저주받은" 피의 계보인 전갈의 반대편에서 시간의 적자(嫡子)인 "시간의 지렁이"를 발견한다. 지렁이의 계보는 다음의 한 문장

에 압축되어 있다. "땅속에서 열병합을 하는 저 지렁이들이야말로/ 진정한 최후의 다비주의자들일 것이다"(「지렁이와 열병합발전소」). "시간의 지렁이"는 흐르는 물을 증발시키는 자, 비유컨대 '물속의 불'을 지피는 자들이다. 이는 곧 "시간의 지렁이"가 "땅속에서 열병합을 하는" 일종의 열병합발전소임을 의미한다. 따라서 그들은 "진정한 최후의 다비주의자들"이기도 하다. 왜냐하면 다비주의(Darbyism)는 세상의 종말의 순간에 예수의 재림과 함께 휴거(携擧, rapture)라는 일종의 증발(상승)이 있음을 주장하기 때문이다. 그렇다면 "땅속에서 열병합을 하는" 지렁이야말로 이 세상의 진정한 구원자가 되는 것이다!

"얼음의 시간"과 흐르는 시간(물)을 매개하는 것으로서 물의 증발. 시원의 시간과 종말의 시간을 잇는 이 모든 과정을 시간의 열병합이라고 해 두자. 이미 짐작했겠지만, 열병합의 에너지는 '물속의 불'이다. 이 '물속의 불'이 물이 기억하고 공유한 사물의 핵심이 아니라면 무엇이겠는가. 따라서 시간의 열병합은 물이 분유(分有)하는 사물의 핵심을 연소해서 새로운 시간의 질서를 개시하는 하나의 운동이다. 시간의 열병합으로써 새로운 시간을 개시하는 우주적 사태는, 주체의 측면에서 보면 주체를 재구성하는 것이기도 하다. 시간의 증발은 주체의 탕진과 대위적 관계를 이룬다.

불쌍하도다, 나여!
무일푼이 되는 데 너무 오랜 시간이 걸렸구나.
드러누울 땅 한 평 없으니
온 우주가 내 것이로구나.
내가 끊어 버린 세속의 인연들아.
이제야 겨우 아무런 이유 없이

인생을 헛되이 써 버릴 준비가 되었으니

나를 너무 이상한 눈으로 보지 마라.

나는 난봉꾼도, 노름꾼도, 파락호도 아니다.

나는 앵벌이도, 뽕쟁이도, 양아치도 아니다.

정말 아무것도 아닌 나는

오늘 밤 이렇게 말한다.

세상에는 버리지 않으면 안 되는 것이 있다.

탕진이여,

결핍으로부터의 자유여,

새로운 시작이여.

—「탕진」 부분

　무일푼이 되는 것, 세속의 인연을 끊는 것을 탕진이라고 생각하지
말자. 시인은 무일푼이 된 것을 탄식하는 것이 아니라, 무일푼이 되
는 데 시간이 너무 오래 걸린 것을 탄식하고 있지 않은가. 무일푼이
되고 세속의 인연을 끊는 것은 탕진이 아니라 탕진을 위한 준비이다.
이런 면에서 젊은 시절의 탕진(난봉꾼, 노름꾼, 파락호, 앵벌이, 뽕쟁이, 양아
치)은 진정한 의미의 탕진이 아니다. 양자의 차이는 "아무런 이유 없
이/인생을 헛되이 써 버릴 준비"가 되어 있느냐는 것이다. 이유 있는
탕진과 이유 없는 탕진의 차이. 이유 없는 탕진은 본성의 발현으로서
의 탕진이다. 따라서 탕진은 본래의 생명성[13] 혹은 육체성을 되찾는
일이 된다. 마치 물이 "자신의 몸을 아낌없이 증발시켜 하늘에 이르"

---

13 야생성은 생명성의 한 양태이다. 「성난 돼지감자」에서 시인은 "우리는 모두 가짜 돼
지감자"라고 언명함으로써, 야생성을 상실한 우리의 모습을 강하게 질타한 바 있다.

는 것처럼, 탕진은 자신을 "이유 없이", "헛되이" 써 버림으로써 스스로를 어떤 상태로 변모시킨다. 이것은 탕진이 물의 증발과 같은 역할을 한다는 것을 의미한다. 물의 증발이 "순전히 허공을 날기 위해서였음"을 상기하자. 그렇다면 이제 알겠다. 탕진이 "결핍으로부터의 자유"이며, "새로운 시작"인 이유를. 그것은 '물속의 불'을 지펴 스스로를 소진함으로써 새로운 주체성을 개시하는 시간의 운동이었던 것이다. 하여 우리는 듣는다, "흐르는 시간에 몸을 맡긴 채" "물의 노래"를 부르는 한 시인의 목소리를.

오르페우스적
여정

1. '보이지 않는 내밀성'의 시인

모리스 블랑쇼는 시인에 대해 다음과 같이 말한 바 있다. "사물들로 하여금 그 가시성을 버리고 그들의 보이지 않는 내밀성 속에 머무르게 하는 또 다른 공간, 또 다른 번역자가 있는 것이 아닐까? 물론 있다. 그리고 우리는 그것에 대담하게 이름을 지어 줄 수 있다. 이 본질적인 번역자는 시인이다."[1] 이것은 단순한 수사(修辭)가 아니다. 여기에는 사제(司祭)가 제의(祭儀)를 행할 때의 엄숙함과 숭고함이 있다. 어째서 그런가? 그것은 시인이 사물들의 "보이지 않는 내밀성"을 표현하기 위해서는, 먼저 그 내밀성 속에 거주해야 하기 때문이다. 그러므로 시는 사물들이 자신의 내밀성 속에 거주하는 하나의 신전(神殿)이 된다.

우리는 이것을 시에 대한 낭만적 헌사로만 치부할 수 없다. 만약

---

1 모리스 블랑쇼 저, 박혜영 역, 『문학의 공간』, 책세상, 1990/1998, p.210.

이것이 시간의 차원을 떠나 시의 본질과 관련된 문제라면 더욱더 그러할 터이다. 이런 의미에서 "시는 언어의 주술성에 이끌려 가는 '헛된 위대함'이며, 그런 싸움의 얼룩과 파편, 그리고 흉터가 바로 시"[2]라는 오정국 시인의 진술은 의미심장하다. 왜냐하면 이는 시인이 사물들의 "보이지 않는 내밀성"을 표현하기 위해 필연적으로 거칠 수밖에 없는 '오르페우스의 여정'을 현시하기 때문이다. 따라서 '열린 공간', '부재의 공간'으로서의 시를 말하는 모리스 블랑쇼와 '시의 허기', '야생의 허기'로서의 시[3]를 말하는 오정국의 사유는 근본적으로 다르지 않다.

2. '삶과 죽음의 들끓는 은유들'─물과 모래의 이원론

첫 시집 『저녁이면 블랙홀 속으로』(세계사, 1992)와 두 번째 시집 『모래 무덤』(세계사, 1997)은 존재와 사유의 이원론으로 요약될 수 있다. 이는 다음과 같은 이항 대립들로 구성된다. 도시와 자연, 시인과 신문 기자의 삶, 그리움과 미움(사랑과 증오), 기쁨과 슬픔(고통과 행복) 등. 이들의 기저에 삶과 죽음이라는 존재론적 차원의 대립항이 내재해 있고, 이것이 물과 모래의 이미지로 나타난다는 것은 충분히 알려진 사실이다. 첫 시집의 「야생의 물」과 두 번째 시집의 「다시 모래 무덤」은 이러한 두 경향을 대변하는 대표작들이다.

그런데 문제는 초기의 두 시집에서 시인은 이러한 대립하는 두 세계와 질서를 화해 불가능한 것으로 인식하고 있다는 점이다. 이를 테면,

---

2 강희안·오정국(대담),「시를 사랑하는 사람 초대석 오정국」,『시사랑』, 2011.7-8, p.36.
3 오정국,「시작 노트, 야생의 허기」,『시안』, 2010.겨울.

어쩌면 삶이란 죄악의 무게를 견뎌 가는 게 아닌가 생각합니다. 그 죄악 때문에 나는 또 세상을 걸어가야 하는지, 블랙홀로 영원히 사라져야 할지 아직 알 수 없습니다.

—「그리움 또는 증오」(1:12) 부분[4]

여기서 '세상'을 걸어가는 일과 '블랙홀'로 사라지는 일이 삶과 죽음을 의미한다면, 시인에게 "죄악의 무게"를 견디는 삶은 죽음과 양립 불가능할 만큼 무의미한 삶이 된다. 이것은 도시와 문명의 일상으로 대변되는 우리의 삶의 불모성을 반증한다. 이는 "불행하게도 나는 아직 시가 미혹(迷惑)의 삶을 깨워 주리라고 믿지 못한다"는 『모래 무덤』의 자서의 내용과도 상통한다. 이런 점에서 "〈그리움〉과 〈미움〉의 두 정서는 그의 삶에서 분리될 수 없이 하나의 현실을 이루고 있다는 데서 서로 절벽이 된다"(해설, 1:128)는 이하석의 진술은, 오정국 시 세계의 기저에 흐르는 양가성의 일단을 매우 분명히 보여 주고 있다고 할 수 있겠다. 이때 우리는 오정국 시인이 자신의 선택을 "물의 길,/바다의 길이/마침내 그곳에서 끝나기에/마침내 절경을 이룬 그곳, 해안 절벽"(「해안 절벽」, 1:123)으로 삼았다는 시실에 주목할 필요가 있다. 이것은 시인의 지향점이 바다와 대지가 만나는 경계의 삶에 있다는 것을 암시하는 유력한 증거이다. 그리고 여기가 오르페우스의 지하 세계로의 여정이 시작되는 곳이다. 그러므로 '해안 절벽'은 하계로 향한 통로이자 입구가 된다.

---

4 여기서 콜론 앞의 숫자는 시집을, 뒤의 숫자는 쪽수를 나타낸다. 시집의 순서는 출간 연도에 따라, 『저녁이면 블랙홀 속으로』를 '1'로, 『모래 무덤』을 '2'로, 『내가 밀어낸 물결』을 '3'으로, 『멀리서 오는 것들』을 '4'로, 수상 시집인 『파묻힌 얼굴』을 '5'로 표시한다.

세 번째 시집 『내가 밀어낸 물결』(세계사, 2001)의 자서는 이런 하계로의 여정이 구체적으로 무엇을 의미하는지를 명시적으로 보여 주고 있다. 여기서 시인은, "생의 비극적 풍경들. 풍경 속에 깃들인 삶과 죽음의 들끓는 은유들, 그곳에 나는 투항하고자 한다. 슬프고 아름다운 삶의 얼룩, 거기 스민 죽음의 실뿌리들을 환하게 밝혀 보고 싶다"고 자신의 시적 여정을 진술하게 표현하고 있다.[5] 이것은 그의 시적 차원이 도시와 자연, 그리움과 증오, 삶과 죽음의 이원론에 대한 새로운 모색을 시도하고 있음을 보여 준다. 이제 시인에게 삶과 죽음은 따로 떨어진 두 세계가 아니라 새로운 공존을 모색해야 할 하나의 세계로서 존재한다. 이는 삶의 풍경 속에는 "삶과/죽음의/들끓는 은유들"(「저수지 풍경」, 4:32)이 깃들이고, 그 속에서 우리의 삶은 비록 "죽음의 실뿌리들"에 얽혀 있지만, 그것은 그 자체로 하나의 "슬프고 아름다운 삶의 얼룩"이 됨을 의미한다.

「母川」은 이 "삶과 죽음의 들끓는 은유들"이 어떻게 "슬프고 아름다운 삶의 얼룩"이 되는지를 매우 감동적으로 풀어내고 있는 작품이다.

　내, 여기 와서 머리 박고 우네, 여기서 몸을 얻어

　소풍 가듯 그렇게 가방 하나 달랑 메고

　먼 길 떠날 때,

　진동하던

　물 냄새

---

5 이것은 그가 도시 문명을 떠나 자연으로 귀의하고, 다시 도시 문명으로 귀환한 것과 밀접한 관련이 있다. 세 번째 시집 곳곳에서 그가 두고 간, 그러나 지금 재회한 또 다른 그와의 대면이 눈에 띈다. 예를 들어, 「갈피 접힌 책」(3:39), 「그 집의 낯선 남자」(3:41), 「유실물보관센터」(3:58), 「황혼의 안락사」(3:120)를 보라.

(중략)

내 몸의 비린내,
물로 다시 풀어 주니
그 많은 세월
겉돌던 물과 모래, 눈물 방울방울에 뜨겁게 녹아

물도 나를 껴안고 모래도 나를 껴안으니,

—「母川」(3:95) 부분

시인이 "머리 박고 우"는 곳은 어머니, 그리고 물로서의 '모천(母川)'이다. 이것은 '모천'이 그의 삶의 출발점이자 동시에 귀환점이라는 사실을 보여 준다. 먼 길 떠났다가 돌아온 탕아(蕩兒)처럼, 그는 자기 "몸의 비린내"를 물로써 정화(淨化)하고 있는 것이다. "겉돌던 물과 모래"가 암시하듯, 그의 떠남과 방랑의 중심부에는 삶과 죽음의 이원론적 선택 상황이 놓여 있다. "물도 나를 껴안고 모래도 나를 껴안으니"는 바로 이러한 이원론적 상황에 대한 새로운 인식이 싹트고 있음을 보여 준다. 이는 표제작인 「내가 밀어낸 물결」(3:14)이나 「물 밑의 여름」(3:15)의 시적 상황과 비교해 보면 쉽게 알 수 있다. 특히 「물 밑의 여름」의 경우, "내 얼굴 위로 흐르는 차가운 물살, 누가 나를 물 밑의 모래에 묻어 놓았다"가 보여 주듯, 물은 죽음의 공간을 상징하면서 '모천'의 그것과 선명한 대조를 이룬다.

여기서 우리는 "물과 모래"의 이미지가 그의 시를 주조하는 핵심 제재라는 사실을 확증할 수 있다. 그러나 이것과 동시에 이 이미지의 외연이 상당히 넓다는 사실 또한 간과할 수 없다. 특히 물의 이미지는 더욱 그러한데, 이는 물 자체가 본질적으로 비정형성과 유동성을 띠기 때문이다. 이처럼 시인에게 물의 이미지는 일의적이지 않고, 중층적이고 복합적인 의미의 결을 지니는 중심 이미지로 기능한다.

이렇게 본다면, 그의 세 번째 시집은 '해안 절벽'에서 "머리 박고 우"는 자의 새로운 모색, 즉 오르페우스의 지상으로의 귀환을 노정한다고 볼 수 있다. 지상으로 향한 오르페우스의 강력한 의지는 그 이면에 의지의 원천인 에우리디케에 대한 냉정함을 포함한다는 점에서 역설적이다. 이러한 이율배반은 그 자체로 처절하다. 우리는 그의 네 번째 시집 『멀리서 오는 것들』(세계사, 2005)에서, 이 이율배반에서 오는 고통이 어느 정도의 폭과 깊이를 지니고 있는지를 가늠할 수 있다.

저 빗소리를 다 받아 적고 나면, 이 몸 아프지 않을까요

아직도 짚어 내지 못한
내 몸의 痛點들, 숨죽인 채
숨어 있는
詩의 痛點들

—「痛點, 아직도 짚어 내지 못한」(4:16) 부분

빗방울이 하나하나가 떨어질 때마다 내는 소리의 수효는 계산 가능할 것일까? 아니, 그것은 가늠할 수 없을 정도의 양임에 틀림없다. 따라서 그 소리를 다 받아 적으면 몸이 아프지 않을까라는 자문(自問)은 자기 몸의 고통의 지점들(痛點)을 피할 수 없는 것으로 받아들인다는 것을 의미한다. 어쩌면 "生이란 하염없이 벌리는/불방울 같

은 것"(「홍제동 한 시절」, 4:98)일지도 모른다는 인식 또한 여기서 파생한다. 이 무한대의 고통, 다시 말해 아직 완료되지 않은, 그러므로 미래에 지속될 이 고통에 대해 시인은 무슨 태도를 취하는가? 그것은 인고(忍苦)이다.

통나무 덕장에서 혹한의 한 시절을 견뎌야 해, 다리 오그리지 마, 차라리 이 악물고 얼음덩어리가 되는 거야, 마침내 제 몸이 딱 소리 나게 부러질 때 눈물도 아픔도 없는 황태가 되는 거야, 이 세상에 나와 가까스로 이름 하나 얻는 거야

—「내 몸 얼고 녹으며」(4:45) 전문

우선 '황태'가 되는 과정은, 이 시의 제목이 암시하는 것처럼 "내 몸의 痛點들"을 견뎌 "詩의 痛點들"로 변화하는 과정으로 이해할 수 있다. 이것은 '황태-시인'으로서 극한의 인고[6]가 지향하는 바가 무엇인지를 넌지시 보여 준다. "이름"이 그것이다. 황태에겐 황태의 이름이, 나에겐 나의 이름이, 그리고 시인에겐 시인의 이름이……. 다시 말하면 오정국 시인에게 몸의 고통을 참고 견디는 일은 지상의 존재들이 자신의 존재에 걸맞은 "이름"을 부여받는 행위인 것이다. "이름"이라는 상징적 의미의 수여는 삶의 문제이며 동시에 시의 문제이기도 하다. 시인에게 양자는 결코 분리되지 않는다. 지렁이의 흔적을 보고 "제 몸 긁힌 흔적이/詩라면, 저게/生이라면……"(「약속된 것은」, 4:55)이라고 노래할 수 있는 것은 이 때문이다.

이런 의미에서 오정국 시인의 시 쓰기는 지상의 고통을 배제한 천

---

6 「臨終」(4:91)은 시인의 극한의 인고가 낳은 대표적 절창이다.

상의 이상향을 추구하는 낭만적 행위로 간주할 수는 없을 듯싶다. 만약 현실과 이상, 지상과 천상, 고통과 행복이라는 이항 대립이 적대적 모순 관계를 취한다면, 그것은 그에게 더 이상 아무런 의미도 없는 것이다. 이에 대해 박철화는 『멀리서 오는 것들』의 해설에서, "그러나 그것은 동시에 시 쓰기의 끝일 수도 있다. 그에게 시는 불화를 견디며 출구를 찾는 일이지, 이상향을 아름답게 노래하는 일이 아니기 때문이다"(4:135)라고 말한 바 있다. 이러한 진술은 "중요한 것은 그러니까 무너지지 않으며, 밀고 나가는 〈안간힘〉"이라는 통찰을 포함하기에 더욱 의미심장하다. 이것은 "허무를 껴안아 허무를 벗으려는 몸부림"(4의 자서)이라는 시인의 성찰과도 동궤를 이룬다. 우리가 그것을 '안간힘'으로 부르든 '몸부림'으로 부르든, 궁극적으로 시인에게 시 쓰기의 원동력은 삶의 경계 밖이 아니라 안에 있다는 사실이 중요하다. 해결책은 결코 고통스런 현실 밖에서 구해질 수 없는 것이다. 이는 '얼음폭포'와 그 안에 내재한 '침묵'의 힘에 대한 경탄(「얼음폭포」, 4:46)과 '베두인족의 사막'에 대한 지향(「떠도는 사막」, 5:60) 속에 내재한 정신이기도 하다.

3. '진흙을 빠져나오는 진흙'―자기 자신에 대한 반역

그리고 이제 진흙의 비유들이 있다. 오정국의 '진흙시' 연작이 갖고 있는 방대한 스펙트럼을 남김없이 통찰하는 것은 불가능하다. 게다가 그의 '진흙시' 연작은 특정 사건과 서사가 지배하고 있지도 않다. 이것은 진흙의 비유들이 다양한 가능성의 세계를 현시하기 때문이다. 그러나 한 가지 분명한 것은, 진흙의 비유들은 단순한 수사적 장치가 아니며, "슬프고 아름다운 삶의 얼룩"을 형상화하고 있다는 사실이다. 이는 '진흙시' 연작이 시인의 '몸과 시의 통점늘'에 대한 '안간힘·

몸부림'의 조형(造形)이라는 것을 의미한다. 우리는 이제 이 '진흙시' 연작이 어떻게 물과 흙의 이미지를 섞어 "삶과 죽음의 들끓는 은유들"로 되살아나는지, 그리고 그것이 어떻게 하나의 목소리와 노래로 현상하는지를 살펴봐야만 한다. 이를 통해 오르페우스의 여정의 마지막 순간에 무슨 일이 일어나는지를 통찰할 수 있을 것이다.

매미가 허물을 벗는, 점액질의 시간을 빠져나오는, 서서히 몸 하나를 버리고, 몸 하나를 얻는, 살갗이 찢어지고 벗겨지는 순간, 그 날개에 번갯불의 섬광이 새겨지고, 개망초의 꽃무늬가 내려앉고, 생살 긁히듯 뜯기듯, 끈끈하고 미끄럽게, 몸이 몸을 뚫고 나와, 몸 하나를 지우고 몸 하나를 살려 내는, 발소리도 죽이고 숨소리도 죽이는, 여기에 고요히 내 숨결을 얹어 보는, 난생처음 두 눈 뜨고, 진흙을 빠져나오는 진흙처럼
—「진흙을 빠져나오는 진흙처럼」(5:13) 전문

인용 시는 '진흙시' 연작의 서시쯤으로 간주될 수 있겠다. 그만큼 이 시는 진흙 연작시의 대강을 잘 보여 주고 있다. 매미가 허물을 벗는 장면에서 "몸 하나를 버리고, 몸 하나를 얻는" 재탄생의 기쁨을 노래하는 것은 그리 새로울 것이 없다. 이 시가 놀라운 것은 진흙이라는 무기물질의 출현 과정이 새로운 생명의 재탄생 과정처럼 인식되고 있다는 점에 있다. 상식적으로, 매미의 경우는 한때 자신의 몸이었던 허물에서 새로움 몸을 빼낼 수 있지만, 진흙의 경우는 이전의 몸에서 새로운 몸을 빼낼 수 없다. 그것은 진흙의 이전의 몸과 새로운 몸이 양적 차이만 있지 사실상 동일한 것이기 때문이다. 이러한 사실을 고려한다면, "진흙을 빠져나오는 진흙처럼"이란 구절은 다음과 같은 두 가지 의미로 해석될 수 있다. 우선, 그것은 빠져나오기 이

전과 이후의 진흙이 질적으로 다르다는 것, 즉 "빠져나오는 진흙"은 새로운 생명의 탄생이라는 것. 다음, 진흙에서 진흙으로의 탄생에는 허물과 몸의 구분과 같은 경계가 더 이상 존재하지 않는다는 것. 모순되는 것처럼 보이는 이 두 가지 함의가 어떻게 가능한지 알기 위해서는, 진흙의 구체적 형상들을 보다 자세히 들여다 볼 필요가 있다.

나는 진흙과 싸워서 이 얼굴을 건져 왔다
진흙이 비바람에 뒤엉켜서 여기까지 왔듯이
여기 와서 고요히 입 다물고 있듯이

8월의 장미가
7월의 장미 덩굴을 밟고서
여기까지 왔듯이

나는 진흙과 싸워서 이 얼굴을 건져 왔다 그리하여

진흙은 나에게 들끓던 내란의 횃불을 보여 주고, 도굴되는 무덤처럼
제 몸을 열어 반역의 칼자루를 던져 주었던 것이니
—「진흙들 16」(5:96) 전문

「진흙들 16」은 "진흙을 빠져나오는 진흙"이 무엇을 의미하는지를 분명히 보여 준다. "나는 진흙과 싸워서 이 얼굴을 건져 왔다"는 구절은 "빠져나오는 진흙"이 "이 얼굴"임을 명시적으로 보여 주고 있다. 이때 진흙은 매미의 허물처럼 새로운 탄생을 가로막는 장애의 대상이다. 따라서 마땅히 진흙은 투쟁의 대상이 될 수밖에 없다("진흙과 싸

워서"). 그런데 부정의 대상이었던 진흙이 스스로 "제 몸을 열어 반역의 칼자루를 던져 주었던 것"에 이르면, 진흙은 단순히 부정적 존재로만 취급되지 않는다는 것을 알아차릴 수 있다. 진흙의 의미에 대한 이러한 역설적 전회의 배면에 있는 것은, 허물과 몸 사이를 가로지르는 이분법적 경계가 존재하지 않는다는 사실이다.

그렇다면, 반역의 칼자루가 향하는 이는 누구이며, 내란의 횃불이 비추는 얼굴은 누구의 얼굴인가? 이에 대한 해답은 「진흙들 11」(5:91)의 한 구절에서 찾을 수 있다. 그것은 "아득한 시야, 뻑뻑하고 물컹한/진흙의 내부, 내 출생의 피 묻은 방이 여기에 있고"라는 일절이다. 만약 "진흙의 내부"에 있는 것이 "내 출생의 피 묻은 방"이라면, 반역의 횃불과 칼자루가 향한 것은 자기 자신이 된다. 즉 자기가 자기를 반역하고, 자기가 자기를 도굴하는 사태가 벌어지고 있는 것이다. 이때 자기 모반이라는 사태의 방해자이기도 하고 조력자이기도 한 진흙은, 시인 자신이기도 하다. 다시 말해 진흙에 대한 양가적 태도의 기저에는 자기 자신에 대한 이중적 태도가 자리하고 있는 것이다. 이러한 역설적 사태가 가능한 것은 진흙 속에는 "아직 불려나오지 못한 나의 목소리"(「진흙들 32」, 5:116)가 있기 때문이다. 이것은 진흙이 아직 미완으로서 존재하고 있음을 암시한다.

> 어찌하여 이 지상의 몸 하나를 받아서
> 진흙의 더운 숨을 내가 숨 쉬고
>
> 멀리서 가까이서 움직이는
> 진흙들, 불탄 거적때기를 뒤집어쓰고
> 나에게로 밀려오는

진흙들, 하늘을 날던 새의 날개였던가
물 밑을 헤엄치던 물고기의 아가미였던가

가라, 네가 어디서 왔든 그곳으로 가라
네가 왔던 그 길로 가라
너에게로 가라

진흙이여, 아직도 몸 허물지 못한

—「진흙들 35」(5:119)

우리는 위의 시에서 진흙이 "삶과 죽음의 들끓는 은유들"이라는 것을 매우 분명히 알 수 있다. 우선 "진흙의 더운 숨"을 쉰다는 것은 '진흙'과 '나'가 다르지 않음을 보여 준다. 그리고 "지상의 몸 하나를 받"는 행위는 그 이면에 "불탄 거적때기를 뒤집어쓰"는 행위를 포함한다. 전자가 삶의 은유들이라면, 후자는 죽음의 은유들일 것이다. 삶과 죽음의 공존, 그것은 새로운 출구로 향한 여정의 출발지이다. 그리고 이것은 도시와 자연, 그리움과 증오, 그리하여 삶과 죽음의 이원론, 그리고 그것의 은유들로서 물과 모래의 이원론이기도 하다. 따라서 "네가 왔던" '그곳, 그 길, 너'에게로 가라는 시인의 절규는 삶과 죽음의 이원론에 대한 어떤 결연한 선언과 태도를 포함한다. 그리고 이것이 "통나무 덕장"에 널린 황태가 자신의 '이름'을 찾는 것과 동일한 것임을 새삼 강조할 필요는 없을 듯싶다. 다만 마지막 시행("진흙이여, 아직도 몸 허물지 못한")은 이원론을 극복하기 위해 무엇을 해야 하는지를 알려 준다는 점에서 주목을 요한다. 그것은 한마니로 자신의 몸의 부정이다. 즉 스스로의 몸을 허물로서 부정할 때, 거기에서 비로소 새로운 몸이 탄생할 수 있다는 것이다. 결국 미완으로서의 진흙이란 "아직도 몸 허물지 못한" 진흙의 다른 이름이다. "내란의 횃불"을 자기 얼굴에 비추고, "반역의 칼자루"를 자기의 몸에 겨누는 것은 바로 이 "아직도 몸 허물지 못한" 무엇이 남아 있기 때문이다.

4. '오르페우스의 공간' 속으로

우리는 지금까지 "입을 틀어막아도 새어 나오는/진흙의 말"(「진흙들 9」, 5:89)에 귀 기울여 왔다. 이를 통해, 오정국 시인에게 시 쓰기란 "몸의 痛點들"이라는 "슬프고 아름다운 삶의 얼룩"을 부조(浮彫)하는 일이며, "내란의 횃불"과 "반역의 칼자루"를 들고 '아직 허물지 못한 자기의 몸'을 허무는 일이기도 하다는 사실을 알 수 있었다. 그렇다면 진흙 연작시는 인간 삶의 아이러니와 비극성을 암시하는가? 그렇다. 그러나 이것이 시인을 포함한 인간 삶의 비극성을 묘사하고 있더라도, 그것이 그대로 시의 비극성과 시작(詩作)의 허무성을 의미하지는 않는다는 데에 주의할 필요가 있다. 이것이 본질적으로 중요한 것이다. 그리고 이것이 오르페우스의 여정의 핵심을 이루는 것이다. 무슨 말인가?

열린 세계, 그것은 시이다. 모든 것이 심오한 존재로 회귀하는 공간, 두 영역 사이에 무한한 이동이 이루어지는 공간, 모든 것이 사멸하지만 죽음이 삶의 능숙한 동반자인 공간, 공포가 황홀한 법열인 공간, 비통하게 찬양이 이루어지고 비판을 영예롭게 기리는 공간, 마치 가장 가깝고도 가장 진정한 현실로 다가가듯 모든 세계들이 뛰어내리는 그 공간이 오르페우스적인 공간이다. 시인은 이 공간에 접근할 수 없다. 그가 그

공간에 틈입할 수 있는 것은 오로지 사라지기 위해서이다. 시인을 스스로 들을 수 없는 입으로 만드는 상처, 그것을 듣는 자를 침묵의 무게로 만드는 상처, 이러한 상처의 내밀성과 하나가 될 때에만 시인은 이러한 시의 공간에 도달한다. 이것은 작품이다. 기원으로서의 작품이다.[7]

그렇다, 블랑쇼의 말대로 시는 "열린 세계"이다. 그것은 "모든 것이 사멸하지만 죽음이 삶의 능숙한 동반자인 공간"인 '오르페우스적 공간'을 이룬다. 그러나 오르페우스(시인)는 결코 이 '오르페우스적 공간'의 거주민이 될 수 없다. 오히려 시인(오르페우스)은 하계(下界)에서 사라짐으로써만, 그리고 "상처의 내밀성"과 하나가 됨으로써만 비로소 시의 공간에 도달할 수 있는 비극적 존재이다. 그리고 시는 이러한 비극성 속에서 잉태된다. 따라서 우리는 최종적으로, 오정국 시인이 진흙의 내부에서 건져 낸 '진흙의 얼굴'이 다름 아니라 '시의 얼굴'이라고 확정할 수 있다. '자기의 얼굴'을 부정하고 갓 건져 낸 이 '시의 얼굴'이 "캄캄한 벼랑 뒤에서 피어나는 꽃"(「진흙의 시」, 5:125)이 아니라면 대체 무엇일 수 있겠는가?

---

7 모리스 블랑쇼, 앞의 책, p.211.

종말의 묵시록과
아포리아의 수사학

종말에 대한 사유는 창조에 대한 사유만큼 가늠하기 어려운 것이다. 귀신과 죽음에 대한 자로(子路)의 질문에 공자는 이렇게 대답한다. "삶도 알지 못하는데 어찌 죽음을 알리오."[1] 공자의 대답은 죽음을 생의 바깥에 구획함으로써, 실용적이고 합리적인 사유를 견인하려는 시도로 간주될 수 있다. 가늠하기 어려운 것은 논외로 해야 한다는 생각은 확실히 합리적이다. 귀신과 죽음에 대한 공자의 대답이 그렇고, 신의 존재에 대한 이신론(理神論)의 사유가 그렇다. 흥미로운 것은 우주의 탄생과 종말에 대한 태도의 차이이다. 빅뱅(Big Bang)과 빅크런치(Big Crunch)의 스펙터클은 모두 우리의 지각을 초과하는 것이지만, 양자의 서사에 대한 우리의 정조와 태도는 매우 상이하다. 창조하는 신의 분주함과 7년 대홍수의 혹독함 사이에서 느껴지는 차이를 무엇으로 설명할 것인가? 전자가 비참하고 후자가 웅장할 수는 없

---

1 "季路問事鬼神 子曰 未能事人 焉能事鬼 敢問死 曰 未知生 焉知死". 「논어」, 「선진편」.

다. 크든 작든 종말의 서사에는 공포가 내재하기 마련이다.

최근 종말에 대한 사유가 그 외연을 확대하는 것은 이러한 공포의 체험과 밀접한 관련이 있다. 즉 재앙이 현실화될 수도 있다는 실제적이고 현실적인 징후들의 출현. 그러나 징후들이 아무리 강력한 것일지라도 이것으로써 현재의 종말론(eschatology)이 처한 특별한 위상을 온전히 포착하기는 어려울 듯하다. 대재앙이 예고되지 않던 시대가 있었던가? 관건은 종말의 징후들이 더 이상 새로운 세계의 개시에 대한 열망과 믿음에 의해 견인되지 않는다는 사실에서 찾아야 할 것 같다. 믿음과 신념이 견인할 수 없는 재앙 앞에서 종말에 대한 공포는 증폭될 수밖에 없지 않은가. 디스토피아의 사유가 자아내는 공포는 재앙의 실제성과 구원의 불가능성이 만날 때 최대치에 도달한다고 봐야 한다.

따라서 살펴야 할 것은 종말이 비극적 상황의 종식이 아니라 비극적 상황 자체에 내재한다는 인식이다. 그러니까 종말은 밖에서 오는 것이 아니라 처음부터 세계에 내재하는 것이다. 이때, 비극을 체험하지만 그러한 체험이 끝나지 않을 것이라는 인식이 겹쳐진다. 공포는 비극적 상황 자체가 주는 공포와 그러한 상황이 반복될 것이라는 인식이 주는 공포로 이중화되는 것이다. 어쩌면 진정한 종말은 비극적 세계가 끝나지 않거나 반복될 것이라는 생각과 공포 속에 내재하는 것일지도 모르겠다. 그러니 종말은 세계 내적 현상이자 주체 내적 현상이다. 여기서 구원 없는 종말이 특정 사회적 맥락 하에서 추구의 대상이 되는 사태는 논외로 해야 한다. 비참하고 비루한 공동체 속에서의 삶이라면 차라리 그것이 끝나 버리는 것이 좋다는 생각은 유아론적이다.

오히려 숙고할 것은 기이한 방식으로 선도된 종말 자체를 직시하는 태도이다. 김옥성의 최근 시편들은 마치 요한처럼 현대사회에 내재화된 재앙을 포착하여 그것을 공포로서 묵시한다. 여기서 생태와 문명은 종말론에 대한 종교적 사유를 지탱하는 두 축으로 기능하는데, 이전의 시편들에서 보여 주었던 생태적·종교적 상상력은 마침내 현대 문명과 자본 앞에서 디스토피아에 대한 사유로 귀착되는 것처럼 보인다. 종말의 도래에 대한 인식 속에서 산야신(sannyasin)적 삶에 대한 염원은 디스토피아를 전제하기 때문이다. 노마드적 삶에 대한 지향은 낭만적 유토피아에 대한 예언이라기보다는 종말의 시대를 사는 우리의 불가피한 선택으로 간주되어야 한다. 따라서 우리의 세계는 '상징의 숲'이 아니라 '묵시의 숲'으로 존재할 수밖에 없다. 그리고 그 거주민인 우리는 '묵시의 숲'을 횡단하는 자가 아니라 배회하는 자로 존재한다. 이는 우리가 눈앞에서 벌어지는 종말의 현장을 직접 목도해야 한다는 사실과 그 방향을 가늠할 수 없는 '검은 숲'에서 스스로 출구를 찾아야 한다는 것을 암시한다. 여기에 지옥에서 단테를 안내했던 베르길리우스가 있을 리 없다.

1.

숲을 걷는다. 목이 쉰 새들이 운다. 잠에서 갓 깨어난 꽃과 개구리들이, 동사(凍死)했다. 낙인찍힌 자들은, 숲을 좋아한다. 들뢰즈의 노마드처럼, 궤도를 이탈할 수 있을까. 아도르노의 달팽이처럼, 내가 가는 길을 맛보고 냄새 맡고, 감촉을 느낄 수 있을까. 그러나 최후의 망명지는 검은 흙. 나도 그대도, 아사(餓死)하거나 동사하거나, 냉방병이나 열사병에 시달리다가, 소멸할 것이다.

2.

검은 피를 흘리며, 죽어 가는 구름의 파노라마를, 응시한다. 저 구름은 크리슈나의 수레, 여섯 번째 대량 멸종 시대를 향해 달리는. 쇠바퀴 소리, 말발굽 소리, 말발굽에 짓밟히는 사람들의 비명. 한때는, 새들의 성전이었던 숲으로, 말 탄 기사들이, 달려온다. 사시나무 작은 잎들, 낱낱이 떨고 있다. 쩌그노트를 호위하는 병정들, 흰 말, 붉은 말, 검은 말, 청황의 말, 말 탄 네 기사가, 바람의 속도로, 구름을 헤치고, 달려온다. 맑고 투명한, 바람의 안쪽에도, 먼지가 실려 있는 법. 그대 또한 가라앉는 순간, 흙에 파묻힐 먼지일 뿐.

3.

예정된 종말이지만, 빙하가 빠른 속도로 녹아내리고, 자본의 그물은 더욱 치밀해지고, 어떤 사람들은, 북극을 관통하는 새 항로와, 자원 개발에 대한, 기대로 들떠 있다. 얼마만큼의 자만과 겸손의 배합이, 그물에 걸리지 않는, 유목 인간을 탄생시키는가.

눈동자 속에, 우주를 담고 사는 것들, 유리창에 이마를 부딪치고, 비처럼 떨어져 내리는 새들, 불과 얼음조각으로 뒤범벅된 나무들, 다리가 잘린 것들, 가죽이 찢긴 것들, 피비린내를 풍기며 어둠 속을 배회하는 설치류들, 내장이 다 드러나 바닥에 끌리는 것들, 살갗에 버짐이 피어나는 포유류들, 자동차 바퀴에 짓이겨진 얼굴들, 끔찍하거나 아름다운 것들, 풀밭이라는 환영 속에 서식하는 것들,

섬서구메뚜기, 꼽등이, 남방폭탄먼지벌레, 방아깨비, 연가시, 개미귀신, 파리지옥, 작은소참진드기, 벼멸구, 뿌리혹박테리아, 옴열바이러스, 블루크라운 코뉴어, 키젤리아 아프리카나, 옥세스 난곡누스, 미토콘드리아, DNA, 패각 속에 웅크린 것들, 흙이 꽃피워 낸 가이아의 영혼들,

아직 살아 있는 것들, 공격하는 것들, 도망하는 것들, 끓고 있는 것

들,

그들이 사는 묵시의 숲으로,

다가오고 있다

—「묵시의 숲으로」전문

　　묵시록의 1연은 희망과 절망의 프롤로그이다. 묵시의 대강이 간결하고 압축적으로 요약되어 있다. "숲을 걷는다"를 "묵시의 숲"을 통과하는 삶의 방식으로 본다면, "들뢰즈의 노마드처럼"은 정주하지 않고 유목하는 삶에 대한 희망을, "아도르노의 달팽이처럼"은 경직되지 않고 유연한 삶에 대한 시적 주체의 열망을 표현한다고 볼 수 있다. 문제는 이러한 기대와 열망이 이내 종말론적 사유에 의해 자리를 내준다는 것에 있다. 1연의 "그러나 최후의 망명지는 검은 흙"에 함축된 종말에 대한 사유로의 전환을 보라. 죽음의 방식의 차이와 무관하게 우리는 모두 "소멸할 것이다." 이러한 급격한 냉각이 암시하는 바는 무엇인가? 공포가 달팽이의 더듬이를 둔하게 만들고 지성과 신체의 분리를 초래하는 것처럼, 소멸과 죽음에 대한 인정에는 시적 주체의 공포와 그로 인해 마비된 정신이 반영되어 있다.[2]

　　묵시록의 2연은 종말의 아비규환의 제1부이다. "검은 피를 흘리며, 죽어 가는 구름의 파노라마"는 종말의 징후이자 상징이다. "크리슈나의 수레"인 '쩌그노트(Juggernaut)'는 "여섯 번째 대량 멸종 시대를 향해 달리는" 우리의 환경과 시대를 비유적으로 표현하는 말이다. 이는 엘리자베스 콜버트의 저서 『여섯 번째 대멸종』에 직접적으로 표명된

---

2 T. 아도르노·M. 호르크하이머 저, 김유동 역, 『계몽의 변증법』, 문학과지성사, 2001. "신체에 가해진 손상이 몸을 마비시킨다면, 공포는 정신을 마비시킨다."

인류에 의한 지구의 대멸종으로부터 발화되었을 것으로 추정된다.[3] 즉 '쩌그노트'는 대멸종을 향해 치닫는 인류의 제어 불능 상태를 상징적으로 표현한 말이다. 여기서 문제는 과연 인류가 대멸종으로 정향된 광폭한 '수레'를 제어할 수 있는가에 있다. 과연 누가 "쩌그노트를 호위하는 병정들"을 헤치고 질풍노도처럼 달리는 수레의 고삐를 쥘 것인가?

묵시록의 3연은 아비규환의 제2부이자 에필로그이다. 3연은 "예정된 종말"이 인간에 의해 가속화되고 있음을 잘 보여 주고 있다. 예컨대 "빙하가 빠른 속도로 녹아내리고"에 압축적으로 표현된 환경 파괴는 "자본의 그물은 더욱 치밀해지고"에서 그 원인을 찾을 수 있다. '쩌그노트'의 제어 불능 상태는 자본의 논리에 의해 더욱 치명적인 것이 되고 있다. 이런 의미에서 마지막 두 행, "그들이 사는 묵시의 숲으로,/다가오고 있다"는 강력한 메시지를 함축한다. 만약 "그들"을 3연에 나열된 모든 생명체들을 지시하는 것으로 본다면, "묵시의 숲"은 지상의 생명체들의 점유 공간인 지구에 치명적인 위기가 도래할 것임을 암시한다. 세계는 "아직 살아 있는 것들, 공격하는 것들, 도망하는 것들, 끓고 있는 것들"의 아비규환이 벌어지는 '수레'일 뿐이다.

이로부터 우리는 마지막 시행 "다가오고 있다"의 주체를 추론할 수 있다. 예상컨대 그것은 "예정된 종말"이다. 부재하는 주어의 자리에 올 수 있는 것은 "여섯 번째 대량 멸종 시대"와 같은 종말일 가능성이 높다. 여기서 흥미로운 것은 시적 주체가 이 묵시의 마지막 장면을 암시적으로 처리하고 있다는 점이다. "다가오고 있다"는 사실만을 증언할 뿐, 무엇이 다가오는지를 직접적으로 밝히지 않는 것이다. 이

---

3 엘리자베스 콜버트 저, 이혜리 역, 『여섯 번째 대멸종』, 처음북스, 2014.

것은 일차적으로 도래할 종말을 명시적으로 밝힐 필요가 없기 때문일 수도 있겠지만, 그것을 확증하는 것의 곤혹에서 비롯한 판단 유보 때문일 수도 있다. 후자는 아비규환 이후에 도래할 시간에 대한 시적 주체의 주저를 반영한다. 왜냐하면 시적 주체는 비록 "예정된 종말이지만", 촘촘하고 치밀한 "자본의 그물"에 "걸리지 않는, 유목 인간"의 탄생에 대한 기대를 완전히 버리지 않았기 때문이다. 아직 '쩌그노트'를 제어할 새로운 인류에의 탄생에 대한 염원을 완전히 포기한 것은 아니라는 뜻이다.

새로운 유목 인간의 탄생에 있어 관건이 되는 것은 "자만과 겸손의 배합"이다. '자만'이 인류 멸종을 가속하는 '쩌그노트'라는 수레의 가속 페달이라면, '겸손'은 그것을 제어하는 감속 페달이라고 할 수 있다. 이카로스의 추락 원인은 밀랍의 봉인이 약했기 때문이 아니라, 다이달로스의 조언을 무시한 그의 자만과 도취 때문이다. 만약 이카로스가 '태양의 열기'와 '바다의 냉기' 사이에서 비행했다면 그는 추락이라는 비극적 사태를 피할 수 있었을 것이다. 그렇다면 '쩌그노트'의 탑승객인 우리는 '자만'과 '겸손' 사이를 운행함으로써 추락이라는 비극을 모면할 수 있을 것인가? 이는 단언하기 어렵다. 왜냐하면 자본의 궤도라는 외적 조건과 함께 인간적 유약성이라는 실존적 조건이 간섭하기 때문이다. 여기에 인간의 생존 방식의 특수성, "피의 연대기"로 명명된 반복 메커니즘의 불가피성이 추가된다. 이러한 사실은 "도살된 황소"의 거죽에서 "밤의 시대"의 도래를 목격하는 자의 형형한 눈빛을 통해 실제적으로 확인할 수 있다.

　　피처럼 노을이 퍼진다 골목마다 집집마다
　　쌀 씻는 소리

밥 짓는 향기

화인(火印)처럼 이마가 불탄다

누군가의 육체로 연명하는

이 도시는 절대로 유령들에게 점령당하지 않는다

방금 전생에서 돌아온 사람처럼 창백한 얼굴들이 스쳐 지나간다

피 묻은 육체가

악몽이 열리는 나무처럼 펼쳐져 있다

저 죽은 육체는 왜

이승에 정박한 닻처럼 무거운 것일까

(중략)

피에서 피로, 피에서 꽃으로, 꽃에서 꽃으로 펼쳐지는 피의 연대기에
대해 생각한다

석양으로 떠나간 사람들은 붉은 꽃으로 태어났다

짐승들도 사람들도 꽃으로 피어날 것이다

그러나 그는 왜 너의 붉은 육신을

먹어야 하는가

나는 언젠가

너를 먹지 않을 수 있을까

순식간에 공기가 바뀐다

하늘에서 불타고 있는 구름 조각들을 올려다보며

피 묻은 시체들에 대하여

부유하는 것에 대하여

흩어지는 것에 대하여

탄생하는 것에 대하여 더 깊이

생각하려다 그만둔다

곧 밤의 시대가 도래할 것이므로

우우 진군해 오는

어둠의 자식들

울부짖는 짐승들의 형형한 눈동자와 나는

　　　　　　　　　—「도살된 황소를 위한 시간」 부분

이 시는 「도살된 황소」라는 렘브란트의 그림을 제재로 하고 있다. 목이 잘리고 내장이 해체되어 걸대에 내어 걸린 소의 형해는 비참하다. 시적 주체에게 도살된 황소의 살덩어리는 "악몽이 열리는 나무"이거나 "이승에 정박한 닻"으로 인식되고 있다. 이는 시적 주체가 그림 속 여인의 무심함과는 다른 방식으로 "도살된 황소"를 바라보고 있음을 뜻한다. 소의 형해는 "창백한 얼굴들"의 육화, 곧 "피에서 피로, 피에서 꽃으로, 꽃에서 꽃으로 펼쳐지는 피의 연대기"의 한 사슬이라고 할 수 있다. 다시 말해 "피의 연대기"는 "짐승들도 사람들도 꽃으로 피어날 것"에 대한 열망을 함축하는 데 비해, 도살된 소의 형해와 그것으로 연명하는 우리의 생존 방식은 "피의 연대기"의 중단 혹은 단절을 상징적으로 표현하는 것이다.

당혹스러운 것은 우리가 이러한 과정에 내속되어 있다는 데에 있다. 즉 우리의 생존은 이러한 살육 메커니즘의 한 고리를 이루고 있는 것이다. 그런데, "누군가의 육체로 연명하는" 것은 우리의 생존을 위한 불가피한 방법이 아닌가? "피의 연대기"에 대한 우리의 시선을 확장하면, 식육은 인간의 생존을 위한 불가피한 선택일 수도 있을 것이다. 그러나 시적 주체는 바로 이러한 생각에 근본적인 의문을 던진다. 만약 육식이 살육의 역사를 합리화하거나 다른 방식의 가능성을 차단하는 것이라면 어떻게 되는가? "나는 언젠가/너를 먹지 않을 수 있을까"라는 질문에는 인간의 생존이 가축들의 살육을 통해 이루어질 수밖에 없는가에 대한 근본적인 문제 제기가 내재되어 있다. "생각하려다 그만둔다"는 이러한 아포리아 앞에서의 절망이자 회의의 표백이다. 도래하는 "밤의 시대"의 거주민인 "어둠의 자식들"은 바로 이러한 회의와 고뇌 속에서 이중적으로 고통받는 존재들이다. 육식의 식탁 위에서 "울부짖는 짐승들의 형형한 눈동자"와 대면해야 하는 존재들의 고뇌,[4] 이는 소의 형해가 "피의 연대기"로 이어진 우리의 생을 무두질한 외피이기에 더욱 그러하다.

여기서 우리는 김옥성의 시편들이 지닌 의장의 일단을 가늠할 수 있다. 종말에 대한 그의 사유는 일차적으로 생태학적 문명 비판을 겨냥하지만, 궁극적으로는 종말과 문명에 내부적으로 결속된 시적 주체의 윤리적 반성으로 귀결된다. 이것은 그의 시의 표층이 현대 문명과 인간의 존재 방식에 대한 비판에 집중할지라도, 시의 심층에는 재앙을 통해 종말을 선지한 시적 주체의 강박이 실제적 내용을 이루고 있음을 암시한다. 「묵시의 숲으로」의 유보와 「도살된 황소를 위한 시간」의 판단중지는 여기에서 비롯한다. 이것이 종말에 대한 그의 사유가 도달한 내적 임계점의 수위를 가늠케 한다. 그의 시에서 주체와 타자를 바라보는 방식의 이중성은 공간의 이중화, 시차의 간극, 그리고 '나, 너, 그'의 인칭의 혼용으로 구체화되고 있다. 그러므로 이렇게 말할 수 있다. 앞의 두 시가 종말의 묵시록을 지시한다면, 다음 두 시는 아포리아의 수사학을 예증한다고.

---

4 이에 대해서는 영국의 미술가 데미안 허스트의 「천 년(A Thousand Years)」을 참조할 것.

①
너는 흐드러진 복사꽃을 보며
마당 한구석에 복숭아나무를 심고 싶어 했지
과즙이 넘치는 열매를 떠올리며,
자연 재배를 꿈꾸며,
백석처럼 충왕(蟲王)과 토신(土神)에게 제를 올리고 싶다며,

시골은 그런 것이 아니다
겐지가 말했다
서리가 자객처럼 찾아왔지
서리의 칼날이 스치기만 해도 목이 떨어지는 채마들을 보며,
달관한 듯한 착각에 빠지기도 했지

그가 달을 향해 울었다
매화 꽃잎이 강물 위로 날린다고,
상류에 도달한 황어의 울음소리가 들리는 것 같다고,
영남루에 옛 친구가 찾아왔다고,

검은등뻐꾸기의 숲에 송전탑이 들어선다고 했을 때,
고압선의 울음소리를 듣고 살 수는 없다고,
포클레인과 덤프트럭과 전투경찰을 향해
너는 돌을 던졌지

—「밀양」 부분

②

미세먼지 바람 속에서

나는 마스크를 낀 채 탄천변을 걸으며

시궁창 냄새를 맡으며

비곗덩어리 잉어들을 희롱하며,

지금 섬진강에서는 동백꽃 향기가 날까

매화 향기가 날까, 벚꽃 향기가 날까

여전히 은어가 올라오고 있을까

날렵한 은빛 몸체가

수면 위로 튀어 오르고 있을까

낙동강 하구의 철새들은 떠났을까

엇갈린 시차 어디쯤이 나의 좌표일까

그는 지금 화계장에 있을까

너는 화계장을 다녀갔을까

나는 탄천변을 걸으며,

봄이 다 가기 전에 화계장에 들러 볼까

―「화계 시차」 부분

   ①과 ②는 "예정된 종말" 앞에서 희망의 부재를 견뎌야 하는 자의 이중화된 일상을 잘 보여 준다. '밀양'과 '화계'는 각각 우리 생의 아포리아를 기입하는 두 개의 기표이다. 우선 ①에서 현대 문명에 대한 비판은 「밀양」에 나타난 "충왕과 토신에게 제를 올리고 싶다"와 "서리가 자객처럼 찾아왔지"의 간극으로 나타난다. 이는 '밀양'이라는 하나의 공간이 이중화된 시선 속에 포착되고 있음을 예시한다. 다시 말해, '밀양'은 "충왕과 토신"이라는 신과의 접속 장소이자, "목이 떨어지는 채마들"의 죽음의 장소이기도 한 것이다. 여기서 직접적으로 드

러나는 것은 "고압선의 울음소리를 듣고 살 수는 없다"는 인식에 함축된 이상과 현실의 아포리아이다. 이때 주체의 반응은 '너의 울분'과 '그의 울음'으로 이원화되어 중첩된다. 같은 맥락에서 "포클레인과 덤프트럭과 전투경찰을 향해" 던지는 '돌'은 생존의 터전을 지키려는 저항의 마지노선이자, "밤의 시대"의 도래를 알리는 효시(嚆矢)로 간주될 수 있다.

이는 ②의 "마스크를 낀 채 탄천변을 걸으며", 섬진강과 낙동강의 생태를 상상하는 시적 주체의 태도와 궤를 같이한다. 여기서 두드러지는 것은 '잉어와 은어'와 같은 문명과 생태의 대립이다. 이러한 간극은 시적 주체의 시차적 간극, 곧 현실과 이상에 대한 엇갈린 시선을 잘 보여 준다. "엇갈린 시차 어디쯤이 나의 좌표일까"는 이를 명시적으로 표현한다. 실존의 공간으로서의 '탄천'과 지향의 공간으로서의 '화계' 사이의 간극은 "묵시의 숲"에서 좌표를 상실한 주체들('나, 너, 그')의 생의 궤적을 공간적으로 축도하고 있다. 여기서 '나, 너, 그'라는 인칭의 혼용은 주체와 타자가 처한 생의 기반이 동일하다는 인식에서 비롯하고 있다. 요컨대, 공간적 착종이든 시차적 간극이든 인칭의 혼용은 이상과 현실이라는 현대인의 아포리아의 수사적 표현인 것이다.

만약 이러한 이중성이 불가피한 방식이라면, "자만과 겸손의 배합"을 통한 새로운 유목 인간의 탄생은 어떻게 가능할 것인가? 이러한 질문은 '에고이즘'의 위기 속에서 '에코이즘'을 견인하려는 시도, 즉 '에코이즘'이라는 "오래된 미래로서 새로운 세기의 미학의 가능성"[5]을 건져 올리려는 시도의 가능성과 의의에 대한 타진이기도 하다. 「자동

---

5 김옥성, 「윤리와 사유의 마루」, 『시와 세계』, 2013.봄, p.58.

세차」를 보자.

폭우에 포위된 채 포구 끝에 정박한 자동차,
그 안에서 네가 울고 있다
폭우에 눈이 멀고 귀가 먼
섬 한 채가 정박해 있다
나는 너의 뒷모습을 기억해 낸다

그는 블랙홀이다
야경의 황홀도, 오프로드의 스릴도 기록되지 않는다
너만이 메타세콰이어 가로수길과 다도해의
비경을 기억하고 있다

블랙홀을 뚫고 달려온 그가 더러운 분진을 뒤집어쓰고 있다
죄 없는 자는 그에게 돌을 던져도 좋다
너는 부끄러워하지 않는다
노쇠한 종마의 발목처럼 생기를 잃었지만
타이어는 지치지 않는다
그는 늘 달릴 준비가 되어 있다

나는 너의 허물에서 나의 허물을 유추한다
세차원이 창을 두드린다
푸른 조끼에 얼룩이 묻어 있다
얼룩진 거울을 닦으니 네 얼굴도
깨끗해진 느낌이다

곰 한 마리가 막 동굴로 들어갈 참이다

길거리에서 묻은 흠이야

씻으면 그만이지

참회를 하고 나면 곰처럼 사람이 될지 누가 아는가

너의 배후에서 생각한다

예언자 요나는 행복한 사람이었을까

고래의 배 속 같은 터널로 빨려 들어가는 그를 바라보며,

앞 유리창으로 소나기가 퍼붓는다

파도에 떠밀려 방주가 요동치는 동안

기계의 손바닥이 그를 쓸어 준다

신께서 그에게 참회의 동굴을 주셨다

기계음으로 꽉 채워진 블랙홀을 지나며 너는

심판과 회개와 예언과

새로운 세상에 대해 생각하지 않는다

예수처럼은 아니지만

그가 맑은 얼굴로 부활했다

너를 대신하여 세상의 풍진을 덮어쓴

그가

훌훌 털고 다시 달린다

기계의 세계에 눈물 같은 것은 없다

—「자동 세차」 전문

'자동 세차'라는 일상적 풍경을 통해 형식화되고 의례화된 현대의

참회를 비판하는 이 시를 이해하는 일차적 관문은 착종된 인칭에 대한 세밀한 분별이다. 이를 위해서 우선 '나'와 '너'와 '그'의 혼용과 착종이, 시의 가독성을 떨어뜨리는 요소이기는 하지만, 시적 주체를 '너'와 동일한 그룹에 포함시키기 위한 시적 장치로 간주될 필요가 있다. "나는 너의 허물에서 나의 허물을 유추한다"에서 보듯, '나'는 '너'에 대한 비판이 최종적으로 귀착되는 장소이다. 즉 타자의 허물을 통하여 시적 주체 자신의 허물을 반성적으로 성찰하고 있는 것이다. 이것은 자동 세차장에서 벌어지는 사태를 바라보는 시적 주체의 시선의 조망점이 '너'의 배후에 있음을 암시한다("너의 배후에서 생각한다"). 그렇다면 시적 주체가 '너'의 "배후에서" 응시하는 "너의 허물"은 무엇이고, '자동 세차'란 무엇인가?

3연의 "그가 더러운 분진을 뒤집어쓰고 있다"와 마지막 연의 "너를 대신하여 세상의 풍진을 덮어쓴/그"의 대비를 통해, 우리는 '자동 세차'가 속세의 때를 씻는 일, 종교적 층위에서 말한다면 '속죄'의 의식이라는 것을 유추할 수 있다. '요나, 곰, 예수'의 호출이 그렇고, '자동 세차 터널'을 "고래의 배 속"이나 "참회의 동굴"로 빗댄 것이 더욱 그렇다. 따라서 '그'로 의인화된 '차'는 '너'의 죄를 대속하는 존재, 그러니까 '요나, 곰, 예수'와 유사한 존재라고 할 수 있다.

그러나 양자 사이에는 결정적인 차이가 존재한다. '요나, 곰, 예수'의 경우 존재의 변용이 이루어진 경우라면, '그'와 '너'의 경우 그러한 변용을 확증할 수 없기 때문이다. 이러한 대조는 '그'와 '너'의 차이에서 발생한다. 이는 '자동 세차'가 갖는 다음과 같은 두 가지 특성 때문에 생기는 현상이다. 첫째, '자동 세차'는 차의 외부를 씻지만 차의 내부를 씻지 못한다. 둘째, '자동 세차'의 주체는 운전자가 아니라 기계이다. 시의 맥락에서 보면, '자동 세차'는 주체가 자기의 외부를 수동적으로 씻는 속죄의 행위에 대한 비유라고 할 수 있겠다. 이로부터 '자동 세차'의 터널 속에서 "너는 부끄러워하지 않는" 까닭을 이해할 수 있다. 시적 주체는 자동 세차장에서 내면의 속죄에까지 이르지 못하는 형식화되고 의례화된 '속죄'의 현장을 비판적으로 응시하고 있는 것이다.

이러한 도해는 아포리즘의 수사학이 실제적으로 이루어지는 지점을 규명하기 위한 출발점이다. 우리는 여기에서 시작하여 착종의 중심 지점인 '블랙홀'로 들어가야 한다. 왜냐하면 이 시의 '블랙홀'은 의미의 블랙홀이기 때문이다. 예컨대, 2연의 "그는 블랙홀이다", 3연의 "블랙홀을 뚫고 달려온 그", 그리고 5연의 "기계음으로 꽉 채워진 블랙홀"에서 보듯, '블랙홀'은 '자동차' '세계' '세차 터널'이라는 삼중의 의미를 지니고 있다. 이것은 특정 어휘의 무분별한 언어 사용으로 간주되어서는 안 된다. 오히려 '블랙홀'의 의미의 혼용은 주체와 세계와 종교에 대한 아포리아 수사학의 일환으로 간주되어야 할 것이다. 특히 2연과 5연의 '블랙홀'은 시적 사유의 폭과 깊이를 가늠할 수 있는 핵심 지점이다.

우선 3연의 '블랙홀'은 앞의 시편들에서 살핀 대로 "묵시의 숲"으로 전락한 세계에 대한 비판을 함축한다. 2연의 '블랙홀'은 현대 문명의 주체들에 대한 비판으로 해석할 수 있다. 문명의 이기인 '자동차'가 "눈이 멀고 귀가 먼/섬 한 채"일 뿐이라면, 그 섬의 거주민인 '너'와 '나'는 '쩌그노트'의 탑승자일 것이다. 따라서 "그는 블랙홀"이라는 선언의 함의는 이중적이다. '그'는 세계의 '블랙홀'을 뚫고 달리는 자이지만, '나'와 '너'를 허위의 윤리성 안에 구획하는 자이기도 한 것이다. 이런 맥락에서 자동 세차장 앞에서의 '너'와 '나'의 소회는 종말과 심판과 구원의 비유로 해석될 수 없다. 이는 자동 세차의 터널이 "참회의 동굴"이 아니기 때문이 아니라, 세차라는 참회의 시간 동안 '너'와 '나'는 '그'로부터 분리되어 온전히 회개할 수 없기 때문이다. 이때 '너'는 "심판과 회개와 예언과/새로운 세상에 대해 생각하지 않는" 자가 된다. 이는 "길거리에서 묻은 흠" 이면의 내적 '죄'의 존재와, 그러한 '죄'를 주체 바깥에 구획하려는 주체의 분열을 전제한다.

더욱 깊이 들어갈 것은 5연의 '블랙홀'이다. 여기에는 현대 문명에서의 종교의 기능과 역할에 대한 비판이 암시되어 있다. 먼저, "기계의 세계에 눈물 같은 것은 없다"는 기계로서의 '그'뿐만 아니라 '세차 터널'의 자동화된 방식에 대한 비판을 함축하고 있다. "기계음으로 꽉 채워진 블랙홀"을 속죄의 장소인 '고해소'의 비유적 표현으로 간주할 수 있다면, 이는 자동화된 종교적 속죄 방식에 대한 회의를 표명하기 때문이다. 또한 "세차원이 창을 두드린다/푸른 조끼에 얼룩이 묻어 있다"는 구절은 '속죄' 행위의 집행자에 대한 간접적 비판으로 읽힐 수 있다. 여기서 '세차원'은 매우 기이한 존재이다. '세차 터널'의 관리인이자 '세차'의 조력자이며, '얼룩'의 존재이기 때문이다. '세차원'은 주체와 세계와 종교의 세 차원에서 '블랙홀'과 같은 기능을 수행하고 있다고 말할 수도 있겠다.

만약 상황이 이와 같다면, 우리의 최종 질문은 다음과 같을 것이다. "새로운 세상"에 대한 기대와 희망은 가능한가, 불가능한가? 여기서 5연의 '블랙홀'을 다시 생각해 볼 필요가 있다. 곧 예수의 부활과 동일하지는 않지만, 새로운 부활의 장소로서의 '세차 터널'의 가능성 말이다. "참회를 하고 나면 곰처럼 사람이 될지 누가 아는가"는 이러한 가능성에 대한 암묵적 인정인가? "얼룩진 거울을 닦으니 네 얼굴도/깨끗해진 느낌"이나, "훌훌 털고 다시 달린다"가 풍기는 뉘앙스는 새로운 가능성으로 수렴될 수 있을 것인가? 혹은 「자동 세차」는 양자의 해석을 모두 용인하는가?

단언컨대, "결단의 순간 속에서 새로운 자아로의 거듭남"[6]의 가능성을 확정하는 것은 쉬운 일이 아니다. 하여 '종말의 묵시록' 앞에서 아포리아의 수사학에 봉착한 것은 시인만이 아니다. 종말의 공포로 위축된 정신과 종교적 속죄에 대한 필자의 무지는 또 다른 아포리아의 수사학을 산출한다. 다만 한 가지 분명한 것은, 종말의 묵시록이 아포리즘(aphorism)이 아니라 아포리아로 귀결되어야 한다는 사실이다. 어쩌면 '그'는 "삶도 알지 못하는데 어찌 죽음을 알리오"라고 말하는데, '너'와 '나'는 자꾸 "죽음도 알지 못하는데 어찌 삶을 알리오"라고 말하는 듯하다. "폭우에 포위된 채 포구 끝에 정박한 자동차" 속에서 펑펑 울어 본다면 그 기미라도 가늠할 수 있을 것인가?

---

6 김옥성, 「김현승 시의 종말론적 사유와 상상」, 『한국문학이론과 비평』 38호, 한국문학이론과 비평학회, 2008.3, p.225.

Homo Homini Lupus

1. 시놉시스

『미제레레』는 루오(Georges Rouault, 1871-1958)의 동판화집이다. 이 판화집은 주로 예수의 수난을 기록한 종교화로 구성되었으나, 1차 세계대전 이후 전쟁의 참혹함을 제재로 한 작품들이 다수 포함되어 있다. 여기에는 루오 자신이 「서문」에서 밝히고 있듯, 부조리한 세상에 대한 비판과 치유에 대한 염원이 담겨 있다. "그림자와 가면으로/괴로워진 이 세상에/평화가 깃든 것은 설마 아니리." 이중 'Homo Homini Lupus'는 연작 37번의 제목이다. 이는 토마스 홉스가 *De Cive*(1651)에서 사용했던 말이기도 하다.

『미제레레』는 김안의 시집이다. 이 시집은 주로 첫 시집 『오빠 생각』(문학동네, 2011)에서 탈구된 서정으로 구성되었으나, "지금-여기에서 시민-시인의 자격으로 삶을 살아나가야 하는 역설과 비극"(해설 중)을 제재로 한 작품들이 다수 포함되어 있다. 여기에는 김안 자신이 「시인의 말」에서 밝히고 있듯, "비겁하게도, 삶의 제목이 만든 광장들로부터 멀어진" 것에 대한 "치졸한 변명"이 담겨 있다. 이 중 「미제레레」는 33번째 작품의 제목이다. 이 제목은 그레그리오 엘레그리가 작곡한 성가(聖歌) 이름이기도 하지만, 무엇보다도 이탈리아 가수 주께로(Zucchero)가 부른 「미제레레」의 노랫말이기도 하다. "Miserere, miserere, miserere, misero me!"

루오의 『미제레레』는 "Misere mei, Deus(신이여, 나를 불쌍히 여기소서)"에서 시작해 "C'est par ses meurl'rissures que nous sommes quéris(그의 고통 덕분에 우리는 치유되었다)"로 끝난다. 김안의 『미제레레』는 "당신이라는 육식"(「사람」)에서 시작해 "창백한"(「환절기」)으로 끝난다. 신과 당신, 연민과 육식, 치유와 창백 사이의 거리. 이러한 차이는 후자가 "비명의 공동체"(「시놉티콘」)에 거주하는 자의 향락과 공포의 육성이라는 데서 비롯한다. 「미제레레」는 그 비명(悲鳴)의 후렴이다.

2. 오, 아무 인생이 없는 기쁨이여

내 모든 삶이 만약이라면,

이 세계가,

매일 내가 먹어야 하는 알약의 개수를 헤아리는 이 저녁의 세계가

집 앞 놀이터 시소가 밤마다 저 혼자 움직이는 것처럼

반딧불이인 양 외진 골목마다 피어나는 담뱃불,

한껏 나빠지고 싶던 시절 담뱃불을 손목 위에 지지며 다짐하던 헛된 약속들처럼

만약이라면

어떤 혐의들로부터도 패악들로부터도 자유로울 수 있을까

허물어진 얼굴을 양손에 받쳐 들고 서서

오, 아무 인생이 없는 기쁨이여

세상의 모든 중심을 향해 흩어졌던 나의 신들이 결국 길을 잃었구나

애도할 수 있을까

오늘 밤은 머리 위로 펼쳐진 속죄의 목록들이 무척이나 아름답구나

존재하는 않는 짐승과

사라져 버린 사물과

죽은 영웅의 세계가 창백하게 얼어붙어 있구나

똑, 똑,

손가락을 분질러 밤의 입술을 칠해 주면

옛날의 전쟁들이 다시 시작될까

옛날의 죄가 다시 반복될까

—「미제레레」 부분

김안의 '미제레레'는 가정과 질문으로 시작된다. 만약 "내 모든 삶이 만약이라면", "이 저녁의 세계"는 현재의 "혐의"와 "패악"으로부터 벗어나 '있을지도 모르는 뜻밖의 경우'를 개시할 수 있는가? 이런 가정과 질문이 고통스러운 것은, 일차적으로 새로운 세계의 개시가 실현 불가능하기 때문이다. 온전히 우연에 의탁한다면, 이 "창백한" 세계는 다시 시작될 수도 있으리라. 그러나 우연의 이면에 우연만이 존재한다면, "지구 따위는 멸망해 버렸으면 좋겠습니다"(「裏」)라는 고백에 담긴 진의는 납득할 만한 것이다. 더욱 고통스러운 것은 "지구 따위"가 멸절되기를 바라는 마음에는 "아무 인생이 없는 기쁨"이 영속할지도 모른다는 두려움이 배면에 깔려 있다는 점이다. 환언하면, "나의 무사함이 죄"(「지상의 방」)가 되는 이 끔찍한 세상을 새롭게 개시하기 위해서는, 그 스스로 "재앙을 빚는"(「두려움의 방」) 죄를 지어야 한

다. 이것이 시적 주체의 "비겁함, 두려움, 공포, 증오, 모멸감……"(「식육의 방」)을 구성한다. 미리 말하지만 이 '방'은 기이한 예외의 자리이다. 새롭게 개시될 세계에도 "거룩한 유폐"(「식육의 방」)의 공간이 뚫려 있다는 뜻이다.

이러한 사태는 "나의 신들이 결국 길을 잃었"기 때문에 생기는 일이다. "나의 신"의 부재는 "애도"의 가능성에 대한 의구심을 낳는다. 아마 그것은 "속죄의 목록들"에 또 다른 세목으로 적층될 것이다. 이것이 "용서와 사랑"으로서의 치유의 부재를 의미한다면, 김안의 『미제레레』에 루오의 마지막 작품(「그의 고통 덕분에 우리는 치유되었다」)이 없는 이유를 설명한다. 그러니까 부재하는 구주(救主). "세상의 모든 중심"을 찾다가 길을 잃은 어린 양. 김안은 그를 구하지 않는다. "건전하게 神이나 배우며 사람을 연기할 수는 없을까"(「살가죽부태」)의 대답은 '없다'일 수밖에 없다. 왜냐하면 구주는 모조물들이 만들어 놓은 "口主"이기 때문이다. 문제는 '입의 주인'이 부재중이라는 데에 있다. 그러니 "무엇이든 담을 수 있는 저 텅 빈 입"(「일요일」)을 조심해야 한다.

당신이라는 육식에만 힘쓸 것이다,
입 앞에 놓인 말(言)들만 게걸스럽게 먹을 것이다,
하면
나는 이타적인 사람입니다.
음절을 늘리듯
혀를 늘려 땅바닥에 질질 끌고 다니는 개구리처럼
입이라는 장애를 포기하겠다,
하면
나는 유능한 사람이겠지요.

그래서 내 울음의 몽리면적은 허락될 리 없습니다.

사람,

저녁이 오면 퇴근을 하고, 퇴근을 하면 취합니다.

취하면 당신이 내 손을 잡아 주시겠습니까?

이 손은 잡자마자 폐허입니다. 몸이라는 테두리도 사라지겠지요.

왜 사람이어야 합니까,

—「사람」 부분

김안의 '미제레레'는 가정과 질문으로 후렴된다. 만약 "입 앞에 놓인 말(言)들만 게걸스럽게 먹"거나 "입이라는 장애를 포기"한다면, 당신은 이처럼 "이타적인" "유능한 사람"의 "손"이라도 잡아 주겠는가? 이런 가정과 질문이 고통스러운 것은, 일차적으로 그런 '뜻밖의 경우'가 실현 불가능하기 때문이다. 온전히 동정과 연민에 의한다면, 이 "창백한" 세계는 다시 시작될 수도 있으리라. 그러나 우연의 이면에 아무것도 존재하지 않는다면, "지구 따위는 멸망해 버렸으면 좋겠습니다"라는 고백에 담긴 진의는 납득할 만한 것이다. 더욱 고통스러운 것은 "지구 따위"가 멸망하기 바라는 마음에는 맞잡은 손과 몸이 "잡자마자 폐허"가 될지도 모른다는 슬픔이 기저에 깔려 있다는 사실이다. 다시 말해, "나의 무사함이 죄"가 되는 이 끔찍한 세상을 새롭게 개시하기 위해서는, 그 스스로 "재앙을 빚는" 죄를 지어야 한다. 이것이 시적 주체의 "슬픔이, 고통이, 살기 위해 기생해야 하는 묵종과 치욕의 시간"(「치차의 밤」)을 구성한다. 앞서 말했지만, 이 '시간'은 기이한 예외의 시간이다. "기억의 응어리"가 새롭게 개시될 세계를 규율하고 있다는 뜻이다.

이러한 사태는 필연적으로 "왜 사람이어야 합니까"라는 질문을 낳는다. 이는 "물질과 도덕의 파멸의 일상을 수태하다가 나를 낳은 배"(『홀로코스트』)에 대한 원망에서 비롯한다. 아마 그것은 "내 울음의 몽리면적"에 또 다른 시간을 적층할 것이다. 이것이 "비명이 혁명이 되는 것은 19세기적인 뿐"(『문화당서점』)을 의미한다면, 김안의 『미레제제』에 주께로(Zucchero)의 "Pero brindo alla vita!(하지만 삶을 위해 축배를 듭시다!)"가 없는 이유를 설명한다. 그러니까 부재하는 '당신'. "입 앞에 놓인 말(言)들만 게걸스럽게 먹"다가 그만 다 먹어 치운 '당신'. 김안은 그를 밤새 토한다. "사람이니, 당신은 주어가 됩니까?"(『복화술사』)의 대답은 '아니다'가 아닐 수 없다. 왜냐하면 당신은 "나와 똑같은 방식으로 태어난"(『비문』) 문장이기 때문이다. 문제는 그 문장이 무덤의 비문이라는 사실에 있다. 그러니 "쓰기의 두려움을, 쓰기 바깥의 당신을, 당신이라는 쓰기를"(『복화술사』) 조심해야 한다.

3. 몽상과 쓰기와 윤리, 두 개의 입

나는 내가 복무하고 있는 이 쓰기가 마뜩지 않네. 언어 바깥에서 존재하는 몽상과 내가 복무하고 있는 쓰기와 쓰기라는 복무함에게 요구되는 윤리들이 맞부딪히는 것. 결절과 관계되어짐과 사람처럼 사는 것이 뒤엉키는 것. 과연 그 이상일까? 내가 자네를 본 것은 이런 생각들을 하며 비틀비틀 밤거리를 홀로 걷고 있었을 때였네. 자네는 흠뻑 젖은 작은 인형을 안고 있었지. 내가 자네의 팔을 붙잡았나? 아니면 자네가 내게 담배를 빌렸나? 정확히 기억나지는 않지만 자네는 찬 바닥 위에 인형을 내려놓았고, 인형은 희뿌연 연기를 뿜으며 물이 되어 우리의 발밑으로 흘러들었고, 우리의 발은 젖어 들었고, 젖은 채로 우린 같이 긴 시간 동안 말없이 앉아 있다가 일어났지. 귀에서 뚝뚝 물을 떨어뜨리면서. 그게

다네. 그리고 자네는 어디로 갔을까? 그리고 나는 어디로 온 것일까? 요 근래 전집을 낸 소설가에게 자네에 대한 이야기를 했더니, 그가 자네의 인형을 꺼내더군. 그러고서 그는 술 한 잔을 비우고 담배를 피워 물더니 연기 속으로 사라졌네. 나는 그가 사라지는 소리를 흉내 내며 그가 놓고 간 자네의 인형을 들고 거리로 나섰지. 나는 나의 쓰기들이 바깥을 향해 열려 있지 못하다는 지적을 되뇌며, 간혹 집 앞에서 보던 새끼 고양이 가 어느 날 다리 한쪽이 뭉개져 버린 사실에 내가 얼마나 울었던지 사람 들에게 말해 주고 싶었지. 나의 쓰기라는 것은 이 싸구려 멜랑콜리와 바 늘 하나 들어가지 못할 만큼 굳어져 버린 당대의 심장 사이에 있는 것이 라고 중얼거렸네. 하지만 그게 다 무슨 소용이겠는가. 아내 몰래 바람을 피웠었어도, 책방에서 몰래 내 책을 훔쳤었어도 거대한 윤리 앞에서 나 는 자유롭지 않은가. 딱딱한 밤 속을 부유하고 있는 수많은 사념들. 인 형은 내가 걸으면 걸을수록 무거워졌네. 이 밤 나는 자네의 인형과 말없 이 앉아 있네. 그리고 우리의 머리 위로 내가 복무하는 수많은 쓰기들이 붕붕거리네. 그것이 나의 사념인지 인형의 사념인지 쓰기의 사념인지 알 수 없지만, 나는 나의 쓰기가 완성되는 지점이 공중이라는 것이 마뜩 지 않을 뿐이네. 왜 저 공중의 쓰기들이 물이 되어 내 귀에서 뚝뚝 떨어 지고 있는가? 자네는 어디로 갔을까? 그리고 나는 어디로 온 것일까?

—「메멘토 모리」 전문

시인이 "쓰기"에 복무(服務)하는 자라는 건 참으로 옳은 말이다. 그 러나 그것이 '미제레레'의 쓰기라면, 그 고통스럽고 두려운 행위에 스 스로를 복무시키는 건 아무래도 마뜩잖은 일이다. "내가 복무하고 있 는 이 쓰기"가 "맞부딪히는 것"이거나 "뒤엉키는 것"일 때, 그것을 환 영할 이유가 무엇이겠는가? 그럼에도 불구하고, "갈까, 우리 저 더러운 말의 세계로"(「국가의 탄생」)라고 부르짖는 이유는 어디에 있는가? 이는 매일 아침 "당신이라는 쓰기의 등"(「裏」)을 열고 들어가는 이유의 해명과도 관련 있다. 「메멘토 모리」는 그 단서를 제공한다. 우선, 위의 시는 겹겹이 "몽상"과 "쓰기"와 "윤리" 사이의 충돌, 그리고 그것들의 "결절과 관계되어짐"의 혼돈으로 구성되어 있다. 문제는 "몽상"과 "쓰기" 사이에 "윤리"라는 제3항, 곧 "사람처럼 사는 것"이 개입한다는 데 있다. "윤리"는 처녀 시집 『오빠 생각』에서 수면(獸面)과 배치되어 수면 아래 잠복해 있던 것이었다. 그러나 이번 시집에 이르러 수면(睡眠) 중이던 "윤리"가 곳곳에서 현저하다. 이는 그의 쓰기가 "바깥을 향해" 운신의 폭을 넓히고 있음을 뜻하겠으나, 그로 인해 상황은 더욱 복잡해졌다.

윤리란 무엇인가? 칸트에 따르면 그것은 정언명령이다. '너의 의지의 준칙이 항상 동시에 보편적 입법의 원리로 타당할 수 있도록 행위하라.' 윤리적 주체는 이 명령에 복무하는 자이다. "하지만 그게 다 무슨 소용이겠는가." "거대한 윤리" 앞에서도 바람을 피우거나, 책을 훔치는 등의 비윤리적 행위들이 계속되지 않는가. 이 시는 그러한 어긋남 속에서 비윤리적 주체가 어떻게 탄생하고 있는지를 묘사한다. 이는 시적 주체가 정언명령에 비윤리적 행위들을 복속시키지 않음을, 혹은 그럴 수 없음을 보여 준다. 전자이건 후자이건, 우리의 삶에는 정언명령이 구속할 수 없는 내밀한 공간이 있다는 건 분명해 보인다. 그리고 이 공간이 "싸구려 멜랑콜리"와 "굳어져 버린 당대의 심장" 사이의 간극에 자리하고 있다는 것 역시 자명해 보인다. 그런데 "싸구려 멜랑콜리"와 "굳어져 버린 당대의 심장"은 시적 주체의 '무사함이라는 죄'를 구제하지 못한다. 타자에 대한 연민과 동정이 그의 비윤리적 행위들을 추인하지 못하는 건, "싸구려 멜랑콜리"가 "바깥을 향해 열려 있지 못하다는 지적"에 대한 반작용에 머무르기 때문이다. 또한 "굳어져 버린 당대의 심장"이 비윤리적 행위들을 견인하지 못하는 건, "딱딱한 밤 속을 부유하고 있는 수많은 사념들"이 그를 향락하기 때문이다. 따라서 김안의 시는 동정과 연민의 토로에 매료되지도, 윤리와 정의의 선포에 열렬하지도 않다. "나의 쓰기가 완성되는 지점이 공중이라는 것"은 그의 비윤리적 행위들에 대한 상징화가 아직 계류 중임을 암시한다. "공중"은 동정과 연민, 그리고 윤리가 비껴가는 실재의 자리이다. 그의 쓰기는 아직 지상(ground)에 안착하지 못했다.

그렇다면 비윤리적 행위의 주체에게 시 쓰기란 무엇을 의미하는가, 그것은 자위(自慰)인가 징벌인가? 그의 첫 시집이 이 둘 사이에서 펌프하며, 강력한 압력으로 폭주하는 서정을 길어 올렸다는 것은 분명하다. 그것은 대체로 향락과 공포의 이중 언어로 구성되었다. 그러니 "난 자위를 줄여야겠습니다"(「裏」)라는 다짐은 소박하되 의미심장하다. 이 발화는 표면적으로 향락에의 포기와 초자아에의 복속을 보여 준다고 할 수 있다. 이런 의미에서 비윤리적 행위의 주체의 자기반성, 즉 실천하지 못하는 소시민의 자화상을 그려 보인다고 하겠다. 물론 이런 해석이 완전히 잘못된 것은 아니지만, 그렇다고 정곡을 찌르는 것도 아니다. 왜냐하면 "난 자위를 줄여야겠습니다"는 발화는 향락과 징벌의 역설 속에서만 제대로 가늠될 수 있기 때문이다. 주지하다시피, '즐겨라!'라는 불가능한 명령을 내리는 자는 바로 초자아이다. 초자아의 입장에서 향락은 징벌을 위한 것이다. 따라서 향락의 양보 또는 포기는 주체의 입장에서는 징벌하는 자에 대한 공포에서 비롯하는 것이지만, 역설적이게도 초자아의 입장에서는 자기의 명령에 대한 거부를 의미한다. 초자아의 권능에 대한 도전은, "거대한 윤리"가 그의 행위의 준칙으로 자리 잡지 못하는 이유를 해명한다. 이와 함께 언술 내적 주체와 언술의 주체 사이의 간극에 대해서도 주목할 필요가 있다. "난 자위를 줄여야겠습니다"는 언술 내적 층위에서는 향락의 포기를 말하지만, 언술 자체의 층위에서는 자위 행위라고 간주할 수도 있다. 이러한 사실들은 시 쓰기가 자기를 징벌하고 위무(慰撫)하는 이중적 행위임을 분명히 보여 준다. 따라서 "하지만 그게 다 무슨 소용이겠는가"에서 "그게"가 지시하는 것은 "싸구려 멜랑콜리"와 "당대의 심장"만은 아니다. 그것은 "중얼거렸네"라는 발화 행위 자체를 겨냥한다.

그러므로 '입'은 이중적이다. '입'은 향락과 공포가 공존하는 이중의 '방'이다. 그것은 "제 엉덩이를 씹는" "짐승의 입"(「긴 칼의 방」, 『오빠 생각』)이며, "빛나는 알약"을 토해 내는 "고백하는 입"(「미제레레」)인 것이다. 그의 '입'이 '항문'으로 도착될 수 있는 건 이런 이유에서이다. 이렇게 말할 수도 있다, 그는 "짐승의 입"으로 '고백'하는 자이며, "고백하는 입"으로 '육식'하는 자라고. 이는 '입'이 '당신'이라는 실재를 삼키고, 그것을 상징적 언어로 토해 내는 통로라는 것을 암시한다. 더욱이 이러한 과정은 "끝없이 맴돌던 그 밤의 후렴들"처럼 끝없이 회음(回音)한다. 비유컨대, '입'은 자위와 징벌이 반복 운동하는 오토마톤(automaton) 공장이다. 시 「회음」에는 "한평생 나의 입속으로 사라진 것들을 다시 불러"오는 것이 얼마나 결연한 의지를 요하는 일인지를 보여 주는 시구가 있다. "입은, 나의 마지막 육체이다." 이러한 선언은 그야말로 "마지막 용기"를 요하는 일이다. '죽음을 기억하라!'

이러한 반복 운동의 와중에, 불현듯 '당신'이라는 실재가 출현하는 순간이 있다. "과연 그 이상일까?"라는 기이한 질문은 이를 예비한다. 이 질문은 문맥상 "자네"를 만나기 전의 사념("몽상"과 "쓰기"와 "윤리")과 "자네"를 만나는 외상적 순간 사이에 위치한다. 이것은 '당신'

이라는 실재가 사념들 너머 배후의 공간에 터 잡고 있음을 암시한다. 즉 "이상"은 '투셰(tuché)'라는 외상적 지점을 가리키는 표식이다. 두 질문, "자네는 어디로 갔을까?"와 "나는 어디로 온 것일까?"는 이를 이중적으로 반향한다. 양자는 서로 다른 질문이지만, 하나의 동일한 위상 속에 존재한다. "자네"가 사라진 "어디"가 실은 내가 도착한 "어디"와 같은 곳이다. 어째서 그런가? 먼저, 마지막 질문이 "어둠이 뚫어 놓은 이 동굴은 나를 어디로 배달하고 있습니까?"(「裏」)와 짝패를 이룬다는 것부터 지적해 두어야 할 것 같다. 여기서의 "동굴"은 '당신'이라는 실재가 파 놓은 '이후의 삶'으로 향하는 통로이다. 다음으로 "인형"이라는 존재의 정체와 그것의 위치 변동을 추적할 필요가 있다. "인형"은 "자네"의 닮은꼴(resemblance)로 간주할 수 있다. 무엇보다도 "인형"은 "자네"에서 출발해, "그"를 거쳐, 최종적으로 "나"에게로 이동한다. 이는 '자네가 안고 있는 인형'이 '내가 안고 있는 인형'과 자리를 바꾼 것임을 보여 준다. 마치 「도둑맞은 편지」에서 '편지'라는 기표의 자리 바꾸기처럼 말이다. 더욱 흥미로운 것은 "자네"가 안고 있던 "인형"이 "물이 되어 우리의 발밑으로 흘러"든다는 점이다. 이것은 "저 공중의 쓰기들이 물이 되어 내 귀에서 뚝뚝 떨어지"는 원인으로 작용한다. 그렇다면 '물이 된 인형'과 '물이 된 공중의 쓰기'는 같은 것이 된다. "자네"의 닮은꼴인 "인형"은 "물"이 된 "쓰기"인 셈이다. 이렇게 「메멘토 모리」는 "쓰기"를 통해 '당신'이라는 실재와 대면하는 순간을 포착하고 있다. 여기서 '당신'은 "쓰기"에 의해 위치가 바뀐 '나'이다. 역으로 "나는 납작해져 당신이라는 쓰기가 보낸 편지"(「복화술사」)이다. 이 편지가 '당신'이라는 실재와의 조우에 대한 비문(碑文)이 아니라면 무엇일 수 있겠는가?

4. 그는 그에 대해서 늑대

단언컨대, 미제레레는 그림이다, 미제레레는 음악이다, 미제레레는 시이다.

그리하여 미제레레, 그건 삶이다. 미제레레가 삶인 한에서, 시인은 자기의 "몸이라는 테두리"(「사람」)를 할퀴는 일을 그만둘 수 없다. 왜냐하면 '그는 그에 대해서 늑대'이기 때문이다. 따라서 김안의 미레제제에는 '나를 불쌍히 여기소서!'라는 동정도, 고통으로 이 세상이 치유될 것이라는 구원에의 요구도 있을 수 없다. 그는 그저 시적 발화를 통해 자신의 몸을 할퀴고 물어뜯을 뿐이다. 이것은 향락이자 동시에 징벌이다. 이 이중성이 김안의 미제레레를 지탱한다. 어쩌면 '늑대'는 '사람'이기 위해 게걸스런 식욕을 "가깟의 침묵"(「맹동」)으로 버티고 있는 중인지도 모른다. 마치 뒤샹의 「With my tongue in my cheek」에서 굳어 버린 석고 뺨처럼.

외설적이지만, 이 침묵을 찢고 한 가지 첨언해 둘 말이 있다. 그건 이렇다. 루오의 『미제레레』가 숭고한 까닭은 예수의 수난과 그로 인한 치유에의 염원이 담겨 있기 때문만은 아니다. 『미제레레』의 어두운 색조와 거친 질감을 결정하는 것은 바로 두꺼운 윤곽선에 있다. 스테인드글라스처럼 두꺼운 이 선이 아주 미세한 상처, 곧 '그라운드(ground)'의 긁힘으로 이루어졌다는 사실을 놓쳐서는 안 된다. 이것은 『미제레레』의 숭고함이 무수한 상처 내기의 반복적 행위를 통해서 구현된다는 사실을 함축한다. 김안의 『미제레레』 또한 그러하다. 그는 자기를 에칭(etching)한다. 그러니까 그는 '입'으로 자기를 에칭하는 자이다. 그는 "울음의 몽리면적"만큼 무수히 '그라운드'를 긁고 동판을 부식시킨다. 이때 부식되는 것은 몸이다. 몸이 '지상'에 폭우로 흘러내릴 때까지, 그의 시는 무수히 가는 말들의 생채기로 이루어진

"시간의 붉은 아가리"(「서정」)를 판각한다. "아름답고 더러워라"(「이후의 삶」).

제3부 시간의 허기와 주체의 분광술

시간의 허기와
발화하는 문자
―자유의 수사학의 무시무시

문자에서 목소리를 듣는 건 비단 친소(親疎)의 문제만은 아니다. 말의 진위를 결정하는 건 발화의 내용보다는 오히려 말투에서 비롯하는 것일지도 모른다. 그렇다면 시적 발화의 중심 매체인 문자에서는? 문자가 내적 발화의 표백인 한에서, 문자에도 말투와 유사한 어떤 목소리가 게재되어 있을 수 있다. 이것은 시적 발화가 낭송과 같은 물리적 소리로 외화된다거나, 특정의 친숙한 목소리가 문자에 투영된다는 것을 의미하지는 않는다. 오히려 문자를 통해 비물리적 음성으로서의 내적 목소리 자체를 발화하려는 고난과 시련을 뜻한다. 양자의 점이지대를 표현하기 위해 '글투'라고 다소 엉성한 용어를 사용해 보자. 정한아 시인의 시는 이 '글투'가 문자의 혀와 입술이라는 사실을 역설한다. 그녀의 첫 시집 『어른스런 입맞춤』(문학동네, 2011)이 그러하거니와(「시인의 말」을 보라. 어른스런 입맞춤 후, 스읍! 침을 닦고 기도하는 목소리를 들어 볼 일이다. "이상해! 하지만 어울려!"(마치 87학번 같잖아!)), 최근 시편들에서 문자의 울림과 반향은 더욱 내밀해졌다.

언젠가. 이 축제가 끝나면. 엄마들은 또 한 번 집으로 돌아오겠지. 그리고

오븐에 고깃덩어리를 넣겠지. 그런데 저녁을 먹을 아이는 어디로

갔을까. 해가 다 넘어가는데.

엄마. 나는 냉장고 속에 숨었어요. 벽장 속에도. 장롱 속 이불 사이에도. 혹은

대문 옆 커다란 쓰레기통 속에도요. 엄마가 축제를 보러 간 사이에요.

너무나 심심해서요.

냉장고 속은 시원하고 벽장 속은 아늑하고 장롱 속 이불 사이는 게으르고

대문 옆 커다란 쓰레기통 속은 신기해요.

언젠가. 숨바꼭질을 하다 잠이 깬 아이는 또 한 번 집으로 돌아오겠지. 그리고

오븐을 열어 보겠지. 열 손가락이 달린 고깃덩어리 앞에서 군침을 삼켜 보아도

엄마는 오지를 않네. 별이 총총한데.

아가야. 엄마는 마당에 떨어진 별똥별을 주워 먹고 너를 가졌단다. 그건

구운 고기 맛이 났지. 너를 먹고 또 먹어도

네가 줄지를 않는구나. 마을에는 서커스단이 왔는데

냉장고에. 벽장에. 이불에 밴 고기 냄새. 대문 근저까시

풍겨 나간 고기 냄새.

—「사육제」 전문

부재하는 엄마와 기다리는 아이는 오래된 주제이다. 다 알다시피, 아이의 욕망은 사랑에의 요구와 충족 사이의 이반 속에서 싹튼다. 그러니 "사랑은 봉사다(무슨 뜻인지는 엄마에게 물어보세요)"(「살아난 백설공주의 미래에 대한 불안」)라는 일갈은 얼마나 기막힌가. 사랑의 봉사(奉仕)는 '눈멂'을 전제한다는 의미일 텐데, "엄마가 축제를 보러 간 사이" 벌어지는 아이의 숨바꼭질이 꼭 그러하다. 숨바꼭질은 엄마의 부재를 견디는 일종의 'fort-da' 놀이이다. 이 익숙한 놀이에서 충격적인 것은, "냉장고 속"과 "대문 옆 커다란 쓰레기통 속"이 "벽장 속" 및 "장롱 속"과 나란히 놓여 있다는 점이다. 이는 숨바꼭질이 냉육과 폐기의 회로에서 순환하고 있음을 암시한다. "또 한 번 집으로 돌아오겠지"라는 말은 엄마의 부재와 아이의 숨바꼭질이 반복되는 사건임을 직접적으로 보여 준다. 반복의 주기는 사육제, 곧 예수의 부활 전 40일 간의 금식 기간인 사순제 직전의 축제와 관련 있다. "서커스단"의 출현이 예수의 사육제의 개시를 알리는 신호라면, "대문 근처까지/풍겨 나간 고기 냄새"는 엄마의 사육제가 시작될 것임을 암시하는 신호탄이다.

따라서 엄마와 아이의 발화는 대화가 아니다. 아이의 말이 사육제 때문에 엄마가 부재한 상황에서 발화되는 것처럼, 엄마의 발화는 숨바꼭질 때문에 아이가 숨은 상황에서 이루어지고 있다. "언젠가"로 시작하는 1연과 3연은 엄마와 아이의 이중적 부재를 잘 보여 준다. 엄마와 아이의 귀환은 타자의 부재를 확인한다는 점에서만 공통점을 지닌다. 1연과 3연에 나타난 문장 구조의 반복과 발화 양태의 유사성은 이를 방증한다. 흥미로운 것은 부재의 장소에 남아 있는 흔적이다. '오븐의 고깃덩어리'는 엄마와 아이를 연결하는 매개물이자, 엄마의 존재를 고지하는 알리바이이다. 여기서 주목할 것은 '오븐의 고깃덩어리'가 인간의 형상("열 손가락이 달린 고깃덩어리")을 하고 있다는 점이다. 그리고 놀랍게도 엄마의 발화("너를 먹고 또 먹어도/네가 줄지를 않는구나")는 이 고깃덩어리가 아이임을 담담하게 토로하고 있다. 이는 사육제가 벌어지는 공간에 대한 의문을 제기한다. 즉 사육제가 벌어지는 장소는 마을의 "서커스단"이 아니라, '오븐의 고깃덩어리'가 놓인 식탁 위인 것이다.

이것은 시인의 가족사, 예컨대 "영혼을 쑥대밭으로 만들고 날라 버린 엄마와 엄마의 애인들"(「그리스도의 순환」)의 얘기를 소환한다. 이를 위해 그동안 얼마나 많은 시인들의 식탁 위에서 가족의 카니발이 행해졌는지를 되돌아볼 필요는 없을 듯하다. 중요한 것은 가족의 카니발의 참담함 자체가 아니라 참담함을 이야기하는 방식에 있기 때문이다. 즉 "너를 먹고 또 먹어도"라는 식육의 기이함이 아니라, "네가 줄지를 않는구나"라는 발화의 담담함이 산출하는 기이함이 문제인 것이다. 이는 "열 손가락이 달린 고깃덩어리" 자체의 기이함이 아니라, 그 "앞에서 군침을 삼켜 보아도"라는 아이의 일상성이 산출하는 기이함의 경우도 마찬가지이다. 정한아 시의 발화의 특수성은 엄마와 아이의 말투를 다소 의뭉스럽게 연극적으로 가장하고 있다는 것에서가 아니라, 참괴함을 담담함으로 전유하는 방식에서 찾을 수 있다. 이것이 그의 시의 장점, 식탁 위의 카니발이 납량과 최루를 지향하지 않는다는 사실을 구성한다.(아니, 이것이 더 참담한 일인가!)

이런 맥락에서 1연과 3연의 "언젠가"는 특별한 주목을 요한다. 왜냐하면 반복의 시작점인 "언젠가"는 이중의 시간을 지시하기 때문이다. 즉 그것은 과거의 특정의 순간을 지시하는 동시에, 미래의 불특정한 영원의 시간을 가리키고 있다. 전자의 경우는 그 시간이 특정의 과거의 사건에 놓이겠으나, 후자의 경우는 카니발과 숨바꼭질의 무한 회귀에 놓인다. "엄마들"은 이 시의 외연이 특정의 가족의 카니발 너머에 걸쳐 있음을 보여 주며, 그 대척점에 '아이들'이 있음을 암시한다. 그리고 여기에서 특수한 엄마와 아이가 출현한다. '사육제'라는 제목은 이 시를 마리아의 수태와 예수의 부활에 대한 알레고리로 읽힐 가능성을 제시한다. 그들은 '엄마/아이'와 "엄마들"/'아이들'을 매개하고 있는 것이다. 따라서 "언젠가"는 엄마의 카니발과 아이의 숨바꼭질이라는 반복 메커니즘에서 과거와 미래의 결절점을 표시한다고 할 수 있다. "언젠가"의 시간이 기대와 포기의 이중 운동의 반복을 표현한다는 점에서, 그것은 시간의 '허기'를 발화한다고 말할 수도 있다.

비 그친 오늘 저녁엔 개밥바라기가
모자를 벗고 까딱, 목인사를 합디다
아아, 참말로 긴 우기(雨期)였어요, 나는
지붕 밑에서 나와 손을 내밀었지요
마는, 그는 또 그렁그렁한 눈으로
까딱, 목인사만 합디다
젖은 나뭇잎들이 고개를 끄덕일 때마다
차갑고 정중한 안부가
투닥, 투닥, 흩어졌습니다

나는 온몸이 성대(聲帶)인 것처럼
컹! 컹!

부러 짖어 보았지요
나는 입술이 검지만
보이냐고, 나는
멀어서 아름답고
멀어서 쓸쓸해진 당신이
무언가 참고 있는 것만 같다고

(중략)

그가 참고 있는 것이
웃음인지 울음인지 비명인지
분간할 수 없었습니다만

입술도 목소리도 없는 그가
내게 모자를 건네주려는 순간을 나는
아차! 그만 놓쳐 버리고 만 듯합니다

죽어서 별이 된 사람들과
죽어서 사람이 된 별들 사이에서
허기가 내내 가시지 않았습니다

―「개밥바라기」 부분

'개밥바라기'는 초저녁 금성의 찬연함과 허기진 개들의 처연함 사이를 왕래한다. 긴 우기 뒤의 만남이라면 더욱 그러할 것이다. 이는 만남이 "그렁그렁한 눈"의 인사이기 때문이다. 젖은 인사에 대해 어떻게 응대할 것인가? 바라던 자와의 만남이라면, "온몸이 성대인 것처럼" 짖어도 좋을 일이다. 문제는 그 소리를 "멀어서 아름답고/멀어서 쓸쓸해진 당신"이 도저히 알아들을 수 없다는 점. 양자의 사이에 존재하는 진공상태가 온몸의 소리를 대기권 안에 가둘 뿐이다. 그러니 시선만이 유일한 수단이다. 모자를 건네는 행위는 "입술도 목소리도 없는 그"의 유일한 인사법이 된다.

"아차! 그만 놓쳐 버리고 만 듯합니다"는 그러한 인사마저 불발되었음을 보여 준다. 만남의 실기(失機). 여기서 주의할 것은 이러한 불발이 모자를 건네받지 못했음이 아니라, "내게 모자를 건네주려는 순간"을 포착하지 못했음을 표현한다는 점이다. 놓친 것은 모자가 아니라 '순간'이라는 시간이다. 이것은 모자를 받을 수도 있었음을 암시하는가? 그렇지는 않은데, '순간'은 다시 올 수 없기 때문이다. 「Sagittarius Rising」의 일절, "언제나 명심해야만 했다 모든 순간은 단 한 번뿐/이 사실을 기억하느라 우리는 순간들을 소모해 버리고 말았다"는 '순간'에 대한 이러한 인식을 잘 보여 준다. 이 구절의 핵심은 '순간'의 재귀 불가능성을 보여 주는 전반부보다는, '순간'의 재귀 불가능성이 모든 "순간들"에 반복하고 있음을 암시하는 후반부에 있다. 이것은 "순간들"을 지배하는 메커니즘이 '순간의 소모'에 있음을 암시한다. 따라서 "내게 모자를 건네주려는 순간"을 놓친 사건은 다시 반복되지 않으며, '순간의 실기'만이 영원히 반복될 뿐이다. 이 후자가 '시간의 허기'를 구성한다. 마지막 연은 '허기'가 궁극적으로 삶과 죽음의 간극에서 비롯하는 것임을 보여 준다. 그것은 "죽어서 별이 된 사람들과/죽어서 사람이 된 별들 사이"에 처한 자의 순간에 내재한 영원성에 대한 갈증을 표현한다.

순간과 영원에 대한 이러한 사유는 공간의 사유와 교직하고 있다.

이는 지상의 신에 대한 사유로 표현되고 있는데, 여기서 문제는 "별이 된 사람들"이 "입술도 목소리도 없"는 존재인 것처럼 "사람이 된별들" 또한 벙어리라는 데에 있다. 그것은 「편도선염을 앓는 벙어리신(神)의 산책로」의 '부재하는 혀'와 통한다.

당신과 오솔길에서 마주친 그는
고통의 역치가 지나치게 높은 것이 틀림없었습니다
고양이가 그의 혀를 물어 갔으므로
누구라도 그에게 비밀을 털어놓지 않을 수 없었지요

텅 빈 눈
게슴츠레한 눈
충혈된 눈
반짝이는 눈

그런 작은 한 쌍의 눈들은
실수로 숲에 들어왔다가는 황급히 발길을 돌리게 마련이지요
거기엔
휴식보다
상상보다
너무 많은 것들이 있거든요
직박구리 박새 멧비둘기 노루오줌 산동백은 물론이고
등산객 탈영병 신분증 없는 시신 낡은 소매의 실업자 빨간 모자를 쓴
해병 전우 난폭한 걸인 죽을 자리를 찾으러 왔다가 신선한 공기에 기분
이 좋아져 급히 하산하는 실연한 청년 그러나

우는 눈,

상수리나무에게 꿀밤을 맞으며 오래 울고 있는

벙어리 신이야말로 가장 기이한 풍경이지요

당신은 그의 생각을 알 수 없으며

무례하게 안아 줄 수도 없습니다

고양이가 그의 혀를 물어 갔으므로

증언할 수도

욕할 수도 없는

                    ─「편도선염을 앓는 벙어리 신(神)의 산책로」부분

역치(閾値)는 자극에 대한 반응을 일으키는 데 필요한 최소한의 자극의 세기를 나타낸다. "고통의 역치가 지나치게 높은 것"은 고통에 대해 지나치게 둔감하다는 것을 의미한다. 그럼, 누구의 고통인가? 그것은 숲의 산책로에서 그와 마주친 "당신"의 고통이다. 지상의 신은 "당신"의 사소한 고통들에 대해 반응하지 않는다. 그러니 "당신"이 어떤 눈을 가진 자이든, 대개는 "실수로 숲에 들어왔다가는 황급히 발길을 돌리게 마련"이다. 게다가 "고통의 역치가 지나치게 높은" 그가 "상수리나무에게 꿀밤을 맞으며 오래 울고 있"지 않은가! 자기의 고통에 대해서만큼은 그의 역치가 '지나치게' 낮은 것일까? 그의 울음은 지상에서 "가장 기이한 풍경"이 아닐 수 없다.

여기서 이러한 신의 존재에 대한 의문이 제기된다. 지상의 신은 고양이에게 '혀'를 도난당한 벙어리에 불과하다. 그가 '벙어리 신'이라면 지상에 임재(臨齋)하고 있는 이유는 무엇인가? 그의 임재는 그저 '숲에 거주하고 있음(林在)'을 의미할 뿐인가? 만약 숲을 '상징의 숲'(보들레르, 「correspondances」)으로 이해할 수 있다면, 알 수도 없고 안아 줄 수도 없는 신은 상징 세계와의 조응의 실패를 보여 준다. 편도선(扁桃腺)의 염증은 풍경의 기이함을 더욱 배가한다. 편도선염 때문에 "증언할 수도/욕할 수도 없는" 신의 상태가 우리의 고통의 역치를 '지나치게' 낮추기 때문이다. 그러니, 다시 묻자. '말씀(Logos)'이 없는 신, 그래서 그의 산책로가 '편도선(片道線)'일 뿐이라면, 대체 '벙어리 신'의 존재 의의는 무엇인가?

역설적이게도 '혀의 부재'는 신의 가치를 규정한다. '말할 수 없음' 자체가 침묵하는 신의 존재 의의를 결정하는 것이다. 고해성사는 비밀이 절대 누설되지 않는다는 확신이 없으면 성립되기 어렵다. 이때 전이되는 것은 비밀의 내용이 아니라, 그 비밀을 말하지 못하는 고통이다. 사제는 말하지 못하는 고통을 스스로 짊어지고 사는 자라고 할 수 있다. 비유컨대, 그는 임금님 귀가 당나귀 귀라는 것을 아는 이발사이다. 이런 이유로 신의 부재하는 혀는 "누구라도 그에게 비밀을 털어놓지 않을 수" 없게 만든다. '벙어리 신'은 이발사의 '구덩이' 인 셈이다. 그의 고통은 여기에서 비롯한다. "우연히 마주친 당신의 이름을 발음해 보려/밤새 낑낑거리"(「편도선염을 앓는 벙어리 신의 산책로」) 는 모습은 누설할 수 없는 자의 고통을 형상화한다. 이 기이한 광경 앞에서 울어야 할지 웃어야 할지 아니면 비명을 질러야 할지, 우리는 알지 못한다.

「개밥바라기」와 「편도선염을 앓는 벙어리 신의 산책로」에 나타난 시간과 공간에 대한 인식은 「영도(零度)」의 '오늘'과 '여기'로 수렴된다.

모든 일은 오늘 일어난다

無始無時한 사람들과 나는 지낸다

於思無思한 사람들과
그대와 지낸다

믿을 수 없다 여기는
하늘의 딱 한 발 아래
무저갱으로부터 딱 한 번 뛰어오른 곳

피지 않고 봉오리째 시드는 꽃들과
(저 꽃 이름이 뭐더라?)
말라도 떨어지지 않는 작년의 낙엽과
(저 활엽수 이름이 뭐더라?)

천천히 늙어 보자고 산책로를 걸어 돌면
여기는 하늘의 한 발 아래
사계절이 분명하다는 곳
맵고 짜고 견딜 만한 곳

당신은 재빨리 내일의 계획 속으로 도망합니다

오늘이 당신을 천천히 따라가고 있다
저렇게 무거운 게 하늘을 날다니!

조형 가능한 물질 속에 나는 지낸다

이름이 가물가물한 사람들은
눈과 발이 검은 새가 되어
거듭
돌아와 맴돈다

녹아내리는 조립식 완구의 완벽한 세계 (뛰고 달리고 구부리고 앉고
집어 올리고 매달리고 미끄러지고 집도 짓고 불도 끄고 아픈 사람 도와
주고 멋진 자동차로 어디든지 가고 하늘을 나는)

분리 직전의 영혼 (아니, 우리 영혼은 피와 물을 쏟다가 육신에 들러
붙어 버렸어!)

위태로운 안락 (그녀는 원칙이 너무 뚱뚱해서 휴거/수거될 수 없을
것이다?)

익숙한 공포 (스읍! 살 것 같아)

나를 쪼지 않고
깃털 몇 개를 떨어뜨리고 어디로 가는 검은 새

無始無詩한 사랑하는 사람들과 나는
잘 지낸다

於思無思한 사람들과
거듭 알아 가는 그대와 지낸다

그것은 하나의 물비늘과 또 하나의 물비늘처럼
다르고

같고

무섭고

아름다운 일

아직 이름이 없는 올여름의 태풍

이름만 없는 올여름의 태풍

모든 일은 오늘 일어난다

─「영도(零度)─겉보기와 달리」 전문

　"겉보기와 달리" "모든 일은 오늘 일어난다"는 말은 과거와 미래의 폐기를 의미하지 않는다. 여기에는 "피지 않고 봉오리째 시드는 꽃들"의 시간과 "내일의 계획 속으로 도망"가는 '당신'의 시간이 내재하기 때문이다. 오히려 이 문장은 '오늘'이 영도(零度)라는 것을 뜻한다. 이는 "오늘은 언제나 마지막 오늘"(「떠도는 별」)이라는 사유에 가깝다. 따라서 '오늘'은 죽음의 시간이고, 영도는 죽음의 시간의 지표이다. "나", "그대", "於思無思한 사람들", "無始無時한 사람들"은 영도로서의 '오늘'의 거주민들이다. 동시에 이들은 '여기'의 거주민이기도 하다. '여기'는 "하늘의 딱 한 발 아래"이자 "무저갱으로부터 딱 한 번 뛰어오른 곳", 그러니까 양자의 거리는 딱 두 발 혹은 딱 두 번 뛰어오를 만큼의 높이이다. '하늘'과 '무저갱'은 '여기'가 수직축의 선상에서 사유되고 있음을 보여 준다. 마치 "말라도 떨어지지 않는 작년의 낙엽"이 매달린 자리처럼. 따라서 '여기'는 통칭 "사계절이 분명하다는 곳"이지만, 연옥과 같이 "맵고 짜고 견딜 만한 곳"이 된다.

　'오늘'과 '여기'의 양걸침은 이 세계의 이중성을 구성한다. 이 세계는 "조형 가능한 물질"의 세계라는 점에서 일종의 "녹아내리는 조립식 완구의 완벽한 세계"라 할 수 있다. 후자는 '영플레이모빌'이라는, 지금은 사라져 버린 완벽한, 그러나 원본을 모방한 가능성의 세계를 지시한다. 이러한 이중성이 이 세계의 거주민들의 이중성을 구속한다. "분리 직전의 영혼", "위태로운 안락", "익숙한 공포"는 존재와 소멸, 상승과 조락 사이에 처한 거주민의 구원/등원 가능성을 타진한다. 여기서 괄호 속의 발화들("(아니, 우리 영혼은 피와 물을 쏟다가 육신에 들러붙어 버렸어!)", "(그녀는 원칙이 너무 뚱뚱해서 휴거/수거될 수 없을 것이다?)", "(스읍! 살 것 같아)")은 무게 추가 후자로 기울어졌음을 암시한다. 그러니 우리는 '오늘' '여기'의 세계에 살 수밖에 없다. "휴거/수거"는 원칙의 뚱뚱함과 상관없이 불가능하다.

'오늘' '여기'의 거주민들과의 동거 생활은 "無始無時한 사람들"과 "於思無思한 사람들"에 압축적으로 표현되어 있다. 전자는 시작과 시간의 부재 속에서의 '오늘'의 삶을 대변하고, 후자는 이름과 생각의 부재 속에서의 '여기'의 삶을 대변한다. 흥미로운 것은 이들에 대한 '나'의 태도의 이중성이다. 여기에는 동시대의 거주민들에 대한 윤리적 시선이 내재해 있다. 먼저, "눈과 발이 검은 새"는 "於思無思한 사람들", 곧 "이름이 가물가물한 사람들"의 변주이다. 그 새가 "나를 쪼지 않고" 사라졌다는 것은 어사무사한 존재들이 '나'를 쪼기 위해 맴돈 것이 아님을 보여 준다. 이는 역으로 '나'는 그러한 존재들이 자기를 쫄 것을 예상하고 있었음을 암시한다. 다음, "無始無時한 사람들"에서 "無始無詩한 사랑하는 사람들"로의 변화는 보다 직접적이다. '시(時)'에서 '시(詩)'로의 변화는 시간(日)에서 언어(言)로의 사유 축의 이동을 보여 준다. 다시 말해 "無始無詩"에서의 '시(詩)'는 "於思無思"에 표출된 이름 및 생각과 농일한 층위를 이룬다. "無詩"는 "無思" 및

'벙어리 신'과 한통속이다. 더불어 "無始無詩"와 "사람들" 사이에 추가된 "사랑하는"이라는 말은 '오늘' '여기'의 거주민들에 대한 '나'의 태도를 대표한다. '사랑'은 그들의 무시(無始, 無時, 無詩)를 무시할 수 없음을 선언하고 있다. 이는 그들의 '무시무시함'이 '사랑함'과 양립할 수 있을 가능성을 암시한다. 여기서 우리가 '은경이'(「만년설(萬年雪)」)라는 이름을 떠올리는 것은 하등 이상한 일이 아니다. 때로 우리가 "그대" 속에서 '무시무시함'을 발견한다 할지라도, '은경이'에 대한 용서를 포기할 수는 없지 않겠는가.

그렇다, 그것은 "다르고/같고/무섭고/아름다운 일"이다. "간신히/노련하다"(「이상한 가투」)는 말은 여기에 적합하다. '오늘'과 '여기'의 거주민들과 잘 지내는 일을 이보다 잘 표현하고 있는 말은 없을 듯하다. "아직 이름이 없는" 혹은 "이름만 없는 올여름의 태풍"이 태풍이 아닌 것은 아니다. 마찬가지로 '시작(始)'과 '시간(時)'과 '언어(詩)'가 없다고 해서 그들에게 '오늘' '여기'의 시민증을 박탈할 수는 없다. 무시(無始, 無時, 無詩)의 이유로 그들을 무시하는 것이야말로 진정 무시무시한 일이 될 것이다. 이런 점에서 "거듭 알아 가는 그대"와의 관계를 밀월(蜜月)이라고 말할 수도 있다. 밀월이되, "죽어서 꿀병 속으로 간 꿀벌"처럼 "가장 기이한 풍경"으로 우리 앞에 현시된다.

> 부풀어 오르는 반죽
> 라벤더 꽃에서 딴 꿀
> 죽어서 꿀병 속으로 간 꿀벌
> 느린
> 아침
> 햇볕

현관을 들어서는

손톱 밑이 까만 그의

목덜미에선

그을린 빵 냄새가 난다

어디 갔다 왔어요?

간밤에 잠깐

지옥에요

일이 생겨서요

폐허에서 태어난 돌들은

부서진 살점들을 오래 모으고

어제부터

어제보다 조금

덜 존재하기 시작하고 있는

죽은 꿀벌

썩지 않는

삼켜 버릴 수도 없는

ㅡ「꿀과 달」 전문

  "죽어서 꿀병 속으로 간 꿀벌"은 "썩지 않는/삼켜 버릴 수도 없
는" 존재이다. 꿀과 벌의 공존은 이 시의 의미를 구성하는 일차적 층
위이다. 양자는 기이한 밀월 관계를 보여 준다. 여기서 그 관계는 이
중적인데, 이는 꿀이 두 가지 기능을 갖기 때문이다. 꿀의 방부 처리
(embalming) 기능은 벌을 썩지 않게 만든다. 그리고 꿀의 용매로써의

기능은 꿀벌의 체액을 서서히 삼투시킨다. 벌이 "어제부터/어제보다 조금/덜 존재하기 시작하고 있는" 것은 이 때문이다. 한마디로, 꿀은 죽은 벌의 외부를 보존하면서 내부를 침식하는 이중적 기능을 수행하고 있는 것이다. 꿀과 벌의 밀월이 잠식과 보존의 이중적 관계를 나타낸다는 점에서, "죽어서 꿀병 속으로 간 꿀벌"은 "가장 기이한 풍경" 가운데 하나이다.

이러한 풍경은 "손톱 밑이 까만 그"와의 관계를 추정하는 단서가 된다. "어디 갔다 왔어요?"라는 질문에 대한 '그'의 대답은 신기하게도 '지옥'이다. 이것이 비유이든 실제이든, 간밤에 '그'가 다녀온 곳이 불과 관련되어 있다는 것은 분명해 보인다. 만약 이 시의 제목인 「꿀과 달」을 허니문(honeymoon)의 변형으로 이해한다면, '그'는 간밤에 신혼의 달콤함을 뒤로 하고 '지옥'에서의 일을 치르고 온 자가 된다. 여기서 '그'와 허니문의 관계는 꿀과 죽은 벌의 관계와 중첩된다. 이때 보존과 잠식의 공간은 두 가지로 해설될 수 있는데, 하나는 '지옥'이고 다른 하나는 '신혼'이다. 전자의 경우에 밀월 관계는 '지옥' 내부에 구축되지만, 후자의 경우에 밀월 관계는 '신혼'의 내부에 구축된다. 어느 쪽이든 "느린/아침/햇볕/현관을 들어서는" 장면은 "가장 기이한 풍경"을 구성한다. 왜냐하면 '그'의 귀가는 "썩지 않는/삼켜 버릴 수도 없는" 관계의 곤혹스러움을 연출하기 때문이다.

이와 관련된 문제가 밀월에서의 '달'의 위치이다. 「꿀과 달」에서 '달'은 어디에 있는가? "부풀어 오르는 반죽" 속에서 '달'과의 친연성을 찾는 것은 헛된 일인가? 이 경우 '달'은 신혼의 '오븐' 내부에 있는 특정 존재가 될 것이다. '지옥'에서 '달'을 발견하는 것은 더욱 헛된 일인가? 이 경우 '달'은 꿀과 분리되고, 밀월 관계는 안과 밖으로 이중화된다. 어쩌면 '달'은 "가장 기이한 풍경"의 배경으로서만 존재하는 것일지도 모르겠다. '달'이 어디에서 발견되든, 이 시에서 '밀(월)'이 죽었으되 결코 사라지지 않는 존재와의 불가피한 동거 관계를 표현한다는 것은 변하지 않는다. "느린/아침/햇볕"이라는 찬란한 시간에 이러한 관계를 인정한다는 것은 당혹스런 일이다. 그러나 이것이 '지금' '여기'의 세계의 거주민들의 진정한 모습이라면, 그것이 아무리 기이한 것이라 할지라도 인정하지 않을 도리는 없을 것이다.

어쩌면 이러한 인정으로부터 2연의 돌출, "폐허에서 태어난 돌들"과 "부서진 살점들"을 이해할 단서를 찾을지도 모르겠다. "폐허에서 태어난 돌들"은 역설적인데, '폐허'라는 소멸의 공간 속 잔해물인 '돌들'을 죽음이 아니라 '탄생'으로 사유하기 때문이다. '폐허'는 "내일의 폐허"(「타인의 침대」)가 암시하는 것처럼 미래의 죽음을 예기하는 공간이기도 하다는 사실을 상기할 때, 이러한 역설은 더욱 의미심장하다. 여기서 하나의 개체 혹은 세계가 붕괴된 이후에도 작지만 또 다른 개체 혹은 세계가 개시될 수 있음을 보는 건 과도한 것인가? "부서진 살점들을 오래 모으고"는 그러한 가능성의 모색인 것처럼 보이다. 물론 "부서진 살점들"을 다 모은다고 해서, 그것이 원래의 개체 혹은 세계로 복귀될 수 있음을 보장하는 것은 아니다. 그러나 그것이 무슨 대수인가? 원래대로 되어야만 할 필연성과 당위성이 어디에 있단 말인가?

숨 가쁜 일이다. 정한아 시인의 '오늘'과 '여기'에 대한 천착, 그리고 그 안에서의 다층적인 관계에 대한 사유는 치밀하다. 거기에는 사물들의 관계, 가족과의 관계, 사람들과의 관계, 별과의 관계, 신과의 관계가 내재해 있다. 그리고 그 기저에는 '오늘' '여기'를 살아가는 자의 냉철한 시대 인식과 함께, 철학과 종교와 윤리에 대한 치열한 고뇌가 포함되어 있다. 이러한 중층적 관계들이 시적 발화의 다양성으로 나타난다. 때로는 전투적으로, 때로는 냉소적으로, 또 때로는 담담하게, 때로는 애절하게, 그러나 무엇보다도 '정한아'적으로 울리는 목소리를 듣노라면, "불가능한 크루즈를 꿈꾸며"(『크루소 씨네 섬이 있다』) 섬으로 떠난 '크루소 씨'가 떠오른다. 여기서 발화하는 앵무새의 혀와 입술을 보는 것은 놀랄 일이 아니다. 진정으로 놀라운 것은 그들에 대한, 그러므로 자기에 대한, 곧 "나의, 나를 위한, 나에 의한, 가장 독재적이며 민주적인 마지막 위락(爲樂)을 포기"(『자살한 여배우』)하겠다는 다짐이다. 이 '이상한 와신상담'에 내포되어 있는 것은 '자유의 수사학'일 것이다. 그러니 "찰나와 영원을 하나로 묶으며 자유롭게 변전할 것"[1]이라는 통찰은 얼마나 적확한가. 아니, '오늘' '여기'에서 시인의 '자유의 수사학'은 이미 변전하고 있다. 그의 발화는 "자기를 포함한 모든 것과 싸우고 있는 이"(『쪽팔리는 일』)의 자유이기에. 그리하여 우리는 정한아 시인의 최근 시편을 보면서, '하마터면/투쟁!/외칠 뻔' 하면서.[2]

---

1 장석원, 「이형의 음악, 우리들의 파티」, 정한아, 『어른스런 입맞춤』, p.146.
2 정한아의 시 「어떤 기도」의 변형.

집의 시학과
시의 공간학

1. 세 개의 집

동화로 시작하자. 조지프 제이콥스의 「아기 돼지 삼형제」[1]에는 돼지 삼형제가 지은 세 개의 집이 존재한다. 밀짚집, 나무집, 벽돌집. 나어린 돼지들이 어쩌다 그런 집을 짓게 되었는지는 미지이나, 이른 나이에 부모에게서 독립하여 자신의 삶의 공간을 스스로 건축하는 일은 동서고금을 막론하고 자수성가의 출발임에는 틀림없겠다. 물론, 동화는 동화답게 집이 거주의 공간일 뿐만 아니라 외부의 위협에 대한 보호의 공간임을 교설함으로써 튼튼한 집에 대한 환상을 강화한다. 그런데 어째서 집은 늑대가 내부로 침입하는 통로로써 굴뚝을 열어 둔 것일까? 집 밖으로 돼지를 유인하려던 온갖 계책이 무위로 끝난 상황에서 굴뚝이 내부로 통하는 구멍임을 발견한 것은 늑대의 일이나, 집 안에 굴뚝을 배치(intra-agencement)[2]함으로써 외부의 침입을

---

1 조지프 제이콥스 저, 서민석 역, 『영국 옛이야기』, 현대지성사, 2005, pp.88-92.

용인한 것은 집의 일이다. 집은 집대로 그럴 만한 사정이 있음에 틀림없다.

시로 이어 가자. 이근화의 네 번째 시집 『내가 무엇을 쓴다 해도』에는 시인이 지은 세 개의 집이 존재한다. 확정하기에는 이르지만, 그 세 개의 집을 다음과 같이 칭해 두기로 하자. 달팽이의 집, 거미의 집, 구름 위의 집. 각각이 정확히 과거, 현재, 미래의 집을 표상하는 것은 아니다. 그 가운데 어느 것이 '나의 집'인지는 미지이나, 생의 여정이 몇 개의 집을 허물고 다시 세우는 과정임은 시나 동화나 별반 차이가 없을 듯하다. 물론, 시는 시답게 집이 외부의 위협에 대한 보호의 공간일 뿐만 아니라 정신의 거처임을 고백함으로써 '마음의 집'에 대한 주체의 내밀한 열망을 강화한다. 이때 일상의 표면만을 지나치게 강조하는 것은 자칫 '시의 집'의 내밀성을 간과하는 우를 범할 수도 있음을 간과해서는 안 된다. 바슐라르의 말마따나, 집이야말로 "내부 공간의 내밀함의 가치들"[3]을 보기 위한 가장 특권화된 장소이지 않은가. 그렇다면 혹시 이런 질문이 가능할지도 모른다. 이근화의 '시집'에서 '늑대'가 침입하는 통로는 어디인가? 그의 네 번째 시집은 '죄'의 틈입이 임박했음을 경고하는 것처럼 보인다.

2. 오늘의 집, 그가 달팽이가 된 이유

창문이 조금 열려 있었고
그 사이로 낯선 손을 들이민 사람이 있었다

---

2 질 들뢰즈·펠릭스 가타리 저, 김재인 역, 『천 개의 고원』, 새물결, 2001, p.593.
3 가스통 바슐라르 저, 곽광수 역, 『공간의 시학』, 민음사, 1990, p.113.

집은 거부를 모른다
나와 너와 우리가 그 집에 기대어

세상에서 가장 웃긴 일이 일어났지만
아무도 웃지 않았다
발소리가 푹푹 꺼지고
집은 사라질 줄 모르고

거대한 허기와 만났지
어제는 말이야
굉장했어
지붕의 이야기가 뚝뚝 떨어진다
누군가 정말 죽을 것 같은 밤이다

그러나 발만 빠졌네
세상에서 가장 큰 호수에
차갑지 않다
뜨겁지 않다
나의 집으로 가고 싶다

조금 떠 있고
늘 가라앉아 있는
헤매고 방황하는 집
발이 쉬지 못하는 집

너의 집은 어디니
누군가 진지하게 물었다
정확히 그것을 모르지만
나는 밤마다 발이 닳도록
그곳을 찾아가요

큰 입을 벌리고 나를 삼키고
나는 즐겁게 죽어 간다

집의 입술은 마르지 않았네

                  —「집은 젖지 않았네」 전문

"집은 거부를 모른다"는 구절은 '오늘의 집'의 속성을 암시한다. 낯선 이의 틈입을 허용하는 집, 때로는 열린 창문으로 "낯선 손"이 들어와도 거부를 모르는 집. 이 기이한 집의 거주민들은 "세상에서 가장 웃긴 일"이 벌어져도 "아무도 웃지 않"는다. 더욱 기이한 것은, 그럼에도 '오늘의 집'은 사라질 줄 모르는 고집불통이라는 사실이다. 고집불통의 집이라고? 그렇다. 대체 '오늘의 집'에서는 무슨 일이 벌어지고 있는가? "거대한 허기와 만났"다는 "지붕"의 증언은 사건의 전모를 추정하는 유력한 단서가 된다. 그 이유는 "지붕"의 전언이 집은 살아 있는 실체라는 사실을 알려 주기 때문이다. 살아 움직이는 집, 그것도 거주민들을 식육의 대상으로 삼는 집……. 따라서 "거대한 허기"는 집의 허기이다. 집이 낯선 이의 틈입에 대해 거부를 모르는 이유가 여기에 있다. 이는 집이 자기의 허기를 충족하는 방법이기도 하다.

"거대한 허기"와 대면하여 거주민들이 "나의 집으로 가고 싶다"는 욕망을 품는 것은 당연해 보인다. 이것은 '오늘의 집'이 진정한 "나의 집"이 아님을 암시한다. 집에 거주하되, 그곳은 아직, 혹은 여전히 "나의 집"은 아닌 것이다. 그렇다면, 묻자. "너의 집은 어디니"? 우선, "정확히 그것을 모르지만"이라는 대답은 아쉽다. 한편, "나는 밤마다 발이 닳도록/그곳을 찾아가요"라는 대답은 아프다. 아쉬움과 아픔 사이에서 부상하는 것은 "나의 집"이 부재할지 모른다는 두려움이다.

5연이 기술하는 집의 기이한 위치는 이러한 두려움을 설명한다. "조금 떠 있고/늘 가라앉아 있는" 집에서 전자는 외부의 상태를 드러내고, 후자는 내부의 분위기를 누설한다. 즉, 집은 대지에 안착하지 못한 상태로 내부의 무게에 의해 침잠하는 역설적 공간으로 상정되고 있는 것이다. 이것이 집이 '젖지 않은 이유'와 '발만 빠지는 이유'를 설명한다. "헤매고 방황하는 집/발이 쉬지 못하는 집"이라는 묘사 역시 이와 관계있다. 여기서 관건은 이러한 묘사가 '오늘의 집'에 대한 진술인지, 아니면 "나의 집"에 대한 진술인지, 그도 아니라면 양자 모두에 대한 진술인지를 확정하는 것이다. 마지막의 경우에는 '오늘의 집'이 곧 "나의 집"이라는 등식이 성립해야 하는데, 다음 연의 "정확히 그것을 모르지만"이라는 구절을 보건대, 그 모르는 집을 "나의 집"과 등치시킨다는 것은 자연스럽지 않다. 전후 맥락으로 본다면, 5연은 '오늘의 집'에 대한 묘사로 간주하는 것이 옳을 듯하다.

그렇다면 지상에서 "조금 떠 있"는 상태로 존재하는, "발이 쉬지 못하는" 집이란 어떤 집인가? 실제로 그런 집이 존재할 수 있는가? '달팽이의 집'을 보라. '달팽이의 집'은 거주민의 등에 얹혀 있는 까닭에 지상에서 "조금 떠 있고", 달팽이의 발은 쉬지 못한다. 달팽이가 자신의 집을 온몸으로 이고 사는 자이듯, 그는 '오늘의 집'을 등에 떠메고 "나의 집"을 찾아다니는 자이다. 이때 "밤마다 발이 닳도록" 그 집을 찾아나서는 노역이 불가피한 것은 '오늘의 집'이 "큰 입을 벌리고 나를 삼키"기 때문이다. 등에 죽음의 집을 이고 있는 자라면 새로운 집으로의 이주는 필연적일 수밖에 없다. 그러나 달팽이는 소라게가 아니다. 그의 집은 썼다 벗었다 할 수 있는 '소라'가 될 수 없다.

사실 '오늘의 집'이 '달팽이의 집'이 되어 "큰 입을 벌리고 나를 삼키"는 데에는 까닭이 있다. 잠시 어제의 '부유하는 집'으로 돌아가 보자.

촛대와 냅킨을 들고 식탁으로 걸어가는 가족들이 있고 지상에서의 마지막 식사가 시작된다

지금 집을 짓지 않는 자는 영원히 집이 없을 것이므로 나는 지붕 위로 떠오르는 가족들의 긴 꼬리를 잡는다

눈이 내린다 가로등 불빛 아래 눈은 먼지처럼 오래고 말이 없다 개가 썰매를 끌듯이

나는 지금 집을 떠메고 날아오른다 아니 흩날린다 더럽고 조용한 길 위에서

슈베르트로부터 나는 못생긴 얼굴을 물려받았고 불친절함을 배웠다
　　　　　　　—「식사 시간」(『칸트의 동물원』, 민음사, 2006) 부분

주목할 것은 "지상에서의 마지막 식사"가 '나'를 제외한 가족 구성원이 '떠오르기' 때문에 벌어지는 일이라는 점이다. 순서에 따른 차이

가 없지는 않겠으나, "지붕 위로 떠오르는 가족들"이 결과적으로 지상에서의 '나의 유폐'를 초래한다는 데에는 변함이 없을 듯하다. "떠오르는 가족들의 긴 꼬리를 잡는" 행위는 집밖으로 유폐되지 않으려는 필사의 몸부림이라고 하겠는데, "개가 썰매를 끌듯이"라는 비유는 안간힘의 진통을 "더럽고 조용한 길 위"에 어지럽게 토설한다. 토설의 자리에서 이런 일이 벌어지게 된 과거의 사연을 재현하는 것은 하염없는 짓이다. 그것은 불가능해서가 아니라, 괄목할 만한 일이 아니기 때문이다. 상대해야 할 것은 "지금 집을 짓지 않는 자는 영원히 집이 없을 것"이라는 선포이다. 이 엄혹한 선언은 "영원히 집이 없을 것"이라는 공포보다는 차라리 "집을 떠메고" 있는 편이 훨씬 수월한 일임을 암시적으로 보여 준다. 집이 등 위로 올라간 이유가 이러하다.

'부유하는 집'에서 '조금 떠 있는 집'으로의 위치 변화는 결코 사소하지 않다. 집의 부유하는 힘과 그것을 견인하는 안간힘 사이에서 필사의 긴장을 버텨야 하기 때문인데, 그 장력은 고스란히 "밤마다 발이 닳도록" 집을 찾아나서는 자의 몫이다. '오늘의 집'이 "발이 쉬지 못하는 집"이 되는 까닭이 여기에 있다. 한편, 그 집이 "헤매고 방황하는 집"이라는 것은 "나의 집"을 찾는 주체의 여정이 '오늘의 집'의 여정과 다르지 않음을 암시한다. 이는 "나의 집"이 새로운 장소에서 발견되는 것이 아니라, '오늘의 집'을 대지에 안착시킬 때 비로소 발견될 수 있음을 보여 준다. 그러나 "나는 즐겁게 죽어 간다"는 역설은 집의 안착이 불가능하다는 것을 암시하는 듯하다. 그것도 필사적으로 버텨 오던 '오늘의 집'에 삼켜짐으로써 말이다. 시의 마지막 일절, "집의 입술은 마르지 않았네"가 잔혹한 후일담처럼 들리는 것도 전혀 이상한 일이 아니다.

그럼 '오늘의 집'에 삼켜진 자의 일상은 어떠할 것인가? 여기서 내부의 탐색은 집주인의 일상의 취미를 진열하기 위해서가 아니라, "일상 속에서 정념의 치안을 유지하기 위해 요청되는 것"[4]이어야 한다. 집의 내부가 궁금하다면, 집의 위장(胃臟)인 주방으로 직접 들어가 볼 일이다.

우주선은 아름답지만
알 수 없는 곳으로 흘러가다가
정적과 암흑의 놀이터가 되겠지
이곳에서 너무 멀어서
코맥스 200

곧 쓰레기가 될 이 비닐장갑은
우주선의 이름 같다
이백 매인지 아닌지 세어 보지 않겠지만
미아가 될 우주선의 운명처럼
내 손은 이백 번씩
투명하게 빛날 것이다

날마다 죽는 연습이라면 어떤가
우리가 티슈를 뽑아 쓸 때마다
티케팅을 할 때마다

---

4 조강석, 「일상의 표면, 취미(taste)의 심연」, 이근화, 『차가운 잠』, 문학과지성사, 2012, pp. 160-161.

줄어드는 것이 있다면 어떤가
늘어나는 것이 있다면 무엇인가
내가 사라진 자리를

나는 느낄 수가 없다
당신의 표정을 읽을 수 없다
나는 보호받고 있다고 믿어야 하는지
지나치게 반복적이어서
누군가는 웃었고
깊어진 주름 속에서
적막과 허무가 그네를 탄다

―「코맥스 200」 전문

  "코맥스 200"의 등장은 집 내부의 압력의 변화를 암시한다. 일상적으로 주방은 집에서 가장 분주한 곳 가운데 하나이다. 마치 집이 먹기 위해 존재하는 공간이라는 듯, 주방은 씻고 다듬고 썰고 삶고 볶고 끓이는 반복적 행위들로 분주하다. 이 반복적 행위들이 산출하는 온갖 소리와 열기는 집의 내부를 거대한 압력으로 채운다. 문득, 모든 것을 응축하고 있는 주방의 내부에서 없는 것이 있다면, 그것은 "보호"이다. 곧, "보호받고 있다"는 감정. 주방이 "내가 차릴 백 년의 안개 식탁"(「안개의 식탁」, 『차가운 잠』)이 놓인 곳임을 감안한다면, "보호받고 있다"는 믿음에 대한 불확실성은 주방의 열기를 '안개'로 만드는 촉매가 된다.

  코맥스(Komax)사의 주방용 비닐장갑 "코맥스 200"이 "알 수 없는 곳으로 흘러"들어 가는 우주선의 '비밀 장갑'이 되는 것은 바로 이때이다. 보다 엄밀히 말한다면, "코맥스 200"은 이백 번으로 제한된 "정적과 암흑의 놀이터"행 '비닐 티켓'이다. 주방용 비닐장갑이 '우주선'의 이름으로 둔갑하는 사태의 표면에서 빛나는 것은 언어의 감각이지만, 내부에서 침식하는 것은 "미아가 될 우주선의 운명"을 발견하는 자의 "깊어진 주름"이다. 줄어드는 것은 비밀 공간으로의 "티케팅"이 주는 희열이지만, 늘어나는 것은 "날마다 죽는 연습"의 반복적 비참이라는 말이다. '적막과 허무의 그네'가 그리는 왕복 운동의 궤도는 이를 요약한다. '오늘의 집'이 그러하듯, 집의 위장인 주방 역시 "조금 떠 있고/늘 가라앉아 있는" 곳이다. "미역국에 뜬 노란 기름은/눈물 같고 고름 같고 죽음 같다"(「미역국에 뜬 노란 기름」)는 말도 이와 다르지 않다.

3. '시인 근화 씨의 일일'

"코맥스 200"은 코맥스사의 '우주선' 이름이기도 하지만, 코맥스 (Commax)사의 전자식 잠금장치이기도 하다. 후자는 외부자의 침입을 막는 현대판 문고리이다. "코맥스 200"이 "알 수 없는 곳으로 흘러"들어 가는 '비닐 티켓'인 한에서, 집의 안과 밖의 경계를 엄밀히 구분하는 것은 불가능하다. 주방에서의 '적막과 허무의 왕복 운동'이 집 안팎의 경계를 넘나들기 때문이다. 이것은 '적막과 허무의 그네'가 집의 안과 밖을 왕복하는 "정적과 암흑"의 놀이기구라는 말과도 같다. '시인 근화 씨의 일일'은 이를 예시한다.

303동과 304동 사이 버려진 분홍 땡땡이 팬티
누구의 것일까
부끄러워 아무도 손대지 못한다

다 늙은 관리인이 치우며 슬며시 웃을까

그럴지 몰라 잊은 듯 잊지 않은 듯

호주머니에 넣고 다닐지 몰라

어느 창문에서 무슨 바람을 타고 어떤 사연을 날리며

날아온 것인지는 아무도 모르지만

꽃인 듯 한참을 바라보았던

가을 햇살을 눈부시게 갈라놓았던

그런데 어쩐지 젊음도 늙음도 그 안에는 없고

향기도 주인도 없다

(중략)

저만치 버려진 팬티는 내 것이 아니다

나를 모른다

그런데 내게 주어진 단 하나의 꽃잎은

누구에게 던질까

누가 될 거니

오늘 나의 산책과 명상에는 무늬가 없다

내일 우리의 논쟁과 수다는

테이블 위의 접시를 몇 번이나 갈아치울지

주인을 잃은 이름들이 하나둘씩 떠오르는데

비가 와도 젖지 않는

더 이상 떨어질 곳이 없는

꽃잎의 어지럽고 어려운 방향을 따라가 본다

—「신유화」 부분

「산유화」는 산책길에서 우연히 발견한 "303동과 304동 사이 버려진 분홍 땡땡이 팬티"에 대한 시이다. 누군가에게는 쓰레기일 수도, 또 다른 누군가에게는 욕망의 티켓일 수도 있는 버려진 팬티가 한 송이 꽃으로 진화하는 건 그것을 발견한 자의 내면에서 "불가능한 꽃/불가해한 꽃"으로 피기 때문이다. 여기서 절묘한 것은 김소월의 '산유화'가 존재하는 거리인 "저만치"가 시적 주체와 "버려진 팬티" 사이에서 재발견된다는 사실이다. "저만치"는 외적으로는 소소한 일상의 우연적 사건들과 주체와의 거리를 티 나게 표시하지만, 내적으로는 양자 사이가 그리 멀지 않다는 사실을 반어적으로 표현한다. '적막과 허무의 그네'를 타는 자에게 "분홍 땡땡이 팬티"는 "젊음도 늙음도" 표백되고 "향기도 주인도" 휘발된 마음의 꽃이 되는 것이다. "내게 주어진 단 하나의 꽃잎은/누구에게 던질까"라는 자문은 이를 뒷받침하며, "오늘 나의 산책과 명상에는 무늬가 없다"는 단언 또한 이러한 맥락의 연장선상에서 이해될 수 있다. 즉, 양자는 모두 "주인을 잃은 이름들"인 것이다. 그 꽃이 "젊음도 늙음도" "향기도 주인도" 없는 자의 이름이라는 점에서 그것을 비인칭의 기표라고 불러도 좋다.

여기서 "꽃잎의 어지럽고 어려운 방향을 따라가 본다"는 산책자의 말은 중요하다. "밤새 발이 닳도록" "나의 집"을 찾아다니는 여정이 '달팽이'의 그것과 다르지 않음을 보여 주기 때문이다. '달팽이'의 족적을 따라가 본 자는 알겠지만, 그의 여정에서 특정 방향으로의 진행을 기대하는 것은 어리석은 일이다. 분분하게 흩어지는 방향 속에서의 모색이라면, 애당초 특정 방향을 지시하는 이정표는 존재하지 않는다. 그럼에도 불구하고, 산책자는 이것이야말로 "길거리에 마구 내뱉어진 내가"(「내 죄가 나를 먹네」) "나의 집"을 찾는 유일한 방식이라는 듯, 두 개의 더듬이로 끊임없이 허공을 두드리며 온몸으로 길을 가기를 그치지 않는다. "우리는 오늘 어디로든 간다/간다"(「다시 사랑」). 그러니 산책자가 아무 이유 없이 "꽃잎의 어지럽고 어려운 방향을 따라" 어느 "아름다운 개천"에 흘러든다고 해서 새삼 놀랄 필요는 없을 듯하다.

　　개천을 지나 낯선 풍경이 눈에 들어와서야 알았다. 이유도 사연도 없는 중랑까지 온 것이 벌써 몇 번째인지 모른다. 중랑에는 뭐가 있을까. 내려서 되돌아가기가 사나워 개찰구로 나왔다. 중랑은 어디인가. 두리번거릴 것까지야 없는데. 택시를 집어타고 목적지로 되돌아가기 전 만둣집에 들렀다. 만두 한 판이요. 이곳은 회기가 아니고 중랑이니까. 조금 늦어도 되지 않을까. 돌아갈 곳이 없다는 듯 천천히 만두를 씹었다. (중략) 회기는 회기. 중랑은 중랑. 나는 나. 만두는 만두. 무엇이 무엇 다음이고, 무엇이 무엇에게 먹혔는지가 중요한 것은 아니다. 시곗바늘이 눈을 찌르고 눈이 멀어도 좋다는 듯이 중랑을 지나 더 근사한 만둣집으로 갈 것인가. 김은 모락모락 사라지는 것인가. 목적지를 향한 나의 발걸음이 부글부글 끓어오를 때까지 중랑은 나의 뒤통수, 나의 애인, 내가 모르는 곳. 발걸음이 멎고, 만두가 있고, 헛소리가 아름다운 개천. 네가 살고 있는 곳이 아니다.

　　　　　　　　　　　　　　　　　　—「중랑에는 뭐가 있을까」부분

　　"이유도 사연도 없는 중랑까지 온 것"에 대해 곤혹스러워하지는 말자. 때로는 '그네'의 리듬에 몸을 실어야 할 때가 있다. 애써 진지하게 "중랑은 어디인가"라고 묻는다면, "너는 정말 나쁘다"(「가짜 논란」)는 말을 들어도 마땅하다. "조금 늦어도 되지 않을까"는 소소한 사건의 넛썸음에 내한 위무의 밀일 테지만, "만두 한 판"을 친친히 디 먹는 일은 "돌아갈 곳이 없다"는 마음의 파랑(波浪)을 저작하는 행위임에 틀림없다. "중랑을 지나 더 근사한 만둣집으로 갈 것인가"라는 망설임은 돌아갈 일에 대한 근심이 아니라, '회기할 곳이 없다'는 마음이 일으키는 파랑을 보여 준다. 우연임에 틀림없겠으나, '중랑(中浪)'은 '회기(回基)'와 '망우(忘憂)' 사이에 있다. '그네'는 '회기'와 '망우' 사이를 왕래하는 열차이다.

이때 소화불량에 걸리는 것은 '위'가 아니라 '발'이다. 그가 '달팽이'가 됨으로써 '발'로 소화하는 자가 되었다는 사실을 상기한다면, "나는 섭취한 대부분의 영양을 발로 소비한다"(「우리들의 진화」, 『우리들의 진화』, 문학과지성사, 2009)는 말이 허언이 아닐 뿐만 아니라, 그가 '중랑'에 오래 머무르지 않을 것임을 예상할 수 있다. 그러므로 "목적지를 향한 나의 발걸음이 부글부글 끓어오를 때까지" '중심의 파랑'에 머무는 것을 포기와 안주로 간주할 수는 없다. '중랑'이 "나의 뒤통수, 나의 애인"이 되는 시간은 '발'이 "만두 한 판"을 다 소화시킬 때까지이다. 이를 "헛소리"로 치부할 수 없는 이유를 중랑천은 이미 알고 있는 것처럼 보인다. "앞 강물, 뒷 강물,/흐르는 물은/어서 따라오라고 따라가자고/흘러도 연달아 흐릅디다려"(김소월, 「가는 길」). 하여, '중랑'은 "네가 살고 있는 곳"이 아니다. 비록 "두 다리는 힘이 모자라고/딛는 곳마다 젖은 발자국 되살아난다"(「트렁크」)고 할지라도 그는 회기한다. 단, 그의 '발'은 '만두 한 판의 죄'에 젖는다.

'소설가 구보 씨의 여정'과는 달리, '시인 근화 씨의 여정'은 분분히 흩어지는 그의 발자취를 닮아 부단히 흩날린다. 이러한 이유 때문에 이근화의 시에서 산책과 외출의 "어지럽고 어려운 방향"의 전체 여정을 되밟는 것은 촉급하지만 위태한 일이다. 지금 막 '중랑'이라는 반환점을 돌았다고 해서 안도할 일이 아니다. 재빠르고 안전한 귀환을 원한다면 '버스'나 '택시'가 좋겠으나, 전자에는 "어둠이 너인 줄도 모르"(「미믹 버스」)는 흉내쟁이 '나'가 있고, 후자에는 "우스운 과거와 무시 못 할 가족력이 있"(「택시는 의외로 빠르지 않다」)어 수월치 않다. 귀가의 도정에서 "발이 젖은 사람들이 서둘러/집으로 가겠지"(「집으로 가는 길」)만, '만두 한 판의 죄'에 먹힌 자의 귀갓길이 순탄치 않을 것임을 예상해 볼 수 있는 대목이다. 말하자면, "시곗바늘이 눈을 찌르"는 '만두 가게'는 때로는 "집 있/없는 사람들을 끌어당기"(「태극당 성업 중」)는 '태극당'으로 이어지고, "재래의 나를 비웃"(「모란장」)는 '모란장'이나 "당신의 회색이 솟아오"(「요양원」)르는 '요양원'으로 이어진다. "죽음이 덜컹커리는"(「도서관에 갔어요」) '도서관'도 없지 않다. 그리고 무엇보다도 "내 죄가 나를 먹는" '광화문'이 있다.

주먹이 있고 빗자루가 있고 혁대가 있고 한 바가지 물이 있지요. 그게 몸을 향해 날아왔어요. 심각한 것은 아니었어요. 가방을 메고 뛰쳐나왔다가 도로 들어갔어요. 흔한 해프닝이고 눈물범벅이고 말없이 화해되는 유년 시절의 일들입니다. 이제 더 이상 맞는 일은 없는데 주먹은 여기저기에 참 많습니다. 빈주먹이 나를 향해 날아옵니다. 내가 모른 척 방치한 것들입니다.

내가 지워지는 날들이 있어요. 내 죄가 나를 먹는 그런 날들. 다 먹힌 것 같은데 내일의 침묵 속에서 내가 다시 튀어나오겠지요. 길거리에 마구 내뱉어진 내가 돌아갈 집은 헛된 망상처럼 높고 반듯하고 분명합니다.

　　　　　　　　　　　　　　　　　　　　　—「내 죄가 나를 먹네」 부분

'죄'는 외상적이기보다는 윤리적이다. 이 말은 '죄'의 중심부가 '주먹과 빗자루와 혁대'가 아니라 "내가 모른 척 방치한 것들"에 있음을 뜻한다. 전자가 "말없이 화해되는 유년 시절의 일들"이라면, 후자는 "내일의 침묵 속에서" 반복 재생되는 일들이다. 시적 주체를 향해 달려드는 "빈주먹"은 오늘의 사건들에 대해 침묵하는 자의 반성과 자책을 의미한다. 그가 '적막과 허무의 그네'를 타면서 "모른 척 방치한 것들"이 귀가의 발목을 잡고 있는 것이다. 따라서 귀갓길에 잊지 말아야 할 것은 "눈물범벅"의 유년이 아니라 "무수한 잘못 가운데 내가 불쑥 솟아올랐다는 생각"(「시인의 말」)과 같은 반성과 참회이다. 이렇게 말해도 좋다. "빈주먹은 '물속의 어둠'을 모른 척 외면하고 방치한 자기와 일상에 대한 징벌"[5]이라고.

'중랑'에서 "만두 한 판"과 맞바꾼 것, 그리고 '광화문'에서 "우스운 과거와 무시 못 할 가족력" 때문에 방치했던 것들은 아마도 타인들의 어둠일 것이다. 그렇다면 '내일의 침묵의 죄'는 '만두 한 판의 죄'와 등가인 셈이다. 이때 '오늘의 집'은 "헛된 망상"이라는 왜상(歪像)으로 존재한다. 집의 외양이 아무리 "높고 반듯하고 분명"하다고 하더라도 그것이 "내일의 침묵"으로 지어진 것이라면 그 집은 다만 신기루에 지나지 않을 것이다. "높고 반듯하고 분명"한 집이 기이하게도 "누군가의 커다란 발"(「흘러나오는 것」, 『시를 사랑하는 사람들』, 2014.7-8)로 변이되는 사태도 이와 무관하지 않다. '오늘의 집'에 대한 시점의 변환, 이것이 '시인 근화 씨의 일일'을 되밟는 일을 멈춰서는 안 되는 이유를 설명한다. 특히 지금-여기에서 미래의 집짓기에 분주한 자라면 그의 여정 하나하나를 허투루 봐서는 안 된다. 그것도 끝까지 말이다.

　　귀신이 다가왔다. 문을 꼭꼭 잠그고도 문고리를 손에서 놓지 못하고

---

5 장철환, 「시의 안에 들다」, 『21세기 문학』, 2015.가을, p.338.

내다보았다. 다가오던 귀신은 물러서고 물러서던 귀신은 다시 다가왔다. 문이란 문은 다 잠갔다고 생각했는데 뒤돌아보니 집에는 뒤가 없었다. 바깥으로 뻥 뚫려 있는데 이걸 집이라 해야 하나. 두려운 마음에 향기로운 풀들을 잡아 흔들었다. 다가오던 귀신은 물러서고 물러서던 귀신은 다시 다가왔다. 문과 상관이 없었다. 집과도 상관이 없었다. 귀신이 다가왔다.

— 「괴물은 얼굴에 발이 달렸네」 부분

다가오고 물러서며 집 앞까지 쫓아온 "귀신"은 '죄'이다. '죄'가 일정한 거리를 유지하는 것은 벗을 수도 신을 수도 없는 이중적 곤혹을 의미한다. 다시 말해, "귀신"은 아무 근심 없이 '망우'에 가서 "만두 한 판"을 먹고 싶은 마음과, 그것의 결과로서 "내가 모른 척 방치한 것들"에 대한 참회라는 이중적 의식이 낳은 '죄'이다. 서두에서 말한 동화로 치자면 "귀신"은 결코 집 안에 들여서는 안 되는 '늑대'이겠는데, 틈입을 허용하지 않겠다는 몸부림("문이란 문은 다 잠갔다")은 이를 예증한다. 그러나 알다시피, 동화 속 '늑대'는 굴뚝이 집의 내부로 이어지는 통로임을 잘 알고 있다. 마찬가지로 "귀신"은 '오늘의 집'으로 틈입하는 방법을 알고 있는 것처럼 보인다. 그리고 그것은 "문"과는 상관이 없다.

그렇다면 '오늘의 집'에서 "귀신"이 드나드는 통로는 어디인가? 당혹스럽지만, 그곳은 '신발'이다. '시인 근화 씨의 일일'의 도정을 어둠 속에서 하나하나 밟아 온 '발'의 집. 거기에 '죄'가 "질투와 원망의 힘"(「그림자」)이 되어 실내로 들어온다. "귀신"의 출몰은 "문"과 "집" 때문이 아니라 '신발' 때문에 벌어지는 일이라고 할 수 있다. 한층 당혹스러운 것은 "뒤돌아보니 집에는 뒤가 없었다"는 진술이다. '뒤기 없는 집'이란 '안이 없는 집'의 다른 이름이므로, 이는 '오늘의 집'이 안과 밖의 경계가 없어 "숨을 데도 없는 집"(「나의 하루는」, 「차가운 잠」)이라는 것을 보여 준다. "귀신"의 틈입이 "집과도 상관이 없"는 이유가 여기에 있다. 이는 '오늘의 집'이 최종적으로 '죄'의 도피처가 될 수 없다는 것을 암시한다. 산책자가 '죄' 속에서 '오늘의 집'을 벗고 민달팽이가 되는 순간이다.

구보 박태원의 친우였던 이상(李箱)에 따르면 그 집은 '거미의 집'이다. 「지주회시(蜘蛛會豕)」를 보라. "악착한 끄나풀"이 되어 서로를 빨아먹는 잔혹한 '거미의 집'을 어렵지 않게 찾을 수 있을 것이다. 또한 이상은 "문을암만잡아다녀도안열리는것은안에생활이모자라는까닭"(「가정」)이라고, "생활"이 자신의 발을 옭아매는 차꼬임을 명시적으로 밝힌 바 있다. 이상에게 '생활'이 족쇄였다면, 산책자에게는 '죄'가 차꼬이다. 이것은 양자의 차이를 설명한다. 이상과는 달리, '시인 근화 씨의 일일'에서 귀가는 '거미의 집'에서의 생사를 건 분투가 비로소 시작되는 때임을 아프게 고지한다. 전자에게 "나의 집"은 죽음의 공간이지만, 후자에게는 '죄'의 족쇄를 벗어야 하는 공간인 것이다. 그의 분투가 "나의 집"을 '죄'의 족쇄에 복속시키지 않겠다는 열망에서 비롯하는 한, 그의 싸움은 외롭지만 엄숙하다.

「요양원」의 일절, "오늘도 살아야 하는데/내 목소리가 저기 멀리서//되돌아온다 고마워/내가 끝까지 사랑할게/이제 신발을 신으러 갈까/나의 발은 너에게 줄게"는 막 집에 도착한 자가 되새겨야 할 구절이다. 발이 '죄'에 구속된 자가 어떻게 '거미의 집'으로부터 벗어나는지를 보여 주기 때문이다. 먼저, "이제 신발을 신으러 갈까"는 "신발이 없"(「이 집의 주인은」)는 주인들을 위한 제언이다. 이 제언은 "나의 발은 너에게 줄게"라는, '발'이 없는 자들에 대한 사랑이 바닥에 깔려 있다는 점에서 숭고하다. 이것은 '오늘의 집'이 허상임을 깨달은 자가 '죽음의 집'에서 '생명의 집'으로 이행하기 위해서는 가장 소중한 것의 양여가 필요함을 암시한다. 곧, "나의 발"을 "내 목소리"에게 내주기. 이는 '거미의 집'에서의 탈주가 '발'이 아니라 '목소리'에 의해 실현될 것임을 예견한다. 이제 그는 "재가 너의 향기가 되는 죽음"(「눈사람」)에서 이사할 채비가 되었다.

4. 그러므로 다시, 시의 집, 시집

이미 많은 곳에서 누설되었겠지만, '오늘의 집'은 '어제의 집'의 잔여가 아니다. 역설적이지만 그것은 '미래의 집'의 결과이다. 이를 위해 '시인 근화 씨'는 자신의 소유와 가산 전부를 "목소리"에게 양도하였다. 반복하자면, 이것은 탕진이 아니라 이사이다. 반복하지 않아도 될 것은 시인의 궁극적인 거처가 시라는 사실이다. "언어는 존재의 집"이라는 하이데거의 말이 아니더라도, 시인이 언어 속에 거주하는 주민이라는 것은 자명한 이치이다. 이것은 그가 끊임없이 절뚝이며 찾아 헤매는 "나의 집"이 결국 "언어로 지어진 집"[6]임을 의미한다.

> 내가 네 미래의 책을 사랑할게
> 아직 떠오르지 않은 무지개를
> 거기서 뛰놀고 있는 너의 흰 발을
>
> 너는 숨 쉬지 않는다
> 나는 태어나지도 않았다

---

6 이근화, 「구름 위의 집」, 『쓰면서 이야기하는 사람』, 문학동네, 2015, pp.69-70.

그런데 우리는 열심히 사랑하고 있다
땀을 뻘뻘 흘리며

미래의 씨앗들을 뱉고 있다
달콤할까 커다랄까
약속했어 정말이지

이제 너의 손가락이 만들어질 차례
끝까지 네가 씌어질 차례
단단해진다
봉긋해진다

우리가 함께 태어난다
한 몸으로
아름답지 않지만
동시에 늙어 가지만

—「세번 째여서 아름다운 것」 전문

시 그대로, 그는 책에 거주한다. "미래의 책"을 집으로 삼은 자에게 이사와 출생은 하나이다. 왜냐하면 그의 집 "미래의 책"은 '너'와 '나'의 출생의 산실(産室), 곧 "미래의 씨앗들"의 거소인 자궁(子宮)이기 때문이다. 이것은 비유가 아니다. "오늘 밤 한 권의 책이 나를 낳았다"(「내가 무엇을 쓴다 해도」)는 출생 신고서가 아니더라도, "거기서 뛰놀고 있는 너의 흰 발"이라는 구체적인 실물이 있지 않은가. 그래서 이제 "너의 손가락이 만들어질 차례"이다. 예상컨대, 그 작은 손가락은

"끝까지 네가 씌어질 차례"가 될 때까지 '소리와 빛의 놀이터'를 "함께 머물다 언제라도 떠날 수 있는 집"[7]으로 채울 것이다. "끝까지 네가 씌어질 차례"는 시작(詩作)에 대한 의지가 '사랑'이라는 태반에 터를 잡은 윤리적인 결단에서 비롯함을 선명하게 보여 준다. 그리고 이는 "무엇을 쓴다 해도" 변함이 없을 것이다.

아이의 탄생과 시의 탄생은 이렇게 "한 몸"이다. 여기서 '시의 집'이 그들의 거처임을 밝히는 것은 사족이 될 듯하다. 다만, '시집'의 탄생이 세 번째여서 아름답다면, 네 번째는 더 아름다울 것을 기대한다. 아직 지어지지 않은 집이라는 점에서 구체적인 형상을 가늠하기는 어렵지만, 그 집이 소리와 빛으로 가득한 "구름 위의 집"이 되기를 희망하는 마음은 "내가 네 미래의 책을 사랑할게"에 담긴 마음과 "한 몸"이다. 그러니 곧 탄생할 시집을 위해 '작은 신발' 하나를 마련해 두는 것도 나쁘지는 않겠다. 이 글이 "아름답지 않지만/동시에 늙어 가지만", '작은 신발'이 되어도 좋다.

---

7 이근화, 앞의 글, p.123.

주체의
분광술
—내부의 참혹을 외부의 고요로 변검하기

1. 주체의 프리즘

물체에 반사되는 빛의 파장의 차이가 사물의 색(色)을 결정한다는 사실을 처음 발견한 것은 뉴턴이었다. 스펙트럼에서 분광(分光)된 빛이 다양한 색으로 눈앞에 현시되었을 때, 색이 사물에 내재한 성질이라는 아리스토텔레스 식 사고는 종언을 고한다. 색은 사물이 아니라 빛의 고유한 성질이라는 것이 규명된 것이다.

언어에도 색이 없으리란 법은 없다. 랭보의 시는 모음의 색을 다음과 같이 분광한다. "검은 a, 흰 e, 붉은 i, 초록 u, 파란 o 모음들이여"(「모음들」). 그리고 다음과 같이 선언한다. "언젠가는 너희들의 내밀한 탄생을 말하리라." 프리즘을 갓 빠져나온 모음의 "내밀한 탄생"의 비의를 말하겠다는 선언은 "헤진 구두의 끈"(「나의 방랑」)을 질끈 동여맬 때처럼 호기롭다. 랭보가 언어의 파동의 견자(見者)인 이유이다.

그럼, 우리의 '일상'과 '영혼'과 '죽음'의 색은 무엇인가? 주영중 시인은 빛과 어둠의 변조 속에서 비가시적 세계의 바탕을 이루는 색의 원형질에 집중한다. 그의 시편들은 주체라는 프리즘을 통해 일상의 사건들을 분광함으로써, 주체 안팎의 비가시적 세계를 지각의 표면에 돌올하게 채색한다. 이때 드러나는 고유한 휘선(輝線)과 암선(暗線)은 비가시적 세계를 분광하는 주체의 고유한 시선을 판별하는 지표가 된다. 이렇게 말할 수 있겠다, 그가 그리는 시의 풍경은 내부의 참혹을 외부의 고요로 변검(變瞼)하는 자의 시선을 담고 있다고. 그러니 그의 시에서 가장 먼저 주목할 것은 빛의 파장이다.

2. 파랑, 타자의 파동

여자가 파랑 칫솔을 칫솔통에 꼽기 시작하자
난 강력한 파랑의 습격에 손쓸 틈도 없이 다른 색들로 전전한다
노랑 빨강 옅은 초록

여자의 출입이 뜸해지자
난 통 속에서 여자의 파랑을 치우고 내 파랑들을 집어넣기 시작한다

난 그때부터 다시, 파랑
불편한 색들이 사라지자 모든 색은 정색이 반색이 되고
여자는 통 속에 다양한 색의 칫솔을 꼽기 시작했다

별 신경을 쓰지 않기로 하자 더더욱 파랑이 손쉬워진다
한 차례의 파랑이 필요한 일, 색의 반란이 필요한 일

하지만 내가 잃은 건

파랑의 파랑, 파랑의 파도, 끈질긴 파랑, 파랑의 역습, 여자의 파랑

최소한 이 욕실에 묶여 있는 내 것이 아닌 색

여자가 돌아온 어느 밤,

비몽사몽 술에 취해 이를 닦는다

모든 색의 살갗에 나의 살갗을 갖다 대 본다

—「다시, 파랑」전문

칫솔의 색깔이 주체의 독특한 취미와 취향을 대변하는가. "칫솔통"
에서 벌어지는 '여자'와의 각축과 분쟁은, 타자의 취미와 취향이 '나'
의 그것과 충돌할 때의 문제를 제기한다. "칫솔통"이 주체의 취미와
취향을 보존하는 하나의 옹성(甕城)이 될 때, 이 옹성을 둘러싼 주체
들의 분투는 인정 투쟁의 양상을 띨 수밖에 없을 것이다. 그렇다면
색에 대한 이 고유한 취미와 취향을 포기할 수 없는 것은 대체 무슨
이유인가?

타자의 틈입은 특정 지대를 점유하는 자가 누리는 일상의 안락과
평화의 리듬을 파괴한다. 반복 틈입하는 타자의 취향이 주체의 영토
를 끊임없이 침식한다고 말할 수 있다. 파랑(波浪)과 파도(波濤)에 의
한 주체의 침식. 이는 "칫솔통" 안에서 '파랑'이 일으키는 파장의 확산
과 간섭으로 표현되고 있다. 일상의 단속된 흐름이 야기하는 주체의
거부 반응은, 잃어버린 것 혹은 빼앗긴 자리를 되찾고자 하는 주체의
노력과 투쟁을 야기할 수밖에 없다. 말 그대로 "한 차례의 파랑이 필
요한 일, 색의 반란이 필요한 일"이다. 그러므로 "다시, 파랑"은 "칫솔
통"의 공성전에서 권토중래의 성공을 선포하는 승리의 깃발이 된다.

그러나 '파랑' 칫솔을 둘러싼 분쟁에서의 승리는 역설적이다. "내가

잃은 건/파랑의 파랑, 파랑의 파도, 끈질긴 파랑, 파랑의 역습, 여자의 파랑"은 주체가 이러한 역설을 인지한 순간을 고지한다. 왜냐하면 "여자의 파랑" 칫솔의 틈입이 야기하는 것은, 주체의 취미와 취향의 다양한 개진을 통한 "칫솔통" 속의 색의 다채로움이기도 하기 때문이다. 이런 의미에서 "여자의 파랑" 칫솔은 주체의 분광기라고 할 수 있다. 그러니까 시적 주체가 축출한 것은 "여자의 파랑"이지만, 그 대가로 "이 욕실에 묶여 있는 내 것이 아닌 색"들을 상실할 수밖에 없는 것이다. 끈질기게 내습하는 "여자의 파랑"을 추방함으로써, 최종적으로 "칫솔통"의 성주가 상실하는 것은 '파랑'이라는 색의 파동 자체인 셈이다.

이러하기에 '파랑'이라는 색의 상징성에 착목하여 그것의 함의를 남성성과 여성성을 나누는 사회적 기표로 간주할 수는 없을 것 같다. '나'와 '여자'의 칫솔은 모두 같은 '파랑'이지 않은가. 오히려 '파랑'은 '나' 혹은 '여자'에 의한 선점 이후에 의미를 획득하는 것으로 봐야 한다. 굳이 말한다면, '파랑'은 텅 빈 기표이다. 이 텅 빈 기표가 의미를 획득하는 건 상대의 '파랑'이 부재하는 순간이다. '파랑'이 현전하는 순간에 결여를 산출하는 기표라고 한다면, '나' 혹은 '여자'에 의해 독점된 '파랑'은 그 자체로 위험을 알리는 기표가 된다. "노랑은 위험 노랑은 순수, 노랑은……/범람"(「한강대교 북단에서 남단 방면 여섯 번째 교각에서」)을 참조컨대, 승리의 순간이 통행의 위험을 알리는 '노랑' 신호가 깜박이는 때이다.

따라서 마지막 행의 의미는 심장하다. "비몽사몽 술에 취해 이를 닦는다"의 주체를 '나'와 등치시킨다면, "모든 색의 살갗에 나의 살갗을 갖다 대 본다"라는 행동은 주체가 축출한 것을 회복하려는 시도로 볼 수 있기 때문이다. 특히 이러한 행위는 "보는 색의 살갗"에 스스로를 기울이는 능동적 행위라는 점, 색에 대한 시각적 접촉을 넘어 피부에 의한 직접적 접촉이라는 점에서 그 의미가 배가된다. 전자의 경우에는 '여자'의 칫솔에 의해 분광된 '나'의 색만이 아니라 '여자의 파랑'도 포함된다는 점에서, 후자의 경우에는 타자와의 접촉을 가시광선이라는 국소 파장에 국한된 사물과의 접촉 부면을 확장하였다는 점에서 더욱 그러하다. 취중의 욕실은 주체의 욕망이 이를 닦는 공간이다.

3. 빨강, 결빙된 주체의 영혼

'파랑'이 밝음 속에서 응시된 주체 외부의 파동의 현시라고 한다면, 파장이 긴 '빨강'은 어둠 속에서 응시된 주체 내부의 파동을 현시한다. 예컨대,

검은 머릿결 같은 계단과 복도를 지나
하얀 글자들이 필라멘트처럼 끊어지는 곳

만년설로 붉음을 유지하는
알프스빌 305호로 오세요

슬픔도 썩지 않는 진공 속
이 꽃은 당분간 지지 않을 거예요
당신이 사는 동안
영원을 보여 줄 거예요

유리 상자 속에서 설레는

피처럼 붉은 꽃
당신의 심장에 축복을,

외피에서 내피로 찔러 들어오는 송곳처럼
북쪽 창에서 불쑥불쑥 등장하는
마녀의 긴 머리카락들

붉은 잎을 껴입고 버티는
백야의 성, 불면의 밤
파란 영혼의 날들을 기억하세요

결빙된 말을 위해
대화체의 문장이 필요해요

이곳으로 오세요
문득 고유명사가 사라지고
발끝마다 맑은 물이 밟히는
가끔씩 뼈 부러지는 소리 들리는

열린 공간으로 비상하는 새들의 악몽
얼음의 암판들이 밀어 올린 용기의 시간

분명 하룻밤에 완성된 꿈이자,
나타났다 사라지는 밤의 숲

신선한 당신의 뇌수가 숨 쉬는

알프스빌 305호로

—「얼음 장미의 계곡」 전문

    확실히 '파랑'이 귀환하는 건 수월치 않다. 그건 매질(媒質)의 변화, 즉 '파랑'의 파장을 굴절하는 '집'의 시간이 달라졌기 때문이다. '욕실'에서 '얼음 계곡'으로의 변화는 "여자의 파랑"이 축출된 결과이다. 이는 "몸 안에서 누군가 목매었으므로/나는 집이 되었던 거다"(「목매단 자의 집」)라는 내밀한 사건을 암시한다. 「얼음 장미의 계곡」이 보여 주는 건 바로 변화된 '집'의 시간 속에서 빛이 회절되는 현상이다.

    이 '집'에서 가장 먼저 눈에 띄는 건 검은색과 하얀색의 대비이다. 색상과 채도(彩度)가 아니라 명도(明度)의 차이로 구별되는 무채색, 그것은 "슬픔도 썩지 않는 진공 속"의 상황을 잘 보여 준다. 시간으로는 밤, 계절로는 겨울, 시대로는 빙하기라고 할 만하다. 이러한 '집'의 시간 중심부에는 "유리 상자 속"에 결빙된 "피처럼 붉은 꽃"이 자리한다. 밤의 불면과 겨울의 추위 속에서도 결빙되지 않으려는, 하지만 얼어붙은 "당신의 심장"의 상징이다. 무채색의 시간 속에서 '빨강'은 더욱 강렬한 색채의 대비를 이루는데, 이러한 대비는 일상의 '파랑'이 결빙된 '빨강'에게 자리를 내준 사태의 비극성을 강화하고 있다. 이때 "유리 상자"는 무채색의 시간 속에서 주체가 웅크릴 수 있는 유일한 공간이다. "칫솔통"의 변주라고 해도 그르지 않다.

    6연은 "백야의 성, 불면의 밤"의 시간을 버티기 위해서는 "파란 영혼의 날들"이 회복되어야 함을 고지한다. 앞의 시에서 보았듯, '파랑'의 시간은 타자와의 공존과 결속 속에서 이루어지는 파랑과 파도의 시간이다. 인정 투쟁의 차원에서 그것은 타자에 의한 주체의 침식이지만, 침식에 의한 상호 침투는 주체의 생동을 가능케 하는 전제 조건이기도 하다. 따라서 "파란 영혼의 날들"에의 요청은 생명의 파동의 회복에 대한 염원이라고 할 수 있다. 결빙된 '빨강'이 다시 빛나기 위해서는 '파랑'의 시간의 회복이 필요한 것이다. 이는 등단작 「정지비행」의 일절, "벌새처럼 정지한 채 나는, 내 심장처럼 붉은 꽃들을 향해 무수한 날갯짓을 보내고 있네"에 표현된 생동하는 '빨강'을 회복하려는 시도와도 긴밀히 호응한다. "무수한 날갯짓"이야말로 '파랑 영혼'의 파동 자체이기 때문이다.

시적 발화의 층위에서 "결빙된 말을 위해/대화체의 문장이 필요해요"라는 요청은 이와 동궤를 이룬다. 전술했듯, 현재의 '집'의 시간은 빙하기의 겨울밤이다. 이러한 시간 속에서 언어는 "하얀 글자들이 필라멘트처럼 끊어지는 곳"이 예시하듯 결빙될 수밖에 없다. '어둠'과 '추위'는 "대화체의 문장"이 작동 불능의 상태에 있음을 보여 준다. 그렇다면 무엇으로 끊어진 언어의 필라멘트를 이을 것인가? 결빙된 주체의 유일한 열선인 필라멘트에 불을 밝히는 방법이 "대화체의 문장"에 있다면, 타자와의 접속은 끊어진 필라멘트를 연결하는 전제 조건이 될 것이다. 이를 위해 축출된 '파랑'에게 "알프스빌 305호로"의 초대장을 발송해야 한다. 타자의 '파랑'이 부싯돌인 한에서, 주체는 타자의 '파랑'과의 접속에서 발생하는 불씨를 담는 부싯깃이 되어야만 한다.

4. 검정, 망각과 죽음의 동심원

"얼음 장미의 계곡"의 '집'은 아직 '백열등'의 불을 밝히지 못한 것처럼 보인다. "대화체의 문장"이 불가능한 결여의 지점에서 나타나는 것이 어둠의 색인 '검정'이기 때문이다. 그 '암점'을 통해 주체의 안팎에서 "돌연한 죽음"이 출몰한다.

눈이 서걱거린다
시신경 검사기에 빛이 명멸하면
버튼을 누르세요

정상입니다
이곳에 체크된 생리적 암점은
누구나 볼 수 없죠

돌연한 죽음이 몰려드는 장소
가끔은 눈의 안에서
눈의 바깥에서
암점이 출몰한다

소란이 쌓이다
검은 낙진들이 덮이는 그곳

가령,
갈라지는 폐
쓰러지는 낙타인간
뒤집힌 물고기

누구나 볼 수 없는 곳이니까요
다시 검사할 필요는 없겠어요

불안해하지 마세요

무관심의 돌꽃
돌꽃 속의 돌꽃

파멸의 동심원에서
숨겨진 얼굴들 너머로
자꾸 공포의 선율이 들려온다

시작할 수도
끝낼 수도 없는 거라면
서둘러 잊는 게 좋아요

고요한 망각의 지대에서
나는 여전히 서성이는데

—「암점」 전문

주지하듯, "생리적 암점"은 우리 눈의 구조 때문에 생리적으로 볼 수 없는 곳이다. 눈 속의 암점이라면 망막 시신경이 위치하는 맹점(盲 點)이 있다. 맹점에는 망막(retina) 속 시세포인 추체(corn dell)와 간체 (rod cell)가 없기 때문에 물체의 상이 맺히지 않는다. 시세포의 결여 부위를 우리는 사물이 사라지는 지점으로 인식하고 있는 것이다. 따라서 암점은 사물들의 "돌연한 죽음이 몰려드는 장소"라고 할 수 있다. 이 곳은 아무도 볼 수 없다는 의미에서 "누구나 볼 수 없는 곳"이다.

심각한 것은 "눈의 안에서/눈의 바깥에서/암점이 출몰"할 때이다.

일시적 착시 혹은 착란의 경우가 아니라면, 이는 주체 내외에서 눈이 제대로 기능하고 있지 못함을 보여 준다. 우리가 일상생활에서 암점의 존재를 인식하지 못하는 것은 두 눈의 보상작용 때문인데, 눈의 안팎에서 암점이 출몰한다는 것은 이러한 보상작용이 제대로 작동하고 있지 않음을 반증하는 것이다. 그러니 암점과 같은 비가시적 세계의 출몰은 징후적이다. 안쪽이든 바깥쪽이든, 주체는 "누구나 볼 수 없는 곳"에서 "돌연한 죽음이 몰려드는" 광경을 응시하는 자이기 때문이다. 주체와 세계의 "돌연한 죽음"이 시연되는 장소만큼 징후적인 곳이 어디 있겠는가. 이 기이한 징후의 내부로 들어가기 위해서는, 잠시 「코끼리 시간 여행법」과 「뼈의 기하학」의 일절을 우회할 필요가 있다.

먼저 살펴야 할 것은 "눈의 안에서" 암점이 출현하는 경우이다. 이때의 암점은 주체의 "돌연한 죽음"을 현시한다. 「코끼리 시간 여행법」의 "빛과 어둠의 이중주"는 이를 다음과 같이 예시한다.

붓고 트고 거대해진 발이 어둠을 더듬는다
시간을 훔치는 코끼리
물은 물이어서 흐르고 역류하지
빛과 어둠의 이중주

1인 3역 1인 5역을 연기하다 중심 없이 휘청거리다
윽박지르고 욕을 하고 부탁하고 협박하고 의지를 꺾지 않고
짝짝이 신발을 신고
자신의 영역으로 움직여 가는 광기

여기는 당신의 집,

멀리 돌아왔지

2차원의 점자를 배달하는 신문 배달원의 시간

3차원의 복도, 3차원의 고요

빛처럼 나타났다 흐릿하게 꺼져 가는 다차원의 얼굴들

―「코끼리 시간 여행법」 부분

"1인 3역 1인 5역을 연기하다 중심 없이 휘청거리다"는 주체 내부의 중심의 부재 때문에 벌어지는 일이다. 무수한 퍼스나의 존재, 그러나 중심의 부재로 말미암아 하나의 주체성을 실현할 수 없는 자의 비애는 '광기'에 가깝다. 더 큰 문제는 주체 내부의 결여의 장소가 귀환의 장소가 되는 때이다. "여기는 당신의 집"이라는 말은 주체 내부의 암점이 주체의 다양한 퍼스나가 몰려드는 장소임을 고지한다. "빛처럼 나타났다 흐릿하게 꺼져 가는 다차원의 얼굴들"은 주체 내부에서 암점이 출몰하는 현재 상태를 잘 보여 주고 있다. 마치 "파멸의 동심원"인 암점에서 "숨겨진 얼굴들"이 출몰하듯……. 주체의 변검술(變瞼術)은 이를 빗대기에 적절한 말이다. 일찍이 "변검의 사이에/그의 얼굴이 잠시 흔들리고"(「두 사람」) 있는 광경을 목격한 자라면, 자기의 얼굴을 상실한 변검술사를 목도하는 것도 그리 놀랄 만한 일은 아니겠다.

다음으로 살필 것은 "눈의 바깥에서" 암점이 출현하는 경우이다. 이때의 암점은 세계의 "돌연한 죽음"을 의미한다. 이것은 전자보다 더 징후적이다. 세계 자체에 모종의 결여 지점이 존재하고 있음을 선포하기 때문이다. "검은 낙진들이 덮이는 그곳"으로서 눈의 바깥의 암점은 전후 맥락상 '타자의 죽음'이 발생하는 공간이다. "가령,/갈라지는 폐/쓰러지는 낙타인간/뒤집힌 물고기"를 보라. 이를 극단적으로 형상화한 시가 「뼈의 기하학」이다.

가위가 돌아다니고 있다
거대한 가위는 날카로운 뼈다

태양을 재단하고 달을 오려 낸다
상징도 아니고 육체도 아닌
뼈가 조용히 움직인다

도시의 벌어진 입속에서
사람들의 머리는 꽃처럼 잘린다

적외선 감지기 속 악귀들처럼
뼈들은 기어가고
뼈들은 일어서서 걷는다
모든 것이 발가벗겨진 빛나는 거리

—「뼈의 기하학」 부분

도시 자체를 죽음의 공간으로 형상화하고 있는 이 시는, 눈의 바깥에서 암점이 존재하는 이중적 방식을 보여 준다. 죽은 채로 일상을 영위하는 존재들, 즉 "상징도 아니고 육체도 아닌" '언데드(undead)'로서의 사람들은 '누구나 볼 수 있는 것'은 아니다. 이런 의미에서 '뼈들'은 암점이다. '살갗'의 내면을 보기 위해서는, 일종의 투시, 곧 엑스-레이와 같은 빛의 강력한 투사가 있어야 한다. "모든 것이 발가벗겨진 빛나는 거리"는 주체의 응시에 의해 사람들의 "숨겨진 얼굴들"이 폭로되고 있음을 의미한다. 이런 의미에서 '살갗'은 또 다른 암점이다. 말 그대로 "어둠과 빛이 뒤바뀌고"(「그 자리」) 있는 거리의 풍경이다.

「코끼리 시간 여행법」과 「뼈의 기하학」의 우회로를 통해 확인할 수 있는 건 주체의 안팎에서 출몰하는 암점의 실제적 모습들이다. 시 「암점」의 후반부는 암점 자체에 대한 주체의 응시를 보여 준다는 점에서 더욱 흥미롭다. 주체의 안쪽에서 명멸하는 "다차원의 얼굴들"을 보거나, 주체의 바깥에서 "모든 것이 발가벗겨진" 거리를 보는 것은 공포스러운 일이다. 주체 안팎에서 죽음이 시연되는 광경을 목도하는 것이 야기하는 공포는, "파멸의 동심원에서/숨겨진 얼굴들 너머로/자꾸 공포의 선율이 들려온다"에 명시적으로 표현되어 있다. 여기서 특별히 주목할 것은 "숨겨진 얼굴들 너머"이다. 이 "너머"에 "공포의 선율"을 연주하는 '무엇'이 존재한다. '무엇'이 무엇인지는 단언키 어렵다. 그것이 실재든 환상이든 '검정'이 빛의 결여의 표지임을 고려할 때, 암점은 우리가 온전히 볼 수 없는 공간을 뜻한다고 볼 수 있다. 이렇게 시각이 제 기능을 다하지 못하는 공간 속에서라면 "공포의 선율"의 청각적 인지는 공포를 증폭할 수밖에 없을 것이다.

이처럼 시적 주체는 죽음의 암점에서 "빛과 어둠의 이중주"가 펼치는 "공포의 선율"을 듣고 있다. 이러한 연주가 "시작할 수도/끝낼 수도 없는 거라면" 우리는 그것을 어떻게 해야 하는가. 아마도 "서둘러 잊는 게 좋아요"가 한 가지 답이 될 수도 있을 것이다. 그러나 마지막 연("고요한 망각의 지대에서/나는 여전히 서성이는데")은 시적 주체가 "망각의 지대"에서 길을 잃었음을 보여 주지 않는가. 이는 두 가지를 상정케 한다. 어둠 속에서 시세포 추체가 아직 눈을 뜨지 못했거나, 타자의 '파랑'이 "알프스빌 305호"의 초대에 응하지 않았거나. 어느 경우든 '당신의 집'의 끊어진 필라멘트가 아직 불을 밝히지 못했음은 분명하다. 그렇다면 지금 시적 주체에게 필요한 건 "공포의 선율"이 아니라 "대화체의 문장"이다.

5. '다시, 파랑'

모름지기 "생리적 암점"의 응시에 투신한 자라면, 불안과 공포라는 "파멸의 동심원"이 일으키는 파랑(波浪)을 견뎌야 한다. 특히 "생리적 암점"의 이중적 확산, 즉 "눈의 안에서" 그리고 "눈의 바깥에서" 확산되는 '검정'을 견뎌야 할 것이다. 그건 "빛처럼 나타났다 흐릿하게 꺼져 가는 다차원의 얼굴들"을 응시하면서, "모든 것이 발가벗겨진 빛나는 거리"에서 살아가는 일의 불안과 공포를 버티는 일이다. 그러니 화가이건 시인이건, 내부의 참혹을 외부의 고요로 변검하는 자에게 필요한 건 "다시, 파랑"이다. 타자의 '파랑'은 무채색의 시간에서 결빙된 주체의 '빨강'을 녹이는 "대화체의 문장"이 지닌 고유한 색이자 파장이다. 그러므로, "피를 물감으로 아는 자들에게, 경의를"(「피의 광장」).

언케니 리얼리즘,
김륭 식 "쓸쓸함의 영역"에 대해

그의 시를 다 읽고 난 지금, 마음 한구석에서 느껴지는 이 '서늘함'을 무엇이라고 해야 하는가? 그렇다, 그의 시는 슬프고, 그 슬픔의 뒤끝은 서늘하다. 이렇게 말할 수도 있으리라. 그의 시가 슬픈 건 그 속에 어떤 서늘함이 있기 때문이라고. 이것은 연민인가? 만약 지금 이 느낌이 시인의 곤궁한 일상의 슬픔과 고통의 토로에서 오는 연민이라면, 그 속으로 진탕 빠져듦으로써 이 서늘함을 정화할 수 있을 것인가? 공감함으로써 혹은 동참함으로써 사라지는 감정이라면 그것은 연민이 틀림없겠다.

그러나 지금 이 느낌은 그런 따뜻한 것과는 거리가 있다. 이것은 공감할 수 없는 또는 동참할 수 없는 어떤 것을 마주 대할 때 느끼는 정서와 닮아 있다. 너무나 친숙한 일상의 사물들이 문득 낯설게 다가올 때의 느낌, 예컨대 체온이 없는 어떤 생명을 만졌을 때의 느낌이랄까? 너무나 잘 알고 익숙한 슬픔이 연민이 아니라 '서늘함'이라는 또 다른 느낌을 불러내기 위해선, 연민 뒤에 무엇인가가 있어야 한다. 거기 있는지는 알지만, 그러나 애써 보려고 하지 않았기에 실체를 알 수 없는 어떤 실재가 얼룩처럼 자리하고 있어야만 하는 것이다. 그 것은 우리의 일상에 낯설거나 섬뜩한 어떤 것을 기입함으로써, 우리 로 하여금 불안(uncanny)을 느끼게 한다. 이를 테면, '닭죽'은 어떤가?

이를테면 밥맛 떨어지는 시절을 건너가는 당신의 옆구리 근처 어둠 이 내렸다고, 펑펑 눈 내려도 덮이지 않는 그림자를 종이 위에 올려놓고 울었다 노랗게, 그렇게 물 한 모금 마시고 하늘 한 번 쳐다보는 병아리 처럼 나는, 물끄러미

똥 냄새 풍기기 전에 돌아가야 한다고, 전기밥통 속의 플라스틱 주걱 으로 늦은 저녁달의 뺨을 후려칠 때마다 나는 당신의 그림자를 변기 속 의 고인 물처럼 바라보는 것인데,

쌀이 울었을까 살이 울었을까

하늘에 누른 가래침을 뱉다 돌아가신 아버지는 대체 펄펄 끓는 이마 위에 어떻게 신발을 올려놓았을까

밥으로 독을 만들지 못한 심약함에 대해 중얼중얼 종이 밑으로 발목 이 떠내려갈 때까지 썩은 피라도 뒤집어쓰고 싶은 것인데, 시커멓게 탄 잠처럼 스르륵 나를 열고 나간 내 그림자 밑에 쪼그리고 앉아 아직도 불 을 지피고 있는 어머니가 보였다

그러지 마, 그러지 마, 어느새 달과 눈이 맞은 당신은

기어이 나를 식탁 위로 끌어올렸다

그렇다 죽이라도 쑤고 가야 생이다

─「계륵(鷄肋)」 전문

그러니까 시적 상황은 이렇다. "병아리" "전기밥통" "쌀" "살" "불" "죽"으로 이어지는 계열체가 보여 주는 것 그대로, "식탁" 위에 놓인 메뉴는 맛있는 '닭죽', 다시 말해 이 "밥맛 떨어지는 시절"에 화자를 "기어이" "식탁 위로 끌어올"린 건 '닭죽'이라는 말씀. 그런데 이 맛있는 보양식 앞에서, 그것을 "물끄러미" 바라보는 시인의 태도에 어딘가 이상한 구석이 있다. 그는 "울었다". 어떻게? "노랗게". 이 "노랗게"는 "하늘에 누른 가래침을 뱉다 돌아가신 아버지"를 소환하고, 잇달아 아버지에 대한 의문("아버지는 대체 펄펄 끓는 이마 위에 어떻게 신발을 올려놓았을까")은 "쪼그리고 앉아 아직도 불을 지피고 있는 어머니"를 호출한다. 여기서 "똥 냄새 풍기기 전에 돌아가야 한다"는 '당신'을 매개한다면, 우리는 이 "노랗게"가 시의 핵심을 관류하는 지배적인 색상임을 알 수 있다. 다시 말해 그는 '닭죽'에서, 그 노란색을 매개로 '아버지'와 '당신'을 호출하고 있는 것이다.

이제 우리는 일상의 '닭죽'이 그저 단순한 닭죽이 아님을 이해한다. 그러나 이와 동시에 우리는 왜 이 일상의 '닭죽'이 "계륵"이 되는지는 이해할 수 없게 됐다. 무슨 말인가? 그가 '닭죽'을 보며, 그 속에서 '당신'을 보고, 그것을 다시 "계륵"으로 이해하고 있다면, '당신'이 "계륵"이란 말일 텐데, 이것이 가능한 일인가?(내가 "계륵"이란 단어의 의미를 이해하지 못하는 것일지도 모른다.) "계륵"이라는 말 속에 '그렇게 소중하지 않다'는 의미가 내재해 있는 것이 맞다면, 이는 납득하기 어려운 일종의 윤리적 난국을 예시하는 것이 아닌가. 다시 묻자. "하늘에 누른 가래침을 뱉다 돌아가신 아버지"는 어머니에게, "나를 열고 나간 내 그림자 밑에 쪼그리고 앉아 아직도 불을 지피고 있는 어머니"는 나에게 '버리기에는 아까우나 그다지 쓸모가 없는' "계륵"인가? 그리고 이런 의미에서 "당신의 그림자를 변기 속의 고인 물처럼 바라보는 것"이 이해될 수 있는가?

만약 그렇다면, 이것이 지닌 송연(悚然)함은 놀랄 만하다. 그리고 바로 여기서 우리는 김륭 식 "쓸쓸함의 영역"으로 들어가는 입구를 발견한다.

염소수염을 가진 사내의 입에서 여자의 한쪽 뺨이 새어 나왔다 저기서부터 쓸쓸함의 영역, 물기가 있어서는 안 된다 여러 번 웃는 사람들이 문득 싫어졌다 사내의 염소수염이 서둘러 둥근 접시 위에 울음을 뱉었지만 돌돌 말린 사과의 붉은 기억 속에 풀처럼 칼이 자라고 있다 두려워 말아요, 나는 더 이상 곁에 없을 거예요, 마침내 당신 안에 있는 거예요
　　　　　　　　　　　　　—「올 가을은 몇 번이나 웃을까」 부분

"염소수염을 가진 사내의 입"은 "쓸쓸함의 영역"의 출입구, 그리고 거기에서부터 안쪽이 김륭 식 "쓸쓸함의 영역"이 자리한다. 그런데 신기한 것은 이 영역에는 금지된 것이 있다는 것, 즉 "물기가 있어서는 안 된다"는 것. 비유컨대 이 사내(염소)는 "물기"를 소화시킬 수 없는 것이다. 만약 우리가 이 "물기"라는 출입 제한 품목에 재빨리 "울음"을 추가할 수 있다면, 왜 사내가 "서둘러 둥근 접시 위에 울음을 뱉었"는지 이해할 수 있게 된다. 즉 사내가 먹은 사과(여자) 속에는 "울음"이라는 "물기"가 있었기 때문이고, 그 "울음"의 기원이 "두려워

말아요, 나는 더 이상 곁에 없을 거예요, 마침내 당신 안에 있는 거예요"라는 사랑의 말에서 비롯하기 때문이다. 마치 유령을 달래기 위해 어린이대공원의 '유령의 집'에 들어가는 사람처럼, 사과(여자)는 그렇게 사내의 "쓸쓸함의 영역"으로 틈입하려 했던 것이다. 이러한 침입에 대한 사내의 반응은 재빨리 그것을 뱉어 내는 것이다. 이것은 당연한 일, 놀이공원의 '유령의 집'의 유령들이 존재하는 이유는 사람들을 공포에 빠뜨려 쫓아내는 것이기 때문이다. 이것은 동정 혹은 연민, 그리고 이 모든 것을 아울러 사랑이라는 여자의 "물기"에 대한 사내의 거부반응을 암시한다. 생래적인 것이든 후천적인 것이든, 사내의 이런 면역거부반응은 "돌돌 말린 사과의 붉은 기억 속에" 내재해 있는 어떤 사태와 관계한다.

이 면역거부반응을 이해하기 위해서는 첫 시집의 표제 시인 「살구나무에 살구비누 열리고」를 우회할 필요가 있어 보인다.

두 살배기 계집아이로 돌아가기로 했어
어린 살구나무가 바지에 오줌 싸듯
울어 보기로 했어

엄마 몰래 꿀꺽 비누를 집어삼킨
계집아이, 똥 기저귀 차고 화장실엔 왜 끌려가나
끌려가서 울긴 왜 우나

에비에비 퉤퉤 목구멍 깊숙이 손가락 집어넣는
엄마 금가락지 반짝, 살구나무에 열리고
하얗게 질린 내가 토해 내는 것은

살구가 아니야

안녕! 살구나무야 기억하겠니?
김이 모락모락 나는
파란 똥 한 무더기 노란 똥 한 무더기
맛있게, 받아 줄 수 있겠니

솥뚜껑 같은 손바닥 슬쩍, 뒤집으면
변기 뚜껑으로 변하는 나를 구역질해 보는
비누 거품 속이야

생쥐처럼 비누 갉작대는 치매 할머니
똥 기저귀 차고 내려다보는 저기,
산등성이마다 동그란 무덤들
전생을 두들겨도 뽀얗게 우려낼 수 없는
영혼의 엉덩이들

살구나무에 옹알옹알 살구비누 열리고
백발성성해진 계집아이 하나 엉엉 울고 있어
빨래 방망이 하나 치켜들고

　　　　　　　　　—「살구나무에 살구비누 열리고」 전문

　이 시는 "두 살배기 계집아이로 돌아가기로" 결정한 할머니에 대
한 이야기이다. 정확히 말하면, "두 살배기 계집아이로 돌아가" "생쥐
처럼 비누 갉작대는 치매 할머니"에 대한 이야기이다. 대체로 우리는

치매에 걸린 "백발성성해진 계집아이"를 데리고 사는 것이 얼마나 고통스러운 일인지 알지 못한다. 그러나 "두 살배기 계집아이"가 "살구비누"를 삼키고, 그래서 향후 벌어지는 사태가 얼마나 다급하고 위험할지는 가늠할 수 있다. 위의 시가 "생쥐처럼 비누 갉작대는 치매 할머니"를 모시고 사는 삶의 신산(辛酸)함을 표현하고 있다는 사실은 부정할 수 없다. 그러나 이것이 동정이나 연민, 혹은 단순한 가족애의 확인으로 환원되지 않는 것은 무슨 일인가?

그것은 이 시에는 이러한 사태를 바라보는 자의 특정한 시선이 숨겨져 있기 때문이다. "전생을 두들겨도 뽀얗게 우려낼 수 없는/영혼의 엉덩이들"은 그 시선이 어떤 태도를 함축하고 있는지를 보여 준다. 이것은 정화될 수 없음에 대한 인정이다. 만약 우리가 "김이 모락모락 나는/파란 똥 한 무더기 노란 똥 한 무더기"를 "백발성성해진 계집아이"의 치매와 등치시킬 수 있다면, 정화될 수 없음에 대한 인정은 배설될 수 없음에 대한 인정과 등치시킬 수 있을 것이다. 그리고 정화되거나 배설될 수 없음에 대한 인정은 "솥뚜껑 같은 손바닥 슬쩍, 뒤집으면/변기 뚜껑으로 변하는 나"의 "구역질"을 일으키는 궁극적인 원인이 된다. 이것은 이러한 사태를 바라보는 화자의 시선 자체에 대한 또 다른 부정적 시선이 있음을 함축한다. 이런 의미에서 시적 화자는 바라보는 자이며 동시에 응시(gaze)되는 자이기도 하다. 여기에는 「올 가을은 몇 번이나 웃을까」의 일절, "아무래도 사과는 사과꽃으로 들어가는 문을 모른다"로 표현된, 어쩔 수 없는 것에 대한 인정에서 오는 처절함이 '슬그머니' 자리하고 있다.

문득 눈을 떠 보니 한 여자의 배 속에서 울음을 꺼내고 있었네. 변기에 머리를 집어넣으면 어니론가 꺼내버릴 수 있을 듯 몸이 가벼워진 저

녁이었지만,

　아무리 벗어던져도 서 있는 바지, 벽에 매달리는 바지, 스스로 벌받는 바지, 못 박히는 바지, 남의 살과 남의 피를 뱉어 내는 바지가 몽둥이를 휘두르며 앞을 가로막고 있었네.

　그러고 보니 내가 앉아 있어야 할 자리에 턱하니 사과나무가 서 있었네. 내가 누워 있어야 할 자리에 사과나무가 발을 뻗고 있었네.

　바지 가득 잎을 매달고 살구나무라도 되고 싶었지만 입을 너무 많이 써 버렸더군요. 나는 언제쯤이면 바지 속에 발 대신 머리를 집어넣을 수 있을까요.

　저만치 늙은 사과나무가 불끈 주먹을 움켜쥐고 달려오네요.

　그녀 몰래 바지를 내렸네. 뿌리를 놓쳐 버린 그녀의 눈동자 속으로 있는 힘껏 오줌을 갈기면서 밤새 하늘을 올려다보았네.

　평생 살아가면서 해야 할 고민이란 게 기껏 이런 거였네. 이를테면 슬그머니 내린 바지를 올릴까 말까.

　달이 식기를 기다렸네.

　　　　　　　　　　　　　　　　　　　　　—「슬그머니」 전문

　이 시의 서정적 풍경에서 전경(前景)을 이루는 것은 한 여자의 배

속에서 꺼낸 "울음"과 대면한 자의 고뇌이다. 아마도 그녀의 "울음"은 "바지"로 상징되는 남성적 억압과 폭력에서 기인하는 신산한 삶에서 비롯되었을 것이다. 따라서 이런 서정적 풍경에는 피해자로서 "그녀"가 겪었을 슬픔과 아픔에 대한 일종의 치유책으로서 위무가 내재해 있기 마련이다. 그러나 그녀의 "눈물"에 대한 나의 태도는 이것과는 전혀 다르다. 그것은 다소 놀랍게도, "그녀 몰래 바지를 내"리고, "뿌리를 놓쳐 버린 그녀의 눈동자 속으로 있는 힘껏 오줌을 갈기면서 밤새 하늘을 올려다보"는 일이다. 이것은 무슨 일인가? 마치 얼룩처럼 서정적 풍경에 틈입하여 그것의 균질과 위생을 위협하는 이 오줌 얼룩의 정체는 무엇인가?

"그녀의 눈동자 속으로 있는 힘껏 오줌을 갈기"는 것이 정확히 무엇을 의미하는지 확정하는 것은 어렵겠지만, 분명한 것 하나는 이러한 행위가 "그녀"의 슬픔과 아픔에 대한 위무와는 거리가 멀다는 사실이다. 만약 이것이 위무와 반대되는 어떤 충동에서 비롯된 행위라면, 그의 오줌보가 "뿌리를 놓쳐 버린 그녀의 눈동자"가 일으키는 울분으로 가득 차 있을 것이라는 추측은 타당하다. 아마 오줌의 "누른" 색의 농도는 울분의 정도를 표시하는 것이리라. 여기에서 간과할 수 없는 것은, "평생 살아가면서 해야 할 고민이란 게 기껏 이런 거였네. 이를테면 슬그머니 내린 바지를 올릴까 말까"에 담겨 있는 화자의 어떤 시선이다. 여기에는 자기의 충동적 행위를 직접 마주한 자가 지을 법한 어떤 난감함이 내재해 있다. 하여 우리는 현재의 곤혹을 이렇게 정리할 수 있겠다. "그녀"의 신산한 삶이라는 서정적 풍경에서, 시적 화자가 응시하는 것은 "슬그머니 내린 바지를 올릴까 말까" 고민하는, 그러니까 "그녀"의 신산한 삶에 대한 연민을 배설하는 충동적 자기의 모습이라고. 그리고 이것이 김륭 식 "쓸쓸함의 영역"의 본체를 구성한다.

우리는 여기서 아직 하나의 가정을 버리지 못하고 있다. 그는 아직 "힘껏 오줌을 갈기면서 밤새 하늘을 올려다보"는 뜨거움에 젖어 있는 가? 만약 "달이 식"듯 '뜨거움'이 식으면, 그는 "남의 살과 남의 피를 뱉어 내는 바지"를 올릴 수 있을 것인가? 그러나 아직은 모를 일이다. 왜냐하면 그는 아직까지 와르르 무너진 채 나뒹구는 기와 파편에 지나지 않기 때문이다.

쓰레기통 속에, 콕, 처박힌 종이를 쳐다보는데 바르르 살이 떨리던 날로부터 나는 신발장 속의 신발보다 많은 발을 가진 웅덩이

내가 내 품에 안겨 있다는 느낌이 더러워 손발을 나누어 주었지만 차라리 벽돌이라도 구워 낼 걸 그랬다 쌀쌀맞게 돌아선 여자의 등짝보다 단단하게

나는 아직도 나를 버리지 못했으므로 물 한 모금 마시고 힐끗, 하늘 한 번 쳐다보는 노란 병아리처럼 노랗게.

나는 무사히 식어 가는 중인데 바람 든 뼈와 살 사이 종잇장처럼 끼어 있던 죽음이 파르르 신발 한 짝 말아 쥐고 쓰레기통 속의 나를 앙상하게 엎질러 놓는 저녁

아무런 병도 없이 수혈받은 남의 피를 콕콕 찍어 바른 저것들만이 내 것이었으니, 내가 가진 전부였으니, 물주전자 같은 내 몸의 코를 탱탱 풀어 준 영혼이었으니,

사거리 부서진 공중전화 수화기가 누군가의 목을 움켜쥐고 축 늘어
진 날로부터 내 피는 흙이다

나는 태어나 처음으로 내 몸이 마음에 쏙 든 것이다.

—「와륵(瓦礫)」 전문[1]

이 시는 화자가 자기를 바라보는 방식을 예시한다. 특히 "내가 내
품에 안겨 있다는 느낌이 더러워"에 나타난 강력한 자기부정성은 특
정 화면에 응시된 화자의 모습이 어떤지를 짐작케 한다. 이는 "쓰레
기통 속에, 콕, 처박힌 종이"를 통해 "쓰레기통 속의 나"를 보는 것에
서 확인할 수 있다. 분명 이 종이는 "물주전자 같은 내 몸의 코"를 푼
종이일 것이다. 시인에게 코를 푸는 것은 내 몸의 "물기"를 제거하여
"쓸쓸함의 영역"을 지키려는 몸짓이다. 콧물 역시 "물기"이기에, 그리
고 내 몸의 물기는 "아무런 병도 없이 수혈받은 남의 피"에 지나지 않
기에, "물주전자 같은 내 몸"에서 물기를 제거하여 "흙"으로 만드는
일은 시인에게 "마음에 쏙" 드는 일이 될 수밖에 없다. 따라서 "내 몸
의 코를 탱탱 풀어 준 영혼"에 대한 찬사는 "부서진 공중전화 수화기"
가 움켜쥔 "누군가의 목"에 대한 조사(弔詞)와 다를 바 없다.

이런 의미에서 "와륵"은 "계륵"과 통한다. 즉 「와륵」에 나타난 강력
한 자기부정성은 어머니를 "계륵"으로 바라보는 자기 자신에 대한 징
벌로 표현되고 있는 것이다. 이것은 "계륵"의 또 다른 층위를 열어 놓

---

1 '와륵'은 깨진 기와 조각과 자갈이라는 뜻이다. 『살구나무에 살구비누 열리고』(문학
동네, 2012)에는 시의 제목이 「고독의 뒷모습」으로 되어 있다.

는데, 그것은 앞서 우리가 직면했던 윤리적 난국에 대한 하나의 실마리를 제공한다. 즉 진정한 "계륵"은 자기 자신이라는 것. 따라서 시적 화자의 최종 질문은 이렇다. 나는 "계륵"인가? 아버지가 어머니에게, 어머니가 나에게 "계륵"이었다면, 나는 누구의 "계륵"일 것인가? 그러나 시인에게 이 '누구'는 존재하지 않는다. 그것은 타인이 아니라 바로 자기 자신이기 때문이다. 이것이 궁극적으로 의미하는 것은, 자기가 처벌하는 자이며 동시에 처벌받는 자라는 사실이다. 이런 의미에서 "누군가의 목"은 자기 자신의 목임에 틀림없다.

이제 우리는 자기를 "계륵"으로 간주하는 자의 마지막 '하룻밤'을 목격한다. 그것은 "역병의 뼈다귀"만 남은 자의 "원나잇스탠드"다.

역병(疫病)의 뼈다귀만 남았다
죽음이 구멍을 퍼내고 있다 헐컥벌컥
남의 피를 받아 마시던 그림자 밑으로, 툭
마지막 구멍 하나가
굴러떨어졌다

누런 똥 무더기처럼 화색이 모락거리는
한 벌의 잠, 꿈틀 고구마를 캐듯
두 번 다시 꿰맬 수 없는 숨구멍이 가만히
꺼내 보여 주는 심장이
숟가락 같다

어슬렁어슬렁 골목을 기어 나온 개가
자꾸 앞발을 들어 올리는, 여기가

내 마지막 꽃밭이다

—「원나잇스탠드」 전문

"역병의 뼈다귀만 남았다"는 선언은 '하룻밤의 정사'가 어떤 풍광일지를 단박에 보여 준다. 그것은 "죽음이 구멍을 퍼내고 있다"가 보여 주듯, 죽음 자체가 이루는 '하룻밤'의 풍광이다. 따라서 여기에는 죽음을 바라보는 자의 시선이 나타날 수밖에 없다. 그것은 '하룻밤의 정사'를 벌이는 자일 테고, 만약 우리가 이 죽음의 풍광을 앞서와 같이 자기가 응시되는 일종의 스크린으로 간주한다면, 이 죽음의 풍광 속에서 그것을 보는 자는 동시에 보이는 자가 될 것이다. 이것은 화자가 자기 자신을 죽은 자로서 바라본다는 것을 의미한다. 마치 "이미 죽은 자의 목소리"를 듣거나, "사랑에 빠져 허우적대는 나를/팔다리가 잘린 채 암매장된/시체처럼 발굴"(「눈사람을 만드는 건 불법이야」)하거나…….

일찍이 김현은, 기형도의 시에서 자기 자신을 죽은 자로서 응시하는 사태의 전례를 발견한 바 있다.

> 그의 시가 그로테스크한 것은, 그런 괴이한 이미지들 속에, 뒤에, 아니 밑에, 타인들과의 소통이 불가능해져, 자신 속에서 암종처럼 자라나는 죽음을 바라다보는 개별자, 갇힌 개별자의 비극적 모습이, 마치 무덤 속의 시체처럼 —그로테스크라는 말은 원래 무덤을 뜻하는 그로타에서 연유한 말이다— 뚜렷하게 드러나 있다는 데에 있다.[2]

---

2 김현, 「영원히 닫힌 빈방의 체험」, 기형도, 『입속의 검은 잎』, 문학과지성사, 1989, p.136.

김현이 기형도의 시를 '그로테스크 리얼리즘'으로 본 것은, 그의 시에 "암종처럼 자라나는 죽음을 바라다보는 개별자"의 응시가 나타나기 때문이다. 그리고 이것은 김륭이 자기 자신을 죽은 자로서 바라보는 사태와 근본적으로 다르지 않다. 물론 양자 사이에는 신산한 삶이라는 서정적 풍경 속에 자신을 기입하는 방식상의 차이가 존재한다. 전자가 기본적으로 연민에 기반하고 있다면, 후자는 오히려 "물기"의 부재, 즉 연민의 부재를 지향하고 있다. 이런 점에서 김륭 식 "쓸쓸함의 영역"의 진정한 주민은 (배설에의) 충동이다. 이것이 서정적 풍광이라는 일상 속에서 우리가 그의 시를 마주 대할 때 느끼는 낯섦, 즉 서늘함의 궁극적 원인이다.

나는 이제 막 태어난 김륭 식 "쓸쓸함의 영역"을, 프로이트의 용어를 빌고 김현 식 작명법에 따라, '언케니(uncanny) 리얼리즘'이라 부르려고 한다. 이러한 호명이 얼마큼 그의 실재에 다가갈 수 있을지는 미지수다. 게다가 우리는 아직 '언케니 리얼리즘'의 최종 결말이 무엇인지도 알지 못한다. 이것은 시인이 죽음의 구덩이를 "내 마지막 꽃밭"으로 보는 사태와 관련이 있다. 과연 이 "역병의 뼈다귀"에서 꽃은 필 것인가? 그러니 나는 자처한다, 지금부터 역병의 "꽃밭"의 한 증언자이기를.

모나드에서
노마드로
―프로그레시브 아나키스트의 여정

1. Imagine

Imagine there's no heaven

it's easy if you try

No hell below us

above us only sky

Imagine all the people

living for today

Imagine there's no countries

it isn't hard to do

Nothing to kill or die for

and no religion too

Imagine all the people

living life in peace

You may say I'm a dreamer
but I'm not the only one
I hope someday you'll join us
and the world will be one

Imagine no possessions
I wonder if you can
No need for greed nor hunger
a brotherhood of man
Imagine all the people
sharing all the world

You may say I'm a dreamer
but I'm not the only one
I hope someday you'll join us
and the world will be one

—존 레논, 「Imagine」

존 레논의 「Imagine」으로부터 우리가 꿈꾸지 않고 산다는 것을 절
감한다. 꿈꾸기마저 포기를 강요하는 이 황망한 현실에서 우리는 우
리의 세계가 어떻게 되기를 바라는가? 그러나 상상하기를 촉구하는
이 명곡에서 지금과는 다른 세계를 상상하기란 말처럼 쉽지 않다. 아
니 그렇게 되어 버렸다. 천국이 없다면, 국가가 없다면, 소유가 없다

면…… 대체 무슨 일이 벌어질 것인가?

"모든 사람들이 세상을 공유하는 삶"을 상상하기란 그리 어렵지 않다고 말하는 노래 앞에서 어쩌면 우리는 주저하고 있는지도 모르겠다. 우리가 두려워하는 것은 무엇인가. 그러한 세계의 실현 가능성에 대한 회의, 그러한 세계를 건설하는 주체의 역량에 대한 불안, 그리고 그 누구도 그러한 세계의 건설에 동참하지 않을 것이라는 절망……. 그렇다면 "언젠가 당신이 우리와 함께할 것을" 희구하는 존 레논의 「Imagine」의 세계는 한 몽상가의 백일몽에 불과한가.

사실 천국과 국가와 소유가 없는 세상에 대한 꿈은 오래된 것이다. 엠마 골드만은 "인간이 만든 법에 의해 구속되지 않고 자유에 기초한 새로운 사회질서를 창출하려는" 꿈을 포기하지 않았으며, 이를 위해 "인간 마음의 지배자인 종교, 인간의 욕망을 지배하는 소유욕, 인간의 행동을 지배하는 정부"[1]를 거부한다고 말한 바 있다. 프루동은 '소유는 도적'이라고 말하지 않았는가. 이와 더불어 크로포트킨은 "투쟁하라! 샘처럼 완전한 생명의 가능성을 다른 사람들에게 주기 위하여 투쟁하라. 이 투쟁에서 그대는 다른 무대에도 존재하지 않는 거대한 기쁨을 얻게 될 것임을 믿으라"[2]고 역설하지 않았던가. 역사는 "자유에 기초한 새로운 사회질서"를 실현하려는 자들의 이름을 통상 아나키스트라 불러왔다.

2. '아나키스트라는 이유만으로'

---

1 켄데이스 포크 저, 이혜선 역, 『엠마 골드만—사랑, 자유, 그리고 불멸의 아나키스트』, 한얼미디어, 2008.
2 크로포트킨 저, 백용식 역, 『아나키즘의 역사』, 개신, 2009, p.239.

자유와 평등을 노래하는 것과 그것을 공동체 내에 실현하는 것은 다른 문제이다. 특히 자유와 평등을 위해 민족과 국가를 부정하는 일은 쉽지 않다. 그것이 아무리 부정적인 양상을 띠더라도 말이다. 그만큼 개인은 민족과 국가에 강력히 결속되어 있다. 바로 이 지점에서 아나키즘(anarchism)에 대한 오해가 시작된다. 특정의 공동체가 공동체 자체를 회의하는 것이 가능한 일인가, 그것은 폭력과 파괴를 통해 혼돈과 무질서를 옹호하는 것이 아닌가?

아나키즘이 반대하는 것은 정부가 오직 중앙 집중화한 국가의 형태로만 기능할 수 있다는 관념이다. 아나키즘은 자율과 자치 정부를 옹호한다. 왜냐하면 급진 사회주의 정부까지 포함해 모든 새로운 정부들은 기존의 위계적 권력 구조를 복제할 뿐이라는 점을 알고 있기 때문이다. 아나키스트들을 위한 정부는 이와 달리 착취적이지 않은 규칙들과 사회 연대의 가치들 위에 자기 정체성을 세우는 사회적 기구와 조직의 형태를 취한다.[3]

아나키즘은 원래 무(無)를 뜻하는 희랍어 'άν'와 지배자를 뜻하는 'άρχός'의 합성어인 '아나르코스(ἄναρχος)'에서 비롯된 말이다. 아나키즘을 지배자 혹은 통치자의 부재와 동일시하는 태도는 여기에서 기원한다. 그러나 한 가지 유의할 것은 지배자 혹은 통치자의 부재가 곧바로 '혼돈'이나 '무질서'와 직결되지는 않는다는 점이다. 오히려 그러한 생각 속에는 지배자에 의한 통치를 '안정'과 '질서'로 간주하는 인식이 전제되어 있다. 따라서 우리가 지배자 혹은 통치자의 부재를 견

---

3 숀 쉬한 저, 조준상 역, 『우리 시대의 아나키즘』, 필맥, 2003, p.79.

딜 수 없을 것이라는 두려움은 아나키스트에게는 허위의 문제이다. 아나키스트가 부정하는 것은 공동체의 질서 자체가 아니라, "기존의 위계적 권력 구조"이자 "정부가 오직 중앙 집중화한 국가의 형태로만 기능할 수 있다는 관념"이기 때문이다. 아나키스트들이 지향하는 세계는 "인간이 만든 법에 의해 구속되지 않고 자유에 기초한 새로운 사회질서"에 기초한 '공동체 자치'이다. 그러므로 아나키즘을 이해하는 관건은 과연 현대사회에서 "착취적이지 않은 규칙들과 사회연대의 가치들 위에 자기 정체성을 세우는 사회적 기구와 조직의 형태"가 가능할 것인가에 대한 판단에 두어야 한다.

국가가 개인의 자유를 구속하고 불평등을 양산하는 시스템에 지나지 않는다는 인식은 곧 그러한 시스템을 해체하려는 시도로 이어질 수밖에 없다. 아마도 이에 대한 가장 급진적인 사건은 20세기 초 사회주의 혁명일 듯하다. 마르크시즘과 아나키즘은 사회주의 건설의 현장에서 한 차례 만난다. 19세기 중반의 『빈곤의 철학』의 저자와 『철학의 빈곤』의 저자와의 충돌을 논외로 한다면, 맑시스트와 아나키스트가 만나는 최초의 장소가 여기일 것이다. 그러나 그 둘은 혁명 이후에 급격히 멀어진다. 프롤레타리아트 독재의 문제, 곧 계급 없는 사회를 건설하는 데 있어 특정 계급이 국가 시스템을 활용하는 것의 정당성 문제 앞에서 충돌한 것이다. 아나키즘의 주장은 사적 소유를 철폐하는 과정에서 그 어떤 권력의 집중도 용인되어서는 안 된다는 것이었다. 그들에게 당시의 사회주의는 "기존의 위계적 권력 구조"의 "복제"일 뿐이었다. 미하일 바쿠닌의 중앙 집권화된 권력에 대한 비판과 경고는 이를 잘 보여 준다. 요컨대, "무정부주의는 '인간이 인간을 착취하는 것에 반대'한다는 점에서 분명 반자본주의다. 그러나 무정부주의는 '인간이 인간을 지배하는 것'도 반대한다"[4]는 것이다.

한 세기 전의 남의 나라의 일을 복기하는 이유는 아나키즘이 우리에게도 낯선 것이 아니기 때문이다. 역사는 우리나라에도 아나키스트들이 존재했음을 분명히 보여 준다. 일제 치하의 아나키스트들이 그들인데, 이 시기 아나키즘의 방점은 '민족 해방'에 찍혀 있었다. 그것은 '민족 해방'이 아나키스트의 궁극적 목적이어서가 아니라, '민족 해방'이 계급 타파를 통한 인민의 평등과 자유를 전취하는 하나의 방법이었기 때문이다. 1923년 신채호가 작성한 「조선혁명선언」은 이를 잘 보여 준다.

1. 이족 통치를 파괴하고자 함이다. 이는 고유의 조선을 찾아내기 위함이다. 2. 특권계급을 파괴하고자 함이다. 이는 특권계급이 압박하고 있는 자유적 조선 민중을 찾아내기 위함이다. 3. 경제 약탈 제도를 파괴하고자 함이다. 이는 강도의 살을 찌우기 위하여 조직한 경제이니 민중 생활을 발전시키기 위함이다. 4. 사회적 불평균을 파괴하고자 함이다. 이는 약자 위에 강자가 있어 불평균을 가진 사회이니 민중 전체의 행복을 증진하기 위하여 사회적 불평균을 파괴함이다. 5. 노예적 문화 사상을 파괴하고자 함이다. 이는 다수 민중이 약자가 되어 불의의 압제를 반항치 못함은 노예적 문화 사상의 속박을 받은 까닭이니 민중 문화를 제창하여 노예 문화 사상을 파괴하려 함이다.[5]

「조선혁명선언」은 의열단(義烈團)의 궁극적 목적이 "이족 통치"의 파괴를 통해 "특권계급"과 "경제 약탈 제도"를 파괴하여 "민중 전체

---

4 노암 촘스키 저, 이정아 역, 『촘스키의 아나키즘』, 해토, 2007, p.58.
5 신채호, 「조선혁명선언」, 『단재 신채호 전집 하』, 형설, 1977, pp.44-45.

의 행복을 증진"하는 데 있음을 잘 보여 준다. 이를 위해 의열단은 암살, 파괴, 폭동과 같은 폭력 투쟁의 노선을 채택한다. 이는 의열단의 주요 파괴 대상('5파괴')과 주요 암살 대상('7가살') 목록에서 확인할 수 있다. 즉 조선총독부, 동양척식회사, 매일신보사, 각 경찰서, 기타 왜적의 중요 기관이 '5파괴'의 대상이고, 조선 총독 이하 고관, 군부 수뇌, 대만 총독, 매국노, 친일파 거두, 적탐(밀정), 반민족적 토호열신(土豪劣紳)이 '7가살'의 대상이었다.

의열단이 채택한 폭력 투쟁 노선은 민족적 차원에서는 그리 곤혹스러운 문제는 아니다. 왜냐하면 폭력 투쟁은 "이족 통치"의 파괴라는 목표에 의해 당위성이 보장되기 때문이다. 더군다나 당시의 상황은 폭력 투쟁의 필요성을 요청하고 있었다. 3.1 운동의 실패는 평화적 투쟁의 한계를 노정하고, 이에 무장 및 폭력 투쟁의 필요성을 본격적으로 제기하였을 것이다. 이는 의열단의 투쟁 노선에서 폭력을 불가피한 방법으로 간주할 것을 시사한다. '5파괴'와 '7가살'의 대상이 일제의 주요 기관과 친일 매국노에게 집중되어 있음은 이를 예증한다. 따라서 폭력 투쟁을 아나키스트들의 전형적 방법으로 간주할 수는 없을 듯하다. 오히려 문제는 아나키즘을 폭력 투쟁과 동일시하는 태도가 갖는 폭력성이다. 이는 1887년 미국 시카고에서 일어난 '헤이마켓 사건'이 예증한다. 이 사건에서 주목해야 할 것은 노동자 집회 도중 불의의 폭발 사고로 죽은 경찰 7명과 시민 4명의 비극만이 아니라, 용의자로 체포된 아나키스트 8명이 아무런 증거도 없이 '아나키스트라는 이유만으로' 처형되었다는 사실이다.

그러므로 우리가 아나키즘에서 사유해야 할 것은 폭력 투쟁의 정당성 문제가 아니라, 혁명 이후 "민중 전체의 행복을 증진"하는 실질적 방법이다. 이는 일본 제국주의의 패망 이후 한국식 아나키즘에 대한 판단에 있어서도 마찬가지이다. 국가권력의 차원에서만 본다면, 일제 치하 이후 지금까지의 정치적 지형도는 별반 달라지지 않은 것처럼 보이기 때문이다. 일제와 미군정으로부터 이양된 국가권력은 "민중 전체의 행복을 증진"하기는커녕 특정 계급의 지배 체계를 더욱 공고히 하고 있지 않은가? 이러한 의문은 현대사회에서 "민중 전체의 행복을 증진"하고자 하는 아나키즘의 위상에 대한 재인식을 요청하는 듯하다. 흥미롭게도, 노암 촘스키는 1976년 BBC「런던 주말 TV」와의 인터뷰에서 아나키즘의 개념과 지향에 대한 질문에 다음과 같이 대답한 바 있다.

예, 일부는 맞는 말이기도 합니다만 그렇지 않은 점도 있죠. 분명 경찰이 없다는 말은 맞을 겁니다. 그러나 도로교통법까지 없다는 말은 아니라고 생각합니다. 먼저 무정부주의라는 용어가 상당히 광범위한 정치 사상을 담고 있다는 말부터 해야 할 것 같습니다. 그러나 실제로는 무정부주의를 자유의지적 좌파의 사상으로 생각하는 사람들이 훨씬 많습니다. 따라서 이런 관점으로 보면, 무정부주의는 전통적으로 바쿠닌과 크로포트킨 같은 사람들을 일컫는 자유의지적 사회주의자나 무정부주의적 노동조합주의자 혹은 공산주의 무정부주의자처럼 일종의 자유의지적 사회주의로 인식될 수 있습니다. 이들은 모두 고도로 조직화된 사회 형태, 즉 각 단위별로 그리고 공동체별로 유기적으로 조직화된 사회를 지향했습니다. 이런 유기적인 조직은 일반적으로 일터나 주택 지구를 뜻하는 것으로, 이 두 가지 기본 단위를 기초로 연합체를 조정함으로써 고도로 통합된 사회조직이 될 수 있습니다. 의사 결정 과정 또한 실질적인 범위에서 이루어져 해당 조직 공동체에 소속된 대의원들이 이끌어 나가게 되죠. 대의원들이 소속된 공동체는 그들을 있게 한 원천이며

그들이 다시 돌아갈 곳으로, 사실상 삶의 터전이라고 볼 수 있죠.[6]

촘스키는 현대의 아나키즘을 바쿠닌과 크로포트킨, 아나코-생디칼리즘, 공산주의 무정부주의를 포함한 "자유의지적 사회주의"로 이해한다. 이는 "자유의지적 사회주의"가 "각 단위별로 그리고 공동체별로 유기적으로 조직화된 사회를 지향"한다는 생각에 기초하고 있다. 이를 통해 우리는 현대의 아나키즘이 원시적 형태의 비조직화된 이상향을 지향하는 것이 아님을 알 수 있다. 그렇다면 "각 단위별로 그리고 공동체별로 유기적으로 조직화된 사회"의 구체적 모습은 무엇인가? 그것은 "일터나 주택 지구"를 기본 단위로 하는 대의원들의 "연합체"이다. 프루동의 '자치 정부(self-government)'나 크로포트킨의 '상호부조론'과 궤를 같이한다.

단박에 두 가지 질문이 제기될 수 있다. 첫째, "주택 지구"를 기본 단위로 한 "연합체"와 지방 자치와의 차이는 무엇인가? 둘째, 고도로 발달한 자본주의 사회에서 "일터"를 기본 단위로 하는 "연합체"가 가능할 것인가? 전자는 현재의 지방 자치가 규모가 축소된 '집중화된 권력'을 지향한다는 대답으로 해소될 수 있을 듯하다. 후자는 기존의 아나키즘이 집중적으로 사유했던 문제로, 생산 조직에 있어서의 자율적 공동체와 이들의 연합체의 가능성에 대한 물음을 제기한다. 이에 대한 단언은 불가능하다. 노동조합의 보수화와 노-노 갈등이 현존하는 현대사회에서 그러한 "연합체"의 구현은 아직은 가능성의 차원에 있기 때문이다.

여기서 파생되는 또 다른 문제는 자발적 참여, 특히 사회적으로 기

---

6 노암 촘스키, 앞의 책, pp.75-76.

피되고 있는 직종에서의 자발적 참여의 문제이다. 자본주의 사회가 이러한 일, 곧 "사람들이 꺼리는 일을 임금 노예들에게 할당하는 사회"[7]라는 점은 재론의 여지가 없다. 촘스키는 "보수를 올려 개인들이 자발적으로 그 일을 하도록 만드는 사회"보다, "최선의 노력을 다해 의미 있는 일로 만든 다음 함께 분담하는 사회"[8]를 더 가치 있는 사회로 간주하고 있다. '돈'이 아니라 그 일의 '의미와 가치'의 각성을 통해 "사람들이 꺼리는 일"의 분배를 실현한다는 것이다. 이것이 가능하기 위해서는 무엇보다도 사람들의 "정신적 변화", 나아가 "인간 본성의 변화"[9]가 필요하다. 여기에 전제되어 있는 것은 공동체 자치와 자율에 대한 인간적 신뢰일 것이다. 이런 점에서 아나키스트는 인간과 인간성에 대한 낙관론을 공유하고 있다. 가능한 일인가? 이 지점에서 우리는 「Imagine」의 한 대목, "You may say I'm a dreamer"를 떠올릴지도 모르겠다.

3. 프로그레시브 아나키스트, '21세기의 분열된 사람'

현대사회에서 꿈꾸는 자가 되기를 자청하는 자가 있는가. 있다면 그는 시인이다. 허버트 리드는 "창조하기 위해서는 파괴가 필요한 것"이고, 시인이야말로 "사회를 파괴하는 기폭자(起爆者)"[10]임을 역설한 바 있다. 그러나 시대는 바뀌었고, 시인의 사회적 위상도 변화하였다. 시인이 정신적·인간적 변화를 산출하는 '기폭자'로 정립될 수 있다면, 그것은 그들이 혁명 전선의 전위이거나 대정부 투쟁의 선봉

---

7 노암 촘스키, 앞의 책, p.95.
8 노암 촘스키, 위의 책, p.95.
9 노암 촘스키, 위의 책, p102.
10 허버트 리드 저, 정진업 역, 「시와 아나키즘」, 형설출판사, 1983, p.26.

을 자처하기 때문은 아닐 것이다. 오히려 그들이 주체 안팎에서 통치 불가능한 것의 발견을 통해 자아의 권력을 내파하는 역설적 존재이기 때문일 것이다. 우리가 시적 주체의 내밀한 고군분투를 면밀하게 살펴야 하는 이유가 여기에 있다.

주체의 내부에서 아나키스트의 극점을 보여 주는 자는 단연 장석원의 시적 주체이다. 『아나키스트』 이래 『태양의 연대기』를 거쳐 『역진화의 시작』에 이르기까지, 그가 분투해 왔던 파괴와 창조의 도저한 여정은 아나키즘이 윤리적·미학적 층위에서 시와 어떻게 접속하는지를 예시한다. "내가 만들었던 과거의 괴멸을 목격하고 있다"와 "나를 바꾸고 싶다. 새로운 시를 쓰고 싶다"는 「시인의 말」(『아나키스트』, 문학과지성사, 2005)은 이 모든 것을 요약한다. 시를 보자.

상해의 밤과 북경의 도서관

할 수 있는 일은, 오로지 몸을 흔들어 한마디 내뱉는 것일 뿐. "테러하라."

長江의 끄트머리, 투쟁의 끝이 보이는가. 방파제에서 海東을 바라보는 나에게, 북경대학의 도서관에서 마르크스를 읽는 나에게, 후회는 없다. 人間的 감정이라니, 사랑이라니, 나는 진작에 그것들을 검은 바다에 띄워 보냈다.

나는 1922년의, 21세기의 분열된 남자. 나는 제국주의자들의 화장용 장작. 네이팜탄 불꽃이 강물에 일렁이네, 한 줌 매국노들을 불태우네.

나의 목표는 혼돈의 힘을 이용하여 응축된 의지를 해체하고 숨어 있는 이니

키를 조직하여 평정을 획득하는 것이다.

내가 걷고 있는 여기는 어디일까? 거리 끝에서 어둠이 몰려온다. 이제 지친 자는 누워야 할 시간이고, 사랑에 빠진 자는 서서히 흩어지는 불빛이 될 시간이다.

—「꿈, 이동, 속도 그리고 활주」부분

이 시에는 다중의 주체가 중첩되어 있다. 느닷없이 등장하는 발화들은 아나키스트의 기원에 대한 두 개의 계보를 보여 주고 있다는 점에서 중요하다. 먼저, "상해의 밤과 북경의 도서관"의 아나키스트. "테러하라"고 외치는 자와 "북경대학의 도서관에서 마르크스를 읽는" 자는 '찢겨진 주체'의 잔영이다. 참조할 것은 1920년대 초반 상해가 북경을 거점으로 한 아나키스트들의 주요 활동 무대였다는 사실이다. 당시 북경대학은 에로센코, 루신, 천두슈, 리스청, 우즈후이와 같은 중국 아나키스트의 거점이었다. 신채호, 이회영, 정화암, 유자명 등의 북경 아나키스트 그룹은 이들로부터 큰 영향을 받았다. 1922년 3월 28일, 일본군 육군대장 다나카를 저격한 '황포탄 의거'는 상해에서의 대표적 사건 가운데 하나였다.

그런데 그들이 왜 20세기가 아니라 "21세기의 분열된 남자"인가? "21세기의 분열된 남자"는 록 그룹 킹 크림슨의 데뷔 엘범 『In the Court of the Crimson King』(1969)의 「21st Century Schizoid Man」에서 온 것이다. 이러한 돌연한 이동과 접속은 19세기와 20세기의 '꿈'이 "21세기의 분열된 남자"의 꿈으로 경착륙하기 때문이다. 즉 "21세기의 분열된 남자"는 1922년의 북경 아나키스트들과 1969년의 로커(Rocker) 로버트 프립(Robert Fripp)으로 '찢겨진' 존재인 것이다. "나는 제국주의자들의 화장용 장작. 네이팜탄 불꽃이 강물에 일렁이네"라는 시구가 "정치인들의 장례식 장작더미/죄 없는 자들은 네이팜탄에 의해 겁탈당한다"(「21st Century Schizoid Man」)는 노랫말의 변형이라는 점. 또한 로버트 프립의 말, "나의 목표는 혼돈의 힘을 이용하여 응축된 의지를 해체하고 숨어 있는 아나키를 조직하여 평정을 획득하는 것"이 21세기의 시에 직접 접속되는 것은 같은 이유에서이다.

이처럼 아나키즘과 록은 『아나키스트』의 시적 주체를 구성하는 두 개의 계보이다. 특히 그의 아나키즘이 록으로부터 자유와 저항의 동력을 공급받는다는 점에서, 그의 시는 프로그레시브-아나키즘의 진수를 보여 준다고 하겠다. 그는 킹 크림슨이 "시인들은 굶주리고 아이들은 피를 흘립니다"(「21st Century Schizoid Man」)라고 노래할 때, "나를 파괴할 권리/셀프 킬러, 킬링 필드, 올드 필드"(「악마를 위하여」)를 선언한다. 또한 그는 킹 크림슨이 자신의 묘비에 "Confusion will be my epitaph"(「epitaph」)란 문구를 새길 때, "죽는 것은……잠자는 것"(「꿈, 이동, 속도 그리고 활주」)이라고 노래한다. 이런 의미에서 그는 21세기의 로커이자 아나키스트이다. 단언컨대, 그는 "서울헤라시보리"(「내 마음의 아나키」)에서의 프로그레시브-아나키즘 디제잉(DJing)을 멈추지 않을 것이다. 「저녁의 고릴라……國家」(「태양의 연대기」)에는 그 이유가 암시되어 있다.

> 불빛에 잠긴 저녁의 포클레인에 대하여 나는 할 말이 없다
> 녹슨 기율이나 검은 쇳덩이 혹은 인터내셔널과는 무관하기에
> 일하지 않는 자여 먹지도 마라 자본가여 굶어 죽어라
>
> 그건 폭력 한때 나는 그런 포르노그래피를 좋아했다
> 모두가 빨고 빨리고 모두가 직이 되지만

고릴라는 채혈당한다 고릴라는 고개 꺾고 숨을 몰아쉰다

오늘은 첫 번째 그리고 세 번째 겨울날
구불구불한 골목에서 불어온 바람이 먼지를 날린다
구호 요란한 노변에서 포클레인이 건물을 철거했다

부서져야 할 세계는 길 건너에 있다
커다란 회색 주먹으로 벽을 난타하는 고릴라
강철 외피와 디젤엔진이 조화롭게 파괴를 진행한다

고릴라가 가슴을 두드리며 암컷을 유혹하는 듯하다
나는 뚫리고 있는 중이다 시멘트 분말처럼 흘러내린다
최선의 국가는 사랑하는 사람과 사랑받는 사람이 건설한다
—「저녁의 고릴라……國家」 부분

철거 현장에서의 몽상은, 얼핏 1987년 이후 멜랑콜리커의 후일담
처럼 보인다. 한때 '골리앗 크레인'은 저항의 상징이었다. '포클레인'
은 왜 아니겠는가. 기계가 지닌 강력한 힘은 노동과 투쟁의 상징이었
다. 그러나 정릉 철거 현장에서의 그것은 무엇인가? "커다란 회색 주
먹으로 벽을 난타하는 고릴라". 이러한 전변 앞에서 기계를 탓하거나
그것을 파괴(Luddite)하는 것은 부질없는 짓이다. 문제는 '기계의 주인
이 누구인가' 하는 것이다. "고릴라는 채혈당한다"가 직접적으로 보
여 주는 것은 기계가 국가와 자본으로부터 강탈당하고 있다는 사실
이다. 그러니까 "부서져야 할 세계"가 '고릴라-기계'라는 노동으로부
터 수혈을 받고 있는 셈이다. "길 건너"의 세계가 유지되는 이유가 여

기에 있다. 사태의 심각성은 시적 주체가 "길 건너" 쪽에 있지 않다는 데에 있다. 곧 "나는 뚫리고 있는 중"인데, 이는 국가와 자본에 의한 파괴가 주체의 파괴와 동궤임을 보여 준다.

"최선의 국가는 사랑하는 사람과 사랑받는 사람이 건설한다"는 이러한 사태에 대한 시적 주체의 지향이 무엇인지를 요약한다. 각주가 명시하듯, 이 구절은 플라톤의 『국가론』의 일절에서의 차용이다. 새로 건설될 이상 국가에서 시인을 추방하려는 플라톤의 기획은 시인과 철학자 사이의 오래된 싸움을 예증한다. 그렇다면 플라톤의 국가론은 이상 국가라는 미명 하에 특정 계급의 이익을 대변하는 것인가? 소크라테스에 대한 트라시마코스의 항변은 이에 대한 문제 제기이다. "그런데 정부마다 자기의 이익을 위해서 법률을 만들죠. 민주제는 민주제다운 법률을, 그리고 참주제는 참주제다운 법률을 만들고, 그밖에 다른 것들도 마찬가지요. 이런 법률들을 만듦에 있어서, 그들 자신에게 이익이 되는 것이, 다스림을 받는 사람들에게는 곧 의로운 것이 된다고 선언하고, 그것을 벗어난 사람은 범법자요 부정한 사람으로서 처벌을 합니다."[11]

플라톤이 설계한 이상 국가가 위험한 것은 처음부터 통치 불가능한 것을 배제한다는 데 있다. 이는 시인들을 비롯한 타자들을 국가 시스템 내부에 들이지 않겠다는 의지의 소산이다. 시인들이 이상 국가 내부로 들어오는 유일한 방법은 국가의 규율과 규제에 대해 자발적으로 동의할 때이다. 이것은 감시와 처벌의 내면화를 뜻한다. '판옵티콘'과 같은 감시 및 통제 시스템이 참담한 건 감시자와 피감시자 모두에게 규율 사회의 불가피성을 내면화한다는 데 있다. 이는 참혹

---

11 플라톤 저, 조우현 역, 『국가·시학』, 삼성출판사, 1988, p.38.

한 일임에 틀림없으나, 그렇다고 절망적인 것은 아니다. 왜냐하면 역으로 규율화된 사회의 약점, 곧 감시 및 처벌 시스템이 타자들('바틀비' '노마드' '스키조이드' 등)의 틈입에 취약하다는 것을 반증하기 때문이다. 플라톤의 시인 추방론이 암시하는 것처럼, 고래로 시인들은 '판옵티콘'의 바깥, 곧 국가와 법이 모두 다 볼 수 없는 영역에 존재하는 자들이다.

아나키스트 시인이 건설하는 세계는 플라톤의 『국가론』의 "길 건너"에 위치한다. 그것은 "사랑하는 사람과 사랑받는 사람"이 건설하는 국가이다. 그러나 이것을 플라톤의 이상 국가에서 추방된 자들의 자족적 공동체라고 상상하지는 말자. 핵심은 공동체 바깥의 이상향을 내부로 끌어들이는 것이 아니라, 공동체 내부에서 새로운 자치를 구현하는 것이다. 국가 시스템 내부의 통치 불가능한 것의 발견이 중요하다는 말이다. 이는 주체 내부의 통치 불가능한 것의 발견과 궤를 같이한다. 이때 분노, 거부, 광기와 같은 정동(affect)은 국가와 자본이 전부 다 볼 수 없는 영역에 속한다. 주체 내부에서 모든 것을 보려는 자, 곧 자아일지라도 그것을 남김없이 보는 것은 불가능하다. 장석원이 '사랑'이란 이름으로 다른 방식의 봄을 사유하는 이유가 여기에 있다. 「赤記」에서,

나의 눈구멍으로
모든 것이 빨려 든다
거기 고요가 점화된다

붉은 고요에 감염되어 아버지를 기다리며
석양 속에서 나는 존다 빠르게 잊혀지기를 꿈꾼다

어둠이 이마를 만지자 나는 번지듯이 건너간다

가장 근원적인 혁명은 사랑하며 홀로 부패되는 것
그의 먹이가 되는 것 그를 먹이는 것

나를 흡수하여 점점 붉어지는 아버지
밖으로 허물어지면서 몸피를 키우는
소모되고 사라지려는 저 붉음이
사람이 될 수 있는 유일한 형식

—「赤記」 부분

광장에 흩날리던 적기(赤旗)는 사라졌다. 낙엽과 단풍의 "밖으로 허
물어지면서 몸피를 키우는/소모되고 사라지려는 저 붉음"은 이중적
이다. 사라진 적기의 잔여물일 때, 그것은 "붉은 고요"일 뿐이다. 사
라진 적기를 환기하는 우울의 대상에 지나지 않는다. 그러나 그것이
"사람이 될 수 있는 유일한 형식"이기도 하다는 사실을 외면하지는
말자. 이는 '사라짐'과 '잊혀짐'에 내재한 반동의 힘에 대한 믿음을 전
제한다. "가장 근원적인 혁명은 사랑하며 홀로 부패되는 것"이라는
성찰은 이로부터 태동한다. 무엇보다도 사랑은 "죽음 후의 역능"(「트
리니티」)이지 않은가. 낙엽과 단풍의 붉음은 사라지고 잊혀졌다. 그러
나 그것은 흡수될 것이다. 그로부터 다시 피어날 것이다. 또한 적기
(赤旗)는 사라지고 잊혀졌다. 그러나 그것은 간직될 것이다. 그로부터
다시 흩날릴 것이다. 마침내 시적 주체는 사라지고 잊혀졌다. 그러
나 그것은 보존될 것이다. 그로부터 다시 태어날 것이다. 무엇으로?
시로. 그러니까 적기는 내려졌으되, 적기에 시로 기록되었다. 그것을

"유일한 형식"으로 적기 시작하는 자는 단연코 시인이지만, 그것을 "유일한 형식"으로 노래하는 자는 로커이다. 양자는 프로그레시브-아나키즘에서 하나이다.

4. 모나드와 노마드의 애너그램

사랑의 역능의 메커니즘, 곧 '사랑'이 어떻게 "개인과 민족과 국가의 삼위일체적 운명"(「트리니티」)을 내파하고 "가장 근원적인 혁명"으로 전변되는지를 가늠하는 것은 미지의 일이다. 이 짧은 글이 그 역능을 조명한다는 것은 처음부터 불가능한 일이다. 다만 한 가지, 그 기미가 되는 일절을 이 글의 끝에 새겨 둠으로써 프로그레시브-아나키즘의 독자로서의 소임을 면하고자 한다.

> 벌레가 돼 버린, 벌레일 따름인 나는 시민이기 이전에 개인이고 개인이기 이전에 독자(獨子)이고 독자이기 이전에 단자(單子)
>
> —「트리니티」 부분

"시민"으로부터 "단자"에 이르는 역진화의 과정, 곧 시민-개인-독자-단자의 계열체에서 숙고할 것은 '온몸'이다. 즉 "벌레일 따름인 나"의 온몸의 이행. '벌레(worm)'는 대지와 온몸으로 접속한 인간이다. "벌레"의 두 지체를 연결하는 것은 유음 'ㄹ'이다. 그것은 대지에 접속하기 위해 굴절한 '나'의 신체의 일부이다. 이렇게 얘기할 수도 있겠다, 'worm'의 시작과 끝을 구성하는 두 문자 'w'와 'm'은 각각 대기로 처든 머리와 대지에 접속한 꼬리의 형상이라고. 따라서 '벌레(worm)'의 역진화는 "단자"로 향한 온몸의 이행이다. 그것은 "단자"라는 '창 없는 모나드'를 향한 이행이 '나'의 온몸의 지체의 굴절이어야 함을 의미한다. 이때 모나드(monad)를 구성하는 지체와 분절들, 곧 'm'과 'n'의 운동이 개시되고, 마침내 'm'과 'n'의 애너그램(anagram)이 생성된다. 이러한 자리바꿈은 모나드(monad)가 노마드(nomad)란 이름의 유랑하는 단자로 전이되는 순간을 고지한다. 그것은 "벌레가 돼버린, 벌레일 따름인" 존재가 온몸으로 이행하는 순간이며, 그리하여 모나드가 노마드라는 유랑하는 "나비"(「육체 복사」)로 전이되는 때이기도 하다. 그러니 "벌레의 울음"(「흠향(歆饗)」)을 위한 "단자"의 자유 공동체가 있다면, 그건 날아서가 아니라 온몸으로 기어서만 도달할 수 있을 따름이다.

제4부 천진과 숭엄의 연금술

천진의
숭엄한 것에로의 변용

1. 찬미 시인!

감히! 어찌 토를 달겠는가, 천진의 숭엄함 앞에서. 오로지 찬미 시인!

시인은 주례를 집도하지 않는다. 오직 사물과 사물의 결혼을 시로써 찬미할 뿐. 누가 뭐라 해도 좋다, 이 글은 스스로 주례사이기를 자청했으니. 좋은 걸 좋다고 말하는 게 어찌 눈치 볼 일이며, 토를 달일인가. 나는 다만 '찬미 시인!'을 기리는 일에 한없이 느리고, 숭고한 시간을 보낼 테니. 그 와중에 혹시 몸과 정신이 불타오르더라도 찬물을 끼얹진 마시길…….

정현종 시인의 시 가운데 '환'하지 않은 시가 있었던가?

이는 시와 산문 모두에 해당하는 말이다. 「말의 살」에서 '신이 허락한 정말'에 헌신하는 시인의 위풍과 「운명과 싸우는 모습」에서 '자기가 얼마나 망가져 있는지를 잘 모르는 비극'에 맞선 형형함을 보았다면, 산문이 그토록 환할 수 있다는 사실에 놀라움을 금치 못했을 것이다. 그렇다, 시인에게는 산문도 시다. 최근작 『두터운 삶을 향하여』

(문학과지성사, 2005)도 이와 같다. '권력, 돈, 기술 따위에 의한 전면적인 마비'를 시적 상상력을 통해 '두터운 삶'으로 전변시키려는 시인의 '마음 씀'에 어찌 우리 생의 어둠이 불 밝히지 않을 수 있겠는가?

시는 더욱 그러하다. 『사물의 꿈』에서 시작해 『광휘의 속삭임』에 이르기까지 우리의 몸과 마음을 환히 비추지 않은 시가 어디 있겠냐만, 유독 이번 시집 『그림자에 불타다』(문학과지성사, 2015)에서 그 빛은 더욱 환하다. 그러니 '구름의 그림자'에 불타 환하게 꽃피는 한 편의 시로부터 시작할 일이다.

2. 구름 그림자와 불타는 노을

1
버스 타고
근동(近東) 지방을 구불구불 가다가
드넓은 밀밭을 검게 태운
구름 그림자를 보았다.
구름 그림자에 타서! 대지는
여기저기 검게 그을려 있었다.

2
욕망-구름 그림자
마음-구름 그림자
몸-구름 그림자에
일생은 그을려,
너-구름 그림자

나-구름 그림자

그-구름 그림자에

세계는 검게 그을려—

3

그 모든 너울을 걷어 낸 뒤의

구름 자체를 나는 좋아하고

그리고

은유로서의 그림자에 불타는 바이오나—

—「구름 그림자」 전문

이 탁월한 한편의 '구름-시'는 '삶-시'이며 '우주-시'이다.

우선, 근동의 밀밭. 이국의 풍경이되, 낯설지 않으면서 새로운 까닭은 밀밭이 "풍경의 마약"(「여행의 마약」)이기 때문이다. 시인이 풍경 속으로 사라지는 자라면, 그는 어디로 스미시는가? "구름 그림자", 시인이 막 사라지려는 순간은 "구름 그림자"가 "드넓은 밀밭을 검게 태"우는 찰나이다. 이 순간은 시인이 사물과 풍경과 세계에서 하나의 고유한 이미지를 길어 올리는 때이기도 하다. 단언컨대, 새로운 시적 이미지의 창조에 관해서라면, 정현종 시인의 시가 주는 생동감에 비길 만한 것은 없다. 그의 시적 상상력은 시각적-형태적 이미지의 생산에 그치지 않는다. 그의 상상력의 힘은 물질적 상상력과 우주적 상상력에 잇닿아 있어, 인도의 신 '아그니'로 하여금 지금 여기 '구름 그림자'에 현신하도록 함으로써, 그가 불의 신이자 배움의 신이기도 하다는 사실을 시적 이미지로 예증하고 있다.

다음, 상상력의 확장이 사유의 경계를 무너뜨린다. "일생은 그을려", "세계는 검게 그을려—"에서 보듯, 밀밭을 태운 구름 그림자는 '욕망-마음-몸 구름 그림자'에 그을린 생과 '너-나-그 구름 그림자'에 검게 그을린 세계로 번져 나간다. 이러한 확산이 찰나에 이루어진다고 해서, 그것을 허투루 보거나 함부로 말해서는 안 된다. 이는 번제(燔祭)의 불길이 지극히 크고 높아 비산(飛散)되기 때문이며, 찰나의 시간이 깊고 넓어 그 안에 우리의 생과 세계가 충만하기 때문이다. 여기에는 몸을 입은 것뿐만 아니라 몸을 입지 않은 것들의 내밀성이 고스란히 들어 있다.

그리고 승화. "그 모든 너울을 걷어 낸 뒤"의 세계가 그것이다. "모든 너울"은 '밀밭의 구름 그림자'만이 아니라, 생의 너울과 세계의 너울을 다 같이 포함한다. 이로써 온전히 드러나는 것은 "구름 자체"이다. "구름 자체"가 개별적 특성을 사상한 보편자로서의 '구름 개념'이 아니라는 것을 새삼 확인할 필요가 있을까. "구름 자체"는 시간적으로는 과거의 "내가 잃어버린 구름"(「내가 잃어버린 구름」, 「전집 1」)[1]을 상기하고, 현상학적으로는 "그 가벼움의 높이와/그 환함의 밀도의/폭발적인 시원함"(「구름층」)을 야기한다는 점에서 그러하다. 보다 중요한 것은 후자인데, 구름에 대한 애정이 "구름 자체"가 생산하는 높이와 밀도와 시원함의 화학적 변용에서 비롯하기 때문이다. 시의 마지막 행, "은유로서의 그림자에 불타는 바이오나—"는 이러한 변용이 시적 이미지의 연금술의 또 다른 모습임을 보여 준다. 「사물의 꿈 2」(「전집 1」)에선 이러했다.

사랑하는 저녁 하늘, 에 넘치는 구름, 에 부딪쳐 흘러내리는 햇빛의

---

1 정현종, 『정현종 시 전집 1』, 문학과지성사, 1999. 이하 ‖전집 1』로 표기함.

폭포, 에 젖어 쏟아지는 구름의 폭포, 빛의 구름의 폭포가 하늘에서 흘러 내린다. 그릇에 넘쳐흐르는 액체처럼 가열되어 하늘에 넘쳐흐르는 구름, 맑은 감격에 가열된 눈에서 넘치는 눈물처럼 하늘에 넘쳐흐르는 구름.

——「사물의 꿈 2—구름의 꿈」 전문

해가 지는 풍경을 이렇게까지 아름답게 표현한 시가 얼마나 있을까. 이 시가 지닌 아름다움은 수사적 차원에만 국한되지 않는다. 이 시가 지닌 진정한 가치는, 노을이 공기와 물의 상승과 하강 운동, 그리고 생의 침잠과 도약이라는 이중 운동과 다르지 않음을 고스란히 보여 준다는 데에서 찾을 수 있다. "빛의 구름의 폭포"인 노을이 "맑은 감격에 가열된 눈에서 넘치는 눈물"과 근본적으로 동일하다는 인식. 이는 "불과 눈물은 서로 스며서"(「고통의 축제 1」, 『전집 1』) 제 고유의 방식으로 물질과 생의 운동을 실현한다는 사실을 고지한다. 노을이 지닌 불(빛)과 (눈)물의 이원성은 열기와 냉기, 대기와 대지, 상승과 하강이라는 이중적 운동이 우리 생의 근원적 가치와 상통함을 매우 감동적으로 보여 준다.

알다시피, 바슐라르는 이러한 이중적 운동을 연금술의 승화 작용에 빗대어, "삶의 가치 부여 작용과 질료의 가치 박탈 작용을 동시에 체험하는 일"[2]로 설명한 바 있다. 이때 연금술의 이중적 운동(상승

---

[2] 바슐라르 저, 정영란 역, 『공기와 꿈』, 민음사, 1993, p.524. 다음 또한 좋은 참조가 된다. "자유케 한다는 것과 정화한다는 것은 연금술에 있어서는 전적인 상응 관계 속에 있다. 그것들은 두 개의 가치, 아니, 보다 더 잘 말한다면, 동일한 가치의 두 표현이다. 가치의 저 수직축 위에서 섬세한 이미지들 속에서 작용하고 있음이 느껴지는 그 두 가치는 서로서로를 설명해 줄 수 있는 것이다. 그리하여, 능동적이며 지속적인 승화에 관한 연금술적 이미지는 우리에게 진실로 자유화의 微分, 공기적인 것과 대기적인 것의 긴밀한 드잡이를 드러내 보여 주는 것이다."(p.530.)

과 하강)은 우리 생의 두 가지 운동(도약과 침잠)과 일치한다. 이는 전자, 즉 대기적 삶으로의 참여를 위해서는 질료를 내려놓아야 한다는 사실을 암시한다. 「사물의 꿈 2」가 이러한 '역동적 이원성'을 노을의 이미지로 형상화하고 있다면, 「구름 그림자」는 그것을 불타는 그림자의 이미지로 형상화하고 있는 것이다. 이렇게 말할 수도 있다. 노을이 하늘의 궁륭에 흐르는 눈물이라면, "은유로서의 그림자"는 대지에서 타오르는 불꽃이라고. 그러므로 '타다'는 일차적으로 몸을 사르는(燃) 소멸의 운동이겠으나, 근본적으로는 '구름'에 타는(乘) 상승에의 열정이기도 한 것이다. 이것이 '구름의 꿈'의 두 양태, '구름'의 훌륭한 짝패이다.

3. 시간의 그림자와 시선의 무한성

그러니 이제 '역동적 이중성'에 가까이 다가가, 그곳의 내밀을 좀 더 깊숙이 들여다보자. 거기에서 시간의 깊이와 공간의 무한이 '생의 기미(機微)'(「고통의 축제 1」, 「전집 1」)로 돌아 오를 테니. 이를 위해 먼저, '욕망-마음-몸 구름 그림자'와 '너-나-그 구름 그림자'란 '시간의 그늘'의 두 지체에 다름 아니라고 말해 두자.

시간은 항상
그늘이 깊다.
그 움직임이 늘
저녁 어스름처럼
비밀스러워
그늘은
더욱 깊어진다.

시간의 그림자는 그리하여

그늘의 협곡

그늘의 단층을 이루고,

거기서는

희미한 발소리 같은 것

희미한 숨결 같은 것의

화석(化石)이 붐빈다.

시간의 그늘의

심원한 협곡,

살고 죽는 움직임들의

그림자,

끝없이 다시 태어나는(!)

화석 그림자.

—「시간의 그늘」 전문

  '시간의 깊은 그늘'은 결핍과 부재의 시간을 표현한다. "시간의 그늘"이 "저녁 어스름처럼" 비밀스러운 것은 "터질 듯이 어둠을 부풀리는/그림자—/그 부재(不在)의 더없는 강력함"(「보석의 꿈 1」) 때문이다. 또한 "시간의 그늘"은 우수의 시간이기도 하다. "시간은 항상 거처가 없고/모든 움직임은 우수의 그림자"(「고비」)이기 때문이다. 문제는 "살고 죽는 움직임들의/그림자"가 시간의 압력과 열기에 의해 불타올라 화석(化石)이 되려면, 우선 시인 자신이 우수의 그림자가 산출하는 "그늘의 협곡/그늘의 단층" 속에 거주해야 한다는 것에 있다. 이때 "시간의 그늘의/심원한 협곡"은 "이 순간에서/저 순간으로/넘어가는/그 사이에/그림자들"(「그사이에」)이 거주하는 처소가 된다. 이런 의미에서 그건 '무서운 사이'[3]이기도 하다.

그러나 무서움과 참담함으로부터 "끝없이 다시 태어나는(!)/화석 그림자"가 도래한다. 이것은 죽음의 시간에서 재생의 시간으로의 이동이다. "죽음이었지만/허나 구원은 또 항상/가장 가볍게/순간 가장 빠르게 왔으므로"(「사물의 정다움」, 「전집 1」)……. 어쩌면 죽음과 구원은 분리될 수 없는 두 개의 '생의 기미'인지도 모를 일이다. 아니, 그건 "끝없이 다시 태어나는(!)" 순간의 목도임에 분명하다. "그때 시간의 매 마디들은 번쩍이며 지나가는 게 보였네"(「사물의 정다움」)라고 말할 수밖에 없는 순간의 체험을 보라. '생의 기미'의 포착이 "마악 피어나려는 시간의/열"(「이게 무슨 시간입니까」)을 감지하는 체험이 아니라면 대체 무엇일 수 있겠는가. 그렇다면 이러한 기미의 포착으로부터 개시되는 건, 순간의 "마르지 않는 신비"를 "온몸으로 느끼는 영혼"을 "또 다른/상승의 원천으로 만드는 신비"(「아, 시간」)일 것이다.

"화석 그림자"의 되삶에 시간 차원에서의 '생의 기미'가 놓여 있다면, 공간 차원에서의 '생의 기미'는 시선의 무한함에 놓여 있다.

멀리 있는 것이 없다면 우리가 어떻게 가까이 있는 것과 살 수 있겠는가.

바라보는 저 너머가 없다면 우리가 어떻게 여기서
살 수 있겠는가

---

3 "잠과 각성 사이의 표정처럼/무서운 건 없다/그 모습처럼/참담한 건 없다/모든 '사이'는 무섭다/모든 '사이'는 참담하다". 정현종, 「모든 '사이'는 무섭다」, 「전집 1」, p.321.

멀리서 우리의 시선을 끌어당기는 공간이여,

시선은 멀수록 좋아해 날개들 달고,

시선에는 실은 끝이 없으며,

시선은 항상 무한 속에 있는 것이어니.

여기 있으면서 항상 다른 데에도 있을 수 있게 하는 시선이여.

움직이지 않지만 항상 떠날 수 있게 하는 시선이여.

오 눈보다 앞서 있는

먼 공간의 시원함이여.

그러나 시선 속에는 이미

무한이 들어 있는 것이어니.

—「시선을 기리는 노래」 전문

이는 사물과의 '눈 맞춤'인가, 공간과의 '눈 맞춤'인가. 「구름 그림
자」가 구름 자체를 기리는 노래이듯, 이 시는 시선과의 '눈 맞춤'을 통
해 '시선 자체'를 기리고 있다. 왜 그런가? 시에서 보듯, "멀리 있는
것"과 "바라보는 저 너머"는 가까운 것과의 삶을 추동하고 가능케 한
다. 여기에 "멀리 있는 것"이 지닌 매력이 있다. 블랑쇼의 말대로 "거
리를 둔 접촉에 의해서 우리에게 주어지는 것은 이미지이며, 매혹은
이미지에 대한 정열"[4]이다. 그러나 이러한 정열이 특정 대상에 대한

---

4 모리스 블랑쇼 저, 박혜영 역, 『문학의 공간』, 책세상, 1990/1998, p.30.

이미지에 국한되는 것은 아니다. 어떤 '공간', 즉 "멀리서 우리의 시선을 끌어당기는 공간"에서 비롯한다는 점 때문에 신비는 더욱 배가 된다. 더욱이 공간의 무한이 거처를 옮기면 눈 속의 무한이 되지 않는가. 이는 "무슨 푸르른 공기의 우주/통과하지 못하는 물질이 없는 빛,/그 빛이 만드는 웃고 있는 무한―/아주 눈 속에 들어 있는 그 무한/온몸을 물들이는 그 무한"(「시가 막 밀려올 때」, 『광휘의 속삭임』, 문학과지성사, 2008)에 표현된 경이와 통한다. 더욱 놀라운 것은 "먼 공간의 시원함"이다. '시원함'은 우리의 시선이 공간의 무한과 만날 때의 감촉을 "광휘의 속삭임"으로 표현하고 있다. "속삭임"은 사물과 시인 사이에만 스미는 것이 아니라 시와 독자 사이에도 전해진다는 점에서 전파력이 크다. 그것도 "시원함"으로써 그러하니 더 말할 필요가 없다.

한 발 더 나아가 "시선 속에는 이미/무한이 들어 있는 것"에 당도해 보자. 앞서 무한은 공간 속에 있다가 눈 속에 깃들었다. 이것이 얼마나 '강력한 표현'인지는 "각자 자기의 눈 속에서 느껴 보면 알 터"[5]이다. 그러나 이제 무한이 시선 속(!)에 거주하고 있다. 그렇다면 무한으로서의 시선, 또는 시선 자체의 무한을 뜻하는 이 말이 지닌 함의는 무엇인가? 그것은 아마도 본다는 것 자체가 지닌 가치의 무한성을 의미할 것이다. 이로부터 우리는 시선이 이러저러한 욕망의 찌꺼기에 불과하다는 생각을 불식시키고, 본다는 것의 진정한 가치를 복원시킬 수 있다. 틀림없이, "모든 공간은, 시적으로는, 꿈의 발원지(發源地)"[6]이다. 시선 속의 무한에 대한 인식이 중요한 까닭이 바로 여기에 있다. 우리가 "극소의 세계에서부터 극대의 세계까지 자연의 내밀

---

5 정현종, 『두터운 삶을 향하여』, 문학과지성사, 2005, p.27.
6 정현종, 위의 책, p.176.

에 항상 촉수가 닿아 있"[7]지 않으면 안 되는 이유도 여기에서 나온다. 시선이 공간의 내밀함에 촉수를 뻗어 '꿈의 무한'을 감지할 때, 그때가 바로 공간의 무한이 '생의 기미'로 돋아 오르는 순간이다.

이런 맥락에서 시선은 "장엄한 무한"(「보석의 꿈 1」) 속에서의 '빛'과의 만남이라고 할 수 있다. 마음의 시선 또한 동일하다. "영혼의 빛은 정신의 보석과 그 무한을 열어 보여 준다"[8]는 말처럼, 마음의 시선은 '정신적인 광합성'이 이루어지는 "영혼의 빛"과의 인사이다. 따라서 이러한 만남에서 생기는 '감동의 파장' 역시 무한일 수밖에 없다. 빛이 파장으로서 감정을 울려 정신과 공명할 때, 그 울림의 길이를 무엇으로 잴 수 있겠는가. 네루다는 시 「봄」에서 이를 "새가 왔다/탄생하라고 빛을 가지고"[9]라고 말함으로써, 새의 소리가 빛의 노래이기도 하다는 사실을 감동적으로 알린 바 있다. 정현종 시인은 '새'의 자리에 '시인'들을 불러 모은다. 이리하여 시의 언어는 "탄생하라고 빛을 가지고" 온 시인의 지저귐이 된다. 시의 언어는 "빛-언어이며 깃-언어"[10]인 셈이다.

4. 살림의 기울기와 대문자 '열림'

모든 말은요
마치 그 말이 전부인 듯이
마치 그 말이 실상인 듯이

---

7 정현종, 앞의 책, p.208.
8 정현종, 위의 책, p.21.
9 정현종, 위의 책, p.172.
10 정현종, 위의 책, p.209.

말할 수밖에 없다는 게 본질적인 약점입니다.

말은 어떻든

끊어져야 하니까 그렇기도 하겠지요만……

(그 말 바깥의 빛과 그리고

그림자는

무간지옥과

배꼽-수미산을 중심으로

대천세계에 두루 미쳐 있는데 말이지요)

하하,

모든 말의 그러한 치명적인

한계 때문에 우리와

우리 삶의 허상이

차곡차곡 꾸준히

불어 나온 것이겠지요만

(표현과 그 즐거움은

또 다른 이야기구요)

—「모든 말은요」 전문

언어가 가지고 있는 "본질적인 약점", 곧 "마치 그 말이 전부인 듯이/마치 그 말이 실상인 듯이" 말할 수밖에 없는 까닭은 언어가 "끊어져야" 한다는 데에 있다. 여기서 끊어진다는 말은 언어 자체의 분절성을 의미하기도 하지만, 언어가 가리키는 세계와의 끊어짐을 의미하는 것이기도 하다. 다시 말해, "그 말 바깥의 빛과 그리고/그림자"는 세계에 "두루 미쳐 있는" 것이지만, 언어는 그 흐름을 분절된 말로 분절하는 한에서만 성립할 수 있다는 뜻이다. 이러한 사이에서 빌생하는 언어의 "치명적인/한계"로부터 "우리와/우리 삶의 허상"이 적층된다. 그리고 말을 부리는 자와 말에 의해 부려진 삶의 결핍이 초래된다. 이것은 우리의 삶도 말의 운명처럼 '마치 그 삶이 전부인 듯이, 마치 그 삶이 실상인 듯이' 살 수밖에 없음을 암시하는가? 그렇다. 그러나 이러한 비극 속에서, 아니 이러한 비극 속에서라야만 "표현과 그 즐거움"이 빛을 발한다는 것을 놓쳐서는 안 된다. 시인은 우리 삶의 결핍과 부재를 표현하되, 그것을 즐거움 속에서 "영예로운 것"(「세상의 영예로운 것에로의 변용」)으로 변용하는 능력을 지닌 자이다. 이를 위해 무엇이 필요한가?

> 원래 신성하고 무심한 하늘빛을
> 반사하는 살림의 기울기는
> 저 언덕 비탈의 만조(滿潮)와 달라서
> 항상 무슨 결핍 쪽으로 흐르고 있습니다.
> (그걸 꽃답게 하려는
> 예술도 함께 흐르고 있습니다만)
>
> ―「결핍 쪽으로」 부분

"살림의 기울기"가 반사하는 "신성하고 무심한 하늘빛"은 "언덕 비탈의 만조"와 같지 않다. 이러한 차이는 "살림의 기울기"가 결핍 쪽으로 흐르기 때문이다. 여기서 핵심은 우리 삶의 비극적 조건을 각인하거나, 그 상처를 덧내는 것에 있지 않다. 관건은 '결핍'을 "꽃답게" 하려는 시도에 있다. 예술이 이러한 일에 얼마나 열중하고 있는지는 모든 훌륭한 예술가들의 삶이 예증하는 바다. 그렇다고 시와 예술이 지니는 이러한 소임을 절대적 초월과 같은 것으로 오해해서는 안 된다.

무엇보다도 시인 역시 "결핍 쪽으로" 함께 흘러야 하기 때문이다. 이는 시인이 "사물을 깜깜한 죽음으로부터 건져 내면서/거듭 죽고"(「시인」, 『전집 1』) 되사는 과정을 견뎌야 함을 의미한다. 그러니까 시가 '결핍'을 "꽃답게" 하려면, 그리고 그 자연스러운 귀결로서 시가 신선하고 풍요로운 것이 되려면, 시인은 스스로를 "결핍 쪽으로" 기울여야만 하는 것이다. 이러한 운명적 과정을 온전히 겪은 시야말로, 결핍과 부재의 살림에서 '공허'를 길어 오는 대신 "영예로운 것"을 길어 올수 있다. 이렇게 시는 생의 결핍과 부재 쪽으로 기울어진 언어에서 출발하지만, 그러한 깃듦으로부터 필연코 "대문자 열림"[11]을 개시하고야 마는 것이다.

> 기다린다, 익어 떨어질 때까지,
>
> 만사가 익어 떨어질 때까지,
>
> (될 성부른가)
>
> 노래든 사귐이든,
>
> 무슨 작은 발성(發聲)이라도
>
> 때가 올 때까지,
>
> (게으름 아닌가)
>
> 익어
>
> 떨어질
>
> 때까지.
>
> ―「익어 떨어질 때까지」 전문

---

11 정현종, 앞의 책, p.171.

기다림에 있어서라면, 시도 마찬가지 아닌가. "노래든 사귐이든,/무슨 작은 발성이라도/때가 올 때까지," 기다려야 하듯, 시도 제 스스로 "부풀어 오를 때"[12]까지 기다려야 한다. 그때 시는 이미 될 성부르다. 게으름이되, '진짜'에 이르기 위한 '방법적 느림'으로서의 게으름인 것이다.

> 이 느림은,
> '진짜'에 이르기 어려워
> 그건 정말 어려워
> 미루고 망설이는 모습인데
> 앎과 느낌과 표정이
> 얼마나 진짜인지에 민감할수록
> 더더욱 느려지는 이 느림은……
>
> ─「이 느림은」 전문

이 시의 '느림'은 「익어 떨어질 때까지」의 '기다림'과 대위적이다. '진짜'에 이르기 위한 기다림으로서의 느림. 그 속에 "앎과 느낌과 표정이/얼마나 진짜인지에 민감"한 정신이 거주한다. 모든 위대한 시인이 그러하듯, 예컨대 릴케가 "자기의 최상의 말 앞에서는 스스로를 걸어 잠그고 고독 속으로 들어가야 해요, 말은 신선해져야 하니까요"[13]라고 말했듯이, 시는 "고독이라는 오크통과 침묵이라는 효모"[14]

---

12 정현종, 앞의 책, p.188.
13 정현종, 위의 책, p.97에서 재인용.
14 정현종, 위의 책, p.99.

속에서 오랜 느림으로 발효되어야 한다. 이것이 시의 비전(秘傳)이자 비전(vision)이다. "실은 자기 과시에 지나지 않는(!)"(「한 비전」) 언어는 이 발효의 미학, 그러니까 한없이 느리지만 한없이 폭발적인 느림으로부터의 일탈에 불과할 뿐이다.

5. 찬미 시인!

그러니 어찌! 찬미하지 않을 수 있겠는가, 이 숭고의 기다림 앞에서. 다시 찬미 정현종!

이에 대해서는 "군소리가 필요 없습니다. 그걸 그냥 읽으면 됩니다"[15]라는 말보다 적확한 건 없다. 이와 함께 "나 혼자 읽기에는 너무 아까우니까요"[16]를 덧붙인다면 금상첨화이다. 정현종 시인의 시를 보는 건 딱! 이런 느낌이다. 시간의 그늘, 그림자에 불탄 마음과 정신이 공간과의 눈 맞춤 속에서 무한의 시선의 시원함을 감미하듯, 언어의 결핍 속에서일지라도 한없는 느림으로 '진짜'가 무르익기를 기다리고, 마침내 한입 '숭엄함'을 베어 무는 일. 그 과즙의 향취 속에 감격이 있고, 천진이 있고, 아름다움이 있다.

때마침, 시인은 제자들 앞에서 「한없이 맑은 친밀감」을 낭송함으로써 사제지간의 "흠 없는 사귐"을 기린 바 있다. 이 "드물고 드문/구김살 없는 마음!"(「찬미 나윤선」)을 보는 감격이라니! 천진이 숭엄한 것에로 변용되는 순간의 감격이 이러하리라. 이 글은 바로 이러한 감격으로부터 발화되었다. 그래서,

---

15 정현종, 앞의 책, p.100.
16 정현종, 위의 책, p.97.

저런 게 바로 천진(天眞)이니

구김살 같은 건 새길 틈이 전무해 보이는

너무나 이쁜 정현종!

(시인을 뵙고 우러르는 건

또 다른 이야기이구요)[17]

---

17 「찬미 나운선」과 「모든 말은요」의 변용. 재주 없는 놈이 숭엄한 시에 의탁해 제 마음을 늘어놓았다고 대시인께서 어찌 생각하실지 두려움이 앞선다. 비록 하찮은 재주일망정, 진심으로써 위대한 시편들의 한 오라기라도 환하게 밝혀 놓았다면 그로써 용서에 값하지 않을까 하고 스스로를 위무해 볼 뿐이다.

바람화첩의 월광,
시와 생의 항해술

1. 기억 너머의 '범선들'

견줄 수 없는 빛이 있다. 대기의 푸른빛, 밤바다에 펼친 달빛, 시인의 눈빛도 그 가운데 하나이다. 오랜 필력의 시인이라면, 사라지는 것 가운데 "무연히 이어지고/이어지는 것들"(「눈빛」)을 잊지 않고 눈빛에 새겨 둘 법하다. 장영수 시인의 여섯 번째 시집 『푸른빛의 비망록』(문학과지성사, 2015)은 그 인고의 과정을 시로 각인한 필생의 기록이다.

신이든, 자연이든, 인간이든, 소소한 일상의 사건들 속에서 시와 삶의 비의를 적출하는 일에 내내 몰두하기란 쉽지 않다. 거기에는 "생의 구성 인자들 간의 양식 있는 보편성 긴장"(「시인의 말」)이 내재해 있기 때문이다. 말이 '긴장'이지, 그건 우리의 생을 구성하는 다양한 요인들 간의 충돌이요 자기와의 내밀한 투쟁이다. '긴장'의 시간 동안 "소박한 신생의 꿈"(「행복한 시간」)을 버리지 않고 평생을 분투한 시인이라면, "시 또는 삶의 이름으로" 정박(碇泊)에 대해 말하지 않을 이유가 없다.

기억의 수평선 너머에서
범선들이 올라온다

바람의 방향과 속도를
몸으로 그려 내는

돛폭들을 거느린
범선들이 시시각각

다가온다 반짝이는
물결들 새로운 시간의

순백색 물거품들을
켜켜이 머금고 껴안는

범선들이 이제 막
닻을 내리기 시작한다
　　　　—「기억의 수평선 너머에서 1—시 또는 삶의 이름으로」 전문

"기억의 수평선 너머에서" 올라오는 '범선들'을 가늠하기 위해서는, 무엇보다 먼저 "기억의 수평선 너머" 저편으로 항해해야 한다. 부제를 참조컨대, 항로는 시와 삶이라는 두 개의 수로(水路)이다. '범선들'의 항적은 바로 이 시와 삶의 수로 사이에 그려진다고 할 수 있다. 이렇게 말할 수도 있겠다, 시와 삶은 기억 너머에서 지금 막 항구에 도착한 '범선들'의 다른 이름이라고. 이 두 개의 별칭이 중요한 것은 여

기에 "결코 수월하게 끝을 볼 수 없는/기나긴 내면적인 싸움"이 내재해 있기 때문이다.

> 너를 관류하는 삼라만상들을
> 너의 빛깔로 길어 올려서 생짜로
> 내놓거나 다듬고 쥐어짜고 데치고
> 튀기고 빚어서 흠뻑 퍼 나르는
> 일들을 하다 보면
>
> 생애 내내 자기 자신 혹은 또 하나의
> 자기 자신 몇몇의 자기 자신들과
> 결코 수월하게 끝을 볼 수 없는
> 기나긴 내면적인 싸움에 몰입하게 된다
>
> 그 주변을 기웃거리는 소박한
> 너의 그림자 진지하고 의연하고
> 다소곳하고자 하는 너의 심사들은
> 어느 새벽이나 한밤중에 과연
> 어디를 무엇을 향하고 있는 것일까
>
> ─「시와 삶의 관계」 전문

"결코 수월하게 끝을 볼 수 없는/기나긴 내면적인 싸움"의 함의는 이중적이다. 외적으로는 "너를 관류하는 삼라만상들"과 그것을 "흠뻑 퍼 나르는/일들" 사이의 싸움이고, 내적으로는 자기 자신과의 내밀한 싸움이다. "내면적인 싸움"을 구성하는 것은 시작(詩作)의 분투와 생의 분투라는 두 개의 인자(因子)이다. 이 두 개의 싸움을 아울러 "생시의 엄연한 현실"(「생시의 엄연한 현실」) 속에서의 "너의 그림자"와 "너의 심사들"의 싸움이라고 해도 좋다. 시의 마지막 구절 "어느 새벽이나 한밤중에 과연/어디를 무엇을 향하고 있는 것일까"가 예증하듯, 시와 삶은 '범선들'의 항해를 추진하는 두 개의 추력이 된다. 장영수 시인은 "시와 삶의 관계"에서 발생하는 안팎의 싸움을 단 한 번도 묵과한 적이 없다.

그렇다면, 우리는 지금 막 당도한 그의 여섯 번째 시집에서 마침내 그 기나긴 싸움의 끝을 목도하게 되는 것인가? 다시 말해, '범선들'의 도착을 알리는 「기억의 수평선 너머에서 1」의 마지막 연("범선들이 이제 막/닻을 내리기 시작한다")은 "기나긴 내면적인 싸움"의 종료를 선포하는가? 그러나 이러한 단정은 아직 시기상조이다. "범선들이 이제 막/닻을 내리기 시작한" 곳이 긴 항해의 정박지이긴 하지만, 여정이 완전히 끝난 것은 아니기 때문이다. 입항이 출항의 출발점이 된다는 점에서 정박은 항해의 끝을 의미하는 것은 아니다. 이는 그의 "기나긴 내면적인 싸움"이 아직 종료되지 않았음을 암시한다. 그러니 먼저 '시와 삶의 이름으로' 펼친 항해일지부터 살필 일이다.

2. '내면적인 싸움'의 항해일지

첫 시집 『메이비』(문학과지성사, 1977)는 모항을 떠날 때의 포부를 다음과 같이 기록하고 있다.

自然은 오늘도 아름답다. 自然은 따뜻하고
그윽하다.
하느님. 그러나 나는 自然에 기대어 살지는

않겠어요. 나는 나를 이루는 것들이 만나는
自然에서 늘 自然 더 멀리에서 온 힘 가진
이들이 다 가지고 놀고 싸운 다음에 우리에게
남기는 自然을 얌전하고 힘차게 말하는
아이가 되지는 않겠어요.

내가 말하려는 건 自然 너머에서 自然을
통하여서, 나를 통하여서 오는 것들.
거기, 저질러지고 엎질러진 모든 죄의
앙화와 믿음의 기쁨도 나를 통하여서.
나는 나를 통하여서 우리에게, 우리를
통하여서 自然에 들어가겠다. 그때에만
自然은 내게도 한 평, 내가 머무를
땅속을 허락할 것이기에.

　　　　　　　　　　　　　　　　—「자연에 대하여 1」전문

　"기억의 수평선 너머"의 원형질을 이보다 더 잘 보여 주는 시도 없
을 듯하다. 이 시는 먼 길을 항해하는 자의 고군분투를 예견한다는
점에서 시적 항해술의 요의를 잘 보여 주고 있다. 인간에 의해 대상
화된 자연, 풍류와 은일로서의 자연은 그가 귀속되고자 하는 자연과
거리가 멀다. 이것은 그가 자연에 주는 혜택을 모르기 때문이 아니
다. 그도 자연이 '아름답고, 따뜻하고, 그윽하다'는 것을 누구보다 잘
알고 있다. 그럼에도 불구하고, 시인은 그러한 안락에 상주하지 않겠
다는 것이다. 긴 항해가 끝난 바로 "그때에만" 비로소 '자연'은 "한 평,
내가 머무를/땅속"을 허여하기 때문이다. 이렇게 1연은 도피와 향락

의 대상으로서의 자연에 의탁하지 않겠다는 항해자의 결연한 의지를
선포하고 있다.

그의 시선이 향하는 곳은 "自然 너머에서 自然을/통하여서" 오는
것들이다. 그렇다고 '자연 너머'의 세계를 유토피아 같은 초월적이고
비실재적 공간으로 오해하지는 말자. 왜냐하면 그의 발걸음은 "나는
나를 통하여서 우리에게, 우리를/통하여서 自然에 들어가겠다"는 의
지와 신념으로부터 추동되기 때문이다. 여기에는 "어른이 되어서는
모두가 고아였다"(「메이비」)는 생의 실존적 통점에 대한 인식과, "우리
가 같이, 빛처럼 살아남을 수 있다는 것"(「거리」)에 대한 공동체적 희
망이 동시에 포함되어 있다. 전자에서 "죄의 앙화"가 나온다면, 후자
에서는 "믿음의 기쁨"이 도출된다. 양자의 간극으로부터 '나→우리→
자연'으로 이어지는 도정 내내 "기나긴 내면적인 싸움"이 발생하는
것이다. 따라서 '나'에서 '우리', 다시 '우리'에서 '자연'으로 귀환하겠다
는 다짐은 "시 또는 삶의 이름으로" 이어져 온 이번 항해의 출사표라
할 만하다. 이런 맥락에서 "장영수의 자연은 언제나 인간화되어 살아
있는데, 바로 그러한 점이 그의 詩를 젊고 생기 있는 詩로 만들어 놓
는 요인"(오생근, 「해설」)이라고 할 수 있을 것이다.

돌이켜 보건대, "내면적인 싸움"의 항행에는 다음과 같은 중간 기
착지들이 있었다. 제2시집 『시간은 이미 더 높은 곳에서』(문학과지성사,
1983)에서 제3시집 『나비 같은, 아니아니, 빛 같은』(문학과지성사, 1987)
을 거쳐 제4시집 『한없는 밑바닥에서』(문학과지성사, 2000)까지의 항해
일지는 그 기착지들을 다음과 같이 기록하고 있다.

나는 매일매일 일과에 묶이고 내, 그것 전체를 속박으로만 여기지는
않지만 모든 관계에 묶이고 법에 묶이고 또 무엇에나 묶인다, 물론 자연

이고 도리이고 하는 것들이 좋은 품속인 줄을 나는 안다, 그렇기 때문에
그것들이 냉혹한 사슬인 줄도 나는 안다.

—「사슬 속의 속삭임 2」(『시간은 이미 더 높은 곳에서』) 부분

이 허공의 무한한 길을 열며

열게 안 될 때는 우선 알며 이 세상

어디를 스르르르 드나드는 나비 같은 아니아니

빛 같은 영혼을 끝끝내 나는…… 갖고 있는가?

—「나비 같은, 아니아니, 빛 같은」

(『나비 같은, 아니아니, 빛 같은』) 부분

이 가당치 않은 꿈 이

무거운 쇠기둥 같은 것들

언제나 나를 바닥에서부터

다시 시작하게 만드는……

—「생의 밑바닥에서 2」(『한없는 밑바닥에서』) 부분

　자연의 품속에서 그것이 "냉혹한 사슬"인 것을 깨치는 것은 어려
운 일이다. 자연이 치유의 공간이거나 현실 도피의 이상적 공간으로
존재할 때는 더욱 그렇다. 그 무엇이든 소중한 대상의 냉엄한 이면을
보는 것은 고통스런 일임에 틀림없을 테니 말이다. 그렇다면, 허공의
무한한 공간 속에서 자유를 실현하기 위해 "빛 같은 영혼"을 꿈꾸는
것은 어떠한가? 상승에의 의지와 열망을 통해 냉혹한 현실에 속박된
영혼을 위무하는 것은 가능할 것인가? 오히려 우리가 처한 현실적 토
대에 대한 자각은 '나비 같은, 혹은 빛 같은' 존재와는 대조적으로 수

락하는 자의 고뇌를 배가하고 있지 않은가. 그러니 시와 생의 항해는 "한없는 밑바닥"에서 "언제나" 다시 시작할 뿐이다.

이러한 편력이 제5시집 『그가 말했다』(문학과지성사, 2006)에서 다음과 같은 자기 발화로 수렴되고 있는 것은 의미심장하다.

조화로운 총체성을 향한

감동에로의 회귀의 당위성

참 그럴듯하게는 들리는구나

너 그 실체를 보여 봐라

뭐가 아니더라도

비슷한 놈일 뿐이더라도

부디 한번 펼쳐 보이시옵소서

평생의 숙제 너무 어려워

한 줄이라도 제대로 했으면 하는 심정

시행착오조차 아름다워질 때까지

세상이 한번 몸을 꼬는 날까지

　　　—「스스로가 스스로에게 말했다—총체성 편」 전문

　"조화로운 총체성을 향한//감동에로의 회귀의 당위성"에 대한 염원은 그의 "기나긴 내면적인 싸움"의 궁극적인 지향이 어디로 향하고 있는지를 잘 보여 준다. '총체성'이라는 말이 갖는 추상적 관념성을 논외로 한다면, 이 경직된 단어는 '나'와 '우리', 그리고 '자연'을 포함한 세계 전체의 조화에의 추구로 해석될 수 있을 듯하다. 그것이 "너 그 실체를 보여 봐라"라는 호기로운 요구이든 "부디 한번 펼쳐 보이시옵소서"와 같은 절절한 염원으로 나타나든, '총체성'의 문제는 시인의 "평생의 숙제"이자 화두라고 할 수 있다. "시행착오조차 아름다워질 때" 또는 "세상이 한번 몸을 꼬는 날"이 호출하는 부재의 시간은 이러한 염원에 함축되어 있는 비장함을 더욱 배가하고 있다. 『푸른빛의 비망록』의 「시인의 말」이 "생의 구성 인자들 간의 양식 있는 보편성 긴장"에 대한 탐구로 시작하는 것도 이러한 맥락에서이다.

　'총체성' 혹은 '보편성'의 추구에서 주목해야 할 것은 시적 언어가 그러한 사유의 크기를 감당할 수 있을 것인가가 아니라, 그러한 추구에 내재한 이중적 운동으로서의 '긴장'의 성찰이다. 이에 대해 오형엽은 제5시집의 해설에서 "'몰락'의 '하강'은 수직적 '상승'과 긴밀히 내통하고 있다"고 말한 바 있다. 하강은 상승에의 실패란 점에서 '몰락'이겠으되, 재상승에의 의지를 견인한다는 점에서 재도약의 발판이라고 할 수 있다. 상승과 하강은 일회적 사건이 아니라 우리의 생을 구성하는 두 개의 근원적 운동이란 뜻이다. 그의 시와 삶이 '몰락'의 기저에서 "언제나" 다시 시작할 수밖에 없는 이유가 여기에 있다. 이러한 사실은 '총체성' 혹은 '보편성'의 추구가 우리의 생을 구성하는 힘들 사이의 간극과 긴장에 대한 심구라는 것을 보여 준다.

그러므로 "범선들이 이제 막/닻을 내리기 시작한다"는 이런 맥락에서 이해되지 않을 도리가 없다. '범선들'의 항해는 상승과 하강이라는 생의 두 근원적 운동의 다른 이름이기 때문이다. 여기서 놓치지 말아야 할 것은 이러한 회귀에 "바람의 방향과 속도"를 온몸으로 받아 낸 '돛'의 시간이 내장되어 있다는 사실이다. "새로운 시간"에의 기대와 열망은 바로 '바람'과 '돛'의 긴장의 시간을 견디는 일에서 비롯한다. 그것도 항해 내내 말이다. 그러니 유능한 항해사가 항구에 도착해 먼저 살필 것은 '닻'이 아니라 '돛'이며 '바람'의 동향이다.

3. '바람화첩'과 푸른빛의 월광

'바람화첩'은 돛과 바람의 동향(動向)의 그림이다. 부는 것이 바람이라면, 견디는 것은 돛이다. 그 사이에 시와 생의 아슬아슬한 긴장이 '범선들'을 추진한다. 『푸른빛의 비망록』은 그림으로 치자면 '바람의 화첩'인 셈이다.

텅 비어 버린 듯싶은
활엽수림 그 언제라도
방향성이 확연
상큼한 잔가지들

샤프펜슬 심
못지않은 무수한
잔가지들이 무한
세필 스케치 중인

겨울바람의 형상들

얼어붙은 듯
아득한 창공이나
흰 눈을 바탕화면으로
질주하는 찬바람
시린 바람들을
세필로 옮겨 놓는
무수한 잔 나뭇가지들

그 한 생의 추운 날들이
차곡차곡 묻어나는
겨울바람화첩들 그
곳곳에 자상처럼
새겨지는 무연한
흔들림 혹은 나부낌들

　　　　　　　　　　　—「겨울바람화첩들」 전문

　　"겨울바람화첩"은 "텅 비어 버린 듯싶은" 풍경에서 끄집어낸 "겨울
바람의 형상들"이다. 먼저, "무수한 잔 나뭇가지들"은 "시린 바람들
을/세필로 옮겨 놓는", 즉 추위와 고난 속에서 "한 생의 추운 날들"이
그려 놓는 그림이다. 이런 의미에서 "겨울바람화첩"은 "생시의 엄연
한 현실"의 축도라고 할 수 있다. 여기에서 바람에 흔들리는 나뭇가
지가 생의 시련이 야기하는 '자상(刺傷)의 크로키'이기도 하다는 사실
이 드러난다. '바람의 자상'은 뒤에서 살필 '월광의 사상'을 이해하는

데 있어 중요한 단서가 되는데, 이로부터 누설되는 것은 "겨울바람화첩"이 우리의 생애를 "깊은 숙성 과정에 몰입시기기도 하는"(「혹한의 겨울밤」) 숙고의 시간이란 사실이다.

이와 함께 '겨울바람'의 형상이 '바람화첩'의 첫 그림이라는 데 유의하자. '바람화첩'이 "한 생의 추운 날들"을 형상화한 그림으로 시작하는 것은, '범선들'의 항해가 겨울에서 시작해 다시 겨울로 회귀하는 시간 속에 처해 있음을 뜻한다. 그럼 다른 계절의 바람은 어떤가? "봄바람화첩"은 "극세밀 기법으로 봄바람의 형상들"(「봄바람화첩들 1」)의 내면에서 발산되는 "지구의 태양의 우주의 향"(「봄바람화첩들 1」)을 그려 내고 있다. "여름바람화첩"은 "후끈한 열기 속에서"(「여름바람화첩들 1」) 여름바람의 기본속성인 "원색적 원초적인 움직임들"(「여름바람화첩들 2」)을 포착하고 있다. 또한 "가을바람화첩"은 나뭇잎의 색이 지닌 "결연한 표정들"(「가을바람화첩들 1」)에서 "비로소 본래의 대지로 담담히 회귀"(「가을바람화첩들 2」)하는 자의 모습을 형상화하고 있다.

이는 각 계절에 고유한 바람의 속성이 생의 시간과의 조응 속에서 불어온다는 사실을 보여 주고 있다. 각 계절의 화첩에는 불어오는 것은 생의 고유한 향기이고 열기이며 표정이지만, 그 속에는 우리 생을 구성하는 인자들 간의 '보편적 긴장'이 함축되어 있는 것이다. 이렇게 장영수는 '계절바람화첩'에서 바람의 속성과 거기에 내재한 생의 원리를 깨치는 데 열중하고 있다. 그의 붓이 줄곧 바람을 그리기를 멈추지 않는 것은 그의 시간이 "조화로운 총체성"을 향한 항해의 과정 중에 있기 때문이다. 여기에서 필연적으로 "푸른빛의 비망록"과 같은 도수 높은 바다의 술이 숙성되어 나온다. 이는 "푸른빛의 비망록"을 발효하는 시의 시간이 생의 바람을 견디는 인고의 시간이라는 사실을 고스란히 보여 준다.

이 모든 계절과 시간에서 "바람의 방향과 속도"를 "몸으로 그려 내는" 것은 '돛'의 몫이겠으나, 그 '돛'이 '범선들'의 방향을 거스르지 않는 건 타(舵)의 존재 때문이다. 조타(操舵)의 핵심은 배가 최대의 추력을 얻을 수 있도록 바람의 방향에 따라 타를 조절하는 데에 있다. 바다는 길고 험난한 행해의 항적을 남겨 두지 않는다. 그럼에도 '범선들'이 길을 잃지 않은 건 '푸른빛'으로 인도하는 길잡이가 있기 때문이다. 장영수의 시에서 밤바다의 '달빛'은 '범선들'이 제 갈 길을 가늠하는 천체의 부표와 같은 역할을 수행한다. 이때 노련한 타수는 달의 궤도가 생의 지향과 겹쳐질 때의 움직임, 그 미세한 울림을 놓치지 않는다. 그는 '달빛'의 선율에 귀 기울이는 자이다.

청명한 달밤 적막에
에워싸여 적막을 밀치고
애잔하게 정교하게 절절히
흘러 퍼지는 저 선율들

너 자신의 생의 어느
모서리 또는 한 중간을
예리한 날(刃)처럼 켜켜이
스쳐 놓기도 하는 저 선율들

감미롭기 그지없는
선율들 무연한 선율들

— 「월광—푸른빛의 비망록」 전문

"적막을 밀치고/애잔하게 정교하게 절절히/흘러 퍼지는" 월광이라면, "끊임없는 목마름처럼/펼쳐지던 그 달빛"(「달빛 반짝이는 밤바다」)이기도 하겠다. 일단, 그것은 '밤의 적막'을 뚫고 나오는 빛이기에 '애잔하고, 정교하고, 절절하게' 울려 퍼진다. 게다가 그것은 "생의 어느/모서리 또는 한 중간"의 상처의 무늬와 "켜켜이" 중첩된다, 마치 흔들리는 나뭇가지가 그 자체로 "한 생의 추운 날들"의 상흔이었듯이. 그리하여 달빛이 연주하는 노래는 우리의 생의 조건과는 "무연한 선율들"이겠으되, 우리의 생의 상흔과 결코 무연하지는 않게 된다. "푸른빛의 비망록"이 이러한 상처의 채록인 한에서, 그의 시는 달빛이 켜는 생의 "무연한 선율들"을 닮을 수밖에 없을 것이다. 그 선율을 "감미롭기 그지없는" 것으로 인지하는 주체의 태도에서 우리가 체득하는 건 생의 상처를 '애잔하고, 정교하고, 절절하게' 발화하는 자의 비애이고, 동시에 달빛이 연주하는 "무연한 선율들"이야말로 "조화로운 총체성을 향한//감동에로의 회귀의 당위성"의 육화라는 깨달음이다.

이는 "겨울바람화첩"에서 "자상처럼/새겨지는 무연한/흔들림 혹은 나부낌들"에 대한 깨달음과 밀접한 관계가 있다. 내면적인 싸움에 한창 열중할 때, 싸움과는 무관하지만 항상 그것과 함께 있었던 빛과 선율들, 곧 "무연한 선율들"에 대한 각성과 감동. 예컨대, "저녁 무렵 혹은 한밤중에/산을 넘어 산길을 따라/읍내로 돌아오곤 했던/그때 멈출 줄 모르는/물결 소리들과 더불어/끊임없는 목마름처럼/펼쳐지던 그 달빛/반짝이는 밤바다"(「달빛 반짝이는 밤바다」)를 보라. 가난과 소외가 야기하는 슬픔과 고통과 절망의 '터널'은 "푸른 바다"와 "흰 모래밭"이 여일하게 비춰 주는 달빛과 선명한 대조를 이룬다. 여기서 '범선들'의 고달픈 항행을 가능케 하는 바람은 "멈출 줄 모르는/물결

소리들"이며, "끊임없는 목마름처럼/펼쳐지던 그 달빛"이기도 한 것이다. 범선의 '돛'은 '물결 소리'와 '달빛'을 담는 그릇이기에, 그것이 펼치는 모양은 생의 기상(氣像)에 대한 각성의 순간을 예증한다.

　　그 어느 날은 자신의
　　석연찮거나 안일한
　　언행 심사로 인해
　　스스로가 켜켜이
　　진리의 모서리
　　모서리에 부딪치거나
　　양심의 예리한 정을
　　맞거나 했던 날

　　꺼림칙한 심정 혹은
　　유감스런 현실과 깊은
　　맥락에서 이어져 있음에
　　틀림이 없을 저 자신의
　　각종 진중치 못한
　　원인적 언행들에
　　맞닿아 있는 저 자신의
　　또 한편의 섬광 같은
　　질책들로 인해 스스로가
　　일련의 숨 막히는
　　근원적 소스라침에
　　다다르게도 되었던 날

그 어느 날

—「그 어느 날」 전문

"그 어느 날"은 자신의 허위와 죄에 대한 징벌과 깨우침의 날이다.
여기서 핵심은 허위와 죄를 "꺼림칙한 심정 혹은/유감스런 현실"의
탓으로 몰아세우지 않음에 있다. 즉 자기의 허위와 죄는 '결과적 언
행들'이 아니라 "원인적 언행들"이라는 자각. 그러므로 '질책들'은 깨
달음의 순간과 일치한다. 그것은 "일련의 숨 막히는/근원적 소스라
침에/다다르게도 되었던" 각성의 시간인 것이다. 어쩌면 정박의 시
간은 바로 이러한 "근원적 소스라침"의 순간 속에서만 제대로 이해
될 수 있을 듯하다. 다시 말해, 항행을 마치고 귀환한 자에게 '자연'이
선사하는 "한 평, 내가 머무를/땅속"이란 '긴장'이 소거된 정적 시간
이 아니라 "원인적 언행들"에 의해 '긴장'을 자각하는 동적 시간인 것
이다. 이는 "그 어느 날"이 완결된 한때가 아님을, 곧 "그 어느 날"은
과거의 그날이지만, 다시 돌아올 날이기도 하다는 역설을 보여 준다.
그것은 과거의 기억들이 축적된 겹의 시간이란 의미에서, 이를 테면
"십 년 이십 년/삼사십 년"(「십 년 이십 년 삼사십 년」)의 세월이 내장되어
있다는 의미에서 미래의 시간을 예기한다. "그 어느 날"은 회귀하는
시간의 화첩이다.

4. 다시 오는 '범선들'

그렇다면, 이제 응시해야 할 것은 도착한 '범선들'이 아니라 도착할
'범선들'이다.

수평선 너머에서 범선들이 하나하나 떠올라 오는 정경—

초등학교 시절 교과서에서 본 그림—수평선을 넘어오는 돛단배—처음에는 돛대나 돛폭쯤만 보이다가 점차로 돛단배 전체 모습이 보이게 되는 그림—그—지구가 둥글다는 사실을 알게 해 주는 예시적인 그림—이나

삼십대 중반 자정 무렵 도버항을 떠나는 큰 여객선에서의 그 흔들림의 기억 또는 졸음을 참아 가며 블로뉴항에 닿았던 새벽녘의 그곳 정경들 또는

파리의 프낙에서 사 온 몇몇 책자들 가운데 문고판 책자 한둘을 번역했던 1980년대에 그 어느 한쪽에 실린 삽화에서 번져 나오던 장면들 아니면

삼십대 후반 학생 아이들이나 몇몇 동료 선생들과 자매학교 위문을 떠났던 때의 그 영광 가마미해수욕장 앞바다 저녁 무렵의 밀물 이른 아침의 썰물 풍경들이거나

오래지 않은 시절 한려수도 유람선에서 둘러보게 된 남해안 일원의 풍경들 혹은

그 훨씬 이전 십대 후반 막막한 심정으로 겨울 동해바다 연변을 헤매던 시절의 정경들—아니면

미처 다 담지 못한 기억 속의 정경 배경들까지를 모두 포함한 형상들

일 수도 있으리라—

저 범선들이 무엇 때문에 어디로 나갔다가 이제 돌아오는지 주변 사
정들은 어떤지 부두의 구성원들 혹은 구성 인자들 각각의 표정들은 어
떤지 등등은 일단 그 각자의 몫으로 남겨 두고 다시 정리해 본다면 다만

기억의 수평선 너머에서 이제도 여전히 숱한 범선들이 올라오고 있다
　　　　　　　　　　　—「기억의 수평선 너머에서 2」 전문

이 시는 서시 「기억의 수평선 너머에서 1」의 후속편이자 시집 전제
의 에필로그라 할 만하다. "기억의 수평선 너머"에서 출현하는 '범선
들' 각각의 삽화는 항해의 세목을 가늠하는 유용한 참조가 된다. 흘수
(吃水)선 아래 감추어진 "각종 풍상의 흔적들"(「선착장 풍경」)은 항해의
이면의 형상들을 고스란히 보여 준다. 그것은 지금까지 살핀 바, "미
처 다 담지 못한 기억 속의 정경 배경들까지를 모두 포함한 형상들"
임에 틀림없다. 새롭게 살펴야 할 것은 마지막 두 연에 묘사된 '범선
들' 도착 이후의 광경들이다. 하나는 부두의 풍경이고, 다른 하나는
기억의 수평선 저 너머의 풍경이다.

전자는 항해 이후 '범선들'이 선적하고 하역한 것이 무엇인지에 대
한 궁금증을 자아낸다. 이는 과거의 기억의 편린들이 어떻게 지상
의 공간에 안착할 것인가에 대한 대답을 선제적으로 보여 주는 듯하
다. 그의 후속편들이 항해의 성과와 보람을 확산하는 데 분주할 것임
을 암시하는 대목이다. 그러나 이 일 역시 구성 인자들 "그 각자의 몫
으로 남겨 두"는 것이 좋겠다. 깊이 새길 것은 후자이다. 후자는 '범
선들'의 항행과 귀환이 일회적 사건이 아님을 명시적으로 보여 준다.

"이제도 여전히 숱한 범선들이 올라오고 있다"가 의미하는 것은 "보편성 긴장"의 한가운데에서 "조화로운 총체성을 향한//감동에로의 회귀"의 항행을 중단하지 않겠다는 의지이다. 이는 궁극적으로 그의 시가 '달빛'으로부터 "푸른빛의 비망록"을 채록하는 일을 그만두지 않겠다는 선언이기도 하다. 그렇다면, 항해는 아직 끝난 것이 아니다. 그리고 이로부터 무언가가 탄생한다.

> 너의 생애를 통해
> 너의 눈빛에 담기게 된
> 숱한 사연들은 세월의
> 소각장 망각의
> 화염 속에 스러졌다
> 비눗방울처럼
> 바스라지기도 했다
> 그렇지만
>
> 무연히 이어지고
> 이어지는 것들
> 이 세상의 눈빛들이
> 간절히 보듬으려
> 하는 것들은
> 불타지 않고 남았다
> 남아서 이어졌다
>
> —「눈빛」 전문

시간은 "세월의/소각장"이자 "망각의/화염"이다. 시간의 흐름 속에서 생의 구체적 사연들은 소각되어 사라질 수밖에 없다. 그렇다면 우리의 생은 얼마나 덧없는 것인가? 그런데 소멸의 시간 속에서도 사라지지 않는 것, "무연히 이어지고/이어지는 것들"이 존재한다. "이 세상의 눈빛들이/간절히 보듬으려/하는 것들"은 시간의 화마로도 태울 수 없는 것들이다. 여기서 주목할 것은 "간절히 보듬으려"는 애절한 열망과 생의 무상을 흐르는 시간 속에 방류하지 않으려는 혼신의 노력이다. 아니, 소각의 고통 속에서도 '나'와 '우리'와 '자연'의 정수를 보존하려는 잉걸의 분투이다. 이러한 노력과 분투 속에서라야만 사라지는 것 가운데에서 "무연히 이어지고/이어지는 것들"의 형상을 가늠할 수 있을 것이다. 이때 "신성한 빛의 통로/혹은 거점"(「신성한 빛의 통로」)인 '눈'은 '무연의 사슬'을 체득함으로써 비로소 견줄 수 없는 빛을 발화한다.

여기에 '무연의 사슬'은 그의 시적 언어를 이해하는 핵심이기도 하다는 사실이 추가되어야 할 것 같다. 그의 문체에서 가장 두드러지는 것은 '앙장브망'이다. 이것은 이번 시집뿐만 아니라 그의 시집 전체에서 나타나는 현상이다. 끊어질 듯 이어지고, 이어질 듯 끊어지는 언어의 흐름은 매우 독특한 리듬을 산출하고 있다. 시행의 분절과 연속에 의해 산출되는 리듬의 효과는 그의 시적 언어가 생의 리듬과 맞닿아 있기 때문에 벌어지는 현상이다. 시의 행과 행의 이어짐은 생의 마디와 마디의 이어짐이라고 할 수도 있겠는데, 이때 시적 언어의 흐름은 '범선들'의 항해와 대위적 관계를 이룬다. '범선들'이 헤쳐 온 숱한 파도의 흐름과 바람을 안고 온 돛의 펄럭임은 그대로 시적 언어의 결(texture)과 일치하고, '범선들'의 항행은 밤바다의 달의 궤도와 대응한다는 점에서 월광의 푸른 선율들은 시적 언어의 파동이기도 하다.

'앙장브망'은 시의 층위에서는 언어의 고유한 리듬과 문체로 표현되고, 바다의 층위에서는 '범선들'이 일으킨 파도의 일렁임으로 나타나며, 대기의 층위에서는 돛에 부는 바람이자 월광의 선율들로 현상하는 '무연의 사슬'인 것이다. 어쩌면 그의 시 자체가 파도와 바람과 달빛에 일렁이는 '범선들'인지도 모르겠다.

하여 우리의 마지막 질문은 이렇다. '범선들'의 항해에서 "무연히 이어지고/이어지는 것들"은 무엇인가? 아마도 그건……, 시와 삶 자체일 것이다. '범선들'은 낡아도 그의 항해는 다시 이어질 것이다. 이러한 항해에서 '범선들'이 실어 나르는 물품들의 세목이 필요한 것은 아니다. '범선들'이 황금의 땅을 찾아 나선 탐욕의 배가 아님은 분명하지 않은가. "조화로운 총체성을 향한//감동에로의 회귀의 당위성"을 향한 생의 간절한 의지가 '범선들'의 출항을 야기한다면, '범선들'은 시와 삶의 "기나긴 내면적인 싸움"의 와중에서 "그 어느 날"의 깨우침으로 귀환할 것이다. "그 어디에나 필경은 무르익어 넘치고 있을 숱한 시편들 지천으로 자생하고 있을 시편들에 대한 분명한 확신 혹은 신념 속에서"(「후기」)라면 더욱 그렇다. 긴 항해를 마치고 온 '노수부'의 사연을 듣는 이가 "한층 슬프고 현명한 사람(A sadder and a wiser man)"[1]이 되는 까닭이 이와 멀지 않다.

---

1 사무엘 테일러 콜리지, 「The Rime of the Ancient Mariner」, 김천봉 역, 『서정민요, 그리고 몇 편의 다른 시』, 이담, 2012, p.96.

'곁'의 시학

—안과 밖의 두루

1. 사라지는 것들의 세계

'곁'에 누가 있는가, 무엇이 있는가? 아버지의 일기가 있고, 어머니의 글씨가 있고, 작은어머니의 딸들이 있으며, 저 여자와 어름사니가 있다, 어디 그뿐이랴? 여명이 있고, 비가 있고, 겨울 풍경이 있으며, 마침내 살과 혀와 구름 시비가 있다. 그럼 '침묵'은 어떤가? 그것은 일차적으로 소리의 부재를 뜻할 테지만, 부재 자체가 자기를 드러내는 방식이라고 말하지 못할 이유가 없다. 이런 의미에서 '침묵'은 부재의 목소리로 발화한다. 그렇다, 시인은 부재의 소리를 듣는 자이다. 일찍이 만해가 그러하지 않았는가. 『님의 침묵』을 보라. 그리고 여기 그 부재의 목소리를 듣는 시인이 있다.

> 거실에서는 소리의 입자들이 내리고 있다
> 살 흐르는 소리가 살 살 내리고 있다
> 30년 된 나무 의자도 모서리가 닳았다

300년 된 옛 책장은 온몸이 으깨어져 있다

그 살들 한마디 말없이 사라져 갔다

살 살 쏼 쏼 그 소리에 손 흔들어 주지 못했다

소리의 고요로 고요의 소리로 흘러갔을 것이다

조금씩 실어 나르는 손이 있다

멀리 갔는가

사라지는 것들의 세계가 어느 흰빛 마을을 이루고 있을 것

— 「살 흐르다」 1연[1]

몸은 생(生)의 표지이다. 특히 '살'은 살아 있음의 가장 강력한 징표이다. 살의 밀도는 명도, 채도와 함께 살아 있음의 정도를 보여 주는 좌표들이다. 역으로 살의 경도(硬度)는 죽음에의 경도(傾度)를 가늠하는 잣대가 되기도 한다. 그리고 최종적으로 '살'의 부재는 죽음이라는 무(無)의 세계의 표지가 된다. 이 시가 놀라운 것은 삶과 죽음의 경계에 대한 우리의 상식을 조용히 내파하고 있다는 점에 있다. 삶과 죽음, 존재와 부재의 이원론적 사고에 가로놓인 견고한 빗장을 벗기고 있다고 할까. 이렇게 신달자 시인의 최근 시편들은 삶과 죽음이 단절이 아니라 연속이라는 생각에 잇닿아 있다. 『살 흐르다』의 "흐르다"라는 단어는 이 모든 것을 집약한다. 사라지는 것은 흐르는 것, 그리하여 그것은 "흰빛 마을을 이루고 있을 것"이다.

어쩌면 이것은 사라지는 것에서 비롯하는 슬픔과 고통을 위무(慰撫)하는 방식일지도 모르겠다. 그러나 또 한편 살아남은 자가 사라지

---

1 『살 흐르다』(민음사, 2014)의 시편들은 시의 제목만 표기한다. 그 외의 시는 시집 제목을 병기할 것이다.

지 않은 것들을 사랑하는 방식이기도 하다는 사실을 지적해 두어야 겠다. 개인적인 것이든 종교적인 것이든, 시인에게 사랑은 사라질 수밖에 없는 모든 것들에 대한 양가적 감정과 갈등의 융회라는 의미를 지닌다. 그러니 "사라지는 것들의 세계가 어느 흰빛 마을을 이루고 있을 것"이라는 한 구절에 걸린 무게는 가볍지 않다. 그것은 사라져 야만 하는 존재들에 대한 양가적 태도가 새로운 위상으로 자리매김 되고 있음을 암시하기 때문이다.

이러한 사유는 일차적으로 사라지는 것들이 "한마디 말없이 사라 져 갔다"는 것에 대한 인정과 그 "소리의 고요"가 "고요의 소리"이기 도 하다는 자각 사이에 내재한 간극에 대한 성찰에서 비롯한다. 여기 에는 살아 있는 것들이 죽음에 이르기까지의 사라져 가는 과정에 대 한 시인의 곡진한 통찰이 내재해 있다. 그러한 성찰이 얼마나 통렬한 것인지는, 첫 시집 『봉헌문자』(현대문학사, 1973)에서부터 『시간과의 동 행』(문학세계사, 1993)과 『열애』(민음사, 2007)를 거쳐 최근작 『살 흐르다』 (민음사, 2014)에 담긴 시편들이 예증하고 있다. 거기에서 들리는 시인 의 육성은, 불행한 삶에 대한 인식에서 오는 고통과 슬픔, 그리고 번 민과 좌절을 생생히 증언하고 있다. 여기서 번민과 좌절의 세목을 작 성하기 위해 시인의 생의 이력을 들추어낼 필요는 없을 듯하다. 문제 는 이력의 세목들이 아니라 그러한 세목들에 내재하는 생의 동력에 있기 때문이다. 이런 점에서 시집 『열애』는 특별히 주목을 요한다. 그 것은 이 시집이 사라져 가는 것에 대한 직정적 토로와 그것을 관조하 려는 주체의 의지가 하나로 수렴되는 시적 성찰의 도가니이기 때문 이다.

손끝에 발가락 끝에 물집이 생겼다

누가 지었을까

세상에 이런 위태로운 자리에

세상에서 제일 작은 집을 지어 놓고 누가 사나

이름은 예쁘지만 차라리 노숙이 낫겠다

몸속에서 잘 흐르지 못하고 튕겨져 나온

그 붉은 피의 외마디 입안에서도

하나 살고 있다

입술을 거치지 않고 몸속에서 올라와

기어이 따로 숨어 집을 지어

내 생의 화두에 동참하는

고통의 꽃

그것은 부드럽지만 칼끝이었을

감상투성이의 나약한 계집일 수도

얇고 부실해서 언제 주저앉을지 모르지만

그것은 뼈에 깊게 닿아 있는 집

몸 끝을 터로 삼아 마지막 수행처 하나 지었으니

저 물집 허물어지면

불씨 자욱이 내 발등에 내리겠다.

—「물집」(『열애』) 전문

  '물집'은 흐르지 않는 물의 집, 곧 몸 안에서 밖으로 흘러야만 될 물의 처소이다. 그것이 "생의 화두"란 의미를 띠는 것은 "뼈에 깊게 닿아 있는 집"인 한에서이다. "고통의 꽃"으로서 '물집'은 안과 밖의 마찰, 시적 주체와 세계 사이의 갈등을 보여 준다. 그것은 주체 내부의 "두 개쯤의 사리"(「사리(舍利)」, 『열애』)이기도 한네, "마음이 꽉 차기도 하고 빈털터리가 되기도 하는 이중의 갈등"(「자서」, 『열애』)의 부산물이다. 의미심장한 것은 '물집'이 시적 주체에게 "마지막 수행처"로서 인식되고 있다는 사실이다. 이는 시적 주체가 "이중의 갈등"을 회피하지 않고 그것과 정면으로 맞서고 있다는 것, 혹은 그러하겠다는 결연한 의지를 보여 준다. 그렇다면 '물집'은 생의 "이중의 갈등"이 들끓는 도가니일 수밖에 없다. 이런 점에서 '물집'은 아주 작은 것이지만, 우리의 생 전체를 연소할 수도 있는 것이기도 하다. 만약 "흐르는 살"이라는 인식이 "마지막 수행처"에서의 고행의 결과라고 한다면, 이는 시인의 몸에 무수한 "불씨 자욱"이 남겨져 있음을 의미하지 않겠는가.

사라지는 것들 '곁'에서 그 살이 흐르는 "고요의 소리"를 듣는 자라면, 사라지는 것들의 '어둠의 빛'을 보기도 한다는 것은 틀림없겠다. 이렇게 말할 수 있다, 시인은 부재의 무늬를 보는 자라고.

> 여명 속 어둠 한 스푼을
> 흰 쟁반에 살짝 놓으니
> 새벽 속살이 엷은 청색으로 살살 흐르더라
> 아슬아슬 쟁반에 차오르더라
>
> 그 빛!
>
> —「스며라 청색」부분

"어둠 한 스푼"에 담긴 "새벽 속살", 그리고 "엷은 청색으로 살살 흐르더라"에 담긴 것은 여명에 대한 시인의 감각적 인상만은 아니다. 여기에는 삶과 죽음이라는 존재론적 문제가 걸려 있다. 그것이 비록 여명과 같은 찰나의 순간에 대한 기록이라고 할지라도 말이다. 이는 『살 흐르다』의 「자서」에서, "거기 나의 안식이 있을 듯도 합니다. 거기 생의 의문과 답이 다 있을 듯도 합니다"로 표현된 바 있다. 「자서」의 진술은 사라지는 것들에 대한 새로운 인식이 싹트고 있음을 보여 준다. 이는 시인이 어둠과 밝음의 대립에서 생의 비의(秘義)와 대면하고, 마침내 '어둠 속의 빛' 내지 '빛 속의 어둠'을 응시하고 있음을 밝혀 준다. "어둠은 빛을 깊이 안고"(「스며라 청색」) 있다는 각성, 이것은 시인의 평생의 화두인 "두 개의 축"(「자서」, 『시간과의 동행』)이 새로운 질서를 획득하고 있음을 암시한다. 따라서 「스며라 청색」은 "두 개의 축"의 벡터라고 할 수 있다.

이처럼 시인의 감각은 부재하는, 부재에 이르는 모든 사물들을 향해 열려 있다. 이것은 사라질 수밖에 없는 존재들 '곁'에 시인이 있음을 뜻한다. 이것은 이중적이다. 하나는 사라진 것들을 부재의 자리에서 자신의 '곁'으로 견인하는 것이고, 다른 하나는 사라진 것들의 '곁'으로 자신을 기투(企投)하는 것이다. 전자는 사라진 것을 영원한 부재의 자리에서 현존의 세계로 건져 올리는 일이고, 후자는 자기 자신을 사라진 것들의 세계로 흐르게 하는 일이다. 그리고 이러한 이중적 참여로 인해, "새벽을 데려오는 일"(「여명」, 『열애』)이 비로소 가능해진다.

2. '곁'의 무늬와 생의 버팀목

안과 밖의 구분이 따로 있을 리 없다. "두 개의 축"이 새로운 힘의 방향성을 갖는 데 안과 밖의 경계가 무슨 대수겠는가? 오히려 안과 밖의 경계는 허물어질 수밖에 없다. 가장 내밀한 상처와 치욕도 한때의 웃음으로 화할 수 있음을 다음 시는 보여 주고 있다.

새벽까지 한 남자를 기다리던 엄마들의 늙은 딸들이 모여 앉아

가장 잔혹하고 슬픈 남자 하나

우리들의 아버지를 미워하지 않기로 결정한다

취중이 아니라고 우기면서

갈비 10인분 소주 다섯 병을 비우고

남자 하나에 비루하게 생을 마감한 그 엄마들의 딸들이

자신들의 딸들에게 외할머니는

유관순이었다고 신사임당이었다고 말하자며 중의를 모았다

엄마가 다르나 어딘가 비슷한 딸들이 와장창 웃을 때

어머나! 젊은 그 엄마들이 모두 치마를 벗은 채

우리들 옆으로 앉은 모습이 보였다 사라졌네.

—「딸들의 저녁 식사」 부분

상황은 이렇다. 여기 모인 '딸들'은 모두 이복형제들이다. 아버지가
여러 부인들을 두었으므로 아버지는 같지만 어머니가 다른 형제들이
저녁 식사 중이다. 이들의 공통점은 "엄마가 겪은 상처와 치욕은 다
같았으므로"가 보여 주듯, 어머니의 슬픔과 상처를 분유하고 있다는
점이다. 상처와 치욕은 일차적으로 아버지에 대한 원망과 분노로 표
출되겠지만, 다른 어머니와 다른 딸들에 대한 질시와 배척으로 나타
날 수도 있다.

그러니 "그 엄마"라는 단어의 함의는 예사롭지 않다. 우선 "그 엄
마"에 걸린 하중부터 말해야겠다. 아버지의 첩인 다른 어머니들은
"누구나 그년이라고 부르던"(「작은어머니」, 『열애』) '그 여자'에 불과했을
뿐이다. 단 한 번도 '작은어머니'라는 이름으로 호명된 적이 없던 존

재들인 것이다. 그러니 "그년"이 "그 엄마"라는 이름을 갖게 된 것은 소소한 변화가 아니다. 이러한 변화는 「작은어머니」의 애절한 묘사가 보여 주는 것처럼 '작은어머니'의 신산한 삶에 대한 각성에서 비롯한다. 이때 결정적인 계기는 그녀의 죽음과의 대면의 순간이다. 따라서 "그 엄마"는 멀리 있던, 혹은 생의 밖에 있던 한 존재를 가까이, 혹은 생의 안으로 받아들이는 행위라고 할 수 있다. 그러니까 "그 엄마"는 '작은어머니'에 대한 명명이면서 동시에 호명이라는 의미를 지니는 것이다. 마지막 구절, "젊은 그 엄마들이 모두 치마를 벗은 채/우리들 옆으로 앉는 모습이 보였다 사라졌네"는 이를 잘 보여 준다. 매우 짧은 순간의 일이긴 하지만, "그 엄마"라는 호칭은 사라진 자들을 부재의 자리에서 불러내 그들에게 우리 생의 '곁'을 내어주는 일이라는 사실을 보여 준다.

이는 비단 죽은 아버지와 "그 엄마"들에 대한 얘기만은 아니다. 시인 자신에 대한 이야기이기도 한데, 그 중심부에 그녀가 '곁'을 지키는, 그리고 동시에 그녀의 '곁'을 지키는 '당신'이 있다.

바람 서늘한 날 당신 내 무릎 베고 눈감았다

지금 그곳 환한가
흰 뼈가 마지막 빛으로 일어서고
이제야 소리 되지 않았던 속내를 수습하고 있다면 환하리

(중략)

바람 서늘 서늘한 날

커피 한 잔, 담배 한 개비를 불붙여 놓았네

큰절하고 당신 집 위에 낮게 엎드리니 이게 뭔가

아리아리 들리는 시리고 서러운 촉감

너무 깊어 희디흰 울림 첫날 당신에게 스며들던 그……

─「10주기(週忌)」 부분

　사라진 자의 흔적 앞에서 사라진 것을 반추하는 일은 허허롭다. 죽음 앞에서 더욱 그러할 테니, 신산한 삶의 낱낱을 되묻지는 말자. 그것은 대개 자기 연민으로 귀착될 가능성이 높지 않은가. 실제로 자기의 불행을 '저울질'[2]하는 일에서 출발하고 있는 시편들이 여럿 존재한다. 애써 자기 연민에 대해 시시비비를 가릴 일은 없을 듯하다. 오히려 역설할 것은 자기 연민에 빠진 자기를 바라보는 시선을 가늠하는 일이다. 이는 자기 연민의 고착에서 벗어나려는 열망과 의지를 반영한다. "여는 일은 스스로 열어야 열리는 것"(「살림하는 바람」)은 이러한 의지의 표백이다. 위의 시가 존재할 수 있는 건, 그와 같은 시선이 존재하기 때문이라고 말할 수 있다. 그만큼 이 시가 보여 주는 망자에 대한 애도는 잔잔하면서도 품이 넓고 격이 높다. 특히 2연 "이제야 소리 되지 않았던 속내를 수습하고 있다면 환하리"에 표현된 안식의 기원은 애잔하기까지 하다. 이러한 염려와 기원은 사라진 자를 부재의 자리에서 다시 만나려는 의지의 표현이며, 자신을 존재의 자리에서 죽음의 '곁'에 두는 행위이기도 하다. 이런 의미에서 그것은 삶과 죽음에 가로놓인 빗장을 푸는 행위라고 할 수 있다. 이때 "아리아리 들리는 시리고 서러운 촉감"은 "두 개의 축"이 겹쳐지는 순간을 표현한

---

2 신달자, 「증오와 연민 사이에서」, 『아버지의 빛』, 문학세계사, 1999, p.110.

다. 흐르는 두 세계, 스미는 당신과 나…….

언제부터인지 몰라 나무토막은 나무의 피가 제 몸속에 돌고 있는 것
을 알았다
거리에 있는 나무토막이 자신을 나누어 주려고
폭풍 속에서도 어깨가 무너지도록
나무를 버팅기게 했던 나무 안으로 쑥 들어가 나무가 되려는 사랑을
나무도 잘 알고 있었던 것이다
나무는 열심히 피를 만들어 나무토막 버팀대에게
생명을 나누려고 그는 살아 있는 듯했다
꽃들을 한가득 피워 올린 어른스러운 나무 밑에서
버팀대는 이제 절반쯤 삭아 내려 사라져 가고 있었다
버팀대 같은 건 필요 없는 나무 밑에서 조용히 밑동이 썩는 것을
버팀대가 썩는 향기가 라일락꽃의 향기를 더 짙게 하고 있다는 것을
곁이 몸 안으로 영혼이 되어 퍼지고 있다는 것을 나무는 잘 알고 있
었던 것이다

—「곁」(『열애』) 부분

이 시는 죽은 나무로서 버팀목과 생을 버려야 할 나무로서 라일락
이 '한 몸'으로 묶일 때, 무슨 일이 일어나는지를 잘 보여 주는 시편이
다. "버팀대가 썩는 향기가 라일락꽃의 향기를 더 짙게 하고 있다는
것"은 바로 그러한 순간을 감동적으로 표현하고 있다. 버팀목과 나무
의 관계가 겹치는 "당신 집"과 나의 몸의 은유로 읽힐 수 있다면, 그
것은 죽은 자와 산 자의 내밀한 교류의 순간을 타전한다. 버팀목이
삶을 버티게 하는 죽음이라면, 나무는 죽음으로 스미는 삶이다. 이때

죽음을 현존의 '곁'으로 견인하는 힘과 삶을 죽음의 '곁'으로 기투하는 힘은 서로에게 흐르고 그 소용돌이는 '겹'의 무늬를 그린다. "나무의 피가 제 몸속에 돌고 있는 것"이 기투하는 힘을 예시한다면, "곁이 몸 안으로 영혼이 되어 퍼지고 있다는 것"은 견인하는 힘을 설명한다. 여기서 "꽃의 향기"는 삶과 죽음이라는 "두 개의 축"의 벡터이자 방향(芳香)이라고 할 수 있다. 그 향기는 최종적으로 서로 흐르고, 겹치고, 스미는 두 '곁'이 풍기는 '겹'의 방향(方向)이다.

3. 생의 훈습(薰習)과 숙명적 비망록

시는 버팀목이다. 시는 생이 결코 그 '곁'은 내어준 적이 없는 존재이다. 1964년 등단 이후 무려 반세기의 세월 동안, 시인의 생을 기투하고 견인하는 존재로서 시는 그녀의 '곁'을 올곧게 지켜 왔다. 그러니 시는 생의 훈습(薰習)이다. 시에는 '물집'에서 데인 "불씨 자욱"이 새겨져 있고, 삶과 죽음이라는 '겹'의 "향기"가 배어 있다. 시작(詩作)이 "혼돈의 열을 안고 끙끙 앓"는 일로부터 시작하는 일은 이 때문이다.

밤새 혀가 아파 뒹굴었다

내가 잠든 사이
하루 동안의 말을 자문하며 설거지하고 있었던 것일까

(중략)

입안은

지금 노역 중
수위 높은 침묵이
뭉툭한 고요 한 덩어리로
말의 빛과
말의 그늘을
순수 살의 진실로 숙성하고 있다

—「혀 2」부분

　시가 "말의 빛"과 "말의 그늘"이라는 '이중의 갈등' 속에서 들끓지 않았다면 '숙성'은 불가능한 일이다. 시의 살은 생의 안과 밖을 두루 거친 자의 몸과 다르지 않다. 이는 시가 소리와 침묵, 빛과 어둠, 안과 밖, 부재와 존재 사이의 이중의 겹으로 되어 있음을 보여 준다. 위의 시는 이러한 이원성이 시로 발화되기 위해서 시적 주체의 내면에 무슨 일이 벌어져야 하는가를 예시한다. "순수 살의 진실로 숙성하고 있다"가 보여 주는 것은 "순수 살의 진실"이 발화되기 위해선 "말의 빛"과 "말의 그늘"이 "숙성"이라는 화학적 변화를 거쳐야 한다는 사실이다. 이것은 "말의 빛"과 "말의 그늘"이 부패하기 않기 위해선, 각각 분해되어 서로의 '겹'을 내어주어야 한다는 것을 의미한다. 적절한 자기 분해만이 언어의 부패를 막을 수 있다. 여기서 "뭉툭한 고요 한 덩어리"가 필요한 것은, 그것이 시의 발화를 매개하는 효소이기 때문이다. 이러한 과정은 연금술의 승화에 비견될 만하다. 바슐라르의 말대로, 연금술이 상승과 하강이라는 생의 두 원리인 한에서 말이다.

　따라서 여러 세대의 연금술사들에 의해서 체험된 것과 같은 물질적 승화의 이미지는, 질료와 열정이 서로 긴밀하게 연관된 채 있으면서도 서로 반대 방향으로 작용하는 역동적 이중성을 설명해 낼 수 있다고 보여진다. 진화 행위가 도약하기 위하여 어떤 질료를 내려놓고, 또 앞서 있었던 열정으로 이미 물질화한 결과를 밀어내는 경우라면 그것은 이중적 화살표로 그려질 수 있는 행위이다. 그런 행위를 잘 상상하기 위해서는 이중적 참여가 필요하다.[3]

시의 숙성에 있어 "말의 빛"과 "말의 그늘"은 생의 가치에 있어 "서로 반대 방향으로 작용하는 역동적 이중성"으로 이해될 수 있다. 그것은 바슐라르가 말한, 질료의 가치 박탈 작용과 삶의 가치 부여 작용이라는 주체의 근원적 운동을 보여 준다. 연금술적 승화에서 그것은 상승과 하강이라는 "이중적 화살표"로 그려지며, 궁극적으로 시적 주체의 응축과 확산이라는 생의 두 가지 역동성을 대변한다. "순수 살의 진실로 숙성"하기 위해선, 시적 주체가 생의 두 가지 근원적 운동에 동참할 필요가 있다. 불순물이 없다면 승화도 있을 수 없다. 그러니 시인은 분투 중이다, 시의 '곁'에서 "수위 높은 침묵"을 통해 생의 "이중적 참여"를 도모하기 위해. 그렇다면 시적 발화는 내면화와 외면화라는 이중적 힘의 길항이다. 그것은 "몸의 음표들"이 그리는 "운율 무늬"(「압구정역에서 옥수역까지」)라고 할 수 있다.

시집 『종이』(민음사, 2011)가 보여 주는 것은 "몸의 음표들"이 발화될 때 그리는 선율의 무늬이다. 「서시」부터 그렇다.

그리워라
종이는 사람의 정신

---

3 바슐라르 저, 정영란 역, 『공기와 꿈』, 민음사, 1993, p.528.

정(淨)한 신(神)이라 우러르니

거기 무엇을 시인은 적을 것인가.

―「서시」 전문

시집 『종이』는 일차적으로 디지털 시대에 종이에서 디지털로 시작의 매체가 변화하는 현상에 대한 근심과 염려에서 출발하고 있다. 그러나 문명 비판 이면에는 시작(詩作) 자체에 대한 준엄한 인식이 내재해 있다. 「서시」의 표현대로 "사람의 정신"으로서의 종이, 나아가 "정한 신"으로서 종이가 그것이다. 이는 종이가 단순히 수단이기를 그치고, 정신의 표백이자 경배의 대상으로서의 가치를 지님을 의미한다. 이런 의미에서 시는 "종이의 심장에 사람의 심장이/닿는 순간"(「예술혼」, 『종이』)의 발화이다. 시적 발화는 '겹'의 심장의 박동이자 울림인 것이다. "종이 안에서 종이 울리는 것을 듣는가"(「종소리」, 『종이』)가 묻는 것은 시적 발화가 온몸의 울림이어야 할 필연성이다.

이는 시가 "숙명적 비망록"(「꽃 비친다 하였으나」, 『종이』)인 이유를 설명한다. 여기서의 비망록은 시적 주체의 그것만은 아니다. "큰 생명의 주인/어머니라는 이름이 종이 안에 있는가"(「젖」, 『종이』)에서 보듯, 그것은 어머니의 "숙명적 비망록"이기도 하다. 그녀가 남긴 비망록은 "에미갓지 살지 마라라 행복하여라"(「각혈」, 『종이』)였다. 문맹인 어머니가 죽음의 고비를 넘기고 3년 간의 분투 끝에 남긴 '삐뚤삐뚤한 비망록'의 구체적인 사연이 궁금하다면, 『어머니, 그 삐뚤삐뚤한 글씨』(『문학수첩』, 2001)를 보라. 여기에 담긴 애끓는 절절함은 "숙명적 비망록"이 그녀의 전생이 온몸으로 토해 낸 "비릿한 각혈 한 덩어리"(「각혈」)임을 그대로 보여 주고 있다. 이로부터 그녀가 어머니의 비망록에서 길어 올리는 것은 바로 "150미터 지하 물"(「고백」, 『어머니, 그 삐뚤삐뚤한 글씨」)임에 틀림없다.

또한 "숙명적 비망록"은 아버지의 일기를 포함한다. 아버지가 남긴 일기는 "정직한 자연"(「아버지」, 「종이」)으로서 "숙명적 비망록"이다. 그것은 아버지의 과오에 대한 용서를 가능케 하는 한 줄기 빛의 구실을 한다. 『아버지의 빛』을 보라. 아버지의 비망록에서 그녀가 본 것은 "앙상한 나무"(「고속도로—아버지」, 『아버지의 빛』)이고 "맑은 섬광"(「그때 보았다」, 『아버지의 빛』)이며, 그리하여 "생의 좌표"(「아버지의 빛 5」, 『아버지의 빛』)이다. 여기서 아버지의 일기는 그녀가 타인의 삶을 이해하는 계기, 즉 시적 주체가 "숙명적 비망록"을 통해 타인의 '곁'을 포섭하는 과정이라고 말할 수 있다. 이는 "아버지의 발을 한 번 더 씻겨 드리는 일"(「자서」, 『아버지의 빛』)에 다름 아니다. 어머니의 글씨가 그러하듯, 아버지의 일기는 타인의 숙명을 비추는 거울이다.

그리고 마침내 시는 유언(遺言)이 된다. "원고지 한 칸의 미련도 완전 태워서//이 세상에 얼룩 하나 남기지 마라"(「원고지 납골당」, 『종이』)에 담긴 결연한 의지를 보라. 이 서늘한 결기는 스스로 작성하는 "숙명적 비망록"이라는 사실에서만 기인하는 것은 아니다. 무엇보다도 "숙명적 비망록"이 "숙명적 비망록" 자체의 무화(無化)를 요구하고 있다는 데에서 기인한다. 시가, 종이가, 비망록이 그녀의 삶에서 차지하는 위상을 가늠해 볼 때, 이러한 유언에 담긴 부재에의 결의는 단단하면서도 지극하다. 이는 시적 주체가 스스로를 "얼룩 하나"로 간주하고 있음을 암시한다. 그리고 이는 연금술적 승화의 "이중적 참여"에서 시적 주체가 내려놓아야 할 것이 무엇인지를 보여 준다. 그것은 바로 시적 주체 자신이다. 몸과 살은 발효되어야 하고, 생은 부재의 시간으로 흘러야 한다. "숙명적 비망록"은 유언(流言)이다.

4. 적막으로 새긴 구름 시비

그리하여 그녀의 생과 시는 적막의 곁에 있다. 그것은 존재와 부재의 '겹'이 이루는 적막의 소리이자 무늬이다.

> 속살 깊어 뼈도 보이지 않는
> 맑고 투명한
> 잘생긴 화강암 같은 구름 한 덩이 슬그머니 내려
> 시를 새긴다
> 부드러운 암각의 글자들이 구름의 속살 비집고 들어가
> 한 줄 시에
> 한 생을 음각하고 있네
> 거기 생을 새겼으므로
> 수억 년 후에도 지워지지 않을 것
> 흘러 흘러 가고 있을 것
> 별마다 찾아가 노래 불러 주고 있을 것
> 저 하늘 구름 한 덩이
> 더 먼저 새긴 시인의 노래가 오다가다 사라져 버린다 해도
> 저 구름 조금 전에 새긴 시를 기억하지 못한다 해도
> 가령 그렇더라도……
>
> ―「구름 시비」 전문

구름에 시를 새기는 일은 시인의 시적 상상력이 어디로 향하고 있는지를 예시한다. 특히 "한 줄 시에/한 생을 음각하고 있네"는 시작이 "숙명적 비망록"의 각혈임을 보여 준다. 여기서 주의할 것은 "수억 년 후에도 지워지지 않을 것"의 의미이다. 이를 시간의 절대화들 동

한 시의 신비화에 대한 지향으로 읽지는 말자. 오히려 정반대의 의미를 지니는데, 시비가 세워지는 반석이 "구름의 속살"이라는 유체 내부이기 때문이다. "흘러 흘러 가고 있을 것"이 보여 주는 것처럼, 시작의 참된 의미는 절대에의 고착이 아니라 부재에로의 유동에 있다. 이런 의미에서 "구름 시비"는 시적 주체의 흐르는 살과 흐르는 생을 아로새긴다. 그리고 마침내 부재에 대한 두려움마저 놓아 버렸다. 과거의 시가 "사라져 버린다 해도", 현재의 시를 "기억하지 못한다 해도", 그래서 한 줄 시가 "가령 그렇더라도……" 말이다.

그러므로 "구름 시비"는 부재로 새긴 시의 집이다. 그러니 시인은 그곳에서 적막할 것이다. 또한 적막하지 않을 것이다. 사라지는 것들이 시인의 '곁'에서 저녁 만찬을 기다리고 있을 테니. 그러니 그대여, 그저 적막의 "잘 숙성된 맛"(「나의 적막」)을 향유하라. 이것은 그대가 그토록 오래 "고요에 살이 베이면서"(「고요 속으로」) 생을 견뎌 온 것에 대한 화답이니. 이제야 비로소 "허방을 꽉 메우는 진정한 말"(「오래 말하는 사이」, 『오래 말하는 사이』)을 듣고, "침묵의 연꽃 개화"(「오래 말하는 사이」)를 목도할 것이다. "가령 그렇지 않더라도……"

굴불굴불,
생의 공간과 시간과 언어의 결

> 이리하여 언어는 열림과 닫힘의 변증법을
> 자체 내부에 지니고 있는 것이다.
> 뜻으로써 그것은 가두고, 시적 표현으로써 열린다.[1]

1. 공간의 언어와 언어의 공간

어떻게 열리게 되는 것일까? 시적 표현은 어떻게 언어의 문을 개방하여 굳게 닫힌 의미의 세계를 펼쳐 놓는 것일까? 시인만 아는 주문(呪文)이 있어, 그는 매번 은밀히 언어의 내부로 드나드는 것인가? 이런 식의 가정은 친숙하고 오래된 것이나 위험한 것이기도 하다. 시인이 언어 내부를 열고 닫는 데 능통한 자라는 것은 분명하다. 그러나 그런 능통함이 선천적으로 주어질 수는 없다. 왜냐하면 언어를 개방하는 열쇠는 결코 선천적으로 주어지는 법이 없기 때문이다. 이는 역으로 시인이 언어 내부를 개방하는 방법을 터득하기 위해서 각고의 노력을 기울여야 한다는 것을 보여 준다. 하나의 언어 공간을 개방하기 위해 시인이 기울이는 노력은 가히 절차탁마(切磋琢磨)라 할 만하다. 언어를 끊고 닦고 쪼고 가는 분투 속에서야 비로소 시적 표

---

1 바슐라르 저, 곽광수 역, 『공간의 시학』, 민음사, 1990, p.388.

현이 탄생한다.

박태일의 시는 더욱 그렇다. 그는 "문학 공간이란 마침내 집짓기와 다를 바 없는 세계 구축적 경험의 결과라는 사실"[2]을 누구보다도 잘 아는 시인이다. 만약 시적 공간을 구축하는 일이 "집짓기와 다를 바 없는" 것이라면, 시적 구조물은 우리의 경험이 배태되는 두 가지 한계를 극복해야 한다. 하나는 공간의 차원에서 중력의 힘이고, 다른 하나는 시간의 차원에서 죽음의 힘이다. 전자는 공간 속의 시의 배치와 시 속의 공간의 배치, 그리하여 공간 속의 공간의 배치를 구속한다. 그가 다양한 생의 공간을 주유하면서 공간의 질서를 탐색하는 것은, 바로 이러한 중력의 한계를 극복하기 위함이다. 후자는 소리의 연속과 시적 표현의 흐름, 즉 시적 언어의 운동을 구속한다. 그가 다양한 시적 형식을 통해 언어의 결(texture)을 조직하는 데 온힘을 기울이는 것은, 시적 리듬을 통해 죽음의 한계에 대응하기 위함이다. 모름지기 시의 건축은 무너지려는 힘과 소멸하려는 힘을 견뎌내야 하는 것이다. 박태일의 여섯 번째 시집(『옥비의 달』, 문예중앙, 2015)은 이를 예증한다.

2. 욕지 목욕탕에서 구름 목욕하기

우선 사물의 공간이 있다. 공간은 대상화되고 규격화된 공간이 아니다. 원근법에 의해 표현된 공간은 사물 고유의 공간을 담아내지 못한다. 사물에는 자기의 무게로 다른 사물을 끌어당기는 힘이 있기에, 그것이 점유하는 공간은 중력의 상호작용에 의해 요동칠 수밖에 없다. 하물며 그곳이 생의 공간이라면 더 말할 나위도 없다. 생의 공간

---

2 박태일, 『한국 근대시의 공간과 장소』, 소명, 1999, p.28.

에는 시적 주체라는 강력한 중심이 있어 사물들을 결속하고 배치하기 때문이다. 시의 공간은 바로 이 생의 공간과 동무하여 왔다. 사물의 공간은 시적 주체의 고유한 생의 무게로 인해 시의 공간 속으로 내재화되는 것이다.

> 동묘에는 안개가 산다
> 서울서 가장 짙은 안개
> 긴 안개
> 동묘에는 동무도 없이
> 나온 안개가 골목을 돈다
> 주인 물러간 집 허물어진 벽 사이로
> 감자 고랑처럼 내려앉은 안개 가게
> 등 꺾은 군화에 낡은 전화기
> 언젠가 월남에서 건너왔을 물소 뼈도 물 발자욱 소리를 낸다
> 동묘에는 몽골 어디서 왔는지
> 자매가 게를게를 말 안개를 피우며 간다
> 관우를 닮은 사오정을 닮은 이웃 나라 안개도 있다
> 겉장 속장 젖은 안개
> 시침 분침 포개 멈춘 안개
> 그리운 이름 고향 다 묻은 안개가
> 골목 끝까지 희읍하다
> 서울 동묘에는
> 안개 아닌 것이
> 안개 흉내를 낸다
> 몇 해씩 머물렀지만

가슴에 등에 지번을 달지 못한 안개
종종걸음으로 몰려들었다
막 지는 저녁을 따라
서울 바깥으로 짐을 싼다.

—「동묘 저녁」 전문

동묘(東廟)는 누구의 묘인가? 동묘는 관우의 사당이다. 여기에는 임진왜란과 사대주의라는 아픈 역사가 고스란히 배어 있다. 이 시는 이러한 역사적 사실을 배경으로 한다. 그러나 이 시의 묘미는 역사의 장소로서 동묘가 현재 시점에서 어떻게 생의 공간으로 굴절되는지를 보여 주는 데 있다. "동묘에는 안개가 산다"는 첫 행은 이곳의 거주민이 관우가 아니라 '안개'임을 명시적으로 보여 준다. 이때 관우는 "관우를 닮은 사오정을 닮은 이웃 나라 안개도 있다"에서 보듯 '안개'의 일부일 뿐이다. 따라서 '동묘'는 관우의 사당이라는 공간 너머 또 다른 공간, 즉 생의 공간을 지시한다. '안개'가 동묘에서 나와 삶의 현장인 풍물시장의 골목을 도는 것은 이 때문이다. 이렇게 말할 수 있다, '동묘'는 그의 시에서 '중력렌즈 현상'이 개시되는 생의 공간이라고.

'동묘'의 실거주민이 '안개'로 설정된 것은 그들이 불투명한 정체성("희읍하다")을 지니기 때문이다. '안개'는 일차적으로 월남, 몽골, 중국 등지에서 이주해 온 자들("그리운 이름 고향 다 묻은 안개")과 중심부에서 밀려난 자들("안개 아닌 것")로 구성된다. "가슴에 등에 지번을 달지 못한 안개"는 이들의 삶이 불안하고 위태로운 것임을 암시한다. 그들의 생은 "종종걸음으로 몰려들었다"가 "막 지는 저녁을 따라" 흘러가는 유랑과 이주의 반복으로 구성된다.

생의 공간과 이주의 삶. 이는 박태일 시인이 지속적으로 탐구해 온 주제이다. 첫 번째 시집 『그리운 주막』(문학과지성사, 1984)에서부터 다섯 번째 시집 『달래는 몽골 말로 바다』(문학동네, 2013)에 이르기까지, 그는 줄기차게 생의 공간의 좌표와 이주하는 삶의 의미를 탐색해 왔다. 등단작 「미성년의 강」을 보라. 시집 어디를 보아도 좋으나, 등단작은 '안개'가 "아름다운 깊이로 출렁이며" 흐르는 생의 강임을 명시적으로 보여 준다. 이번 시집도 예외는 아니어서, 전체 65편 가운데 많은 시편들이 생의 공간에 내재한 원리를 성찰하고 있다. 여기서 공간의 세목을 정리하고 분별할 필요는 없을 듯하다. 중요한 것은 시적 주체가 생의 공간을 어떻게 재구성하고 있느냐를 가늠하는 것이다.

일찍이 황동규는 이를 "삶의 장소 길들임"[3]으로 규정한 바 있다. 여기서 '길들임'이란 "숨음과 표면 부상이 동시에 일어나는 상태"를 일컫는다. 이는 바슐라르가 말한 시적 공간의 "열림과 닫힘의 변증법"과 동궤를 이룬다. "삶의 장소 길들임"은 박태일 시의 중심부를 관통하는 적확한 표현이다. 생의 공간을 구축하는 원리가 시적 주체의 '숨음과 부상'이라는 이원적 원리로 구성됨을 보여 주기 때문이다. 「동묘 저녁」의 '안개'는 이 이중의 상태를 그대로 예시한다. 마치 안개 속 사물처럼, 우리의 생은 "삶의 장소"에서 잠기고 떠오르기를 반복하는 것이다. 그러니 생의 공간을 특정 지역과 장소로 한정할 필요는 없을 듯하다. 하나의 섬, 아니 섬 한쪽의 목욕탕이라도 상관없는 일이다. 그곳이 생의 무게로 부침하는 시적 공간이기만 하다면 말이다.

---

3 황동규, 「시의 뿌리」, 박태일, 『그리운 주막』, p.112.

욕지에서

목욕을 한다

줄비 내리는 아침

목욕탕에 손은 없고

주의보 맵게 내렸다는 앞바다

방학이라 뭍으로 나간

주인집 방에서 여러 날 쓴

주인의 면도날을 빌리면서

하루 내내 비 올 일 걱정했는데

우체국 골목 뒤 목욕탕

더운 물 차운 물 오간 뒤

욕지 목욕탕 나서면

연속극 엄마의 노래

마지막은 어느 아침일까

젊은 안주인은 다시

배를 깔아 티비 채널을 웃고

뱃길로 한 시간 먼저 온 통영배가

욕지배를 기다리는 선창

당산나무 당집도 먼 등성인데

떨기채 지는 능소화

붉은 길로 혼자

오른다 욕지

구름 목

욕탕

—「욕지 목욕탕」 전문

이 시는 풍랑주의보 때문에 욕지도(欲知島)에 갇힌 경험담을 그리고 있다. 욕지도라는 이름의 유래는 여러 가지일 테지만, 시적 맥락 속에서 그것이 갇힌 자의 '알고자 하는 욕구'를 환기시키는 것은 분명해 보인다. 당연하게도 섬에 갇힌 자가 가장 알고 싶어 하는 것은 바다의 날씨이다. 좋은 날씨는 섬에서 뭍으로의 탈주를 가능케 하기 때문이다. "하루 내내 비 올 일 걱정했는데"는 이를 보여 준다. 그런데 재밌는 것은 궂은 날씨로 인해 생긴 잉여 시간을 소비하는 시적 주체의 행적이다. 다름 아닌 목욕. 목욕은 무료함을 달래려는, 혹은 초조함을 떨치려는 의도에서 비롯한다. 그러면 목욕 후에 무료와 초조는 위무되었는가? 굳이 부재중인 "주인의 면도날을 빌리면서"까지 목욕하고 난 이후의 행적은 그렇지 않음을 암시한다. 어째서 그런가?

그 이유는 "마지막은 어느 아침일까"에서 찾을 수 있다. 이 구절은 바다의 날씨에 대한 근심이 '생의 날씨'에 대한 의문으로 대체되었음을 보여 준다. "더운 물 차운 물 오간 뒤" 떠오른 것은 생의 가라앉음과 떠오름에 대한 의문인 것이다. 다시 말해 섬과 뭍의 공간적 경계가 의식의 표면에서 사라지고, 생의 침잠과 부상이라는 새로운 경계가 떠오른 것이다. 처음의 것이 수평적 차원에서 섬과 뭍 사이에 가로놓인 두 힘에 대한 질문이라면, 나중의 것은 수직적 차원에서 생의 공간 속 시적 주체를 사로잡는 근본적 두 힘, 곧 중력과 부력에 대한 질문이다. 중력이 생의 무게만큼 시적 주체를 잠기게 한다면, 부력은 그와 반대로 주체를 들어 올린다. 여기서 양자의 힘은 같다. 그러므로 목욕은 섬에서 또 다른 섬을 띄우는 일이 되고, "숨음과 표면 부상이 동시에 일어나는 상태"를 체험하는 일이 된다. '욕지 목욕탕'은 우리의 생이 중력과 부력이라는 두 힘의 길항에 의해 형성된다는 것을 깨닫는 생의 공간이다.

그러니까 '욕지 목욕탕'은 아르키메데스의 목욕탕인 셈이다. 그러나 그가 욕지에서 알아낸 것, 곧 유레카(eureka)는 해답이 아니라 새로운 질문이었다. "마지막은 어느 아침일까"는 궁극적으로 생의 '마지막 어느 아침'인 죽음을 호출한다. 여기서 "욕지배를 기다리는 선창"은 새로운 의미를 획득한다. '욕지배'는 일차적으로 '젊은 안주인의 배'와의 관계 속에서 하나의 공간이 시적 주체를 잡아당기는 힘과 밀어내는 힘의 상호작용 속에 있음을 뜻한다. 그러나 시의 마지막 네 행은, '욕지배'가 "구름 목/욕탕"과의 관계 속에서 시적 주체라는 또 다른 섬에 작용하는 두 힘, 곧 중력과 부력의 길항 관계 속에 있음을 보여 준다. 여기서 부력은 상승과 초월에의 의지라기보다는 생의 무게에 대한 반발력에 가깝다. 따라서 '구름 목욕탕'은 선계(仙界)의 목욕탕이 아니라, '욕지 목욕탕'의 다른 판본이다. 이것은 '구름 목욕탕'으로 오르는 길이 천상의 계단이 아니라, "당산나무 당집"과 "떨기채 지는 능소화"가 놓인 길인 이유를 설명한다. 즉 그 길은 중력의 중심부에 놓인 '마지막 어느 아침'에 이르는 하강하는 계단이다.(위의 시에서 마지막 계단은 아직 놓이지 않았다.)

특정 장소에 '배를 깔고 눕는 일'이 근본적인 해결책이 될 수 없는 이유가 이와 같다. 동묘의 '안개'가 욕지의 선창가에 피어오르듯, '구름 목욕탕'에도 욕지의 '안개'가 피어오를 것이기에. 아니 구름 자체가 안개이지 않은가. 그러니 '안개'는 몽골이라는 이역에서도 피어오르지 않을 이유가 없다. 이는 시적 주체의 생의 무게가 제 고유의 방식으로 무수한 생의 공간들을 '마지막 어느 아침'으로 재구성하기 때문에 생기는 일이다. 물론 몽골은 '다른 아침, 다른 하늘'을 갖는 특수한 공간임에 틀림없다. 확실히 "삶은 되새김질 할 수 없는 일"[4]이다. 그러나 그가 몽골에서 보낸 네 계절이 '삶의 장소 길들임'을 위해 "자신과 대면하는 자성의 시간"[5]이었다면, 이는 그가 여전히 몽골의 "붉은 길로 혼자/오른다"는 사실을 보여 준다. 『달래는 몽골 말로 바다』의 「자서」, "잘 가거라/다시는 다른 아침, 다른 하늘을 그리워하지 않으리라"는 이를 예증한다. 이것은 그의 귀환이 장소의 회귀이면서, 동시에 생의 공간을 구축하는 두 원리의 회귀라는 사실을 보여 준다. "드는 길과 나는 길이 하나"(「고죽을 나서며」)라는 인식.

3. '지렁장' 어둠 속에서 '쿠쿠'하기

강력한 중력은 공간을 휘게 할 뿐만 아니라, 시간마저 끌어당긴다. 이것은 시간이 규칙적이고 절대적인 단위로 측정될 수 없음을 뜻한다. 공간의 이동과 시간의 흐름은 분리되지 않는데, 강을 제재로 한 시편들은 이를 잘 보여 준다. 특히 '황강' 시편들은 공간의 이동이 시간의 흐름과 잇닿아 있음을 보여 주는 동시에 생의 무게가 어떻게 시공간을 늘이고 휘게 하는지를 예시하고 있다. 한마디로 '황강' 연작시는 생의 흐름을 증언하는 수작이라고 할 수 있다. 그 속에는 유려한 시적 표현들이 "굴불굴불" 구비치고 있다.

옆으로 기는 버릇에 게게 게라 일컫는다지만

길마다 밟은 죄 다 간추리면 한 하늘 엮고도 나머지 셈인데

똥게 털게 없이 게젓 범벅 같던 세월

가로 돌다 모로 돌다 지렁장 어둠에 갇혔던 것을

쉬어 이십 리에 걸어 삼십 리

---

4 박태일, 「맘」, 『달래는 몽골 말로 바다』, 문학동네, 2013, p.78.

5 이경수, 「몽골을 살다」, 박태일, 위의 시집, p.125.

쉿쉿 구름 속 구름 딛는 소리도 들으며

나 간다 굴불굴불 슬퍼 추억 간다

접시꽃 빨간 한길

환한 소금강.

—「황강 18」 전문

　　"옆으로 기는 버릇"의 주체는 '황강'이기도 하고 '게'이기도 하고 '시인'이기도 하다. 이들은 모두 생의 횡보(橫步)를 걷는 존재들이다. 횡보는 규격화되고 정량화된 단위로 측정되지 않는다. 생의 횡보는 더욱 그러하다. 그것을 가늠하기 위해서는 지나온 족적이 중심부에서 얼마나 이격(離隔)되었는지를 살펴야 한다. 이는 공간의 층위에서 "길마다 밟은 죄"를 돌아보는 일이며, 시간의 층위에서 "게젓 범벅 같던 세월"을 간추리는 일이기도 하다. 그리하여 '길'과 '세월'은 "지렁장 어둠"이라는 하나의 공간 속으로 수렴된다. "지렁장 어둠에 갇혔던 것"이라는 구절은 생의 시공간이 '조선간장(지렁장)'과 같은 칠흑의 어둠 속에서 곰삭고 있음을 예증한다. 여기서 더 큰 문제는 "지렁장 어둠"이라는 강력한 중력장이 현재와 미래의 시공간에 간섭한다는 사실이다. 이로 인해 시적 주체의 행보는 "나 간다 굴불굴불 슬퍼 추억 간다"는 횡보로 이어질 수밖에 없다. "추억 간다"는, 말 그대로 시간과 공간이 하나의 행위로 '범벅'되어 있음을 보여 주는 말이다. 이때 슬픔은 "굴불굴불" 흐르는 생의 궤적을 처연하게 만들지만("굴불굴불 슬퍼"), 역설적이게도 생의 행보가 끊이지 않고 계속되는 이유가 되기도 한다.("슬퍼 추억 간다".) 이는 슬픔이라는 말이 지나온 생과 앞으로의 생, 양자에 걸리는 앙장브망(enjambment)이기 때문이다.

　　이렇듯 박태일의 시는 "이별과 유랑과 상실과 죽음의 비극적 사건을 중심으로 형성되는 고독과 슬픔의 세계"[6]를 애절하게 형상화한다. 이 '슬픔의 세계'가 어떤 '추억'으로 이루어졌는지 들춰보는 것은 허 허로운 일이다. 그가 견뎌 온 "게젓 범벅 같은 세월"을 다시 휘저어야 하기 때문인데, 그때 우리가 대면하는 것은 "사랑을 보내 놓고/보낸 나를 내려다본다"(「사랑을 보내 놓고」)고 말하는 자의 슬픔이다. 죽음의 세계와 대면한 자의 먹빛 눈동자이다.

①
하늘로 길품 떠난 그대 찾다가
오늘은 내 걸음
보름달 물가에서
잠을 묻는 기러기.

—「12월」 부분

②
영락 공원묘지
저승에서 밟을 영원한 낙이란 어떤 것인가

—「처서」 부분

③
콩깍지마냥 좁은 납골함 벽 무덤 아래서
아내는 위령기도
조곤조곤거리고

---

6 오형엽, 「소리의 음악과 햇살의 광학」, 박태일, 『풀나라』, 문학과지성사, 2002, p.121.

나는 어제 저녁에 씹다 만 슬픔을

마저 깐다.

—「영락원」 부분

④

문득 그가 어디론가 떠났다는 전언

그나 나나 어느새 달뜰 것 없을 예순 골짝인데

무엇이 급해 묵은 부적을 떼듯 스스로 삶에서 내렸는가

(중략)

나는 저승 한 곳을 보며 섰다 이제

이 자리도 가끔 쓸쓸하다.

—「석기시대」 부분

　네 편의 시는 모두 죽음을 다루고 있다. ①에서는 "하늘로 길품 떠난 그대"를, ②와 ③은 "영락 공원묘지"에 묻힌 아버지와 어머니를, ④에서는 "예순 골짝"의 '그'의 죽음을 다루고 있다. 각각의 시편에는 죽은 자에 대한 미련, 죽음의 세계에 대한 의문, 죽음으로 인한 주체의 슬픔, 그리고 궁극적으로 죽음을 바라보는 생의 자리에 대한 번민이 잘 드러나 있다. 이전 시집에서 부재와 죽음에 대한 서정이 드러나지 않은 것은 아니지만, 이번 시집에서 죽음의 세계는 더욱 확산되고 심화되고 있는 것처럼 보인다. 우선 양적으로도 그렇다. 「성모병원 난간에 서서」「기러기」「저녁달」「황강 20」「황강 23」「별나라」「성묘」「저세상에 당신에게」「대보름」 등의 시를 보라. 이들 시편들은 "타자와 합일되어 그들의 한스런 삶과 죽음을 서정화"[7]하려는 시적 주체의 태도를 반영하고 있다. 이러한 태도는, 죽음이 세월의 흐름 중심부에 자리한 블랙홀이자 주유하는 생의 매순간마다 체험하는 사건이라는 인식에서 비롯한다. 그가 "밤마다 그랑그랑 저승방아가 도는"(「황강 19」) 소리를 듣고, 거리에서 "부재중 주인"(「광한루 가는 길」)을 만나는 것도 이 때문이다. 그리고 마침내 아주 작고 내밀한 공간 속에 웅크린 어떤 죽음을 목도한다.

둥근 알이 알답듯
오가는 사람 발소리 둥글게 엿들으며
곤달걀은 고요하다 가게는
쪼그려 앉을 나무 의자 다섯
한때는 유정란으로 환한 횃대 구름 꿈꾸었으나
지금은 무정란보다 못해 약한 불 솥 안에 익어 쌓였다
안 생긴 것은 한 주일에 노른조시 흰조시 입술을 섞었고
생긴 것은 세 주일에 날개털 발톱이 잿빛 벌거숭이
여주인은 가끔 물기를 끼얹으며 몸을 굽힌다
논둑을 절뚝이며 가는 중닭 시늉이다
지게 다리 무겁게 오는 오리 시늉이다
삼십 년 곤달걀팔이 외길이었다
앉았다 가는 이도 그렇다 신끈에서부터
허기를 묻힌 이가 소금 간을 보듯
허리를 굽히고 앉아 곤달걀을 깐다
곤달걀 닮은 이가 곤달걀 씹는다
안 생긴 것은 천 원에 여덟 개 생긴 것은 네 개

---

7 하응백, 「너에게 가는 길」, 박태일, 『약쑥 개쑥』, 문학과지성사, 1995, p.108.

곤달걀은 헤엄치듯 배를 내밀며

따뜻한 물속 해바라기라도 즐기는 것일까

어릴 적부터 들어설 문 보이지 않는 달걀이 좋았다

오로지 깨져야 벗을 수 있었던

그 슬픔을 나는 짐작한다 울기 앞서

조각조각 여민 웃음

대전역으로 가는 시장길 끝에는

남루를 안친 곤달걀 가게가 존다.

ㅡ「곤달걀」 전문

'곤달걀'은 바라보는 자의 기호와 문화에 따라 혐오스럽게 비쳐질 수도 있다. 그러나 중요한 것은 이런 문화적 차이 이면에 내재하는 죽음의 직접적 현시와 그것을 먹는 행위의 의미에 대한 해석이다. 이를 통해 죽음에 대한 주체의 태도를 가늠할 수 있는데, 이 시가 보여주는 것이 바로 죽음의 시간을 생의 공간으로 포섭하려는 주체의 태도이다. 우선 시적 공간은 두 개의 세계로 분할된다. 하나는 '곤달걀' 안의 미시 세계이고, 다른 하나는 '곤달걀' 밖의 거시 세계이다. 전자는 한때 생의 공간이었으나 이제는 죽음의 시간이 차지한 공간이다. 후자는 현실 속 생의 공간, 곧 "대전역으로 가는 시장길 끝"에 자리한 "곤달걀 가게"이다. 시적 주체는 지극히 먼 이 두 세계를 하나의 지평 속에서 사유하는 길을 터놓고 있다. 그에게 '곤달걀' 밖의 생의 공간과 '곤달걀' 안의 죽음의 시간은 다르지 않다. 이는 여주인의 경우 "논둑을 절뚝이며 가는 중닭 시늉"과 "지게 다리 무겁게 오는 오리 시늉"에 의해, 손님의 경우는 "곤달걀 닮은 이"에 의해 암시되고 있다. 결국 곤달걀 속의 '고요'와 생의 '허기' 및 '남루'는 같은 세계인 것이다.

이러한 인식은 내밀한 공간에서 죽음의 시간을 겪은 자에게서 나올 수 있는 진술이다. 즉 '곪은 슬픔'을 겪은 자의 통찰인 것이다. "오로지 깨져야 벗을 수 있었던/그 슬픔"이라는 구절은 시적 주체가 '곤달걀'과 같은 죽음의 시간을 견뎌 왔음을 보여 준다. 여기에서부터 죽음의 시간이 "배를 내밀며" 나온다. 이것은 일차적으로 생의 공간 속에 죽음의 시간이 내재하고 있다는 비극적 인식으로 이해된다. 그러나 "울기 앞서/조각조각 여민 웃음"에 보다 유의한다면, 이 구절은 죽음의 시간을 대하는 시적 주체의 내적 변화를 암시한다고 볼 수 있다. 다시 말해 시적 주체는 최종적으로 생의 중심부에 똬리 튼 '곪은 슬픔'을 "조각조각 여민 웃음"으로 받아들이거나 받아들이고자 하는 것이다. 마치 "따뜻한 물속 해바라기라도 즐기는 것"처럼. 이러한 인식 변화는 타인의 고통과 죽음에 대한 「쿠쿠」와 같은 태도를 가능케 만든다.

그 밥통 어디서 고쳤습니꺼 밥통

위쪽 8번 입구로 나가면……

거기서는 쿠쿠만 고칩니더 쿠쿠

곁에 할메가 방금 앉은 맞은쪽 아지메에게 묻는다

낡고 누런 보자기 밥통

지하철이 서자 쿠쿠 왼쪽으로 쏠린다

배 밖으로 나앉은 슬픔 같다

퇴근길 지하철은 기웃거리지도 않고 달리는데

쿠쿠를 내려다보며

밥 짐을 뽑는 두 사람

어디서 고장 난 밥통처럼 식어 왔더란 말인가

어느 사랑 어느 발밑에서 마구 다쳤더란 말인가

쿠쿠 쿠쿠 누구 것이나

밥통은 다 쓸쓸하다.

—「쿠쿠」 전문

퍽 재밌는 시다. 이 시가 소박하면서도 의미심장한 것은 "쿠쿠"와 "고장 난 밥통"에 담긴 중의적 표현에 의한 언어유희 때문만은 아니다. "고장 난 밥통"에 대한 '할메'와 '아지메'의 태도에는 "배 밖으로 나앉은 슬픔"에 대한 시적 주체의 태도가 함축되어 있기 때문이다. "지하철이 서자 쿠쿠 왼쪽으로 쏠린다"는 구절은 그녀들의 위태로운 삶을 비유적으로 표현하고 있다. 신산한 삶 속에서 다 식고 상처 입은 그들을 바라보는 시적 주체의 마음은 "밥통은 다 쓸쓸하다"에 고스란히 담겨 있다. 이 얼마나 비극적인 생인가, 늙고 병들고 실패하고 상처 입은 생이라니. 그러나 지하철에서 열심히 "밥 짐을 뿜는 두 사람"이 짓고 있는 것은 "배 밖으로 나앉은 슬픔"만은 아니다. 오히려 그들이 짓는 것은 '쿠쿠'라고 해야 맞을 듯하다. '슬픈 밥통'인 그녀들이 견뎠을 엄청난 생의 압력, 그것을 늦이는 것이 배출되는 '김(짐)'이며, 동병상련 두 연인의 '쿠쿠'이다. '쿠쿠'는 생의 '짐(burden)'이 배출될 때 터져 나오는 "조각조각 여민 웃음"이다. 짐작컨대, 그 웃음은 시적 주체가 신산한 삶을 견딜 한 끼의 고두밥이 될 것이다.

4. 소리의 운동과 언어의 결(texture)

박태일 시의 시공간을 구축하는 중력과 부력은 "지렁장 어둠"과 '곤달걀' 속 곰삭은 세월의 아픔을 배태한다. 그 아픔이 부재와 죽음에 대한 시적 주체의 태도를 견인하는 한, 시적 행적은 울음과 웃음의 "굴불굴불" 횡보를 그릴 것이다. 이러한 세계 앞에서 우리는 "아픈 어금니를 혀로 달래듯"(「이별」) 아픔을 위무할밖에 다른 도리가 없다. 그렇다면, 그의 '혀'는 시적 공간에서 어떠한 형식과 리듬을 입고 나타날 것인가? 이는 시적 언어가 때로는 직정적 토로로, 또 때로는 엄격한 절제로, 그도 아니면 격정과 냉정의 이중적 병치로 표출될 수밖에 없는 이유에 대한 물음이다.

『가을 악견산』에서 김주연은 시인의 횡보를 '눌어증(訥語症)'으로 설명한 바 있다. 그는 박태일 시의 형식적 특질에 대해 "이 형식이 불필요한 감정의 누설을 막고, 사물의 객관적 형상을 드러내는 데 유효한 기능을 하고 있음"[8]을 전제한 뒤, "한쪽에서는 터져 나오는데 다른 한쪽에서는 철저하게 입을 막는 데에서 나오는 눌어증"으로 파악한 것이다. 김주연의 평가는 시의 내용과 형식, 시인의 정조와 시적 표현 사이에서 발생하는 틈과 간극에 대한 언급이다. 이것은 시작의 원리에 대한 일반론이기에 좀 더 구체화될 필요가 있는 것처럼 보인다. 다시 말해, 박태일의 시에서 은폐와 표출 사이의 이중성이 어떻게 시적 언어의 표현으로 나타나는지를 살필 필요가 있는 것이다. 이를 통해 우리는 시적 언어가 '의미와 표현의 폐쇄와 개방'이라는 이중적 병치에 의해 주조되고 있음을 확인할 수 있다.

우선, 산문시. 이번 시집에서 산문시는 그리 많지 않다. 「기러기」 「오륜동」 「황강 20」 「을숙도」 「저세상에 당신에게」가 있는데, 이 중 「저세상에 당신에게」는 특별하다.

① 저세상에 아름다운 꽃밭에 편히 계시는 줄 알고 잇습니다 ② 우

---

8 김주연, 「농촌시—전원시」, 박태일, 『가을 악견산』, 문학과지성사, 1989, p.113.

리가 스무 살에 만나서 좋은 일도 만앗지요 ③-① 그러다가 내가 잇달아 딸을 만이 나아도 당신은 한 번도 내게 성을 내지 않고 언제나 이 나를 위로하고 아껴 주섯습니다 ③-② 밥이랑 미역국 잘 먹으라고 늘 시켯습니다 ④ 내가 딸을 놓고 또 딸을 놓고 잇달아서 딸 놓아도 말 한마디 없으시고 기분 나뿐 소리 한 번도 하지 안 하고 좋은 말로 위로해 주시던 당신이엇습니다 ⑤ 그러다가 아들을 놓앗지만 장가도 보내기 전에 당신은 저세상으로 먼저 가셔서 얼마나 서러웟는지 모른답니다 ⑥ 나는 오래 살아 아들 장가보내고 살다 보니 좋은 일도 만이 보고 자식 효도도 받고 있는데 당신이 생각날 때마다 눈물이 앞을 가립니다 ⑦ 언젠가 나도 당신 옆에 갈 때 이승에서 아이들 잘 키우고 왓다고 자랑 자랑할 것입니다

2003년 1월 22일 밤 아내 박악이가.

―「저세상에 당신에게」전문(번호는 인용자)

이 시가 특별한 것은 초기 산문시, 특히 『가을 악견산』의 「명지 물끝 3」과 「~거리 노래」 연작시와의 변별성 때문이다. 이들 시편들이 대체로 사설조의 형식을 차용하여 4.4조와 같은 특정 음수율에 의탁하고 있는 데 비해, 「저세상에 당신에게」는 그런 인위적 형식과 율격을 배제하고 있다. 이는 「기러기」 「오륜동」 「황강 20」 「을숙도」도 마찬가지이다. 차라리 이 시는 내간체에 가깝다. 내간체의 근본적 특징은 문자가 음성의 발화 형식을 그대로 차용한다는 데 있다. 그 결과 시적 주체의 정조와 표현 사이의 거리는, "박악이"를 시적 주체의 대리자로 간주해도 무방할 정도로 극히 좁아진다. 내간체에 기반한 시편들이 시적 정조의 흐름에 따라 구어체의 자연스런 리듬을 취하는 것은 이러한 이유에서이다. 한편, 시적 발화에서 중요한 것 가운데 하

나가 호흡과 템포이다. 이것들은 발화자의 정조와 시의 어조를 표현하는 데 직접적으로 관여한다. 인용 시에 나타난 안정적이고 자연스런 율독은 화자의 정조와 시의 어조에 적절한 호흡과 템포에서 비롯한다. 특히 문장이 종결되는 지점에서의 호흡 양상은 이 시의 리듬을 지배하는 일차적 요소이다. 문장 유형을 보면, ②의 "만앗지요"를 제외한 나머지가 '-ㅂ니다'라는 격식체 평서형 문장으로 되어 있다. 문장 종결의 유사성은 시의 전체적인 호흡과 템포의 패턴을 안정적으로 만드는데, 그 이유는 다음과 같다.

시의 내용은 크게 네 부분으로 나뉜다. 첫째, 망자에 대한 염려(①). 둘째, 망자에 대한 회상(②-④). 셋째, 화자의 슬픔과 그리움(⑤-⑥). 넷째, 재회의 기약(⑦). 전제적으로 기-승-전-결의 구조로 되어 있음을 알 수 있다. 셋째 부분(⑤-⑥)은 화자의 정서가 집약적으로 표현된 곳으로, 여기서 시적 화자의 감정은 최고조를 이룬다("얼마나 서러웠는지 모른답니다", "눈물이 앞을 가립니다"). 그러나 이 부분의 문장 종결 유형은 격식체 평서형으로 되어 있다. 이는 경어체를 통해 망자에 대한 그리움과 애도를 표출하려는 의도를 반영한다. 일반적으로 경어체 문장의 초점은 발화자보다는 청자에게 있기 때문에, 발화자 자체의 직접적 노출을 꺼리는 경향이 있다. 즉 격식체 평서형 문장은 화자의 감정 분출을 제어하는 역할을 수행하고 있는 것이다. 이는 제문(祭文) 형식으로 되어 있는 「황강 20」과의 대조를 통해서도 확인할 수 있다. 「황강 20」에 나타난 문장 종결 유형, 특히 화자의 감정이 고양될 때 나타나는 종결 유형("하겠습니까, 슬퍼 슬퍼라, 살았더니, 원수로다 원수로다, 애고애고 웬 일인고, 살아가리, 감으리요")을 살펴보면, 격식체 평서형 문장이 얼마나 주체의 감정 표출을 제약하는지를 가늠할 수 있다.

「저세상에 당신에게」는 "열림과 닫힘의 변증법"이 어떻게 정서 표

출과 문장 종결 사이의 괴리로 나타나는지를 잘 보여 주는 시다. 그
렇다면 현대시의 주류를 형성하는 자유시의 경우는 어떠할 것인가?
이는 「상추론」이 해명하고 있다.

　　적치마상추 뚝섬적치마상추 조선흑치마상추 청치마상추 먹치마상추
　가 중엽쑥갓 치마아욱 곁에 앉았다

　　상추와 상치를 왔다 갔다 하는 사이
　　치마를 입었다 치매를 벗었다 하는 사이
　　입맛이 바뀌고 인심이 달라졌단 뜻인가
　　아 조선흑치마라니 청치마라니 오늘은
　　알타리무가 치마아욱 곁에 쪼그려 앉았다
　　할매약초 중앙종묘사 부전시장 어느 새벽보다 먼저
　　꽃치마 주름치마 짐짓 접은 씨앗 아이들
　　그래서 상추는 앞뒤 모르고 찢어졌던 세월 같고
　　잎잎이 떠내려간 누비질 추억이었던가
　　무심한 무와 상추 사이에서 허전한 상치와 상처 사이에서
　　출근길 시장 골목 글로벌타워 높다란 커다란 상점 위로
　　귓불에 솜털도 가시지 않은 채
　　겉옷 속옷 눈물 뭉텅뭉텅 닦으며
　　마냥 밟힌 구름을 보는 것인데
　　쌈쌈을 밀어 넣다 울컥거리는 네모 밥상
　　저문 마을에 도로도로 놓일 한 끼
　　슬픔을 씹는 것인데

적치마상추 뚝섬적치마상추 조선흑치마상추 청치마상추 먹치마상추
가 중엽쑥갓 치마아욱 곁에 앉았다.

—「상추론」 전문

이 시는 처음과 끝의 반복에서 보듯 상추의 이름으로 시작해서 그
것으로 끝맺고 있다. 여기에 등장한 이름의 공통점은 상추와 치마의
결합에 있다. '치마상추'. 이는 상추의 색과 모양이 치마의 그것과 유
사하다는 사실에서 비롯한다. 그러나 「상추론」이 논하는 것은 치마
와 상추의 외형적 유사성이 아니다. 양자의 유비 관계는 형태적 유사
성이 아니라 음성적 유사성에 토대를 두고 있다. 즉 시의 의미의 발
생과 전개를 통어하는 것은 '상추'를 구성하는 소리의 운동인 것이다.
이런 의미에서 「상추론」은 '상추'의 음성학 강의이다.

먼저, '상추'는 '상치'를 통해 '치마'를 소환한다. 여기서 '치'는 양자
를 매개하는 소리이다. '상추'와 '상치'의 의미적 등가성이 '상치'와 '치
마'의 음성적 등가성으로 전이되고 있는 것이다. 다음, '치마'는 '입다/
벗다'라는 의미소에 의해 '치매'로 확장된다. '치매'는 소리의 층위에
서 '치마'가 모음 'ㅣ'를 입은 것이다. 이때 '치매'의 '-매'는 '할매'의 '-
매'와 음성적 등가를 통해 양자를 결합시킨다. 그리고 이는 "씨앗 아
이들"과 대조된다. 따라서 '치마→치매→할매'로의 음성적 변주는 "씨
앗 아이들"에서 '(상추) 할매'로의 시간의 흐름을 함축한다. 결국 '상
추→상치→치마→치매→할매'로의 소리의 운동은 '상추'가 왜 "앞뒤 모
르고 찢어졌던 세월"인지를 설명해 준다. '치마상추'는 '치매 걸린 할
매'의 "누비질 추억"인 것이다. 'ㅊ'을 중심으로 한 소리의 운동이 2연
전반의 의미를 구축하고 있다.

"무심한 무와 상추 사이에서 허전한 상치와 상처 사이에서"로 시작

하는 2연의 후반부는 또 다른 소리의 운동이 시적 주체의 정조를 규율하고 있음을 보여 준다. 여기서 지배적인 소리의 움직임은 "무심한 무"의 'ㅁ'과 '상추'의 'ㅅ'이다. 전자는 "골목, 눈물, 뭉텅뭉텅, 마냥, 구름, 밀어, 네모" 등을 거쳐 "저문 마을"로 귀착하는 경로를 취하고, 후자는 "상처"에서 시작해 "시장, 상점, 솜털, 속옷, 쌈쌈"을 경유해 "슬픔을 씹는" 행위로 귀결된다. 두 경로가 교차하면서 "굴불굴불" 이어지는 양상을 추적하는 것은 매우 흥미롭다. 왜냐하면 "무심한 무와 상추 사이"에서 '치매 걸린 할매'의 "누비질 추억"에 대한 시적 주체의 '슬픔'을 가늠할 수 있기 때문이다. 이는 시적 주체가 '상추'를 씹으면서 '슬픔'을 곱씹는 이유를 설명한다. 곧 'ㅁ'과 'ㅅ'이라는 특정 소리의 운동은, 시적 주체의 '슬픔'이 '치매 걸린 할매'의 '상처'와 시적 주체의 '무심함'이라는 "쌈쌈"에서 비롯하는 것임을 들려주는 것이다. '치마상추'와 "무심한 무"는 서로 상치되고 있다.

참고로 「어머니의 잠」에도 이러한 상치 구조를 확인할 수 있다. "머리 한쪽을 비우고 살아도/해거리로 바뀌는 세상인심은 아시는지/맏이 집에서 둘째 집으로 다시/노인병원으로 노란 링게르병 옮기셨다"는 구절은 어머니의 상처와 그에 대한 "세상인심"의 무심함을 암시적으로 보여 준다. 여기서도 특정 소리의 움직임이 시적 주체의 정조와 교묘하게 병행하고 있는데, "노인병원"과 "노란 링게르병"에 반복되는 'ㄴ'의 움직임이 그것이다. 'ㄴ'의 운동은 어머니의 '노년'의 '나날'이 "낙동강 높은음자리"처럼 위태롭다는 것, 그리고 그녀가 "누에 몸 부풀린 어머니"로 죽음의 시간을 견뎌 왔다는 것을 소리의 층위에서 들려준다.

이처럼 「상추론」은 우리에게 리듬이 개방과 폐쇄의 상치 구조 속에서 시의 의미와 소리를 매개한다는 사실을 확인시켜 준다. 이러한 사실은 다음의 시에서도 확인할 수 있다.

> 웃자란 쑥대와 눈인사하고
> 당집 금빛 금줄로 마음 감발하고서
> 홀로 옥천사 찾는다
>
> 멀리 화왕산 불길 치미
> 그 아래 이마 지진 돌부처도 웃으시겠다
> 걸어도 걸어도 고요한 저승
> 혼자 되돌아와 기진했는가
>
> 탑돌 둘 우물터 하나
>
> 엄마
> 엄마
> 울며 다시 머리 깎는 아홉 살 신돈
>
> 돌복숭 여윈 가지로
> 하늘 때린다.
>
> ─「마른번개」 전문

요사채처럼 단정하다. 뺄 것이 없다는 것은 바로 이런 시를 두고
하는 말인 것 같다. 시가 이렇게 단아할 수 있는 건, 무엇보다도 "당
집 금빛 금줄로 마음 감발"한 결과이다. 아마 그는 "홀로 옥천사" 어
디선가 묵언 수행 중인 듯하다, "이마 지진 돌부처"와 "탑돌 둘"처럼.

이렇듯 이 시는 주관적 정서를 극도로 배제하고 있다. 그만큼 침묵과 여백의 미가 돋아 보인다. 그런데 이 고즈넉한 풍경 속에도 서슬 퍼런 고뇌가 들어 있다. "걸어도 걸어도 고요한 저승/혼자 되돌아와 기진했는가"는 시의 고요가 죽음의 세계에서 돌아와 탈진한 자의 침묵임을 암시한다. 여기서 귀환한 자는 고려의 승려 신돈(辛旽)이다. 그가 "다시 머리 깎는 아홉 살" 아이로 절에 나타난 것은, 옥천사가 바로 어머니의 처소이기 때문이다. 따라서 옥천사는 이중의 공간, 육친의 정을 느낄 수 있는 세속의 공간이자 탈속을 위한 도량의 공간이다. 이것이 신돈의 씀(辛)과 밝음(旽)을 구성한다. 어린 신돈에게 옥천사는 이중적 힘이 규율하는 공간인 것이다.

그러므로 "돌복숭 여윈 가지로/하늘 때린다"는 구절은 감정과 욕망을 다스리지 못한 자에 대한 징벌을 의미한다. 이는 '마른번개'가 때리는 것이 속탈하지 못하고 귀환한 신돈만이 아니라는 것을 암시한다. 곧 "혼자 되돌아와 기진"한 자는 "홀로 옥천사 찾는" 자이기도 한 것이다. 또한 그는 욕지에서 '구름 목욕탕'에 이르는 "붉은 길"을 홀로 오른 자이기도 하다. 지금 그가 찾고 있는 것은 '마지막 어느 아침'에 이르는 하강하는 계단의 마지막 층계이다. '마른번개'가 시의 공간을 가득 울리며 '하늘을 때리는 것'은 바로 이 순간이다. 신돈에게 옥천사가 어머니와 부처라는 이중적 힘의 공간이듯, 시적 주체에게 시의 공간은 중력과 부력이라는 이중적 힘이 지배하는 공간인 것이다.

이 시가 구현하는 절제된 언어와 리듬은 바로 이러한 징벌과 관계 있다. 『가을 악견산』 표4에서 시인은 "죽음은 늘 턱없이 넘치려 하는 생각이나 부풀리고 싶은 느낌을 다독거려 주는 힘이 있다"고 언명한 바 있다. 이것은 죽음과 언어 표현 사이의 상관성을 보여 준다. 즉 시적 주체에게 죽음은 슬픔을 야기하는 힘이며, 동시에 발화를 억제하는 힘이기도 한 것이다. 이미 보았듯이, 그의 시는 대체적으로 부재와 죽음의 세계를 노래한다. 비록 지시하는 대상과 형식은 다르지만, 죽음의 세계에서 배태된 시적 주체의 슬픔과 상처는 제 나름의 방식으로 시적 내용을 규율하고 있다. 위의 시의 침묵과 여백 역시 이러한 힘으로부터 생성된다. 여기서 '마른번개'는 바로 이 소멸의 힘을 상징적으로 표현하고 있다. 그것은 "우물터 하나"에 "아홉 살 신돈"의 울음만을 남겨 놓은 채, 시의 여백 속으로 도저하게 사라지는 중이다.

5. 생의 슬픔을 빗질하는 자

시의 시공간이 "굴불굴불"한데, 어찌 시적 언어가 "굴불굴불"하지 않을 수 있겠는가. 정형적 율격에 기대어 시의 언어와 리듬을 설명하는 방식이 대체로 도로에 그칠 수밖에 없는 것은 이러한 이유에서이다. 이는 시적 언어의 형식과 리듬을 대하는 우리의 태도가 어떠해야 하는지를 반성케 한다. 보았다시피, 박태일 시의 기저에는 죽음과 슬픔이라는 강력한 중력장이 내재해 있다. 죽음과 슬픔은 분출하는 힘이지만, 그는 그 힘으로써 발화에의 욕구를 억제하고 부유하는 언어를 수렴하려 든다. 여기에 의미와 표현 사이의 긴장이 생긴다. "뜻으로써 그것은 가두고, 시적 표현으로써 열린다"는 말은 바로 그 긴장 한가운데에서 탄생하는 시적 언어의 역설을 역설한다. 그 역설의 봉두난발을 빗질하는 가운데 비로소 결이 고은 언어가 탄생한다는 사실, 그의 시가 보여 주는 바가 바로 이것이다.

그러니 우리는 무엇보다도 먼저 "슬픔을 빗질하는 솔빛 능선"(「12월」)에 올라야 한다. 그곳에서 슬픈 마음을 감발하고 생의 슬픔을 빗질하는 자의 걸음을 좇아야 한다. 그를 따라 "잘름잘름"(「산해정」) 걷다 보면, "왼발에 왼손 오른발에 오른손 어릿어릿"(「겨울 정선」) 걷기도 하겠지만, 결국 "드는 길과 나는 길이 하나"라는 사실을 깨닫게 될 것이다. 그리하여 그 걸음이 "굴불굴불" 생의 리듬을 구현한다는 것과 시적 언어란 바로 그 리듬과 동무한다는 사실 또한 더불어 알게 될 것이다.

풍경의 비밀,
비밀의 풍경

1. 풍경의 감각과 내면의 풍경화

문득, 풍경에 사로잡힐 때가 있다. 크거나 작거나, 많든 적든, 환하거나 어둡거나, 때론 선명하게 또는 흐릿하게, 불현듯 온몸을 사로잡는 풍경들. 왜 어떤 풍경은 그것을 대면하는 자를 휘감아 앙다문 입을 벌리고 눈을 밝히는가? 풍경(風景)이란 무엇인가? 그것을 구성하는 것은 무엇인가? 이를 테면 빙하와 바다와 사막의 풍경을 구성하는 것은 무엇인가?

송재학의 시는 풍경에 대한 감각에서 출발한다. 그러나 그가 사로잡히는 것은 풍경에 대한 감각만은 아니다. 풍경에 대한 감각 이면에 내밀한 기억을 응시하는 또 다른 풍경, 송재학의 시는 풍경에 내재한 비밀을 포착하기 위해 끊임없이 '비밀의 풍경'을 인화하고 현상한다. 그러니 그의 시적 편력은 '풍경의 비밀'에서 '비밀의 풍경'으로 향한 도정이라고 말할 수 있다. 『얼음시집』(문학과지성사, 1988)에서 출발해 『날짜들』(서정시학, 2013)에 이르기까지, 25년이라는 긴 세월 동안 그가 거쳐 온 풍경의 여정에는 그 모퉁이마다 비밀스런 '내면의 풍경화'가 하나씩 걸려 있다. 들끓는 내면의 풍경을 제대로 감상하려는 자라면, 우선 그가 거쳐 온 풍경의 여정부터 따라갈 볼 일이다.

2. 빙하기의 '살레시오네 집'

첫 시집은 하나의 렌즈이다. 두 가지 의미에서 그렇다. 하나는 공간의 볼록렌즈. 여기에서 펼쳐진 풍경의 파노라마는 빙하라는 하나의 풍경으로 수렴된다. 다른 하나는 시간의 볼록렌즈. 과거와 현재의 시간은 하나의 시간 속으로 융회(融會)되고 있다. 그러니까 첫 시집은 세계의 풍경과 주체의 시간을 하나의 지점으로 수렴하는 시공간의 볼록렌즈인 셈이다. 만약 렌즈의 초점을 세계와 주체, 풍경과 시간이 교차하는 일점에 맞추면 무슨 일이 일어나는가? 다음 시를 보라.

> 얼음 깎아 빚은
> 볼록렌즈로
> 불 지르면
> 저 가파른 겨울 산들,
> 타올라
> 붉은 산 되리
>
> ―「얼음시 5―불」 전문

'얼음시편'들은 왜 그가 얼음 렌즈를 만드는 데 공을 들이고 있는지, 그 이유를 설명한다. 무엇보다도 그의 가슴은 "얼음 사이로 뿌리를 뻗고"(「얼음시 2」), "아픈 흉곽 그늘 아래 시간은 고여 있"(「얼음시 4」)기 때문이다. 가슴속 고인 시간의 갈래와 깊이를 가늠하는 일치고 맘 아프지 않은 일이 어디 있겠는가. 그것이 개인적 병력이나 슬픈 가족사와 관련될 때는 더욱 그러하다. 게다가 그 시간은 우울에 터 잡고 멀리는 죽음을 예견하고 있지 않은가. 그러니 '얼음시편'에서 우울의 안팎, 즉 "얼음이 깨어지고 얼음의 잇날이 맞물리는 쓸쓸함의 內外"(「밤길」)를 체험하는 것은 당연한 일이다.

여기에 얼음으로 볼록렌즈를 깎는 자의 비애와 역설이 있다. 일단, "쓸쓸함의 내외"에 처한 자가 얼음을 깎아 렌즈를 빚는 일은 새로운 희망에 대한 의지로 읽힐 수도 있다. 그러나 문제는 볼록렌즈가 얼음으로 되어 있다는 데에 있다. 이는 다음과 같은 두 가지 의미를 함축한다. 하나는 얼음을 깎는 고통과 희생을 감수해야 한다는 것. 이는 다소 상투적이다. 왜냐하면 강인한 의지와 인내만 전제된다는 고통을 견디는 것은 대수가 아니기 때문이다. 다른 하나는 "저 가파른 겨울 산들"을 불태우기 위해서는 오랜 시간이 필요하다는 것. 이것은 매우 곤혹스럽다. 왜냐하면 얼음 렌즈가 그만큼 견고해야 하는데, 렌즈의 견고함을 보장하는 것은 역설적이게도 강한 추위이기 때문이다. 즉 얼음산을 불태우기 위해서는 빙하기와 같은 추위가 지속되어야 한다는 사실, 어쩌면 이것은 "저 가파른 겨울 산들"을 태우는 '불'의 불가능성을 암시할지도 모르겠다. 아무튼 "가파른 겨울 산들"을 마주한 자가 지금 하려는 일은 얼음 렌즈 하나로 빙하기의 겨울 산들을 불태우는 것이다.

『살레시오네 집』(세계사, 1992)은 얼음과 불의 역설을 대면한 자의 상처가 얼마나 깊은지를 잘 보여 주는 시집이다. 불가능성을 대면한 주체의 고뇌는 자연과 세계에 반향하면서, 마침내 하나의 풍경으로 형상화되는 과정이 잘 그려지고 있다. 이때 상처의 깊이가 깊어질수록, 풍경과의 내밀한 접촉면은 점차 줄어든다. 그리고 그 기억의 심도가

"검은 바다"를 이룬다.

> 섬으로 가는 바다에는 상처가 있다
> 그 속은 가득 헝클어져
> 가령 죽음도 쉽사리 그 속을 빠져나가지 못한다
> 욕망의 입이 마주하는 키스처럼
> 물결이 상처를 다스리는 소리로
> 오랫동안 고요가 서 있다
> 어느 것이나 이루어지면서 쓰러진다
> 물이 누우면서 내뿜는 탄식을
> 누군가 해일로 기억한다, 마음은
> 푸른 물빛을 거슬러 가며
> 상처의 입, 상처의 혓바닥
> 상처의 속을 뜯어낸다
> 검은 바다는 그 오랜 흔적이다
>
> ─「저무는 바다」 전문

"검은 바다"는 상처의 폭과 깊이를 예시한다. "내 몸은 이제 해협", 그것도 "더러운 땅과 햇빛 사이의 해협"(「해협」)이기에, 시인의 몸은 "죽음도 쉽사리 그 속을 빠져나가지" 못하는 상처의 바다라 할 만하다. 문제는 '바다의 상처'의 특이성이다. 이는 상처를 응시하는 자의 인식과 태도를 결정한다. 상처는 그것이 아무리 깊다 하더라도, 그것을 다스리는 방식("물결이 상처를 다스리는 소리")에 따라 아물기 마련이다. 이런 의미에서 상처는 아픔의 기억이면서 동시에 치유의 기억이기도 하다. 그런데 만약 시인의 몸이 바다와 같이 유동적이어서 "물

이 누우면서 내뿜는" 탄식에도 쉽게 덧나 버린다면? 아물지 않는 상
처는 기질성 혈우병(血友病, Hemophilia)에 걸린 자에게는 치명적일 수
밖에 없다. 더욱 놀라운 것은 기질성 혈우병에 걸린 자가 스스로 "상
처의 입, 상처의 혓바닥/상처의 속"을 뜯어내고 있다는 사실. 그러니
까 제 스스로 치유의 기억을 헤집어 놓아 고통스런 해일의 기억을 표
면으로 불러오고 있는 것이다. 이 혹독한 장면을 마주해서 우리는 묻
지 않을 수 없다. 왜 시인은 그토록 처절한 몸부림으로 기억의 봉인
을 해제하려는 것인가? 아직은 대답할 수 없지만, 한 가지는 분명하
다. 이 모든 일이 "푸른 물빛을 거슬러 가"는 것과 관련된다는 것. 여
기서 우리는 '빙하기의 겨울 산'으로 떠나는 한 사내의 풍경과 마주
친다.

> 침엽수림의 병든 나무들이 끝없이 쓰러지고 있었다 그의 꿈에서는
> 유라시아 산맥이 달려와 꿈틀거리며 침강하거나 융기하였다, 일생 동안
> 산의 굉음이 울려왔다 동판화에 새기는 그의 겨울 속에서도 산은 풍화
> 하며 깎이어 갔다 세계를 변화시키고픈 세상을 뜨거운 불 위에 옮기고
> 픈 자의 풍경과, 절망 대신에 다가올 빛나는 날짜를 그리워하며 크로포
> 트킨은 가장 추운 땅으로 떠났다
>
> —「툰드라에서 툰드라까지」 부분

피터 크로포트킨(1842-1921)은 러시아의 아나키스트이자 혁명가이
다. 그의 삶이 시인의 두 번째 시집의 대미를 장식하는 것은, 그의 꿈
이 "세계를 변화시키고픈 세상을 뜨거운 불 위에 옮기고픈 자의 풍
경"을 잘 그리고 있기 때문이다. 이것은 일차적으로 크로포트킨의 꿈
과 시인의 꿈의 내용이 세계의 변화에 대한 희망으로 이루어져 있음

을 의미한다. 그러나 이러한 동일성만으로는, 시인이 왜 굳이 우리에게 낯선 크로포트킨의 생애를 이야기하는지 이해하기 어렵다. 이에 대한 해답은 마지막 구절, "크로포트킨은 가장 추운 땅으로 떠났다"에서 찾을 수 있다. 즉 시인이 크로포트킨의 삶에 주목하는 이유는, 그가 "절망 대신에 다가올 빛나는 날짜를 그리워"했다는 사실보다, 그가 "가장 추운 땅으로 떠났다"는 데에 있는 것이다. 이것은 "세상을 뜨거운 불 위에 옮기"는 일이 세상을 떠나는 것이 아니라 그곳으로 다시 들어가는 일임을 암시한다. 다시 말해, 절망을 딛고 희망을 품기 위해서는 먼저 그 절망 속으로 들어가야 하는 것이다. 시의 제목이 "툰드라에서 툰드라까지"인 이유가 여기에 있다. 크로포트킨의 떠남은 "세상을 뜨거운 불 위에 옮기고픈 자"가 취할 수밖에 없는 방법론적 역설을 적시한다. 그리고 이것은 온전히 시인의 방법론이기도 하다.

크로포트킨에게 이념 속 '툰트라'가 있다면, 시인에게는 기억 속 '살라시오네 집'이 있다. 시 「살라시오네 집」은 시인이 뜨거운 불 위에 옮기려는 '툰트라'의 정경을 그대로 보여 준다. 다음 일절을 보라. "슬픔이 사라진 후 그는 집을 찾는다/지금은 아무도 되돌아가지 않을 때!/집으로 가는 길은 무엇에 닫혀 있는지/눈보라마저 길을 끊어/그는 제 육신을 조금씩 베어 먹으며/꽃 피고 새 울어 길이 환해지길 바란다"(「살라시오네 집」). 시인이 '살레시오네 집'을 다시 찾는 이유는 크로포트킨이 '툰트라'로 귀환하는 것만큼 절실하다. 왜냐하면 지금 그가 향하는 곳은, 과거에 "이곳을 기억하지 말자"(「하구에서⋯아버지의 시간」)며 시간 저편에 묻어 둔 바로 그곳이기 때문이다. 여기서 길을 막는 것이 '눈보라'만이 아님에 유의하자. "눈보라마저"의 "마저"가 지시하는 것은 "집으로 가는 길은 무엇에 닫혀 있는지"의 "무엇"이다.

그렇다면 "무엇"이 막고 있는가? 그것은 결단코 상처의 기억이다. "이곳을 기억하지 말자"는 망각에의 의지는 이것의 또 다른 일면임에 틀림없다. 만약 '살라시오네 집'으로의 귀환이 "푸른 물빛"을 거슬러 오르는 일과 같다면, "제 육신을 조금씩 베어 먹으며" 길이 트이기를 기다리는 마음은 "상처의 입, 상처의 혓바닥/상처의 속"을 뜯는 마음과 하등의 차이도 없을 것이다. '살레시오네 집'이라는 비밀의 풍경에 다다르기 위해선 "생살마저 썩는 침식"(「침식」)을 견뎌야만 하는 것이다.

3. '등대가 있는 풍경'에서 '내 정신의 황무지'까지

비밀의 풍경에 다가가는 여정에서 무엇보다 주목할 시집은 『푸른 빛과 싸우다』(문학과지성사, 1994)이다. 「자서」에서 밝힌 것처럼 이 시집은 "길의 밝고 어둔 부분을 묶은 풍경의 續集"이다. 여기서 우리는 세계의 풍경과 시인의 상처가 만나는 실제적인 지점을 발견한다. 그곳은 밖과 안, 과거와 현재가 만나는 지점이며, 또한 검은 바다와 푸른 빛이 만나는 지점이기도 하다. 하나의 등대가 보이는 풍경이 시야에 드는 것도 바로 여기 근처이다.

등대가 보이는 커브를 돌아설 때 사람이나 길을 따라왔던 욕망들은 세계가 하나의 거울인 곳에 붙들렸다 왜 푸른빛인지 의문이나 수사마저 햇빛에 섞이고 마는 그곳이 금방 낯선 것은 어쩔 수 없다 밝음과 어둠이 같은 느낌인 바다

바다 근처 해송과 배롱나무는 내 하루를 기억한다 나무들은 잠언에 가까운 살갗을 가지고 있다 아마 모든 사람의 정신은 저 숲의 불탄 폐허

를 거쳤을 것이다 내가 만졌던 고기의 푸른 등지느러미, 그리고 등대는 어린 날부터 내 어두운 바다의 수평선까지 비추어 왔다

돛이 넓은 배를 찾으려고 등대에 올라가면 그 어둔 곳의 바다가 갑자기 검은 비단처럼 고즈넉해지고 누군가가 불빛을 보내고 그의 항로와 내 부끄러움을 빗대거나…… 죽은 사람이 바다 기슭에 묻힐 때 붉은 구덩이와 흰 모래를 거쳐 마침내 둥근 지붕 생기고 그 아래 파도와 이어지는 것들…… 혼자 낡은 차의 전조등 켜고 텅 빈 국도를 따라가면 고요를 이끌고 가는 어둠의 집의 굴뚝이 보인다, 낯선 이가 살았던 어둠, 왜 그는 등대를 혹은 푸른빛을 떠나지 못하는가

바다를 휩쓸고 지나가는 햇빛은 폭풍처럼 기록된다, 그리고 등대
　　　　　─「푸른빛과 싸우다 1─등대가 있는 풍경」 전문

등대가 있는 혹은 보이는 풍경의 비밀은 무엇인가? 그것은 왜 "사람이나 길을 따라왔던 욕망들"을 붙들어 매는가? 길을 모색하는 자에게 등대가 있는 풍경은 "세계가 하나의 거울인 곳"이 된다. 등대는 바다를 비추는 빛의 발원지이며, 동시에 비밀의 풍경을 되비추는 거울로 기능하고 있는 것이다. 우선 등대가 비추는 것은 "돛이 넓은 배"와 "그의 항로"임에 틀림없다. 어둠 속에서 길을 찾을 수 있도록 말이다. 그렇다면 등대는 어떤 세계를 되비추는가? 그것은 "내 부끄러움"을 불러일으키는 기억의 세계를 되비추고 있다. "등대는 어린 날부터 내 어두운 바다의 수평선까지 비추어 왔다"에서 보듯, 어두운 기억 속 또 다른 풍경을 현상하고 있는 것이다. 인화된 풍경의 한쪽에 "고기의 푸른 등지느러미"가 있고, 다른 한쪽에 "숲의 불탄 폐허"가 있어,

"밝음과 어둠이 같은 느낌인 바다"의 실루엣을 이루면서 말이다. 그리고 마침내 '살라시오네'라는 "어둠의 집의 굴뚝"이 낡은 차의 스포트라이트를 받으면서 저 앞에 서 있다.

그러니 다시 묻자, "왜 그는 등대를 혹은 푸른빛을 떠나지 못하는가". 이것은 등대가 있는 풍경을 바라보면서 등대가 되비추는 비밀의 풍경을 응시하는 자가 던지는 고뇌에 찬 질문이다. 자문(自問)하는 자는 곧 분투(奮鬪)하는 자이기도 하기에, 등대 혹은 푸른빛과의 고착에 대한 자문은 기억의 비의(秘義)에 대한 응시가 여전히 진행 중이라는 사실을 암시한다. 이 고착과 응시의 귀결이 무엇인지 아직은 알 수 없다. 다만 그것이 "노래의 푸른 이랑"[1]이 되어 시(인)의 바다를 넘실대는 중이라는 것은 분명하다.

이런 의미에서 이후의 두 시집, 『그가 내 얼굴을 만지네』(민음사, 1997)와 『기억들』(세계사, 2001)은 시(인)의 푸른 여정을 매우 아슬하게 그려 내고 있는 시집이라고 말할 수 있다. 끊어질 듯 말 듯 욕망의 시위가 당겨 놓은 여정은, 넘칠 듯 말 듯 위태롭게 한 세계의 풍경을 채우는 중이다. 이것을 이랑을 따라 넘실대는 자의 희망과 절망의 이중창이라고 부르도록 하자. 혹은 "순수와 변화가 부딪치는 경계의 일렁거림"[2]이라고 해도 좋다. 이 아슬의 지경이 시의 표면장력을 이루고 있다는 것만은 결코 변하지 않을 테니까.

아슬의 지경을 본 적이 없다면, 당장 『그가 내 얼굴을 만지네』의 「자서」를 보라. 시인은 "흰색과 격렬함을 집어삼킨 분홍빛에 내 시를

---

1 우찬제, 「절망의 검은 심연, 노래의 푸른 이랑」, 송재학, 『푸른빛과 싸우다』, p.81.
2 송재학, 「사물은 보이시거나 만져지거나 냄새를 통해 나와 비슷해진다」, 『기억들』, p.106.

헌정하고 있다는 느낌이다"라고 썼다. 분홍이라는 이 애매한 색이 '푸른빛과의 고군분투'에 대한 헌정에 값할 만큼 가치가 있는 것인가? 벚꽃에 친숙하다면, 자귀나무 꽃을 볼 일이다. 자귀나무가 어둠에 민감한 나무라는 것, 그리고 무엇보다도 그 꽃이 "흰색과 격렬함을 집어삼킨" 꽃이라는 것을 알아 둘 필요가 있다. 그러고 나서 다음 시를 보자.

> 벌써 잊어버렸던가
> 등짝의 흉터는 그의 귀가를 부추긴다
> 서까래가 무너지기 시작한 낡은 집의 문지방을 떠올릴 때
> 옛집은 다시 낮은 곳부터 물 차오르듯 천천히 불을 켠다
> 오랫동안 비워 둔 방마다 창이 먼저 부서지면서
> 옛집은 눈먼 사람처럼 캄캄해졌던 것
> 그 집의 벌레 날개 같은 숨소리 아래
> 어둔 잎으로 바뀐 것이 얼마나 많기에
> 저 자귀나무는 피 칠갑하듯 쉼 없이 꽃을 피우는가
> 울타리 높이 따라 꽃은 다른 빛깔이었으니
> 그 집 떠날 때 열린 방문은 가면의 구멍인 양 조용했다
> 이제 돌아가야 하는 걸까
> 나비들이 서로 날개 아래 숨어드는 거기
> 여우비 틈새 환해지면
> 아자창의 창호지 뜯고 자귀나무 잎새로 매달리고픈 날,
> 그는 물살에 흉터를 떠맡긴다
> ──「나비 사이의 혼례는 나비 날개의 무늬로 결정한다」 전문

「등대가 있는 풍경」에서 그가 조명하던 어둠의 '살라시오네 집'은 이제 "서까래가 무너지기 시작한 낡은 집"이 되었다. 조락한 옛집의 풍경을 마주하며 회한에 빠지는 것은 자연스런 일이다. 그 깜깜한 집에 얼마나 많은 슬픔과 고통이 배어 있는지 가늠할 수는 없겠지만, 상처와 다시 마주하는 일은 고통과 절망에서 벗어날 좋은 방법이 될 것이다. "이제 돌아가야 하는 걸까"라는 생각은 여기서 움튼다. 문제는 자귀나무다. 왜냐하면 그 나무는 여전히 아물지 않은 상처를 가지고 있기 때문이다. "피 칠갑하듯" 핀 꽃은 상처의 지속과, 그럼에도 그것을 올곧이 대면하는 자의 고통을 암시한다. 하여 자귀나무의 꽃은 어둠의 옛집을 떠난 자의 상처와 대조된다. 여기서 우리는 "이제 돌아가야 하는 걸까"라는 마음의 다른 맥락을 짚을 수 있다. 그것은 세상을 주유한 자의 복귀, 그러니까 포근하고 정겨운 안식처로의 귀환을 의미하지 않는다. "자귀나무 잎새로 매달리고픈 날"이 암시하듯, 오히려 "이곳을 기억하지 말자"던 다짐 속 그곳으로의 귀환을 의미한다. 그러니 분홍빛은 애매한 색이 아니다. "흰색과 격렬함을 집어삼킨" 분홍빛은 '푸른빛과의 고군분투'의 결과물이다.

'격렬함'을 집어삼켰다는 점에서, 시집 『기억들』이 펼쳐 놓은 '황무지'는 분홍빛의 연장이다. "느리게, 스멀거리며, 자꾸 움푹 패는 내 정신의 황무지"(「자서」)에 다다른 자가 펼치는 기억의 세계는 시집의 얼개를 이루고 자꾸 깊어진다. 이것은 그의 황무지가 "폐허가 아니라 심연", 그것도 "정신의 가둘 수 없는 배후"로서의 심연임을 의미한다(「황무지에로의 접근」). 그 속에 무엇이 웅크리고 있는가? 시 「자루를 묶는 방법」은 그것이 그리 반가운 것이 아님을 보여 준다. "더 무서운 것", 혹은 "알 수 없는 익명의 육체"가 도사리는 정신의 세계, 자꾸 흘러나오는 그 세계를 응시하는 것은 고통스러운 일이다. 재빠른 외괴적 봉합만이 겨우 목숨을 지탱해 줄 뿐이다. 그러나 그 대가는 혹독하다. 평생을 터질 듯 말 듯한 긴장을 안은 채 정신의 황무지를 견뎌야 하기 때문이다.

4. 풍경과 상처의 안팎에서 '내간체'를 얻다

그리고 많은 시간이 흘렀다. 『내간체를 얻다』(문학동네, 2011)는 시인이 "느리게, 스멀거리며, 자꾸 움푹 패는 내 정신의 황무지"를 어떻게 견뎌 왔는지를 잘 보여 주고 있다. 여기서 드러난 시의 안팎은 실로 "상처의 안팎"(「자서」)이기도 하기에, 황무지의 풍경은 곧 내면의 풍경화라고 할 수 있다. 그러니 시집의 처음을 「모래장(葬)」으로 시작하는 것은, 그가 거쳐 온 상처의 풍경을 조감하기에 더할 나위 없이 적절하다.

사막의 모래 파도는 연필 스케치 풍이다 모래 파도는 자주 정지하여 제 흐느낌의 상(像)을 바라본다 모래 파도는 빗살무늬 종종 걸음으로 죽은 낙타를 매장한다 모래장(葬)을 견디지 못하여 모래가 토해 낸 주검은 모래 파도와 함께 떠다닌다 모래 파도는 음악은 아니지만 한 옥타브의 음역 전체를 빌려 사막의 목관을 채운다 바람은 귀가 없고 바람 소리 또한 귀 없이 들어야 한다 어떤 바람은 더 많은 바람이 필요하다 모래가 건조시키는 포르말린 뼈들은 작은 노(櫓)처럼 길고 넓적하다 그 뼈들은 모래 속에서도 반음 높이 노를 저어 갔다 뼈들이 닿으려는 곳은 모래나 사람이 무릎으로 닿으려는 곳이다 고요조차 움직이지 못하면 뼈와 노는 증발한다 물기 없는 뼈들은 기화되면 이미 내 것이 아니다 너무 가벼워 사라지는 뼈들은,

—「모래장(葬)」 전문

황무지에서 사막으로의 변화는 풍경의 차원에서 본다면 특별한 변화라고 할 수 없다. 그러나 상처의 차원에서 사막은 황무지와 다르다. 전자가 '심연'이라는 깊이를 갖는다면, 후자는 그러한 깊이를 갖지 못한다. 이러한 사라짐은 상처의 치유를 의미하는가? 오히려 상황은 정반대이다. 곧 상처의 전면화, 사막 자체가 상처의 깊이를 그대로 노정하고 있다. 사막의 표면은 그대로 사막의 깊이이다. 이러한 사실은 "모래장을 견디지 못하여 모래가 토해 낸 주검"이라는 구절에 잘 드러나 있다. 사막에서 상처를 봉인할 자루와 실을 찾을 수는 없는 법. "금이 많이 가서 더 이상 소리가 나지 않는 오래된 징"(「누선(淚腺)」)에 누선이 있는 것처럼, 상처를 오래 안고 사는 자에게는 온몸이 누선이 된다. 이렇게 말할 수 있다, 사막 자체가 상처의 목관(木棺)이라고. 따라서 사막 속에서 노를 저어 가는 뼈들은 죽음의 누선에서 흘러나온 상처가 된다. 그러나 그 상처에는 눈물도 핏기도 있을 수 없다. "너무 가벼워 사라지는 뼈들은", 그래서 적막하다.

상처의 기화(氣化)는 "흰색과 격렬함을 집어삼킨" 분홍빛이 최종적으로 지향하는 세계처럼 보일 수도 있다. 그러나 "고요조차 움직이지 못하"는 세계는 그 어떤 세계도 아니다. "이미 내 것이 아니다". 이는 역설적이게도 '고요가 움직이는 세계', 또는 '고요마저 움직이는 세계'로의 지향을 반증한다. 마치 "모래 속에서도 반음 높이 노를 저어" 가는 고요의 뼈들처럼 말이다. 그러한 움직임이 소리를 만들고 음악을 만든다. 따라서 고요가 움직이면서 만드는 풍경은 침묵이라고 할 수 없다. 자귀 꽃의 분홍빛이 흰색과 함께 "격렬함을 집어삼"키듯, 사막의 고요는 "음악은 아니지만 한 옥타브의 음역 전체"로 노래하고 있는 것이다. 이러한 노래는 담담함 이면에 격렬한 상흔이 내재해 있을 때에나 비로소 나올 수 있는 노래이다. 시(인)가 지향하는 세계가 있다면 바로 이 사막의 노래와 같은 상태일 것이다. 이것은 시(인)가 사막의 풍경 속에서 내밀한 상처의 풍경을 발견하고, 그것을 시의 안팎에 고이 묻어 두는 데 전력을 다하고 있음을 의미한다. 그러니 그의 시는 하나의 '모래장'이다. 그것도 상처에 묻힌 한 시인의 모래장이다. 따라서 우리는 경건해져야 한다. 이는 '내간체'를 볼 때도 마찬가지다.

　　그 만흔 눈씨를 보니 너 담담한 줄 짐작하겠다 빈 보자는 다시 보닌다 아아 겨을 늪을 보자로 싸서 인편으로 받기엔 어룹이 너무 차겠지 향념(向念)

—「늪의 내간체(內簡體)를 얻다」 부분

　이 담담함은 무엇인가? 표현의 담담함 이면에 얼마나 많은 애절함이 있는가? 그것은 동생의 겨울 늪을 그린 '보자'에만 있는 것은 아니다. 그 보자기를 보고 동생의 절심함을 알아챈 언니의 '내간'에도 배어 있다. 그리고 하나 더, 동생의 '보자'를 본 언니의 '내간'을 본 시인의 시에도 스며든다. 아마 그는 아주 오래 '늪의 보자'를 보고 있었을 것이다. 그리고 그 고요의 "눈씨"를 보며 지나온 황폐의 이력을 견뎠으리라. 만약 시인이 "늪의 내간체"를 얻었다면, 그것은 저 깊은 정신의 심연에서 건져 올린 상처에 대해, 또 다른 '빙하와 바다와 사막의 내간체'를 얻었음을 의미하지 않겠는가? 이제 그의 내간체가 어떤 리듬을 얻어 "노래의 푸른 이랑"을 타고 올지 가늠할 길이 열렸다. 그리고 마침내 시인이여, 이제 "빙하가 있는 산의 밤하늘에서 백만 개의 눈동자"(「적막」)를 헤아리며, '적막'하라.

제5부 시적 언어의 벡터

'자유간접화법'과
텍스트의 주기율표

내 생각에 소설가란 세계의 사물 위에 자기 의견을 말할 권리가 없다.
그는 창작에 있어 창조하지만 침묵하는 신을 본받아야 한다.
—플로베르, 「Amélie Bosquet에게 보낸 편지」(1866.8.20)

1. 창조하지만 침묵하는 신

"세계의 사물 위에 자기 의견을 말할 권리"가 없는 자에게 세계의
사물들에 대해 말하는 것은 무슨 의미가 있는가? 세계의 사물들에
대해 말하면서도 그것에 "자기 의견"을 덧붙일 수 없다면, 소설의 창
작은 한갓 '기록물(documentary)'에 불과한 것인가? 플로베르의 선언
은 작가와 세계, 그리고 그가 창조한 세계가 낭만주의의 '자아와 세계
의 동일성'으로부터 급진적으로 이탈하고 있음을 잘 보여 준다. 그렇
다면 이제 작가는 자신이 기록하고 창조한 세계에 대해 자기의 의견
을 개진할 어떠한 권리도 보장받지 못하는가? "창조하지만 침묵하는
신"은 소설가와 그가 기록하고 창조한 세계 사이의 변화를 매우 미묘
하게 포착하고 있음에 틀림없다. 신은 세계를 창조했으나 세계에 개
입하지 않는다는 이신론(理神論)의 신관처럼 이제 작가는 작품 속에
편재하면서 침묵하는 신과 같은 자가 되어야 한다. 이른바 '저자'의
죽음은 플로베르에게서 시작한다고 해도 과언이 아니다.

이것이 창작에 있어 문제가 되는 것은 기존의 서술 방법(narration)에 획기적인 변화를 야기하기 때문이다. 일반적으로 화법은 그것이 서술하는 대상에 대한 서술자의 관점과 태도를 반영할 수밖에 없다. 화법의 변화는 세계에 대한 인식과 태도의 변화를 노정할 수밖에 없는 것이다. 특히 소설에서 서술자가 등장인물의 말이나 생각을 인용하는 방식의 차이는, 그 인물에 대한 서술자의 관점과 태도의 차이를 직접적으로 보여 준다. 그렇다면 "창조하지만 침묵하는 신"이 되기 위해 서술자는 어떤 화법을 취해야 하는가? 무엇보다도 인물들이 자신의 생각을 스스로 말하게 해야 한다. 여기서 문제는 간접화법이다. 왜냐하면 간접화법에는 서술자의 관점과 태도를 나타내는 다양한 지표들이 출현하기 때문이다. 따라서 간접화법에서 서술자의 관점과 태도를 배제하는 것이 "세계의 사물 위에 자기 의견"을 배제하는 일차적 방법이 된다.

플로베르의 '자유간접화법(free indirect discourse)'이 지닌 의의는 여기에 있다. 자유간접화법은 직접화법과 간접화법의 점이지대에 위치한다. 그것은 인물의 생각과 말을 따옴표 없이 인용한다는 점에서 간접화법의 특징을 지니는 한편, 서술자의 위치를 알 수 있는 주절을 생략하고 종속절만으로 이루어진다는 점에서 직접화법의 특징을 동시에 지닌다. 이때 서술자의 위치가 직접적으로 노출되지는 않지만, 그것의 존재를 암시하는 지점들이 존재한다는 것을 간과해서는 안된다. 특히 인칭과 시제가 그러한데, 이것들은 서술자의 위치가 드러나는 화법의 간극과 틈이라고 할 수 있다. 따라서 자유간접화법은 등장인물의 목소리와 서술자의 목소리가 혼종되어 있는 매우 특이한 문체라고 할 수 있다.

플로베르의 자유간접화법에 적극적인 의미를 부여한 사람은 바흐

찐이다.[1] 바흐찐은 하나의 발화에는 하나의 단일한 주체가 존재한다는 구조주의적 사고를 부정한다. 만약 우리가 발화를 할 때 발화하는 자와는 다른 제3의 주체들이 개입하고 있다면, 이것은 단일한 발화의 불가능성을 암시한다. 즉 발화에는 타자의 목소리가 개입하고, 그 결과 발화는 '다성성(polyphony)'을 지닐 수밖에 없는 것이다. 여기서 중요한 것은 다성성이 예외적인 현상이 아니라는 데에 있다. 이는 대부분의 발화가 자유간접화법과 같은 '혼성 구문'[2]으로 구성됨을 의미한다. 이것이 지닌 의의는 매우 크다. 우리의 발화가 다성적일 수밖에 없다면, 기존의 서정시가 가정해 왔던 '자아와 세계의 유기적 통일성'은 설 자리를 잃기 때문이다. 우리의 발화가 타인의 목소리들로 구성될 때, 작품을 유기적으로 통합하는 단일한 자아의 목소리를 가정하는 것은 불가능하지 않겠는가.

채상우의 시편들에 보다 적극적인 의미를 부여해야 하는 것은 바로 이러한 이유에서이다. 그는 다양한 '텍스트'들을 인용하고 변용하면서 다성성을 전면적으로 드러내고 있다. 기존의 서정시가 견고하게 유지해 왔던 전제들을 해체함으로써, 그는 혼종성의 시학을 향해 일보 전진하고 있다. 여기서 원(原) 텍스트의 출처와 기원을 따지는 일은 대체로 부질없다. 타인의 목소리가 시 텍스트 안으로 삽입될 때, 원 텍스트를 형성하고 있던 의미망은 변형되고 굴절되기 때문이다. 따라서 주목할 것은 타인의 목소리가 시 텍스트 안으로 인용될 때 나

---

1 김종로, 「『마담 보봐리』에 나타난 자유간접화법의 의미 분석」, 『강원대인문논총』 15집, 강원대 인문과학연구소, 2006.6.
2 바흐찐의 '혼성 구문'은 '양식화' '패러디' '은폐된 논쟁' '변형' 등을 통해 형성된 문장을 말한다. 김종로, 「자유간접화법의 다음성적 분석」, 『불어불문학 연구』 36집, 한국불어불문학회, 1998.

타나는 변용의 메커니즘이다. 자유간접화법은 그러한 메커니즘을 지칭하는 용어이다. 이제 우리는 채상우의 시에 나타난 자유간접화법의 양상과 의미를 주로 『리튬』을 통해 추적해 볼 것이다. '리튬'이 매우 가벼운 원소이긴 하지만, 그 안에는 언제든 재충전이 가능할 만큼의 충분한 에너지가 있다는 사실을 잊지 말자.

2. '당신'은 누구시길래?

우리 안에는 얼마나 많은 목소리들이 있는가? 여기 하나의 원소(元素)가 있다. 단일한 원자(原子)로 구성된, 그래서 더 이상 나눌 수 없다고 가정된 물질 구성의 최소 단자들. 가장 가벼운 수소(H)와 헬륨(He)을 비롯해, 가장 안정적이라는 철(Fe), 그리고 프랑스 퀴리 부부가 발견한 라듐(Ra)에 이르기까지, 멘델레예프가 처음 제안하고 모즐리가 변형한 주기율표에는 총 118개의 원소가 있다. 그리고 리튬(Li)이 있다. 원자 번호 3번, 원소 가운데 가장 가벼운 금속. 그러나 원자량 6.941에 불과한 이 리튬에는 얼마나 많은 미립자들이 있는가? 4개의 게이지 입자와 6개의 랩톤, 3개의 뉴트리노, 그리고 수백 개의 하드론들. 그 하드론들을 구성하는 6종류의 쿼크와 반쿼크들.

그러니 우리 안에는 얼마나 많은 목소리들이 있겠는가? 원소에서 목소리로의 유비가 비약이 아님을 입증할 방법을 찾는다면, 채상우의 『리튬』을 볼 일이다. 노래, 영화, 시, 소설, 성경, 그림 심지어는 주술(呪術)에 이르기까지 다성적 목소리의 음폭이 얼마나 넓은지는 시집 마지막에 실린 '텍스트'란 이름의 목록을 보면 금방 알 수 있다. 보라, 「시인의 말」을 제외한 총 57편의 시에 매달린 '텍스트'가 얼마나 많은지를 자그마치 150개의 텍스트가 주기율표의 원소들처럼 주렁주렁 매달려 있다. 출처를 명기한 것만 그렇다. 출처를 명기하지 않은 또 다른 텍스트가 없다고 가정할 수 없다면, 텍스트의 총목록을 가늠하는 것은 불가능할 정도이다. 그러니 텍스트의 세목을 나열하는 것은 부질없는 일이다. 핵심은 목록이 아니라 그것을 운용하는 메커니즘에 있기 때문이다. 텍스트의 주기(period)를 파악하는 것, 이것이 시집 『리튬』을 대하는 '텍스트의 화학자'가 도모해야 할 바다.

『리튬』에 인용된 텍스트의 주기율표는 몇 가지 주요 족(族)으로 분류될 수 있다. 음악족, 영화족, 문학족, 기타족, 이 중 가장 중요한 것은 음악족이다. 특히 노래는 음악족의 대표 원소이다. 이는 시와 노래가 발생학적인 차원에서 친연성을 지니기 때문만은 아니다. 양자 모두 언어라는 공통의 매체를 기반으로 하고 있다는 것이 중요하다. 이것은 시인이 노래를 차용할 때 소리와 의미의 결, 즉 리듬과 내용을 동시에 고려하고 있음을 의미한다.

　　방문외판원은 오지 않았다 칠 년 전부터 십이 년 전부터 아니 이십오 년 전부터 그동안 부랑자들과 소매치기들이 사라졌다 돌아왔고 그 많던 간첩들은 내가 사랑했던 몇몇 애인들과 종적을 감췄다 지금은 방문외판원에 대한 소문마저 끊긴 지 오래 한때 그가 지나가는 길목마다엔 사람이 사람 사이에 숨어 있었고 깃발이 나부꼈고 노래가 있었다 방문외판원은 그 자신 인민이라는 사실을 잊지 않았다 언젠가 어느 곳에선가 한번은 본 듯한 얼굴 당신은 누구시길래 지구레코드 가게에서 헤이 쥬드를 처음 들었던 날 그 전날에도 그랬듯 국기를 향해 부동자세를 취했다 (중략) 그러나 왜 하필 우리인가 가족들은 방문외판원이 대문을 나서자마자 그를 의심하기 시작했지만 그가 남긴 약속은 정확히 그날 그 시간에 지켜졌다 하늘 첫 마을부터 땅끝 마을까지 무너진 집터에서 저 공장 뜰까지 모두 들떴고 모두 기뻐했고 모두 안심했다 서로를 축복했다 그

러나 바로 그때 왜 아무도 눈치 채지 못했을까

　방문외판원은 두 번 방문하지 않는다

—「혁명전야」 부분

　이 시에서 노래가 개입하는 양상은 다채롭다. 마치 '혁명 전의 밤'
처럼 웅성거리는 소리들로 들끓고 있다. 우선 "지구레코드 가게에서
헤이 쥬드를 처음 들었던 날"에서 보듯, 비틀즈의 노래 「Hey Jude」가
들린다. 만약 비틀즈의 노래를 아는 자라면 노래의 음과 가사를 흥얼
거리는 것은 자연스럽다. 그러나 이것은 이 시를 읽는 독자가 선택할
문제, 다시 말해 「Hey Jude」의 가사와 곡을 아는 것이 이 시를 이해하
는 데 필수적인 것은 아니다. 그것은 「Hey Jude」가 하나의 소재로써
삽입된 것이지 텍스트의 내용과 직접적으로 연결된 것은 아니기 때
문이다.

　그러나 "언젠가 어느 곳에선가 한 번은 본 듯한 얼굴"은 그 양상
이 다르다. 화자가 진술하는 텍스트의 내용이 송창식의 「사랑이야」의
가사의 일절에서 직접 따온 것이기 때문이다. 송창식의 노래에 친숙
한 자라면 금방 해당 가사의 멜로디를 떠올릴 수도 있을 것이다. 그
런데 이 구절은 아무런 인용 부호 없이 텍스트 속에 삽입되었다. 외
적 표지만으로는 노래의 일부분인지 아니면 시인의 목소리인지 가늠
하기 어려운 자유간접화법의 양상을 띠고 있는 것이다. 따옴표가 없
다는 것은 해당 구절이 시의 맥락 속에 용해되었음을, 즉 시의 내용
과 친연 관계가 있음을 암시한다. 이는 "당신은 누구시길래"에서 더
욱 두드러진다. "당신"은 "방문외판원"을 직접적으로 호출하지만 그
의 실체는 분명치 않다. 그는 왜 우리를 방문한 것인가, 그리고 무엇

을 팔고 있는가? 한 가지 분명한 것은, 그는 자기가 "남긴 약속"을 정확히 지킨 자라는 점이다. 방문 날짜를 지킨 것이 아님에 유의하자. 다시 말해 그의 약속은 방문 후에 이루어질 어떤 사태 혹은 사건에 대한 약속인 것이다. "하늘 첫 마을부터 땅끝 마을까지 무너진 집터에서 저 공장 뜰까지 모두 들떴고 모두 기뻐했고 모두 안심했다"는 구절은 약속의 이행이 가져올 파장이 얼마나 큰 것인지를 잘 보여 준다. 여기서 "하늘 첫 마을부터 땅끝 마을까지 무너진 집터에서 저 공장 뜰까지"가 '노래마을'의 「우리의 노래가 이 그늘진 땅에 햇볕 한 줌 될 수 있다면」의 일부라는 것을 알아채기는 쉽지 않다. 노래의 제목과 내용을 아는 것이 중요한 까닭은 인용된 구절의 장소가 모두 제목 속 '이 그늘진 땅'으로 수렴되기 때문이다. 그리고 이는 인용자가 노래의 일부를 차용한 의도와 목적을 암시한다. 즉 "방문외판원"은 자신의 약속을 이행함으로써 '이 그늘진 땅'에 축복을 내린 자를 상징하기 위해 도입된 '당신'이다. 그리고 그는 두 번 방문하지 않음으로써 '이 그늘진 땅'에의 축복이 일회적 사건임을 예증하는 자이기도 하다. 그러니 그는 다만 "언젠가 어느 곳에선가 한 번은 본 듯한 얼굴"일 뿐……. 여기에는 다시 오지 않는 "방문외판원"에 대한 시적 주체의 회한과 아쉬움이 짙게 배어 있다. 시적 주체가 송창식의 목소리를 빌려 "당신은 누구시길래"라고 묻는 것이 한층 절묘해지는 순간이다. 그리고 이 '사라진 당신'이 시적 주체가 줄기차게 묻고 있는 것이라는 사실을 놓쳐서는 안 된다.

　　잊으라 했는데 잊어 달라 했는데 당신은 아무 때나 불쑥불쑥 들러붙곤 하지 두 눈을 면도칼로 도려내기도 하고 뺨을 어루만지기도 하고 성기를 툭툭 건드리며 꺄르륵 웃기도 하고 발바닥에 쇠못을 박기도 하지

숭숭 구멍 난 발바닥 아래 개미 떼처럼 스멀스멀 기어 나와 온 방 안을
점령하는 당신 당신 앞에만 서면 나는 왜 작아지는지 당신 등 뒤에 서면
난 곧바로 침을 뱉는데 난 지난 세기의 마지막 창녀 당신은 당신을 팔아
버린 자와 대면하고 있지 당신은 아무것도 요구하지 않아 당신은 나를
사랑하지도 미워하지도 않지 (중략) 매번 처음이자 마지막이라고 속삭
이는 당신 도대체 언제까지 이런 모욕을 참아야 하나 도무지 거부할 길
없는 당신 당신 없이는 못 살아 나 혼자서는 못 살아 내가 잠시라도 매
달리면 당신은 칼날 같은 욕설을 내뱉지 당신은 지나치게 나와 닮았어
당신과 나는 아주아주 오래전에 죽었는걸 장지뱀 껍질에 기생하는 푸른
주름무당버섯처럼 그러니 우리 토닥토닥 당신이 나를 내가 당신을 위로
하고 껴안고 악수하고 그만하자 그만하자 손 흔들고 헤어지면 이 세상
오직 하나뿐인 당신 그리고 나 사랑도 명예도 이름도 남김없이 남김없
이 잊으라 했던 말도 남김없이 저녁 하늘의 물잠자리처럼 솟도 없는 깁
흔나무처럼

—「우리가 불 속에서 잃어버린 것들」부분

이 시에는 매우 많은 노래가 겹쳐져 있다. 무엇보다도 제목 「우리
가 불 속에서 잃어버린 것들」은 Susanne Bier의 「Things we lost in
the fire」에서 온 것이다. 본문의 경우, "잊으라 했는데 잊어 달라 했
는데"는 나훈아의 「영영」에서, "당신 앞에만 서면 나는 왜 작아지는지
당신 등 뒤에 서면"은 김수희의 「애모」에서, "당신은 당신을 팔아 버
린 자와 대면하고 있지"는 David bowie의 「The man who sold the
world」에서, "당신 없이는 못 살아 나 혼자서는 못 살아"는 패티 김
의 「그대 없이는 못 살아」에서, "이 세상 오직 하나뿐인 당신 그리고
나"는 김현식의 「내 사랑 내 곁에」에서, "사랑도 명예도 이름도 남김

없이"는 민중가요 「임을 위한 행진곡」에서 따온 것이다. 이렇게 한편의 시에 7곡의 노래가 직접 또는 간접으로 인용되는 경우는 그 유례를 찾기조차 힘들다. 시집 『리튬』 전체에서 가장 많은 노래가 인용되고 있는 경우이다.[3] 만약 여기에 한용운의 시 「알 수 없어요」와 Leos Carax 감독의 영화 「Mauvais sang(「나쁜 피」)」까지 합친다면 모두 9개의 텍스트가 인용되고 있는 셈이다. 이것은 시 「우리가 불 속에서 잃어버린 것들」이 얼마나 많은 목소리들의 울림으로 채워져 있는지를 잘 보여 준다.

여기서 한 가지 주의할 것은 노래의 가사가 그대로 인용되는 것과 그렇지 않은 것이 혼재되어 있다는 점이다. "잊으라 했는데 잊어 달라 했는데"와 "사랑도 명예도 이름도 남김없이"는 전자를, "당신 앞에만 서면 나는 왜 작아지는지 당신 등 뒤에 서면", "당신 없이는 못 살아 나 혼자서는 못 살아" 그리고 "이 세상 오직 하나뿐인 당신 그리고 나"는 후자를 대표한다. 후자의 경우 인용되는 과정에서 특정의 변화가 보이는데, 그것은 텍스트의 내용과 인용자의 의도를 파악하는 중요한 단서가 된다. 원곡의 가사는 이렇다. "그대 앞에만 서면 나는 왜 작아지는지 그대 등 뒤에 서면", "그대 없이는 못 살아 나 혼자서는 못 살아" 그리고 "이 세상 오직 하나뿐인 그대 그리고 나". 인용자는 원곡의 "그대"를 모두 "당신"으로 바꾸고 있는 것이다. 이러한 변화는

---

[3] 시집 전체에서 가장 많은 인용을 보이는 시는 「저개발의 기억」과 「沒書」이다. 이들은 총 10개의 텍스트를 품고 있는데, 여기서 노래는 5개와 3개일 뿐이다. 따라서 시집 전체에서 가장 많은 노래를 인용하고 있는 시는 「우리가 불 속에서 잃어버린 것들」이 된다. 참고로 시 「Still Life」는 전부 여섯 곡의 노래를 인용하고 있고, 그 목록은 다음과 같다. 김정미, 「간다고 하지 마오」; 사랑의 하모니, 「별이여 사랑이여」; 산울림, 「청춘」; 윤연선, 「얼굴」; 한대수, 「하루아침」; Goo Goo Dolls, 「Iris」.

"당신"이 '자유간접화법'에서 인용자의 시선이 드러나는 틈이자 구멍임을 보여 준다. 그 구멍을 통해 시적 주체의 관점과 태도가 조금씩 누출되고 있다. 그러면 "그대"에게는 있으나 "당신"에게는 없는 것, 혹은 "그대"에게는 없으나 "당신"에게는 있는 것은 무엇인가? 어쩌면 "그대"가 지니는 연인 사이의 친근함을 "당신"은 적극적으로 휘발하고 있는지도 모르겠다. 아무튼 "당신"은 시적 주체에 의해 텍스트 내에서 매우 특별한 위치를 점유하고 있다는 것은 분명하다.

그렇다면 '당신'은 누구인가? 시에서 아니 시집 전체에서 '당신'의 실체를 규명하는 것은 쉬운 일이 아니다. 그것은 '당신'의 존재방식이 매우 특이하기 때문이다. '당신'은 시 아니 시집 전체에 두루 존재하지만, 딱히 무엇이라고 규정할 수 있는 방식으로는 존재하지 않는다. 마치 한용운의 '침묵하는 님'처럼 말이다. 그리고 놀랍게도 이 시는 한용운의 시 「알 수 없어요」를 직접 호출하고 있다. 주지하듯 한용운의 '님'은 스스로 자신의 실체를 드러내지 않지만, 그럼에도 불구하고 세계에 편재해 있는 존재이다. 이제 묻자, '당신'은 누구며 어디에 있는가? '당신'은 알 수 없는 방식으로 세계에 편재하는 '님'과 동일한 방식으로 존재한다. 따라서 우리가 '당신'을 알 수 있는 방법은 '오동잎, 푸른 하늘, 향기, 시내, 저녁놀, 그리고 나의 가슴'[4]을 통해서일 뿐이다. 그렇다면 다시 묻자, 「우리가 불 속에서 잃어버린 것들」에서 한용운의 「알 수 없어요」는 어디에 있는가? 이것은 '당신'의 존재 방식에 대한 물음이 아니라, 「알 수 없어요」라는 텍스트가 시 속에 존재하는 방식에 대한 물음이다. 그렇다, 텍스트 「알 수 없어요」 또한 시 속에 두루 편재해 있으나 그 자체로 자신을 드러내지 않는다. 마치 유

---

4 한용운, 「알 수 없어요」, 『님의 침묵』, 안동서관, 1925.

령처럼, 그리고 시인이 "불 속에서 잃어버린 것들"로서. 그러니 이렇게 말할 수 있다. 인용된 텍스트에서 흘러나오는 다성적 목소리들은 "불난 마음 불탄 마음"(『盡心』) 속에서 시적 주체가 잃어버린 것들이며, 그것은 최종적으로 '당신의 목소리'로 수렴된다고. 그러므로 부재로서 편재한 '당신'에 대해 "알 수 없어요"라고 말하는 것은 전혀 이상하지 않다.

이제 우리는 『리튬』 속에 '당신'이 현상하는 방식, 즉 '오동잎, 푸른 하늘, 향기, 시내, 저녁놀' 그리고 무엇보다도 '나의 가슴'이라는 우회로를 통과할 필요가 생겼다. '당신'의 실체를 파악하기 위해서는 주체와 세계 속에서 '당신'이 출현하는 방식을 이해해야만 한다.

우선, 주체에게 '당신'은 "잊으라 했는데 잊어 달라 했는데"도 불구하고 "아무 때나 불쑥불쑥 들러붙"는 존재이다. 그러나 그 역은 성립하지 않는다. "내가 잠시라도 매달리면 당신은 칼날 같은 욕설을 내뱉지"에서 보듯, '당신'은 권위적이고 위압적인 존재로 나타난다. 이것은 '당신'과 '나'의 관계가 수평적 관계가 아니라 수직적 관계임을 의미한다. 특별히 "그대 내게 다가와 속삭이네 자책과 욕설을"(『그리하여 나는』)에서 알 수 있는 것은, 양자가 명령과 복종의 위계 속에 자리하고 있다는 것이다. 마치 이별한 애인에 대해 복수하는 연인처럼 애증의 대상으로서 '당신', 이것이 '나'에게 있어 '당신'의 일차적 의미이다. 그렇다고 '당신'이 절대적인 타자인 것은 아니다. "당신은 지나치게 나와 닮았어"와 "당신과 나는 하나인가요"(『감정교육』)에서 보듯, '당신'은 또 다른 '나'이기도 한 것이다. '當身'이란 한자의 원래 의미가 '그 자신'이란 것도 이와 무관치 않다. 여기서 우리는 '당신'의 또 다른 의미, 즉 "박제가 되어 버린 천재"[5]가 예증한 '분열된 자아'라는 두 번째 '당신'에 이른다.

그러고 나서 "당신은 당신을 팔아 버린 자와 대면하고 있지"에 주목하자. 이 구절은 노래 「The man who sold the world」의 일부분이다. 흥미로운 것은 원곡의 가사가 "You're face to face with the man who sold the world", 즉 "당신은 세상을 팔아 버린 자와 대면하고 있지"라는 점이다. 인용자가 자의적으로 원곡의 "세상(the world)"을 "당신"으로 바꾼 것이다. 이는 "당신"이 "세상"으로 읽힐 수 있음을 반증한다. "세상"으로서의 '당신', 이것이 바로 세 번째 '당신'의 의미이다. 만약 우리가 '당신'을 "세상"으로 치환하여 읽는다면, "난 지난 세기의 마지막 창녀"의 의미를 이해할 수 있게 된다. 시적 주체는 몸을 파는 행위를 통해서 "지난 세기"의 '당신'과 강력하게 결속되었던 자인 것이다. 이러한 사실은 시 「血書」에서도 확인할 수 있다. "꽃잎, 꽃잎, 꽃잎들 아직 있다 거기에 어디에도 가지 않았다 가지 않았다 오로지 가지 않았다 가지 않고 있다 가지 않는다"가 예증하는 것은 지나간 시간 속 '당신'에의 고착이다. 이것은 시적 주체가 "꽃잎"이 있던 "지난 세기"에서 단 한 발짝도 움직이지 않았음을 의미한다.

3. 조락한 주체가 우울 속에서 잃어버린 것

"지난 세기"의 '당신'과 단단히 결속된 자가 지금 세기와 어떤 관계를 맺고 있는지를 보려면 「진화하는 감정」을 보면 된다. 여기서 '침묵하는 당신'을 애타게 부르는 나의 목소리는 나미의 「빙글빙글」에 실려 빗속에 가라앉는 중이다.

오늘은 월요일이고 오늘은 비 내리는 월요일이고 모처럼 비 내리는

---

5 이상, 「날개」, 권영민 편, 『이상 전집 2』, 뿔, 2009.

월요일 공터 계단참에 앉아 아무런 생각 없이 바라만 보고 있지 (중략)
오늘은 언제 끝나려나 대책 없이 비 내리는 월요일 그저 눈치만 보고 있
지 세상은 언제부터 내게 악의를 품어 왔던 걸까 (중략) 월요일이 화요
일이 되고 지난 수요일이 되고 지지난해가 되고 십 년 뒤가 되고 까마득
해지고 조금씩 사라지는 감정들 아득해진 월요일이 저 빗속으로 투덕투
덕 걸어가고 있는데 속만 태우고 있지 (중략) 누구인가 당신은 이 빗속
에 서 있는 당신은 악마인가 영혼인가 우리 언제까지 비 내리는 월요일
을 살아가야 하나 (중략) 오늘은 월요일이고 오늘은 비 내리는 월요일
인데 비 내리는 공터 계단참에 앉아 아무런 생각 없이 바라만 보고 있지
시린 이빨 감추고 빙글빙글 오늘은 월요일이고 비 내리는 월요일이고

―「진화하는 감정」 부분

"비 내리는 월요일"은 정지한 시간이다. 정지한 시간은 "지난 세
기"를 끝으로 마감된 자가 느끼는 현재의 시간이다. 그것은 과거와
미래의 시간을 포섭하며 "꾸깃꾸깃 사라지고"(「僞年輪」) 있는 중이다.
"월요일이 화요일이 되고 지난 수요일이 되고 지지난해가 되고 십
뒤가 되고 까마득해지고" 있는 것이다. 그 속에서 주체는 "지난 세기"
와 맺었던 감정적 결속을 상실해 가고 있다. 이렇게 그는 "아무런 생
각 없이" 정지한 시간의 세상인 '당신'을 "바라만 보고 있"을 뿐이다.
이것은 시적 주체가 소중한 대상의 상실로 인한 우울과 무기력의 와
중에 있음을 의미한다. 따라서 나미의 「빙글빙글」에서 차용한 구절들
("그저 눈치만 보고 있지" "속만 태우고 있지" "바라만 보고 있지")은 뒤바뀐 세상
에 대한 주체의 무관심과 권태를 표현하기 위해 도입된 시적 장치라
고 할 수 있다. "처음부터 세계는 나에 대해 무관심했고 나도 세계에
대해 심드렁해져 간다"는 「僞年輪」의 일절도 세계와의 결속이 해체된

446

자가 느끼는 소외를 잘 보여 주고 있다.

주체의 우울과 무기력은 "지난 세기"의 '당신'에 대한 애도가 완료되지 않았음을 의미한다. 그것은 아직도 진행 중인데, 그 와중에서 주체는 그 누구보다도 길고 험난한 시련의 과정을 통과하고 있다. 여기에는 자학과 죄의식이 수반되는데, 이것들은 우울의 다른 이름이기 때문이다. 그리고 무엇보다도 "내 불결"[6]에 대한 경멸이 있다.

> 지난 칠년 동안 내가 간신히 확인한 사실이라곤 사랑할 사람이 전혀 남지 않았다는 것뿐 (중략) 자기 스스로 아무 스스럼없이 살아가는 이 세계의 뻔뻔한 냉정과 열정 사이에 잠복한 잘 삭은 경멸 익숙해져야 하는데
>
> ―「저개발의 기억」 부분

이 시는 "당신을 기쁘게 하던 사람이 어떻게든 상처로 남겨지는 이유"(「결행의 순간」)를 설명한다. 무엇보다도 사랑이 부재한 상황, 그럼에도 불구하고 아무 문제없이 굴러가는 세상, 그런 세상의 "뻔뻔한 냉정과 열정"에 대한 시적 주체의 반응은 한마디로 '경멸'이다. 이것은 이중적이다. 조락한 세상을 향해 던지는 경멸과 그러한 세계 속에서 "익숙해져야 하는데"라고 다짐하는 주체의 "잘 삭은 경멸"에 대한 경멸. 전자의 경멸은, 그것이 비록 '창녀'의 것이라 할지라도 시적 주체의 순결성을 반증한다. 조락한 세계에 대한 무관심, 회한, 한탄, 원망, 부정, 회피, 절망, 염오, 분노, 질시, 증오 등이 그렇다. "순수한 증오 속에는 부정할 수 없는 아름다움이 숨어 있지"(「결행의 순간」)라는 인식

---

6 채은, 「自序」, 『멜랑콜리』, 천년의시작, 2007, p.7.

은 "지난 세기"에 대한 시적 주체의 순결한 고착을 예증하고 있다. 그러나 후자의 경멸은 그 양상이 다르다. 예컨대 "참으로 거침없는 비역의 저녁"(「忘記他」)에 대한 경멸은 "지난 세기"에 대한 순결을 의미하지만, 그러한 세계에 "익숙해져야 하는데"에 담긴 동화에의 요청은 "지난 세기"에 대한 주체의 타락을 의미하는 것이다. 이것은 이 시집이 제기하는 궁극적 질문이, 조락한 세계에 대한 것이 아니라 조락한 세계 속의 주체에 대한 것임을 암시한다.

이것이 스스로에게 "내가 잃어버린 것은 정말 무엇이었을까"(「금요일의 시작」)라고 질문을 던지는 이유이다. 이는 상실된 세계에 대한 질문이 아니다. 차라리 상실된 세계가 그것일 거라는 오인(誤認) 속에서 상실되는 것에 대한 질문이다. '그것은 분명 당신의 잘못이다'라는 단정 속에서 우리가 잃어버리는 것은 무엇일까? 그것은 놀랍게도 '수치심'이다. 이런 맥락에서 볼 때 "그동안 나는 수치심을 잃어버렸지"(「Le Paria」)라는 고백은 의미심장하다. 죄를 구성하는 것이 죄의 세목들이 아니라, 그러한 행위들을 통해서 상실되는 주체의 특정 상태라는 것을 문제시하고 있기 때문이다. 따라서 "내가 저지른 죄악을 모두 고백하리라 결심하지 난 아직 용서받지 못했으니까"(「이십세기 소년 독본」)에서 우리가 주목할 것은 "모두 고백하리라"가 아니라 "고백하리라 결심하지"에서의 '결심'에 있다. '고백에의 결심'은 상실된 수치심에 대한 인정에서부터 싹트는 것이기 때문이다. 이것이 그가 "세계의 끝"에서 "이곳을 떠날 수가 없다"(「세계의 끝」)고 말한 이유를 해명해준다. 스스로를 죄인으로 규정하는 자는 수치심을 안고 죽지 않는다. 죄의 고백의 진정한 의미는 그것이 죽음을 가능케 한다는 것에 있다.

이런 의미에서 시 「리튬」은 '당신'에게로 향한 죄의 고백이자, 죽음에의 선언이다.

우리가 깨뜨린 거울 속에서 아름답습니다 진정 아름답습니다 당신은 자꾸 아름다워지고 있습니다 그리고 나는 붉어지려 합니다 붉게 피어나고 있습니까 시뻘겋습니다 마침내 시뻘건 피가 흐릅니다 피가 흐릅니까 아직도 피가 흐르고 있습니다 두렵지 않습니까 두렵지 않습니다 두렵지 않으려 해야 합니다 당신을 만나러 가려 하듯 당신을 사랑합니다 당신이 그립습니다 그립습니까 저는 당신이 그리워지려 합니다 흥분되려 합니다 당신을 죽였습니까 죽였습니다 당신도 살인은 해 봤겠지요 어떤 고통은 잊는 것이 더 고통스럽습니다 고통스럽습니까 고통은 잊을 때 비로소 피어납니다 비로소 잊힙니까 비로소 피어나고 있습니까 맨드라미가 피고 있습니다 붉게 피어나고 있습니다 당신은

죽은 당신은, 정말 죽었습니까

—「리튬」부분

이 시는 Nirvana의 노래 「리튬」과 친연 관계가 있다. 당장 제목 "리튬"이 그렇고, 몇몇 가사가 그렇다. "우리가 깨뜨린 거울" "당신이 그립습니다" "당신을 사랑합니다"는 "We've broken our mirrors" "I miss you" "I love you"에서 차용한 것들이다. 그러나 무엇보다도 중요한 것은 노랫말 "I killed you"가 '자유간법화법'에 의해 "당신을 죽였습니까 죽였습니다 당신도 살인은 해 봤겠지요"로 변형 확장되는 것에 있다. "I killed you"에서 "당신을 죽였습니까"에 이르는 거리는 만만치 않은데, 이를 횡단하기 위해서는 몇 개의 징검다리가 필요하다. 우선 파경(破鏡), 즉 "우리가 깨뜨린 거울"이 필요하다. 이것은 '나'와 '당신' 관계가 단절되었음을 의미한다. 그리고 대화, 시 「리튬」의 모듈(module)은 '나'와 '당신'이라는 깨진 파편들의 대화로 구성되

어 있다. 말을 건네는 '나', 질문하는 '당신' 그리고 대답하는 '나'가 하나의 기본 모듈을 이루고 있다. 그런데 이러한 패턴은 "당신을 죽였습니까"에 이르면 다른 방식으로 변형된다. 내가 건네는 말이 사라지고, 그 자리에 '당신'의 질문이 오는 것이다. 따라서 "당신을 죽였습니까"라는 질문 속의 "당신"은 질문하는 '당신'이 아니라 대답하는 '나'를 가리킨다. 이것은 '나'가 이미 죽은 자라는 것, 그리고 '나'는 '당신'과 죽은 자로서 대화하고 있음을 뜻한다. 마지막 연에서 "죽은 당신은, 정말 죽었습니까"라고 되묻는 것은, 일차적으로 죽었지만 정말 죽지 않은 이런 기이한 상황에 대한 놀라움을 표현하지만, 그 기저에는 '나'의 죽음에 대한 '당신'의 인준과 확정에 대한 요청이 담겨져 있다.

이러한 사실은 이 시가 「시인의 말」과 연계된다는 것을 통해서도 확인할 수 있다. 「리튬」의 가사 중 "Cause I've found god"가 「시인의 말」에 이르러서는 "난 神을 찾았다/그런데 왜/나는 죽지 않는가"로 변형되고 있다. 이것은 Nirvana의 리더 커트 코베인의 자살과 관련이 있다. 그가 우울증 증세를 보였다는 것과 리튬이 항우울제의 치료제로 쓰인다는 것, 여기에서 가사와 제목의 연결점에 대한 암시를 찾을 수 있다. 이때 핵심은 "당신을 죽였습니까"가 Nirvana의 노래 「리튬」과 채상우의 시 「리튬」의 목소리가 교차하는 자유간접화법이었다면, "난 神을 찾았다"는 노래 「리튬」의 Nirvana와 「시인의 말」의 채상우의 목소리가 다성적으로 교차하는 자유간접화법이라는 것을 이해하는 데 있다. 이것은 노래 「리튬」을 매개로 시 「리튬」과 「시인의 말」을 연결할 가능성을 내포한다. 즉 시인은 노랫말 "I killed you"의 '당신'을 '나'로 이해하고 있는 것이다. 따라서 '당신=나'라는 등식은 시 「리튬」과 「시인의 말」을 연결하는 죽음의 매개항이 된다.

그렇다면 「시인의 말」은 '신'의 발견을 매개로, '당신'의 죽음이 '나'

의 죽음으로 이어지는 것에 대한 질문이 된다. 커트 코베인의 자살은 양자 사이의 시간적 선후성이 필연적 인과 관계로 전환할 수 있음을 보여 주는 사례이다. 그런데 왜 '나'의 죽음은 실현되지 않는가? 궁금한 일이다. 만약 시인이 시 「리튬」에서처럼 '당신'을 죽였고 「시인의 말」에서처럼 '신'을 발견한 것이 사실이라면, 이제 남은 것은 '나'의 죽음뿐이지 않은가. 그것은 유예된 것인가? 이는 시적 주체가 결코 받아들일 수 없는 것이다. "목숨을 걸고 고백했는데 살아 있다 나는// 끝장났다"(「양생법」).

이 모든 것은 시적 주체가 죽은 시간을 산다는 것을 의미한다. 그는 살아 있지만 죽은 자이다. 혹은 죽어서 사는 자이다. 죽음에 대한 그의 인식은 매우 강렬하고 처절하다. "오늘은 하루 종일 미모사처럼 죽은 척이나 해 볼까"(「강철서신」)를 비롯해, "안녕에서 寧 자는 居喪하다라는 뜻"(「死亡遊戲」), "언제 죽었는지도 기억나지 않는 내 팔과 다리"(「크라잉게임」)에 이르기까지. 그러니까 그는 "조금씩 죽어 있는 나를 지켜보는 일"(「시작 메모」)을 통해 "내가 이미 죽었다는 걸"(「Le Paria」) 증명하기 위해 몰두하고 있는 셈이다. 이것은 시적 주체가 자유간접화법을 요청하는 궁극적 이유를 설명한다. 즉 그는 자유간접화법에 의해 벌어진 틈으로 타자의 목소리를 소환하고, 이를 통해 자기의 죽음을 입증하려는 것이다. 이렇듯 죽음에의 인준에 대한 요청은 주체의 목소리의 영도(零度)와 타자의 목소리의 무한 수렴을 야기하는 제1원인으로 작용한다. 그리고 이때 우리는 새로운 주체의 탄생을 목격한다.

나는 ……의 이지 라이더 …… 위를 내달리지 ……을 파먹고 ……을 골라 먹고 ……을 후벼 먹지 나는 …… 없인 못 살아 ……이 없는 난 시체지 아니 내가 없는 ……이 시첸가? 여하튼 아무 ……에나 올라타지 올라타서 ……의 등골을 빼먹지 난 일찍이 두 번째 애인에겐 침을 뱉었고 일곱 번째 애인은 두들겨 팼더랬지 첫사랑이 없으니 그 순서는 아무래도 좋아 나는 다만 ……하지 ……의 이지 라이더니까 (중략) 나는 ……하지 내 ……에는 시제가 따로 없지 과거진행형이다가도 미래형으로 바뀌고 현재형과 과거완료형이 뒤섞이기도 하지 그래서 내 ……하기는 그냥 ……이지 난 ……의 이지 라이더니까 내 ……하기엔 대상이 없어도 상관없지 (중략) 혼신을 다해 ……해 봐 혼신을 다 해 ……하다 보면 ……이 나고 내가 ……이란 걸 ……하게 될 거야 그렇다고 …… 때문에 인생을 바칠 필요는 없어 인생이 ……이었고 ……이고 ……일 것이니 동해물이 마르고 백두산이 닳도록 ……, ……해 봐

—「Easy Rider」 부분

여기서 타자의 목소리가 틈입하는 방식은 질적으로 변한다. 그것은 구체적인 텍스트로서 존재하지 않기 때문이다. 차라리 부재로서 존재한다고 말할 수 있다. 무슨 말인가? 우선 시 「Easy Rider」는 영화 「Easy Rider」의 차용이다. 그런데 영화의 이미지나 대사가 직접적으로 인용되고 있지 않다. 이것은 영화 「Easy Rider」가 영화의 내용과는 다른 차원에서 차용되고 있음을 보여 준다. 재밌는 것은 그가 제시한 '텍스트' 출처의 목록에는 해석의 방향을 지시하는 '별'이 하나 있다는 사실이다. 즉, "*미국 남부에서는 '기둥서방'이라는 뜻의 은어로 쓰임." 만약 그가 영화 「Easy Rider」를 차용한 의도가 '기둥서방'이라는 의미를 보여 주는 것에 있다면, 그것은 시 「Easy Rider」가 사랑과 배신, 그리고 연인에의 기생과 착취를 중심으로 주조되었다는 것을 보여 준다. 따라서 영화 「Easy Rider」는 시의 표면이 아니라 시의 배면

에 올라타고 있다. 여기서 우리는 한용운의 「알 수 없어요」를 다시 소환할 필요를 느낀다. 전술했듯 「알 수 없어요」가 시에 차용되는 방식은 두 가지이다. 하나는 '부재하는 님' 자체의 소환을 통해 '우리가 잃어버린 것들'의 실질적 내용을 보여 주는 것이고, 다른 하나는 '님의 존재 방식'의 소환을 통해 '우리가 잃어버린 것들'의 텍스트 내적 구현 방식을 보여 주는 것이다. 이는 영화 「Easy Rider」의 차용에서도 동일한 양상을 띤다. '기둥서방'이 전자의 역할을 수행하고 있다는 것은 쉽게 알 수 있다. 그러면 후자는? 그것은 '말줄임표'에 있다. 말줄임표는 "창조하지만 침묵하는 신"이 텍스트에 편재하는 방식이다.

가능성의 차원에서 말줄임표에 기입할 수 있는 목소리는 무한대에 가깝다. 말줄임표에 쉽게 올라탈 수 있는 '기둥서방'들은 무수히 많다. 게다가 말줄임표의 침묵은 숱한 '기둥서방'들이 쉽게 오르고 내리기를 반복하도록 돕는다. 여기서 우리는 독자들의 참여를 유도함으로써 다성성의 외연을 확장하려는 시적 주체의 의도를 읽을 수 있다. 따라서 말줄임표는 타자의 목소리가 무한대로 팽창한 자유간접화법이라고 말할 수 있다. 이런 맥락에서 "이 시에 불려온 여섯 개의 흑점은 가능성의 표징들"[7]이라는 지적은 타당하다. 그러나 위의 말줄임표가 '기둥서방'이라는 자장 내에서 움직이고 있다는 단서를 붙여 둘 필요가 있다. 말줄임표는 '기둥서방'이라는 통합체 내에서만 존재할 수 있는 특정의 계열체인 것이다. "여섯 개의 흑점" 위에 올라타서 안정적인 자세를 취하는 자들은 그리 많지 않다. 따라서 핵심은 말줄임표에 들어올 무한의 계열체가 '기둥서방'이라는 통합체와 만날 때 어떤 자세를 취하는지를 확인하는 데 있다.

---

7 장석원, 「필경, 필경」, 채상우, 『리튬』, p.127.

크게 두 가지 계열이 있다. "나는 ……의 이지 라이더"와 "나는 다만 ……하지"의 계열체. 양자는 서로 겹치기도 하고 어긋나기도 한다. 우리는 양자가 겹쳐질 때 가장 안정적인 자세를 취하는 순간을 포착해야 한다. 전자의 계열은 과거에 의해 규율된 현재의 특정 대상을 지시할 때 가장 안정적이다. 지금까지 살펴본 바로는, 여기에 가장 적합한 대상은 '당신'이다. 곧 이별한 연인으로서 '당신', 또 분열된 자아로서 '당신', 조락한 세상으로서 '당신'. 따라서 첫 번째 계열은 '나는 '당신(연인, 자아, 세계)'의 이지 라이더'로 정식화될 수 있다. 후자의 계열은 '당신'에 대한 감정과 태도를 표상하는 단어가 올 때 가장 안정적이다. 그러나 그것이 무엇인지 확정하는 것은 쉽지 않다. 그것은 경멸일 수도, 증오일 수도, 사랑일 수도 있다. 더불어 양자의 교집합, 즉 대상이면서 동시에 감정 및 태도를 표상하는 단어를 확정하는 것도 쉽지 않다. 무엇보다도 주체의 선택에 따라 교집합의 외연이 달라질 가능성을 포함하기 때문이다. 만약 '당신'에 대한 '나'의 감정과 태도가 과거의 시간에 매여 있다면, 교집합은 멜랑콜리의 범주 내에 있을 것이다. 이때 말줄임표는 "비명의 기원"[8]에서 흘러나오는 여섯 방울의 '검은 담즙'이 된다. 그러나 만약 '나'의 감정과 태도가 과거의 시간을 벗어나 미래의 시간에 다가올 어떤 가능성의 세계를 지향하고 있다면, 교집합의 범위는 달라질 수밖에 없다. 이때 말줄임표는 조락한 세계의 우울을 횡단하는 '여섯 개의 발자국'이 된다.

①
자꾸자꾸 하하하 자꾸자꾸 걸어 나가면 정말 정말 이 세상을 다 건널

---

8 채은, 「멜랑콜리」, 『멜랑콜리』, p.11.

수 있을까 아직 완성하지 못한 반성들

—「자꾸 걸어 나가면」 부분

②

이미 시작되었다 그것은

시작되자마자 사라지고 있다 그것은

사라지면서 시작되고자 한다

몰래 피어나 버린 꽃처럼 흘러오고 흘러가는 강물처럼

시작되면서 사라지고 있다 전격적으로 매일매일

사라지면서 시작되려 한다 그것은

너에게도 죽을 마음이 남아 있는가

나무가 제 그림자 속에 뼈를 감추듯

사라지면서 시작되고 있는

—「어떻게 사랑하게 되었을까」 전문

이 조악하고 조락한 세상에 대해 우리는 어떤 태도를 가져야 하는가? 이것은 「자꾸 걸어 나가면」에서 "이 세상을 다 건널 수 있을까"

라는 질문으로 나타난다. 이에 대한 해답은 있는가? 모를 일이다. 다만 반성이 있을 뿐이다. "아직 완성하지 못한 반성들", 그것은 '당신'에 대한 재사유를 의미한다. 그리고 "죽어도 죽지 않는 당신 당신을 가까스로 깨닫기 시작한 나"(「검은 기억 위의 검은 기억」)의 탄생을 의미한다. 이것이 갖는 함의는 두 번째 시 「어떻게 사랑하게 되었을까」에 잘 나타나 있다. "시작되자마자 사라지고 있다"에 암시된 것은 "영원한 패배"[9]인가? 그렇다, 그것은 죽음의 세계로부터 벗어나는 것의 불가능성을 의미한다. 그러나 그 와중에 "사라지면서 시작되고자 한다"가 움튼다. 아직 시작된 것은 아니지만, 시작되고자 하는 의지와 기미가 싹을 틔우고 있다. 이것은 죽음의 세계로부터 벗어나는 것의 불가능성에서 벗어날 가능성을 암시한다. 그리고 "지금까지 결심했었던 모든 결심들을 새삼 결심하고자 한다"(「天長地久」)와 같은 의지의 주체가 탄생하는 광경을 목격한다. 그러니 이 '결심'이야말로 "불탄 마음"(塵心)에서 마음을 다한(盡心) 자만이 얻을 수 있는 '진심(眞心)'이 아니겠는가?

4. 나는 결심한다, 고로 존재한다

가늠하기조차 어렵다. 채상우의 시편들에 내재한 목소리들의 다성성과 혼종성은 그 폭과 깊이가 남다르다. 무수한 텍스트들이 들며 나는 중에 발화하는 소리들의 자취는 무수한 가닥과 갈림으로 분기되어 복잡하고 다단하다. 다양한 발화가 섞이고 중첩되는 와중에, 텍

---

9 장석원, 앞의 글, p.118. "끝나지 않은, 기록하지 못한 이십세기. 아직 시작도 되지 않은, 영원한, 이십세기. 우리를 피에 굶주리게 하는, 저 영원한 패배의, 이십세기. 개 같은 이십세기. 이십의 세기야, 이 씹의 새끼야, 이 씹 새끼야. 내가 패배했다. 망령들, 나를 지배하라."

스트들은 새로운 의미들을 분만하고 무수한 파생적 의미들을 출산한다. 이런 의미에서 그의 시편들은 기존 전통시가 견지해 왔던 시적 자아의 자기동일성을 해체하고 있다. 목소리들의 다성성과 혼종성이 시적 자아와 세계의 유기적 총체성에 균열을 가하고 있다고 할 만하다. '작품에서 텍스트로의 이행'에 있어 채상우의 시는 단연 선봉에 서 있다.

채상우의 시에서 자유간접화법은 다성적 목소리들이 들고 나는 현장을 채록한다. 그의 자유간접화법은 확산하는 소리에 따라 산포되는 의미들을 포집하는 시적 장치이다. 이때 우리는 타자의 목소리가 시적 주체 안으로 수렴되면서 특정한 방향성을 띠는 현상을 발견한다. 무수한 타자의 노래들이 '당신의 목소리'로 수렴되는 현상. 장황한 산문시가 유려한 리듬으로 읽히는 것은 바로 이러한 '당신'의 존재 때문이다. 이는 다성적 목소리가 기저 층위에서 하나의 소리의 톤(tone)과 의미의 결(texture)에 의해 주조되고 있음을 의미한다. 그것이 '부재하는 당신'을 대면하는 시적 주체의 '멜랑콜리'라는 것은 의심의 여지가 없을 듯하다. 이런 의미에서 그의 자유간접화법은 혼성모방(pastiche)과 지향점이 다르다. 혼성모방이 타자의 목소리를 받아들이기 위해 자신의 목소리를 비우는 빙의(憑依)의 작업에 빗댈 수 있다면, 자유간접화법은 "창조하지만 침묵하는 신"에 이르기 위해 자기의 목소리를 구성해 가는 연금술의 작업에 빗댈 수 있다.

따라서 자유간접화접의 주체는 텍스트의 무당이 아니다. 차라리 텍스트의 화학자라고 해야 옳다. 그는 '당신'이라는 원소의 시학을 정립하기 위해 끊임없이 텍스트의 주기율표를 구성해 간다. 그리고 마침내 '리튬'이라는 죽음의 원소에 이르러 '결심의 주체'로 승화하여 새로운 '진심'의 세계를 개시하고 있다. 그 세계는 '리튬'처럼 가볍겠지만, 축전지처럼 동력으로 전환될 무한 가능성의 세계이다. 그렇다, 그의 '리튬'은 '결심'으로 충전되었다. 이것이 어디에 쓰일지는 아직은 모를 일이다. 여전히 '멜랑콜리'로 방전될 것인지, 아니면 '당신'을 재사유하는 혁명의 '기름'이 될지는 글쎄, '나는 아직, 알 수 없어요'.[10]

---

10 이문세, 「나는 아직 모르잖아요」; 한용운, 「알 수 없어요」.

잃어버린
'단어'를 찾아서

1. '생'과 '신'의 사이

신은 시보다 뒤에 있고 생은 시보다 앞에 있다
한글이 그렇다

나는 한글을 쓰는 사람이다
　　　　　—「시인의 말」(『이것은 바나나가 아니다』, 파란, 2016) 전문

이 글이 「시인의 말」로부터 시작하는 것은 그 말이 시집의 축도이기 때문에 그렇기도 하지만, 무엇보다도 마지막 문장에 담겨 있는 결연함 때문이다. "나는 한글을 쓰는 사람이다"에 담긴 시적 주체의 결기를 보라. 이 간명한 언명은 얼마나 강렬한가. 그 무엇을 부정해도 용서하겠지만, 한글을 쓰지 못한다면 그 무엇도 용서하지 않겠다는 필사의 의지가 담겨 있다. 이건 과장이 아니다. 그렇다, 그의 시는

"한글을 쓰는 사람"이라는 자기규정에서 비롯한다. 이를 이번 시집의 알파요 오메가라고 칭한다면 그건 나의 착각이 아니라 시인의 어쩔 수 없는 누설이다.

그의 선언은 시가 '생'의 뒤와 '신'의 앞에 존재한다는 인식에서 태동했다. 시는 '생'의 다음이고 '신'의 이전에 있다는 생각, 이는 시적 인식의 요체이자 그의 시작의 추동력을 가늠케 하는 두 힘점이다. '생'과 '신'은 그의 시를 견인하는 두 기둥이라 해도 좋다. 그러니 그의 시에서 '생'과 '신'의 길항이 펼치는 긴장과 역동을 발견하는 것은 어렵지 않다. 특히 양자가 제 고유의 역능을 펼쳐 보일 때, 그의 시는 유독 팽팽하다. 두 힘점의 무수한 진동이 시의 장력을 이루기 때문인데, 비록 그것이 밖의 고요로 현상할지라도, 그 안에는 시적 긴장으로 요동치고 있는 것이다. 그 긴장의 장력에 조심스럽게 손대 보는 일, 이것이 지금 우리가 할 수 있는 최대치이다.

「시인의 말」을 시가 '생'의 후일담이거나 '신'을 예비하고 있다는 식으로 오해해서는 안 된다. 왜냐하면, 그의 시는 역설적이게도 '생'의 시간에서 죽음과 부재하는 '신'의 세계를 가늠하는 데 전력하기 때문이다. 이런 의미에서 그의 시는 모순, 역설, 반어로 출렁이는 부정의 시학을 내포한다. 그의 시가 '생'과 '신'을 말하고 있더라도, 그 안에는 죽음과 묵시의 세계가 존재하고 있는 것이다. 예컨대, 「의학용어사전」을 보라.

#1
국어: barbaralalia 외국어발음불능증

#2

비: abarticular 관절과관계없는―, 비관절―

#3

문: acculturationproblem 문화적응문제

#4

잠: baillock 베일잠금장치

#5

너: absorptionenergy 흡수에너지

#6

사과: apple 사과

#7

돼지: Ascaris suum 돼지회충

#8

사람: anthropophilism 사람기호성

#9

시: abortionist 낙태시술자

—「의학용어사전」 전문

이 독특하고 매력적인 사전을 보라. ' : '을 기준으로 좌측 항은 피

정의항이고 우측 항은 정의항이다. 그러니까 ' : '의 우측 항은 피정의항의 시니피앙에 대한 의학적 시니피에인 셈이다. 흥미로운 것은 우측 항에 웅크리고 있는 시니피앙이다. "국어"는 "외국어발음불능증"의 '국어', "문"은 "문화적응문제"의 '문', "잠"은 "베일잠금장치"의 '잠', "너"는 "흡수에너지"의 '너', 그리고 "시"는 "낙태시술자"의 '시', 이런 식이다. 이는 단순한 말놀이(pun)인가? 시니피앙 층위에서 발견되는 좌측 항과 우측 항 사이의 이러한 일치를 말놀이로 보기는 어렵다. 그의 "의학용어사전"에는 단순한 말장난으로 휘발되지 않는, 피정의항에 대한 새로운 의미를 파생시키는 독특한 의미 작용(signification)이 내재해 있기 때문이다.

따라서 판정은 시니피에 층위에 대한 검토 이후에 언도되어야 한다. 시니피앙 차원의 말놀이처럼 보이는 위의 시에서, 좌측 항과 우측 항 사이의 시니피에의 관계는 매우 의미심장하다. "국어"가 "외국어발음불능증"인 것은, 기의의 차원에서 "국어" '외' 다른 언어를 발음할 수 없기 때문이다. 곧, "국어"는 '외-국어-발음-불능-증'인 것이다. "문"이 "문화적응문제"라는 의학 용어로 설명될 수 있는 것도 같은 맥락에서 이루어진다. 즉 '문(門)'이라는 출입구 혹은 '문(文)'이라는 글은 '문화의 차이'라는 맥락 속에서 그 '문화'에 소속되어 거기에 적응하는 문제가 된다. 다시 말해, "문"은 그것이 출입구이든 문장이든 "문화-적응-문제"인 것이다. "잠"과 "너"의 설명은 또 얼마나 흥미로운가, "비"와 "사과"와 "돼지"는 왜 아니겠는가?

이미 예상했겠지만, 「의학용어사전」에서 우리가 특별히 관심을 가져야 할 단어는 "사람"과 "시"이다. 그의 '한글 사전'에서 'ㅅ' 계열의 단어들은 중심점을 이루고 있다. 아마도 그는 두 번째 시집에서 'ㅅ'을 집필하고 있는 중인지도 모르겠다. 질문은 이렇다, 왜 "사람"과

"시"는 "사람기호성"과 "낙태시술자"라는 의학 용어로 설명되는가? 이는 그가 "사람"과 "시"를 일종의 질병의 차원에서 바라보고 있음을 암시하는가? 그의 시가 '한글 사전'의 순서에 따라 편찬된 것이라면, 우리의 결론도 자연히 그 순서를 따라야 한다. 먼저, 그의 사전을 좇아 '생'에서 시작하기로 하자. 그의 '한글 사전'이 이를 어떻게 기술하고 있는지 자못 궁금하다.

2. 죽음의 모래, 생의 해변의 구성 물질

그 해변에서는 가벼운 화재도 사소한 싸움도 일어나지 않는 것이다
도대체 살아 있는 사람이 도착하지 않는 것이다

그 해변은 지루해서 지루해서 지루해서 작은 모래알은 더 작은 모래
알을 질투하는 것이다 더 작은 모래알보다 더

더더더더더더더더더더더 작아지려고 자꾸 발끝을 벼랑 위에 세우
는 것이다 벼랑이 먼저 무너지는 것이다

모래를 넘어 모래를 넘어 모래를 넘어 모래를 넘어 모래를 넘어 모래
를 넘어 모래가 넘어지는 것이다 그 해변은 그렇게 더

더더더더더더더더더더더 가까이 세계의 끝으로 다가가고야 마는
것이다

—「그 해변」 전문

「그 해변」에서 펼쳐지는 풍광을 보라. 시는 얼핏 고요의 세계를 직조하고 있는 듯 보인다. 그러나 겉으로 드러난 이런 현상계의 풍광을 벗어나 미시 세계 속으로 들어가면 상황은 급변한다. "작은 모래알"의 세계에서 밖의 고요는 안의 격렬로 들끓고 있다. 여기서 미시 세계에 대한 경이는 존재하지 않는다. "더더더더더더더더더더더 작아지려고 자꾸 발끝을 벼랑 위에 세우는 것"에서 보듯, 미시 세계의 격렬은 소멸을 향한 운동이기 때문이다. 이렇게 말할 수 있겠다, 미시(微視) 세계의 운동은 미시(未視)로의 운동이라고. "세계의 끝"이라는 말은 군더더기 없이 이를 단언한다. 이때 "더더더더더더더더더더더"도 그렇지만, "모래를 넘어 모래를 넘어 모래를 넘어 모래를 넘어 모래를 넘어 모래를 넘어"의 반복은 "모래가 넘어지는" 소멸의 운동의 격렬함을 강화한다. "그 해변"의 풍경은 "세계의 끝"으로 향하는 순간의 강렬한 파토스를 포착하고 있다.

이는 단지 "그 해변"의 풍경만일까? 그렇지는 않다. "세계의 끝"으로 향하는 이 격렬한 움직임은 우리 '생'의 풍광이기도 하다. '생'의 출발인 '생일'이 '죽음'과 함께 출발한다는 것은 이를 예증한다.

장미나무에
장미꽃이 핀다.

다시 한 번, 너를 잊어야겠다.

그래도

장미나무에

장미꽃이 핀다.

나는 죽었다.

─「생일」 전문

　일반적으로 '생일'은 '생'의 시작을 고지한다. 그리고 그날은 해마다 반복된다. 마치 반복적으로 피는 "장미꽃"이 "장미나무"의 생의 축하의 메시지이듯. 그러나 유지소의 '한글 사전'에서 '생일'은 죽음, 곧 '제일(祭日)'로 귀결된다. "너를 잊어야겠다"의 '너'가 '생'이라면, "다시 한 번"이라는 말은 '생'을 잊고자 하는 주체의 사념의 반복적 운동을 보여 준다. 따라서 "너를 잊어야겠다"는 다짐 이후에도 피는 "장미꽃"은 생일 축하의 꽃이 아니라 죽음을 애도하는 조화(弔花)가 된다. 생일과 제일의 돌연한 결합, 그 결과 "장미꽃"이 축화(祝花)이자 조화가 되는 일은 낯설고 기이하지만, 유지소의 시에서는 전혀 그렇지 않다. 죽음으로 미만한 그의 시집에서 이를 찾기란 장미나무에서 장미꽃을 찾기보다 쉽다. "자기 장례식에도 늦을 놈, 오늘 드디어 그놈이 되고 말았습니다"(「완주」)를 보라. "생전 처음 보는 내 무덤들"(「어디에 묻혀 있나, 나는」)도 마찬가지이다.

　그렇다면 생이란 무엇인가? 그의 사전을 다시 들춰야겠다. 눈에 띄는 것은 "아가야,/산다는 말은/바꾼다는 말과 같은 말이란다"(「우리 동네 뻐꾸기가 우는 법」)라는 용례이다. 이를 '바꿈'의 연속으로 생이 지속된다는 의미로 이해하지는 말자. 왜냐하면 생으로서의 '바꿈'은 마침내 "몸을 바꾸는 것"(「우리 동네 뻐꾸기가 우는 법」)으로 의미를 바꾸기 때문이다. 이는 생이 몸의 바꿈, 시간과 공간의 전변 속에서의 육신의 탈각임을 보여 준다. 그리고 죽음의 세계로의 몸의 '바꿈'은 우리의 생을 주검의 집적으로 변화시킨다. 시 「패총」의 일절, "&&& 껍데기 옆에 껍데기 &&& 껍데기 위에 껍데기 &&& 껍데기 틈에 껍데기 &&&"는 형해화된 생의 모습을 직접적으로 보여 주고 있다. 여기에서 "통유리 안에서" "가랑이를 벌리고 있는" '패총'은 "오늘도 썩지 못하고 &&& 오늘도 선사시대"의 대리물로 존재한다.

문제는 우리가 선사시대의 죽음이 전시되는 이곳에 입장하기 위해서는 '손도장'을 찍거나 '관람료'를 지불해야 한다는 사실이다. 그러니까 우리는 "비싼 값을 주고/병든 인생을 산"(「다정한 모자」) 것이다. 그러니 얼마나 잔인한 일인가, 생은. 그것은 우리에게 "죽어서도" "모자를" "쓰라고 말"하고, "봉분을 쓰고 외출"하라고 명령한다. 우리의 생이 "세계의 끝"과 '죽음'을 "비싼 값"을 주고 사는 일이라면, '시'는 그것에 웃돈을 얹어 무덤을 파는 일과 다르지 않다.

검은 물이 뚝뚝 떨어지는
제4번 방을 발견했소
내 무덤 같아서 파헤쳐 보았소
나무가 있었고
나비가 있었고
죽은 쥐새끼가 있었고

나는 없었소

연꽃을 생각하면 연꽃이 사라지고
사자를 생각하면 사자가 사라지는
늪이 있었소

내 무덤 같아서 파헤쳐 보았소

늦은 늪의 무덤일 뿐

나는 없었소

나는 언제 죽었나

어디에 묻혀 있나, 나는

내 얼굴을 달고 탈춤을 추는

한 사람이 있었소

그 사람은 언제나 북장단보다

한 박자 빠르거나 한 박자 늦었소

그 사람 내 무덤 같아서 파헤쳐 보았소

촛불이 있었고

빈 지갑이 있었고

생전 처음 보는 고래가 있었고

생전 처음 보는 내 무덤들이 있었고

—「어디에 묻혀 있나, 나는」전문

이 시는 첫 시집 『제4번 방』(천년의시작, 2006)의 메타시이다. "검은 물이 뚝뚝 떨어지는/제4번 방"은 직접적으로 그의 시의 첫 '생일'을 호출한다. "나무" "나비" "죽은 쥐새끼" 등은 '생일'의 축하 선물 목록들이다. "제4번 방"의 사건은 '나의 무덤'인 그곳에서마저도 내가 없다는 사실에서 발생한다. "내 무덤들"로 추정되는 "제4번 방"과 "늪"과 "그 사람", 그 어디에도 '나'는 없다. 그렇다면 대체 '나'는 "어디에 묻혀 있나"? 여러 가능성이 있겠지만, 가장 자연스러운 것은 '나'가 아직 죽지 않았다는 해석이다. 그러나 그의 질문이 '내가 어디에 있나'가 아니라 '내가 어디에 묻혀 있는가'임을 상기할 때, 이는 적절치 않다. 무엇보다는 그가 이미 죽음을 전제하고 있다는 사실, 그리고 그의 시는 지관(地官)처럼 죽음의 자리를 찾고 있다는 사실을 잊어서는 안 된다. 그러니까 그에게 필요한 일은 죽은 자를 부활시키는 것이 아니라, 죽은 자의 거소를 마련하는 것이다.

그러므로 그의 시는 "그 해변"의 무덤이거나 패총이다. "더더더더더더더더더더"에 암시된 죽음으로의 점근 운동을 통해, "나·無"(「나,무」, 「제4번 방」)의 세계가 현현하고 있다. 이것은 시적 주체가 삶과 죽음의 경계에 있음을 암시적으로 보여 준다. "나는 삶과 죽음 사이에 꼿꼿하게 서 있어요"(「찌」, 「제4번 방」)에서 보듯, 그의 '생'은 한편으로는 '죽음'과 대면하면서, 다른 한편으로는 "삶과 죽음 사이"에 있는 것이다. '생과 사', 아니 한글의 자모순으로 치자면 그는 '사와 생'의 사이에 있는 셈이다. 그의 '생'은 '사'보다 한발 늦다.

3. 소돔의 콜라주와 부재하는 신

'신'에 대해 사유해야 하는 이유는 죽음 이후의 생에 대한 고민 때문이다. 그러나 놀랍게도 그의 시집 전체에서 '신'이란 단어는 단 한 차례도 등장하지 않는다. 이는 그가 사후 세계의 복락에 대한 사유보다는 '신'의 묵시에 대한 사유에 천착하고 있음을 보여 준다. 그렇다면 '신'은 어디에 있는가? 그의 「의학용어사전」이 "#9/시"로 끝나는 것은 무엇을 암시하는가? 어쩌면 그의 사전에서 '신'은 부재로서만 존재하는지도 모르겠다.

그가 "넬리 아르캉의 『창녀』를 갈갈이 찢어 붙"여 만든 시 「콜라주

20081224」는 '크리스마스이브'의 풍경을 다음과 같이 그리고 있다.

> ### 훌쩍거리는 발바닥 ### 계단식 허파 ### 소돔 백이십 일 접촉 소개소 ### 에나멜 구두의 관점에서 침대용 빨강 머리는 금지 식품이 다 ### 무의미의 블랙홀 ### 베일을 쓴 텍스트는 뽕브래지어가 지긋지긋하옵니다 ### 갈고리의 서글픈 척추 측만 ### 근심사를 쇼핑하는 폭풍우 ### 물렁물렁 ### 흐물흐물 ### 천국의 플랫폼에는 사악한 초콜릿이 대기 중이지 ### 고무 인형의 핵심은 이중의 덧칠에 있어요 ### 당신의 영웅적 꿈지락증 당신의 붉은 반점은 최신 유행이야 ### 처방의 최종 목표는 질주하는 히스테리에 있고 ### 근친상간과 백일몽을 교접한 멜로드라마는 식탐을 유발하고 ### 늘 그런 식이니까요 ### 굿나잇 ### 벽난로와 음부를 바꿔치기하는 산타클로스 ### 불특정 다수의 평행 관계는 가면의 세계를 창조한다 ### 똥개의 시각으로 무의식과 메커니즘 접붙이기 ### 자발적으로 뒤틀린 욕망의 탭댄스 ### 나는 진행 중인 기절초풍이에요 나를 납치해 주실 분? ###
>
> —「콜라주 20081224」 전문

'콜라주'라는 기법 자체는 논외로 하자. 중요한 것은 '2008년 12월 24일' 크리스마스이브가 "소돔 백이십 일"로 대체되는 광경이다. "벽난로와 음부를 바꿔치기하는 산타클로스"를 보라. 여기서 창세기의 '소돔'은 현대판 "근친상간과 백일몽을 교접한 멜로드라마"와 교차되고 있다. 창세기의 '소돔'이 넬리 아르캉의 입을 빌어 유지소 식 콜라주로 재탄생하고 있는 것이다. 그러니 "똥개의 시각으로 무의식과 메커니즘 접붙이기"는 넬리 아르캉의 목소리이지만, 「콜라주 20081224」의 시적 주체의 발화이기도 하다. 여기에 '신'은 있는가, 창세기에서 아브라함의 항변의 목소리를 듣던 '신'은 어디에 있는가? 넬리 아르캉의 『창녀』에서 "천국의 플랫폼에는 사악한 초콜릿이 대기 중"일 뿐이라면, '2008년 12월 24일'의 무덤에서 '나의 시신'을 찾아 줄 분은 대체 누구인가? "나를 납치해 주실 분?"이라는 마지막 요청 은 그의 시에서 다음과 같은 질문으로 변용되고 있다.

철책을 따라 걷고 있었다 …… 다시 묻는데 내 죄가 뭐죠? 등 뒤에서
불쑥 누군가가 물었다 뒤돌아보았지만 아무도 보이지 않았다
-「찔레꽃」부분

투헤븐(하늘 끝까지? 하늘에 맹세코?)에서는 이틀 만에 쫓겨났다더니
-「새로 세 시, 24시 돼지국밥 집에서」부분

그런데 우린 뭘 했었지?
깜깜한 찔레 덤불 속에서
-「뱀」부분

"내 죄가 뭐죠?"라는 물음, "하늘 끝까지? 하늘에 맹세코?"의 혼 돈, "그런데 우린 뭘 했었지?"의 망각은 이 세계에 미만한 죄와 악의 근원과 구원에 대한 물음과 통한다. 문제는 이러한 물음과 혼돈과 망 각에 대해 어떤 응답도 구할 수 없다는 점이다. 그의 '한글 사전'에 '신'이 '생'의 다음에 오는 이유가 무엇인지 알 수 있는 대목이다. '신' 이 '생' 이후에 온다는 것은 '생'에는 '신'이 없음을 반증하지 않는가. 「임종 전야」와 「십자드라이버」에 나타난 종교적 상징들이 비종교적 암유로 읽힐 수 있는 것도 바로 이 때문이다. 그리고 마침내 다음의

시가 탄생한다.

1. 실수의 온도

태초에 남자의 체온은 18℃였다 태초에 여자의 체온도 18℃였다 태
초의 남자와 태초의 여자가 태초로 몸을 합해서 태초의 아기를 만들었
는데 그 아기의 체온은 36.5℃였다

그들은 이해할 수 없었다 18 더하기 18은 36이 분명한데…… 어디서
0.5의 불순물이 섞였던 걸까…… 어쩔 수 없이 그들은 태초의 실패작을
내다 버렸다 태초의 실수였다 그들은 죽을 때까지 깨닫지 못했다 태초
의 실패작 속에 무엇이 들어 있었는지를

2. 두려움의 온도

태초의 버림받은 이 기억 때문에 또다시 버림받지 않을까 하는 두려
움 때문에 오늘날도 아기들은 태어나는 순간 심하게 운다
간혹 울지 않는 아기도 있는데 울지 않으면 의사들이 아기의 엉덩이
를 때려 준다 의사들은 태초의 기억을 살려 주는 것도 자기들의 의무라
고 생각한다

3. 호기심의 온도

오늘도 여자들과 남자들은 지구 곳곳에서 몸과 몸을 포갰다가 뗐다
가 마음과 마음을 합쳤다가 쪼갰다가, 생체 실험에 몰두하고 있다

태초에 태초의 그 불순물은 어디서 어떻게 생겨났을까 그 불순물이

도대체 뭐길래 사랑하다 이별을 하면 심장이 얼어붙거나 영혼에 오한이

드는 것일까

—「0.5℃」전문

우선 주목할 것은 태초의 시간에 '사람'만 있고 '신'이 없다는 사실이다. 이러한 사실이 신의 창조설에 대한 부정이라는 함의를 포함하는지는 알 수 없으나, 그의 시에서 '신'은 태초의 시간에도 부재중이라는 사실만큼은 분명해 보인다. 더욱 흥미로운 것은 "태초의 아기"가 "태초의 실패작"으로 간주되어 유기(遺棄)된 이유가 태초의 인간의 무지에서 비롯한다는 사실이다. "2. 두려움의 온도"는 이러한 "태초의 실수"의 함의가 망각이 아니라 상기(想起)에 있음을 여실히 보여준다. 이것은 상기한 대로, 우리의 생이 "태초의 실수"를 상기하는 일에서 시작됨을 뜻한다.

문제는 '오늘'이다. "생체 실험"이란 단어에 두 번 출현하는 'ㅅ'은 아기의 유기가 반복되고 있음을 문자적으로 보여 준다. 이 단어가 지닌 차가움은 "0.5℃"라는 온도의 결여를 보여 주는 듯하다. 아무튼 "사랑하다 이별을 하면 심장이 얼어붙거나 영혼에 오한이 드는 것일까"라는 구절은 '실수와 두려움과 호기심의 온도'가 결국 '사랑의 온도'임을 분명히 한다. 즉 사랑의 실패가 야기하는 것은 '오늘'의 죽음("심장이 얼어붙거나 영혼에 오한이 드는 것")이다. 이것이 함의하는 바는 적지 않은데, 그의 '한글 사전'에서 누락된 혹은 누락한 단어가 무엇인지를 보여 주기 때문이다. '사랑'이 그것이다.

4. 사랑, 누락된 단어

분명 그의 '한글 사전'은 'ㅅ'에 펼쳐져 있다. 아니 'ㅅ'에 멈춰 있다는 말이 정확할 것이다. 'ㅅ'에는 미처 담지 못한 단어가 있다.

내 사랑의 수위를 낮춘다. 네 쇄골보다 낮게, 네 명치보다 낮게, 네 배꼽보다 낮게. (콩팥이란 말 참 좋다, 네 콩팥보다 더 낮게.) 그만하자. 이건 너무 통속적이다. 다시 시작하자, 전략적으로. 너에 대한 내 사랑의 수위를 낮춘다. 네 무릎보다 낮게, 네 발목보다 낮게, (네 노란 생각의 깊이보다 더 깊이.)

거미…… 하는데 한 사람이 서 있다. 말미잘…… 하는데 누군가 쿡쿡 웃는다. 자연은 비밀이 너무 많다. 뻘은 비밀의 글자로 적은 비밀 편지 같다. 한번 빠진 발을 더 깊이 빨아들이는 물컹물컹한 글자들. 너는 너무 쉽게 움직이는 물질이어서, 나는 나를 고정시킬 수가 없다. 홍합처럼 족사(足絲)를 가지고 싶은 이 마음.

이렇게 솔직해도 좋은 것일까, 가령 누군가를 죽여야 한다면. 이렇게 예측 가능해도 괜찮은 것일까, 누군가를 진짜 속여야 한다면. 이렇게 용의주도해도 슬픈 것일까, 결국 그 누군가를 사랑해야 한다면.

나는 모른다, 아무것도 몰라서 계속할 수 있다.

—「썰물」부분

"사랑의 수위"를 낮추는 이유가 '썰물'처럼 빠진 어떤 사람과의 이별 때문이라면, 이는 역설적이다. 결국 '사랑'은 사랑의 결여를 통해서만 유지될 수 있기 때문이다. 이러한 역설은 '나'와 '너'의 근본적 차이에서 발생한다 "너는 너무 쉽게 움직이는 물질이어서, 나는 나를 고정시킬 수가 없다"는 이를 표현한다. "내 피는 얼음처럼 차갑고 너의 피는 드라이아이스처럼 뜨거우니까"(「해충의 발생」)에 드러난 양자 사이의 본성적 차이와, "사랑에 빠져 있는 나는 한 바퀴에 삼 년씩 젊어지고/이별을 준비 중인 너는 한 바퀴에 삼 년씩 늙어 버리자"(「운동하러 가자」)에 표현된 정념의 차이를 보라. 요컨대 사랑은 "오전과 오후, 밤과 낮, 여자와 남자, 차도와 인도, 해와 달…… 너와 나의 이분법들"(「썰물」)이 썰물과 함께 실체를 드러내는 시간 속에 있다. 「내 방에 매달린 벽시계가 1초마다 말씀하시길」의 "넌-나. 난-너"의 반복과 「우리 집에 살던 귀뚜라미 한 마리가 죽을 때까지 하신 말씀이」의 "난나난나 넌너넌너"의 반복은 이러한 이분법을 강박적으로 반복하고 있다.

"홍합처럼 족사를 가지고 싶은 이 마음"은 이러한 상황에서 벗어나고 싶은 간절한 심리를 표현한다. 문제는 "누군가를 죽여야 한다면" 상대방에게 솔직해서는 안 되고, "누군가를 진짜 속여야 한다면" 속임수가 예측 가능해서는 안 되듯이, "결국 그 누군가를 사랑해야 한다면" '용의주도함'도 별반 소용이 없다는 데 있다. '용의주도함'의 차이가 사랑의 실패를 결정하지 못하기 때문이다. 왜 아니겠는가, '용의주도함'으로 사랑을 유지할 수 있다면 어찌 이별의 슬픔이 있겠는가. 그렇다, 사랑은 "아무것도 몰라서 계속할 수 있"는 어떤 일이다. 이로부터 사랑과 증오의 왕복 운동이 생의 구비들을 채운다. "당신은 두 팔을 지구의 반 바퀴나 휘두르며 이것은내탓이아닙니다, 하고 당신의 탓을 나에게 넘기고 탓, 하고 탓이 나에게 돌아오고"(「우리테니스교실」)는 다소 우회적으로 이를 표현하고 있다. 그 '탓'이 우리의 생 속에 매우 신기한 '해충'(「해충의 발생」), '거품벌레'를 키운다.

○○○○○○○○○○○○○○○○○○○○○○○○○○○○○

ㅇㅇㅇㅇㅇㅇㅇㅇㅇㅇㅇ거품으로ㅇㅇㅇㅇㅇㅇㅇㅇㅇㅇ

ㅇㅇㅇㅇㅇㅇㅇㅇㅇㅇ집을ㅇㅇ만들고ㅇㅇㅇㅇㅇㅇㅇㅇ

ㅇㅇㅇㅇㅇㅇㅇ거품으로ㅇ직장을ㅇ만들고ㅇㅇㅇㅇㅇㅇ

ㅇㅇㅇㅇㅇㅇㅇㅇㅇㅇㅇㅇㅇㅇㅇㅇㅇㅇㅇㅇㅇㅇㅇㅇㅇ

ㅇㅇㅇㅇㅇㅇㅇㅇ거품으로ㅇㅇ너를ㅇ만나고ㅇㅇㅇㅇㅇㅇ

ㅇㅇㅇㅇㅇㅇㅇㅇㅇㅇㅇㅇ거품으로ㅇㅇㅇㅇㅇㅇㅇㅇㅇㅇ

ㅇㅇㅇㅇㅇㅇㅇ거품으로ㅇ너를ㅇ사랑하고ㅇㅇㅇㅇㅇㅇ

ㅇㅇㅇㅇㅇㅇㅇ거품으로ㅇㅇ너를ㅇㅇ거절하고ㅇㅇㅇㅇㅇ

ㅇㅇㅇㅇㅇㅇ거품으로ㅇㅇㅇ너를ㅇㅇㅇ간섭하고ㅇㅇㅇㅇ

ㅇㅇㅇㅇㅇㅇㅇㅇㅇㅇㅇㅇㅇㅇㅇㅇㅇㅇㅇㅇㅇㅇㅇㅇㅇ

ㅇㅇㅇㅇㅇㅇㅇㅇ거품ㅇㅇㅇㅇㅇ속에서ㅇㅇㅇㅇㅇㅇㅇ

ㅇㅇㅇㅇㅇㅇㅇㅇㅇㅇ밥을ㅇㅇ먹고ㅇㅇㅇㅇㅇㅇㅇㅇㅇ

ㅇㅇㅇㅇㅇㅇㅇㅇㅇㅇ똥을ㅇㅇ싸고ㅇㅇㅇㅇㅇㅇㅇㅇㅇ

ㅇㅇㅇㅇㅇㅇㅇㅇㅇㅇ꿈을ㅇㅇ꾸고ㅇㅇㅇㅇㅇㅇㅇㅇㅇ

ㅇㅇㅇㅇㅇㅇㅇㅇ거품ㅇㅇㅇㅇㅇ속에서ㅇㅇㅇㅇㅇㅇㅇ

ㅇㅇㅇㅇㅇㅇㅇㅇㅇㅇㅇㅇ혼자ㅇㅇㅇㅇㅇㅇㅇㅇㅇㅇㅇ

ㅇㅇㅇㅇㅇㅇㅇㅇㅇㅇㅇㅇ울고ㅇㅇㅇㅇㅇㅇㅇㅇㅇㅇㅇ

ㅇㅇㅇㅇㅇㅇㅇㅇㅇㅇㅇㅇㅇㅇㅇㅇㅇㅇㅇㅇㅇㅇㅇㅇㅇ

ㅇㅇㅇㅇㅇㅇㅇㅇㅇㅇ거품이ㅇ없으면ㅇㅇㅇㅇㅇㅇㅇㅇㅇ

ㅇㅇㅇㅇㅇㅇㅇㅇㅇ나도ㅇ없을ㅇ것만ㅇ같고ㅇㅇㅇㅇㅇㅇㅇ

ㅇㅇㅇㅇㅇㅇㅇㅇㅇㅇㅇㅇㅇㅇㅇㅇㅇㅇㅇㅇㅇㅇㅇㅇㅇ

ㅇㅇㅇㅇㅇㅇㅇㅇㅇㅇㅇ거품이ㅇ없으면ㅇㅇㅇㅇㅇㅇㅇㅇ

ㅇㅇㅇㅇㅇㅇㅇㅇㅇ인생도ㅇ없을ㅇ것만ㅇ같고ㅇㅇㅇㅇㅇㅇ

ㅇㅇㅇㅇㅇㅇㅇㅇㅇㅇㅇㅇㅇㅇㅇㅇㅇㅇㅇㅇㅇㅇㅇㅇㅇ

-「거품 벌레」 전문

결국 "거품"으로 만난 사람과 그것으로 만든 사랑은 "거품" "속에서" 사라질 수밖에 없다. 이는 "끝끝내 얼룩을 남기면서 질투합시다"(「질투 수업」)의 제언과 동궤를 이룬다. 그러니 그의 사랑은 "질투와 연민 사이"(「콩? 콩! 콩.」)에 있을 따름이다. 사랑 자체에 내재한 이 양가적 운동, 그것은 그의 '한글 사전'에서 "사람"이 왜 "사람기호성 (anthropophilism)"인지를 암시적으로 보여 준다. 사람이 사람을 좋아하는 것은 그의 본성이자 병이다. 사랑도 마찬가지이다. "너 토성의 고리처럼 너를 떠나면서 너를 떠나지 못하고 있는 너 네가 사랑하는 너 사랑할 수밖에 없는 너"(「해충의 발생」)에 대한 사랑이 마치 굴광성의 식물처럼 한 가지 방향을 취할 수밖에 없는 이유가 다음에 잘 표현되어 있다. "그럼에도 불구하고 오늘도 그렇게 우회전만 했다 사람이 사랑을 기다리는 곳에서 한 사람이 한 사람을 기다렸던 방향으로"(「태양 표절자」)……. 이는 사람을 포기해도 사랑을 포기할 수 없는 난국으로 요약된다. 그래서 다음과 같은 사랑이 출현한다.

나의 애인은
내 손바닥 안에 쏙 들어오는 돌멩이
산전수전 다 겪은 닳고 닳은 돌멩이

연못 속에 던져 버리면 연꽃을 던져 올리고
바다 속에 던져 버리면 바다를 업어 주는

(중략)

꽃도 아니고 별도 아니고

왜 하필이면

돌멩이를 소망하나 나는

개구리를 보면 개구리를 죽여 버리고

거울을 보면 거울을 깨어 버리고 싶은

—「나의 애인은」 부분

그는 "왜 하필이면 돌멩이를 사랑하나"? 2연("연못 속에 던져 버리면 연꽃을 던져 올리고/바다 속에 던져 버리면 바다를 업어 주는")이 표면적으로 보여 주는 것은, 사랑의 실패마저도 새로운 세계의 발현으로 종결되는 사랑에 대한 갈망이다. 그러나 이것이 마지막 연의 "왜 하필이면/돌멩이를 소망하나 나는"의 의문을 남김없이 해소하지는 않는다. "꽃도 아니고 별도 아니고"와 "개구리를 보면 개구리를 죽여 버리고/거울을 보면 거울을 깨어 버리고 싶은"은 이를 간접적으로 보여 주고 있다. 오히려 그의 사랑의 리비도는 죽음을 소망하는 것처럼 보인다. 달아나지 않는, 아니 내가 던질 때에만 달아날 수 있는 존재로서의 '돌멩이', 그리고 그 결과 생명과 거울의 파괴가 가능한, 따라서 그것은 죽음으로써 "나의 애인"을 봉인하려는 욕망의 반영이 아니겠는가. 그의 사전에서 '사랑'이 누락될 수밖에 없는 이유가 여기에 있다.

5. 잃어버린 '단어'를 찾아서

그의 첫 시집 『제4번 방』이 잃어버린 단어는 '나'('「나,무」 「나비」)이다. 나무가 '나무(無)'이듯, 나비는 '나비(非)'이다. 그럼, 'ㅅ' 계열의 두 번째 시집에서는? 그건 단언컨대 '사랑'이다. '사랑'이 타자의 부재로 완성되기 때문인데, 이런 의미에서 「y거나 Y」 마지막 세 연은 처연하다.

새는 뿌리를 내리기 위해

나무에 둥지를 틀고

나무는 더 멀리 날아가기 위해 새를 날린다

새는 나무로 돌아오는 힘으로 일생을 살고

나무는 새를 날려 버리는 힘으로

일생을 버틴다

새가 영원히 나무로 돌아오지 않을 때

나무는

비로소 완전한 나무가 된다

-「y거나 Y」 부분

'나무'와 '새'의 관계를 보라. "단언컨대/새는 나무 이후에 있었다"는 단언에서 시작하여, "y거나 Y"가 "새의 은자부호"와 "나무의 부표"라는 인식을 거쳐, 마침내 위의 세 연에 이르렀다. 위의 '나무'가 여전히 '나무(無)'의 자장 안에 머무르고 있다면, '새'와 '나무'는 하나의 '생'이 된다. 왜냐하면 '나무'가 지탱하고 있는 것이 '새'이고, '나무(無)'의 제로가 '생'의 받침 'ㅇ'이라면, '새'의 비상이 의미하는 '나무'와의 이별은 '나'의 부재를 전제하기 때문이다. 받침 'ㅇ'은 "새의 은자부호"이자 시적 주체의 죽음의 부호인 셈이다. 이것이 마지막 연 "완전한 나무"의 의미이다.

바로 여기에서 '사랑'의 의미가 도출된다. 대문자 'Y'가 소문자 'y'가 지닌 결여, 곧 절름발이를 딛고 선 문자라면, 그것은 "완전한 나무"의 기표가 된다. 이때 대문자 'Y'는 '그'의 죽음의 접근 금지를 알리는 대문자 'X'("방문에 검은 X를 커다랗게 쳐 놓지 않았다면", 「쇼 605」)와 짝패를 이룬다. 두 문자의 결합인 'XY'가 '사랑'이라면, 그것은 이미 그 내부에 불가능성의 기표인 'X'를 포함하게 된다. 그러니까 소문자 'xy'의 결합은 가능할지라도, '사랑'은 불가능하다. "새가 영원히 나무로 돌아오지 않을 때"에만 '사랑'은 주체를 "완전한 나무"로 변화시킨다는 뜻이다.

마침내 우리는 그의 "의학용어사전"에서 "시"가 "abortionist 낙태시술자"인 이유를 추론할 수 있게 되었다. 그에게 시는 생명의 지체를 분절하는 자이다. 그것이 '나'의 지체이든 '그'의 지체이든, 아니면 '사랑'의 지체이든, 그의 시는 그로부터 생명의 지체를 분리한다. 긍정적이든 부정적이든, 원하든 원치 않든, 이러한 사태는 "사람"이 "사람기호성"이라는 사실에서부터 발생한다. 어쩌면 그의 "사람기호성"의 기저에는 '사랑기호성(sophiapophilism)'이 있는지도 모르겠다. 그리하여 시가 "낙태시술자"가 아니라 '생의 산파(midwife)'가 되는 날, 그의 '나무(無)'와 '나비(非)'는 '사랑'의 불가능의 징표에서 비상하는 '새'로 태어날 것이다. 하여 '생'과 '신'의 사이에서 한 마리 '새'로 날아올라 '한글 사전'의 첫머리에 등재되어도 좋다.

생의 미각과 맴도는 심경에서 건져 올린
한 편의 언어

1.「서시」

한 편의 시가 시집 전체를 대변해 줄 수 있을까, 아니 시인의 생을 온전히 담아낼 수 있을까? 그러하다면, 그건 하나의 시에 자신의 생을 온전히 담으려는 시인의 열정과 의지가 존재하기 때문이다. 윤동주의 「서시」가 그렇다. 「서시」는 『하늘과 바람과 별과 시』의 출발점이며, 동시에 하늘과 바람과 별을 주유(周遊)한 시가 도달한 귀결점이기도 하다. 그러니 언어의 간극과 시작(詩作)의 고난을 뚫고 나온 한 편의 시가, 정수로서 고갱이로서 시집의 앞자리에 놓이는 연유를 납득할 만하다.

「서시」가 놓인 자리에 이정원의 두 번째 시집 『꽃의 복화술』(천년의 시작, 2014)의 「꽃의 겨를」이 놓이는 것은 마땅하다. 여기에는 꽃과 별과 달이 제 고유한 성정(性情)에 따라 운행하되, 그 비의(秘義)를 포착하려는 자가 필연적으로 맞닥뜨리게 되는 비의(非意)의 세계가 아프게 놓여 있다. 그의 시선은 사물의 미세한 결(texture)을 향하지만, 그의 마음은 생의 통점 주위를 맴돌 뿐이다. 이것이 그대로 시집 전체의 통점(通點)이자 생의 통점(痛點)을 이룬다. 그러니 지체할 이유가 무엇이겠는가. 당장 「꽃의 겨를」로 들어가면 될 일을.

모란 환한데

강심(江心)으로 어두워져 갈 때 번졌을 비명처럼 꽃잎은
대책 없이 붉은데

강바닥까지 내려갔어도 별을 줍지 못해
생의 닻줄 풀어 강물 깊숙이 정박했다는 그를
어두워 들여다볼 수 없다

별은 주울 수 있는 게 아니라고 목어가 다그르르 일렀다

명부전 액자 속 마흔아홉 날째 나른히 졸고만 있는
별인 줄 알고 잠 한 줌 길으려던 그의 죄
얼마나 깊은지 알 길이 없고

강에서 발뒤꿈치를 물고 따라왔을
물고기 한 마리 풍경 안에 갇혀 쟁쟁 울었다

붉은빛 아직 선연한 채 후드득 지는 모란 너머
서쪽으로 서쪽으로 불려 가는 낮달의

맨발이 아프다

"꽃의 겨를"에 농축된 시간은 깊다. 이는 무엇보다도 이 시가 아주 짧은 순간에 죽음의 세계를 다층적으로 펼쳐 보이기 때문이다. 우선 별의 침잠(沈潛). 강바닥까지 가라앉은 별은 과거의 죽음의 시간을 '착란'처럼 영사한다. 그리고 꽃의 조락(凋落). "붉은빛 아직 선연한 채 후드득 지는" 꽃은 현재의 죽음의 시간을 "비명처럼" 노정한다. 여기에 낮달의 영락(零落)이 겹친다. "서쪽으로 서쪽으로 불려 가는 낮달"은 미래의 죽음의 시간을 '누란'처럼 예기(豫期)하고 있다. 이 모든 죽음의 시간의 중심부에 "생의 닻줄 풀어 강물 깊숙이 정박했다는 그"의 생이 놓여 있다. 이것은 침전(沈澱)하는 생의 마지막 귀착지가 죽음에의 정박(碇泊)임을 명시적으로 보여 준다. 그러나 이것으로 끝인 것은 아니다. 문제는 "별인 줄 알고 잠 한 줌 길으려던 그의 죄"를 가늠하는 일이고, 이를 통해 생의 통점이 "맨발"에 놓이는 이유와 "구름 발자국이/패인 상처를 다독"(「시인의 말」)이는 까닭을 헤아리는 데 있다.

2. 별의 침잠(沈潛)

무릇, 별의 처소는 천상이다. 침잠한 별은 침잠하기 전의 상황을 전제한다는 말이다. 가늠할 수조차 없는 무한의 거리와 그 거리를 뚫고 도달한 별빛은 지상의 존재에게는 숭고한 이상으로서의 가치를 지닌다. 이는 별이 욕망의 대상으로서 생의 궁극적 도달점이라는 상징적 의미를 지니게 되는 이유를 설명한다. 이정원의 첫 번째 시집 『내 영혼 21그램』(천년의시작, 2009)은 별과 같은 상징적 존재에 대한 지향을 강하게 발산해 왔다. 심지어 지상에 추락한 것일지라도, 별은

재생과 부활의 역능을 예비하고 있다. 「천상열차분야지도」는 이를 잘
보여 준다.

> 天上에도 은하철도가 있어
> 무한궤도를 列車가 달리고 있나 봐
> 빅뱅처럼 아득해 기적 소리 들을 순 없지만
> 레일을 스칠 때마다 별빛이 태어난다는 걸
> 검은 밤들은 알고 있지
> 밤에서 밤으로 전해지는 우주의 비밀 우편함 속에
> 태어난 별들의 敍事가 우글거린다네
> 방금 내 머리맡 기웃거린 별똥 하나는
> 은하驛 떠나 아폴론 만나러 가는 파에톤일지도 몰라
> 빛의 속도로 가고 또 가다가
> 긴 꼬리 거두고 에리다누스 江에 떨어져 죽기도 하지만
> 空腹이 지나면 또다시
> 섣부른 모험심에 들떠 열차에 오르겠지
> 궤도 없는 궤도는
> 시작도 끝도, 과거도 미래도 없네
> 밤은 광속으로 우편함 뚜껑을 열어
> 찬란한 神들의 이야기를 실시간으로 전송한다네
> 간혹 열차들끼리 충돌해
> 꽝음과 함께 번개 긋기도 하지만
> 별들은 열차 바퀴 아래서 자꾸 태어나고
> 천, 상, 열, 차, 분, 야, 지, 도, 몇 장
> 내 주머니 속에서 낡아 가네

별들도 지상을 떠돌더니 닳고 닳아

지갑 속에 납작 엎드린 채 제 운행을 의탁하고

─「천상열차분야지도」 전문

　밤의 세계가 전하는 "우주의 비밀 우편함"은 천체 운행의 신비를 은유적으로 표현하고 있다. 밤은 별의 탄생과 운행과 소멸이라는 우주 운행의 비의를 알고 있는 자이다. "검은 밤들은 알고 있지"를 보라. 그런데 여기에는 "검은 밤"이 알고 있음을 아는 또 다른 주체가 가정되어 있다. "밤은 광속으로 우편함 뚜껑을 열어/찬란한 神들의 이야기를 실시간으로 전송한다네"가 의미하는 것은, 지상의 존재인 시적 주체가 우주의 비밀 편지의 최종 수신자라는 사실이다. 밤과 별의 호명(呼名)에 응답하는 방식은 여러 가지이다. 마지막 구절 "제 운행을 의탁하고"는 시적 주체가 별의 대리 운전자이어야 함을 고지하고 있다. 이것은 우주적 비의가 지상의 존재에게 내면화되지 못한 채 소멸되어서는 안 된다는 의식을 표현한다.

　이러한 의식이 우주의 비의를 알고자 하는 주체의 욕망에서 직접 배태되어 나온다는 것은 재론의 여지가 없다. "얼마나바람/에제몸말려야소리의만다라허공에/그릴수있는지"(「허공 만다라」)에 함축된 '우주의 지도'를 그리려는 욕망은 이와 내통한다. 이러한 욕망의 기저에 우주적 공간으로의 상승 욕구가 내재해 있다는 것 역시 분명해 보인다. 「구름의 소포」는 이를 명시적으로 보여 주는데, "치사량의 어둠을 마음껏 들이켰다 두 귀가 명경처럼 맑아 갔다 공명통 하나 소리 없이 부풀어 수슬수슬 날개 돋는 소리, 내 몸이 날개를 달고 떠오르기 시작했다"와 같은 구절이 그러하다. 여기에서 어둠의 무명(無明)을 깨치고 정명(正明)의 깨달음을 얻고자 하는 불교적 사유의 발원을 보는 것은 그리 어려운 일이 아니다. 그러나 여기에는 "치사량의 어둠"에 결속된 비애의 생이 치명적인 임계점에 도달하고 있음 또한 놓쳐서는 안 된다.

이렇듯 이정원의 제1시집은 어둠에 갇힌 무명의 세계 속에서 불교적 사유를 통해 우주의 비의를 깨닫고자 하는 욕망 위에서 구축되고 있다. 그의 첫 시집은 "불모의 '현실'과 그것을 견디고 치유하려는 '욕망(꿈)' 사이의 긴장에서 발원되고 있는 신생(新生)의 기록"[1]이라 할 수 있다. 두 번째 시집 『꽃의 복화술』도 이러한 욕망의 연장선상에 있다. 그러나 그것이 드러나는 방식은 사뭇 다르다. 「구름의 소포」에 예시된 '우화이등선(羽化而登仙)'과 같은 초월의 방식이 뒤로 물러나고, "치사량의 어둠" 속에서의 "유목의 보행법"이 전경화되고 있는 것이다. 이를 테면 「새의 게르」가 그러하다.

새들의 처소에선 유목의 냄새가 난다 가림막 치워진 겨울이면 안다
높다란 공중의 저 건축 공법, 바람모지 몽골 초원의 게르를 닮았다

그 유목의 처소엔 별들이 쏟아져 나뒹군다는데 허공에 엉덩방아 찧는 별들 불러들이려고 가지 끝 벼랑 위에 집을 두는가

허공엔 빗장이 없으므로 별들도 무시로 들락거리는 저 누옥

둥지에 엉덩이 붙인 별들 잠 뒤척일 때 새들은 부리로 마두금을 켜 다독여 재운다 밤새 엄동의 발굽 야생마처럼 설쳐도 새벽녘이면 볼 수

---

1 유성호, 「감각의 구체를 통한 '환'과 '실재'의 결속」, 이정원, 『내 영혼 21그램』, p.132.

있다 별들의 부화를 깃털 달고 사라지는 짧은 극명을

　어떤 난생(卵生)은 별과 한 종족일지도 모른다

　모든 발자국에는 유전의 법칙 징 박혀 있어 저 유목의 보행법 따라가
보면 고단한 것들의 생 점치는 점성술에 닿을 것도 같다

　별과의 내통을 위해 새들은 오늘도 뼛속 텅 비우고 제 처소를 공중에
매다는가

　허공에 기대어 꿈꾸는 저 게르

—「새의 게르」 전문

　새의 처소는 수직의 축, 지상과 천상의 사이에 자리한다. 새의 처
소는 "별과의 내통을 위해" "허공에 기대어 꿈꾸는" 자의 공간이므로,
그것이 벼랑이나 허공 같은 수직적 축 위에 자리하는 것은 당연한
일이다. 이런 맥락에서 "어떤 난생(卵生)은 별과 한 종족"이라는 말은
전적으로 옳다. 그러나 태생(胎生)은 다르다. 대지에 발을 딛는 존재
에게는 난생과는 다른 차원의 "유전의 법칙 징 박혀 있"기 때문이다.
이러한 차이가 지상의 존재로 하여금 "별과의 내통"을 꿈꾸는 방식,
곧 "유목의 보행법"을 규정하게 한다. "새들의 처소에선 유목의 냄새
가 난다"가 보여 주는 것처럼, "유목의 보행법"과 '비상의 비행법'은
"고단한 것들의 생 점치는 점성술"에 이르러 하나의 지점에서 만난
다. 양자의 유비 관계는 유목을 비상으로 견인하려는 의지에서 성립
하는 것이겠으나, 그 이면에는 비상이 유목의 "고단한 것들의 생"이

기도 하다는 사실을 함축하고 있다. 따라서 "새의 게르"는 수직과 수평이 만나는 지점으로 "고단한 것들의 생"이 "별과의 내통"을 꿈꾸는 허공의 장소가 된다.

그럼 "새의 게르"에서 탄생하는 것은 무엇인가? 그것은 "卵生일까, 胎生일까?"(「겨울의 幻」, 『내 영혼 21그램』.) 「미각(微刻)」은 이상과 현실, 천상과 지상, 비상과 유목, 난생과 태생, 비행법과 보행법 사이의 단락과 내통을 미세하게 각인하고 있다.

쌀 한 톨에
반야심경을 새겼다는 건
쌀알에 들어 한 시절 침식을 잊고 뒹굴었다는 것

그 내부에 구멍 내고 들어앉아
쌀벌레처럼 쌀이 들이킨 물과 공기와 햇빛을 양껏 마셨다는 것

쌀 속에 온몸 감추고
진신사리 하나 불쑥 내놓듯
어느 날 그가 쌀 한 톨 세상에 내놓았을 때
그건 쌀알이 아니라 가없는 허공이었다
글자들이 쌀벌레처럼 낱낱이 기어 나와 꽉 차는 허공

미음(微音)을 보고
미시(微視)를 듣고
먼지의 먼지가 된 것이다

티끌 속에 든 굴신의 세월

쌀이 아닌 자신을 깎아 깨친

색불이공 공불이색

나는 좀체 누구의 내부에 든 적 없어

한 글자도 새겨 남기지 못하는 거라

쌀만 축내는 내 입속을

맴도는 심경(心經)이여

—「미각(微刻)」전문

  쌀 한 톨에 『반야심경』 283자를 새겼다는 '그'는 김대환을 가리킨다. 시의 각주에 따르면, 김대환은 세서미각(細書微刻)의 명인으로 1990년 기네스북에 등재되었다고 한다. 이 한 톨의 『반야심경』에서 시인이 응시하는 것은 "티끌 속에 든 굴신의 세월"이다. 이는 '그'가 "쌀알에 들어 한 시절 침식을 잊고 뒹굴었다는 것"을 예증한다. 즉 한 톨의 『반야심경』은 그대로 생의 미각(微刻)인 것이다. 그런데 여기에 최종적으로 담긴 것은 한 장인의 생의 이력이 아니다. 오히려 "가 없는 허공" 그것도 "꽉 차는 허공"으로서의 '공(空)'이 담겨 있다. 여기서의 '허공'이 『반야심경』의 사상적 요체인 "색불이공 공불이색"이라는 공 사상을 대변하고 있음은 분명해 보인다. 이렇게 『반야심경』 한 톨은 세서미각을 통해 스스로를 '공(空)'으로 만드는 '공(工)'의 경이를 보여 준다.

  이러한 경이는 '나'의 '공(工)'과 대조되어 생의 비애를 강화하는 계기가 된다. "나는 좀체 누구의 내부에 든 적 없어/한 글자도 새겨 남기지 못하는 거라"에는 '공(空)'을 체득하여 무아의 지경에 이르지 못하는 자의 깊은 탄식이 배어 있다. 이것은 시적 주체가 '생의 미각(微刻)'이 아니라 '생의 미각(味覺)'에 충실한 자였다는 사실을 보여 준다. "쌀만 축내는 내 입"이 증언하는 것은 '꽉 찬 허공'과 '텅 빈 포만' 사이의 대조이다. "별과의 내통을 위해 새들은 오늘도 뼛속 텅 비우"는 것과의 차이도 이와 하나의 궤를 이루고 있다. 따라서 입속에 "맴도는 심경(心經)"은 '생의 미각(微刻)'을 미각(味覺)으로 대체하는 자의 '맴도는 심경(心境)'을 적시한다고 할 수 있다.

흥미로운 것은 '맴도는 심경(心境)'에는 시적 주체의 또 다른 열망이 맴돌고 있다는 사실이다. "한 글자도 새겨 남기지 못하는 거"에 대한 안타까움이 "한 글자"라도 "새겨 남기"는 것에 대한 열망을 반증한다면, 이는 무아(無我)의 지향점이 '비애의 생'의 문자적 혹은 시적 각인에 있음을 암시한다. 이것을 '생의 미각(美刻)'이라 칭하자. 여기서 우리는 종교적 사유를 언어로 각인하는 방식과 종교적 사유 이면에서 분출하는 언어를 각인하는 방식 두 가지를 상정할 수 있다. 전자와 후자의 차이는 큰데, '비애의 생'이 종교적으로 전유될 때와 시적으로 발화될 때의 심미적 거리가 반영되기 때문이다. 만약 이정원의 두 번째 시집이 전자에서 후자로의 점진적 전이를 노정하고 있다면, 이는 그의 언어가 생의 미각(微刻)과 미각(味覺)의 사이에서 발화하고 있음을 보여 준다. 조락(凋落)하는 꽃은 이러한 추정을 더욱 강화한다.

3. 꽃의 조락(凋落)

이정원의 두 번째 시집이 놓은 자리는 꽃이 놓인 자리이기도 하다. 우선, 꽃은 "ㄱ닪한 것들의 생"의 상징으로서 존재한다. 생의 통점으로서 꽃은 '맴도는 심경(心境)'의 안팎을 두루두루 발화한다. 그 꽃은

"가시덤불에서 겨우 피운/목숨꽃"(「목숨꽃」)일 테니, 차라리 "고단한 것들의 생"의 육화(肉化)라고 하는 것이 더 옳을지도 모르겠다. 이것은 "예전보다 좀 더 과감한 상상력을 통해 자신의 내면 깊숙한 곳을 투시하고 내면의 상처를 용감하게 드러내고 있다"[2]는 사실에서 비롯하는 것처럼 보인다. 아무튼, 꽃은 시적 주체의 가장 내밀한 곳에 웅크리고 있는 죽음의 시간을 "비명처럼", "짐승처럼", "곡비처럼" 펼쳐 보이고 있다.

　　그리움은 외발이지 무엇엔가 기대려 하지

　　열흘 붉은 뒤에도 한층 소스라쳐 백일에 닿는 꽃 향낭을 풀어 딸꾹딸꾹 물 위에 풀어놓는 꽃 경면주사로 쓴 부적을 여름내 깃발로 걸어 놓는 꽃

　　명옥헌, 고운 짐승처럼
　　선홍이 우네
　　여름에 찢겨 산발한 곡비처럼

　　손톱을 물어뜯어 피가 고였지 라솔솔미 라솔솔미, 검은등뻐꾸기 적막에 엎드려 우는 비애의 통점을 파먹었지 두드러기의 나날, 가려워 피나도록 긁어 대다가 까무룩 숨 놓아도 좋을 허공에 안기고 보니 시푸른 물의 맨살, 반짇고리에 감춰 둔 실타래 꺼내 불긋불긋 풀어놓으면

---

2 이성혁, 「죽음의 성찰과 유목의 상상」, 『시로 여는 세상』, 2014.봄, p.309.

그늘은 우묵하지 대낮을 수납하기에 안성맞춤이지 쓰르라미의 이력
싸잡아 들여놓으려 품을 맘껏 늘여 보는데 불현듯 쏟아지는 저 생리혈,
그늘은 붉은 맛을 완성하지

꽃은 피일까 피가 꽃인 것처럼

배롱꽃
그리움으로 사르는 허공 외발로 걸어
헐은 곳마다 피딱지 익는
백일은 오지
오고야 말지
절정의 막고굴 저 환한 폐허로부터

　　　　　　　　　　　　　　　　　　　　　—「꽃의 복화술」 전문

　명옥헌(鳴玉軒)의 백일홍. "여름에 찢겨 산발한 곡비처럼" 우는 이
선홍을 무엇으로 견딜 것인가. 배롱꽃이 그 자체로 "비애의 통점"을
이루는 까닭은 "피가 꽃인 것처럼" 꽃이 피의 현현이기 때문이다. 납
득할 만하다. 더욱 눈여겨볼 것은 마지막 연이다. "백일은 오지/오고
야 말지"에 담긴 견고한 믿음은 어디에서 비롯하는가? 이러한 믿음은
"절정의 막고굴 저 환한 폐허"에 암시된 불교적 사유에 의해 지탱되
고 있는 것인가? 첫 번째 시집의 「등신불」이 백일홍에서 "제 몸 태우
며/不立文字로 뙤약볕을 견디는 저 목불 하나/백일 동안 꽃그늘 펴
놓고/산 채로 눈부신 고요"를 발견하는 것처럼. 그러나 양자는 다르
다. 「등신불」이 "꽃그늘"을 보시(普施)하며 "눈부신 고요"로 재탄생한
배롱나무에 집중한다면, 「꽃의 복화술」은 "그리움으로 사르는 허공

외발로 걸어" 놓은 꽃에 집중하기 때문이다. 이는 "꽃그늘 사원 한참 멀다"(「먼 사원」)의 사유와 가깝다. 이때 "백일"의 도래를 기다리는 마음은 상처의 치유에 대한 열망에서 비롯하겠지만, 상처의 종결은 결국 꽃의 죽음을 암시한다는 것을 잊어서는 안 된다.

그러므로 만개(滿開)에서 죽음을 보는 것, 이것이 꽃의 자리를 가늠하는 시인의 독법이다. "세상 모든 꽃은 그러므로, 최후의 유서인데요"(「독법」)가 보여 주듯, 꽃 핀 자리에서 유언을 읽는 것이 꽃의 독해법인 것이다. 꽃의 독법이 "고단한 것들의 생"의 독법이 되는 이유는, 변산 적벽강의 단층에서 "무저갱에 떨어진 한 여자"의 "붉은 유서"가 낭송되는 이유와 같다(「독법」). 같은 맥락에서 "기억의 단층에서/기적 없이 꽃이 피었다"는 「시인의 말」이 이해될 수 있다. 그 꽃은 외상(trauma)의 꽃이며, 시인이 과거의 기억의 강박적 반복을 온몸으로 버티고 있음을 암시한다. "흡사 나일 것만 같은/비명처럼 터진 꽃잎, 결박의 날 벗어나려다 혀 깨문 옹이"(「오독」)가 외상의 꽃의 한 변주라면, "탈색된 꽃잎은/숟가락처럼 나를 병 속에 꽂아 두고/성마른 날들을 자꾸 피워 올리죠"(「내성(耐性)」)는 현재의 '탈색된 시간'이 과거의 '성마른 시간'에 잇닿아 있음을 보여 준다. 그러하다면, "성마른 날들"의 중심부에 똬리 틀고 있는 것은 무엇인가? "누대에 걸쳐 도지는 가족력"(「매화꽃 바이러스」)이 그것이다.

　　얼룩은 달의 뒤편에서 태어나지

　　내시경을 들이대면 감춰 둔 얼룩들 모조리 드러난다고
　　엄마는 달처럼 부푼 배를 붙안고 벼랑으로 갔어
　　얼룩을 몰래 지우려

백척간두

섣부른 한 걸음을 마다한 벼랑에게

등 떠밀려 돌아온 엄마

한 움큼 소태맛 울음을 찍어 먹었지

엄마는 얼굴을 반쯤 가리고 천정에 빌붙었는데

쥐 오줌 자국이 엄마의 유일한 호신 거울

화등잔은 밤에만 읽는 책의 보호 덮개였지

얼룩의 딸들이 자꾸 태어나고

얼룩은 끊일 듯 말 듯 이어지고

습습한 꽃처럼 아무 데서나 피고

달의 뒤편을 헤집으면

해시시, 마약처럼 웃는 얼룩의 종자들

이유도 없이 쑥쑥 자라는 게 있다면

번지는 게 있다면

그건 꺼내기 두려워 숨겨 놓은 물혹이라고

물, 같은 의혹이라고

엄마와 내가 얼룩을 수반에 꽂아 놓고 새처럼 지저귀지

                              —「얼룩의 계보」 전문

지금 우리가 맞닥뜨리고 있는 것은 '얼룩의 꽃'이다. 이 꽃은 "결박의 날"과 "성마른 날"이 "비명처럼" 피워 올린 "탈색된 꽃"의 결정판이다. 문제는 이 꽃이 "습습한 꽃처럼 아무 데서나 피고" "이유도 없이 쑥쑥 자라는" 데에 있다. 이는 얼룩을 수태한 자가 얼룩의 운반체로서 얼룩을 번식시키는 모태라는 사실을 암시한다. 얼룩의 수태고지. "물혹"은 이를 보여 주는 또 다른 증거이다. 물혹이 "물, 같은 의혹"으로 나뉘어 펼쳐질 수 있는 것은, 그것이 '물'과 '의혹'의 화합물이기 때문이다. 여기서 전자는 물혹이 "울음주머니" 곧 "우물처럼 깊은 울음 곳간"(「허물」)임을 추정하게 한다. 후자는 물혹이 아직 시적 주체에게 내면화되지 못했음을 암시적으로 보여 준다. 그것은 '비애의 생'에 대한 풀리지 않는 의심, "딱딱한 의혹의 각질층"(「미혹, 혹은」)이다.

이렇게 「얼룩의 계보」는 "꺼내기 두려워 숨겨 놓은 물혹"을 "수반에 꽂아 놓고" 대면하고 있는 자의 표정을 상영한다. 이것은 "얼굴을 반쯤 가리고 천정에 빌붙"은 엄마와 지금 막 수태를 고지한 딸과의 대면이다. 반쯤 가려진 얼굴로 천정에 거꾸로 매달린 엄마의 모습은, 딸의 얼'굴'이 반만 뒤집어진 엄마의 얼'룩'임을 기묘하게 투사한다. 여기서 엄마와 딸의 얼룩은 하나의 계보를 이루고 있다. "얼룩을 몰래 지우려"는 엄마의 행위는 그녀가 "얼룩의 딸들"의 일원임을 반증한다. 그들은 모두 "마약처럼 웃는 얼룩의 종자들"인 것이다.

시 「뒤꼍」은 얼룩의 계보의 실제적 양상을 보다 구체적으로 보여 준다는 점에서 참조할 만하다. "프레드니솔론"을 대체한 "백사 한 마리", 그리고 그놈이 여전히 돌아가신 "엄마의 뼛골 속에 똬리 틀고" 있다는 것은, 죽음 이후에도 사라지지 않는 "얼룩의 계보"를 각인한다. 여기서 얼룩은 "기억의 저편 응달진" 구석에서 나와, 딸의 후각 속 "그놈의 냄새"로 재생된다. "얼룩의 계보"는 아버지와 쥐의 관계

(「이놈의 쥐!」, 『내 영혼 21그램』)와의 비교 속에서 보다 분명히 드러난다. 아버지의 일생을 괴롭힌 '쥐'가 무덤 속에서 아버지를 파먹고 무덤 위로 핀 엉겅퀴마저 뜯어먹는 상황은, '뱀'이 여전히 "엄마의 뼛골 속에 따리 틀고" 있는 상황과 유사하다. 그러나 아버지의 '쥐'는 계보를 이루지 않는다. '쥐'는 딸의 감각 속에서 재생되지 않고 있다.

얼룩의 기원에 대한 선언은 매우 흥미롭다. 시의 도입부에서부터 "얼룩은 달의 뒤편에서 태어나지"라며 얼룩의 기원을 "달의 뒤편"으로 확정하고 있는 점. 게다가 "달의 뒤편을 헤집으면/해시시, 마약처럼 웃는 얼룩의 종자들"에서 보듯, 얼룩을 광기와 중독으로 연결시키고 있는 점. 이것들을 "달의 뒤편"에서 얼룩을 채굴한 자의 발언으로 본다면, 이는 '우울한 몽상'[3]의 기원을 해명하는 단서가 될지도 모르는 일이다. 습습하고 요요(蓼蓼)한 "달의 뒤편"을 헤집어 볼 일이다.

4. 낮달의 영락(零落)

달은
맨홀처럼 떠요

덤을 핑계로
壽衣를 짓는다는 게 囚衣를 짓죠
손톱 밑 찌르며 꿰매는 囚衣는
壽衣와 다를 바 없는데

---

3 "마리화나를 입에 문 하현달이 몽롱한 연기를 뿜어 내고 있네". 이정원, 「우울한 몽상」, 앞의 시집, p.52.

한사코 나는 囚衣를 입으려 하죠

남들은 移葬을 하는데
나는 異裝을 해요
엉거주춤 색다른 옷을 입는 일은
낯설긴 해도 설레는 일
집터 옮기거나 옷 바꿔 입는 일은
절묘한 데서 일치하기도 어긋나기도 하죠

神의 감시가 느슨하대서
객기처럼
노란 달을 셔벗처럼 날름 삼키곤
양날의 단검 휘두른 윤삼월

서른 날 서른 밤이
꼴딱 저물고

저문 봄을 울던 산꿩은 목이 다 쉬었죠

—「어긋나다」 전문

수의(壽衣)를 짓거나 이장(移葬)을 하는 것은 윤달의 일이다. 이러한 풍습은, 윤달이 원래는 없는 달이기에 귀신들이 세속의 일에 관여할 수 없다는 인식에서 생긴 것이다. 특이한 것은 윤달에 시인은 수의(壽衣)가 아니라 수의(囚衣)를 짓고, 이장(移葬)이 아니라 이장(異裝)을 한다는 점이다. 양자는 서로 다르지만 "절묘한 데서 일치하기도" 하는 일이다. 우선 망자의 옷인 '수의(壽衣)'는 망자를 죽음 속에 가두는 '수의(囚衣)'이기도 하다는 점, 그리고 망자의 거처를 옮기는 '이장(移葬)'은 망자에게 죽음이라는 특이한 옷을 입히는 '이장(異裝)'이기도 하다는 점에서 그러하다. 그런데 이러한 유추가 성립하기 위해서는 한 가지 전제되어야 할 것이 있다. 그것은 망자와 '나'와의 동일시, 즉 스스로를 죽은 자로 인식하거나 스스로를 죽어 가는 자로 정립하는 것이 그것이다.

이러한 인식은 윤삼월의 '달'과 직접적인 관련이 있다. "달은/맨홀처럼 떠요"는 달이 맨홀 속 어둠의 입구임을 뜻한다. 윤삼월의 '달'이 현존으로서 부재하는 달을 표시한다면, '맨홀'은 죽음이라는 부재의 세계의 표식이라고 할 수 있다. 한마디로 '달'은 묘석(墓石)이다. 당혹스러운 것은 이 묘석을 그대로 삼켜 버리는 행위이다. "객기"에 의한 것이든 아니든, 이러한 행위는 윤달에 벌어질 수 있는 가장 부정스런 행위로 간주될 수 있다. 그것은 부재의 표식을 삼킴으로써 부재의 부재, 죽음의 죽음을 초래하기 때문이다. 이는 역으로 부재와 죽음이 내재화되었음을 의미한다. 즉 "얼룩의 종자들"을 수태한 것이다. 윤삼월의 '달'을 삼킨 몸속을 천공에 빗댈 수 있다면, 이제 몸속은 "서른 날 서른 밤" 동안 온갖 부정한 행들들의 공연장이 된다. "양날의 단검 휘두른 윤삼월"이 보여 주는 것은 광기와 중독에 의한 죽음의 검무(劍舞)이다.

'맨홀의 달'에 대해서는 조금 더 깊숙이 들여다볼 필요가 있다. 그 것은 '맨홀의 달'이 "양날의 단검 휘두른" 자의 '음험한 얼굴'을 비추기 때문이다.

전력을 다해 고이는 것들은 종종 저를 파먹지

제 몸의 지수화풍을
눈 내리깐 침묵을

만년설 지나 빙하 지나 늑골을 지층 어디에 두었더라?
자꾸 저 아래 깊은 데서 아, 하면 되받아 아— 하는데

오늘은 비가 내렸지 나는 망한 나라의 오랑캐처럼 후줄근해져서

대나무 피리 소리에 어깨 기울지 전력을 다해 기울면
소용돌이로 고이는 소리들
소리의 맨홀들

자정엔 창을 불어 끄고
나를 돌려 끄지
맨홀에 뜨는 얼굴이 비상계단처럼 움푹하고 바닥은 끝도 모르게 음
험해

내 안의 지수화풍을 다 바쳐 바닥을 차고 오르면 우두커니 식탁 위에
핀 그림자
제 가난한 살집을 뜯어먹지
실밥처럼 뜯어먹는 한밤의 식사

파먹고 남은 침묵은 깊은 동굴로 나를 끌어내리지
밤은 무성한데
교차로를 돌아온 불빛에 들켜 막무가내 뛰어들고 마는 깊은 소(沼)

처럼

전력을 다해 고이는 것들은 깊이를 모르지 비 그친 뒤란이
빨아 넌은
요요(蓼蓼)한 달빛

—「우물」 전문

「우물」은 두 번째 시집의 대미를 장식하는 시이다. 그도 그럴 것이,
윤동주의 '우물'처럼, 이 시의 "전력을 다해 고이는 것들"의 깊이는 시
집의 심점(深點)이자 생의 심점(心點)을 이루기 때문이다. '맨홀의 달'
은 「우물」을 이해하는 첫 번째 계단으로, 이로부터 "소리의 맨홀들",
"깊은 동굴", "깊은 소(沼)"의 의미를 유추할 수 있다. 여기서 문제는
"전력을 다해 고이는 것들"이 제 깊이로 고이기 위해선 "제 몸의 지수
화풍"을 뜯어먹어야 한다는 것에 있다. "종종 저를 파먹지", "제 가난
한 살집을 뜯어먹지", "실밥처럼 뜯어먹는" 등은 이를 구체적으로 보
여 준다. 이것들은 "나를 돌려 끄지"에 표현된 대로 죽음에 의해 침식
된 주체의 상태를 예시한다. "맨홀에 뜨는 얼굴"이 음험한 이유가 바
로 여기에 있다. "맨홀에 뜨는 얼굴"은 가장 내밀한 곳으로부터 자기
자신을 잠식하는 죽음의 뒤란을 반영한다.

그러나 이것으로써 사태가 종결되지 않았다는 데에 문제의 심각성
이 있다. "내 안의 지수화풍을 다 바쳐 바닥을 차고 오르면" 맨홀 밖
에서 기다리는 것은, 평화와 안식의 저녁이 아니라 "제 가난한 살집"
을 "실밥처럼 뜯어먹는 한밤의 식사"이다. 그리고 "파먹고 남은 침묵"
이 또다시 깊이도 모를 "깊은 동굴"로 인도한다. 이것은 맨홀 밖의 세
계가 맨홀 안의 세계와 그리 다르지 않음을 보여 준다. 나아가 부상

(浮上)이 더 "깊은 동굴"로의 침전(沈澱)을 위한 휴게임을 암시한다. "요요(蓼蓼)한 달빛"은 바로 이러한 생의 부침(浮沈)을 증언한다. 그러니까 "요요(蓼蓼)한 달빛"이 비추는 "뒤란"은 "고단한 것들의 생"의 '뒤란'이자 "얼룩의 종자들"이 마약처럼 웃는 "달의 뒤편"인 셈이다.

　그렇다면 "달의 뒤편"을 헤집은 자는 무엇으로 '죽음의 뒤란'을 견딜 것인가? 「그믐달」은 이울어 가는 자의 마지막 보행법을 그믐달처럼 살짝 비춰 보인다.

그

래서

마침내

한호흡으로

네가눕던날매

복해있던어둠이

임종을맞은얼굴로

젖어있었네거울의

뒷면처럼슬퍼져서나

오늘성마른담벼락에

기대츄잉껌처럼따분해

진다네천공과편먹은한

획붓질이여휘묻이한꿈

은싹수가보인다고진즉

에개밥바라기데리고나

와밥그릇긁어대더니

쇄빙선처럼떠서또하

루건너가라는거니쇠

쇠쇠얼음을밀며

야윈발내디디며한호

흡으로마침내

—「그믐달」 전문

그믐달은 파먹은 달이며, 파먹힌 달이다. "옥죄인 매듭은 기실 옥
쥔 것"(「테이크아웃」)이기도 하기에……. 이 시가 그리는 그믐달의 도상
(icon)은 "천공과편먹은한/획붓질"을 형상화하는 데 기여하고 있다.
이는 단순히 형태적인 차원에 한정되는 것은 아니다. 그믐달은 천상
과 지상과 해상을 오가며 살짝 "휘묻이한꿈"을 상징적으로 표현한다.
여기서 난(蘭)을 치듯, 달을 치는 자의 천품(天稟)을 엿보는 것은 그리
어려운 일이 아니다. "휘묻이한꿈/은싹수가보인다"를 그믐달의 유언
으로 본다면, "쇄빙선처럼떠서또하/루건너가라는거니"는 임종을 지
키는 자의 해석이 될 것이다. 이 유언을 끝으로 그믐달이 어둠 속으
로 봉인될 것이 틀림없기에, 후자는 임종 이후의 선택과 향방을 가늠
하는 척도가 될 수밖에 없다. 이러한 상황은 「저녁의 배경」에서 "별빛
을 포란한 당신"이 "어둠 속으로 귀소"하며 "월식처럼 내 몸을 건너"
는 것과 다르지 않다. 그믐달은 "초사흘 달 젊어지고 배회하는" '당신'
의 현현으로, 여기에는 '어머니'(「그믐달」, 「내 영혼 21그램」)의 고단한 생과
죽음이 투영되어 있다.

그렇다면 그믐달이 어둠에 의해 침식당하며 '나'를 방문하는 까닭
은 무엇인가? 이것은 그믐달의 전언이 지닌 상징적 의미가 무엇인지
에 대한 물음과 동궤를 이룬다. 「그믐달」의 "하/루건너가라는거니"는
그 이유를 암시적으로 보여 주고 있다. 여기서 "하/루"는 삶과 죽음

으로 갈라진 시간을 함축한다. 이렇게 말할 수도 있다, "하/루"는 삶과 죽음의 사선으로 갈라진 시간이라고. 따라서 그런 시간을 "건너가라는" 그믐달의 유언은 삶과 죽음의 갈림길에서의 선택과 결행을 촉구하는 것으로 볼 수 있다. "야윈발내디디며"는 마침내 모종의 선택이 감행되었음을 보여 주는데, 그것은 그믐달과의 "한호흡", 그러니까 한 번의 호흡이면서 동시에 같은 호흡으로 허공을 건너겠다는 의지를 표명한다.

이로부터 우리는 「꽃의 겨를」에서 "서쪽으로 서쪽으로 불려 가는 낮달의//맨발이 아프다"고 말하는 자의 심정을 가늠할 수 있다. 그것은 "낮달의//맨발"이 생과 사의 허공을 딛고 있기 때문이다. 이는 일차적으로 '달'로 상징된 '당신'에 대한 애도가 완료되지 못했음을 의미한다. 일종의 부채 의식과 죄의식이 시적 주체의 우울을 부단히 재생하고 있는 것이다. 이우는 것과 저무는 것에서 "고단한 것들의 생"을 발견하는 것은 고운 심성의 발로이겠지만, 그 속에서 끊임없이 "얼룩의 종자들"을 재발견하는 것은 우울의 결과라고 할 수 있다. 만일 '허공'에서 저무는 '당신'이 우울의 직접적 원인이라면, 애도는 '당신'에게 죽음의 처소를 마련해 주는 것에서부터 시작될 것이다.

5. 허공에의 정박(碇泊)

자벌레 한 마리 투명실 끝에 매달려 있다
땅에 닿을 듯 말 듯 실 끝에서 곡예를 한다

온몸으로 재던 우주와의 거리
문득 아득했을까

바람을 꿈꾸었다가 새를 꿈꾸었다가
끊임없이 날개를 꿈꾸던 자벌레
헛발을 짚은 것이다
그제야 사뿐 날아 본 것

누옥 한 채 없이
비계(飛階)를 떠돌던 사내가 있다
발 디딘 자리가 늘 허방이었던 사내
아늑한 방 한 칸을 위해
굴신으로 허공을 재고 있었다

아뜩한 찰나
주르륵 자벌레처럼 미끄러져 내려와
자나방이 된 사내
공중 부양의 황홀한 제의를 치르면서
벗어 놓은 제 육신 내려다보곤
혀를 끌끌 찰 것 같은 사내

발 디딜 곳
버리고 나서야 비로소
허공 깊이 방 한 칸 마련했다

　　　　　　　　　　　—「허공의 방 한 칸」전문

　이 시는 가는 실 끝에 매달려 위태로운 곡예를 하는 자벌레 한 마리로부터 시작한다. 자벌레가 매달린 허공은 "헛발을 짚은 것"과 "사뿐 날아 본 것" 사이에 존재한다. 이것은 자벌레가 내딛을 한 발이 추락과 비상의 차이를 결정한다는 것을 보여 준다. 즉 허공에서의 자벌레의 시간은 사선으로 갈라진 그믐달의 '하/루'와 "한호흡"인 것이다. "누옥 한 채 없이/비계를 떠돌던 사내" 역시 마찬가지이다. 그는 "발 디딘 자리가 늘 허방이었던 사내"이다. 그러니 그가 서 있는 발치는 누란(樓欄)이다. "서역이 아니더라도 어디든 누란은 있다"(「누란에 서다」)에서 보듯, 누란은 생의 도처에 존재한다. 시인이 서 있는 발치도 예외일 리 없다. "맨발이었다/암담한 발치"(「시인의 말」)가 예증하듯, 백척간두의 위태로움은 시인 자신의 것이기도 하다.

그럼 무엇으로 "암담한 발치"와 누란의 위태를 이길 것인가? 이는 자벌레와 사내가 "공중 부양의 황홀한 제의"를 치를 수 있었던 것에 대한 질문이다. 특히 사내는 자벌레와 달리 태생이기에, 그런 그가 "자나방"으로 변이되어 비상할 수 있었던 이유가 궁금하지 않을 수 없다. 그 이유는 크게 두 가지이다. 첫째, 허공의 생에 대한 인식. "굴신으로 허공을 재고 있었다"는 이를 보여 준다. 여기서 허공을 재는 일은 눈의 일이 아니라 온몸의 일이다. 뒤에서 보겠지만 "외로움의 본때"(「초본체(草本體)로 이울다」)를 보는 일이기도 하다. 둘째, 허공의 생에 대한 곡진함. "간곡한 것은 저렇듯 구불구불 기어오르는구나"(「곡진」, 「내 영혼 21그램」)를 보라. 이는 안주(安住)에의 집착을 떨쳐 버려야할 필요성을 제기한다. "발 디딜 곳/버리고 나서야"가 암시하는 것은 "발 디딜 곳"에 대한 집착과 욕망이 '생의 곡예'의 원인이 된다는 사실이다. 곡진함은 허공의 생 바깥에 대한 집착과 욕망에서 출현하는 것이 아니라, 허공의 생 자체에 대한 곡진함으로부터 유래하는 것이다. 이렇게 허공은 "전 생애를 거는 곳"(「가벼운 결속」)이다. 사내는 그곳에서 전 생애를 걸었기에 "허공 깊이 방 한 칸 마련"할 수 있었던 것이다. 그는 백척간두의 벼랑에서 물러나지 않았다.

"발 디딜 곳"을 버린 사내의 존재가 미치는 효과는 이중적이다. 우선, 그것은 "백척간두/섣부른 한 걸음을 마다한 벼랑에게/등 떠밀려 돌아온" 자들의 비애를 강화한다. 허공에서 "발 디딜 곳"을 발견하지 못한 자는 기억의 족적(足跡)에서 생의 거처를 마련할 수밖에 없을 것이다. 그러나 또 한편, "아슬아슬 매달린 마음의 경첩에/바람이 눈을 뜨면 나도/누군가의 부리를 깨울 수 있을까"(「경첩과 경칩 사이」)라는 마음을 발원하기도 한다. 이것은 "외로움의 본때"를 맛본 자가 "초본체 외로움으로 본격/이우는" 이유를 설명한다. 「초본체로 이울다」는 허공을 딛는 삶의 '본때'를 본격으로 보여 주는 시이다.

> 외로움의 본때를 보았지 이 여름,
> 박과의 한해살이풀
> 오이(黃瓜)나 참외(瓜) 등속이
> 외로울 고(孤) 안에 버티고 있지
> melon, water-melon처럼 동서가 한통속인
> 외-로움의 밑동들 땡볕 속에서 쑥쑥 자라지
> 마디 하나에 꽃 하나, 그 꽃 이울도록
> 땅이나 허공을 죽어라 기다
> 겨드랑이 헛헛해 덩굴손으로 기어코 붙잡지
> 홀로 구름을 뜯어 단물 속 태반이 되는
> 외-로움의 완결판 식물도감을 읽으며
> 함부로 외로움과 내통했던 날들 짚어 구름에 얹어 보네
> 가뭄에 고개 외로 꼬던 오이밭 단비에 젖어
> 새 경작지를 허공으로 허공으로 넓히면

그 미답의 경작지 한편에서 나는
암수 한 그루의 노란 통꽃으로 피는데
단내 낳으려 덩굴손 뻗지만 닿지 않는
지척의 네게로 노랗게 져 내리지
초본체 외로움으로 본격
이우는 것이지

—「초본체(草本體)로 이울다」 전문

"외로움의 본때"를 본 건 "외-로움"을 맛본 것과 다름없다. "외-로움"은 바닥을 기면서 성장하는 오이 등속의 로제타(rosette) 식물의 외로움을 시각적으로 표현한다는 점에서 재미있다. 즉 "외-로움"의 '외'를 '오이'의 줄임말로 간주한다면, "외-"는 '오이'와 같이 바닥을 기는 자의 연장된 외로움을 형상화한다고 할 수 있다. 이러한 재미는 말을 부리는 시인의 재주에서 비롯하는 것인데, 실상 진정한 묘미는 "외-로움"에서 "홀로 구름을 뜯어 단물 속 태반"을 읽어 내는 재주에서 발견된다. 빗방울이 "구름의 열매"(「구름 산책」, 『내 영혼 21그램』)라는 사실에 무슨 증명이 필요하겠는가. "단물 속 태반"은, 가뭄에 단비처럼 "외-로움"이 잉태를 위한 시간임을 너무도 분명히 보여 준다.

더욱이 "함부로 외로움과 내통했던 날들 짚어 구름에 얹어 보네"라는 구절은 예사롭지 않다. 이러한 행위는 "가뭄에 고개 외로 꼬던 오이"의 갈증을 치유하고자 하는 마음을 온전히 보여 주기 때문이다. "땅이나 허공을 죽어라 기"는 자의 "외-로움"을 자기의 '외로움'으로써 짚어 주려는 정신. 여기에 "함부로 외로움과 내통했던 날들"에 대한 새로운 각성이 내포되어 있음은 자명하다. 이것은 "나는 좀체 누구의 내부에 든 적 없어"(「미각」)라는 인식과의 거리를 보여 준다. 이로써 시적 주체의 내밀한 상처가 타자의 "외-로움"에 스미는 순간이 도래한다. 이 순간은 "오이"에게는 "미답의 경작지"를 확충하는 생의 시간을 뜻하지만, "노란 통꽃"에게는 "초본체 외로움으로 본격/이우는" 죽음의 시간을 의미한다. "스스로 제 주검을 다비"한 자의 "황홀한 의식"(「구름 산책」)이라 할 만하다. 다비식을 직접 목도한 자가 죽음의 시간 앞에서 무슨 말을 보태겠는가…… "곧, 눈이 오리라 깜깜하게"……. 그러니 화두처럼 몇 마디 첨언할 뿐…….

6. 침묵의 염(念)

이정원의 두 번째 시집은 생과 종교와 시가 "비애의 통점"에서 만나는 순간을 예리하게 포착하고 있다. 그러나 초월자의 상징이 생의 구체적 실상과 완전히 겹쳐지는 것은 아니다. 전자로써 후자를 남김없이 포획하는 것은 불가능한 일이다. 첫 번째 시집이 이에 대한 강력한 열망과 고군분투를 보여 주고 있다는 것은 분명하다. "별과의 내통"은 "외로움과 내통했던 날들"의 고단함으로부터 비롯하는 욕망이겠지만, "외-로움"을 결판내는 외통수는 아니다. 비슷하게 『반야심경』의 미각(微刻)이 미각(味覺) 속에서 맴도는 심경(心境)을 송두리째 거머쥘 수 있는 것도 아니다. 그렇다면 '사내'는 누구인가? 이것은 유의미한 질문인가?

윤동주의 「서시」가 생의 통점(痛點/通點)을 이룰 수 있는 건, 그것이 "나한테 주어진 길"에 대한 자각으로 귀결된다는 점에 있다. 이것은 '하늘'과 '바람'과 '별'을 '시'의 언어로 거쳐야 하는 자의 선택이다. 이정원의 「꽃의 겨를」이 놓인 자리도 여기에서 멀지 않다. 그것은 별의 침잠과 꽃의 조락, 그리고 낮달의 영락을 '맨발'로 딛고 선 자의 "미답의 경작지"를 '열심으로' 경작한다. 그의 시가 지닌 미덕은 "비애의 통점"을 성급한 초월로 휘발하지 않으려 한다는 점에 있다. 그의 시는 "고단한 것들의 생"이 "유목의 보행법"과 '구름의 보행법'으로 "암담한 발치"를 내딛는 순간을 부단히 연장한다. "맨발이 아프다"고 할 만하지 않은가?

그리하여 이제 우리에게는 "구름 발자국이/패인 상처를 다독였다"(「시인의 말」)는 말에 담긴 비의를 가늠할 "겨를"이 생긴 것인가? 그의 시가 줄곧 "말(言)은 가시인가, 詩는 가시의 寺院인가"(「시인의 말」, 『내 영혼 21그램』)라는 질문 위에서 구축되고 있다는 것. 그로 인해 그의 시는 "가시덤불에서 겨우 피운/목숨꽃"이라는 것. 그러나 그의 시는 "가시의 寺院"이되, "꽃그늘 사원"이기도 하다는 것. 이 모든 것들을 아우르는 한마디 진언은 없다. 설사 세상에 그런 말이 있다손 치더라도, 시의 중심 자리에 그 말이 놓이는 법은 없다. 그도 그럴 것이 시의 언어란 '맨 말'이 아니겠는가, 그것은 "내 영혼 21그램, 봉돌로 매어 본"(「망상어를 키우다」, 『내 영혼 21그램』) 자가 건져 올린 한 마리 '언어'가 아니겠는가?

상상 세계와
언어의 건축술

　함기석의 시는 매우 흥미롭다. 마치 이상한 나라에 방금 도착한 엘리스처럼, 우리는 그가 펼쳐 놓은 기묘한 상상의 세계 속에서 매우 놀랍고도 신비한 체험을 한다. 실제와 상상의 경계가 사라지는 이러한 '착란'(『착란의 돌』, 천년의시작, 2002) 상태는 그의 시적 매력을 구성하는 첫 번째 겹이다. 그러나 이것은 그 자체로 특별한 것이라 하기 어려운데, 왜냐하면 이미 오래전에 이러한 무경계의 가장 극단적 지점을 통과한 자들이 있었기 때문이다. 따라서 우리는 그의 시적 매력을 구성하는 또 다른 겹을 살펴보아야 한다.

　함기석의 시는 전체적으로 세밀한 언어적 질서가 구성하는, 매우 견고한 사유 체계를 보여 준다. 그의 시가 지닌 독특한 매력은 바로 여기에서 기인한다. 즉, 그의 시에서 언어는 실제와 상상을 매개하는 중심 시점일 뿐만 아니라, 시적 사유가 분기하는 핵심 지점이기도 한 것이다. 그의 시가 단순한 '언어유희'나 '초현실'로 전락하지 않는 것도 이 때문이다. 마치 이상한 나라의 토끼처럼, 그는 사물과 상상과

언어가 견고하게 구조화된 '석기함'이라는 '원더랜드'로 우리를 유혹
한다.

그러니 이제 늦지 않게 그의 총총걸음을 쫓아가 볼 일이다.

아무도없는캄캄한방에서의자가기침을한다꽃병이각혈을한다화초들은말라고고거울은

여객기가 달린다

소리없이금가는하늘추적추적겨울비가내린다빈방에서빈방이운다유리컵들이쏟아지고

파도가 달린다 흰 콧김을 푸푸 내쉬며

잠긴서랍속에서빛은녹슨다시집들이기침을한다눈을찔러자해한시계방바닥에길게누운

죽음이 달린다

제그림자바라보며생의고통과절망을안으로숨긴채의자가삐걱거린다밤의이마가파랗다

갈기를 휘날리며 8행이 달리고

아무도오지않는춥고고독한방삐걱삐걱기다리다지쳐가슴과관절이녹아버린쇠의자하나

앞질러를 앞질러 달린다가 달린다

비명없이무너져내린다창백한대기별없는한밤벽면가득핏방울들이소름처럼돋아오른다

—「직선 트랙을 달리는 다섯 마리 경주 말」전문

그의 시는 가끔 너무 빨리 달아난다. 최근 신작시 5편은 특히 그러
한데, 위의 시 「직선 트랙을 달리는 다섯 마리 경주 말」 역시 예외는
아니다. 활자 크기의 차이, 띄어쓰기의 무시. 그리고 무엇보다도 제목
과 본문의 내용 사이의 거리. 만약 우리가 이 시에서 트랙을 달리는
'다섯 마리 경주 말'의 현실적 형상을 찾는다면, 이 시는 우리로부터
더욱 빨리 달아나 버릴지도 모른다. 그러나 다행히도 그의 시가 우리
로부터 완전히 달아나는 법은 없다. 다시 말해, 그의 시에는 '미노타
우로스의 미궁'을 빠져나오기 위한 '아리아드네의 명주실'이 반드시

존재한다.

함기석의 시에는 텍스트 밖의 사물을 지시하는 것이 아니라, 텍스트 그 자체를 지시하는 언어가 존재한다. 즉, 텍스트 지시적 언어. 예를 들어, "그년 지금 방에서 이 시를 쓰고 있소"(「없는 시」), "어 여긴 2연이잖아"(「갑자기 하늘에서 뚝 떨어진 풍딴지 씨」), "이 행이 털을 곤두세우고 야옹한다"(「눈」) 등등. 여기서 "이 시", "여긴 2연", "이 행"이 지시하는 공간은 텍스트 자체이다. 이것들은 모두 텍스트 지시적 언어가 실제와 상상이 혼입하는 교차점이라는 것을 보여 준다. 그의 세 권의 시집(『국어 선생님은 달팽이』『착란의 돌』『뽈랑 공원』)을 보라. 도처에서 텍스트 지식적 언어가 "털을 곤두세우고 야옹" 하고 있을 것이다.

「직선 트랙을 달리는 다섯 마리 경주 말」에도 이러한 텍스트 지시적 언어가 있다. "갈기를 휘날리며 8행이 달리고"에서의 "8행"이 그것인데, 여기서 "8행"은 텍스트 밖이 아니라 텍스트 안의 8행을 가리킨다. 그렇다면, "8행"은 이 시의 트랙을 달리는 한 마리 "경주 말"이고, 8행 전체("갈기를 휘날리며 8행이 달리고")는 그 "경주 말"이 달리는 형상을 묘사한 것이 된다. 이렇게 본다면, 시의 홀수 행(1, 3, 5, 7, 9행)은 직선 트랙의 경계선이 되고, 짝수 행(2, 4, 6, 8, 10행)은 트랙을 달리는 다섯 마리의 경주마가 된다. 형태적 차원에서 활자 크기의 차이는 트랙과 경주용 말의 구분을 강화한다. 텍스트의 오른쪽에서 왼쪽으로 달리는 경주마의 이름은 "여객기" "파도" "죽음" "8행" "앞질러를 앞질러 달린다"이다. 이때 선두마는 3번 트랙을 달리고 있는 6행, 즉 "죽음"이다. 따라서 우리는 "8행"이라는 텍스트 지시적 언어가 이 시의 미궁을 빠져나오기 위한 아리아드네의 명주실이라고 말할 수 있다.

이처럼 「직선 트랙을 달리는 다섯 마리 경주 말」은 매우 강력한 시각적·도상적(iconic) 효과를 산출한다. 그렇다고 위의 시를 단어의 의

미적 자질이나 음성적 자질을 무시하는 구체시(concrete poetry)로 간주하기는 어려워 보인다. 직선 트랙과 그 트랙을 질주하는 경주마 사이에 존재하는 의미론적 연관성을 간과하기 어렵기 때문이다. 우선 경주 말이 질주하는 트랙이 "아무도없는캄캄한방"이라는 사실에 주목할 필요가 있다. 겨울비가 추적추적 내리는 가운데, 빈방에는 '의자, 꽃병, 화초, 거울, 서랍, 시계, 시집' 등의 사물들이 을씨년스럽게 널려 있다. 그들은 모두 깨지고 삐걱거리고 고장 난 채 낡아 가면서 방 안에 널려 있다. 시인은 방 안의 이 을씨년스런 풍광을, 죽음을 향해 질주하는 경주마에 빗대고 있는 것이다. 이런 음습한 방 안의 분위기 속에서 "생의고통과절망을안으로숨긴채" 삐걱거리는 의자, 그리고 마침내 의자는 "비명없이무너져내린다". 이것은 의자가 죽음을 향한 질주에서 가장 빠르게 달리는 경주마라는 것을 의미한다. 즉 의자는 3번 트랙을 선두로 달리는 "죽음"이다. 결국 방의 풍경은 죽음을 향한 언어의 경주를 그대로 보여 준다.

따라서 우리는 이 시가 시각적·도상적 효과만을 도모한다고 말할 수 없다. 오히려 외적 형태는 의미와 긴밀히 호응함으로써 죽음이라는 주제 의식을 효과적으로 전달한다고 할 수 있다. 이러한 양상은 「북치는 아이들」에서 의미와 소리의 호응 관계로 나타나기도 하는데, 여기서 우리는 음향적 효과 이면에서 샘솟는 의미의 파동을 듣는다.

두두둥두두둥두두둥 ˜ 도도동도도동도도동 ˜
뚜두둥뚜두둥뚜두둥 ˜ 또도동또도동또도동 ˜

다다당다다당다다당 ˜ 따다당따다당따다당 ˜
도도둑도도둑도도둑 ˜ 또도둑또도둑또도둑 ˜

또동 또동 똥똥똥 ~ 또동 또동 똥똥똥 ~
따당 따당 땅땅땅 ~ 따당 따당 땅땅땅 ~

뚜둥 둥 뚜둥 둥둥 ~ 뚜둥 둥 뚜둥 둥둥 ~
또당 당 또당 당당 ~ 또당 당 야당 여당 ~

둥 두둥 둥 두둥 둥둥 ~ 두둥 두둥 둥둥두둥 ~
똥 따당 똥 따당 똥땅 ~ 똥땅 똥땅 얼렁똥땅 ~

당 타당 타 ~ 당 타당 타 ~
당타당타당타당타당타당타당타당타당타타타타타타.......

탕 탕 탕 탕 탕 탕 탕 탕 탕!

이 시에는 두 개의 리듬이 있다. 음향 차원의 리듬 배면에 흐르는 것은 반복과 변화의 흐름이다. 알고리듬. 우선 1연을 보자. 1연은 크게 네 부분으로 나뉜다. 1행의 전반부(A)와 후반부(B), 2행의 전반부(C)와 후반부(D). 만약 우리가 A를 기본형으로 간주한다면, A에서 B로의 변화는 기본형에서 모음이 바뀐 것이다. 즉 'ㅜ → ㅗ'로의 변화, "두두둥 → 도도동"이 그것이다. A에서 C로의 변화는 기본형에서 자음이 바뀐 것이다. 즉 'ㄷ → ㄸ'으로의 변화, "두두둥 → 뚜두둥"이 그것이다. A에서 D로의 변화는 모음과 자음이 모두 바뀐 경우이다. 즉,

'두 → 또'로의 변화, "두두둥 → 또도동"이 그러하다.

이러한 알고리듬은 2연에서 변주가 발생한다. 우선 A 자리에는 "다다당다다당다다당"이라는 기본형이 왔다. 1연과 동일한 알고리듬에 따른다면, B 자리에는 '더더덩더더덩더더덩'이 와야 한다. 그런데 2연의 B 자리에 "따다당따다당따다당"이 왔다. 이것은 1연의 알고리듬에 따르면 C 자리에 와야 할 것이다. 여기서 우리는 2연의 B와 C의 자리가 바뀌었다고 추정해 볼 수 있다. 만약 이러한 추정이 맞다면, 2연의 C 자리에는 '더더덩더더덩더더덩'이 와야 한다. 그래야 알고리듬이 제대로 성립할 수 있다. 그런데 여기에 "도도둑도도둑도도둑"이 옴으로써 알고리듬의 패턴에 변화가 생겼다. 그렇다면 무엇이 이러한 알고리듬의 변화를 야기했을까? 이것은 "도도둑도도둑도도둑" 자체에 내재한 의미 때문이다. 시니피앙의 연쇄적 흐름이 어떤 특정한 시니피에의 개입에 의해 차단되고 있는 것이다. 우리는 바로 여기서 "도둑"이라는 의미가 분절되는 것을 목격한다. 그리고 이것이 D 자리에 이르면 "또도둑"으로 변주됨으로써, 의미론적 돌출은 더욱 확산된다.

1연과 2연 사이의 이러한 변주는 3연과 4연의 관계 속에서도 발견된다. 이제 각 행의 전반부와 후반부가 동일하기 때문에, 변화의 중심은 행과 행 사이의 대응에 놓인다. 먼저, 5행은 1연 2행의 후반부에 있던 것이고, 6행은 2연 1행의 후반부에 있던 것이다. 만약 3연과 4연이 동일한 알고리듬을 따른다면, 이러한 대응 관계는 7행과 8행 사이에도 성립해야 한다. 즉 7행은 1연 2행의 전반부에서 온 것이기 때문에, 8행은 2연 4행의 후반부에서 와야 하는 것이다. 그런데 전술했듯이 4행은 의미론적 변주가 발생한 부분이다. 따라서 8행은 기존의 음향적 알고리듬에 따른다면 '떠덩'이 와야 하지만, 의미의 개입과 분절 때문에 "또당 당 또당 당당˘ 또당 당 야당 여당˘"과 같은 변주를 보여 줄 수밖에 없다. 이때 우리는 시니피앙의 연쇄 속에서 갑자기 돌출하는 의미를 목격한다. "또당 당 또당 당당"이라는 '당(黨)'의 연속. 그리고 "또당 당 야당 여당"이라는 의미의 확장. 음향적·형태적 차원에서만 본다면 야당보다 여당이 크다. 이런 변주와 개입은 5연과 6연 사이에서도 발견된다. "둥 두둥 둥 두둥 둥둥˘ 두둥 두둥 둥둥두둥˘"이 "뚱 따당 뚱 따당 뚱땅˘ 뚱땅 뚱땅 얼렁뚱땅˘"으로 바뀌면서, "뚱땅"과 "얼렁뚱땅"이라는 알고리듬에서 일탈한 부분이 생긴다. 이곳은 알고리즘의 규칙과 패턴이 준수되지 않는 곳이다. 말 그대로 '얼렁뚱땅' 의미가 개입함으로써 음향적·형태적 패턴에 변화가 발생하고 있는 것이다.

따라서 이 시에서 의미의 개입에 의해 시니피앙의 연쇄적 흐름에 변주가 생기는 곳은 세 부분이다. 4행의 "또도둑", 8행의 "또당 당 야당 여당" 그리고 10행의 "뚱땅 뚱땅 얼렁뚱땅". 이제 우리는 '도둑'과 '당'과 '얼렁뚱땅' 사이에 매우 강력한 의미적 연쇄를 발견한다. 그리고 이는 최종적으로 6연의 "타"와 "당"이 만들어 내는 연쇄, 그러니까 "타당"이라는 소리(聲)의 합주를 듣는다. 이것은 의미론적으로 '타당' 성(聲)에 대한 의문이다. 다시 말해 '도둑=당=얼렁뚱땅'의 '타당성 (妥當性)'에 대한 근본적 의문인 것이다. 그리고 이 타당성을 종결하는 마지막 울림은 매우 강력한 소리이다. 그것은 흡사 죽음을 알리는 총소리를 닮았다.

이제 우리는 그의 총총걸음에 거의 다가선 것처럼 보인다. 그러나 그의 시에 육박하기 위해서는 보폭을 보다 넓힐 필요가 있다. 다음 시를 보자.

〈검〉은 벽돌이다 ●(金) 딱딱하고 거칠거칠한 〈검〉은 잠이다 ●
(土) 이승은 창자를 갖고 층층이 자라는 벽이다 죽음이 외팔이
무사의 모습으로 뒤돌아 서 있다 척추는 좌측으로 굽어 있고 눈
엔 녹물이 흐른다 글자벌레들이 살을 파먹는 등엔 일곱의 흉터
구멍이 뚫려 있다 ●(月) 밤마다 구멍에선 예측할 수 없는 것들
이 나온다 어젠 노파의 손이 나왔고 낙태된 아기가 나왔다 등나
무 뿌리도 나오고 달도 나오고 참수된 자들의 울음이 나팔꽃 형
상으로 피었다 진다 ●(水) 〈검〉은 그림자다 육면체다 우물이
다 벽 뒤에서 포로들이 식은땀을 흘리며 악몽을 꾸는 소리 들리
고 혀가 나온다 내 목을 휘감는 혀 거꾸로 뒤집혀 꿈틀거리는 붉
은 밧줄 ●(木) 벽에 박힌 못들이 벌거벗은 낭객의 얼굴로 울
고 있다 복부 밑 항문으로 녹물이 흐르고 〈검〉은 날이 온다 스스
로 피를 뱉는 새가 허공을 날자 금 가는 시간들 ●(日) 벽의 균
열이 척추를 타고 전신으로 퍼지고 있다 이승은 검은 살, 늑골
과 핏줄이 자라는 이 시다 ●(火) 딱딱하고 차가운 〈검〉은 불
이다 웃음이다 천공의 일곱 북두(北頭)다 〈검〉은 눈이 온다
 ―「포로기」 전문

출구는 어디인가? 누군가는 마치 다이달로스처럼 아무도 이 미궁
을 빠져나가지 못하게 할 속셈인지도 모른다. 그러니 우리는 찾아야
한다. 아리아드네의 실뭉치는 어디에 있는가? 첫 번째 단서는 찾기
쉽다. 그것은 텍스트 지시적 언어로 되어 있을 것이 틀림없기 때문이
다. 그렇다, "이승은 검은 살, 늑골과 핏줄이 자라는 이 시다"가 바로
그것이다. 우리는 이 단서로부터 첫 번째 등식 '이승=이 시'를 얻게
된다. 그리고 두 번째 단서는 이 첫 번째 등식으로부터 연역된다. "이

승은 창자를 갖고 층층이 자라는 벽이다"는 그 두 번째 단서이다. 우리는 여기서 또 다른 등식 '이승=벽'을 얻게 된다. 이로써 다음과 같은 결론이 나온다. '이 시'는 '이승'이고 '벽'이다. 다시 시를 보자. 그럼 우리는 우리가 하나의 거대한 벽인 '이 시'와 대면하고 있다는 사실을 보게 될 것이다. 따라서 '이 시'의 벽은 이승과 저승, 그리고 동시에 이 시와 저 시를 가르는 경계이다. 이때 '이 시'를 구성하는 낱낱의 언어는 '이 벽'을 건축하는 "〈검〉은 벽돌"이 된다.

당연하게도 이승과 저승을 가르는 것은 죽음이다. 그렇다면, 벽은 죽음의 다른 이름이다. 여기서 죽음은 "외팔이 무사"이기 때문에, 그의 등에 있는 "일곱의 흉터 구멍"은 이승과 저승이 완전히 차단되어 있지 않음을 보여 준다. 즉 벽의 균열, 이것은 이승과 저승의 개구멍에 다름 아니다. 물론 구멍으로 드나드는 것들이 있다. "노파의 손" "낙태된 아기" "등나무 뿌리" "달" "참수된 자들의 울음"과 같은 것들이 그것이다. 구멍으로 나오는 것들은 모두 "예측할 수 없는 것들"인데, 이 또한 당연하게도, 그것들 모두 죽음이라는 미지의 세계에서 나오는 것들이기 때문이다. 이런 의미에서 그것은 "〈검〉은 잠"이기도 하다.

그런데 무엇보다도 흥미로운 건, 이 "예측할 수 없는 것들"의 공급자가 있다는 사실. "벽 뒤에서 포로들이 식은땀을 흘리며 악몽을 꾸는 소리 들리고 혀가 나온다"에서 보듯, 이승과 저승(이 시와 다른 시)을 가르는 벽의 뒤에는 "예측할 수 없는 것들"의 생산자들로서 "포로들"이 있다. "내 목을 휘감는 혀 거꾸로 뒤집혀 꿈틀거리는 붉은 밧줄"에 묶인 포로. 그들이 "악몽"의 "혀"로써, 이승에 "예측할 수 없는 것들"을 발화한다. 이것은 이 시의 화자 역시 "포로"라는 사실을 암시한다. 왜냐하면, 우리의 첫 번째 등식은 이 시가 이승의 벽임을 보여 주기 때문이다. 이 시의 제목이 "포로기"인 것도 바로 이러한 이유에서이다.

자 그럼, 이제 보일 것이다. "일곱의 흉터 구멍"과 그의 등을 파먹는 "글자벌레들"이 무엇인지? 그것은 이 시에 검은 얼룩처럼 존재하는 "●(金)" "●(土)" "●(月)" "●(水)" "●(木)" "●(日)" "●(火)"다. 여기서 검은 "글자벌레들"인 "(金), (土), (月), (水), (木), (日), (火)"는 요일, 즉 "〈검〉은 날"들이다. 이것은 이승 혹은 이 시를 좀먹는 것이 궁극적으로 시간임을 보여 준다. 그러니 어찌 이것이 "천공의 일곱 북두(北頭)"가 아니겠는가? 그러나, 주의하라. 북두(北斗)가 아니라 북두(北頭)임. 즉 "글자벌레들"이 파먹은 "일곱의 흉터 구멍"은 시간에 의해 "참수된 자들"의 일곱 머리인 것이다.

「포로기」는 함기석의 시가 얼마나 잘 건축된 구조물인지를 보여 준다. 그의 시는 실제와 언어, 사물과 텍스트 사이를 넘나들면서, 시의 형태와 소리와 의미를 하나의 완성된 작품으로 타설한다. 여기서 언어는 그 건축물을 구성하는 잘 갠 레미콘과도 같다. 이때 핵심은 그 콘크리트를 구성하는 원료의 배합과 혼합의 원리를 체득하는 일. 즉 그의 시의 언어 조직의 원리를 파악함으로써, 그의 시의 실제적 작동 원리를 파악하는 것이다. 이런 면에서 최근 시 「글자들이 날아다니는 숲」을 주목할 필요가 있다.

❶ 나는 P다
검은 실내다 벽을 따라 시신경들이 뻗어 있다 창 너머 가우스 숲에서 자객들이 바늘과 단도를 던졌다 실내가 찢어졌고 나는 눈동자 밖으로 나갔다 P가 흐르고 눈이 내렸다 눈길에서 나는 눈과 길을 잃었다 나를 태우고 온 말도 어디론가 사라졌고 사방은 칠흑의 어둠이었다 숲의

공중으로 초서체 벌레들이 날아다녔다 올빼미 눈이 박힌 각도기가 빛을
뿜으며 날고 붓을 쥔 張旭의 취한 손이 까마귀 떼와 함께 날고 있었다
어둠 속에서 짐승 갈루아의 울음이 들려왔다 가시덤불을 헤치고 나가자
불빛이 보였다 불빛 사이로 호수가 보였다 숫자들이 죽은 잉어처럼 떠
있고 그림자만 있는 無物나무들이 물가에 서 있었다

❷ 나는 ~P다

　노승 懷素가 벌거벗은 채 먹물로 몸을 씻고 있었다 검은 백합처럼 웃
으며 그는 없는 긴 머리칼로 허공에 붓글씨를 썼다 각도기가 90도 회전
해 북극성 쪽으로 날아가자 그는 먹물을 사약처럼 들이켜고 호수 속으
로 들어갔다 숫자들이 지느러미를 파닥이며 몸을 뜯기 시작했다 숲의
벼랑에선 갈루아의 울음이 계속 들려왔고 내가 숲의 폐부로 걸음을 옮
길 때 호수에서 거북 형상의 法帖이 날아올랐다 불붙은 등에 僧懷素自
敍眞蹟神品이라고 적혀 있었다 공중을 날며 타오르는 책에서 검게 탄
손가락들이 떨어졌다 머리카락이 쏟아졌다 물가엔 소리聲나무들, 바람
에 긴 가지를 흔들며 ~P처럼 소리 없이 울고 있었다

　　　　　　　　　　　　　　　　　　　—「글자들이 날아다니는 숲」 부분

「글자들이 날아다니는 숲」에는 그의 언어를 직조하는 두 개의 원리
가 내재해 있다. 그것은 "P"와 "~P"다. P는 증명의 전제이다. 따라서
"나는 P다"와 "나는 ~P다"는 자기 자신을 증명하는 기본 전제가 두
개임을 보여 준다. 그리고 그것은 서로 부정의 관계를 이루고 있다.
자기 존재의 증명이라는 점에서 P는 '피(血)'이기도 하다. 결국 그는
'나'라는 난제를 증명하기 위해 "P"와 "~P"라는 두 가지 모순된 명제
를 전제하고 있는 것이다.

우선, "P"는 탄생을 표시하는 기호이다. 시의 화자인 "나"의 탄생은 "검은 실내"로부터 "글자들이 날아다니는 숲"으로의 이동이다. 이때 "P가 흐르고 눈이 내렸다"는 것은, 그가 가시적 세계에서 비가시적 세계로 새롭게 탄생되었음을 의미한다. 왜냐하면 그가 최초로 있던 공간인 "검은 실내"는 시각의 기관인 '눈(眼)' 안이기 때문이다. 따라서 "눈길에서 나는 눈과 길을 잃었다"는 것은 이중적 의미를 띤다. 즉 '눈(雪)'과 '눈(眼)'의 의미. 이로써 그는 비가시적 세계인 "칠흑의 어둠"뿐인 숲으로 이주한다. 그런데 그를 이 숲으로 꺼낸 자들이 존재한다. 그들은 "가우스 숲"에서 온 자객들, 이는 수학이 비가시적 세계로의 이동을 야기한 원인임을 보여 준다. 따라서 그의 탄생은 '눈(眼)'에서 '수학'으로의 이동이다. 이때 "짐승 갈루아의 울음"이 들리는 수학의 세계는 "그림자만 있는 無物나무들"의 세계이거나, "숫자들이 죽은 잉어처럼 떠 있"는 세계이거나일 뿐이다.

다음, "~P"는 초서체의 세계이다. 장욱과 회소는 당나라의 서예가들이다. 이들은 모두 초서체에 뛰어났는데, 특히 술을 마시고 글을 쓰기를 좋아했다고 한다. 아무튼, 이 초서체의 세계는 수의 세계와 대응한다. 수의 세계가 지상의 "P"의 세계라고 한다면, 초서체의 세계는 하늘의 세계이다. "숲의 공중으로 초서체 벌레들이 날아다녔다", "그는 없는 긴 머리칼로 허공에 붓글씨를 썼다"는 구절은 이를 분명히 보여 준다. 따라서 이 "~P"의 세계는 자유와 분방이라는 대기적 질서에 속한 세계라고 할 수 있다. 그리고 이는 수의 세계가 보여 주는 균제와 절제의 세계와 함께, 그의 언어를 직조하는 또 다른 모태로 기능한다.

문제는 이 두 가지 질료가 만나 반응을 일으킬 때이다. 이를 테면, 회소가 "먹물을 사약처럼 들이켜고 호수 속으로 들어"갈 때, 그래서

"숫자들이 지느러미를 파닥이며 몸을 뜯기 시작"할 때. 이때는 그의 언어를 직조하는 두 개의 원리가 만나 일종의 언어의 연금술이 개시하는 순간이다. 바슐라르에 따르면 연금술은 상승과 하강이라는 이중적 운동의 결과이다. 따라서 언어의 연금술에서 상승과 하강이라는 이원적 운동이 존재할 것이다. 시인은 그것을 두 가자 수학기호로 표시한다. 하나는 '나는 P∧~P다'이고, 다른 하나는 '나는 P∨~P다'이다. 전자는 교집합이고, 후자는 합집합이다. 따라서 전자는 이 언어의 연금술 상승 운동의 결과물을, 후자는 하강 운동의 잔여물을 표시한다. 지금 우리가 이 두 가지 운동의 전모를 밝히는 것은 불가능하다. 다만 한 가지 분명한 것은, 이러한 화학반응에서 상승 운동의 결과가 "僧懷素自敍眞蹟神品"이란 글을 등에 새긴 "거북 형상의 法帖"이고, 하강 운동의 결과는 회소의 불탄 "몸", 그러니까 그의 등과 손가락과 머리카락이라는 사실이다.

문자와 몸이 분리하는 이 극적 순간은 함기석의 시가 발화(發火)하는 순간이다. 그렇다면 그의 시적 발화는 어떤 모습을 하고 있는가? 이를 알기 위해 우리는 법의학을 동원할 필요가 있다.

부검될 변사체 〈없다〉가 보관된 곳은 1연이다
1연은 지하 4층에 있다
빛과 음이 차단된 탈의실에서 부검의 y는 흰 가운으로 갈아입고
황급히 2연으로 이동 중이다
2연은 1연에서 엘리베이터로 1분 거리

엘리베이터가 멈추고 문이 열리자
2연이다 9층 복도를 따라 환자복을 입은 낱말들이

휠체어를 타고 지나다닌다 간호사 둘이
두개골이 함몰된 또 다른 변사체 〈있다〉를 실은 침대를 밀며
복도 끝의 5연으로 뛰어간다

y는 장갑과 마스크를 착용하고 3연을 걷는다
사각 문을 열고 들어가니 잔디가 깔린 튤립 정원이 나온다
공중으로 알파벳 새들이 날고
목련나무 밑의 벤치에서 외국 검시관들이 담배를 피우고 있다
사체의 인적 사항, 사건명, 사건 번호, 사건 개요와 일시 등
의뢰서에 적힌 세부 사항들을 확인하는 사이

법의학과 회전문이 반시계 방향으로 돌기 시작한다
도대체 오늘의 부검 대상은 누구야? y는 투덜거리며 침을 뱉고
범죄분석실 좌측의 대리석으로 지은 4연으로 들어간다
바닥에 어제 부검한 〈보다〉의 핏덩이 혈흔이 엉켜 있고
〈쓰다〉의 손가락 하나가 떨어져 있다

y는 손가락을 집어 비닐에 넣고 5연으로 이동한다
금속 침대에 〈있다〉와 〈없다〉가 부부처럼 나란히 누워 있다
y는 매스로 〈있다〉의 복부를 가른다 물컹거리는 창자를 만지는데
커튼 뒤에서 검은 옷을 입은 자들이 가위를 들고 나온다
y의 옷을 갈가리 찢고 질식시켜 6연으로 끌고 간다

짙은 안개로 뒤덮여 있는 과학수사원 뒤편의 숲이다
y는 계곡에 버려진 채 누구도 발음할 수 없는 낱말이 되어 간다

살을 파먹는 모음벌레 o와 u가 들러붙어 즙을 빤다 며칠 후

한 등산객에 의해 사체는 우연히 발견된다

오늘 부검될 변사체 〈you〉가 보관된 곳은 1연이다

—「국립낱말과학수사원」 전문

이제 우리는 이 시에서 텍스트 지시적 언어들과 대면해도 놀라지 않는다. 이미 이 시가 실제의 세상과 텍스트의 세상을 동시에 아우르고 있다는 것을 알고 있기 때문이다. 이 시가 진정으로 놀라운 것은 죽은 자들, 즉 변사체가 "〈있다〉"와 "〈없다〉"와 같은 죽을 수 없는 대상들이라는 데 있다. 즉 부검은 사인(死因)에 대한 조사이므로, "〈있다〉"와 "〈없다〉"의 부검은 그들이 이미 죽었다는 것을 전제한다. 여기서 "〈있다〉"와 "〈없다〉"의 죽음은 이중적 의미를 띤다. 즉 실제적 차원에서 존재와 무(無)의 죽음, 그리고 언어적 차원에서 "〈있다〉"와 "〈없다〉"라는 말의 죽음. 그러므로 "〈있다〉"와 "〈없다〉"의 부검은 실제와 언어의 차원에서 존재와 무의 원인에 대한 규명이라고 할 수 있다.

원인 규명에 있어 부검의 "y"는 매우 결정적인 역할을 수행한다. 그는 이미 "〈보다〉"와 "〈쓰다〉"의 시신을 부검한 인물이기도 하다. "y"가 이런 중차대한 역할을 수행하는 것은 "y" 자체가 갖는 언어적 본성 때문이다. "y"의 발음([wai])은 'why'의 발음([wai] 혹은 [hwai])과 동일하거나 유사하다. 이러한 발음의 동일성(유사성)은 "y"가 '이유'와 '원인'의 상징적 기호임을 암시한다. 따라서 "y"는 존재와 비존재의 사인 규명의 최고 적임자가 된다. 그런데 원인 규명의 최종 순간에 부검은 중단된다. 그것은 부검의 "y"가 "검은 옷을 입은 자들"에게 납치되는 전대미문의 사건이 발생했기 때문이다. 그들은 왜 부검의 "y"를 납치해서 "과학수사원 뒤편의 숲"에 그의 시신을 유기한 것인가?

그러나 우리는 그 이유를 알 수 없는데, 그것은 납치된 자가 바로 '이유'와 '원인' 자신이기 때문이다.

부검의 "y"의 납치와 죽음은 존재와 비존재의 사인 규명의 실패를 뜻한다. 그렇다면 이는 궁극적으로 삶과 죽음의 원인 규명의 불가능성을 암시하는가? 분명한 것은 '이유와 원인'의 죽음으로 더 이상 삶과 죽음의 직접적 해명이 불가능해졌다는 사실이다. 이제 우리에게 주어진 유일한 가능성은 "〈you〉"의 죽음을 경과하는 것뿐이다. 다시 말해 우리가 할 수 있는 유일한 방식은 "〈you〉"의 사인 규명을 통해 '〈있음〉'과 '〈없음〉'의 원인 규명으로 나아가는 것이다. 그러나 이러한 방식이 우리의 삶과 죽음의 원인을 해명할 것이라는 그 어떤 보장도 없다. 특히 지금처럼 원인 규명의 적임자가 사라진 상황에서는 더욱 그러하다. 어쩌면 변사체 "〈you〉"는 생각보다 빠르게 부패해서, 우리의 마지막 기회를 송두리째 앗아 갈지도 모른다. 자, 그럼 이제 누가 "〈you〉"의 시신을 부검할 것인가? 누가 "국립낱말과학수사원" 1연으로 재빠르게 달려가 변사체 "〈you〉"에 매스를 들이댈 것인가? 그는 '〈누구〉'인가?

그는 언어의 건축가이다. 그가 세운 "붉은 벽돌집"(「붉은 벽돌집 살인 사건」)의 '벽'과 '방'과 '꽃밭'과 '미로' 등을 보라. 그가 얼마나 정교한 언어의 세계를 구축하고 있는지 여실히 보여 줄 것이다. 그러나 그는 아직 이 "붉은 벽돌집"을 빠져나오지 못했다. 마치 토끼 구멍을 빠져나오지 못한 엘리스처럼 그는 "붉은 벽돌집"에 있다. 우리가 그의 다음 시를 애타게 기다리는 건 바로 이러한 이유 때문이다.

내성의 문자와
전도된 나무

1. 가로수와 '단 하나의 자세'

나무와 책은 얼마나 가까운가? 이것은 단지 질료의 차원에 국한된 얘기가 아니다. 현상학적으로 볼 때, 나무는 대지에서 발아한 책이고, 책은 문자화된 나무이다. 이런 점에서 둘은 근본적으로 하나의 내력을 공유한다. 저자가 세계와의 다양한 상호작용을 통해 하나의 내력을 형성하듯, 나무는 주어진 환경 속에서 제 고유의 생리를 통해 대지의 비의(秘義)를 기록한다. 특별히 고통과 불행으로 세상을 주유한 자의 이력은 희망과 절망 사이에서 응결된 몸속 나이테의 무늬로 나타난다. 그러므로 책은 실존의 문자와 비의의 여백으로 기록한 생의 연륜(年輪)들이다.

놀랍게도, 이를 온몸으로 구현하는 시인이 있다. 한용국이 그러하다. 그의 첫 시집 『그의 가방에는 구름이 가득 차 있다』(천년의시작, 2014)를 보라. 시집 도처에서 움트는 식물적 상상력은 그가 '식물의 몸'을 꿈꾸며, 그의 문자가 식물의 표정을 닮아 가고 있음을 생생하게 보여 주고 있다. 자세히 보건대, 그의 체질은 고요와 적막의 세계에 대한 동경이라는 목질로 구성되지만, 그 속에는 견고한 고요와 적막을 가능케 하는 생의 역동이라는 관다발이 내재되어 있다. 그의 물관은 "오래된 서가에 일련번호로 눕혀졌던 날들"(「과월호가 되어 버린 남자」)로부터 우울을 길어 올리고, 그의 체관은 기울어 가는 저녁 하늘로부터 끊임없이 "초식성 구름"(「얼굴의 형식」)을 흡입한다. 그러니 그의 시가 "가로수의 문체에서 날씨의 행간으로"(「변신담」) 갑작스럽게 변신하더라도 놀랄 일은 아니다. 이 모두가 식물적 상상력이 시인의 몸에 음각한 내성(耐性)의 기록이기 때문이다.

> 보도블록 위로 솟아난 듯 서 있는
> 저 나무들은 아무리 생각해도
> 자라고 있는 게 아니다
> 붙들려 와 박해받고 있는 것이다
>
> 무엇이든 견딜 수 있다는 것은
> 얼마나 끔찍한 일인가
> 내가 보기에 너는 잘 살고 있어
> 따위의 위안은 얼마나 헛된가
> 나의 고통은 언제나
> 너의 고통과 같은 종류의 것이었으니
>
> 나는 슬픔도 없이 휘청거리거나
> 고통을 위장하던 몇 개의 몸짓들을
> 버려야겠다고 생각하며

모래바람 속에서

모든 힘의 근원을 팽팽히 그리워하리라.

덧없는 죽음들, 거미 같은 욕망들과 맞서는

단 하나의 자세를

저 나무들이 새벽마다

생살을 찢어 흰 꽃을 꺼내 드는

4월, 황사에는

—「내성(耐性)」 전문

　도시의 가로수들은 "붙들려 와 박해받고 있는" 삶을 대변한다. 그러한 삶에 대해 "내가 보기에 너는 잘 살고 있어"와 같은 위안은 공허하다. 이러한 위안은 주어진 생의 조건을 변화시킬 수 없음을 인정하는 데서 비롯하기 때문이다. 즉 "너는 잘 살고 있어"와 같은 위안은 '박해'의 삶에 대한 용인을 함축하고 있는 것이다. 이것은 대상의 고통을 바라보는 자의 시선이 외계에 머무르기 때문에 생기는 일이다. 이에 한용국의 식물적 상상력은 가로수의 내밀한 고통의 세계로 직접 육박해 들어가는 방식을 취한다. "나의 고통은 언제나/너의 고통과 같은 종류의 것"에서 보듯, 시적 주체의 식물적 상상력은 현대인을 포함한 모든 존재자들이 처한 실존적 고뇌로 확충되고 있다. 가로수로 대변되는 사물들이 겪는 고통의 이력이 그대로 우리의 생의 내력이 되고 있는 것이다.

　'내성'은 타인의 연민과 위로에 의해 해소되지 않는 생의 고통과 불행에 대한 하나의 모색이자 선택이다. "저도 저 창틀처럼 견뎌 왔습니다"(「새에 관한 명상 1」)는 내성의 과정이 생의 궤적과 일치한다는 사실을 잘 보여 주고 있다. "슬픔도 없이 휘청거리거나/고통을 위장하던 몇 개의 몸짓들"을 폐기 처분하고자 하는 의지는 내성의 다른 모습이라고 할 수 있다. 고통과 슬픔을 인고하는 의지는 "단 하나의 자세"에 압축적으로 표현되어 있는데, 마치 유치환의 '바위'가 지닌 "비정의 함묵"처럼, 4월 황사 속에서도 결코 인고와 내성의 견고한 자세를 흐트러뜨리지 않는다. 이것은 모래바람 속에서도 내성이 여전히 눈을 밝히고 있음을 의미한다. 여기서 "흰 꽃"은 "단 하나의 자세"가 염원하는 "모든 힘의 근원"이 눈뜬 자리이다. 이 눈뜸, 그러니까 거짓 슬픔과 위장된 고통의 응시와 파열로부터 비로소 "얼룩에도 꽃필 날"(「신설동 2」)에 대한 기대가 출현한다. 이 "흰 꽃"의 개화를 위해 그가 선택한 방식이 '나무 되기'이다.

'나무 되기'는 현재의 고통과 불행으로부터 탈주하고자 하는 욕망에서 발원한다. 『시와 세계』(2005.여름)에 실린 「은행나무 속을 걷다」의 일절, "이제 나무들처럼/본분을 다하겠다고, 쉽게 바스러지도록/아주 얇게, 그러나 희망을 예고하면서"도 이를 명시적으로 보여 준다. 그러나 이러한 욕망과 희망의 존재가 그 자체로 '나무 되기'의 실현을 보장하는 것은 아니다. 이것은 내성의 방법이 양가적인 속성을 띠기 때문에 벌어지는 일이다. 「내성」이 전면화하는 것은 희망이라는 긍정적 속성이겠지만, 여기에는 부정적 속성에 대한 우려 역시 포함되어 있다. 내성은 "무엇이든 견딜 수 있다는 것"을 예증하지만, 그러한 견딤 자체가 "끔찍한 일"이 되는 까닭은 내성이 "모든 힘의 근원"에 대한 그리움의 상실을 반증할 수도 있기 때문이다. 이를 범박하게 내성의 내성화라고 칭해 두자. 내성화된 내성은 주체 내부에 우울의 성(城)을 쌓고, 마침내 성의 주인을 내부에 봉인한다. 이는 시적 주체의 생의 내력이 "사랑과, 사랑 다음의/좌절과/좌절 다음의/남루를/홀로 견디고 있을 때"(「낮달」)의 시간에 유폐되었음을 암시한다.

이로부터 시적 주체의 탈주가 이중화된다. 외계의 환경에 대한 것으로부터 내성의 내성화에 대한 것으로의 이행. 후자로부터의 탈주는 역설적인데, 주체를 지키는 일이 내성을 덧쌓는 것이 아니라 허무는 일에서 비롯하기 때문이다. '자기소외' 현상을 극복하는 일이란 "가장 구체적인 풍경을 통해 그 안에 역설적 항체를 형성하는 일"[1]에 다름 아닌 것이다. 여기에 한용국 시인의 '나무 되기'의 묘미가 있다. 그것은 '좌절'과 '남루'의 삶에 대한 실존주의적 기투(企投)에서 시작하지만, 시작(詩作)이 근본적으로 죽음을 내재한 생의 역설적 운동이라는 것을 증언하기 때문이다.

2. 선인장과 '어떤 각오'

함부로 펴 볼 수 없는 기록은
끝내 속내를 웅크리고
가시를 피워 내고야 만다. 속이
텅 비어 있을 수도 있다. 한 번도
물 주지 않았다. 그가 펴 본 책들도
활자를 모두 지웠을지도 모른다.

속을 궁금해하지 말라는 듯 그도
저 가시의 몸짓을 취하고 있었다.
나는 세상에 그냥 부어오른 혹이 아니다

---

1 유성호, 「깊은 기억의 묵시와 남은 자의 고독을 넘어」, 한용국, 『그의 가방에는 구름이 가득 차 있다』, p.150.

선인장 같은 책을 쓸 거야 아무나

잘라 볼 수 없는 식물만이

모래와 돌에서 물을 길어 올리는 법이다

그는 선인장 속으로 걸어 들어가고

책은 눈물을 품었다 읽을수록

캄캄하게 깊어지는 행간이

선인장 속에 펼쳐져 있으리라. 그는

단호하게 푸른 가시들을 피워 올린 것이다.

어떤 각오 없이는 함부로 속을 궁금해할 수 없도록

—「선인장에 대하여」 전문

"선인장 같은 책"이라는 직유는 "함부로 펴 볼 수 없는 기록"으로 서의 책과 "아무나/잘라 볼 수 없는 식물"으로서의 선인장의 유비에 서 성립한다. 양자는 모두 타자의 시선과 틈입의 부정이라는 점에서 유사성을 띤다. 선인장의 가시는 이러한 거부의 가장 예각화된 형태 이다. 선인장의 가시가 잎의 변형임을 염두에 둔다면, "가시의 몸짓" 은 외계의 영향에 대한 반작용으로 이해할 수 있다. 곧 '가시'는 내성 (內城)의 창(槍)이다. 이 창은 "봄이 오면 가시가 꽃으로 피어날 것"(「새 에 관한 명상 1」)이라는 믿음을 옹립하기 위해 '그'가 취한 "단 하나의 자 세"이다. 여기서 창이 방어하는 내부의 세계가 "텅 비어 있을 수도 있 다"는 사실을 간과해서는 안 된다. 이는 '희망'이 도래하는 장소가 내 부가 아니라 '가시'의 자리라는 역설을 함축한다.

이러한 생존 방식은 사막이라는 궁핍한 생의 공간 속에서의 불가 피한 선택이라는 점에서 섣부른 가치판단을 유보케 한다. 즉 외계와의 접촉 부면의 최소화는 "모래와 돌에서 물을 길어 올리는 법"을 깨치기 위한 생존의 방식이다. 그러므로 선인장 속으로 들어가는 '그'의 선택은 극한의 생의 조건을 살아가기 위한 실존적인 선택으로 이해해야 한다. 「곡절」의 일절, "습생의 형식이 궁금했으므로/이를 악물고 숨을 참으면서/플라타너스 나무 속을 걸었다"에서 보듯, '나무 되기'는 일차적으로 "습생의 형식"에 대한 체득인 것이다. 이렇게도 말할 수 있다, "첨탑 위에 서는 법은/바람의 광기를 버텨 내는/겨울나무들의 보법을 익히는 일"(「첨탑 위에 내리는 눈」)이라고.

여기서 책을 쓰는 일과 생존을 하는 것은 구분되지 않는다. "선인장 같은 책"을 쓰기 위해서 '선인장'의 삶을 산다고 말할 수도 있다. 나무의 책에 대한 시작(詩作)에서의 요구가 '나무 되기'라는 실존적 참여를 추동하고 규율하고 있는 것이다. 이것은 '그'가 피워 올린 "푸른 가시"가 일차적으로는 실존의 가시이지만, 궁극적으로는 "캄캄하게 깊어지는 행간"을 품은 책의 가시임을 보여 준다. 더욱이 마지막 행의 "어떤 각오"는 "선인장 같은 책"의 탄생을 위해서는 실존주의적 기투(企投)가 특정의 대가를 지불해야 함을 암시하고 있다. 그렇다면 "어떤 각오"는 어떤 각오인가? 무엇보다도 그것은 "세계의 바깥"에서 '나무의 책'을 구입하기 위해 자기의 생을 지불할 각오이다. 그리고 여기에는 스스로를 파열하지 않고는 식물의 내부로 틈입할 수 없다는 조건이 달린다.

세계의 바깥에서 몇 잎의 책을 구입했다
행간에 반쯤 잊힌 여자가 누워 있었다
당신은 상했어 이세는 비릿한 맛이 나
책갈피는 황금으로 만든 것이었는데

바람이 불 때마다 딸랑딸랑 종소리가 났다
도대체 내 강박관념은 무엇이었을까
페이지마다 바깥으로 물관이 흘러
손이 어느새 푸르게 젖어 있었다

책을 덮었을 때 식물이 되어 있었다
진드기들이 눈으로 기어들어 와
가슴에 씨앗을 파종했으리라
심장은 멋모르고 혈관으로
이물스러운 것을 뻗어 올렸을 것이다
행간에 누워 있던 여자가 벌떡 일어나
나를 화분에 옮겨 심어 놓았다
이제는 누구도 당신의 살갗에
유통기한을 표시할 수 없을 거야

이 생을 다 지불하고 몇 잎의 책을 구입했다
여백마다 상형문자들이 투명하게 음각되어 있었다

—「내력—식물의 책」 전문

 "몇 잎의 책"은 책의 잎으로의 변용, 잎의 책으로의 변용 모두를 포함한다. 주지하다시피 잎은 나무와 대기의 경계에서 광합성을 통해 생산된 영양분을 줄기를 거쳐 뿌리로 전달하는 기능을 수행한다. 이를 위해 뿌리로부터 수분을 공급받아야 한다. 그러나 가지와 줄기에서 분리된 잎은, 자력이든 외력에 의한 것이든, 이러한 기능을 수행할 수 없다. 분리된 잎은 분리된 생의 표현이다. "몇 잎의 책"이 이러한 생을 대변할 수 있는 것은, 책의 저자가 "행간에 반쯤 잊힌 여자"로 존재하기 때문이다. 문자와 여백의 분리는 저자와 책의 분리의 다른 표현이다. "당신은 상했어 이제는 비릿한 맛이 나"가 보여 주는 것은 바로 이러한 분리의 상태이다. 이때 '당신'은 일차적으로 "반쯤 잊힌 여자"이겠으나, 그 책을 읽는 '나'가 아닐 이유도 없다. 둘 다 분리된 주체가 아니던가.

"몇 잎의 책"은 "식물의 책"의 내력이기도 하지만, 화분에 이식된 '나'의 내력이기도 하다는 점에서 각별한 주목을 요한다. 이것은 시적 주체의 식물적 상상력이 잎과 책의 유비에서 발원하지만, "세계의 바깥"을 주유한 자가 "이 생을 다 지불하고" 얻은 '환생'의 삶을 적시하기 때문이다. 여기서 놀라운 것은, 시적 주체가 '식물'이 되어 가는 내력이 "이물스러운 것"의 확산이라는 점이다. "몇 잎의 책"에 기생하는 '진드기'가 이 "이물스러운 것"의 매개자이다. "진드기들이 눈으로 기어들어" 왔다는 것은 "몇 잎의 책"이 손상된 것이라는 사실을 보여 주며, 동시에 그것을 읽는 자가 오독의 상태에 있음을 암시한다. 이때 오독의 주체는 손상된 책에 사로잡힌 존재가 되어, "행간에 누워 있던 여자"에 의해 '화분'이라는 배양지에 이식된다. 여기서 "유통기한을 표시할 수 없"다는 말이 누구의 말인지는 불분명하지만, 오독과 이식의 반복이 영구적이라는 사실을 암시한다는 것은 비교적 분명해 보인다. 메커니즘은 이렇다, (그녀의 경우처럼) "몇 잎의 책"은 오해될 것이고, (나의 경우처럼) 오독하는 자는 이식될 것이다. 그리고 이러한 과정은 다시 반복될 것이다. 이러한 상황을 요약하는 말이 "말과 꿈이 일치하지 않았다"(「얼굴의 형식」)라는 선언이다. '말'과 '꿈'의 간극에서 여백마다 투명하게 음각되어 있는 '상형문자'가 출현한다. "금간 벽마다 빗물 스며든 흔적이/피워 낸 상형문자들"(「옛 집터에 서면」)에서 보듯, 그것들은 과거의, 기억의, 던져진 생의 얼룩으로서의 상형문자들이다. 이를 해독하기 위해서는 '바오바브나무'에 대해 이야기해야 한다. 두 가지 점에서 그러하다. 하나는 전도된 나무라는 점에서, 또 하나는 죽음의 나무라는 점에서.

3. 바오바브나무와 '텅 빈 중심'

어쩌면 '나무 되기'가 보여 주는 식물적 상상력은 생의 부조리로 수렴되는 것인지도 모르겠다. 마치 신에 의해서 거꾸로 박힌 바오바브나무처럼 말이다. 부조리는 '사랑'이 '오해의 기술'의 다른 이름임을 암시적으로 보여 준다.

> 돌은 웃지 않고, 나무는 걷지 않는다.
> 모든 것은 오해에서 비롯된 일일 뿐이다.
> 오늘도 의미 없는 문장에서 시작해서
> 어두컴컴한 보도블록 사이에서 끝날 테지.
> 내 인생에 대해서 그냥 말하자면
> 사람처럼 웃었으나, 짐승처럼 우매했다.
> 위의 문장에서 일어난 일도 편견에서 비롯된 것일 뿐
> 사실은, 속았다.
> 약속한 날들은 오지 않았지만
> 안 온다던 고도는 도처에 와 있다.
> 잘 살기 위해서는
> 반대로 말하고, 캄캄하게 웃어야 한다.
>
> ―「사랑의 기술」부분

부조리는 "모든 것은 오해에서 비롯된 일"임을 역설한다. 이것은 시작(詩作)과 실존 모두를 포함한다. "의미 없는 문장"과 "어두컴컴한 보도블록" 사이는 시작과 실존의 간극을 그대로 보여 준다. 나아가 "위의 문장에서 일어난 일도 편견에서 비롯된 것일 뿐"에서 보듯, 발화자와 발화 내용을 공소(空疎)화하는 것으로 귀착된다. 그러니 "사실은, 속았다"에 걸린 하중은 심각한 것이다. 시작을 통한 실존의 구성이 '오해'와 '편견'에 다르지 않다는 사실을 적시하기 때문이다. '고도(Godot)' 또한 이러한 상황 속에 포섭된다. "약속한 날들은 오지 않았지만/안 온다던 고도는 도처에 와 있다"가 문제적인 것은, 고도의 존재를 부인하기 때문이 아니라, 그것이 이미 도래하였음을 진술하기 때문이다. 즉 그것이 도래하더라도 달라질 것이 없다는 사실, 다시 말해 고도의 존재 가치에 대한 근본적 의문을 제기하기 때문인 것이다. "온다던 사람은 아마 늦게라도 도착하겠지/하지만 이미 우리의 얼굴은 흘러내렸으니"(「금요일의 pub」)는 그의 도래가 항상 때늦은 도착임을 비극적으로 보여 준다.

　　그렇다면 우리의 생은 "반대로 말하고, 캄캄하게 웃어야 한다"일 수밖에 없다는 것인가? 이러한 질문은 등단작 「실종」에서 "누워 있는 남자"의 현전하는 부재 앞에서의 "궁극적인 질문"과 동궤를 이룬다. 객석에 울려 퍼지는 것이 "언제나 생은 다른 곳에 있었네"(「객석」)라는 노래일 뿐이라면, "식물의 책"이 놓인 자리는 어디인가? 그것은 부재하는 생의 자리에서 "약간의 탄식을 엎질렀을 뿐"(「귀가」)인가? 아니면 황사의 거리에서라도 "하늘로 뿌리를 내리고 땅으로 가지를 뻗는 사랑"(「그 사거리 연가」)을 발화(發花)하는가? 이로부터 "무성생식에도 서글픈 온기가 있다"(「금요일의 pub」)는 믿음이 발아하는 것일까?

이제 나는
뿌리들의 깊이를 넘어선 곳에서
울려오는 발걸음 소리를 들을 수 있다
몇 세기 전에 떠나간 별의 영혼이 속삭이는
각오처럼
그것은 확신에 차 있는
잠언과도 같은 쿵쿵거림

나는 몸을 일으켜
살아온 날들을 석양 쪽으로 기울여 본다
그러면 이마는 열에 들뜨기 시작하고
멀리 가는 강물처럼 무언가
알 수 없는 속도로 발끝에서 흘러 나가는 것이다

반인반수의 생물처럼
달이 떠오르고
모든 나뭇잎들이 한꺼번에 눈을 감는
숲의 심장 속으로

—「수목장(樹木葬)」 부분

　"뿌리들의 깊이를 넘어선 곳에서/울려오는 발걸음 소리"는 '나무 되기'의 삶이 궁극적으로 지향하는 바가 무엇인지를 잘 보여 준다. 그것은 내성의 한계를 넘어서고자 하는 주체의 각오와 의지이다. 마치 "별의 영혼이 속삭이는/각오"처럼, "확신에 차 있는/잠언"처럼, 그것은 대지를 울리며 "뿌리들의 깊이"를 넘어선 곳에서 온 어떤 징조이다. 이 울림이 주체의 운동과 전이를 가능케 한다. 몸을 일으키고 기울이는 행위는 "살아온 날들"을 비우는 행위로 읽힌다. 내부로부터 흐르는 "무언가"는 "숲의 심장 속으로" 흐른다는 점에서 미지에로의 지향을 보여 준다. 그리고 이 지향이 궁극적으로 죽음의 세계를 향한다는 것은 가늠하기 어렵지 않다. 제목이 암시하듯, 그것은 "모든 숲에 전염된 슬픔"과의 동화를 표현하기 때문이다.

여기서 죽음은 이중적이다. 우선 나무의 죽음. "모든 나뭇잎들이 한꺼번에 눈을 감는"에서 알 수 있듯, 죽음으로 경사되는 것은 나무들이다. 낙엽은 나무의 소리 없는 눈감음을 묘사한다. 다음으로, '나'의 죽음. "숲의 심장 속으로"가 강력히 암시하는 것은 주체의 죽음에 대한 인정이다. 여기서 후자의 의미를 확정하는 것은 어려운 일일 테지만, 죽음의 인정이 주체 내부에 부재의 공간을 들이는 행위라는 것은 비교적 분명해 보인다. 죽음의 성으로서 바오바브나무가 그 내부에 타자의 시신을 안장하고 있듯, 생은 언제나 그 안에 부재의 세계를 포함하고 있는 것이다. 이러한 인정은 '나무 되기'가 궁극적으로 죽음의 노래의 발화라는 사실을 보여 준다. "이런 마음일 때, 갑자기 시를 쓰게 되지만/시를 쓰고 나서 그것은 죽음이었을까 생각한다"(「시작 노트」).

외부의 죽음이든 내부의 죽음이든, 죽음의 인정으로부터 시작(詩作)이 "역설적 항체"와 같은 기능을 수행한다는 것은 분명해 보인다. 처음에 밝힌 대로 내성의 내성화로부터의 탈주는 역설적인데, 그것은 주체를 지키는 일이 내부의 성을 허무는 일에서 비롯하기 때문이다. 이런 의미에서 시작은 견고한 내성의 세월을 무너뜨리는 행위에서 시작한다 이는 "양파의 가계(家系)"(「출가」)를 송두리째 뒤집어야 함을 암시한다. "역설적 항체"의 형성은 특정의 고정된 과거의 기억에 사로잡히는 것과 정반대의 방식을 취하는데, 여기서 핵심은 주체가 불우한 가족사 및 개인사를 구성하는 방식을 바꾸는 데에 있다. "역설적 항체"의 형성을 가능케 하는 공간은 우울한 기억으로 촘촘한 외상의 중심이 아니다. 오히려 그곳은 "내성적인/나무들 아래/내성적인/반 평 햇살"(「진원(震源)」)과 같은 "텅 빈 중심"일 뿐이다. 우리는 "텅 빈 중심의 이 아름다운 인력"(「성내역 3」)을 인정해야 한다.

한용국의 시에서 죽음이 내재하는 "텅 빈 중심"은 '나무 되기'의 종착지이다. 그러나 그곳은 새로운 시작의 출발지이기도 하다는 사실 또한 분명하다. 이런 의미에서 그의 시는 "세계를 텅 빈 현전으로 구성하는 손 시린 침묵"(「오류와 놀다」) 그 자체이다. 그의 시는 하나의 전도된, 텅 빈 나무가 될 때까지 내성의 세계를 쌓았다 허무는 일을 '손 시리게' 반복한다. 이로써 시의 내부에는 썼다 지운 음각의 상처들이 고스란히 남아 있다. 문자와 여백의 낱낱의 간극들은 그러한 내력을 각인한 침묵의 연륜들이다. 그러니 그의 내성의 문자 앞에서 함부로 말하지는 말자, "그래 누가 내 몸에 고운 흙을 채워 다오/꼬불꼬불 꽃 한 송이라도 피워 올리게"(「4월」)라고. 결코, '어떤 각오' 없이는…….

시의 민낯,
무언의 자리에 핀 꽃

1.

"나는 타자이다"에서 "나는 비인칭이다"에 이르는 거리는 얼마인가? 이는 랭보에서 말라르메까지의 거리에 대한 물음이 아니다. 시를 '감정의 자발적 분출'로 여겼던 워즈워드에서 '한 권의 위대한 책'의 저자이고자 했던 말라르메까지의 거리에 대한 물음이다. 전자가 타인과 사물에 동화되는 시적 주체의 경탄의 시선을 노정한다면, 후자는 시적 주체와 사물의 간극에서 출현하는 시적 발화의 신비를 함축한다. 이는 후자가 시적 주체가 가닿고자 하는 "만물 所然"(「아라리」)과의 거리에 대한 물음에서 시작해, 언어의 본질적 한계에 대한 고통스런 성찰을 통과한 후의 발화이기 때문이다. 정녕 시는 시적 주체가 스스로를 비인칭으로 몸을 푸는 한에서만 발화하는 것인가?

임선기 시인의 세 번째 시집 『항구에 내리는 겨울 소식』(문학동네, 2014)은 이 소식을 간명하게 소묘한다. 파리에서, 파주에서, 구파발에서, 통영에서, 석모도에서, 안면도에서, 춘천에서, 인천에서, 아니

이 모든 지상에서 그가 전하는 '겨울 소식'을 듣노라면, 순백의 세계를 목도하는 정갈한 눈빛의 소년이 떠오른다. 그러나 그 눈동자 속에는 타자에서 비인칭에 이르기까지 혹독한 산고(産苦)를 치른 자의 "추운 얼굴"(「조용한 나날」)이 숨어 있음을 놓쳐서는 안 된다. 그렇다, 그는 "物質/아래 누워/바라보는 시간"(「시 2」)만큼, "한없이 부족한 언어"(「파리에서」)를 견디며, 마침내 "無言의 자리"(「파주에서」)에서 한 송이 언어로 피어오른다. 이때 시의 산도(産道)는 꽃의 물관이다. 그가 지상의 들판에서 '꽃'으로 들어가, 그 내밀한 공간에서 '구름의 글씨'를 피워 올리는 것은 이 때문이다. 그러니 그의 시가 낭만적 세계의 탄생을 동경한다는 것은 옳은 말이다. 그러나 이는 그 세계가 비인칭 주체의 소멸하는 언어를 통해서만 구현된다는 사실을 인정할 때만 참이다. 첫 소식은 「꽃 1」이 전한다.

꽃에는 이름이 없다
내게는 그리움이 하나 생겼다

이름 없는
너는 내게 꽃과 같다

무슨 이름도 붙이지 않고
너는 내게 만남을 준다

아무것도 바라지 않고
두렵지 않은 한 송이
自由를 준다.

꽃은 이름이 없다

여백처럼,

머물고 있다

—「꽃 1」 전문

　"꽃에는 이름이 없다"에서 "꽃은 이름이 없다"까지의 거리는 얼마인가? 짐작컨대, 그것은 타자에서 비인칭까지의 거리이다. "이름이 없다"는 일차적으로 의미의 부재를 의미한다. 「자서」의 일절, "내가 기다린 건 의미가 아니었다./나무가 새를 기다리듯/새가 나무를 기다리듯 하였다"는 이를 예증한다. 이는 또한 의도의 부재를 의도한 발언이다. "무엇을 위해 피는 꽃이 있는가/너는 왜 다가오지 못하는가"(「地上에서」)가 이를 방증한다. 하나의 꽃이 특정의 의미와 의도를 지니지 않는다면, 그것은 왜 거기에 그렇게 있는 것인가? 이것은 사물의 존재 이유에 대한 물음이자, 주체와 사물과의 '만남'이 지닌 의미에 대한 물음이다. 일찍이 김춘수 시인이 「꽃」에서 물었던 것은, '하나의 몸짓'에 불과한 사물이 어떻게 의미 있는 존재로 탄생하는가였다. 우리는 그의 대답이 호명(呼名), 곧 이름을 부르는 것에 있음을 잘 알고 있다. 그런데 "꽃에는 이름이 없다"면? 이름을 통한 '만남'은 꽃이 "여백처럼,/머물고 있"는 이유를 해명하지 못한다면? '머묾'은 이름의 '만듦'이 아니라 여백에의 '깃듦'이지 않은가.

　이로써 시적 주체가 지향하는 바가 분명해졌다. 사물의 이름 이전의 상태, 곧 '하나의 몸짓'과의 만남의 추구이다. 김춘수가 '하나의 몸짓'에서 벗어나 의미의 세계를 구축하려 했다면, 임선기는 구축된 의미에 갇힌 '하나의 몸짓'을 풀어 사물 자체로 육박하고자 한다. 그러니 그에게 '꽃'은 의미의 여백이다. "萬華의 민낯"(「雨中詩」)과 대면하고자 하는 열망도 이와 다르지 않다. 이렇게 말할 수 있다, 외식(外飾) 배면의 '민낯'에 대한 추구가 시작 전체를 가로지르는 파토스라고. 첫 번째 시집 『호주머니 속의 시』(문학과지성사, 2006)에서 「꽃—말라르메」를 보라. 거기서 우리는 조각난 퍼소나(persona)에 대한 시적 주체의 회의를 발견한다("나의 얼굴은/조각 나 있다"). 또한 두 번째 시집 『꽃과 꽃이 흔들린다』(문예중앙, 2012)에서 「너에게 1」을 보라. 여기서 우리는 단순한 "맨 얼굴"에 대한 시적 주체의 열망을 읽을 수 있다("맨 얼굴이여/오 보이지 않는/단순함이여"). 전자의 회의와 후자의 열망이 하나의 짝패라는 것과, 양자가 낭만주의적 동경을 지탱하는 두 축이라는 것, 이를 재론할 필요는 없을 듯하다.

시적 주체와 한 송이 꽃의 '만남'이 더욱 소중한 이유가 여기에 있다. '그리움'이 주체의 욕망의 동선을 따라 향할 공포로부터의 '자유'를 개시하기 때문이다. 이는 역으로 '그리움'이 주체의 욕망과 두려움에 사로잡히기도 한다는 사실을 암시한다. '이름'은 시적 주체의 욕망의 결과이자 두려움이 배태되는 장소라고 할 수 있다. 따라서 "꽃에는 이름이 없다"는 구절은 실제의 꽃에서 욕망과 두려움을 배제하려는 시적 주체의 강력한 의지를 반증한다. 그만큼 시적 주체는 사물의 이름을 호명하는 것, 사물의 의미와 목적을 규정하는 것을 경계하고 있다고 할 수 있다. "이름 앞에 꽃 한 송이 올린다"(「弔詞」, 『꽃과 꽃이 흔들린다』)가 보여 주듯, 이름은 꽃의 "弔詞"이며, 꽃은 이름의 "弔詞"인 것이다. 이것은 시적 주체가 부리는 언어 자체의 한계를 그대로 노정한다. 언어는 "지나가는 말"이거나 "등록되지 않는 말"(「말 1」, 『꽃과 꽃이 흔들린다』)로 존재한다. 따라서 시적 주체가 "말하지 않으며 말하지도 않는 일" 또는 "말의 모임에서 조용히/말을 지키는 일/나오는 일"(「무제」)에 몰두하는 것은 이상한 일이 아니다.

2.

이 모든 것은 사물이 "無言의 자리"에 거하기 때문에 생기는 일이다. 시인은 "無言의 자리"에 깃들어 침묵의 기미(幾微)를 보고 듣는 자이다. "들어 봐,/내가 만드는/이 침묵"(「석모도에서」), 그리고 느껴 봐, "너의 침묵의 윤무/무서운 숨결"(「郊外에서」). 그러나 침묵의 기미를 알아챘다는 것의 최종 결과가 시인을 낭만적 주체로 확정하는 것은 아니다. 오히려 우리가 대면하는 것은 말라르메적 주체의 불가피함이다. 질문은 이렇다. 시적 언어가 "가난하던 말(言)/가난하던 말"(「고향 2」)일 뿐이라면, 시인이 "無言의 자리"에서 쌓아 올린 언어적 구조물은 낭만적 열기가 뿜어낸 허구적 환영이거나 궁핍한 언어가 찾아낸 서투른 알리바이에 불과하지 않은가? 이것은 "無言의 자리"에서 탄생하는 시적 발화의 가능성에 대한 질문이다. 이 질문은 낭만적 동경의 허구성에 대한 비판을 통과하여, 시적 언어의 기능과 가능에 대한 근본적 회의를 겨냥한다. 다시 말해, 시적 주체가 "無言의 자리"에 "잠시 어리는 것뿐"(「낙엽」)이라면 시적 발화는 왜 자기의 권리를 침묵에 양도하지 않는가, 그렇게 함으로써 홀로 자유를 구가하거나 '가난한 언어'가 맞닥뜨리게 될 시적 산고(産苦)를 피할 수 있지 않은가? 시적 주체가 "無言의 자리"를 감내하는 방식에 대해 숙고해야 한다.

멀리 왔다
그때 햇빛을 쥐어 보던 손
그때 흔들리던 마음
그때

눈을 기다렸고
저녁을 기다렸고
넓은 창 가득
너를 기다렸다

이제 내게 언어는 모두 돌아가라
가슴 아프던
하늘을 보던.

겨울이 왔다
집 짓는 소리

추운 얼굴로 네가
왔다 가는 소리

—「조용한 나날」 전문

 "멀리 왔다", 확실히 그를 따라 너무 멀리 온 것 같다. 지금 우리가
서 있는 자리가 '기다림'의 끝인 한에서, 시인은 어쩌면 소멸이나 허
무를 예감하고 있는지도 모른다. 이것은 비극적인가? 그렇기도 하고,
아니기도 하다. 낭만적 주체의 종언이란 점에서는 그렇지만, 비인칭
적 주체의 탄생이란 점에서는 그렇지 않다. 여기서 핵심은 소멸과 허
무의 숭고성을 이해하는 데 있다. "부서지는 언어가/가며 온다/숭고
하다"(「목련」)가 강력히 예시하듯, 소멸을 향한 언어의 운동이 숭고해
지는 까닭을 이해해야만 하는 것이다. 앞서 우리는 시인의 발화가 만
남에서 비롯함을 보았다. 여기서 만남은 두 가지 층위로 나뉘는데,

하나는 시적 주체와 사물의 만남이고, 다른 하나는 시적 주체와 언어의 만남이다. 문제는 전자와 후자의 간극에서 발생한다. 시적 주체는 후자가 전자를 온전히 담지하기를 갈망한다. 1연의 '기다림'은 양자의 간극을 넘어서려는 낭만적 주체의 열망을 표현하고 있다. 이런 열망에도 불구하고, "無言의 자리"의 존재는 양자의 즉각적인 통합을 허락하지 않는다. 이런 상황 속에서 시적 주체는 "이제 내게 언어는 모두 돌아가라"고 선언하는 것이다. "말을 풀어 주고 싶다"(「저녁에」)는 소망도 같은 맥락 속에서 나온다. 이것이 일차적으로 침묵에의 선언을 표명한다는 것은 옳은 말이다. 그러나 이는 그 침묵이 또 다른 발화를 가능케 한다는 사실을 전제하는 한에서만 참이다. 무슨 말인가?

이를 위해서는, 지금까지 우리가 제3의 선택지를 배제해 왔음을 인정해야 한다. 즉 '만남'에 또 다른 층위가 존재한다는 사실을 간과해 왔음을 자인해야 한다. 시는 무엇보다도 "스무 해 지나 만난 단어가/단어를 만나는 모습"(「시 1」)이다. 이는 시적 주체가 개별적인 단어들을 만난다는 뜻이 아니라, 말 그대로 단어가 또 다른 단어를 만난다는 의미이다. "스무 해 지나"서야 비로소 시적 주체는 한 언어와 다른 언어의 '만남'을 만나고 있는 것이다. 여기로부터 이중적 자유, 곧 시적 주체가 언어의 한계로부터 벗어날 가능성과 시적 언어가 주체의 호명으로부터 벗어날 가능성이 개시된다. 그러나 이는 시적 주체가 시적 언어의 자율적 운동이 개방하게 될 우연의 세계를 감당해야 한다는 것을 암시한다. 이제 "無言의 자리"에서 발화되는 것은 시적 주체의 목소리가 아니라, "집 짓는 소리"와 "추운 얼굴로 네가/왔다 가는 소리"와 같은 사물의 소리들이다. 그러므로 "이제 내게 언어는 모두 돌아가라"는 시적 주체의 침묵의 추인이지만, 사물의 발화가 개시되었다는 선언이기도 하다. "꽃은 이름이 없다"는 시적 발화가 '꽃'

이라는 이름으로 선포된 것이다. 그러니 '꽃'은 비인칭 주체이다.

언어로 "無言의 자리"를 드러낸다는 것만큼 역설적인 것이 있을까. 경이로운 것은 이 역설 앞에서도 결코 포기를 모르는 시인이 있다는 것이다. 더욱 신기한 것은 이 대결에서 결연한 시적 발화가 탄생한다는 사실이다. "나는 비인칭이다"가 그러할진대, "꽃은 이름이 없다"는 왜 아니겠는가. 물론 말라르메가 시작 자체의 우연성을 소거하는 방식으로 무(無)의 세계의 필연성에 도달하고자 한다면, 임선기는 시적 주체와 연결된 탯줄을 소거하는 방식으로 그 길을 걷고자 한다. 그러니 그의 시는 사물과의 만남에서 샘솟는 충일한 감정을 분출하지도, 언어의 한계에 당면한 자의 절망과 한계를 토로하지도 않는다. 오히려 그는 시적 언술을 가지치기함으로써 주체의 흔적을 소거한다. 아무리 "추운 얼굴"일지라도 "맨 얼굴"에 이를 때까지, 혹은 '초목, 김종삼, 그리운 라산스카, 프랑크의 수줍은 미소' 이런 말들이 빛날 때까지. 시인은 "가장 단순한 언어로/언어를 넘어서서/언어를 구해 온 그대"(「예언자」)이다.

제6부 나누어지지 않는 마음

척, 치, 책 그리고 샬레의 나머지들;
묵직함에 베이다

1. 척, 치, 책 그리고 샬레의 나머지들

오은 시인의 최근 신작시는 본명과 허명, 오늘과 내일, 기억과 망각, 가시적인 것과 비가시적인 것에 대한 시적 통찰이 얼마나 명민할 수 있는지를 잘 보여 준다. 여기서 명명과 조명에 의해 가려지고 사라지는 나머지들에 대한 애착이 시인의 파토스를 이룬다. 때로는 '척'하는 언어로, 때로는 '치'하는 기분으로, "하얀 표정"을 지으며, "제자리를 집요하게 더듬는 걸음"으로, '한번 마음먹고 언 마음의 언저리'를 되짚는 그의 솜씨를 추적하다 보면, 그의 시가 세계와 주체와 언어의 문제에 얼마나 천착하고 있는지를 가늠하게 된다.

우리는 모두 이름을 가지고 있다. 생의 첫 출발에서 누군가에 의해 주어진 이름. 그것이 주체의 본질을 담아낼 수 있는가? 만약 그것이 주체를 설명하는 데 한계를 갖는다면, 우리는 우리 자신을 어떻게 명명해야 하는가? 우선, 그가 자기 자신을 어떻게 소개하고 있는지를 보자.

내 이름은 척(Chuck)이야
어느 날, 나는 나 자신에게 나를 소개했다

내가 나를 알은척하듯

내가 모르는 나를
실은 알지만 애써 모르는 척했었던 나를
내 이름은 척이니까
잠시 척이 아닌 척했었던 거지
아니 잠시만 척인 척했었던 거지

(중략)

나는 괜찮은 척 밖으로 기어 나왔다
오늘도 나를 모른 척 지나쳤다

이제 내일을 위해 착한 척할 궁리를 하며 잠자리에 들 것이다

반성하는 척하며
변화하는 척하며

매일 시작되는 끝
매일 끝나는 시작

내 이름은 척이야

나는 매일 반복된다

─「척」 부분

　어느 날 자기 자신에게 자기를 소개한다면, 그것은 어떤 이름일까? 스스로를 소개하려는 자는 자기를 어떤 이름으로 규정하여야 하는가? 오은 시인이 알려 주는 'Mr. Chuck'의 자기소개는 남다르다. 그것은 어떤 명명이든 '척'의 범주를 벗어나지 못하기 때문이다. 'Mr. Chuck'과 '척'의 언어유희는 기발하다. 그것은 일차적으로 말장난이 주는 즐거움에서 비롯하지만, 그러한 말장난 이면에 자기 자신을 명명하는 작업에 대한 근본적 회의를 포함하는 것이기에 더욱 그렇다. "내가 나를 알은척하듯" 소개하는 척 씨, 그러니까 자기를 소개하는 'Mr. Chuck'은 매번 '척'할 수밖에 없는 존재이다. 이것은 이름과 명명이 주체의 본질을 빗겨 나갈 수밖에 없음을 의미한다. 여기에는 "내가 모르는 나"의 존재에 대한 인정이 포함되어 있다. 그것은 나의 '나머지'에 대한 사유와도 동궤를 이룬다. 'Mr. Chuck'은 자기소개를 통해 "기꺼이 나머지가 되는 일"(「나머지」)에 참여하고 있는 것이다.

　이러한 인정으로부터 'Mr. Chuck'에 대한 주체의 태도가 출현한다. 그것은 "내가 모르는 나"를 알은척하는 자신의 기만행위에 대한 반성이다. 3연의 "실은 알지만 애써 모르는 척했었던 나"를 보라. 여기서 주체가 안다고 말하는 존재는 순수하고 진실한 자아가 아니라 시늉과 흉내와 연기(演技)의 자아이다. "잠시 척이 아닌 척했었던 거지"는 시적 주체가 '척'으로서의 자신의 본질을 모르는 '척', 가장(假裝)과 위선의 삶을 살았음을 뜻한다. 이러한 기만행위에 대한 인정과 반성이 지닌 함의는 이중적이다. "아니 잠시만 척인 척했었던 거지"는 자기의 본질을 'Mr. Chuck'으로 인정함에도 불구하고, 그것 역시 기만

행위에 포섭될 수 있음을 보여 주기 때문이다. 여기서 "잠시만"은 스스로를 'Mr. Chuck'으로 인정하는 것을 포함하여 자신의 기만행위가 일시적인 것이 아니라 항시적인 것임을 암시한다. 자기 자신이 'Mr. Chuck'임을 알고 있지만 그렇지 않은 '척'하는, 아니 "잠시만" 그렇다고 인정하는 이러한 기만행위에 대한 이중적 인정과 반성이 'Mr. Chuck'의 자기소개의 중심을 가로지르고 있다.

그렇다면 "내 이름은 척(Chuck)이야"라고 소개하는 'Mr. Chuck'에게 다음과 같은 질문을 던질 수 있다. 그러니까 척 씨, 당신은 스스로를 '척(Chuck)'으로 소개하면서 자신을 '잠시만 '척(Chuck)'인 척' 우리를 기만하는 건가요? 이것은 'Mr. Chuck'이 처한 곤궁이 '나는 거짓말쟁이야'라는 고백이 처한 곤궁과 유사하다는 것을 보여 준다. 그것은 사후적으로 자기를 규정하려는 자가 처할 수밖에 없는 필연적인 곤궁이다. 이에 대한 대답은 궁극적으로 "잠시만 척인 척"하는 동기에 대한 판단에서 찾을 수 있을 것이다. 그러나 그것을 가늠하는 것은 불가능한 일이기에, 여기서는 그러한 언술의 불가피성을 살펴보는 것에서 그치도록 하자. 마지막 연, "내 이름은 척이야/나는 매일 반복된다"에는 자기소개의 반복성이 지닌 필연적 궁핍함이 내재해 있다. 다시 말해, "내 이름은 척이야"라고 말하면서 'Mr. Chuck'은 매일 "잠시만 척인 척"하는 행위를 반복하고 있는 것이다. 이렇게 말할 수도 있다, 'Mr. Chuck'은 자기소개의 규정 행위를 통해 "반성하는 척"과 '반성하지 않는 척', "변화하는 척"과 '변화하지 않는 척'으로 갈라놓고 있는 것이라고. 따라서 'Mr. Chuck'의 자기소개는 분열된 주체가 자기를 소개하는 불가피한 이중성을 노정한다. 자기소개는 자기 '소개 (疏開)'이다.

그렇다고 우리가 자기 자신과 척지고 살 수는 없는 노릇이다. 그러한 것쯤은 "오늘 치 기분"에 불과한 것으로 돌려 버리는 것이 현명하지 않겠는가?

> 깃털을 보았다
> 떨고 있는 깃털을 보았다
>
> 방으로 돌아오면
> 따갑고 포근하다
> 뜨겁고 부드럽다
> 오늘 치 기억으로 이루어진
> 시간을 보았다
>
> 잠들기 직전 떠오르는 풍경이
> 꾸무럭꾸무럭
> 꿈에 나타난다
>
> 꿈에는 솟구치는 깃털이 나온다
> 이불 속에서 뒤척이며
> 비로소 내일 치 기분을 헤아릴 수 있게 된다
>
> ―「오늘 치 기분」 부분

"떨고 있는 깃털"을 보며 하루의 기운을 차리고 하루의 기분을 헤아리는 가운데, "오늘 치 기억으로 이루어진/시간"이 출몰하고 있다. 이것은 시적 주체가 하루치의 기운과 기분으로 삶의 에너지를 충전하는 '일일 기분자'의 삶을 살고 있음을 보여 준다. "오늘 치 기분"을 소모하는 삶. 이러한 삶이 암담한 것은 그 풍경과 시간이 꿈으로 나타나 "내일 치 기분"을 헤아리는 척도가 된다는 사실 때문이다. 이는 "오늘 치 기분"의 '나머지'에 대한 사유와 통한다. 그렇다면 "내일 치 기분"은 어떨 것인가? 그것은 "오늘 치 기억으로 이루어진/시간"과 별반 다르지 않을 것이 아니겠는가? 마치 나머지들이 모여 "더 큰 나머지"와 "외딴 덩어리"(「나머지」)가 되는 것처럼 말이다. 상황이 이렇다면, "내일 치 기분"을 혜량하는 자의 기분은 "읽다 만 책"을 대면하는 자의 표정과 별반 다르지 않을 것이다.

다 읽은 책에는 먼지가 쌓인다
읽다 만 책에도 먼지가 쌓인다
하루하루의 더께 속에서
기억과 망각이 동시에 일어난다

당분간 책갈피는 움직이지 않기로 한다
반쯤 열리거나 반쯤 닫힌 입으로
산 입에 거미줄을 치는 표정으로
제자리를 집요하게 더듬는 걸음으로

무수히 접한 처음들
무수히 남은 마지막들

마음이 한번 마음먹고 얼면 봄이 되도 녹지 않는다

—「읽다 만 책」 부분

"읽다 만 책"은 완료되지 않은 책이다. 종결에 대한 강박이 있는 자라면, "읽다 만 책"을 그냥 놔둘 일은 없을 것이다. 여기서 '다 읽었다'는 만족감은 "다 읽은 책"으로의 지향을 강화한다. 그러나 "읽다 만 책"과 "다 읽은 책" 모두 "하루하루의 더께 속에서/기억과 망각이 동시에 일어난다"면, 양자 사이에는 무슨 차이가 있겠는가? 이때 주체의 선택은 "당분간 책갈피는 움직이지 않기로" 작정하는 것이다. 이러한 선택은 "제자리를 집요하게 더듬는 걸음"과 일치하는데, "무수히 접한 처음들"과 "무수히 남은 마지막들"을 집요하게 보존하기 때문이다. 이것은 "읽다 만 책"을 읽는 자에게 종결에 대한 쾌감 이외에 제3의 요인이 작동하고 있음을 암시한다.

만약 "무수히 남은 마지막들"이 "읽다 만 책"의 '나머지'에 대한 사유와 동궤를 이룬다면, 그것은 기억의 결여, 시간의 잔여, 일상의 잉여에 대한 인정에 다름 아니다. 즉 "아쉬운 부분으로 남는 일"(「나머지」)일 것이다. 척 씨의 자기소개가 자기 소개(疏開)를 통한 자기의 '나머지'의 소개인 것처럼, "내일 치 기분"이 "오늘 치 기분"의 '나머지'이 듯, "읽다 만 책"은 "무수히 남은 마지막들"을 집요하게 더듬는 주체의 '언 마음의 나머지'이다. 이러한 생각이 궁극적으로 '보이는 것'과 '보이지 않는 것'에 대한 성찰과 내통한다는 것은 '과학실'에서 분명하게 밝혀진다. 그 과정을 지켜보는 것은 놀랍도록 재미있다.

> 과학실에는 자물통이 많았다
> 열쇠를 가진 아이는 아무도 없었다
> 열 살은 열쇠를 갖기엔 너무 어린 나이
> 아직 아무것도 열 수 없는 나이
> 하얀 가운을 입을 수 없는 나이

장갑을 끼지 않아도
손이 벙어리가 되는 나이
온몸이 함구하는 나이

과학실에는 손대면 안 되는 것들만 있었다
감히 만질 수 있는 것들이 없었다

비커는 비어 있었다
메스실린더의 눈금에는
도저히 파고들 빈틈이 없어
스포이트는 남몰래 눈물을 뚝뚝 떨어뜨렸다
막자사발에는 가루들이 옹송그리고 있었다
예고 없이 과학실 문이 열리면
커버글라스는 살얼음판보다 위태로웠다

손짓을 해도 가까이 오는 것들이 없었다

해가 지면
손 위에 손을 덮고
마스크로 표정을 가린 채
세균을 배양하는 사람들이 있었다
샬레의 뚜껑을 덮고
보이지 않는 것들이 보이게 될 때까지
현미경처럼 몸을 구부리고
손대면 안 되는 것들을

손대는 사람들이 있었다

손쓸 수 없어
창문 밖에서 발돋움을 하고
잘못 가져온 열쇠처럼
하얀 표정을 짓는 아이가 있었다
열 살이었다

하얀 가운을 입을 수 없어서
하얀 입김만 온몸에 맴돌고 있었다
샬레의 뚜껑을 덮듯
신중하게 눈을 감았다

투명 위에 투명이 배양되고 있었다

―「샬레」 전문

샬레(die Schale)는 뚜껑이 달린 얇고 투명한 원통형의 유리그릇이
다. 주로 세균을 배양하는 데 쓰이는데, "보이지 않는 것들이 보이게
될 때까지" 세균들을 담아 두는 그릇이다. 이 시는 제1층위는 "보이
지 않는 것"으로서 세균을 배양하는 공간에 대한 이야기로 이루어져
있다. 그러나 시의 제2층위를 이루고 있는 또 다른 샬레가 있다. 예컨
대, '과학실'이 그렇다. '과학실'은 "해가 지면/손 위에 손을 덮고/마스
크로 표정을 가린 채/세균을 배양하는 사람들"의 샬레이다. 이런 의
미에서 샬레는 "세균을 배양하는 사람들"의 오두막(chalet)이다. 오두
막의 거주민들은 "보이지 않는 것들"의 범주에 속하는 실체 없는 존

재들이다. 따라서 "하얀 표정을 짓는 아이"는 '과학실'이라는 샬레에서 "세균을 배양하는 사람들"이 배양되는 것을 관찰하는 '아이'가 된다. 그의 주위가 "하얀 입김"으로 덮이는 것은 "하얀 가운"과의 친연성을 암시하고 있다. 이런 의미에서 '과학실'은 "아직 아무것도 열 수 없는 나이"의 아이의 환상 속의 샬레라고 할 수 있다. 혹은 미래의 시간을 예기하는 상상 속의 샬레라고 할 수도 있겠다. 그러니 샬레는 이중적이다. 유리그릇 또는 '과학실'으로서. 샬레 속의 거주민 또한 이중적이다. 세균들 또는 "세균을 배양하는 사람들"으로서.

이쯤에서 "샬레의 뚜껑을 덮듯/신중하게 눈을 감"을 수도 있다. 샬레가 이중적이라는 사실을 통해 샬레의 정당한 몫을 배분했기 때문이다. 그러나 이것이 샬레의 '나머지'를 간과하고 있다는 것까지 정당화시킬 수는 없는 노릇이다. 이는 눈에 "보이지 않는" 샬레의 '나머지'가 있다는 뜻인가? 그렇다. "투명 위에 투명이 배양되고 있었다"는 마지막 구절, 이것이 샬레의 '나머지'이다. 이 '나머지'는 두 가지로 해석될 수 있다. 해석의 차이는 샬레 밖의 존재, 곧 '아이'를 어떠한 산법(算法)에 따라 산술할 것인가에 의해 결정된다. 첫째 나머지: 아이는 세균이다. "하얀 표정을 짓는 아이"는 "보이지 않는 것들"의 범주에 속한다. 이렇게 되면 '아이'를 담을 수 있는 샬레는 더욱 커야 한다. 학교 또는 사회. 따라서 "투명 위에 투명이 배양되고 있었다"에서 두 번째 '투명'은 학교 또는 사회라는 거대한 샬레에 의해서 배양되는 아이를 의미한다. 이것은 "아무도 없어요/내가 있어요"라는 「나머지」의 일절과 상통한다. 둘째 나머지: 아이는 샬레이다. 이것은 아이가 "샬레의 뚜껑을 덮듯/신중하게 눈을 감"은 이유를 설명한다. 이렇게 되면 아이기 눈을 감고, 곧 "샬레의 뚜껑"을 덮고 무엇을 배양하고 있는지를 묻지 않을 수 없다. 그것은 대체로 환상 혹은 상상 속의 '세균들'일 가능성이 높다. 따라서 "투명 위에 투명이 배양되고 있었다"에서 두 번째 '투명'은 아이라는 샬레 속에 보이지 않는 '세균들'을 의미한다. 이것은 'Mr. Chuck'의 "착한 척할 수 있는 힘"(「척」)과 내통한다.

이제 '샬레의 뚜껑'을 완전히 닫아도 좋을 것인가? 샬레의 몫과 나머지를 배분했으니 뚜껑을 닫는 일도 부당한 일은 아니다. 그러나 아직 말하지 않은 것이 있다. 그것은 샬레의 메타("위에")에 대한 것이다. 위에서 말했듯이, 샬레는 "보이지 않는 것들이 보이게 될 때까지" 담아 두는 그릇이다. 그렇다면 시 「샬레」 역시 '세균들'을 배양하는 샬레라고 말할 수 있지 않을까? 그러면 "위에"는 시적 언술이 자리하는 시의 공간을 암시하는 것인가? 지금 우리가 보고 있는 것은 "하얀 표정을 짓는 아이"가 배양한 사유와 삶의 '세균들'인 것인가? 이러한 가정이 맞다면 「샬레」를 보는 우리 또한 또 다른 "세균을 배양하는 사람들"이 되는 것이 아닌가……? 그러니 이제는 "샬레의 뚜껑을 덮듯/신중하게 눈을 감"아도 좋다. 이는 '척, 치, 책 그리고 샬레의 나머지들'이라는 샬레의 뚜껑 또한 닫힐 수 있음을 의미한다. 그럼 도대체 이 글이 배양하고 있는 것은 무엇인가?

2. 묵직함에 베이다

묵직한 시가 있다. 그것은 일차적으로 언술의 묵직함에서 시작한다. 거기에 장광과 독설이 부가될 때가 있다. 질주하는 언술은 장점이 될 수도 있고 단점이 될 수도 있다. 거친 호흡이 토해 내는 숨 가쁨은 생의 전력을 다했다는 징표일 수도 있지만 위악에의 징후일 수도 있기 때문이다. 무엇이 위악에의 유혹을 차단할 것인가? 그것은 질주하는 언술이 담고 있는 시간의 무게에 있다. 만약 질주하는 언술의 다변 속에서 묵직함이 느껴진다면 그것은 언술의 무게중심에 시간의 과묵함이 내재하기 때문이다. 묵직하지 않은 사상이 어디 있으랴만, 유독 박용하의 시편들에서는 사유의 묵직함이 유별나다. 이는 항용 그러했듯이 그의 시적 사유가 삶의 육박과 육탄에서 비롯하기 때문이다. 그런 시는 대체로 평론이라는 재단을 허용치 않는다. 그럼에도 불구하고 '지금' 이 글을 쓰는 이유는 "지되 크게 지는 싸움"을 보여 주기 위함이다.

뼈로 안고 피로 말하고 살로 통했다

너는 그만큼 강하게 전속력으로 내일 없이 왔다

삶보다 빠르게

죽음보다 깊게

지금 전 존재에 금을 냈다

빛이 혈관을 타고 돌았고 삶이 시간에서 내려 버렸다

나는 파탄 난 것이다, 너는 절단 난 것이다

돌이킬 수 없는 순간에

내가 새로 태어났고 감각의 조물주가 도래했다

하루아침에 역사가 시작됐다

하지만 나는 사랑보다 늘 육체를 원했다

육탄전을 원했다

감각의 육박 속에

지금껏 삶을 복수하듯 기쁨을 밀어붙였다

그게 비극이었다

나는 조용할 수 없었던 것이다

나는 나를 감당할 수 없었던 것이다

이 싸움은 지되 크게 지는 싸움이어야 했다

다 내주고 모든 걸 거는 포옹이어야 했다

―「사랑의 순간」 부분

"사랑의 순간"의 강렬함 앞에서 무슨 말을 더 보태겠는가? 사랑의 환희와 절망을 체험한 자라면, 사랑이 "너는 그만큼 강하게 전속력으로 내일 없이 왔다"는 것을 몸으로 알고 있으리라. 그러나 "사랑의 순간"에서부터 "삶보다 빠르게/죽음보다 깊게/지금 전 존재에 금을 냈다"는 말을 할 수 있는 자는 많지 않다. 더구나 그러한 사랑을 반추하며 "지되 크게 지는 싸움이어야 했다"고 말할 수 있는 자는 드물다. 왜 그런가? 그건 사랑의 강렬함을 체험하면서도, 그것의 불가능성을 마주한 자의 고백이기 때문이다. 무슨 말인가? 우선 이러한 고백의 기저에 "사랑의 순간"이 두 주체의 결합이 아니라 주체의 해체라는 인식이 자리하고 있음을 염두에 두자. "나는 파탄 난 것이다, 너는 절단 난 것이다"는 사랑하는 두 주체가 사랑에 의해 해체되는 순간을 표현하고 있다. 두 주체의 '파탄'과 '절단'은 새로운 역사의 시작의 순간이라는 점에서 미증유(未曾有)의 것이다. 그것은 사랑의 완성 같은 것일 수도 있었을 것이다.

그러나 "나는 사랑보다 늘 육체를 원했다"는 두 주체 사이에 건널 수 없는 심연이 놓여 있음을 암시한다. 이것은 시적 주체가 추구했던 지향이 사랑 자체에 있지 않음을 보여 준다. 따라서 "육체"와 "육탄전"과 "감각의 육박"은 에로스적 사랑의 한 양상이 아니라, 사랑 밖으로의 육박과 육탄의 한 양상으로 읽혀야 한다. 그렇다면 당장 궁금한 건, 주체가 사랑에 앞서 "늘 육체를 원"하는 이유가 무엇인가이다. 이에 대한 대답은 "지금껏 삶을 복수하듯 기쁨을 밀어붙였다"가 적확하게 보여 준다. 시적 주체가 '육체'를 탐닉했던 것은 "지금껏 삶을 복수"하기 위함인 것이다. 그러니 "사랑의 순간"은 '삶의 복수'의 자장 안에 머물고, 그 속에서 '육체'는 고통스런 삶을 보상하기 위한 수단이 된다. 그리고 이때의 사랑은 삶을, 혹은 자신을 극한으로 몰아 부치는 싸움의 일부분으로 존재하게 된다. 이것은 역설적이게도 시적 주체가 "사랑의 순간"에도 '파탄'과 '절단'의 삶을 욕망하고 있었음을 보여 준다. 이는 가치론적 차원뿐만 아니라 존재론적 차원의 문제를 포함하는 것이기에, 이러한 역설이 지닌 하중은 더욱 무겁게 느껴진다. 그저 "나는 나를 감당할 수 없었던 것"일 뿐, 여기에는 자신의 삶의 역설에 대한 어쩔 수 없는 인정이 포함되어 있다. 그리고 그 안에는 "사랑의 순간"에 "지되 크게 지는 싸움" 앞에서 물러선 주체의 선택에 대한 회한이 도저하게 흐르고 있다.

사랑의 불가능성이 특정 주체의 문제인지 아니면 모든 사랑하는 주체의 문제인지는 섣불리 판단할 수 없다. 한 정신분석가의 말대로 사랑 자체가 끝끝내 불가능한 것일지도 모를 일이다.[1] "사랑의 순간"에 훼손된 두 주체가 각자 질질 끌고 가는 것이 생이라면, 사랑은 끝내 만날 수 없는 평행선처럼 그렇게 갈 뿐이다. 그것에 대해 뭐라 말할 수 있겠는가? 다만 그러한 불가능성 자체에 싸움을 건 자에겐 깊게 베인 상처가 남는다는 것은 분명해 보인다. 그 흔적이 어느 한 계절의 시간에도 배어 있다. "그날 가로등을 업고 가던 널/나는 두 손없이 지켜봤었다"(「12월」)는 "사랑의 순간"이 주체에게 얼마나 치명적인 손상을 입히는지를 잘 보여 주고 있다. "두 손 없이" 사는 삶이 어떤 것인지는 모르겠으나, "두 손 없이" 사는 자가 생의 "싸움"과 사랑

---

1 브루스 핑크, 「성적 관계 같은 그런 것은 있다」, 슬라보예 지젝 외저, 김소연 외역, 『성관계란 없다』, 도서출판 b, 2005.

의 "포옹" 앞에서 얼마나 무기력할 수밖에 없는지는 충분히 가늠할
수 있다. 더구나 시를 쓰는 사람에게라면 절단된 두 손은 치명적일
수밖에 없다. 그러니 그러한 자의 시작(詩作)은 항상 온몸으로 감행하
는 것일 수밖에 없다. 그러한 몸짓이 「시」라는 시에 나타난다. 보라,
"사랑의 순간"에 파탄 나고 이별의 순간에 "두 손 없이" 산 자가 시와
삶과 벌이는 "육탄전"을.

내가 시인이 된 건 우연치곤 행운
하지만 시를 감행하면서
불가능을 껴안고 좌절 속에서 살았다
어떨 땐 더 하루가 가능할 것 같지 않았다
폐인이 가까이 있었고 쓸쓸하게 미쳐 갔지만
뭔가 있었다, 누군가 있었다, 손길이 있었다
난 죽지 않았고
잠자리에 들거나 깰 때도 시를 생각했었다
먼 이국의 호텔 방에서도
아늑하게 시퍼런 하늘바다에서도
직장에서 쫓겨나 바닥을 칠 때도
바닥에서 깨지는 비의 얼굴을 마주할 때도
내려놓기 어려운 증오와 분노 속에서도
척추를 타고 한 모금의 연기가 뇌 안으로 번져 갈 때도
그 어떤 탐욕보다 삶 그 자체를 탐욕하듯
밥 먹다가도 그 여자처럼 시가 생각났었다
꼬리를 자르려 들수록 시의 꼬리가 자라났다
너와 뒹군 지 삼십 년

지금 이 순간도 너를 시작하고
어쩌면 호흡이 끊어지는 날까지
너를 타고 다음 순간으로 가겠지만
어떤 날에는 내가 너를 위해 있는 게 아닌가
그런 생각을 사심 없이 하곤 한다
(중략)
나는 너의 심장에 무(無)를 새길 것이다
그것도 잠시뿐
삶은 언제나 지금부터였고 내 시도 그랬다
모든 게 지금부터였다

—「시」 부분

"시를 감행"한다는 것 자체가 시와 삶의 분리 불가능성을 예시한다. 여기서 시의 불가능성은 삶의 좌절과 하나의 쌍을 이루며, 그 역도 마찬가지이다. 그리고 그 극단에 죽음에 이르는 고독과 광기가 있다. "더 하루가 가능할 것 같지 않았다"는 진술 속에는 죽음이 삶보다 더 가까이 있었음을 암시한다. 그러나 그때, 기이하게도 새로운 생의 기미가 발견된다. "뭔가 있었다, 누군가 있었다, 손길이 있었다". 만약 이 "뭔가"가, "누군가"가 사랑의 "손길"이라면, 이는 주체가 저 "사랑의 순간"의 회로 속에 다시 사로잡히게 됨을 의미한다. 만약 이 "뭔가"와 "누군가"가 시의 "손길"이라고 한다면, 이는 매우 역설적이게도 시의 불가능성에 마주한 자가 다시 한 번 시의 "손길"에 인도되고 있음을 의미한다. 이것은 시에 대한 시적 주체의 인식과 태도의 변화를, 그리고 최종적으로 시의 역설을 받아들이고 있음을 뜻한다.

그렇다면 시는 무엇인가? "밥 먹다가도 그 여자처럼 시가 생각났었다"가 보여 주는 것은 시가 사랑과 등가라는 사실이다. 그리고 그 것은, "그 어떤 탐욕보다 삶 그 자체를 탐욕하듯"에서 보듯, 삶 자체 에 대한 욕망에서 비롯한다. "꼬리를 자르려 들수록 시의 꼬리가 자 라났다"는 것은 그러한 욕망이 주체가 제어할 수 없는 자율성을 지니 고 있음을 비유적으로 보여 준다. 시는 주체가 규율할 수 없는 "뭔가" 이며 "누군가"인 것이다. 이런 의미에서 시는 시적 주체가 "감당할 수 없었던 것"의 일부분을 이룬다. 그리고 이는 시적 주체가 삶의 한가 운데에서 "지되 크게 지는 싸움"을 벌이고 있음을 일깨운다. 그리하 여 지금 우리가 대면하는 것은 "너와 뒹군 지 삼십 년"이 되는 한 시 인의 증언이다. 그러니 궁금하지 않을 수 없다. 자그마치 30년 동안 그러한 싸움을 벌였다면, 거기에는 "뭔가"가 있을 것이 분명하지 않 겠는가? 더욱이 "어떤 날에는 내가 너를 위해 있는 게 아닌가"라는 생각을 "사심 없이" 하는 시인에게라면 두말할 필요조차 없을 것이 아닌가?

그래서 "나는 너의 심장에 무(無)를 새길 것"이라는 「시」의 마지막 일절은 의미심장하다. 이것은 시의 중심부에 결여의 자리를 남겨 두 는 태도이다. 그리고 결여에서 나온 발화조차 무화(無化)시키겠다는 의지의 표현이다. 시는 결여의 기표이다. 그러나 여기에 "잠시뿐"이 라는 단서가 있음을 간과하지 말자. 이것은 각인할 수 없음을 각인하 는 행위이자, 말할 수 없음을 말하는 행위이다. 다시 말해 무(無)의 인 장(印章)이 영원한 것도, 절대적인 것도 아닐 수 있음에 대한 인정인 것이다. "모든 게" 그저 "지금"의 일일 뿐이다. "시"도 "삶"도 예외 없 이, "지금부터"의 일이다. 이것이 "지금"의 무게를 설명한다. "지금" 의 묵직함은 "지금껏"의 묵직함에서 오지 않는다. 그리고 미래의 시 간의 예기에서 오는 것도 아니다. 시간의 무게는 다만 "잠시뿐"으로서의 "지금"에 대한 충실에서 나온다. 그러므로 "지금"은 시간의 무게 중심이다.

그래서 하나의 시 앞에서 고심이다. 고심 아닌 시가 있겠는가마는, 다음 시는 유난히 더 그렇다. 그것은 이 글이 "싫어한다"[2]와 메타적으로 관여하기 때문만은 아니다. 「싫어한다는 말」의 심장에 새겨져 있을 '무'에 대한 고심 때문이다.

> 독자적이지 못한 너보다
> 독창적이지 못한 나를 더 싫어한다
> 내일을 모르는 오늘보다
> 어제를 모르는 오늘을 더 싫어한다
> 사랑 없는 자유보다
> 자유 없는 사랑을 더 싫어한다
> 이렇게 말하기 싫다만
> 너를 싫어한다는 원칙만 한 게 있을까
> 최악을 다하겠습니다라고 시를 쓴 시인을 싫어한다
> 삶은 지금 이 순간보다 길지 않다고 쓴 시인 역시 싫어한다
> 세상에는 싫어하는 것들이 너무 많다
> 떠나간 너보다 떠나가지 않는 나를 더 싫어한다
>
> ─「싫어한다는 말」 부분

말할 필요도 없이 "싫어한다"는 말은 부정의 정신을 표현한다. 그 대상이 개인이든 사회이든, 부정의 정신은 시인이 줄기차게 견지해

---

2 "주(註) 달린 시를 더 싫어한다/그런 시에 토 단 해설을 싫어한다"(「싫어한다는 말」).

온 삶의 태도이다. 여기에는 개인적 취향에서 비롯한 불만과 야유에서부터 불의와 부조리에 대한 분노와 저항에 이르기까지 폭넓은 스펙트럼이 존재한다. 그 원천이 내적인 것이건 외적인 것이건, 부정의 정신이 시인의 삶을 지탱해 온 원동력이라는 것은 틀림없어 보인다. 게다가, 위의 시에서 부정의 정신이 갖는 이심율(eccentricity)은 더 커지고 견고해진 것 같다. 그것은 "더"라는 부사가 압축적으로 표현하고 있다. 이는 "독창적이지 못한 나", "어제를 모르는 오늘", "자유 없는 사랑"을 "더 싫어한다"는 표명에만 해당되는 것은 아니다. "너를 싫어한다"는 것 자체가 "원칙"으로 설정되고 있다는 점에서 더욱 그러하다. 그러므로 그러한 비판 정신에서 배태된 장광과 독설은 그것이 달변이든 눌변이든 모두 '삶의 육탄전'을 표현한다고 할 수 있다. 이렇게 말할 수 있다, 그의 본성은 기만과 불의에 대해 "조용할 수 없었던 것"(「사랑의 순간」)이라고.

우리는 이러한 본성에 대한 다양한 명명이 있었음을 알고 있다. "돈키호테"(김정란)에서부터 "테러리즘의 상상력"(고영직)을 거쳐 "시적 광기"(정의진)에 이르기까지, 이들은 모두 시인의 질주하는 언술이 기만과 불의를 베는 칼날이라는 점을 간파하고 있다는 점에서 정당한 이름들이다. 그러나 한 가지 더, 부정의 칼날이 최종적으로 자신을 베는 칼날이기도 하다는 사실을 지적해 두어야겠다. 이는 단순히 "독창적이지 못한 나"에 대한 단죄인 것만은 아니다. 그것은 이러한 시를 감행하는 것 자체에 대한 단죄이기도 하다는 점에서 더욱 철저한 부정이다. "최악을 다하겠습니다라고 시를 쓴 시인"과 "삶은 지금 이 순간보다 길지 않다고 쓴 시인"에 대한 단죄는 여기에 포함된다. 부가하자면, 전자는 『견자』의 「최악을 다하겠습니다」의 시인이고, 후자는 『한 남자』의 「지금 이 순간」의 시인이다. 그리고 그 둘은 『오빈리 일기』의 「자서」에서 "과거를 상기하고 미래를 기억하되 지금 이 순간을 망치지 말아야 했다"고 쓴 시인과 같은 사람이다. 따라서 그가 들고 있는 칼은 손잡이마저 벼려진 칼이다. 그 칼은 싫어하는 대상 하나하나를 벨 뿐만 아니라, "싫어한다는 말" 자체를 베는 무기이다. 그리고 이 모든 것은 "너의 심장에 무(無)를 새길 것"에서 비롯한다. 왜 아니겠는가? 시인이 "싫어한다는 말"을 싫어하지 않을 이유가 무엇이겠는가? 「싫어한다는 말」이라는 시의 "심장에 무를 새기"지 않을 이유는 또 무엇이겠는가?

장광이되 조용하고, 묵직하되 날카롭다. 그리고 '지금', 그 묵직함이 날카로움으로 벼려진 시들이 있다. 이를 위해 얼마나 많은 자학과 분노와 위악을 감행해야 했을까? 그 앞에서 독자인 우리의 심장에도 '무(無)'가 새겨질 터이다. 그러므로 이 글은 "지되 크게 지는 싸움" 앞에서 깊게 베인 자의 상처이자 아픔이다. '무(無)'의 선혈이다.

입 없는 자의 살아남아야 할 권리;
곡옥의 눈과 잠복한 혀

1. 입 없는 자의 살아남아야 할 권리

쓰다. 소태처럼 쓰다. 소의 태(胎)가 어떤 맛인지는 모른다. 그러나 가난과 재난 앞에서 "살아남아야 할 권리"를 부르짖는 자가 소의 태를 핥고 있는 자라는 것은 분명하다. 이것은 비유가 아니다. 그렇다고 실재는 더더욱 아니다. 비유와 실재 사이에서 소태를 삼키는 자의 환상이 이를 예증한다. 김성규의 시가 그렇다. 그의 시는 괴괴한 '폐허의 지평' 위에서 죽음을 천천히 핥는 자가 조리한, 소태 같은 욕망의 세계를 예시한다. 그러니 생의 통점(痛點)은 가난과 재난에서 시발하겠지만, 생의 미감은 혀 위에서 구축된다. 그가 반복적으로 허기와 구역질이라는 이중적 구조에 사로잡히는 것은 이 때문이다. 최근 시 「꽃잠」은 이를 잘 보여 준다.

어미 소는 막 태어난
새끼를 핥고 있었다

먼지처럼 흩어지는

햇빛 속에

꽃밭에

누워

잠에 빠진

송아지

혓바닥으로

핥아 주면

마당을 뛰어다니는

바람 속에

구름 아래

누워

일어나지 않는

송아지

혀에서

붉은 꽃 필 때까지

어미 소는

죽은 새끼를

핥고 있었다

—「꽃잠」 전문

　어미 소가 핥고 있는 것은 "막 태어난", "잠에 빠진", "일어나지 않
는", 그리하여 최종적으로 "죽은 새끼"이다. 죽음의 잠이 "꽃잠"일 수

있는 이유는 어미 소의 특정 행위 때문이다. "혓바닥으로/핥아 주면"에서 보듯, 새끼의 죽음이라는 재난 앞에서 어미 소가 할 수 있는 유일한 일이 핥는 것이다. 이는 "죽은 새끼"가 "꽃잠"을 유지할 수 있는 방법이기도 하다. 그러니 어미 소의 '혀'는 새끼의 "꽃잠", 곧 죽음의 세계와의 유일한 접촉 지점이 된다. 이때 어미 소가 핥는 것이 태반(胎盤)이다. 한때 생존을 위한 요람이었지만, 지금은 죽음을 운구하는 침상이 되어 버린…… 그래서 소태처럼 쓴…….

문제는 이러한 일이 "혀에서/붉은 꽃 필 때까지" 중단되지 않는다는 데에 있다. "혀에서/붉은 꽃 필 때"는 특정의 시간을 상정한다기보다는 기약할 수 없는 불특정의 시간을 예기한다. 이것은 재난의 지속과 고통의 불가피성을 암시한다. 김성규의 두 권의 시집(『너는 잘못 날아왔다』, 창비, 2008; 『천국은 언제쯤 망가진 자들을 수거해 가나』, 창비, 2013)이 고통스럽게 집착해 온 것도 바로 재난의 지속성과 불가피성이었다. 그는 우화적·비유적 장치들을 통해 재난을 운명 혹은 필연적인 것으로 확정한다. 개인적이든 사회적이든 재난은 불가피한 것으로 전제되고, 그 속에서 시적 주체는 끊임없이 재난의 고통을 재생하고 있다. 이 모든 것은 그가 "재난의 관점에서 세계를 재현하고 있기 때문"[1]에 벌어지는 일이다. 여기서 다음과 같은 질문이 제기되는 것은 당연하다. 소의 태를 핥고 있는 자는 왜 멈추지 않는가? "붉은 꽃 필 때까지"라는 무규정적 시간을 설정함으로써 도리어 소태처럼 쓴 고통을 지속하는 이유는 무엇인가? 이를 해결하는 일차적 관문은 재난의 출처와 기원을 찾는 것이다.

---

1 조재룡, 「영벌받은 자의 노래」, 김성규, 『천국은 언제쯤 망가진 자들을 수거해 가나』, p.141.

성장은 쓸모없는 향수와도 같아

살가죽을 뚫고 나오려는 실핏줄이

사내의 몸을 휘감고 조용히 몸무림치는 오후

며칠째 눌어붙은 밥 덩어리와

반찬 찌꺼기를 냉장고에서 꺼내 먹으며

살 수도 있었으리 온몸 신열을 앓으며,

주택가 골목 아이들은 뛰어나와

다시 자기 집으로 돌아가고

하루하루 자신의 영혼을 파먹으며

잠 속에서 그는 더욱 살이 오른다

—「거식자」(『너는 잘못 날아왔다』) 부분

맨살의 새끼들 소리 없이 둥지 아래로 떨어진다

가난이 재난을 찾아가듯

재난이 가난을 찾아내듯

자고 일어나면 병이 깊어지는 아이

(중략)

경기에 좋다는

소태나무 우린 물을

숟가락으로 젖꼭지에 흘려 놓는 여인

젖이 붙은 여자가 이마의 땀을 닦고

검은 눈동자를 삼키는 아이

열에 들떠 홍학의 울음을 터뜨린다

　　　—「해열」(『천국은 언제쯤 망가진 자들을 수거해 가나』) 부분

　성장이 "쓸모없는 향수"와 같다는 건, 몸의 성장을 불필요한 장식으로 간주하고 있음을 의미한다. 성장에 대한 거부는 생존과 직결되는 문제이다. 섭취가 중단된다면 그것은 생존에 대한 육체의 "몸부림"으로 드러날 수밖에 없다. 이러한 "몸부림" 앞에서 우리의 일반적인 선택은 섭생을 통한 생존이다. 이것이 인간의 필연적인 운명인지는 모르겠지만, 개체 보존을 위한 가장 기초적인 방식이라는 것은 분명하다. 그러나 시적 주체에게 음식물의 섭취는 하나의 선택일 뿐이다. "살 수도 있었으리 온몸 신열을 앓으며"가 예시하듯, "밥 덩어리와/반찬 찌꺼기"는 생존을 보장하지만 '신열'이라는 고통을 유발한다. 따라서 '거식자'는 식욕 자체를 부정하는 것이 아니라 그것이 유발하는 효과를 부정하는 자이다. 이는 '거식자'의 식욕이 생존을 위한 욕구의 차원이 아니라 욕망의 차원에 있음을 암시한다. "하루하루 자신의 영혼을 파먹으며/잠 속에서 그는 더욱 살이 오른다"는 구절은 '거식자'의 욕망이 '잠'과 같은 공간 속에서만 충족될 수 있음을 보여 준다.

　'신열'은 이러한 증상의 기원에 무엇이 있는지를 설명한다. 놀랍게도 그것은 소태나무를 직접 소환한다. 「해열」을 보라, 아이의 경기(驚氣)와 "홍학의 울음"을. 여기서 허기와 구토는 하나가 된다. "소태나무 우린 물"이 경기에 걸린 아이가 어머니의 젖과 함께 삼킨 것이라면, 그것은 젖과 소태라는 이중적 맛의 기원을 이룬다. 이때 시적 주체의 욕망은 수용과 부정이라는 이중적 운동에 사로잡히게 된다. 아이의 허기와 구토는 어머니의 젖에 대한 욕구와 '신열'의 치료에 대한 요구 사이에서 주체의 욕망을 휩싸고 돈다. 이렇게 주체의 욕망은 어

머니와의 결합과 분리의 순간과 직접적으로 겹쳐진다. 허기와 관련된 시편들(「사람이라고 말할 수 없는」, 「과식」, 「만찬」, 「겸상」, 「장롱을 부수고 배를」 등)은 대체로 이러한 순간의 기록이거나 그것의 후일담들이다. 그러니까 그의 시는 "한번 삼킨 것을/토해 내기 위해"(「시인」) 흘리는 눈물인 셈인데, 최근 시 「아버지 나는 돈이 없어요」도 이와 다르지 않다.

오늘은 종일 굶었죠 버스를 타고 광화문을 가는데 어지러웠어요 시간이 없어 난 식은땀을 흘리며 걸었어요 배가 고팠어요 비가 그친 하늘 시퍼런 얼굴을 하고 식은땀이 쏟아지듯 빌딩들이 헉헉거렸어요 너지러워요 어지러워요 글자를 제대로 쓸 수가 없네요 그래도 뭔가를 해야해요 살려면, 이유는 없어요 목숨은 헐떡이며 노래해요 아버지 나는, 나는, 고무 타는 냄새를 맡으면 배가 고파요 구역질을 참는 게 인생이라고요? 서서 우는 사람 서서 자는 사람 서서 죽는 사람 서서 죽는 사람처럼 나무들은 울어요 입 없이 나는 이렇게 살고 싶지 않아요 누구나 살기 위해서 살아요 다른 모든 것은 거짓이예요 그만하세요 떠올려요 떠올려요 무엇인가 다시는 하고 싶지 않아요 사람을 버리고 싶어요 사람을 버리고 싶다가도, 비난이 두려워 나는 사랑을 버렸죠 용의자처럼, 불안으로 살아요 불안이 나를 식량으로 만들어요 아직 안 잡혀서, 못 잡혀서 그게 불만이죠 불안이죠 내 남은 손엔 술이 있어요 불이 있어요 집으로 돌아와요 구역질을 참으며, 속아주며 빈민가의 불빛은 얼굴을 밝혀요 여기 살아요 벗어날 수 없죠 보금자리, 잘 아는 친구처럼 웃으며 인정해야죠 식은땀이 흘러요 약을 먹으니, 기억나지 않네요 어떤 글을 썼는지 그렇지만 종일 굶어서 나는 살았어요 늘 감사해요 아버지 오늘도, 원망하지 않죠 내가 만들었어요

—「아버지 나는 돈이 없어요」 전문

"오늘은 종일 굶었죠"와 "배가 고팠어요"는 얼마나 비참한 토로인가. "너지러워요 어지러워요"에서 소용돌이치는 것은 허기로 인한, 견딜 수 없는 현기증이다. 여기서 잘못된 맞춤법은 시작(詩作)의 순간마저도 현기증이 시적 주체를 사로잡고 있음을, 그리고 그것을 바로잡을 어떠한 여력도 남아 있지 않음을 적시한다. "입 없이" 사는 삶은 이 모든 사태를 요약한다. 만약 입의 부재로 인해 허기와 현기증이 사라지지 않는다면, 유일한 탈출구는 내부를 소진하는 것뿐이다. 공복에 의한 허기가 포만에 대한 집착으로 나타나고, 때로는 몸 전체를 입으로 만들 수도 있다는 것은 우리의 경험이 입증하는 바이다. "불안으로 살아요 불안이 나를 식량으로 만들어요"는 이러한 정황에 대한 불안한 고백이다. 자신을 "식량"으로 만드는 삶, 그리하여 자기 내부를 소진하는 삶이 시적 주체가 처한 재난의 현황이다. 이것의 불가피성은 "그렇지만 종일 굶어서 나는 살았어요"에 역설적으로 표현되어 있다. 불안은 사라지지만, 고통은 사라지지 않는다.

여기서 근본적 문제는 이러한 삶의 반복성이다. "자신의 영혼을 파먹으며" 사는 삶이 유지되려면, 식량 저장고인 '영혼'은 다함이 없어야 한다. 소비된 만큼 다시 채워져야 하는 것이다. 이때 식량 창고의 총량을 유지하는 방법이 기억의 재생이다. 기억은 프로메테우스의 간처럼 끊임없이 재생되어야 한다. 이는 자신의 간을 쪼아 먹는 것이 독수리가 아니라 프로메테우스 자신이라는 것을 암시한다. 현실 속에서는 불가능한 이러한 악무한적 반복을 유지하기 위해서는 '약'이라는 식량이 요구된다. "약을 먹으니, 기억나지 않네요"는 일차적으로 자신의 간을 쪼아 먹는 행위가 항상 다시 시작되는 이유가 무엇인지를 보여 주는데, 이는 궁극적으로 내부를 소진하는 삶이 망각 혹은 환각과 같은 허위에 기반하고 있음을 암시한다.

그러니 "입 없이 나는 이렇게 살고 싶지 않아요"라는 일절에 담긴 무게는 결코 가볍지 않다. 이는 "입 없이" 사는 삶의 부당성에 대한 토로이자, 섭생을 위한 '입'의 삶을 수용하겠다는 의지의 표현이기 때문이다. '입 없는' 삶에 대한 부정은 '입 없는' 자의 허기의 허위성을 암시하며, 고통스런 맛의 세계를 받아들이겠다는 의지를 표현한다. 진정한 '약'은 어머니의 젖이 아니라 소태이다. 따라서 이 구절은 그가 어머니의 젖에 흐르는 "소태나무 우린 물"을 핥고 있음을 암시한다. 아버지가 호명되는 것은 바로 이 순간이다. 아버지의 등장에는 재난의 책임 주체에 대한 문제가 내재되어 있다. 시의 마지막 구절("아버지 오늘도, 원망하지 않죠 내가 만들었어요")은 역설적이게도 그동안 아버지에게 재난의 책임을 전가하고 있었음을 반증한다. 따라서 "내가 만들었어요"라는 언명은 아버지에 대한 원망을 철회하고 자기 자신을 재난의 주체로 옹립하는 선포에 가깝다. 이것의 결연함은 재난의 주체가 재난을 견디는 방식의 특이성을 통해 설명될 수 있다.

비가 쏟아지고 있었다 대공황의 난민처럼 사람들이 지하철로 몰려들었다 우산을 접고 지하도로 뛰어 내려간다 지하철에서 사내가 임신한 여자의 지갑을 빼내고 있다 모른 척해야 한다 눈이 마주쳤다 사람들이 고개를 돌렸다 나도 고개를 돌렸다 지하철에서 내렸다 모른 척해야 한다 문이 닫히고 임신한 여자가 쓰러졌다 옆구리에 칼이 꽂혀 있었다 모른 척해야 한다 다른 칸으로 걸어가는 사내들이 유리창으로 보였다

(중략)

깨진 유리창, 분홍빛 형광등, 피비가 내리는 도시, 버림받은 공주, 대

공황의 홍수, 부서진 왕국, 비를 피하며 우는 왕자, 천국과 불신 지옥, 칼에 찔린 임신부, 살아남아야 해요, 핏물 번지는 안경을 쓴 사내, 누구나 살아남아야 할 권리가 있습니다, 얼굴을 밟고 있는 깡패, 다 살려구 하는 거 아냐 이 새끼야, 젖은 신문지, 살아야, 궁전을 잃은 창녀, 니들이 우릴 이렇게 만든 거 아냐 돈이나 내 씹세들아, 집이 없는 군인들, 살아남아야 집으로 갈 수 있어요, 지하철에 가득한 목소리들, 비처럼 쏟아지는 목소리들

　눈을 감고 귀를 막으며 사람들이 사방을 둘러보았다 모두들 비에 젖은 얼굴로 서로를 바라보고 있었다

―「얼굴」 부분

　당혹스럽게도 "모른 척해야 한다"가 시적 주체가 재난을 견디는 방식이다. 무엇에 대한 "모른 척"인가? 그것은 일차적으로 타인의 재난과 고통에 대한 "모른 척"이다. 이는 윤리적 차원의 정당성 문제를 제기한다. 즉 "살아남아야 해요"라는 생존에의 정언명령이 타인의 재난과 고통에 대해 "모른 척해야 한다"는 다짐을 정당화할 수 있는가? 만약 그럴 수 없다면, "모른 척해야 한다"는 현대사회와 동시대인들에 대한 암유적 비판으로 읽힐 수 있다. 이와 반대의 경우라면, "모른 척해야 한다"는 가해자와 피해자 사이의 경계를 무화함으로써 타인의 재난과 고통에 대한 윤리적 면죄부를 부여하는 결과를 초래한다. 여기서 관건은 개인에게 "살아남아야 할 권리"를 인정해야 하는가이다.

　그러나 이러한 문제 제기가 재난의 주체를 이원론적으로 분리하는 한에서만 성립할 수 있다는 사실을 간과해서는 안 된다. 즉 재난을 당하는 자와 당하지 않는 자의 분리. "살아남아야 할 권리"는 전자와

후자, 어느 한편에 귀속되는 권리일 수 없다. 오히려 그것은 "누구나" 에게 속하는 권리이다. "버림받은 공주" "비를 피하며 우는 왕자" "칼에 찔린 임신부" "핏물 번지는 안경을 쓴 사내" "얼굴을 밟고 있는 깡패" "궁전을 잃은 창녀" "집이 없는 군인들"은 더 이상 살아갈 수 없는 자들이라는 하나의 범주로 묶인다. 그들은 모두 "비에 젖은 얼굴로 서로를 바라보고 있"는 자들이다. "비처럼 쏟아지는 목소리들"은 '입 없는' 자들의 고통스런 울부짖음을 표현한다. 이는 현재의 재난의 실상을 보여 준다. 재난은 개인과 개인, 또는 개인과 사회 사이에 성립하는 것이 아니다. 그것은 모든 개인을 아우르는 제3의 존재와의 관계를 요청한다. 실존 자체가 재난이라는 인식. 따라서 "살아남아야 할 권리"는 재난의 주체가 실존이라는 재난을 버티기 위한 마지막 버팀목이 된다.

여기서 시적 주체가 타인의 재난을 대하는 방식의 특이성이 나온다. 신기하게도 시적 주체는 자기가 처한 개인적 재난 이외에도, 타인의 재난으로부터 강력한 영향을 받는다. 그러나 이것이 시적 주체가 사회적·윤리적 주체로서 책임 의식을 지니고 있다는 것을 의미하지는 않는다. 상황은 정반대이다. 오히려 그는 타인의 재난을 자신의 재난으로 동화하고 있다. 다시 말해 그는 타인의 재난을 자신의 재난을 통해서 위무받는 자이다. 이것이 과거의 기억이 소진되지 않는 이유를 설명한다. 그는 어떤 식으로든 타인의 고통을 통해 자신의 고통을 재생하고 있는 것이다. "그는 오히려 불행한 일들을 잊게 될까 봐 겁내는 사람처럼 시를 쓴다"[2]고 하겠다. 따라서 타인의 재난이 종료되지 않는 한, 그는 자신의 재난을 종료할 수 없다. 이는 거식증이 자

---

2 황현산, 「불행의 편에 서서」, 김성규, 『너는 잘못 날아왔다』, p.117.

신의 포만감을 받아들일 수 없는 것과 같은 맥락이다. 그의 포만감은 끊임없이 구토로 훼손되어야 한다. 그의 시가 "상처받아/소리를 찢으며 피어나는 꽃"인 이유가 여기에 있다. 그의 시는 소태를 핥는 한에서만 쓰일 수 있는 것이다. 마치 어미 소가 "붉은 꽃 필 때까지" 죽은 새끼를 핥을 수밖에 없는 것처럼.

그럼 이제 마지막으로 묻자. 소태처럼 쓴 시에 대해 우리는 '모른 척'해야 하는가? 만약 소태 같은 시가 "살아남아야 할 권리"를 부르짖는다면, 그것은 '입 없는' 자가 자신의 생을 토해 낼 권리가 있기 때문이지 않겠는가.

2. 곡옥의 눈과 잠복한 혀

시인의 눈은 얼마나 유연한가. 시인이 사물을 볼 때, 그들의 눈은 사물의 고유한 빛을 포착하기 위해 얼마나 재빠른가. 때로 시인의 동공은 "당신과 나 사이/저물면서 빛나는 커다랗고 하얀 접시"를 조망할 정도로 동그랗고, 때로 "말 울음소리가/곡옥의 눈을 찌르는" 순간을 포착할 정도로 예리하다. 남길순 시인의 최근 시는 시인이 얼마나 넓고 깊게 사물을 응시하는가를 잘 보여 준다. 여기서 시인이 포착하는 것은 사물의 고유한 시간성이다. 그것은 '눈의 소시집'이라는 이름에 값할 정도로 사물의 눈에 초점을 맞추고 있다. 이를 테면,

> 잘 익은 눈동자가 다가와요
>
> 어릴 때 잃어버린 유리구슬
>
> 음악과 춤으로 한생을 살아온 너의 x파일
>
> 포도 넝쿨에 매달린
>
> 영웅의 랩소디를 들으며

책에 취해요, 당신에게 취해요

역사는 매장과 부장과 풍장의 형식으로

사람들을 기록하고

은빛 포말이 줄거리처럼 떠오르는 해안선

비스듬한 해변 언덕에는

동그란 무덤들

구슬을 꿰어 유희를 하던 거미는

눈앞의 저녁을 동그랗게 말아 허공에 걸어 놓았어요

마른 잎사귀가

새가 되어 날아가면

점점 진해지는 붉은 피

눈 내리는 광야에 이르면

·내 눈 속 먹빛 포도는 무엇을 보고 있을까요

이국의 포도밭은

번역된 이름처럼 낯설고

당신과 나 사이

저물면서 빛나는 커다랗고 하얀 접시

—「포도 알 유희」 전문

이국의 포도밭에서 "잘 익은 눈동자"를 보는 것이 눈의 재주라면, "어릴 때 잃어버린 유리구슬"을 보는 것은 마음의 재주이다. 시의 묘미는 두 개의 시선이 겹쳐질 때 나타난다. 전자가 사물에서 출발한 빛이 수정체에 이르는 물리적 거리를 요구한다면, 후자는 현재로부터 과거의 사물들까지의 심리적 거리를 요구한다. 주체의 안과 밖이라는 두 개의 거리가 하나의 상(像)으로 모아지기 위해서는 적절한 심도(深

度)가 유지되어야 한다. 얕은 심도는 초점을 맞춘 사물에 집중함으로써 기억의 역사를 흐리게 한다. 역으로 깊은 심도는 기원이 되는 과거의 기억을 포괄함으로써 피사체의 선명성을 떨어뜨린다. 시에서 적절한 심도를 유지하는 것이 어려운 이유는, 응시하는 자의 안과 밖이 서로 다른 초점거리를 가지기 때문이다. 위의 시는 눈과 마음이라는 두 렌즈의 초점거리를 보정하기 위해서 무엇이 필요한지를 보여 준다는 점에서 흥미롭다.

우선 이 시가 바라보는 사물은 "잘 익은 눈동자"로서의 '포도 알'이다. 이때 대물렌즈의 초점은 "영웅의 랩소디"에 맞춰져 있는데, 그것은 영웅이 "음악과 춤으로 한생을 살아온 너"이기 때문이다. "잘 익은 눈동자"가 과거의 삶의 기록("영웅의 랩소디")을 보존하는 방식은, 무덤이 "매장과 부장과 풍장의 형식"으로 역사를 기록하는 방식과 대조된다. 후자는 "어릴 때 잃어버린"이라는 일절이 암시하듯, 상실된 기록, 곧 부재의 역사를 예증하기 때문이다. 이러한 차이는 '거미'의 유희, "구슬을 꿰어 유희를 하던 거미"에 의해 한층 부각된다. '거미'는 "눈앞의 저녁을 동그랗게 말아 허공에 걸어 놓았어요"가 보여 주는 것처럼, 진정한 '유리알 유희'를 통해 상실된 과거와 현재를 잇는 자이다. 이런 점에서 '거미'라는 피사체는 헤세라는 '영웅'을 조준한다. 그러나 대안렌즈의 초점은 이국의 영웅에 맞춰져 있지 않다. 시의 후반부가 조준하는 것은 "진해지는 붉은 피"에서 보듯 우리 역사 속의 또 다른 영웅이다. "눈 내리는 광야에 이르면/내 눈 속 먹빛 포도는 무엇을 보고 있을까요"는 전환이 이루어지는 지점이다. "눈 내리는 광야"가 직접적으로 지시하는 것은 '가난한 노래의 씨'를 뿌리겠다는 지조의 시인 육사이다. 그리고 그는 "저물면서 빛나는 커다랗고 하얀 접시"를 사이에 두고 대면하는 '당신'이기도 하다. "하얀 접시"가 '은쟁반'과

'하이얀 모시 수건'의 식탁이 아니라면 도대체 무엇이겠는가?

그러니 헤세와 육사는 "영웅의 렙소디"의 두 주체이다. 이들을 향한 이중의 초점이 하나로 수렴되기 위해서는 적절한 심도가 유지될 필요가 있다. 그것은 배경으로서 '포도밭'과 '광야' 사이, 피사체로서 '유리알 유희'와 '하얀 접시' 사이의 초점거리의 차이를 보상하는 일과 같다. "어릴 때 잃어버린 유리구슬"은 양자가 하나로 수렴되는 지점임에 틀림없다. 그리고 여기에 주체의 역사성이 웅크리고 있음 또한 분명하다. 이처럼 시인은 사물의 고유한 파장을 드러내기 위해 그것의 역사성에 초점을 맞춘다. 「포도 알 유희」가 이국의 포도를 통해 그 속에 담긴 '영웅'의 역사를 포착하고 있다면, 「두 시의 호랑이」는 조선의 화첩에서 과거의 역사를 현재화하는 길을 예시하고 있다. 두 길은 다르지만 근본은 같다. 왜냐하면 양자 모두 사물의 눈에 대한 응시를 모태로 하기 때문이다. 전자의 입구는 "잘 익은 눈동자", 후자의 입구는 '그림의 눈동자'이다. 이런 의미에서 눈동자는 사물의 역사성을 포착하는 렌즈이며, 양자가 소통하는 통로(조리개)라 할 만하다. 그 렌즈가 얼마나 정밀한 것인지는 죽은 자의 무덤인 '대릉원'에서 확인할 수 있다. 최근 시 「천마총」에서 "눈부신 천년"의 역사가 어떻게 프레임 속에 현상하고 있는지를 보자.

초록 갈기를 휘날리며
무덤을 타고 날아가는 아이들

대릉원엔
아직 깨이나지 않은
알들이 놓여 있다

노출을 연 프레임엔
두 마리 개미가 철기시대 유물처럼
앞다리를 겨루고

황금 말띠 꾸미개
황금 말띠 드리개
앞가슴 쪽에 길게 늘인
크고 작은 말방울이 울린다

먹빛 능선이 날아오르고
눈부신 천년,
부메랑처럼 말이 돌아온 지금

나는 프레임 속으로 들어가
순장된 소녀처럼 죽는다

말 울음소리가
곡옥의 눈을 찌르는 오후

편자를 벗은 말이 천년 밖으로
아이들을 걷어찼다

―「천마총」 전문

"초록 갈기"와 "부메랑처럼 말이 돌아온 지금"은 '죽제 금동판 말다래'의 복원과 관련 있다. 다 알다시피, 경주의 대릉원(大陵苑)에는 천마(天馬)가 그려진 '말다래(障泥)'가 출품된 것 때문에 '천마총(天馬塚)'이라 불리는 무덤이 있다. 천마총에서 발견된 천마가 그려진 말다래는 총 3쌍이다. 국보로 지정된 기존의 천마도는 백화나무 껍질에 그려진 것인데, 최근에 '죽제 금동판 말다래(대나무에 금동의 천마가 장식된 말다래)'가 복원되었다고 한다. 바로 이 말다래에서 시인이 응시하는 것은 복원되지 않은 대릉원의 역사성이다. "아직 깨어나지 않은/알들"은 이를 직접적으로 보여 준다. '알'은 신라의 시조인 박혁거세와 이를 운반한 '백마'를 소환하는데, 『삼국유사』의 「신라 시조 혁거세왕」에는 '천마'가 '알'에게 절하고 하늘로 올라갔다는 기록이 있다. 시의 처음과 끝에서 반복되는 "아이들"은 '천마'와 '알'과의 상관성 속에서 해명될 수 있다. 즉 '천마'가 걷어찬 "아이들"은 '천마'가 운반한 '알들'에서 깨어난, 혹은 깨어날 신라의 역사인 것이다. 이렇듯 "무덤을 타고 날아가는 아이들"은 "눈부신 천년"의 역사의 복원과 부활을 상징한다. 여기서 '천마'는 '알들'과 '아이들'을 매개하는 산파의 구실을 한다. 이것이 「천마총」에서 시인의 프레임이 초점을 맞추고 있는 것이다.

사물들에 천착하여 그것이 지닌 역사성을 통찰해 내는 것은 쉬운 일이 아니다. 시는 역사보다 철학적이라는 아리스토텔레스의 말대로, 시는 자신의 고유한 성찰을 통해 역사성을 매개하기도 한다. 시인도 산파인 셈이다. 우리가 시적 주체의 안과 밖에서 적절한 심도를 가늠해야 하는 것은 이 때문이다. 그렇다고 시인이 역사가나 철학자인 것은 아니다. "나는 프레임 속으로 들어가/순장된 소녀처럼 죽는다"라는 일절은 이를 입증하는 강력한 증거이다. 여기서 "프레임"은 이중적이다. 하나는 시간의 프레임, 다른 하나는 시선의 프레임. 전자의 경우, "프레임" 안으로 들어가는 행위는 주체가 역사의 소멸과 재생의 메커니즘에 귀속된다는 것을 의미한다. 후자의 경우, 주체가 자기 응시의 장에 편입된다는 것을 의미한다. 이때 주체는 자기 자신을 죽은 자로서 응시한다. 자기 응시 속에서의 소멸에서 재생과 부활은 기약할 수 없다. 이것이 가능하기 위해서는 자기 안의 '천마'를 깨워야만 하는데, 안타깝게도 이를 확인할 구체적 지점은 배경 속에 은폐되어 있다. 마치 "두 마리 개미"처럼 잠깐 보였다 이내 사라지는 주체, 찰나의 순간에 노출된 피사체가 배경의 연무 속으로 사라지지 않기 위해서는 깊은 심도를 유지해야만 한다. 이는 "어릴 때 잃어버린 유리구슬"과 "오늘은 내가 태어난 마지막 밤"(「두 시의 호랑이」)의 경우도 마찬가지이다. 여기에 포착된 주체의 시간성은 너무 흐려 분명치 않은데, 이는 피사체 심도가 너무 얕기 때문에 생기는 일이다. 이것은 사진사가 특정한 피사체에 집중하고 있음을 보여 주지만, 한편으로는 그가 셔터를 너무 빠르게 누르고 있음을 보여 주는 것이기도 하다. 반복컨대 사물의 역사성에 맞춰진 초점이 주체의 시간성과 만나 적절한 심도를 이룰 때 시의 묘미가 드러나는 법이다.

어쩌면 시적 주체는 자신의 역사성이 복원되지 않기를 바라고 있을지도 모르겠다. 이는 시선과는 다른 차원의 문제를 제기한다. 즉 발화(發話). 당연하게도 보는 것과 말하는 것은 다른 문제이다. 게다가 잘 보는 것과 잘 말하는 것은 서로 반대될 수도 있는 것이다. 사물의 역사성을 보는 눈이 아무리 빛난다고 하더라도, 그것이 시의 눈부심을 보장하는 것은 아니다. 개안(開眼)은 발설(發說)의 필요조건이지만 충분조건은 아니다. 그 이유는, 시인이 갈파한 대로 '혀'가 '눈'과 달리 잠복하기 때문이다. 마음의 심도는 이 '혀'의 드러남의 정도에 따라 다르게 나타난다. 주체의 역사성을 바라보기 위해서는 '혀'가 드러나야 한다. 발설(發舌). 이것은 "쓴 담즙 같은 나"를 내보이는 일이기도 하다. 그래서 어렵다.

잠복하고 있다.

백태 속 무거운 말은
잎사귀처럼 가벼우리라.

미끄러지는 촉수가 몇 십 마일 밖을 내다본다.

저격수처럼 손짓을 기다린다.

바위 지나
푸른 초원 지나
알타이를 내려온 몸의 누룩 냄새

조용히 귀 기울이는
손맛,

타오르는 저 불꽃 속
젖이 말라 버린 나의 어머니와 그 어미의 어미들

침묵에 시달리며
혀가 한없이 길어지는 날이 있다

오래 길들인 짐승

쓴 담즙 같은 나를 핥으며

화염 속에 몸을 숨긴다

—「혀」전문

시작부터 잠복하고 있는 것은 무엇인가? 이는 "잠복하고 있다"에 잠복한 의미에 대한 질문이다. 우선 어떤 대상을 상정할 수 있다. 무엇이라도 좋지만, 그것은 주체 밖의 사물과 세계를 지시한다고 가정하자. 이때 "백태 속 무거운 말"은 "몇 십 마일 밖"을 겨냥하며 신호를 기다리는 "저격수"의 총에 비유될 수 있다. 발화(發話)가 발화(發火)라는 익숙한 비유. 따라서 "잎사귀처럼 가벼우리라"라는 진술은 대상에 도달하는 언어의 기민함과 정확함을 뜻한다. 그러나 "저격수"로서의 발화자가 겨냥하는 것을 주체 밖의 특정 대상으로 한정하기에는 시적 정황이 여의치 않다. "알타이를 내려온 몸의 누룩 냄새"에서 시작해, "오래 길들인 짐승"을 경유하는 후반부의 진술들, 그리고 무엇보다도 "화염 속에 몸을 숨긴다"는 일절이 잠복하는 있는 대상에 대한 의문을 불러일으킨다. 이러한 구절들은 잠복하고 있는 것이 주체 밖의 사물이 아니라, 주체 자신일 가능성을 제기한다. 즉 "백태 속 무거운 말"이 겨냥하는 "오래 길들인 짐승"은 자기 자신인 것이다. 그렇다면 저격수는 저격하는 자와 저격당하는 자라는 이중적으로 분리된 주체가 된다. 그는 끊임없이 자기 자신을 겨냥해야 하며, 동시에 그 응시의 시선으로부터 달아나야만 한다. 발화를 위해 응시와 잠복을 반복해야 하는 것이다. 그러니 발화자가 "침묵에 시달리며/혀가 한없이 길어지는 날"을 사는 것은 불가피하다.

흥미로운 것은 "쓴 담즙 같은 나"가 잠복하고 있는 장소이다. "화염 속에 몸을 숨긴다"는 그곳이 발화(發火/發話)의 공간임을 보여 준다. 이것은 메타적 층위에서 시작(詩作)의 이중성을 암시한다. 곧 시라는 발화의 공간은 "쓴 담즙 같은 나"를 맛보는 장소이면서, 동시에 스스로를 은폐하는 장소이기도 한 것이다. 이는 시인이 소개하는 「프로필」에서도 확인할 수 있다. 소개된 주체는 "달아나는 얼굴"과 "목 없는 영혼"의 소유자이다. 면목(面目) 없는 주체. "포개지는 입술이 없다"는 고백은 스스로를 동일성을 상정할 수 없는 주체로 규정하고 있음을 보여 준다. 이때 시적 발화는 "독백과 방백 사이"에 있다. 이것은 일차적으로 시적 주체의 규정될 수 없음을 암시하지만, 한편으로는 자기의 역사성을 소개하지 않으려는 주체의 의지를 반증하는 것이기도 하다. 그리고 그것은 최종적으로 시적 발화의 "제목 없음"을 예증한다.

시인의 얼굴은 그의 눈동자를 닮는 법이다. 그가 얼마나 넓고 깊게 사물을 응시하는가는 일차적으로 그의 눈에 나타날 테지만, 그의 얼굴은 그것을 더욱 넓게 보여 준다고 할 수 있다. 만약 사물의 고유한 시간성이 시인의 얼굴에 잘 투사된다면, 얼굴의 주름은 사물의 굴곡과 겹쳐질 수밖에 없다. 남길순의 최근 시는 사물의 눈을 응시함으로써 사물의 고유한 역사성을 잘 드러낸다. 동시에 자신의 얼굴을 저격함으로써 주체의 은폐된 역사성을 잘 침묵한다. 이것이 곡옥의 눈과 잠복한 혀를 동시에 가진 자가 체험하는 시의 심도이다. 그러니 시인은 그토록 둥근 혜안으로 얼마나 쓴 담즙의 세계를 맛보고 있는 것인가.

'괴물-되기'와
'언어의 탈' 쓰기

1.

왜 글을 쓰는가에 대한 들뢰즈의 대답은 "감금된 삶을 해방시키는
것"[1]이었다. 우리도 여기에서부터 시작해야 한다.

2.

국가이건 규범이건 언어에 의해서건 인간은 상징적 질서와 체계에
의해 규정된다. 만약 우리가 파시즘과 전통적 규범과 기존의 언어 질
서와 같은 "감금된 삶"에 정주하지 않고, 새로운 세계의 개시로의 지
향을 포기하지 않는다면, 이 지난한 여정의 노자를 어디서 마련할 것
인가. 혁명이 또 다른 권력으로 전변하는 광경을 목도한 경우처럼 기
존 시스템의 전복이 더 공고한 시스템의 구축으로 이어진다면, 우리

---

1 G. Deleuze, *Critique et Clinique*, Editions de Minuit, 1993, p.12: 유재홍, 「들뢰즈
의 문학비평」, 『한국프랑스학 논집』 41집, 한국프랑스학회, 2003, p.345에서 재인용.

는 대체 어디에서 구제금융을 받아야 하는 것인가?[2]

우리는 이미 한 번의 구제금융을 받은 전력이 있다. 역사의 합법칙성이라는 사유. 그러나 지금 우리에게는 거대 담론으로부터 받았던 노자가 남아 있지 않은 것 같다. 이는 이성적·합리적 사유에 의해 정향된 새로운 사회 체제의 구축이 아직도 미완임을 보여 준다. 그러니 다시 묻지 않을 수 없다. 우리는 "감금된 삶"을 어떻게 해방시킬 것인가? 범박하지만, 몇 가지 가능한 대답을 상정해 볼 수 있다. 유토피아가 '저기' 있다는 말. 이 말이 희망인 것은 분명하지만, 때로 '감금된 자'에게는 절망일 수도 있다. 불요불굴의 의지를 강조하는 것은 상대적으로 "감금된 삶" 자체를 등한시할 수도 있다. 그렇다면 감정은?

플라톤에 따르면 한낱 허깨비(doxa)에 지나지 않았던 것이 "감금된 삶"을 해방하는 새로운 동력의 원천으로 전이되는 지점을 목도하는 것은 대단히 흥미롭다. 스피노자는 그 전환점에 있는 인물이다. 그리고 그 중심에 'affectus'에 대한 사유가 있다.

그러나 내가 아는 한에서는, 어느 누구도 정서의 본성과 힘을, 그리고 정신이 정서의 제어에 관하여 무엇을 할 수 있는지를 규정하지 못했다. 물론 정신이 자신의 활동에서 절대 능력을 지닌다고 믿었지만, 인간의 정서를 정서의 제1원인을 통하여 설명하려고 했으며 동시에 정신이 정서에 대하여 절대적인 지배권을 소유할 수 있는 과정을 제시하고자 했던 그 유명한 데카르트를 나는 안다. 그러나 그는, 적어도 내 생각

---

2 현재 한국 사회는 사회적·정치적·이념적 층위를 가릴 것 없이 거의 전방위적으로 IMF를 겪고 있는 것처럼 보인다. 파시즘이 지닌 외설성은 너무 전면적이고 가혹해서, 우리가 언제 어떻게 이렇게 되었는지 어리둥절해하는 사이, 벌써 우리가 가진 모든 탈주와 변화의 재화를 소진해 버린 듯하다.

으로는, 자신의 위대한 지성의 예리함을 보여 준 데에 불과하다. 나는 이 점을 적절한 곳에서 증명할 것이다. 왜냐하면 나는 인간의 정서와 행동을 이해하기보다 오히려 저주하며 조소하는 사람들에게 대항하고자 하기 때문이다. 내가 인간의 결함이나 우행(愚行)을 기하학적 방법으로 다루고자 하는 것, 그리고 이성에 대립한 공허하고 부조리하며 혐오스럽다 하여 그들이 욕하는 것을 확실한 추론으로써 증명하고자 하는 일은 틀림없이 이상하게 보일 것이다.[3]

인용문은 스피노자가 왜 기학학적 질서와 원리에 따라 '정서(affectus)'를 다루는지를 잘 보여 준다. "정서의 본성과 힘"을 규명하는 것. 놀라운 것은 정서의 성찰의 궁극적 목적이 "인간의 정서와 행동을 이해하기보다 오히려 저주하며 조소하는 사람들에게 대항하고자" 하는 데 있다는 것이다. 이를 위해 스피노자는 "정신이 정서에 대하여 절대적인 지배권을 소유할 수 있는 과정을 제시하고자 했던" 데카르트적 방식과는 달리, 자연의 법칙과 규칙에 의해 이성과 '정서(affectus)'를 공히 설명하고자 하는 방식으로 나아간다. 물론 그는 이를 감정 자체가 아니라, '자연의 힘과 활동 능력'에서, 그리고 나아가 자기 원인으로서의 신에게서 연역한다. 들뢰즈는 여기에서 다음과 같은 구분을 이끌어 낸다.

따라서 촉발(affection)은 나의 신체에 끼친 어떤 신체의 순간적인 효과일 뿐만 아니라, 촉발은 나 자신의 지속에 대한 효과—기쁨이나 고통, 환희나 슬픔—를 지니기도 한다. 그건 이행이자 생성·상승·추락이

---

3 스피노자 저, 강영계 역, 『에티카』, 서광사, 1990, p.130.

며 한 상태에서 또 다른 상태로 나아가는 권능의 지속적인 변화이기도 하다: 엄밀히 말해서 이런 것들은 촉발(affection)보다는 차라리 정서(affects)라 부를 수 있다. 정서는 촉발—감각이나 지각—처럼 스칼라 기호가 아니라 증감(增減)의 기호(환희-슬픔처럼) 백터 기호이다.[4]

들뢰즈는 'affection'과 'affects'를 구분하면서 스칼라와 벡터의 구분을 도입한다. 다 알다시피, 스칼라(scalar)는 크기만을 가지 양인데 비해, 벡터는 크기와 방향을 모두 가진 양을 지시하는 개념이다. 예컨대 속력(speed)이 스칼라라면 속도(velocity)는 벡터이다. 이러한 구분은 우리의 정서가 "신체의 순간적인 효과"에 불과한 것이 아니라, 일종의 "나 자신의 지속에 대한 효과"임을 보여 주기 위함이다. 만약 정서가 감각이나 지각처럼 순간적 효과가 아니라 지속에 대한 효과라고 한다면, 또한 그것이 정적으로 고정된 것이 아니라 좌표계의 방향에 따라 그 값이 동적으로 변하는 벡터라고 한다면, 이는 우리의 정서가 힘의 표현이자 힘의 이행임을 의미한다. 즉 정서는 "이행이자 생성·상승·추락이며 한 상태에서 또 다른 상태로 나아가는 권능의 지속적인 변화"인 것이다. 따라서 정서는 양의 차원에서 증가와 감소, 범위의 차원에서 확장이나 축소, 내용에 차원에서 기쁨이나 슬픔과 같은 두 가지 방향성을 갖는 벡터가 된다.

따라서 정동(情動, affect)이라는 말에서 우리가 주목할 것은 특정 감정의 표현이 아니라, 감정의 이행이자 생성이다. 즉 서정(抒情)이 아니라, 서정의 벡터적 변화가 문제이다. 만약 어떤 시인이 특정 대상에서 느낀 감정과 지각에 집중하여, 그 자체의 절대량을 표현하는 데

---

[4] 질 들뢰즈 저, 김현수 역, 『비평과 진단』, 인간사랑, 2000, ppp.242-243.

집중한다면 그는 스칼라적 시인이다. 이와 반대로 그 감정과 지각의 흔적이 주체에게 남긴 흔적들의 지속하는 효과와 변이에 주목한다면 그는 벡터적 시인일 것이다. 기존의 시 쓰기가 전자에서 주체와 대상의 간극 사이의 '사다리'[5]를 발견하였음은 분명하다. 전통적 서정시든 이미지즘이든, 이들은 특정 대상에 대한 감각과 지각의 표현에 집중한다. 그러나 들뢰즈는 반대로 생성과 변화에 집중한다. 정동이란 개념은 바로 감정의 변화와 흐름, 곧 유동을 표현한다. 이러한 생각은 감정의 변화와 흐름을 언어화하는 작업, 곧 글쓰기에 대한 근본적인 질문을 제기한다.

확실히 글쓰기는 체험한 재료에 (표현)형식을 부여하는 것이 아니다. 문학은 곰브로비치(Gombrowicz)의 말과 행동처럼 오히려 비정형이나 미완성을 향한다. 글쓰기는 늘 미완성으로 끝나는, 늘 일어나고 있는 생성·변화의 문제이다. 그것은 살기에 편하거나 체험된 모든 재료를 벗어난다. 글은 생성·변화와 불가분의 것이다.[6]

정동이 "이행하는 권능의 지속적인 변화"라고 한다면, 정동의 글쓰기는 "늘 미완성으로 끝나는, 늘 일어나고 있는 생성·변화의 문제"가 된다. 바로 이 생성과 변화로부터 글쓰기가 새로운 지평으로의 이행과 생성을 지시하는 '탈주선(line of flight)'을 그리게 된다. 여기에서 우리는 글쓰기가 지닌 우리의 삶을 변화시키는 '역능(puissance)'을

---

5 스칼라(scalar)라는 말은 '사다리'를 뜻하는 라틴어 'scala'의 형용사형 'scalaris'에서 왔다.

6 질 들뢰즈, 앞의 책, p.15.

발견할 수 있다. 이러한 일은 문학의 언어가 기존의 언어 체계에 대한 '감산의 언어(n-1)'이기 때문에 가능한 일이다. 바틀비의 "I would prefer not to"는 감산의 언어의 전복적 성격을 보여 주는 구체적인 예이다.[7]

3.

우리가 '언어의 감옥'에 정주하지 않고 새로운 글쓰기에 대한 지향을 포기하지 않는다면, 어떻게 감산의 언어로부터 능동적 에너지를 발견할 것인가의 문제와 다시 마주하게 된다. '미래파' 논의, 특별히 전복적 언어의 한계와 가능성에 대한 고민 이후, 그리고 '시와 정치' 논의, 특별히 시를 '감각적인 것의 분배'라는 정치와 연동시킨 이후, 지금 우리가 동시대의 한국시에서 정동을 사유해야 할 필요성은 더욱 커졌다. 왜냐하면 정동은 전복적 언어와 '감각적인 것의 분배'의 매개항이 될 수 있기 때문이다. 그러나 전자는 두문불출이고, 후자는 긴급 출동 중이다. 급박한 것은 후자이지만, 지속적인 것은 전자이다. 논의의 순서를 급박한 쪽에서부터 잡아야 하는 이유가 여기에 있다. 그러나 이를 정동의 계보를 추적하는 일로 오해하지는 말자. 계보를 추적하는 것이야말로 지극히 반-'리좀(rhyzome)적 글쓰기'이기 때문이다. 문제는 사유의 양식으로서 문학이 지닌, 우리의 삶을 변화시키는 역능(puissance)을 가늠하는 데 있다.

돌려 말하지 마라
온 사회가 세월호였다

---

7 질 들뢰즈, 앞의 책, pp.125-163.

오늘 우리 모두의 삶이 세월호다

자본과 권력은 이미 우리들의 모든 삶에서

평형수를 덜어 냈다

사회 전체적으로 정규직 일자리를 덜어 내고

비정규직이라는 불안정성을 주입했다

그렇게 언제 침몰할지 모르는

노동자 세월호에 태워진 이들이 900만 명이다

사회의 모든 곳에서

'안전'이라는 이름이 박혀 있어야 할 곳들을 덜어 내고

그곳에 '무한 이윤'이라는 탐욕을 채워 넣었다

(중략)

그런 자본의 무한한 축적을 위해

세상 전체가 기울고 있고 침몰해 가고 있다

그 잔혹한 생존의 난바다 속에서

사람들의 생목숨이 수장당했다

그런데도 가만히 있으라고 한다

돌려 말하지 마라

이 구조 전체가 단죄받아야 한다

사회 전체의 구조가 바뀌어야 한다

이 처참한 세월호에서 다시 그들만 탈출하려는

이 세월호의 선장과 선원들을 바꾸어야 한다

우리 모두가 이 위험한 세월호의

선장으로 기관장으로 갑판원으로 조타수로 나서야 한다

이 시대의 마지막 남은 평형수로 에어포켓으로

다이빙벨로 긴급히 나서야 한다

이 세월호의 항로를 바꾸어야 한다

이 자본의 항로를 바꾸어야 한다

—송경동, 「우리 모두가 세월호였다」

(『우리 모두가 세월호였다』, 실천문학사, 2014) 부분

세월호 사건을 다룬 이 시는, 세월호 사건이 하나의 특정 국면이 아니라 우리 사회 시스템 자체에 내재한 문제임을 분명히 보여 준다. "온 사회가 세월호였다/오늘 우리 모두의 삶이 세월호다"를 보라. 이로부터 필연적으로 죽음의 공간으로부터의 탈주에 대한 요청이 제기된다. 즉 우리 사회가 침몰하고 있는 '세월호'라고 한다면, 사회 시스템의 변혁이야말로 '세월호'에 승선한 우리의 유일한 탈출구일 것이다. "이 세월호의 항로를 바꾸어야 한다/이 자본의 항로를 바꾸어야 한다"는 강력한 의지의 표명은 탈출의 당위성을 강화한다.

위의 시에서 주목할 것은 발화자 '나'가 "오늘 우리 모두"라는 더 큰 기표 속에 용해되어 있다는 점이다. '나'의 목소리를 대리하는 '우리'는, '나'의 전언이 곧 '우리'의 전언이기도 하다는 사실을 암시한다. 여기서 우리는 담론의 표면과 심층 사이의 어떠한 간극도 발견할 수 없다. 이는 시와 정치, 미학과 윤리학, 쓰기와 삶의 접합을 통해, 주체와 세계에 가로놓인 간극과 분열을 건너뛰려는 시도로 이해될 수 있다.[8] 문제는 이런 시도가 여전히 변이와 생성을 위한 시적 글쓰기의 벡터가 될 수 있는가의 여부이다.

들뢰즈를 빌어 말하자면, 이것은 벡터적 글쓰기라기보다는 스칼라

---

8 이에 대해서는 이 비평집에 실린 「실재, 타자, 서정, 그리고 언어—2000년대 시의 세 개의 여울」을 참조할 것.

적 글쓰기에 가깝다. 왜냐하면 비정형이나 미완성을 지향하는 것이 아니라, 시적 주체의 신념과 의도의 완성을 지향하기 때문이다. 글쓰기 자체에 내재한 변이와 생성이 아니라, 글쓰기를 통한 변이와 생성을 지향한다는 말이다. 그러므로 여기에 표현된 울분과 분노와 같은 정념들은 그것이 사회적 실천으로 전변할 때만 진정한 가치를 발견할 수 있다. 즉 이 시에 표현된 정념들은 '언어의 감옥'에서의 탈주가 아니라, '세월호'라는 사회의 감옥에서의 탈주의 도화선이 되어야 하는 것이다. 그렇다면 핵심은 그러한 정서적 효과를 어떻게 사회적·실천적 차원에서의 에너지로 전이시킬 것인가에 있게 된다.

> 어디선가 지금도 문을 긁는 소리
> 두드리는 소리 외치는 소리 허우적이는 소리
> 오, 거대한 악마의 입이 사람들을 삼키는 소리
> 지금도 어느 창가에서
> 우릴 바라보고 있는 차가운 얼굴들
> 살려 줘요, 엄마, 아빠
> 이 죽음의 선실에서 나가게 해 줘요
> 1년이 지나도 올라오지 못하는
> 고통의 소리들, 진실의 소리들
> 도대체 세월호는 어디에 가라앉아 있는가?
>
> (중략)
>
> 그렇게 가라앉아 있는 것은
> 세월호가 아니라

아직도 돌아오지 못한 저 아홉 명의 실종자가 아니라

오늘도 끝 간 데 없이 가라앉는 유가족들의 슬픔의 심해가 아니라

이 사회와 국가 전체가 아닌가

변한 것 하나 없이 어떤 미래도 희망도 없이

오늘도 우리 모두의 끊이지 않는 참사와 재난을 향해

눈먼 항로를 향해 가고 있는

이 탈선의 국가가 아닌가.

그런 나와 우리와 이 사회를 인양하지 않고

어떤 세월호를 인양할 수 있을까

우리 모두의 비겁과 나태와 패배감을 인양해

새로운 역사의 갑판 위로 뛰어오르지 않고

어떻게 세월호를 인양할 수 있을까

도대체 저 무책임하고 부도덕한

대한민국호 선장과 선원들을 그냥 두고

어떻게 세월호를 인양할 수 있을까

　　　　—송경동, 「세월호를 인양하라」(『무크 파란』 1호, 2015) 부분

　세월호 사태 이후 변한 것이 있는가? 이 시는 아무것도 변하지 않았음을 역설하고 있다. 여전히 "고통의 소리들, 진실의 소리들"이 인양되지 않고 있는 상황이 지속되고 있기 때문이다. 앞의 시와 동일한 논리로, 이 시는 세월호 인양이 맹골수도에 가라앉아 있는 배가 아니라 "사회와 국가 전체" 또는 "탈선의 국가"의 인양이어야 함을 주창하고 있다. 그런데 주의 깊게 살펴야 할 것은 정조의 변화이다. "변한 것 하나 없이 어떤 미래도 희망도 없이"와 "우리 모두의 비겁과 나태

와 패배감"에 암시되어 있는 절망과 자조의 목소리를 들어 보라. 이는 세월호 사태에 대한 우리의 침묵과 비겁에 대한 반성을 촉구하고자 하는 의도로 보인다. 그러나 세월호 사태 이후 지금까지 변한 게 하나도 없다면, 이러한 감정의 전이를 어떻게 이해해야 할까?

> 그렇게 너무 많은 고통과 절망과 분노를 경험해 버린 탓일까. 간혹 내 자신이 일상의 소소함과 소박함을 잃어버린 괴물처럼 느껴질 때가 있다. 지는 해를 바라보며 서정에 젖던 때가 언제였던지. 꽃이나 나무 앞에서 오래 멈춰 사색에 젖어 보던 때가 언제였던지 잘 기억나지 않는다. 되돌아가기엔 너무 먼 길을 와 버린 한 나그네처럼 자신이 낯설고 외로울 때가 있다.
>
> —송경동, 「문득, 자신이 낯설어지는 날이 있다」
> (『무크 파란』 1호, 2015) 부분

"너무 많은 고통과 절망과 분노". 주체가 감당할 수 없을 정도의 고통과 절망과 분노가 자기를 "괴물"로 만들었다는 고백은 고통스럽다. 그것은 이미 "되돌아가기엔 너무 먼 길"을 온 자의 감정의 솔직한 표백이기 때문이다. "고통과 절망과 분노"와 "서정에 젖던 때"의 사이에서 시적 주체의 선택은 무엇인가? 아니, "감금된 삶"을 해방시키는, 지속하고 변이하는 정동이란 어떤 것인가? "고통과 절망과 분노", "서정에 젖던 때", "낯설고 외로울 때"……. 이들 가운데 "이행이자 생성·상승·추락이며 한 상태에서 또 다른 상태로 나아가는 권능의 지속적인 변화"를 가늠하는 것은 수월치 않다. 다만 한 가지 분명한 것은 이러한 전이와 변화 속에서 어떤 정동이 꿈틀대고 있다는 사실이다. 그것은 대체로 애도와 우울 사이의 지점에 있는 듯하다.

영화 「매드맥스」(2015)가 보여 주는 분노와 광기의 스펙터클은 "너무 많은 고통과 절망과 분노"가 주체를 어떻게 연소하는지를 잘 보여 주는 예이다. 이 영화에서 새로운 삶을 향한 탈주와 그것을 막는 질주는 모두 동일한 에너지를 소모한다. 분노와 광기가 그것이다. 만약 우리가 양자를 구분할 수 없다면, "너무 많은 고통과 절망과 분노"는 주체를 "괴물"로 만들 수도 있지 않겠는가. 더욱 문제는 천신만고 끝에 도달한 곳이 유토피아가 아니라 디스토피아일 수 있다는 점이다. 더 심각한 것은 도착한 곳이 탈주한 곳보다 더 비참할 때이다. 그래서 애써 탈주했는데 다시 처음으로 돌아가야 한다면? 이것이 지금 우리가 살고 있는 이곳이 가장 좋은 곳이라는 결론으로 이어져서는 안 된다. 오히려 상황은 정반대이다. 우리가 살고 있는 가장 끔찍한 현실이 우리가 돌아가야 할 곳이다.

최근에 범람하는 디스토피아적 사유는 바로 이러한 사유로 인한 불안과 공포에 의해 강화되고 있는 듯하다. 더욱 공고화되고 있는 사회 시스템, 곧 "자본의 무한한 축적을 위해/세상 전체가 기울고 있고 침몰해 가고 있"는 상황이 이런 경향을 가속화하고 있는 것이다. 굳이 영화나 소설이나 만화가 아니더라도, 재난의 스펙터클은 이제 우리 삶의 도처에서 목격된다. 그런데 흥미로운 것은 재난의 서사가 재난의 방지보다는 그것의 요청과 맞닿아 있을 때이다. 이는 재난은 현실 밖에서 오는 것이 아니라 현실 자체가 곧 재난이라는 인식과 맥이 닿아 있다. 현실에 미만한 재난의 상황들이 불안과 공포를 내재화하고, 마침내 현실이야말로 진정한 재난이라는 인식에 이르게 하는 것이다. 이제 많은 시편들에서 이러한 경향을 목도하는 것은 어려운 일이 아니다. 재난의 요청은 더 이상 사회 부적응자들의 치기 어린 욕망의 표현으로 이해하기는 어려워 보인다. 문제는 스칼라가 아니라 벡터이다.

4.

이준규의 「삼척0」을 보자.

삼척은 삼척. 삼척은 삼척. 삼척은 삼척. 삼척은 삼척. 삼척은 삼척. 삼척은 삼척. 삼척은 삼척. 삼척은 삼척. 삼척은 삼척. 삼척은 삼척. 삼척은 삼척. 삼척은 삼척. 매미는 흔들리고. 삼척은 삼척. 너는 위에서 아래로 떨어지고. 삼척은 삼척. 케이크를 잘라. 삼척은 삼척. 왜 전화 안 받니. 삼척은 삼척. 잔을 들어라. 삼척은 삼척. 술이나 쳐. 삼척은 삼척. 방 있어요. 삼척은 삼척. 너무해. 삼척은 삼척. 난 네가 싫어. 삼척은 삼척. 칼바도스 한 병 부탁해. 삼척은 삼척. 럭키 스트라이크도. 삼척은 삼척. 제발. 삼척은 삼척. 한 번만. 삼척은 삼척. 그러지 말고 잠깐만. 삼척은 삼척. 아니야, 아니야. 삼척은 삼척. 그래, 그래. 삼척은 삼척. 죽이겠어. 삼척은 삼척. 전진. 삼척은 삼척. 흩어져라. 삼척은 삼척. 잊어라. 삼척은 삼척. 저것 좀 봐. 삼척은 삼척. 매미가 추락하는군. 삼척은 삼척. 저 비를 좀 봐. 삼척은 삼척. 바다에 가자. 삼척은 삼척. 돌아가고 싶지 않아. 삼척은 삼척. 너는 시를 쓰고 있니. 삼척은 삼척. 너는 시인이 되었구나. 삼척은 삼척. 삼척은 삼척. 삼척은 삼척. 풀무치 잡으러 가자. 삼척은 삼척. 삼척은 삼척. 더덕 좀 캐 봐. 삼척은 삼척. 삼척은 삼척. 칡즙이야. 삼척은 삼척. 삼척은 삼척. 올드 파 사와. 삼척은 삼척. 삼척은 삼척. 조니 워커도 좋고. 삼척은 삼척. 삼척은 삼척. 독이 없어졌어. 삼척은 삼척. 삼척은 삼척. 긴장되니. 삼척은 삼척. 삼척은 삼척. 장하다. 삼척은 삼척. 삼척은 삼척. 욕봤다. 삼척은 삼척. 삼척은 삼척. 파스티스 마시러 가자. 삼척은 삼척. 삼척은 삼척. 한 잔 더 마시자. 삼척은 삼척.

이 길을 마셔 버리자. 삼척은 삼척. 내가 길을 사 줄게. 삼척은 삼척. 나는 걸어서 바다를 건너겠어. 삼척은 삼척. 매미가 운다. 삼척은 삼척. 가을이다. 삼척은 삼척. 삼척은 삼척. 삼척은 삼척. 삼척은 삼척. 삼척은 삼척. 삼척은 삼척. 삼척은 삼척. 삼척은 삼척. 삼척은 삼척. 삼척은삼척은삼척은삼척은삼척은삼척은삼척은삼척은삼척은삼척은삼척은
......

　　　　　　　　—이준규, 「삼척0」(『삼척』, 문예중앙, 2011) 전문

　오토마톤(automaton)의 글쓰기처럼 보이는 이 시가 산출하는 정동의 효과는 무엇인가. 반복과 우울은 이준규의 시를 설명하는 두 개의 축이다. 전자는 이준규 시의 표층을 형성하고, 후자는 그의 시의 심층을 형성한다.[9] 그런데 가만히 보면 이 시 내부의 무수한 분절들은 '리좀적 글쓰기'를 닮았다. "삼척은 삼척" 사이의 발화들은 문맥도 상황도 인칭도 없기 때문이다. 각각의 비인칭 발화들은 그것이 누구의 것이든 상관없는 듯하다. 그것들은 재현도 감정의 표백도 아니며, 단일한 시니피에로 확정할 수 없는 '다질성(多質性)'을 지니고 있다. 이렇게 말할 수 있겠다, "삼척은 삼척"은 연결선이고 그 사이의 (비인칭의) 발화들은 리좀들이라고. 여기서 비인칭의 발화들은 그 자체로 독립적 개별성, 곧 '엑세이테(heccéités)'를 지닌 리좀들이다. 이것은 하나의 중심축을 가지고 있는 '나무'적 글쓰기와는 뚜렷이 구별된다. 따라서 그의 시는 들뢰즈의 개념대로 한다면 '리좀적 글쓰기'라고 할 수 있다.

　심지어 "삼척은 삼척"의 되풀이는 끝나지 않는 것처럼 보인다. 두

---

9 이에 대해서는 다음을 참조할 것. 장철환, 「Sur-Real-Rhythm」, 『현대시』, 2015.1.

가지 점에서 그러한데, 하나는 이 시의 끝이 "삼척은삼척은삼척은삼
척은삼척은삼척은삼척은삼척은삼척은삼척은삼척은……"과
같은 무한 반복이라는 점에서, 다른 하나는 시 「삼척0」의 바깥에서도
여전히 '삼척'이 반복되고 있다는 점에서 그렇다. 이것은 그의 반복
이 시작(詩作) 자체에 대한 충동과 깊은 연관이 있음을 암시한다. "나
는 어떤 충동 속에서 이 글을 시작했는데, 충동 말고는 아무것도 없
다"(「어떤 충동」)는 이를 명시적으로 보여 준다. 이때 "어떤 충동"에 휩
싸인 주체는 하나의 "쓰는 기계일 뿐"(「너」)이다. 이준규에게 시적 주
체가 있다면 그것은 하나의 '문학-기계'일 뿐인데, 그는 '노마드적 주
체'이자 '비인칭의 주체'이기 때문이다.

> 아무 생각 없이, 너에게는 애초에 정신이 없었음으로. 너는 그저 흐
> 르는 너일 뿐이다. 너는 흐르는 너를 쓴다. 네가 무엇인지 모르면서. 너
> 는. 쓴다. 쓰고 있는 너는. 있다. 없지 않다. 너의 노래는 계속 흐를 것이
> 다. 흐른다. 흐르는 너는 행복할 것이다. 흐르는 너는 슬플 것이다. 부유
> 하는 해파리처럼.
>
> ─이준규, 「흐르는 너」(『삼척』) 부분

이준규 시의 반복은 충동의 박동에서 비롯한다고 할 수 있다. 위의
시에서 보듯, 그것은 시작도 끝도 없는 흐름으로써만 진행된다. 이때
시적 주체는 발화 행위에서 끊임없이 회귀하는 "쓰는 기계"일 뿐이
다. 따라서 그의 시에서 정동은 기저의 충동에서 발생한 개별적인 감
정의 이행과 변화를 표면화한다. 이것이 지닌 의의는 기존의 글쓰기
의 파열을 가져온다는 데 있다. 이로써 단일성에 기초한 글쓰기는 차
이와 변이에 의해 다양성의 글쓰기로 전이된다. 기호들의 체계가 모

종의 아버지의 권력을 함축하고 있다면, 그의 시 쓰기는 그것에 대한 부정이기도 하다. 들뢰즈가 말한 리좀의 다섯 가지 원리, 즉 '연결 접속, 다질성, 다양체, 탈기표적인 단절, 지도 제작 그리고 전사(轉寫, 데칼코마니)'를 그의 시에서 발견하는 것은 어려운 일이 아니다. 인칭의 변화에 의해 서술상의 변이가 발생하는 다음의 시도 마찬가지이다.

해가 지고 있다. 해가 지고 있어. 그가 말했다. 그래 해가 지고 있지. 그녀가 말했다. 해가 지고 있으니 뭘 할까. 그가 말했다. 모르겠어. 그녀가 말했다. 술 마실까. 그가 말했다. 모르겠어. 그녀가 말했다. 울지 마. 그가 말했다. 안 울어. 그녀가 말했다. 울고 있는 거 같은데. 그가 말했다. 안 울어. 그녀가 말했다. 술 사 올까. 그가 말했다. 그래. 그녀가 말했다. 그는 술을 사러 나간다. 해 지는 겨울. 그가 술을 사러 나간 사이에 그녀는 죽지 않겠지. 그는 빨리 걷기 시작했다. 해가 지고 있다. 그는 가게를 지나쳐 계속 걸었다. 그는 돌아가지 않을 것이다. 어두워지기 시작했다. 해가 졌어. 그녀는 중얼거렸다.

—이준규, 「겨울」(『삼척』) 전문

"그가 술을 사러 나간 사이에 그녀는 죽지 않겠지"는 '자유간접화법(free indirect discourse)'으로 볼 수 있다. 주지하다시피 플로베르에게 기원을 둔 '자유간접화법'은 직접화법과 간접화법의 점이지대에 존재한다. 그것은 '다성성(polyphony)', 곧 등장인물과 서술자의 목소리가 혼종된 문체이다. 예컨대, 위의 문장에서 "그녀는 죽지 않겠지"는 추측의 어조 때문에 '그'의 내적 독백으로도 읽히고, '그녀'라는 3인칭 대명사 때문에 서술자의 진술로도 읽힌다. 그 어떤 것으로도 확정할 수 없다는 의미에서 이것은 '혼종어'에 해당한다. 이는 시적 주체의 목소리의 분열과 혼종을 암시한다. 위의 발화에 다성적 목소리가 개입하고 있다면, 이것은 단일한 발화의 가능성에 대한 의구심을 불러일으킨다. 하나의 발화가 여러 타자의 목소리로 구성될 때, 작품을 유기적으로 통합하는 단일한 목소리를 가정하는 것은 어렵다.

확실히 이준규의 시는 중심을 갖지 않은 비계보적 글쓰기의 전형을 이룬다. 그가 이러한 리좀적 글쓰기에 자신을 온전히 내맡길 때, 불안은 그의 정동이 되는 듯하다.

숙취에서 겨우 벗어나고 있을 때, 문장은 불안해한다. 내가 불안한 게 아니다. 문장이 불안해한다. 문장이 문장을 쓰고 시가 시를 쓰는 상태를 원하지만 정확한 문장을 쓰고 싶을 때도 많다. 지금은 정확한 문장을 쓰고 싶은 한밤인데, 나는 정확한 문장을 쓰지 못한다. 시는, 모종의 빈혈이자, 과잉이다. 시는 문법 밖에 있다. 시는 언어가 아니다. 언어의 탈을 쓰고 있을 뿐이다. (중략) 나의 시를 쓰다 죽으면 그만 아닌가. 하지만 생각나는 것을 일부러 생각하지 않을 이유도 없다. 나는 한국어를 위해 시를 쓰기도 한다. 언어는, 나를 지배하다시피 하는 것이기에, 사랑하지 않을 수 없다. 그러나 사랑 역시, 알 수 없는 것이다. 시처럼, 죽음처럼.

—이준규, 「어떤 일기」(『무크 파란』 1호, 2015) 부분

"시는, 모종의 빈혈이자, 과잉이다. 시는 문법 밖에 있다. 시는 언어가 아니다. 언어의 탈을 쓰고 있을 뿐이다"는 리좀적 글쓰기의 핵심을 요약한다. 특별히 "문법 밖"과 "언어의 탈"은 리좀적 글쓰기가 랑그의 파열과 밀접한 관련이 있음을 보여 준다. 즉 영토화(territorialization)에 저항하는 '탈주선', 그 원천은 "나를 지배하다시피

하는 것"으로써의 정동의 역능에 있다. 그렇다면 '불안'은 '사랑'으로 전이할 것인가, 혹은 '불안'은 사랑을 생성할 것인가? 아직은 모를 일이다. 그의 말처럼, 사랑 역시, 알 수 없는 것이다. 시처럼, 죽음처럼 말이다.

5.

확실히 두 시인으로 '동시대 한국시의 정동'을 대별하겠다는 생각은 어리석다. 얼마나 많은 시인들이 "감금된 삶"에서 벗어나기 위해 애를 쓰고 있는가. 그러나 '괴물'과 '죽음'을 감수하는 것은 쉬운 일이 아니다. 타인의 고통과 분노를 직접 대면하는 것과 언어의 탈을 쓰는 일은 많이 다르다. 하지만 거기서 움트는 정동은 그리 다르지 않다. 정동이 "이행이자 생성·상승·추락이며 한 상태에서 또 다른 상태로 나아가는 권능의 지속적인 변화"인 한에서라면 말이다.

뜨거운 수학자의 노래와
차가운 이야기꾼의 시

1. 죽음의 나신(裸身)과 시간의 액션페인팅

죽음의 수학적 공식을 정립하려는 자에게 죽음은 무슨 의미인가?

함기석은 이미 인간과 세계가 죽음이라는 부재로 정리될 수밖에 없음을 수학적으로 공식화한 시인이다. 2012년 '오렌지 행성'(『오렌지 기하학』, 문학동네, 2012)에서 발표한 '시간의 불완전성 공리'를 보라. "제로(0)인 너와/제로(0)인 내가 만나/무한(∞)이 되었다가 더 큰 제로(0)로 되돌아가는/아름답고 비정한 원(Circle)의 우주/그것이 그대로 삶이고 죽음이고 사랑인 시"(「시인의 말」). 죽음을 포함한 시간에 대해 이보다 더 명쾌하고도 아름다운 설명이 있었던가. 죽음의 시적 수학자로서 그의 업적은 시간이 "오렌지 기하학"의 수학적·실존적·우주적 변용의 진정한 주재자임을 입증한 데 있다. 그의 시는 '시간의 불완전성 공리'의 언어적 표현이었다. 그러니 묻지 않을 수 없다, '시간의 불완전성 공리'를 통해 우주와 실존의 법칙을 규명한 시적 수학자에게 죽음은 대체 어떤 의미인가?

『힐베르트 고양이 제로』(민음사, 2015)는 죽음으로 미만(彌滿)한 시집이다. 시집 도처에서 죽음의 빛과 노래와 파동이 현저하다. 마치 "바닷물 속의 보이지 않는 소금처럼" 그의 시편들은 "몸속에서 출렁거리며 파도치는 주검들 말들 울음들"(「허공의 장례」)을 시의 해변에 펼쳐 놓는다. 그러나 죽음이 시의 해안에 도달하는 방식은 확실히 달라졌다. 그것은 죽음 함수라는 의장을 입고 다가오는 것이 아니라, 살아 있는 생명처럼 우리 앞에 현시되고 있다. 이제 죽음은 '기하학적 공리'의 옷을 벗었다. 죽음이 나신(裸身)으로 우리 앞에 나타난 것이다. 어떻게?

바다 한복판에 오르간이 환하게 떠 있다
누구의 익사체일까

새들이 건반에 내려앉을 때마다
밀물과 썰물이 반음 차로 울리고

파도가 모래 해변으로 나와
하얀 혓바닥으로
사람 발자국을 지우는 시간

게들이 하늘을 본다
북극성 조등(弔燈)에 환하게 불이 켜지고
원을 그리며 도는 별들 음표들 시간들

누가 주검을 연주하는 걸까

건반 사이에서 새들이 날아올라

캄캄한 허공으로 흰 쌀알처럼 흩어지고 있다

—「오르간」 전문

　이 시는 "악사 빙"(「벽에 비친 그림자 악사 빙」, 『오렌지 기하학』)의 변주이
다. "오르간"이 "누구의 익사체"라면 그것은 '존재(being)'의 주검일 따
름이다. 밤바다의 풍경 자체를 "오르간"으로 이해하고 있다는 사실,
이는 생명의 기원으로서의 바다가 죽음의 공간으로 전변하였음을 보
여 준다. 여기서 "원을 그리며 도는 별들 음표들 시간들"은 해안의 푸
가를 합주하고, 바다의 파도 소리는 죽음의 조곡(弔哭)을 반복한다.
죽음이 노래로써 제 생살을 남김없이 드러내고 있는 순간이다. 「코흐
해안」에는 시간에 의해 반복적으로 재구되는 죽음의 공간으로서 해
안의 풍경이 보다 자세히 기술되어 있다. 코흐 해안은 "바람이 물과
빛으로 쓰는 모래의 백색 유서"(「코흐 해안」)가 반복적으로 낭송되는 죽
음의 공간이다.

　『힐베르트 고양이 제로』에서 흘러나오는 죽음의 노래를 듣는 것은
고통스러운 일이다. 왜 아니겠는가. 그 노래는 "흉부가 기타로 변한
여자"(「어느 악사의 0번째 기타 줄」)의 마지막 신음이고, "죽음이 빈 배를
나의 집 마당으로 밀고 올 때"(「부음(訃音)」)의 소리이며, "팔 없는 소
년"(「밤의 실내악」)의 오르간 연주이자 "죽은 (오빠) 새를 위한"(「죽은 새
를 위한 첼로 조곡」) 동생 새의 첼로 연주일진대. 죽음으로써 노래가 완
성된다는 점에서, 죽음의 노래는 "영원히 소리가 되어 버린 사람"(「호
른 속에 사는 사람」)의 노래라고 말할 수도 있겠다. 그것은 "어둠 속에서
건반들은 조용한 피를 흘리"(「낯선 실내악」)는 매우 기이하고도 "낯선
실내악"을 상연한다.

이 "낯선 실내악"이 얼마나 많은 죽음의 장면들을 변주하고 있는가? 아내의 죽음, 남편의 죽음, 노인의 죽음, 그리고 아이의 죽음……. 특별히 후자는 이번 시집에서 도드라진다. 「종이비행기」「코흐 해안」「간병」「튜브」「찡찡공주가 잠든 봄밤」「이타사 입구」「모래가 쏟아지는 하늘」「백발의 고독이 마루에 혼자 앉아 있다」「하나병원 장례식장 뒤편 소각장」에 등장하는 죽음의 형상들이 그러하다. 이 숱한 죽음의 풍광은 우리 주변의 일상의 정경일 수도 있고, 상상이 채색한 가상적 풍경일 수도 있다. 변하지 않는 것은 죽음이 인간의 생에 내재한 필연적 원리라는 사실이다. 그런 점에서 시적 주체의 죽음도 예외일 수는 없다. "밤은 밤의 눈동자 속에서 내 주검의 연속체"(「괴델 플라워」)이며, 열차 안팎에서 "아흔 살의 나"(「폭풍 속으로 달리는 열차」)의 죽음을 목도한다. "시간이 뜨거운 수은처럼/광대뼈를 타고 나의 얼굴을 녹이며/무의 미궁 속으로 흘러내린다"(「화가 난다」)는 구절은 주체의 죽음을 매우 인상적으로 표현하고 있다.

그렇다면, 지금 "죽음과 마주 앉아 식사를"(「오래오래 레스토랑」) 하고 있는 그에게 수학적 공식은 무슨 의미인가? 죽음이라는 "그 불가해한 도형의 넓이를 측정하려는 내 찬 손과 컴퍼스/그들의 탄식과 울음을 배경으로"(「장지(葬地)에서」)에 암시된 것이 그것인가? 이는 죽음의 수학적 공식을 정립하려는 열정의 실패, 그리하여 수학적 공식의 죽음을 암시하는가? 아니면 죽음의 수학적 공식을 통해 이 세상의 개별적 죽음들을 남김없이 설명하려는 연역의 호기로운 선언인가? 불가해한 죽음의 현시 앞에서 그것을 논리화하고 추상화하려는 수학자의 '차가운 손'은 필연적으로 실패로 귀결되는 것처럼 보인다. 그러나 상황은 그리 단순하지 않다. 그의 이번 시집이 불가해한 죽음에 스민 낯선 음률을 연주하고 있음에 틀림없다면, 이는 죽음의 수학적 공식의 폐허 속에서가 아니라 그것의 숙명 속에서 이루어지고 있다고 봐야 할 것이다. 왜 그런가? 그것은 죽음으로 미만한 세계에서 "그들의 탄식과 울음을 배경으로" 죽음의 비의를 밝히려는 자의 한 손에는 반드시 '컴퍼스'가 들려 있어야 하기 때문이다. '컴퍼스'는 자기의 죽음에 침잠하지 않고 그것을 증명할 유일한 측량 수단이다.

왜 나는 굽은 뱀의 육체에서 삼차방정식 곡선을 보는가
왜 나도 꼽추의 굽은 울음처럼 뱀인가
죽음은 내 심장에 정박한 U보트
손끝으로 빠져나와 끝없이 늘어나는 붉은 철로

(중략)

그것은 불가해한 추상화
그것은 돌고 돌며 원(O)을 그리는 사실화
그것은 꿈틀꿈틀 시간을 뭉개 버리는 액션페인팅
뱀이 더 이상 움직이지 않는다 그래도 뱀인가
1사분면과 2사분면에 뱀은 제 주검을 이차곡선으로 뉘어 놓고
내 눈에 맹독을 퍼트린다

(중략)

왜 나는 삼차방정식의 곡선에서 죽지 않는 뱀의 혼령을 보는가
왜 나의 시도 뱀의 굽은 등뼈처럼 슬픈 꼽추인가
눈 뽑힌 어린 독뱀이 울면서 도망치고 있다

내 눈에서 내 눈으로

―「살모사 방정식」 부분

"왜 나는 굽은 뱀의 육체에서 삼차방정식 곡선을 보는가"와 "왜 나는 삼차방정식의 곡선에서 죽지 않는 뱀의 혼령을 보는가"는 전연 무관한 일인가? 주검에서 수식을 보는 것과 수식에서 영혼을 보는 것은 근본적으로 하나의 동일한 사건이다. 물론 그 방식은 서로 다르겠지만. 전자에 집중하는 자라면 그는 '차가운' 수학자일 수밖에 없다. 후자에 집중하는 자라면 그는 '뜨거운' 수학자임에 틀림없다. 왜냐하면 수식 자체에서 "불가해한 추상화"와 "돌고 돌며 원(O)을 그리는 사실화"와 "시간을 뭉개 버리는 액션페인팅"의 열기와 대면해야 하기 때문이다. 함기석의 이번 시집이 전자보다 후자를 보여 주는 데 분주하다는 사실은 틀림없다. 그러나 이것이 수식을 버렸음을 뜻하지는 않는다. 아니, 그는 한 손의 '컴퍼스'를 버릴 수 없는 자이다. 그는 "저녁이 오면 내 몸의 모든 피들이/소리 없이 항구로 빠져나가 어두운 수식"(「흑조가(黑鳥歌)」)이 되는 자이기 때문이다. 아니, 그가 수식이다. 시집의 표제시 「힐베르트 고양이 제로와 발발이 π」는 이를 다음과 같이 보여 주고 있다.

발발아, 인간은 누구나 비문이다
너는 먼지와 거품이고
난 진흙과 한숨으로 이루어진 바퀴고 체인이다
연못의 눈동자에 담긴 구름이 무한히 확장되어 없어지고
원은 자기의 생을 사고의 살인에 허비하고 있다

고로쇠나무가 흘리는 수액은

고로쇠나무의 피고 사상이고 가성이고 수식이다

수식은 몸속에서 자라는 뼈, 죽음에 뿌리를 내리는 식물이다

발발아, 너는 너의 죽음을 어떤 수식으로 증명할 거니?

원은 제 육신을 구성한 같은 거리의 점들을 회의한다.

　　　　　　　—「힐베르트 고양이 제로와 발발이 π」 부분

　고로쇠나무의 "수액"이 그의 "피고 사상이고 가성이고 수식"이라면, 수식은 생명의 수액이고 "피고 사상이고 가성"일 것이다. 그것은 생명을 지탱하는 원리("몸속에서 자라는 뼈")이자, 죽음에 터를 잡은 생명("죽음에 뿌리를 내리는 식물")이다. "발발이 π"는 순환하지 않는 무한소수이다. 따라서 "너는 너의 죽음을 어떤 수식으로 증명할 거니?"라는 "발발이 π"에게 던진 질문은 무한수의 종결에 대한 의문을 제기한다. 수학자 힐베르트의 '무한 호텔'은 우리에게 '무한'에 '무한'을 더하는 방식에 대한 수수께끼를 제공하고 있다. 여기에 죽음을 수식으로 정립하려는 주체의 욕망의 곤궁이 내재한다. 즉 죽음이 '무한'이라면, 이 '무한'을 어떤 수식으로 정립할 수 있을 것인가? 이러한 질문은 단순한 지적 호기심의 발로라기보다는 "인간은 누구나 비문"이라는 사실 속에서 필연적으로 도출되어 나올 수밖에 없는 몸부림이다.

　'시간의 불완전성 공리'를 정립한 자에게도 "죽음은 풀리지 않는 기이한 곡선 방정식"임에 틀림없다. 그러나 "미라가 된 아이처럼 수식 기호들이 나를 쳐다본다"(「제로와 푸리에」)는 사실을 놓쳐서는 안 된다. 이는 단순한 지적 호기심의 비유적 표현이 아니다. 차가운 수식 내부에 살아 있는 죽음과의 대면, 즉 죽음의 응시를 견뎌야 함을 보여 주기 때문이다. "수식은 욕망하는 짐승이다/풀리고 싶어 얼굴에 유인용

피를 바른 냉혈의 짐승들"(『유령 슈뢰딩거』)이기에, 죽음이라는 "그 불가해한 도형의 넓이를 측정하려는 내 찬 손과 컴퍼스"는 죽음의 응시가 주는 공포를 버텨야만 한다. 모름지기 '뜨거운' 수학자라면 수식 속에서 죽음과의 대면이 주는 공포를 견뎌야만 하는 것이다. "〈없음〉이라는 말의 있음을 아이의 〈눈〉에서 보고/〈있음〉이라는 말의 없음을 뒤집힌 〈곡〉에서 듣는"(『모래가 쏟아지는 하늘』) 시인에게라면 더욱 그렇다.

확실히 이번 시집에서 죽음은 수식보다 노래로 등장한다. 그러나 수식은 노래하는 기호이기도 하다는 사실을 잊지 말자. 이는 그의 수식이 "나의 피 나의 열망, 죽어서도 그대에게로 향하는/나의 체온"(『흑조가』)의 발화이기 때문이다. 따라서 그의 시적 건축술의 요체인 '사그라다 파밀리아'는 비로소 죽음으로 살아 있는 공간이 되었다. 이 위대한 '까데드랄'에 울려 퍼지는 것은 "울지 마, 곧 이 뇌사(腦死)의 밤도 끝날 거야"(『얼굴』)라는 미사곡이다. 이때 '사그라다 파밀리아'는 죽음의 노래로 오히려 완성된다. 비록 죽음이 '그'마저도 허물겠지만⋯⋯.

2. 시적 사건과 이야기의 방아쇠 쉼표

시에서 이야기를 발견하는 일은 낯선 일이 아니다. 이야기가 오히려 시적인 것에 가까웠던 때를 생각하면, 이야기 자체의 유무는 시를 평가하는 잣대가 될 수 없다. 그러나 좋은 이야기의 문제라면 사정은 달라진다. 우리는 이에 값하는 여러 명의 시인의 이름을 기억하고 있다. '피터래빗 저격 사건'의 시인 역시 그 가운데 하나일 것이다. '모니터 킨트'라는 용어의 창안이 문제인 것은 아니다. 이야기와 사건의 창안이 시에서 어떤 품새를 취하고 있는가가 문제이다. 이는 이야기를 품은 '시의 위의'에 대한 질문이기도 하다.

정지용은 그의 산문 「시의 위의」에서 다음과 같이 말한 바 있다. "안으로 熱하고 겉으로 서늘옵기란 일종의 생리를 압복시키는 노릇이기에 심히 어렵다. 그러나 시의 威儀는 겉으로 서늘옵기를 바라서 마지 않는다."[1] 유형진의 시적 사건은 정지용 식 '시의 위의'에 저항하고 있는가? 그의 '피스톨'은 바로 이 "생리를 압복시키는 노릇"을 겨냥하고 있는가? 이로써 '생리'를 해방하고, 시의 위의가 '안으로 서늘옵고 겉으로 열하기'를 드러내거나 '안으로도 겉으로도 서늘옵지도 열하지도 않기'를 폭로하는 데 있음을 폭로하는가? 어쩌면 이런 질문 자체가 너무 무거워 지루하고 헛된 것인지도 모르겠다.

어쩌면 우리가 유형진 식 시적 사건과 이야기에 대해 오해하고 있는지도 모르겠다. 왜냐하면 유형진의 시적 사건과 이야기는 "우리는 어디서 왔을까? 어디서 와서 여기에 있고,/어디로 가는 것일까"(「피터 판과 친구들—에피소드 6」)라는 '질문 놀이'에 터를 잡고 있기 때문이다. 존재의 근원에 대한 이러한 진지한 질문과 그것을 풀어 가는 '놀이'의 방식 사이의 거리. 그러니까 역설적이게도 그의 시는 "안으로 熱하고 겉으로 서늘옵기"의 다른 판본인지 모른다. 물론 이는 '안의 열기'를 '밖의 냉기'로 냉각한다는 의미가 아니라, '밖의 냉기'를 '안의 열기'로 가열한다는 의미에서 그렇다. 무슨 소리인가?

유형진의 시적 사건과 이야기가 일상의 발화들을 하나로 수렴하려는 방식과 무관하다는 것은 분명해 보인다. 개별자들의 세계에서 보편을 추상화하는 방식은 얼마나 덧없는가? "목요일 꿈 이후/없어진 말들은/다 어디로 갔을까?"(「목요일 꿈에」)를 보라. 이것이 아니라면 일상의 발화들을 휘발하면서 역으로 추상화되고 보편화된 세계를 파열

---

1 정지용, 「시의 위의」, 『정지용 전집 2』, 민음사, 1988/1999, p.250.

하는 것은 어떤가? "새는 영영 돌아오지 않았지만/지금 아이의 침대에 함께 잠들어 있습니다"(「결손」)를 보라. 그렇다면 시적 사건과 이야기가 발아할 공간으로 현실과 꿈의 점이지대는 존재하는가? 이것이 우리가 지금 유형진의 시적 사건들 앞에서 물어야 할 질문이다. 특히 사건의 '저격수'와 '의뢰인'이 사라지고 '목격자'만 남은 상황이라면 더욱 그러하리라. 먼저 '사소한 이야기'에서 이야기를 시작해 보자.

> 다중 우주라고 불리는 시공간 속에서
> 빅뱅은 항상 일어나는
> 작고 무의미한 사건에 불과할지도 모른다
> ─내셔널 지오그래픽〈평행 우주 이론〉

까맣고 새콤하고 스윗 스윗
모든 것을 집어삼키는 검은 점 속에 또 검은 점, 검은 점…….
점은 점점 많아지면서 점은 점이 아니게 된다

꿈 없이 밝아 오는 새벽처럼
사막에서 양을 그려 달라는 소년처럼
먼 길을 달려온 흰 말의 눈동자처럼
까맣고 새콤하고 스윗 스윗

지금 이 순간,이라고 말하는 이 순간
불면증에 걸린 블랙체리 씨가 말한다
나는 지금 여기에 없었다

어딘가에 블랙체리 씨가 아닌 블랙체리 씨가

또 어딘가엔 블랙체리 씨인 블랙체리 씨가

결혼을 하는 동시에 이혼한다

작고 무의미한 사건,

어디에서나 동시에 일어나곤 하는 사건

사다리를 거꾸로 오르는 하객들

〈흑암 속의 빛줄기처럼〉

까맣고 새콤하고 스윗 스윗

　　　　　─「사소한 이야기 둘─불면증에 걸린 블랙체리 씨」 전문

　　"〈흑암 속의 빛줄기처럼〉"은 「사소한 이야기 하나」의 일절, "흑암 속의 빛줄기처럼,/우리는 한순간 무의식의 칠흑 같은 무(無)에서 나타났다"로부터 나타났다. '사소한 이야기'가 사소한 것은 무슨 연유에서인가? 지금─여기의 시간과 사건들이 "어디에서나 동시에 일어나곤 하는 사건"에 불과하다면, 그리고 그 이유가 "다중 우주라고 불리는 시공간 속에서" 벌어지기 때문이라면, 이는 무상과 허무의 세계를 표현할 것이다. 그러나 '사소한 이야기'는 우주적 시간 속에서의 사소함에 견줄 수는 없을 터, 왜냐하면 '사소한 이야기'를 구성하는 이야기는 사소하지 않기 때문이다. "사막에서 양을 그려 달라는 소년", "먼 길을 달려온 흰 말의 눈동자", "불면증에 걸린 블랙체리 씨"의 말("나는 지금 여기에 없었다"), 그리고 "결혼을 하는 동시에 이혼한다"라는 말들의 기이함을 보라. 「사소한 이야기 하나」의 상황, "단두대 아래/당신과 내가 있는" 상황 역시 이를 방증한다. 위의 시들은 사소하지 않은 이야기가 '사소한 이야기'로 변이되는 세계의 사소성을 문제 삼고

있지 않은가. '사소한 이야기'는 사소하지 않은 것의 사소성을 문제 삼는다고 하겠다.

"허니밀크랜드"는 어떤가? "이 세계의 비극"은 그 자체의 문제라기 보다는 "그 비극을 이야기하기에 시간은 (중략) 셀 수 없다는 것"(「허니밀크랜드의 체크무늬 코끼리」)에 있다. 그렇다면 문제의 핵심은 비극 자체가 아니라 무한과의 대조 속에서 비극이 사소하게 된 사태에 있다고 할 수 있다. 이러한 이해 방식은 '스무고개' 놀이에서도 그대로 발견된다. "영원한 스무고개"의 최종 전언이 "내가 무엇인지, 누구인지 알 수 없게 되"(「허니밀크랜드의 영원한 스무고개」)는 사태를 고지한다면, "당신은 무엇입니까"라는 '스무고개'의 놀이의 최종 물음은 그러한 질문들로는 답을 찾을 수 없다는 것을 암시한다. 따라서 '스무고개'에서 각 질문과 대답의 고개들은 최종의 답으로 귀착되지도 않으며, 완전한 놀이로 휘발되지도 않는다. "이제 모든 물음을 소진한 채"는 이를 암시적으로 보여 주는데, 물음의 과정은 물음의 소진이라는 사태 앞에서 "당신은 무엇입니까"라는 질문을 감당할 수 없기 때문이다.

또한 "아무르파티의 아/무라노의 무/도일리패턴눈꽃송이의 도"(「아무도 모르는 각설탕의 角」)와 같은 기표의 의미를 현실의 층위로 안착시킴으로써, 즉 그러한 기표들이 실제의 지명과 사건과 사람임을 보여 줌으로써, 그의 시는 제3의 지점을 겨냥한다. 즉 '아·무·도' 그 것의 의미가 부재한다고 최종 확정할 수 없다는 것. 이는 '사소한 이야기'를 창안하려는 의지가 어디에서 비롯하는지에 대한 하나의 단서가 된다.

자, 이제 〈초록코털괴물〉과 〈풍선머리조종사〉와 〈옷걸이요정〉과 함께 〈허니밀크랜드〉로 떠날 시간입니다. 그럼 함께할 제 친구들을 소개하지요.

　사는 일이 지루하고 지루하고 지루하고 지루하고 지루하고 지루하고
지루하고 지루하고 지루하고 지루하고 지루한, 당신 때문에 이름 붙인
친구들입니다.

―「피터 판과 친구들―프롤로그」

(『피터 판과 친구들』, 기린과숲, 2014) 부분

　"사는 일이 지루하고 지루하고 지루하고 지루하고 지루하고 지루
하고 지루하고 지루하고 지루하고 지루하고 지루한"이 수식하는 것
은 "당신"인가 "친구들"인가? "지루한" 뒤에 살짝 얼굴을 내밀고 있
는 쉼표(,)는 마치 그것이 "당신"이 아니라 "친구들"로 향하고 있다
는 인상을 준다. 이는 '아무도' 상관없는 일인가? "어떤 사실이 왜 그
렇게 되었는지 파헤치고 연구하는 사람들"은 "가능하지 않은 것을 향
해 날아가는"(「피터 판과 친구들―에피소드 8」) 존재들이기에. 그러나 쉼표
는 "사는 일이 지루하고 지루하고 지루하고 지루하고 지루하고 지루
하고 지루하고 지루하고 지루하고 지루하고 지루한"이라는 장총의
방아쇠이기도 하다. 그 방아쇠가 "당신"이나 "친구들"을 향해 당겨진
다면…… 상황은 의외로 심각하다. 이것은 "피터 씨, 당신은 두 번째
시집에서 이야기하는 랜드하나리는 도대체 어디에 있습니까?"와 같
은 "부당한 질문"에 대한 반문, "당신은 랜드하나리가 정말로 지구본
에 있다고 생각하고 물으신 건가요?"와 같은 알리바이에도 그대로 해
당된다. 위의 프롤로그와 짝을 이루는 '에필로그'를 함께 볼 필요가
있다.

　사는 일이

지루하고 지루하고 지루하고 지루하고 지루하고 지루하고 지루하고
지루하고 지루하고 지루하고 지루한 당신,
　사는 것을 〈일〉처럼 사는 당신,
　바쁘신데 나의 헛소리 들어주어 감사합니다.
　이 세상엔 감사해야 할 일이 어처구니없이 많아서
　이런 문자 공해를 〈시〉라고
　발표하는 사람도 있습니다.

―「피터 판과 친구들―에필로그」 부분

　"지루하고 지루하고 지루하고 지루하고 지루하고 지루하고 지루하
고 지루하고 지루하고 지루하고 지루한" 것은 마침내 "친구들"이 아
니고 "당신"임이 공포되었다. 반복하는 '지루' 속에 내재한 욕망이 "나
의 헛소리"와 "문자 공해"로 향한 것이 아니라, "사는 것을 〈일〉처럼
사는 당신"을 향하고 있다면, 그것은 '나의 시'가 "헛소리"나 "문자 공
해"가 아님을 역설적으로 보여 준다. 달리 말해, 나는 나의 "〈시〉"가
"헛소리"나 "문자 공해"가 아님을 알고 있지만, 내게 너무도 "지루한
당신"의 판단에 감사해야 하는 역설은 '어처구니없는 일'이 되는 것이
다. 더욱 흥미로운 건 이런 '어처구니없는 일'이 시적 사건과 이야기
를 끌고 가는 추동력이 되는 어처구니없는 상황이다. 예컨대, "여긴
지구본에 없는 나라라는 사실을 잊은 분이라고 여기고 다 이해합니
다. 저는 독자를 배려하지 않는 까다로운 시인이 아니거든요"(「피터 판
과 친구들―에피소드 1」)에 표 나게 드러나는 반어와, "고행이 아닌 고행
을 하는 이에게 〈고행자〉라고 이름 붙인 것도 당신"(「피터 판과 친구들―
에피소드 3」)에 표 나지 않게 드러나는 직설이 그러하다. 그렇다면, 이
야기 속에 존재하는 이런 메타적 진술들의 함의는 무엇인가? 그것은

일차적으로 이야기의 안과 밖의 경계의 해체, 그리고 사소함과 위대함 사이의 경계의 해체를 이야기하고 있는 것처럼 보인다. 그러나 만약 지루함이라는 장총의 방아쇠 쉼표가 '나'와 '당신들'의 경계가 아니라 후자에게 정조준된 것이라면, 이는 지루한 일이 아니라 무서운 일이다.

이러한 점에서, "그래서 우리가 현실의 다면이나 이면이라고 말하거나 아예 현실을 벗어나는 공상이나 환상의 결과라고 이해해 온 그의 시는, 사실 현실을 벗어난 적이 없다"(「해설」)라는 말은 의미심장하다. 문제는 '현실 속의 현실들'이 토해 내는 사건과 이야기들의 마블링 속에 "얼음 같은 총알이 날아와/당신 심장에 박힐 순간이 있을 것"(「피터 판과 친구들—에필로그」)이라는 방아쇠가 포함되어 있다는 사실이다. 이것이 시적 사건과 이야기의 세계를 간과하는 '당신들'에 대한 경계의 발언이라면, "내가 읽고 싶은 시가/다른 누군가는 읽고 싶지 않은 시여도 좋다/어느 누군가에게/나의 시가 '물음'이 된다면/나의 시는 또 그것의 '답'이다"(「시인의 말」, 『피터 판과 친구들』)는 말은 '시'에 대한 이중적 자의식을 보여 준다. 만약 시적 사건과 이야기의 창안이 겨냥하고 있는 것이 이러하다면, 그 사건과 이야기의 위의는 무엇인가? 그러니 그의 시 앞에서 물어야 한다. 그는 왜 그걸 '답'으로 간주하는가?

알 수, 설명할 수, 이루 다 말할 수 없는 마음

1.

명민(明敏)한 시가 있다. 번뜩이는 재기와 말을 부리는 재바름은 찬탄의 대상임에 틀림없다. 그러나 명민함이 깊은 울림으로 반향하는 시는 드물다. 명민함으로 시작하되, 재치와 재바름이 인지적 차원으로 휘발되지 않고, 미적 차원으로 마음을 트는 시. 그런 시에 눈이 가는 건 취향의 문제일 수 있으나, 그 물매를 결정하는 건 언어의 몫이다.

이제니의 시가 그렇다. 그의 시에는 기지로 갈무리되지 않는 울림, 마음의 유동과 소리의 흐름이 공명할 때 생기는 울림이 있다. 무엇이 그것을 가능케 하는가? 먼저, 삶과 사물에 대한 깊은 천착. 특히 알 수 없는 것에 대한 집중에서 더욱 빛을 발한다. 예컨대, "나무의 마음"을 식별하기. 그는 형언할 수 없는 것들이 지닌 고유의 결(texture)과 무늬를 포착하여 그것을 한 편의 시로 직조하는 데 남다른 재주를 보인나. 그의 시기 언어유희로 전락하지 않는 이유가 바로 여기에 있다. 그러나 이것으로써 이제니 시의 특수성을 온전히 말했다고 할 수는 없다. 삶과 사물에 대한 깊은 천착에서 배태되지 않는 시가 어디 있겠는가? 천착의 깊이와 수준을 무엇으로써 식별할 것인가?

주목할 것은 말을 타고 부리는 기술이다. 경마이든 마장마술이든, 말타기에서 중요한 것은 말의 호흡과 기수의 호흡을 일치시키는 것에 있다. 말의 민첩성과 유연성은 채찍과 고삐에서 나오지 않는다. 말의 완급을 조절하는 재주는 말의 리듬에 몸의 리듬을 얹는 데에 있다. 이제니 시인의 마술(馬術)은 이 점에서 특출하다. 예컨대, "나무의 이름" 타기. "너도밤나무"라는 말을 타는 그의 솜씨는 가히 마술(魔術)이다.

그 나무의 이름을 들었을 때 나무는 잘 보이지 않았다. 나는 일평생 제 뿌리를 보지 못하는 나무의 마음에 대해 생각했다. 그 눈과 그 귀와 그 입에 대해서. 알 수 없는 것들에 대해 생각하는 동안에도 나무는 자라고 있었다. 나무의 이름은 잘 모르지만 밤에 관해서라면 할 말이 있다. 나는 밤의 나무 아래 앉아 있었다. 너도 밤의 나무 아래 앉아 있었다. 밤과 나무는 같은 가지 위에 앉아 있었다. 그늘과 그늘 사이로 밤이 스며들고 있었다. 너는 너와 내가 나아갈 길이 다르다고 말했다. 잎과 잎이 다르듯이. 줄기와 줄기가 다르듯이. 보이지 않는 너와 보이지 않는 내가 마주 보고 있었다. 무언가가 바닥으로 떨어지는 소리가 들렸다. 꿈에서 본 나뭇잎이었다. 내가 나로 사라진다면 나는 바스락거리는 나뭇잎이라고 생각했다. 참나무와 호두나무 사이에서. 전나무와 가문비나무 사이에서. 가지는 점점 휘어지고 있었다. 나무는 점점 내려앉고 있었다. 밤은 어두워 뿌리조차 보이지 않았다. 침묵과 침묵 사이에서. 어스름과 어스름 사이에서. 너도밤나무의 이름은 참 쓸쓸하다고 생각했다.

—이제니, 「나무 식별하기」(『문학과 사회』, 2015.봄) 전문

소리와 이미지가 겹치면서 의미의 생산에 복무하는 시를 보는 것은 즐거운 일이다. 소리와 이미지와 의미의 조화가 심미성을 산출한다는 원론적인 차원에서가 아니라, 소리의 운행이 이미지의 파생과 의미의 확산을 견인한다는 점에서 그러하다. 이제니 시에서 소리의 흐름을 식별하는 것이 중요한 이유이다. 첫 번째와 마지막 문장은 이 시가 실제의 '나무'뿐만 아니라 "나무의 이름"에 대한 것임을 명시적으로 보여 준다. 첫 번째 문장의 "그 나무의 이름"은 당연히 마지막 문장의 "너도밤나무"를 지시한다. 따라서 "나무는 잘 보이지 않았다"는 실제의 나무가 잘 보이지 않는 상황을 뜻하는 것으로 해석할 수도 있고, 실제의 나무보다 "너도밤나무"라는 "나무의 이름"이 눈에 띄었다는 의미로 해석할 수도 있다. 후자의 해석으로부터 파생되는 것은 "너도밤나무"라는 이름에서 '나무'가 아니라 "너도밤"이라는 말이 먼저 다가왔다는 또 다른 의미이다. 이것은 "나무의 이름은 잘 모르지만 밤에 관해서라면 할 말이 있다"는 전환을 야기하는 이유를 해명한다. 즉 '밤'은 실제의 밤이면서 동시에 "너도밤나무"라는 말의 한 지체인 '밤'이기도 한 것이다.

이 경우 두드러지는 것은 '밤'의 의미 전용이다. 곧, 밤(栗)에서 밤(夜)으로의 이동. 이러한 연상이 자연스러운 것은 '밤'이라는 소리를 매개로 "너도밤나무"와 '나'가 동질성을 분유하기 때문이다. "너도밤나무"처럼 '나'도 '밤'에 대해서라면 할 말이 있는 거다. 따라서 이어지는 "밤의 나무"는 '밤(栗)나무'와 '밤(夜)나무'라는 이중적 의미의 담지체로 간주되어야 한다. 이로부터 재기 넘치는 문장, "너도 밤의 나무 아래 앉아 있었다"가 도출된다. 이 문장의 '너'는 '나'와 특정 관계가 있는 사람으로 해석할 수 있겠으나, '나무'로 보지 않을 이유도 없다. 후자가 가능한 것은 "너도 밤의 나무"가 "너도밤나무"라는 말의 변주로 간주될 수 있기 때문이다. 요컨대, 이 시의 전반부는 "너도밤나무"라는 이름에서 출발해, '너도←밤←나무'의 방향으로 시상을 전개하면서 사유를 개진하고 있는 것이다. 소리의 운행이 시의 이미지의 확산, 그리고 의미의 생산에 복무하고 있음을 예시하는 경우이다.

흐름의 변화는 시의 중반부 "밤과 나무는 같은 가지 위에 앉아 있었다"라는 문장에서부터 출현한다. 실제의 세계에서라면 '나무'가 '밤'과 함께 가지 위에 앉아 있는 것은 불가능하다. 문맥상으로도 '밤'과 '나무'를 하나의 가지 위에 앉히는 일은 곤혹스럽다. 착란의 중심부는 "같은 가지 위에"라는 말 위에 놓여 있는데, 이를 해결하는 방법은 '가지'를 실제의 나무와 다른 층위에서 사유하는 것이다. "너도밤나무"가 말의 나무라고 한다면, '밤'과 '나무'는 말의 가지, 즉 언어의 가로축 상에 존재하는 두 지체로 간주할 수 있다는 말이다. 여기에서부터 '너'와 '나'의 분리가 초래된다. '나'는 '너'와 같은 '밤나무' 가지 위에 거주할 수 없는 존재이다. 내가 '밤' '나무'와 함께 "같은 가지 위에" 놓이는 유일한 방법은 '나도밤나무'가 되는 길밖에 없다. 그러나 "너도밤나무"와 '나도밤나무'는 서로 종(種)이 다르다. 이것이 "나아갈 길이 다르다"고 말한 이유를 설명한다. '나'는 "바스락거리는 나뭇잎"처럼 "너도밤나무"라는 말의 가지에서 분리된 자이다.[1] "내가 나로 사라진다면"에는 '너'로 전이되지 못한 채 '나'로 소멸하는 것에 대한 회한이 배어 있을 수밖에 없다.

시의 후반부는 '너'와 '나'의 접목(椄木) 불가능성을 더욱 강화한다.

---

[1] "내가 나로 사라진다면"은 '나'의 소멸 혹은 부재로 이해할 수 있다. 흥미로운 건 음성적 차원에서의 소멸이다. "내"에서 '나'를 제거하면 모음 'ㅣ'만 남는다. "내"를 하나의 나무로 가정한다면, 사라지는 것은 '나뭇잎'이다. 따라서 모음 'ㅣ'는 그 나무의 가지이다.

"가지는 점점 휘어지고 있었다. 나무는 점점 내려앉고 있었다"는 이를 우회적으로 표현한다. 여기서 가지의 휨과 나무의 침강은 밤의 질량 증가의 직접적 결과이다. 이중적으로 그러한데, 실제 밤의 진행으로 어둠의 농도가 증가했다는 의미에서, "너도밤나무"라는 이름 속 '밤'이라는 말의 밀도가 증가했다는 의미에서 그러하다. 실제의 차원이든 언어의 차원이든, '밤'의 증가된 무게가 '가지'를 휘게 하고 '나무'를 주저앉게 만드는 것이다. "밤은 어두워 뿌리조차 보이지 않았다"는 이를 직접적으로 표현한다. 여기서 '뿌리'는 "일평생 제 뿌리를 보지 못하는 나무의 마음"을 소환하는데, 이는 "너도밤나무"의 마음이 근본적으로 '어둠'에 터 잡고 있음을 보여 준다. 이때, '밤'은 그 자체로 말할 수 없는 것의 표지가 된다. 그러니 '어스름'은 나무와 밤의 뿌리에 대한 인식 불가능성을, '침묵'은 언표 불가능성을 나타낸다고 할 수 있다. 이러한 불가능성과 대면한 주체의 태도는 마지막 문장, "너도밤나무의 이름은 참 쓸쓸하다고 생각했다"에 압축적으로 표현되어 있다. '쓸쓸함'은 자기의 근원을 보지 못하는 "나무의 마음"과 '너'와 '나'의 이접 불가능성에 대한 주체의 정서를 집약한다.

표면적으로 이 시는 나무와 나, 너와 나, 이름과 실재 사이에 가로놓인 밤의 무게 앞에서 일시 정지한 것처럼 보인다. 이것은 "나무 식별하기"의 실패, 곧 실제의 나무를 식별하는 일, 그 이름의 중심부에 웅크린 밤을 식별하는 일, 다시 그 밤으로부터 너의 마음을 식별하는 일 모두가 '쓸쓸함' 앞에 혼절했음을 의미하는가? 그러나 "나무 식별하기"를 통해 나무와 밤의 뿌리에 가닿고자 하는 바람마저 멈춘 것은 아니다. '쓸쓸함'이 '침묵'과 '어스름'이 아니라 "침묵과 침묵 사이", "어스름과 어스름 사이"에서 불어온다는 것에 유의할 필요가 있다. 시적 주체가 주목하는 것은 '침묵'과 '어스름'의 흐름이자 유동이다.

이렇게 보면, '쓸쓸함'은 인식론적 회의주의로 소진된 감정의 잔여가 아니라, "알 수 없는 것들"의 식별과 형언의 과정 속에서 살짝 누설된 "그림자의 말"[2]일 수 있다. 이것은 시적 식별이 인식론적 아포리아의 선언이 아님을 보여 준다. "나무의 마음"은 밤의 아포리아 속에서 언뜻 터져 나오는 말의 기미이자 리듬인 것이다.

2.

알 수 없는 것들에 대한 천착이라면 이재훈의 시는 '명왕성'처럼 빛을 발한다. "설명할 수 없는 것들만 눈에 자꾸 보인다"(「시작 노트」, 『시인수첩』, 2015.봄)는 말처럼 그의 시는 "설명할 수 없는 것들"의 가시성을 개진하기 위해 어둠을 켠다. 밤의 식별이 그러하다. 이제니의 시가 말의 고유한 운동 속에서 밤의 실재를 식별하고자 한다면, 이재훈은 과거의 기억을 소환함으로써 밤의 현전을 식별하고자 한다. 그도 역시 말할 수 없는 것에 대해서라면 할 말이 있는 거다. 특히 "문학의 밤"이라면.

상투적인 상황들이 현실이 되어 버린 밤. 형상만 남아 있는 밤. 묻고 싶은 게 먼지처럼 날렸지만 침묵했던 밤. 영원한 비밀이란 없다고 썼던 밤. 바람만이 아는 밤. 빗방울이 살갗의 온도를 기억하는 밤. 기어코 살겠다고 바락바락 울었던 밤. 비감한 눈빛으로 당신을 견딘 밤. 묻고 싶은 것을 모두 한마디로 짐작하는 밤. 즐거운 쓸쓸함이 있었던 밤. 알코올이 늘 몸속에 있어 그나마 위안인 밤. 마지막 말의 의미를 새기는 밤.

---

2 "그림자의 말을 들을 수 있다면/나무의 마음을 볼 수도 있을 텐데". 이제니, 「나무는 기울어진다」, 『왜냐하면 우리는 우리를 모르고』, 문학과지성사, 2014, p.136.

품었던 말들이 쏟아져 내리는 밤. 더 못 견디고 거리를 배회하는 존재들의 밤. 더러운 아름다움이라 여기는 어느 시간의 밤. 이리저리 둘러보다 당신의 살갗을 그리워하는 밤.

—이재훈, 「문학의 밤」(『시인수첩』, 2105.봄) 전문

밤은 형언하기 어려운 것이다. 그럼에도 어둠 속으로 흩어진 밤의 기억들을 다시 소환하는 데 몰두하는 시가 있다면, 우리는 이러한 언술이 지닌 의미가 무엇인지 묻지 않을 수 없다. 시에서 호명된 숱한 밤들이 공통적으로 "문학의 밤"이라는 속성을 지닌다는 것은 알기 쉬운 일이다. '문학'이 "설명할 수 없는 것들"의 다른 이름이라는 것을 알아채는 것 역시 어려운 일은 아니다. 허나 밤의 언술들의 진정한 가치는 "설명할 수 없는 것"으로서의 '문학'을 선언하는 것에 있지는 않다. 반복되는 밤 속에서 시적 주체의 정동의 흐름을 찾아내는 일, 이는 개별적 밤들을 "설명할 수 없는 것"에 귀속시킴으로써가 아니라 "어느 시간의 밤"들이 이루는 실제적·언어적 흐름을 포착함으로써 이루어질 수 있다. 밤의 현상학은 밤의 현전을 드러내는 일에 골몰해야 한다는 뜻이다. 하여 밤의 결(texture)을 식별하기. 이재훈의 시는 이러한 작업이 밤의 지형도를 완성하기 위함이 아니라 "밤의 형벌"을 견디기 위함이라는 사실을 그 누구보다, 때론 사제보다 더 비감하게 고지한다. 이것은 그가 아직 비가시성의 세계에 대한 믿음을 포기하지 않았음을 암시한다.

"상투적인 상황들이 현실이 되어 버린 밤"은 상투성에 침윤된 밤의 실존적 상황을 적시한다. 요컨대 우리의 밤은 이미 '상투적인 밤'이 되어 버렸다. "형상만 남아 있는 밤"이란 이런 상황을 일컫는다. 실체가 사라지고 허상과 잔영만으로 만일(滿溢)한 밤. '상투'가 '비-상투'를

'허상'이 '실상'을 전제한다면, 밤의 실상을 이루는 원형질은 무엇인가? "묻고 싶은 게 먼지처럼 날렸지만 침묵했던 밤"과 "묻고 싶은 것을 모두 한마디로 짐작하는 밤"은 '침묵'과 '짐작'만이 이에 대한 답변임을 암시한다. "영원한 비밀이란 없다고 썼던 밤"은 호기로운 선언이지만 "바람만이 아는 밤"에 의해 이내 유보된다는 점에서 '침묵'과 '짐작'의 불가피성을 드러낸다. 유일한 앎의 소유자로 호명된 '바람' 역시, 그 전언이 '형언할 수 없는 것'에 속한다는 점에서는 매한가지이다.[3] 이런 이유로 밤을 불가지의 세계에 영구 귀속시키는 것은 당연한 일처럼 보인다. 그러나 '상투적인 밤'의 안쪽에서, 어둠의 영어(囹圄)를 풀어 밤을 가시성의 세계로 견인하려는 밤의 시인들이 있다.

밤의 시인의 일을 설명하기 위해서라면 다른 계절의 시를 가져오는 뻔뻔함도 무릅써야 할 것 같다. "숭고한 저녁의 기다림으로/하루하루를 버티다/드디어 주장을 하고/외치고 울부짖었다./아무것도 기억나지 않는 밤의 형벌이었다."[4] 이 시는 "숭고한 저녁"을 기다리는 자가 "밤의 형벌"을 살 수밖에 없음을 증언한다. 무릇 "설명할 수 없는 것"을 형언하려는 자는 망각과 소멸의 시간에 거주해야 한다. 그래서 밤에 영어된 자의 비통을 들여다보는 일은 비감한 눈빛이지 않으면 안 된다. "기어코 살겠다고 바락바락 울었던 밤"의 시간 속에서 어떻게 "비감한 눈빛으로 당신을 견딘 밤"을 떠올리지 않을 수 있단 말인가. 물론 "밤의 형벌"을 견디는 방식은 여러 가지이다. "알코올이 늘 몸속에 있어 그나마 위안인 밤"에서처럼 술에 의한 일시적 망각으

---

3 "나는 차가운 바람을 앙모한 걸까. 바람이 짙어 가는 저 수많은 그림자를 기다린 걸까. 달린다. 저 허공으로, 바람 속으로 달린다." 이재훈, 「언덕의 아들」, 『명왕성 되다』, 민음사, 2011, p.27.
4 이재훈, 「매일 출근하는 폐인」, 위의 시집, p.99.

로 밤의 회로를 교란하거나, "품었던 말들이 쏟아져 내리는 밤"에서처럼 막힌 언어들을 토설함으로써 밤의 체증을 완화하거나, "마지막 말의 의미를 새기는 밤"에서처럼 소멸의 의미를 각인함으로써 밤의 집행을 예감하거나, "더 못 견디고 거리를 배회하는 존재들의 밤"에서처럼 몸의 충동에 사로잡혀 밤의 에너지를 소진하거나……. 그러나 이것들은 "즐거운 쓸쓸함"이라는 양가감정에서 시작해 "더러운 아름다움"이라는 역설로 종료될 수밖에 없는 것들이다.

이런 상황에서 시의 마지막 밤, "이리저리 둘러보다 당신의 살갗을 그리워하는 밤"은 의미심장하다. 여기서 "당신의 살갗"은 "빗방울이 살갗의 온도를 기억하는 밤"이나 "비감한 눈빛으로 당신을 견딘 밤"과 하나의 성좌를 이룬다. 짐작컨대, '당신'은 문학이다. 그러니 "당신의 살갗"은 문학의 살일 테고, 그리움은 문학의 살의 체온에 대한 회감일 것이다. 그가 비가시성의 세계에 대한 믿음을 포기하지 않는다면, 그것은 "설명할 수 없는 것들"에 대한 실감과 회감이 여전히 그의 기억의 중심부를 형성하기 때문이다. 그리고 이는 궁극적으로 문학의 살과 체온이 "밤의 형벌"이라는 파랑을 견디는 주체의 밸러스트(ballast)라는 사실을 보여 준다.

블랑쇼의 말대로, 잠을 잊은 채 "밤을 현존하게 만드는 자들"[5]이 있다. 밤의 시인의 일은 밤의 언술들을 통해 "밤을 현존하게 만드는" 것이다. 이를 위해서라면 "밤의 형벌"을 사는 것도 불가피한 일이다. "숭고한 저녁"이 상투적인 밤이 되었다고 해서 저녁의 숭고가 없어진 것은 아니다. '명왕성 된(plutoed)' 명왕성, 그러니까 명왕성이 태양

---

5 "잠을 자지 않고 무엇을 했단 말인가? 그늘은 밤을 현존하게 만드는 자들이다." 모리스 블랑쇼 저, 박혜영 역, 『문학의 공간』, 책세상, 1990/1998, p.415.

계에서 퇴출되었다고 해서 그 빛이 사라진 것은 아닌 것처럼 말이다. 오히려 그러한 형벌이 명왕성을 비로소 온전히 '어둠의 왕(冥王)'으로 현존할 수 있게 만드는 것이 아닌가? 이것은 비가시적인 것에 대한 형언이 계시나 선언과는 다른 차원에서 이루어지는 일임을 보여 준다. 같은 의미에서 밤의 '명왕성 됨', 문학의 '명왕성 됨'을 사유할 수 있다. '당신'이란 이름의 문학, 그 살과 체온을 그리워하는 일, 이는 "밤의 형벌"을 견딤으로써 저녁의 숭고를 현존케 하는 일이다.

3.

단어 하나가 얼마나 절실할 수 있는가를 보여 주는 시가 있다는 건 축복임에 틀림없다. "국적 회복", 이 낯선 질감의 언어가 유독 빛을 발하는 건 마종기의 시에서다. 그것도 '국적 상실' 혹은 '국적 포기'가 더 이상 낯설지 않은 이 시대에 말이다. 이 말 앞에서 대뜸 국가란 무엇인가라는 질문이 떠오르는 건 당연한 일이겠으나, 이런 질문이 마종기 시인의 '내 나라!' 앞에서 무기력한 것 또한 매우 당연한 일이다. 디아스포라의 차원에서 노마드적 삶의 청산과 안주에의 열망으로 "국적 회복"을 말하는 것 또한 마찬가지이다. 귀소와 귀환이 미국에서 국내로의 장소 이동이라는 의미로 한정될 수는 없지 않은가. 그러니 다시 물어야 한다. 젊은 시절 이민을 떠나 반세기만에 다시 국적을 회복한 시인에게 '존재의 찢김'은 회복 가능한 것인가? 이는 1966년 28세의 나이로 도미(渡美)하여 2015년 봄까지 자그마치 50년이라는 "밤의 형벌"을 과연 우리가 버틸 수 있는가에 대한 질문이기도 하다.

1

그해에 나는 처음으로 젊었었다.

계절이 갑자기 끝나 버린 그 여름,
군가도 더위에 녹아 버리고 말았다.
동기 군의관들이 힘들게 면회 와서
감방에서 나보다 먼저 울었다.
내게 다시는 시원한 날이 안 올 듯
한여름에 겨울옷을 놓고 갔다.

숨어 사는 쓰레기 소각장에서
남은 시도 다 태우고 풋정도 함께
끝없는 연기로 태웠다. 냄새까지 감춘
연기가 억울하다고 내게 속삭였다.
그 초라함과 삼켜도 안 넘어가는 모욕을
차가운 침묵의 태연한 재로 만들고
가볍게 이승의 바깥으로 나를 버렸다.
미련을 남기지 않는 고결한 변신,
나도 그쪽으로 가리라 각오했었다.
입술을 깨물며 맛도 색깔도 변한 피를 삼켰다.

2
내가 미워했던 고국이여,
잘못했다. 긴 햇수가 지나도
계속 억울하고 서러웠다.
치욕의 주먹이 미칠 것 같은
머리와 목덜미를 치고
내 앞길에 장못을 박았다.

더 이상은 선택이 없었다.

그사이에 내가 늙고
기다려 주리라는 꿈은
결국 실현되지 않았다.
계절이 바뀌어도
한 묶음의 세월이 지나도
산과 강이 옷을 벗어도
실현되지 않았다.
그렇게 혼자서 흘러갔다.
가다 보니 아무도 없었다.

그러나 나는 믿었다.
물고기는 물고기끼리
낙타는 낙타끼리
나비는 나비끼리
그리고 사람은 사람끼리
언젠가는 서로 화해한다.
그 따뜻한 속내만을 믿었다.
누구에게도 손 내밀지 않았다.

3
찢어져 헌 걸레 같은 몸을
내 고국이 아무 말 않고
끝내 보듬어 안아 주었다.

누추한 몰골로 무릎 꿇고 앉아
몸이 중심을 잃고 떨면서 흐느꼈다.
돌아가신 부모님 앞에서 목이 메었다.
주위는 늘 서늘하게 비어 있었다.
너무 늦었다는 말이 들렸다.
그것도 모르고 몇 친구가 다가와
튼튼한 표정으로 손을 잡아 주었다.
내 뼈가 좋아서 웃었다.

한곳에 오래 사는 비결은 무엇일까.
아무 말 않고 미소하는 것,
앞뒤를 따지지 않는 것인가.
외국에 나와 변명을 꼭 하자면
나는 그렇게 살고 싶지 않았다.

아무도 없는 광대무변의 외로움이
무시로 나를 차고 흔들어 굴렸지만
먼지와 폭풍과 천둥의 비바람 속,
그 마지막에 남는 평화는 믿었다.
살아서는 돌아가지 못한다 해도
그래도 다 괜찮다는 말이, 확실히
내 가슴 한복판에서 맑게 들렸다.
정말이다, 너무 늦었다는 말까지
나를 그냥 가볍고 푸근하게 해 주었다.

—마종기, 「국적 회복」(『문학동네』, 2015.봄) 전문

이 한 편의 시는 이루 다 말할 수 없는 것에 속한다. 말 그대로 "이 승의 바깥"에서 "밤의 형벌"을 견딘 자의 평생이 함축되어 있기 때문이다. 마종기 시인이 "의사-시인, 그러니까 칼날과 철필의 겸장을 통해 존재의 심연과 보편성을 응시해 왔음"[6]은 틀림없는 말이다. 묵직한 것은 "존재의 심연과 보편성"이지만, 예리한 것은 "칼날과 철필의 겸장"이다. "칼날과 철필의 겸장"은 "존재의 심연과 보편성"을 응시하는 하나의 방법론이겠으나, "국적 회복"의 차원에서는 "칼날과 철필의 겸장"이 우선한다. '국적'이 "존재의 심연과 보편성"이란 이름으로 생에 각인한 장군이라면, '회복'은 그 외통수에 맞선 "칼날과 철필"의 이중적 치유를 내포하기 때문이다.

그러니 시인에게 "국적 회복"은 존재론적 사건이다. 그것은 "국적 회복"이 민족주의의 실천이라는 이념적 차원에 속해서가 아니라, 무엇보다도 단절되어 버린 시간과의 재접속을 의미하기 때문이다. 이것은 일차적으로 고통스런 과거, "그해"에 대한 기억, 그 중심부에 똬리를 튼 "그 초라함과 삼켜도 안 넘어가는 모욕"의 상기를 의미한다. 그러나 조국을 떠날 때 그의 멱살을 부여잡은 것은 치욕과 모욕이었겠지만, 그의 마음을 옥죈 것은 "미련을 남기지 않는 고결한 변신"에의 각오와 의지였음을 되새길 필요가 있다. 그를 채찍질한 것은 '초라함'과 '모욕'의 기억일 테지만, 그가 채찍질한 것은 그 기억으로부터 탈주하지 못하는 '미련'이었던 것이다. 이는 그의 '앞길'이 처음부터 이중적 고뇌의 길이었음을 암시한다. "내 앞길에 장못을 박았다./더 이상은 선택이 없었다"는 이러한 이중적 고뇌가 이국에서의 삶을 지배해 왔음을 잘 보여 준다. 따라서 "국적 회복"은 원적(原籍)에 대한 부

---

6 최현식, 「경계의 꽃들에 말을 걸다」, 『문학과 사회』, 2010.가을, p.383.

정을 통해 변신의 삶을 살려는 각오와 의지와의 재접속이라는 의미를 띤다.

"내가 미워했던 고국이여"는 이 모든 상황을 집약한다. '미움'은 개인사의 비극에서 출발하여, 현실의 조국과 "아무도 어디로 소외되지 않는 땅"(「내 나라」) 사이의 간극에서 더욱 공명하고 증폭했을 것이다. 이러한 간극 속에서 귀향에의 소망이 "기다려 주리라는 꿈"으로 나타나는 것은 자연스런 일이다. 떠남이 타의에 의한 불가피한 선택이었으므로, 남겨진 가족과 친구와 조국이 나를 기다려 줄 것이라는 믿음. 그러나 상상적 만남에의 기대와 희망은 '미움'을 치유하기 위한 출발점이긴 하지만 최종 귀착점이 될 수는 없다. "잘못했다"라는 외마디가 통렬한 건, 이런 기대와 희망이 좌절된 것에 대한 통한의 인정이기 때문이다. 그의 "국적 회복"이 '고맙다'가 아니라 "잘못했다"라는 참회의 말이 되는 건, "기다려 주리라는 꿈"이 실패한 자리에서 더는 기다릴 수 없었던 이들에 대한 깊은 애도가 배어 있기 때문이다.

이런 의미에서 "국적 회복"은 애도와 회복의 상징적 사건이다. 그것도 "국적이 불분명한 너와 나의 몸"(「이 세상의 긴 강」)의 이중적 회복의 사건이다. 이제 그것은 '상상적 귀환'을 넘어섰다. 첫째, '나의 몸'의 층위에서, "국적 회복"은 '경계인'의 삶의 중심부에 박힌 '잘못'을 제거하는 일이다. 이는 '치욕'과 '모욕'의 시간으로부터의 회복이자, '변신'에의 의지의 시간으로부터의 회복이라는 이중적 의미를 띤다. "찢어져 헌 걸레 같은 몸을/내 고국이 아무 말 않고/끝내 보듬어 안아 주었다"는 이를 잘 보여 준다. 둘째, '너의 몸'의 차원에서, "국적 회복"은 나의 부재로 인해 상처 입은 자들과의 관계 회복이다. 죽은 아버지에 대한 애도가 이를 대표한다. "너무 늦었다는 말"이 지연된 애도의 비통을 강화하지만, 후회와 자책을 위로하는 "튼튼한 표정

"으로" 잡아 준 친구들의 '손'이 있다. 이 '손'은 "누구에게도 손 내밀지 않았"던 나의 '손'과 대비됨으로써, 타인에 대한 애도가 궁극적으로 "아무도 없는 광대무변의 외로움"의 치유라는 사실을 감동적으로 전한다. 시인에게 "국적 회복"은 평생을 물구나무선 자의 "재갈 물린 세월"(「귀향」)과의 실제적 작별인 것이다. 그러니 이제는 괜찮다, 다 괜찮다, "너무 늦었다"는 말조차, "살아서는 돌아가지 못한다 해도/그래도 다 괜찮다".

끝으로 한 가지만 더 묻자. "국적 회복"이 "국적이 불분명한 너와 나의 몸"의 상징적 회복이라면, 이는 "미련을 남기지 않는 고결한 변신"을 완성했다는 의미인가? 아니, 그렇지 않다. 오히려 정반대의 의미를 띤다. '미련'을 남기지 않고 "고결한 변신"을 도모했던 각오와 의지에서 벗어나는 것, 그것이 "국적 회복"의 실질적 의미라고 할 수 있다. 여기서는 화해에 대한 믿음과 "그 따뜻한 속내", 그리고 마침내 "그 마지막에 남는 평화"가 '회복'의 본바탕을 이룬다. 그러므로 그가 회복한 '국적'은 '명왕성 된' 나라, 곧 "밤의 형벌" 속에서 '안 보이는 사랑의 나라'임에 틀림없다.

'미련' 때문에 하나 더 묻지 않을 수 없음을 용서하시길……. 그렇다면 이러한 회복으로부터 그의 시는 무엇을 '회복'할 것인가? 무엇보다도 모국어의 회복을 말하지 않을 수 없다. 사랑의 나라가 "말의 길을 통해 경계가 무너지는 섬"(「다도해를 보며」)이기도 하다는 사실을 상기해 보자. 그의 시 쓰기는 모국어에 대한 지극한 사랑에서 배태되어 나온다. 단언컨대, 모국어는 그의 시의 태반이다. 그의 시가 이렇게까지 절절할 수 있는 것은 바로 이 모국어의 태반으로부터 피와 살을 받았기 때문이다. 어디 이 한 편뿐이겠는가? 그의 시에는 이국어의 낯선 억양이 주는 이물감이 배어 있지 않다. 그의 언어가 지닌 진솔함과 자연스러움은 실로 놀랄 만한 일이다. 이것은 그가 이국에서 평생을 모국어와 씨름했다는 것뿐만 아니라, "이승의 바깥"에서 우리말을 지키기 위해 "밤의 형벌"을 살았음을 보여 준다. 이러한 시적 고군분투가 "국적 회복"이 아니라면 대체 무엇이겠는가? 언어에 적을 두지 않는 '국적'은 없다. 그러니 감히 말한다, '국적'은 몸 밖에서 온 것이 아니라 이미 그의 몸에, 언어에, 시에 내재해 있던 것이라고. '국적'이 몸에 각인된 "존재의 심연"이라면, '회복'은 모국어에 내재한 "칼날과 철필"이라고.

시의
안에 들다

1. 들다

안으로 들어간다는 건 어떤 일일까? 어딘가로 들고나는 가운데 생의 비의가 얼핏 그 기미를 드러낸다면, 안으로 드는 일을 분별하여 그것의 함의를 살피는 것도 의미 없진 않겠다. 꿀을 찾아 꽃으로 들어가는 벌이나 파리지옥으로 들어가는 벌레를 보며, 들고나는 일의 무상함 속에서 회한에 젖는 일도 그럼직하다. 군중이 지하철 속으로 들어갈 때나 시위대가 산개하여 어디론가 숨어들 때도, 들어간다는 것의 사회적·시대적 함의를 물어볼 만한 일이다. 고래 배 속에서 삼일 낮밤을 버틴 요나의 행적을 추적하여 종교적 의미를 되새기는 것도 못할 일은 아니다. 그럼 이건 어떤가? 어느 날 '티브이' 속으로 들어가 스스로를 방영하거나, 문득 거리 한복판에서 자기의 '죄'에 들어 지워지거나, 깊은 밤 한 마리 애벌레가 되어 '연필' 속에 들거나…….

이 기이한 입문이 더욱 기이한 것은 낯선 세계와 대면한 주체가 응당 가질 법한 두려움과 놀라움이 없다는 데에 있다. 불현듯 이상한 나라로 들어간 엘리스의 당혹과 비교해 보라. 예기치 못한 입문임에도 마치 그럴 수밖에 없다는 듯, 현실의 비극 속으로, 내면의 윤리 속으로, 밀어(密語)의 시 속으로 들어가는 자들의 모습에는 어떤 결연함이 있다. 이는 아내를 되찾기 위해 지옥으로 걸어 들어간 오르페우스의 비장함에 견줄 만하다. 걷잡을 수 없는 슬픔과 그것을 다잡으려는 의지가 담담함과 당당함이라는 외양을 입을 때, 특정 공간 속으로 들어가는 자의 뒷모습에는 비장함이 스밀 수밖에 없다. 여기에 내재하는 것은 생의 이중적 결핍, 곧 밖의 궁핍과 안의 곤궁이 야기하는 회피의 반복 운동이 아니다. 오히려 그러한 단순 왕복 운동을 가능케 하는 내밀한 힘의 공간과의 조우이자 결속이다. 이들의 입문이 처연함을 넘어 찬연함과 결연을 맺는 것은 이 때문이다. 그렇다면 이중적 결핍으로 마음에 온전히 들지 못한 자가 가장 먼저 들어야 할 곳은 시의 공간이다.

2. 눈물, 비극의 안에 들다

그렇게 슬퍼? 광복 70주년 기념 프로그램에서 숭례문이 불타고 있었다.

로션을 바르는 것처럼 그는 콧물을 손바닥으로 문지른다.

우리나라 국보 1호인데 가슴이 미어진다고 운다.

나는 키즈 과학 체험을 보며 운다. 소의 배에 구멍을 뚫고 아이들에게

손을 넣게 한다. 소야. 커다란 눈을 껌뻑이는 소야.

아이들이 배에서 꺼낸 곤죽이 된 음식물을 허연 침을 뚝뚝 흘리면서 핥는 소야.

나는 콧물을 풀고 눈물을 닦으며 티브이를 본다.

지금은 긴급 속보에서 카트만두가 무너지고 있다.

사망자가 팔백 명이라더니 내가 이 시를 쓰는 동안 사천 명으로 늘었다.

왜 울지 않아? 우리나라 이야기가 아니라서 그는 눈물은 안 난다고 한다.

티브이에서 본 비극을 모아 나는 지금 시를 방영한다.

뛰어난 인류를 상상한 독재자가 학살을 만든 다큐를 보았고

머리채를 잡힌 여자가 중심가를 질질 끌려가며 죽어 갔고

수백의 사람들이 구경만 했다는 뉴스를 감자칩을 먹으며 메모했다.

잔재 아래에서 울음소리가 올라온다. 이름이 뭐예요? 대답하세요. 구조대가 올 거예요.

말을 해요. 그래야 살 수 있어요. 나는 티브이에게 말을 시킨다.

깜박깜박 졸음에 빠지는 티브이를 깨운다.

나는 티브이 속으로 들어간다. 차벽 너머의 그를 만난다.

우리는 마주 보고 있다. 이곳은 마주 보는 것을 대치 중이라 한다.

이 차벽 너머에서 그가 등을 돌렸으면 좋겠다고 생각한다.

등을 돌려야만 같은 티브이를 볼 수 있다. 나는 뒤를 돌아본다.
— 임솔아, 「티브이」(『창비』, 2015.여름) 전문

TV를 보다가 흐르는 눈물이라면, "광복 70주년 기념 프로그램"이든 "키즈 과학 체험"이든 별 차이는 없을 것이다. 예민한 감각의 소유자라면 '동물의 왕국'에서도 '6시 내 고향'에서도 눈물을 흘릴 수 있다. 그럼, '그'와 '나'의 눈물의 차이는 무엇인가? '불타는 숭례문'과 '곤죽을 앓는 소'라는 대상의 차이가 '그'와 '나'의 눈물의 의미를 결정하지는 않는다. 오히려 동일한 대상에 대한 시선의 차이, 예컨대 카트만두 지진과 같은 단일한 사건에 대한 정조의 차이가 중요하다. 무너진 카트만두가 '그'에게 어떤 정조도 일으키지 못하는 것은, 그것이 '우리나라' 밖의 이야기로 존재하기 때문이다. '우리나라'라는 푯대 속에 어떤 주의가 숨어 있는지는 알 수 없으나, 카트만두와의 간극을 벌림으로써 정서적 반응 자체를 차폐하고 있는 것은 분명해 보인다. 여기서 우리기 마주하게 되는 것은 사건 자체의 비극성이 아니라, 대상과의 거리에 대한 주체의 판단이 정조를 규율하는 상황이다.

'안'은 '밖'을 전제한다. 설정된 경계선을 기준으로 '안'과 '밖'이 하나의 짝패로 존재한다면, 어떤 대상을 '안'으로 포획하는 것은 다른 대상들을 '밖'으로 내모는 일이기도 하다. '그'의 감정에 굳게 박힌 '우리나라'라는 푯대는 다른 대상들에게는 접근 금지를 알리는 경고판인 셈이다. "왜 울지 않아?"가 문제 삼는 것이 바로 이것이다. 혹시 우리가 영토화한 '나, 가족, 공동체, 민족, 국가, 인간'이라는 사유지는 타자를 차단하기 위한 차벽인 것은 아닌가? 이렇듯 "왜 울지 않아?"는 자기의 정조를 '우리나라'라는 특정 경계 안으로 구획하는 태도의 정당성에 의문을 제기하고 있다. 주체에 따라 '안'과 '밖'의 구획선이 유동한다면, 인위적으로 구획된 경계는 그것을 구획하는 주체의 특수성을 고스란히 반영할 수밖에 없다. 따라서 위의 문제 제기는 우리에게 '안으로서의 밖'과 '밖으로서의 안'을 재인식하고, '바깥 속의 안'과 '안 내부의 밖'을 재사유할 것을 촉구한다고 볼 수 있다. 이는 일차적으로 바깥에 배제된 것을 안으로 들임으로써 사유지의 지경을 넓히려는 요구이며, 궁극적으로는 '안'과 '밖'의 경계 자체를 무화할 것에 대한 요청이기도 하다. 물론 이러한 요청은 자기 귀속적일 수밖에 없는데, 이는 '시의 TV'를 개국하거나 '티브이' 속으로 들어가는 행동으로 표출된다.

"티브이에서 본 비극을 모아 나는 지금 시를 방영한다"는 '그'가 배제하는 것을 안으로 편입하려는 시도이다. 여기에는 비극이 온전히 비극으로 방영되지 않는다는 인식이 배면에 깔려 있다. '티브이'는 말 그대로 밖에서, 그리고 멀리서 보는 비전('tele-vision')이다. 따라서 '티브이'가 제공하는 비전은 그 자체로 한계를 가질 수밖에 없다. 비극적 사태를 제대로 방영하지 못하는 미디어와 그러한 현실에 대한 비판. 이는 "깜박깜박 졸음에 빠지는 티브이를 깨운다"와 "나는 티브이에게 말을 시킨다"가 실제적으로 예증하고 있다. 전후의 의미 맥락 속에서, 이 구절들은 '잔재' 아래 깔려 구조를 기다리는 것이 '티브이'이기도 하다는 사실을 암시적으로 보여 준다. 이로부터 '시의 TV' 역시 '잔재'에 깔려 있다는 또 다른 결론이 파생된다. '시'는 또 다른 TV이므로 시적 주체가 흔들어 깨우는 것은 졸고 있는 '시'이기도 할 것이다. "감자칩을 먹으며 메모했다"에 누설된 앵커의 태도는 "티브이에서 본 비극"과 그것을 '시'로 방영하는 것 사이의 간극을 잘 보여 주고 있다. '시의 TV'가 방영하는 것은 세계의 비극적 참상이지만, 그러한 참혹을 멀리서 보고 있는 주체의 시선이 '감자칩' 부스러기와 함께 입 밖으로 튀어나오는 듯하다.

"나는 티브이 속으로 들어간다"는 극적 행동은 이로부터 발기한다. 이 기이한 행위는 "티브이에서 본 비극"의 현장 속으로 육박해 들어가는 행위이지만, 비극을 '우리나라' 밖으로 구획하는 자, 곧 "차벽 너머의 그"와의 직접적 대면이라는 점에서 시의 클라이맥스를 이룬다. 무엇보다도 카트만두의 잔해가 '그'의 편협한 사고방식의 '잔재'와 겹쳐진다는 점에 유의하자. 카트만두의 잔해는 "우리나라 이야기"에만 갇혀 버린 '그'의 사고방식의 '잔재'라는 점에서, 잔해에 깔린 것이 "차벽 너머의 그"이기도 함을 보여 주기 때문이다. 여기에 숨어 있는 아포리아는 다음과 같다. 구조의 대상자('잔재에 깔린 그')는 구조를 막고 있는 자("차벽 너머의 그")이다. "대치 중"은 이러한 난국을 압축적으로 표현하는 말이다.

"등을 돌려야만 같은 티브이를 볼 수 있다"에 명시적으로 표현되어 있는 것은 '그'와 '나'의 대치를 해소하려는 시적 주체의 의도이다. 시선의 일치가 '그'와의 감정의 공유와 연대를 위한 전제 조건이라면, 문제의 핵심은 어떻게 "차벽 너머의 그"와 "같은 티브이"를 볼 것인가로 수렴된다. 이때 전제해야 할 것은, 주인 허락 없이 사유지의 푯대를 뽑을 권한이나 '그'의 등을 돌리게 할 강제적 수단이 '나'에게 주어지지 않았다는 사실이다. 타인이 특정 지대를 사유화하는 것 자체를 문제 삼을 수 없다면, 이러한 난국을 해소하는 유일한 방법은 주인 스스로 말뚝을 뽑게 만드는 것뿐이다. "그가 등을 돌렸으면 좋겠다"라는 바람은 자발적 결단을 우회적으로 촉구하고 있는 것으로 볼 수 있다. 과연, "차벽 너머의 그"는 스스로 "대치 중"을 해제하고 "같은 티브이"를 볼 것인가? 이러한 기대는 도리어 시선의 일치를 통한 감정의 공유가 불가능하다는 것을 역설적으로 보여 주는 것은 아닌가?

이러한 상황에서 "나는 뒤를 돌아본다"라는 마지막 선택은 의미심장하다. 선택의 주체가 '그'가 아니라 '나'에게로 전환되고 있기 때문이다. 어쩌면 이러한 전환을 통해 말하고자 하는 바는 단순한 것일지도 모르겠다. '그'의 자발적 전회를 기대할 수 없다는 것. 대체로 TV 속 앵커는 시청자를 향함으로써 사건들에 등을 돌리고 있지 않은가. 이런 의미에서 '나'의 전회는 '그'와의 대치를 해소할, 유일하지는 않지만 현실적 선택인지도 모를 일이다. 그러나 이러한 시선의 전환이 야기하게 될 사후 파장은 만만치 않다. '나'의 전회는 '등을 돌려야만 같은 현실을 볼 수 있다'는 것을 말하고자 하는 것처럼 보이기 때문이다.

첫 번째 파장은 시선의 방향에서 온다. '나'의 전회는 결과적으로 '그'와 같은 방향을 바라보게 된다는 것을 뜻한다. '나'의 전회가 '그'와 "같은 티브이"를 보기 위한 자발적 선택이라면, 애초의 '나'의 바람과 기대는 어떻게 되는가. 같은 시선을 공유하기 위함이라면, 그 방향이 어느 쪽이든 상관없다는 것인가. 이는 애써 '티브이' 속으로 들어가 '티브이' 밖을 돌아보는 일의 의미에 대한 물음과 통한다. 그러나 첫 번째 파장은 사태의 돌발성을 예외로 한다면 그 파고가 그리 높은 편은 아니다. 여기에 '그'가 등을 돌리지 않는다면 '그'가 등을 돌리도록 다른 방법들을 강구해야 하는 것이 아닌가라고 물을 수는 없다. 특정 시점에 입각해서 '나'의 자발적 선택을 폄훼할 수는 없을 것이다. 오히려 물어야 할 것은 마지막 두 행 사이에서 발생하는 시차의 간극이다.

두 번째 파장은 보다 심각하다. 파고가 제방의 키를 넘는 까닭은, TV 밖에서 안으로의 시선의 방향이 근본적으로 역전되기 때문이다. "같은 티브이를 볼 수 있다"를 우선시하는 한, '나'의 시선의 전환은 시선의 방향에 대한 문제를 제기할 수밖에 없을 것이다. 그런데 만약 우리가 '같은 현실을 볼 수 있다'를 우선시한다면 상황은 달라진다. 이제 응시되는 것은 특정 주체의 시선의 전환이 아니라, 시선의 일치를 통한 감정의 공유 자체가 된다. 여기서 특정 방향은 핵심적인 문제가 아니다. TV 안과 밖에서 이중적으로 "대치 중"인 '그'와 '나'의 관계는, '나'의 시선의 전환으로 말미암아 TV 안과 밖의 상동의 관계를 해체하고 새로운 질서로 재편되기 때문이다. 이때 전경화되는 것은 TV 안과 밖의 시선의 교차, 즉 TV 밖에서 '자기'를 응시하는 어떤 시선과의 대면이다. 이는 TV 밖의 주체가 이중적 응시의 대상이 되었음을 암시한다. 다시 말해, TV 속의 '그'와 '나'의 이중적 시선과 대치해야 하는 것은 TV 밖의 어떤 주체이다. 만약 TV 밖의 주체를 '나'라고 가정한다면, 이는 '나'의 닮은꼴이 제거됨으로써 TV 속의 이중적 시선에 전면적으로 노출되었음을 의미한다. 이제 관건은 '시의 TV' 안에서 방영되는 시적 주체의 응시를 어떤 시선으로 되돌려 주는가에 달렸다.

이건 비극적 사태 앞에서 "깜박깜박 졸음에 빠지는" '시의 TV'를 깨우는 일이 결국 시청자의 몫으로 남겨졌음을 의미하는가? 비극적 사태에 당면하여 '죄'의 응시를 받는 윤리적 주체의 선택에 주목해야 비로소 풀릴 일이다. 흥미롭게도 이근화의 최근 시 한 편은, 비극적 사태에 의해 일상을 구축하는 내적 지력선이 파열된 자가 이중적 시선 앞에서 어떤 선택을 하는지를 잘 보여 주고 있다. 그러니 '나의 죄'의 응시 앞에 선 주체의 윤리적 선택을 가늠하기 위해서라도 이근화 식 "내일의 침묵" 속으로 들어가 볼 일이다.

3. 침묵, 윤리의 안쪽에 들다

결혼을 축하드립니다.

주말이라 두 아이를 데리고 나섰어요. 부케를 들고 있는 예쁜 신부를 보고 아이들은 환하게 웃었고 음식을 마구 집어먹었어요. 아이들을 단속하느라 뒤늦게 찾은 데스크에는 사람이 없어서 축의금도 전달하지 못했어요. 돌아오는 길에 허브차를 한 상자 샀는데 이 축하 선물을 언제 어떻게 전해 줄지.

식장을 나와 걷는데 광화문 거리에 노란 리본이 물결쳤어요. 아이들이 멈춰 서서 종이 위에 배를 그렸지요. 영문도 모른 채 삐뚤삐뚤 글자를 따라 썼습니다. 잊지 않겠습니다. 추모 엽서를 매단 줄이 바람에 가볍게 흔들렸어요. 리본도 바람도 너무 멀게 느껴졌습니다. 이제 봄꽃이 흐드러지게 필 것이고 짧은 순간 후드득 지고 말 것입니다. 물속의 어둠은 상상할 수 없고 아이들은 계속 태어나고 축하는 이어지고 또 언젠가는 예고 없는 죽음이 우리를 추격하겠지요.

주먹이 있고 빗자루가 있고 혁대가 있고 한 바가지 물이 있지요. 그게 몸을 향해 날아왔어요. 심각한 것은 아니었어요. 가방을 메고 뛰쳐나왔다가 도로 들어갔어요. 흔한 해프닝이고 눈물범벅이고 말없이 화해되는 유년 시절의 일들입니다. 이제 더 이상 맞는 일은 없는데 주먹은 여기저기에 참 많습니다. 빈주먹이 나를 향해 날아옵니다. 내가 모른 척 방치한 것들입니다.

　내가 지워지는 날들이 있어요. 내 죄가 나를 먹는 그런 날들. 다 먹힌 것 같은데 내일의 침묵 속에서 내가 다시 튀어나오겠지요. 길거리에 마구 내뱉어진 내가 돌아갈 집은 헛된 망상처럼 높고 반듯하고 분명합니다.

　　　　　　　　　—이근화, 「내 죄가 나를 먹네」(『문학과 사회』, 2015.여름) 전문

　이 시의 표층은 일상의 사소한 에피소드로 이루어져 있다. 친소(親疎)를 불문하고 주말의 결혼식은 얼마나 일상적인 일이 되었는가. 그러나 소소한 일상의 일들에도 예기치 못한 단절이 있을 수 있다. "아이들을 단속하느라 뒤늦게 찾은 데스크에는 사람이 없어서 축의금도 전달하지 못했어요." 사태의 경중을 떠나 결혼식장에서 축의금을 전달하지 못한 것은 이유 불문, 하나의 사건이라 할 만하다. 이러한 실수는 관례화된 일상의 흐름 내부에 작은 파열을 야기하고 또 다른 흐름을 분기한다. 예기치 못한 사건에 의해 개시된 이러한 분지(分枝)를 제대로 건사하는 것, 곧 '축하 선물'을 온전히 전해 주는 것은 난망하기도 하겠으나, 그렇다고 애초의 실수를 만회할 가능성 자체가 사라진 것은 아니다.

　일상의 흐름을 파열하는 것 중에는 회복이 불가능한 사건들도 있다. '세월호 참사'와 같은 "예고 없는 죽음"이 그것이다. 이러한 뜻밖의 사태와 대면한 주체의 반응은 애도와 우울 사이에서 널을 뛸 수밖에 없을 것이다. 슬픔에서 희망으로, 그리고 다시 절망에서 분노로 이어지는 숱한 정념의 가지들이 여기에서 분출한다. "잊지 않겠습니다"라는 다짐은, 남겨진 자들의 지극한 열망을 상징하는 '노란 리본'이 여전히 유효한 것일 수밖에 없음을 암시한다. 문제는 "리본도 바

람도 너무 멀게 느껴졌습니다"라는 정념이 분기할 때이다. 이러한 정념에 내포되어 있는 것은 "리본도 바람도"에 표명된 귀환에의 염원과 "너무 멀게 느껴졌"다는 귀환 가능성 사이의 간극이다. 상상할 수조차 없는 "물속의 어둠"은 그 깊이를 암시하는데, 이곳에서 세월호 사태에 대한 윤리적 책임과 회피 사이의 갈등이 일상으로의 복귀라는 문제로 부상한다. 주체 내부의 상처와 윤리적 갈등이 누설되는 지점이다.

"예고 없는 죽음"이 일으킨 주체 내부의 파열은 치명적일 수 있다. 그것은 시적 주체가 유지해 온 일상의 표면장력을 단숨에 무너뜨릴 정도로 강력한 것이다. 유년 시절의 폭력과의 대비는 상처의 폭과 깊이가 어느 정도인지를 가늠케 하는 단서이다. 폭력의 강도를 떠나, 유년기의 아이가 폭력 때문에 집에 들고나는 일은 사소한 일일 수 없다. 굴복이든 휴전이든, 집으로의 귀환에는 폭력의 상처에 대한 내면화가 전제될 수밖에 없기 때문이다. 그럼에도 불구하고, 내밀한 상처를 "해프닝이고 눈물범벅이고 말없이 화해되는 유년 시절의 일들"로 받아들이는 것은 유년기의 "예고 없는" 사건이 상징화되었음을 의미한다. 따라서 지금의 '빈주먹'은 유년 시절의 그것과는 본질적으로 다를 수밖에 없다. 상징화할 수 없는 "예고 없는 죽음"과의 돌연한 조우가 추동한 주먹이라면, 그것이 아무리 '빈주먹'일지라도 주체를 바닥에 쓰러뜨리기에 충분한 파워를 지니고 있다고 봐야 한다. 윤리 의식이 촉발한 주먹은 초자아의 강력한 징벌을 수반할 수밖에 없기 때문이다. "내가 모른 척 방치한 것들"이라는 구절은 이를 직접적으로 보여 준다. 그러니까 '빈주먹'은 "물속의 어둠"을 '모른 척' 외면하고 방치한 자기와 일상에 대한 징벌인 셈이다.

시인은 이런 순간을 "내가 지워지는 날"로 기록해 두고 있다. 혹은

"내 죄가 나를 먹는 그런 날". 주체의 소멸을 고지하는 것에서 유달리 눈에 띄는 것은 "내 죄가 나를 먹는" 사태이다. 이는 두 가지 점에서 흥미로운데, 하나는 수동성 때문이고 다른 하나는 회귀성 때문이다. 당혹스러운 것은 전자이지만, 비극적인 것은 후자이다. 먼저, '죄'에게 먹히는 행위는 수동적이되 능동성이 전제된 행위이다. '죄'에게 먹히기 위해서는 무엇보다 '죄'가 양육되어야만 하는 것이다. 윤동주에게 있어, '간'을 뜯어먹는 자는 다름 아닌 "내가 오래 기르든 여윈 독수리"(「간」)인 것과 같다. 능동적이든 수동적이든 '죄'에게 살과 피를 공급하는 자가 자기라는 사실은, 주체의 소멸이 '죄'의 소멸로 귀결된다는 것을 암시한다. 그러니까 '죄'는 자기의 생존을 위해서라면 주체를 전부 먹어 치워서는 안 된다. '죄'에게 먹히는 일이 일회적이 아니라 반복적일 수밖에 없는 이유가 이와 같다. "다 먹힌 것 같은데 내일의 침묵 속에서 내가 다시 튀어나오겠지요"는 죄와 징벌의 메커니즘이 회귀적 운동임을 잘 보여 준다. '죄'에 뜯긴 육신은 '프로메테우스의 간'처럼 "내일의 침묵" 속에서 재생되어야만 한다.

이렇듯 시적 주체는 "예고 없는 죽음"이 촉발한 윤리적 죄의식에 의한 파열 속에 거주하고 있다. 이는 비극적 사건과의 대면이자, 그러한 사태를 외면하고 방치한 '나의 죄'와의 조우이며, 그러한 '죄'를 징벌하러 오는 윤리적 초자아의 방문에 대한 승인이다. 게다가 그것은 반복되는 사건이다. 이러한 반복 메커니즘은 궁극적으로 시적 주체가 "죽은 나를 개관하며 자꾸 죽는 일"(「꿈속의 일」, 『차가운 잠』, 문학과지성사, 2012)에 침잠하고 있음을 암시한다. 문제는 가속되는 반복 운동의 현기를 일상의 무미(無味)가 제어할 수 있는가 하는 것이다. 이는 "길기리에 마구 내뱉어진" 자가 돌아갈 곳은 어디인가 라는 질문과 동궤를 이룬다. 즉 "내가 돌아갈 집"은 어디인가? 귀가의 도정에서 발에 걸리는 것은 돌부리가 아니라 "헛된 망상처럼 높고 반듯하고 분명합니다"라는 일절이다. "내가 돌아갈 집"은 '죄'에 의해 손상된 신체가 회복되는 공간으로서 "높고 반듯하고 분명"하지만, 동시에 "내일의 침묵"이 재생하는 일상의 "헛된 망상"의 공간이라는 점에서 이중적이다. 그러니 거듭 묻지 않을 수 없다. '죄'의 반복적 틈입에 맞서 시적 주체는 "내가 돌아갈 집"이라는 최후의 보루에서 새로운 방어선을 쌓을 것인가? 오래전, 그 대답은 다음과 같았다.

지금 집을 짓지 않는 자는 영원히 집이 없을 것이므로 나는 지붕 위로 떠오르는 가족들의 긴 꼬리를 잡는다

눈이 내린다 가로등 불빛 아래 눈은 먼지처럼 오래고 말이 없다 개가 썰매를 끌듯이

나는 지금 집을 떠메고 날아오른다 아니 흩날린다 더럽고 조용한 길 위에서

슈베르트로부터 나는 못생긴 얼굴을 물려받았고 불친절함을 배웠다
—이근화, 「식사 시간」(『칸트의 동물원』, 민음사, 2006) 부분

"내가 돌아갈 집"의 오래전 풍경이 이러했으리라. 이 시가 묘사하는 "지상에서의 마지막" 가족들의 만찬은, '집'이 터 잡아야 될 곳이 어디인지를 예견하고 있는 듯하다. "지붕 위로 떠오르는 가족들"의 모습을 결속되지 않는 '가족'의 형상화로 간주한다면, "나는 지금 집을 떠메고 날아오른다"는 그러한 이산의 결과이다. 부유하는 집. 이

때 '집'은 말 그대로 "은폐의 환상"(「철의 장막」, 「칸트의 동물원」)이 상영되는 공간으로 존재한다. 그러나 "떠오르는 가족들의 긴 꼬리"를 놓을 수 없는 것은 "집을 떠메고" 날아오르지 않을 수 없는 이유와 같다. "지금 집을 짓지 않는 자는 영원히 집이 없을 것이므로".

아마 "그리운 집으로부터 갈 수 없는 마을까지 우리가 흘러들었을 때"(「이상한 각도」, 「칸트의 동물원」), 그의 첫 번째 집은 흩어졌을 것이다. 이것은 그의 첫 번째 집이 부유하는 집에 지어졌음을 보여 준다. 아니, 부유하는 집을 포기하지 않는 것이 그의 첫 번째 집짓기이자 두 번째 집이었을 것이다. 그러니 그의 두 번째 집은 보다 무거웠을 것이다. 그것은 대지에 안착하기 위한 무게였을 것이지만, '죄'가 그 무게를 배가하기에 고통스러울 것이다. 이것은 그가 그의 집을 어깨 위에 들쳐 메고 있기 때문이다. 마치 달팽이처럼, 그의 두 다리는 대지를 밟고 있지만, 그의 집은 어깨 위에서 "높고 반듯하고 분명"하다. 그러니 이러한 한에서 그 집은 "헛된 망상처럼" 존재할 수밖에 없을 것이다.

그러나 같은 실수를 반복하는 것은 "지금 집을 짓지 않는 자"가 피해야 할 첫 번째 금기이다. "내가 돌아갈 집"이 부유하는 집이거나 '죄'의 집이어서는 안 된다. 그의 세 번째 집은 더욱 견고한 집이 되어야만 한다. 다만 그 집은 아직 미완이다. "헛된 망상"을 걷어 내는 일은 쉬운 일이 아니다. 아마도 그 집이 완성되기 전까지 그는 두 번째 집을 내려놓지 않을 수도 있다. 역설적이게도, 이러한 수고는 그가 '나의 죄'를 새로운 집에 들이지 않겠다는 함의를 지닌다. '아기돼지 삼형제'의 수고는 늑대의 바람에도 날아가지 않을 튼튼한 집을 지었다는 네에 있겠지만, 그들의 지혜는 회칠한 손과 엄마의 손을 분별하여 늑대를 집 안에 들이지 않았다는 데 있다. 그렇다, '죄'가 없을 수는 없다. 다만 "아이들은 계속 태어나고" 그 일상의 소란 속에서 "내가 돌아갈 집"은 더욱 견고해질 것이다. 그러니 그 말은 여전히 옳다. "지금 집을 짓지 않는 자는 영원히 집이 없을 것이므로".

4. 흑심, 시의 안에 들다

잠 못 드는 몸을 웅크리고 연필 속으로 들어가 화석이 된 계절이 있다 흰 종이 위에 너를 펼쳐 적는다 굽이굽이 이어진 선을 따라가다 보면 내가 지워져서 숨기 좋은 골목이 나타나고 먹통의 전화선을 목에 감고 죽은 낮달이 보인다 발목 없는 그림자처럼 어디로도 이어지지 못한 입 속의 말들

깊은 밤 가만히 앉아 있으면 나무 속에 박힌 연필심이다 가늘고 긴 광맥을 누군가는 보긴 볼 테지만 나는 아직 발설하지 못한 밤을 내장하고 있어 쥐눈이콩처럼 까맣게 눈뜨고 있는 것이다 누군가는 하늘에 날아다니는 별로 오해하거나 반딧불이를 잡겠다고 포충망을 들어 다가올지 모르지만

나는 부러진 연필심을 발견한다 밤의 밀어를 받아 적던 심야의 속기사를, 사각사각 종이 위를 혼자 걸어가던 등만 보이는 한 남자를 낡은 서랍 속에서 만난다 먼 곳의 외딴 방에서 전깃줄을 갉아먹던 외로운 설치류처럼 침을 발라가며 한 자 한 자 적어 내려가던 어둡고 퀴퀴한 방에서 나는 한 마리 애벌레처럼 나무 속으로 숨어들었던 것이다

—홍일표, 「9H」(『문예중앙』, 2015.여름) 전문

먼저 고백할 것은, 연필이 흑심(黑心)의 경도 및 농도에 따라 9B에서 9H로 나뉜다는 것을 이 시를 통해 처음 알았다는 점이다. 흑심의 경도와 농도가 반비례한다는 것 역시 마찬가지다. 이로부터 9B는 가장 여리기에 가장 짙고, 9H는 가장 강하기에 가장 연하다는 역설을 배운다. 9B는 종이의 결에 잘 침착되는 유연성을 지니고, 9H는 잘 침착되지 않는 강인함을 지닌다는 뜻이다. 9B가 제 스스로를 풀어 사물의 윤곽을 드로잉하기에 적합하다면, 쉽게 풀어지지 않는 9H는 무슨 용도인가? 홍일표의 시에서 그건, "아직 발설하지 못한 밤"을 버티는 두 기둥이자 들보이다. 9H에 삽입된 흑심은 가늘지만, 그의 시적 시간 속에서는 "밤의 밀어"에 의해 지워지는 주체를 버티는 목발이 된다. 그도 그럴 것이 그건 "어둡고 퀴퀴한 방"을 지탱하는 H빔이기도 하기에.

시의 첫머리 "잠 못 드는 몸을 웅크리고 연필 속으로 들어가 화석이 된 계절"은 3연의 시간을 직접적으로 소환한다. 어느 날, 서랍 속 "부러진 연필심"을 발견하고 거기에서 "밤의 밀어를 받아 적던 심야의 속기사"를 만나는 건, 흑심에 "한 마리 애벌레처럼 나무 속으로 숨어들었던" 인고의 시간이 내장되어 있기 때문이다. 여기서 연필이 나무인 것은 흑심이 애벌레인 것과 같다는 유추를 알아채는 것은 쉬운 일이다. 그러나 "어둡고 퀴퀴한 방" 안에 밀폐된 채, 좁고 가느다란 나무 속으로 거듭 숨어드는 연유를 소화하는 것은 수월치 않다. 무엇이 이중으로 봉인된 시간, 곧 "화석이 된 계절"의 시건장치를 푸는가?

모든 것은 "흰 종이 위에 너를 펼쳐 적는다"에 집약되어 있다. 이미 "화석이 된 계절"의 "외로운 설치류"의 시가 있다. 그리고 어둠의 압력 속에서 "화석이 된 계절"을 다시 쓰는 시가 있다. 시 쓰기가 다시 한 번 "밤의 밀어"를 받아쓰는 일에 집중한다면, 쓰기의 흐름 속에서 무수한 어둠의 분지(分枝)를 발견하는 것은 당연한 일이다. 그 가지 끝에 "내가 지워져서 숨기 좋은 골목"이 있고, "먹통의 전화선을 목에 감고 죽은 낮달"의 처소가 있다. "어디로도 이어지지 못한 입속의 말들"의 처소가 어둠의 옹이인 것도 틀림없는 일이다. 이러한 분지(盆地)들에 공통적으로 내장되어 있는 것은 시 쓰기가 자기를 지우는 일이기도 하다는 인식이다. "부러진 연필심"은 중단된 시 쓰기의 흔적이며, 쓰기의 분투 중에 골절된 시적 주체의 지체이기도 할 것이다. 그것은 9H의 탈골된 두 다리이기에, 절단된 신체가 "밤의 핏줄 속"(「바퀴벌레 H씨의 행방」, 『매혹의 지도』, 문예중앙, 2012)에 스며드는 "한 마리 애벌레"의 최종 거처일 리는 없다.

2연은 그 이유를 다음과 같이 설명한다. "나는 아직 발설하지 못한 밤을 내장하고 있어 쥐눈이콩처럼 까맣게 눈뜨고 있는 것이다". 그렇다, "화석이 된 계절"을 풀어야 하는 것은 "아직 발설하지 못한 밤"이 남았기 때문이다. 어둠의 무게중심인 "아직 발설하지 못한 밤"이 서서히 시 전체의 무게중심인 "까맣게 눈뜨고 있는 것"으로 이사하는 광경을 보라. 이때 "쥐눈이콩"은 "나무 속에 박힌 연필심"을 근경으로, "어디로도 이어지지 못한 입속의 말들"을 원경으로 갖는 이 시의 흑심이 된다. "쥐눈이콩"은 일차적으로 번역되지 못한 "밤의 밀어", 즉 주체 내부에 유폐된 언어에서 발원했겠지만, 그것의 심의는 "까맣게 눈뜨고 있는 것"이라는 사실에서 찾을 수 있다. 이 눈뜸이 의미심장한 것은, 그것이 빛에 대한 반응이 아니라 어둠에 대한 반응이기 때문이다. 마치 "길고 어두운 관 속에/어둠의 힘줄을 물고 웅크리고 있는 짐승"(「콜럼버스를 읽는 밤」, 『매혹의 지도』)처럼 어둠 자체를 응시하고 있는 것이다. 여기에는 '애벌레'가 '화석'이 되기까지의 인고의 시간이 내장되어 있을 뿐만 아니라, 그 '화석'이 채집되어 재생하는 미래의 시간 또한 예기되어 있다. 그렇게 시의 "가늘고 긴 광맥"이 이어져 온 것이다. 그러니 그렇게 쓴, 또는 쓸 시는 그대로 어둠의 빛이 된다. 이건 비유일 수 없다. 그의 시가 줄곧 "아직 끝나지 않은 어제의 노래"(「저녁의 표정」, 『매혹의 지도』)를 어둠의 문장으로 각인하는 흑심으로 존재하는 한에서는 말이다.

확실히 9H는 종이 위에 드러나는 것보다 훨씬 많은 것을 내장하고 있다. 우리가 그의 9H에서 "화석이 된 계절"을 발견해야 하는 것도, 그의 시에서 "쥐눈이콩"처럼 눈뜨고 있는 "아직 발설하지 못한 밤"을 발굴해야 하는 이유도 여기에서 비롯한다. 이를 위해서라면 우리가 어찌 '밤의 눈' 속으로 들어가 "가늘고 긴 광맥"에 수직으로 갱도를 파야 하는 수고를 마다하겠는가. 그리하여 어둠 속에서 "대치 중"인 어떤 시선을 발굴하거나, "내가 돌아갈 집"으로의 "生의 길눈"(「길 위에서의 명상」, 『살바도르 달리風의 낮달』, 천년의시작, 2007)을 트거나……. 다만 9H를 잡는 건 조심스런 일이다. 흑심이 가늘지만 깊이 각인된다는 사실, 그리하여 단단한 표면과 일상이 아니라면 깊은 상흔을 남길 수도 있다는 사실을 명심해야 한다. 단언컨대, "어둠의 힘줄을 물고 웅크리고 있는 짐승"을 견딘 자가 아니라면, 함부로 9H를 들어서는 안 된다.

5. 나다

이렇게 해서 TV 밖으로, 죄 밖으로, 흑심 밖으로 나올 때를 가늠한다. 어떤 공간에 들었으니 굳이 나올 이유가 무엇이냐는 반문은 다부지지 못하다. 나와야 할 필요성이 아니라 나올 수밖에 없는 필연성의 문제라면 더욱 그러할 것이다. '티브이' 속에 들어 자기를 응시하기나, '죄'에 들어 스스로를 지우거나, '9H' 속에 들어 어둠을 응시하는 일의 결연함은 시의 내장을 통과했을 때 비로소 돌올하게 드러날 것이다. 요나가 고래 배 속의 어둠 속에서 삼일 낮밤을 빌지 않았다면, 그는 무엇으로 남았겠는가? 시의 공간 속에 든다는 건 이와 같은 것이다. 그러니 시의 공간에서 난 자가 시의 자식이 아니라면 무엇일 수 있겠는가?

0. 나를 내지르는 힘의 충직한 방향과 속도

돔덴(Domden)의
문장들

0. 프롤로그: 돔덴이여, 티벳의 천장사(天葬師) 돔덴이여!

돔덴은 누구인가? 그는 백정(白丁)이자 사제이다. 티벳의 돔덴이
집도하는 천장(天葬)을 보라. 모골이 송연해지지 않고 그의 의식을 제
대로 목도할 수 있는 자는 누구인가? 그러나! 불안과 공포는 우리의
몫이지 그의 몫이 아니다. 이건 그가 불안과 공포를 겪지 않는다는
말이 아니다. 그의 칼이 불안과 공포에 사로잡히지 않아야 한다는 뜻
이다. 돔덴의 칼이 불안과 공포에 사로잡히는 순간, 천장은 천한 것
이 되고 만다. 그리고 그 결과는 무서운 것이다. 살아남은 자가 어찌
중음(中陰)을 떠도는 자의 영혼을 견딘단 말인가?

살과 뼈가 도륙되는 광경 앞에서 '돔덴이여, 부디 칼질을 멈추시
오!'라고 말하는 자가 갖춰야 할 것은 용기가 아니라 '죽음의 서'이다.
티벳의 돔덴에게서 백정만을 보는 자는 아직 천장 앞에 설 준비가 되
어 있지 않은 자임에 분명하다. 어떻게 그 무연(無緣)의 손놀림에서
혐오와 능욕을 발견한단 말인가? 그것은 죽기 직전 고해성사를 집도

하는 사제의 손길과 다르지 않으니, 그의 칼질이 잔혹하다고 구토하는 자가 토해야 할 것은 참혹이 아니라 자기의 눈이다. 그러니 부디 돔덴이 천장을 집도할 때 술을 마시는 것에 대해 왈가왈부하지 마라. 그것은 미리 마시는 제주(祭酒)이다.

김언희는 누구인가? 상시의 일이라면 이런 물음은 토사물만큼의 값어치도 없다. 그러나 『트렁크』에서부터 『보고 싶은 오빠』[1]에 이르기까지 해체의 칼질을 멈춘 적이 없는 시인이라면, 그가 누가인지 묻지 않을 수 없다. 첫 번째 시집의 대문 옆에 "배반"이라는 명패를 붙이고 두 번째 시집의 대문 앞에 '출입 제한 목록'을 부착했을 때, 그가 염두에 둔 것은 눈앞에 무엇이 벌어질지 모르는 자들에 대한 염려였음에 분명하다. "구토, 오한, 발열, 흥분의 부작용" 그리고 "경련과 발작"(「자서」, 2)에 대한 경고가 보여 주고자 한 것은 "추잡한추잡한추잡한 시"(「밀롱가 1」, 2)에 대한 자인이겠으나, 그 속에 들끓고 있는 것은 "나를 내지르는 힘의 충직한 방향과 속도"(「공」, 1)의 절실일 것이다. 그가 자기의 시를 "이 성스러운 상스러운"(「시, 혹은」, 3) 것이라는 양날의 칼로 선언한 이유가 여기에 있다.

그런데 상스러운 것에만 편승해 혐오와 능욕의 눈길이 부종처럼 번지는 것은 어인 일인가? 오해는 "나를 내지르는 힘의 충직"이 추태와 외설로 독자를 모독한다는 선입견의 알리바이가 될 때 발생한다. 이것은 불행이다. 상스러운 것과 배를 맞대고 있는 성스러운 것이 혼비백산할 수 있기 때문이다. 그러나 이보다 더 큰 불행은 편견이 "나

---

1 김언희가 상자한 다섯 권의 시집은 다음과 같다. 『트렁크』(세계사, 1995), 『말라 죽은 앵두나무 아래 잠자는 여자』(민음사, 2000), 『뜻밖의 대답』(민음사, 2005), 『요즘 우울하십니까?』(문학동네, 2011), 『보고 싶은 오빠』(상비, 2016). 이하에서는 '1, 2, 3, 4, 5'로 표시한다.

를 내지르는 힘의 충직한 방향과 속도"를 비틀고 제어한다는 점에 있다. 돔덴의 칼이 불안과 공포에 사로잡히는 순간, "나를 내지르는 힘"은 그 충직함을 상실하고 말 것이다. 따라서 우리가 봐야 할 것은 "기괴함만을 탐닉하는 엽기 텍스트"[2]의 비루가 아니라, "선택의 여지나 대체의 여지가 없는 것"[3]이 지닌 적나라함이다. 상스러운 것과 성스러운 것의 교합.[4] 여기서 모음 'ㅏ'의 칼날이 'ㅅ'의 밖과 안을 동시에 겨냥하고 있다는 것을 보지 못한다면, 그것은 아무것도 보지 않은 것과 같다. 피 흘리는 사람(人)은 아버지·어머니·오빠만이 아니라 바로 그 자신이기도 하겠기에……. 하여 '출입 제한 목록' 때문에 "새벽 세 시의 鳥葬"(「볼레로」, 3) 앞에서 서성거렸던 자들은 다시 시집 속 음문(陰門)으로 들어와야 한다. 돔덴은 이미 제주를 들이켰고, 마침내 죽음 앞에 다시 섰기 때문이다.

1. 파로도스(parodos): '육절기'로 도륙된 22개의 생의 지체들

아비의 낯가죽을 손톱으로 벗기는 문장, 어미의 뼈를 산 채 바르는 문장, 젖이 아닌 것을 물리는 문장, 젖이 아닌 것을 빠는 문장, 갈보 중의 상 갈보, 죽은 몸을 파는 문장, 죽은 몸을 대패로 밀어서 팔아먹는 문장, 부위 별로 값이 다른 문장, 구석에서 대가리가 떨어져 나가도록 하고 있는 문장, 대가리가 떨어져 나간 줄도 모르고 하고 있는 문장, 떨어진 대가리가 개미 떼에 떠들려 뿔뿔이 흩어지는 와중에도 하고 있는 문

---

2 엄경희, 「이제 희망을 노래하려다」, 소명, 2009, p.181.
3 김언희, 「대담: 無償, 無常의, 無想의 無上의 놀이」, 『시와 세계』, 2005.겨울, p.108.
4 류신, 「발기한 숭고」, 『시와 세계』, 2013.겨울, p.128.

장, 숨이 끊어진 다음에도 알을 까고 있는 문장, 컴컴한 물 밑에서 죽은
자의 항문을 쪽쪽 빨고 있는 문장, 창자까지 게워 바치는 문장, 다 게운
다음에도 더 게우는 문장, 부질없는 삽날을 물고 독을 질질 흘리는 문
장, 손에 잡히는 건 뭐든 입으로 가져가는 문장, 손에 잡히는 건 뭐든 성
기로 가져가는 문장, 세상의 중심을 혀끝으로 벌려 보는 문장, 나를 아
홉 구멍으로 범하는 문장, 어떤 죽음도 이미 죽음이 아닌 문장, 내 죽은
얼굴에 오줌을 싸는 문장, 내 죽은 얼굴에 칼질을 하는 문장,

—「문장들」(5) 전문

등장가(登場歌)가 이러하다. 벗기고, 바르고, 물리고, 빨고, 팔고, 팔
아먹고…… 생을 해체하는 숱한 문장들. 그건 돔덴의 칼이자 도끼이
다. 「문장들」은 세계와 가족과 주체를 남김없이 도륙함으로써, 그가
평생 동안 경주했던 해체의 이력들을 이 한 편에 진열하고 있다. 여
기에 흩어진 22개의 마디들은 해체된 생의 지체들이라고 할 밖에 다
른 도리가 없다. 이 중 앞과 뒤의 두 마디는 중요하다. 전자가 손발이
라면, 후자는 머리이다. 그리고 무수히 "내지르는" 중간의 마디들, 여
기가 몸통이다. 클라이맥스(climax)는 따로 없다. '사자의 서'에 무슨
절정이 있겠는가. 모든 마디들이 절정이다.

2. 에페이소디온(epeisodion): 음부와 음모와 음자의 삼위일체

천장(天葬)은 "아비의 낯가죽을 손톱으로 벗기는 문장"으로 시작한
다. 김언희의 시에서 '아비' 혹은 '아버지'는 어느 정도 말해진 듯하다.
"모든 애비는/의붓애비"(「아버지, 아버지」, 1)를 보라. 다만, "의붓애비"의
전인에 대해서는 좀 더 말해야 할 것이 남아 있다. "아가, 무엇을 상
상하든 그 이상을 맛보게 될 거야"(「뜯어먹은 생쥐, 잡아먹은 고양이」, 3)라

는 예언. '아버지의 이름'이 허명이 아니라면, 그의 예언은 지금 현실화되고 있는 것 이상의 '그 무엇'에 대한 공포를 예기한다. 이는 "미치지 않았으면 맛볼 수 없었을 세상"(「9분 전」, 3)이 아직 "그 이상"이 아닐 수도 있음을 암시한다. "아비의 낯가죽을 손톱으로 벗기는" 무두질은 '미쳐서 이미 맛본 세상'에 대한 원한을 넘어선 것이다.

때때로 아직 맛보지 못한 "그 이상"은 예측 불허의 것으로 온다. "어미의 뼈를 산 채 바르는 문장"은 그 가운데 하나이다. 두 번째 시집의 '가족 극장'에서 '어미' 또는 '어머니'가 등장하지 않는 것은 아니지만, 후속 시편들은 "그 이상"의 풍경을 더욱 가감 없이 보여 준다. "잘린머리로깨어있는한밤의어머니"(「스타바트 마테르」, 5)나 "강물 속으로 걸어들어가시네 어머니"(「귀월(歸月)」, 5)를 보라. 이것은 "마흔 개나/되는 음부"(「가족 극장, 살진 어머니」, 2)를 가진 채 "탯줄을 질질 끌며"(「가족 극장, 중절되지 않는」, 2) 걸어가는 '어머니'와 대비된다. 이러한 변화가 암시하는 바는 죽음, 그것도 아직 완료되지 않은 죽음의 비참이다. "이 밤도 나는 우적우적 어머니의 머리를 씹어 드린다"(「이명이 비명처럼」, 5)와 "설죽은 어머니를, 어두운 수은에 녹여 마신다"(「납이 든 어머니를」, 5)와 같은 언사들은 이를 방증하고 있다. "어미의 뼈를 산 채 바르는" 행위는 여기에서 비롯한다.

'어머니'에 대한 발화는 미묘하다. 그 이유는 시적 주체가 '어머니'와 강하게 결속되어 있다는 사실에서 찾을 수 있는데, "서서히 어머니의 피가 되고 어머니의/비늘이 되고 있는 나"(「가족 극장, 구렁이」, 2)는 그러한 귀속의 현장을 묘사한다. 여기에는 '아버지'의 상스러움을 폭로하는 윤리적 주체의 정당성이 전제되어 있지 않은 것처럼 보인다. '아버지'는 "의붓애비"로 쉽게 내칠 수 있지만, '어머니'는 '의붓애미'가 되는 것을 막는 어떤 기제가 있다는 말이다.[5] '아버지'에 대한 해체는 그를 성적 충동의 화신("아버진/ 색골이야!", 「가족 극장, 나에게 벌레를 먹이는」, 2)으로 만듦으로써 실현될 수 있지만, '어머니'에 대한 해체는 다른 방식으로 이루어질 수밖에 없다.

커피콩을 갈듯이 따르르륵 모친을 갈아 젖히고 정 떼러 올 귀신을 기다리며 빌려 온 **유식**을 눈에 바른다 처덕처덕 아뢰야식인지 아래야식인지 나는 체질이 아니다 아니구나 본성대로 살자 붙어먹기 좋아하는 개같은 본성대로 개의 축으로 색의 축으로 더러움의 축으로 촉으로 살자 살지 뭐 언제는 아니었나 개씹에 보리알 (중략) 저승에서 아버지는 이를 갈고 계시는데 모친 우리 다시 만나도 이젠 그냥 모르는 척하십시다 못 본 척하자고요 정 떼러 온다는 귀신은 언제 오나 어떻게 오나 황황히 틈새에서 나왔다가 황황히 틈새로 사라지는 배다른 틈새여 빌린 **유식**은 내 유식이 아니다 변견인지 잡견인지 그 개가 아니라니 이 개도 아니라니 나는 배가 다르다 다르라지 언제는 아니었나 개씹에 보리 밥티

—「방중개존물」(5) 부분

"빌려 온 **유식**"으로 치장된 허위의식에 대한 조롱은 논외로 하자. 이러한 방식은 '아버지'의 해체에나 적합한 것이다. 그건 김립(金笠)과 같은 풍자의 대가의 몫이다. '어머니'에 대한 것이라면 다른 방식, "나는 체질이 아니다 아니구나 본성대로 살자"에 명시된 '체질'과 '본성'에 대한 인정이 마땅하다. 여기에는 두 가지가 내포되어 있는데, 하

---

5 "중절되지 않는 어머니"(「가족 극장, 중절되지 않는」, 2)에게 빨아먹히면서 "마흔 개나 되는 음부를 채워 주어야만 하"(「가족 극장, 살진 어머니」, 2)는 이유는 무엇인가? 「가족 극장, 언젠가는」(2)의 마지막 행("언젠가, 어머닌……")은 그 기제를 살짝 암시하는 듯하다. '어머니'가 주는 '아버지'를 먹고 자란 자는 그와 동일한 운명을 겪을 것이다.

나는 "모친을 갈아 젖히"는 행위가 "정 떼러 올 귀신을 기다리"는 마음의 발로라는 것이고, '아뢰야식(阿賴耶識)'과 같은 "빌려 온 **유식**"으로는 그러한 마음을 다스리지 못한다는 것이 다른 하나이다. 양자에는 떼어지지 않는 "정"의 비정(非情)과 온전히 갈리지 않는 "모친"과의 근친(觀親)이 포함되어 있다.

아무렇지도 않게 발화되는 "개씹에 보리 밥티"와 같은 외설적 욕설은 그 결과물일 뿐이다. 얼핏 위악적 포즈처럼 보이는 이러한 발화들은 김언희 시의 문턱일 뿐이지 본 마당이라고 할 수 없다. 잔인하고 외설적인 욕설이 난무하는 '가족 극장'에서 우리가 봐야 할 것은 표현의 과격성이 아니라 "그 이상"의 사태를 암시하는 문장들의 깜박임이다. 여기에 과격한 역단(逆斷)의 발화가 지닌 역설이 있다. 지극한 고통이되, 지극히 무연할 것. 프리다 칼로의 자화상에 나타난 상처와 표정의 '배다름'처럼 말이다. "다르라지 언제는 아니었나"는 죽음에 망연자실한 자의 발화가 아니라, 죽음과 대면해 그것을 배설해야 하는 자의 발화이다.

그렇다면 그의 체질과 본성은 무엇인가? "개의 축으로 색의 축으로 더러움의 축으로"는 그의 체질과 본성이 어디에 붙박여 있는지를 잘 보여 준다. 그는 "붙어먹기 좋아하는 개 같은 본성"에 따라 "음경의, 기울기"(「회전축」, 4)로 자전하는 음자(陰子)이다. "손에 잡히는 건 뭐든 입으로 가져가는 문장, 손에 잡히는 건 뭐든 성기로 가져가는 문장"은 음자의 중심이 구강과 성기라는 두 개의 구멍으로 이루어져 있음을 분명하게 보여 준다. 비유하자면, 두 개의 구멍은 음자의 흡반이자 블랙홀이다. 그 무엇이든 남김없이 빨아들인다는 것에 음자의 체질과 본성이 있다.

음자의 첫 번째 중심은 입이다. 「문장들」의 적지 않은 마디가 바로 입의 "빠는" "빨고 있는" "게워 바치는" "더 게우는" 행위와 관련 있다. 흥미로운 것은 섭취와 배설이 분리되지 않는다는 사실인데, 이는 부분대상으로서 구강과 항문, 혹은 그것의 절편(切片)으로서 음식과 똥이 미분화의 상태에 있다는 것을 뜻하지는 않는다. 입의 일이 항문의 그것과 다르지 않다는 것, 곧 "입속의 길"이 "분뇨의 길"(「입속의 길」, 1)에 불과하다는 것을 의미한다. 따라서 특정 기관과 그것의 배설물에 대한 도착적 쾌가 아니라, "저 신선한 과육들을/똥으로 만들어 버리는 무서운/분뇨의 회로"(「왜, 모조리」, 1)에 이목을 집중해야 한다. 그럴 때에야 비로소 "밥상 한가운데로 시커먼 도랑이 흐르는 여기"(「여기」, 5)의 참혹과 "목젖에 걸린 세상을 가랑이로 삼켜 넘기는 년들"(「도금봉을 위하여」, 5)의 비애를 발견할 수 있다. 구강과 항문이 관통하는 몸이야말로 "도살의, 등식"이라는 "그 섬뜩한 항등식"(「벙커 A」, 3)이 성립하는 구멍 자체인 것이다.

음자의 두 번째 중심은 성기이다. "쇠가죽처럼 질겨 빠진 아버지의 처녀막을 찢어 드릴게"(「가족 극장, 이리 와요 아버지」, 2)와 "나는/어머니하고/해야/하네"(「가족 극장, 살진 어머니」, 2)라는 도발이 주는 충격은 여전히 강력하다. "무덤 속에서도 내 해골은/가랑이를/벌리지"(「서역」, 2)는 더욱 그렇다. 「문장들」의 "-하고 있는 문장"들 역시 '아버지'의 "한다"(「한다」, 3)의 변주로 간주한다면, 성기야말로 "음탕한 방정식"(「볼레로」, 3)이 대량생산되는 퇴폐의 공장처럼 보이기도 한다. 스스로를 '아버지'와 '어머니'의 "색의 축"을 자전하는 존재로 설정함으로써, 음자는 외설적이고 도착적인 음자(淫子)로 등극하는 데 성공하기까지 하는 것 같다. 그리하여 음자가 "나야, 당신이 꿈꾸는 대자대비(大慈大悲)힌 음부"(「(속삭이듯이)」, 4)를 속삭일 때, "음부(淫父)와 음모(淫母)와 음자(淫子)"(「피에타 시뇨레」, 4)의 삼위일체는 완성되었는가?

그러나 '가족 극장'에서 "자궁으로 가는 길은 불태워졌다"(「가족 극장, 소작된」, 2)는 사실을 간과할 수 없다. "열두 살에/폐경했어요"(「정황 D」, 4)라는 불임 선언은 그 어떤 외설적 도발보다 훨씬 더 강력하다. 입과 항문의 회로가 작동하는 방식과는 달리, 자궁으로 가는 길은 폐쇄되었고 산도(産道)는 원천 봉쇄되었다. 이것은 무엇을 암시하는가? "음부(淫父)와 음모(淫母)와 음자(淫子)"의 삼위일체의 해체, 보다 정확히 말한다면 삼위일체의 향락이 반복되어서는 안 된다는 해체의 선언이다. 이건 "더 이상 미래가 궁금하지 않을 권리"(「마그나 카르타」, 4)의 선포에 가깝다. 중음(中陰)의 세계에서 "차가운 기름에 파묻힌 뻣뻣한 냉육(冷肉)"(「극북(極北)」, 5)과 대면하겠다는 '절규'의 표백도 이와 무관치 않다. 그렇지 않다면, 그가 사랑한 구멍이 "눈물 같은 구멍, 슬픔 같은 구멍, 병신 같은 구멍, 시집 같은 구멍"일 리가 없다.

　　나는 한 구멍을 사랑했네. 물푸레나무 한 잎 같은 쬐그만 구멍, 그 한 잎의 구멍을 사랑했네. 그 구멍의 솜털, 그 구멍의 맑음, 그 구멍의 영혼, 그 구멍의 눈물, 그리고 바람이 불면 보일 듯 보일 듯한 그 구멍의 순결과 자유를 사랑했네.

　　정말로 나는 한 구멍을 사랑했네, 구멍만을 가진 구멍, 구멍 아닌 것은 아무것도 안 가진 구멍, 구멍 아니면 아무것도 아닌 구멍, 눈물 같은 구멍, 슬픔 같은 구멍, 병신 같은 구멍, 시집 같은 구멍, 그러나 누구나 가질 수는 없는 구멍

영원히 나 혼자만 가지는 구멍, 나밖에 아무도 가질 수 없는 구멍, 물
풀레나무 그림자 같은 가혹한 구멍

—「한 잎의 구멍」(2) 전문

"갈보 같은 구멍"(「황혼이 질 때면」, 2)에서 나오는 연가(戀歌)가 아름다
운 건 이상한 일이 아니라 어쩔 수 없는 일이다. 누군가에게 "구멍"이
"존재의 물적 토대"[6]일 수밖에 없다면, "제 구멍을 못 이기는/구멍의
노래"(「Love Song」, 3)는 불가역이다. "정말로"에 담긴 절실함은 "구멍
의 순결과 자유"에 대한 사랑의 강도를 배가하지만, 이는 "누구나 가
질 수는 없는 구멍"이기에 "눈물"과 "슬픔"이라는 비애의 원천이 되
는 한에서만 그러하다. 이때 "영원히 나 혼자만 가지는 구멍"이라는
단언은 그러한 비애를 스스로 떠안겠다는 선언으로 봐야 한다. 왜냐
하면 이 구절의 함의는 시적 주체가 "구멍"의 유일한 소유자라는 데
있는 것이 아니라, 그 "구멍"이 타인에게 양도할 수 없는 불가피성을
지닌다는 데에 있기 때문이다.

이것이 "구멍"이 "가혹한 구멍"으로 귀결되는 이유이다. 입과 항문
과 성기의 목적이 채우는 것에 있다면, 가혹은 채워지지 않음에서 올
것이다. 그러나 "구멍 아닌 것은 아무것도 안 가진 구멍"이라면, 가혹
은 비워지지 않음에서 올 수밖에 없다. 음자(淫子)가 입과 성기를 회
전하는 존재라는 사실로부터 "구멍"을 음문(淫門)으로 한정하는 해
석이 실패할 수밖에 없는 이유가 여기에 있다. "구멍"은 채워져서는
안 되고 비워져야 하는 것이다. 그러므로 "구멍의 노래"는 "구멍의
개"(「마침내 그것의」, 1)가 자기의 목과 성기에 걸린 이물을 토해 내는 필

---

6 김언희, 「대담: 無償, 無常의, 無想의 無上의 놀이」, p.114.

사의 방식이다. 이때 우리가 귀 기울여야 하는 것은 찬가가 아니라, "구멍의/경고, 구멍의/복화술"(「ARS」, 2)이다.

3. 스타시몬(stasimon): 죽음의 향기와 혀의 코러스

스스로를 "몸뚱어리 전체가 아가리가 되어 벌어지는"(「트렁크」, 1) '트렁크'로 규정한 뒤, "운명의/자동 무작위 추출 방식에 의한 시식 용/피륙, 음탕한/넝마"(「ARS」, 2)로 변신한 자에게 생은 무엇인가? '트 렁크'와 '넝마'의 생은 "구멍만을 가진 구멍"이 될 수 있는가? 대답은 '아니다'이다. 그 속에는 배설되지 않은 "토막 난 추억이 비닐에 싸인 채 쑤셔 박혀"(「트렁크」, 1) 있기 때문이다. 누구에 의해 삽입된 것인지 는 알 수 없으되, 그것은 내부에서 부패하면서 "구멍의 순결과 자유" 를 훼손하고 구속한다. "막힌 변기 같은 내 인생"(「후렴」, 3)은 그러한 생의 현재적 상태를 요약한다. 여기서 "자궁의 목구멍"(「가족 극장, 삭 망」, 2)에 걸린 아버지, "사경을 헤매어도/중절되지 않는 어머니"(「사마 귀」, 4), 이따금 오줌을 지리려 들르는 "보고 싶은 오빠"(「보고 싶은 오빠」, 5)는 변기에 떠다니는 "토막 난 추억"의 일부분이다. 그러나 누구보 다도 구멍에 빠진 자는 그 자신이다. "구멍은/빠진 자에게만 존재한 다"(「일식(日蝕) #3」, 3)는 말은 "구멍"이 환상이라는 뜻이 아니라, 그가 "구멍의 찌꺼기"(「꽃다발은 아직」, 3)로 살아간다는 것을 의미한다. 시적 주체마저 빨아들이는 바로 이 "구멍"이야말로 생이 죽음으로 미만한 공간임을 보여 주는 진정으로 '가혹한' 이미지인 것이다. 시집 도처에 서 그러한 이미지들을 발췌하는 것은 고통스럽지만 손쉬운 일이다. 『트렁크』에서는,

　　　너는 무덤 속에 묻히고

나는 무덤 밖에 묻혔다

　　　　　　　　　　　　　　—「4장 4절」 부분

이토록

찢어지고 있는

육시처참의 나는

　　　　　　　　　　　　　　—「백합, 백합, 백합」 부분

뜨거운

생의 배꼽 위에서

복상사

하는 것만이

내 꿈의 전부

　　　　　　　　　　　　　—「꿈의 전부」 부분

마음 놓고 상할 수도 없는 몸

　　　　　　　　　　　　　　—「거두절미」

『말라 죽은 앵두나무 아래 잠자는 저 여자』에서는,

절삭되면서

파쇄되면서
아무것도아닌것이되어가면서

　　　　　　　　　　　　　—「990412」 부분

그것은 그것의 주검을 두서없이
껴입는다

　　　　　　　　　　　　　—「그것은 이제」 부분

나는 내 시체를 뗏목 타고 표류 중이다.

　　　　　　　　　　　　　—「미얀마」 부분

　숱한 죽음의 이미지들은 시적 주체가 죽음을 살고 있는 자라는 사실을 여실히 보여 준다. 처음부터 생은 "창창한/肉切機의 세월"(「태어나 보니」, 1)을 기다리는 냉동 창고에 지나지 않았다. 이렇게 말할 수도 있겠다, 생은 "반쯤 뒈진 네가 네 시체보다 빨리 썩어 가고 있는 그곳"(「밥공기 속에서 검은」, 3)에 불과하다고. 이때 "토막 난 추억"과 "음탕한, 넝마"가 발산하는 부패의 냄새는 "오로지 썩는 것이 전부인 생"(「나는 참아 주었네」, 4)의 실존을 입증하는 유력한 증거가 된다. "아모르포팔루스"(「아직도 무엇이」, 4)가 발산하는 향기는 단연 압권이다. 무정형의(amorphos) 팔루스(phallus)인 꽃이 풍기는 것은 방향(芳香)이 아니라 시취(屍臭)이기 때문이다. 더욱 비참한 것은 역겨움을 종결할 역능으로서의 죽음이 '고도'처럼 도착하지 않는다는 사실이다. 그러한 비참이 "내 고기 썩는 냄새를, 나는 참아 주었네"라는 고뇌로 표현된다.(「나는 참아 주었네」, 4.) 비유컨대, 네 번째 시집 『요즘 우울하십니까?』의 "우울"의 끝에서 피어오르는 물음표("?")는 "오로지 썩는 것이 전부인 생"이 발산하는 시취라고 할 수 있겠다.

　기어코 시적 주체의 욕망에 대해 질문하지 않을 수 없게 되었다. 질문은 이렇다. 시취를 발산하는 자에게 타자와의 사랑은 "창창한/肉切機의 세월"을 견디는 생동이 될 수 있는가? 그러나 그것은 불가능하다. "오로지 썩는 것이 전부인 생"에서의 타자와의 사랑은 시간(屍姦)에 지나지 않기 때문이다. 상대방의 시취(屍臭)를 맡고 시즙(屍汁)을 맛봄으로써, 그/그녀는 "파묘(破墓) 자리를 떠도는 갈 데 없는 망령"이 되거나 "음산한 귀곡성(鬼哭聲)"(「그라베」, 2)이 될 뿐이다. 타자와의 사랑은 부패를 방지하는 방부제가 아니라 부패를 촉진하는 곰팡이처럼 보인다. 그렇다면, 다음과 같은 방식은 어떠한가?

　　그녀의 시는 〈욕망하는 기계〉라는 개념을 중심으로 기계와 인간의 동일시, 욕망의 흐름과 차단, 다시 계속되는 흐름을 노래하는 바, 욕망에는 무슨 의미, 말하자면 목표나 이유가 없다는 사실을 성적인 이미지를 통해 보여 준다. 그녀의 시에 나오는 성적 이미지는 외설스러운 것 같지만 그 외설은 삶의 의미 없음과 통한다는 게 내 생각이다.[7]

　이승훈의 통찰은 명쾌하다. "욕망하는 기계"의 욕망에는 아무런 "목표나 이유가 없다"는 것. 성적 이미지들은 성적 유희의 도구가 아니라는 점에서 그 어떤 성적 쾌락도 산출하지 못한다. 아니 외설의 빈도가 높아질수록 역으로 그것의 실감은 점점 약화된다는 점에서, 성적 이미지는 "삶의 의미 없음"의 강도를 증가시킨다. 이로써 우리는 성적 이미지들의 범람을 외설로부터 구제하여 생의 무의미에 안

---

7 이승훈, 「욕망이라는 이름의 고아」, 김언희, 『트렁크』, p.97.

착시킬 수 있게 된 것일까? 그런데 "삶의 의미 없음"이라는 "섬뜩한 항등식" 앞에서 생의 지체들이 남김없이 흩어질 수밖에 없는 것이라면, 대체 저 분주한 '문장들'은 무엇이란 말인가? 부단히 반복·변주되는 언술들의 열기를 '인생무상'이라는 강력한 냉기 속에 편입시키는 것은 쉬운 일이다. 그러나 이를 통해 우리가 얻게 되는 것이 입의 도살과 성기의 음란의 자동 반복적 행위의 무의미함이라면, 어떤 것으로도 변주될 수 있는 대동사 '하다'의 세목들을 나열하는 것은 도로에 그치고 말 것이다. 방점은 "삶의 의미 없음"이라는 기의 자체나, 무수한 기표들이 특정한 기의를 알레고리적으로 드러낸다는 사실에 찍혀서는 안 된다. "삶의 의미 없음"의 '의미 있음'을 드러내는 것이 핵심이 아니라는 말이다. 핵심은 "삶의 의미 없음"을 충분히 알고 있는 자가 왜 다시 기표의 도가니에 뛰어들어 그것의 기록에 충실한가를 이해하는 데 있다. 이것은 "삶의 의미 없음"이 '의미 없음'을 누설하기 위함인가? 아마도 이 문제는 "그것"(「그것을 누르면」 「아침마다 그것은」 「그것은 이제」, 2)의 실체를 규명하는 것과 무관치 않아 보인다.

아무도 없다 나는 우리도 없다 당신도 없다 그들도 없다 기다리는 시체조차 이제는 없다 얼룩조차 아주 곱게 잘 갈린 재조차 없다 해 질 녘이면 죽음이 피리 떼처럼 뒤채던 눈동자조차 어머니라는 춘화조차 이제는 없다 해골조차 없다 내가 죽는 만큼 태어나던 너조차 황산처럼 내 얼굴을 녹이던 네 눈길조차 없다 입에 짝 달라붙는 이 입밖에 혀에 짝 달라붙는 이 혀밖에 없다 식은땀밖에 시커멓게 젖어 드는 겨드랑이밖에 없다 송곳처럼 차가운 땀방울밖에 나는 아무도 없다 우리도 없다 당신도 없다 그들도 없다 희귀한 음란물 나조차 없다 심장 언저리에 벌어진 틈밖에 없다 벌어진 틈을 버팅기는 젓가락밖에 없다 어떻게 죽어도 죽은 만큼 살아남아 있는 어떻게 죽여도 죽인 만큼 살아남아 있는 미수 (未遂)밖에 없다 미수에 그치는 살처분밖에 없다 아무도 없다 나는 우리도 없다 당신도 없다 그들도 없다 죽은 개를 찔러 보는 쇠꼬챙이밖에 더 죽을 것도 없는 개를 찔러 보는 쇠꼬챙이 같은 기쁨밖에 없다 쥐씹 같은 쥐씹 같은 이 기쁨밖에 없다 피도 눈물도 없이 지저귀는 기계 이 기계밖에 없다

—「지저귀는 기계」(5) 전문

"아무도 없다 나는"이라고 말하면, 그것은 정말 아무것도 없는 것으로 생각해야 한다. "우리도 없다 당신도 없다 그들도 없다 희귀한 음란물 나조차 없다", 그리고 "어머니라는 춘화"도, 심지어 "기다리는 시체"와 "해골조차"도 없는 것이다. 어쩌면 죽거나 사라진 것에 대한 감정마저도 없는 듯하다. 이는 위의 시에서 쉼표도, 마침표도 없는 이유와 다르지 않다. 그런데, "없다"의 목록 속에 '있다'의 잔여물이 살짝 있다. "이 입" "이 혀" "식은땀" "겨드랑이" "땀방울" "틈" "젓가락" "미수(未遂)" "살처분" "쇠꼬챙이" "기쁨" "이 기계"는 그 세목들이다. 없는 것 가운데 기미를 드러내는 이 존재들은 서로 어떻게 연관되는가?

우선, "입에 짝 달라붙는 이 입"과 "혀에 짝 달라붙는 이 혀"가 누설하고 있는 겹쳐진 입과 혀에 주목해 보자. 겉보기와는 달리 "이 입"과 "이 혀"는 두 겹으로 되어 있다. 하나는 실제의 입과 혀이고, 다른 하나는 그곳에 공생하지만 실체를 확증할 수 없는 입과 혀이다. 전자는 "희귀한 음란물 나"의 잔여물이라는 점에서 음자(淫子)의 입과 혀라고 할 수 있다. 후자는 "희귀한 음란물 나"의 부재의 잔여물이라는 점에서 음자(陰子)의 입과 혀라고 할 수 있다. 전자는 생의 세계에, 후

자는 죽음의 세계에 귀속되지만, 양자는 하나의 구멍을 공유한다는 점에서 같다. 존재와 부재의 세계가 입과 혀를 맞대고 있는 형국이다.

"심장 언저리에 벌어진 틈"은 구멍의 또 다른 판본이다. "벌어진 틈을 버팅기는 젓가락"에서 낯선 것은 "젓가락"이지만, 절절한 것은 "버팅기는" 행위이다. 여기서 "벌어진 틈"은 입이고 그 구멍을 "버팅기는 젓가락"은 혀라는 유비가 성립된다면, "버팅기는" 행위의 안간힘은 생과 죽음 사이에 놓인 혀의 필사의 투쟁이라 할 만하다. 이것은 일단 구멍(틈과 입과 겨드랑이)이 닫히면 안 된다는 것을 암시한다. 구멍이 막힌 자가 대체 어떻게 중음(中陰)의 공포를 배설할 수 있겠는가? 더욱이 "식은땀"과 "땀방울"의 배출구인 "겨드랑이"마저 폐쇄되었다면, 몸의 유일한 구멍인 입에 걸린 하중은 가늠하기 어렵다. 입은 중음(中陰)의 세계가 배설되는 유일한 항문이자 시구문(屍口門)이다.

문제는 "이 혀"가 돔덴의 칼이 될 때 발생한다. 보다 엄밀히 말하자면, 그 칼끝이 돔덴 자신에게 향할 때이다. 자기의 천장(天葬)을 집도하는 돔덴은 죽은 자인가 산 자인가? 이런 천박한 질문을 통해 지금 우리가 대면하고자 하는 근본적 물음은 다음과 같다. '아버지'에 대한 배설은 그를 상징적 차원에서 '욕망의 화신'으로 만듦으로써 이루어지고, '어머니'에 대한 배설은 스스로를 실제의 차원에서 "개 같은 본성"으로 환원함으로써 이루어질 수 있다면, 실재의 차원에서 자기 자신에 대한 배설은 어떻게 가능할 것인가? 여기에 "어떻게 죽여도 죽인 만큼 살아남아 있는 미수(未遂)"의 역설이 있고, 발화하는 순간에 그대로 실패하고 마는 발화의 운명이 있다. 「문장들」의 마지막 두 마디는 이를 다음과 같이 발화하고 있다. "내 죽은 얼굴에 오줌을 싸는 문장, 내 죽은 얼굴에 칼질을 하는 문장". "내 죽은 얼굴"에 대한 모독과 훼손은 "미수"에 그칠 수밖에 없는 배설과 무두질의 역설을 있는 그대로 보여 준다. 이런 의미에서 "쇠꼬챙이"와 "벌어진 틈을 버팅기는 젓가락"과 "천 년 묵은 겸자"(「시, 추태(醜態) (3)」, 3)는 '죽음의 항등식'의 등호('=')로 향하는 한에서 다르지 않다. 이것이 '혀'와 '문장들'이 "한창 죽다가/나온"(「단 한 줄도 쓰지 않았다」, 5) "내 죽은 얼굴"을 배설하는, 칼질하는 방식이다.

만약 해체의 행위 속에서 "더 죽을 것도 없는 개를 찔러 보는 쇠꼬챙이 같은 기쁨"이 산출된다면, 그건 기괴한 것이 아니라 어쩔 수 없는 일이다. "기쁨"을 해체의 칼을 피해 살아남은 자의 기쁨으로 간주하는 것이 성급한 만큼, 그것을 죽음이 완료되었다는 것을 확인한 자의 기쁨으로 간주하는 것 역시 과도하다. 차라리 "기쁨"은 중음(中陰)의 세계를 살고 있는 자가 "나를 내지르는 힘의 충직한 방향과 속도"에 따라 죽음을 잉여 생산했을 때의 감정으로 봐야 한다. 한쪽에 외설을 발화하는 음자(淫子)의 입과 혀가 있고, 다른 한쪽에 징벌을 발화하는 음자(陰子)의 입과 혀가 있을 때, "기쁨"은 음자(淫子)의 쾌가 아니라 음자(陰子)의 입과 혀가 해체를 충직하게 이행할 때 나오는 잉여 감정이라는 말이다. 우리의 편견과는 달리, 김언희의 시에서 음자(淫子)의 쾌는 공포만을 산출할 뿐이다. 이는 공포와 "기쁨"이 배당되는 방식의 차이를 보여 준다. 즉 공포는 음자(淫子)의 입과 혀가 음자(陰子)의 그것을 덮을 때 생성되지만, "기쁨"은 후자가 전자를 덮을 때 생성된다. 음자(陰子)가 휘두르는 해체의 칼은 공포마저 해체하는 듯하다. 입속의 혀가 "입에 담을 수 없는 것"(「캐논 인페르노」, 5)을 지저귀는, "피도 눈물도 없이 지저귀는 기계"가 되는 것은 바로 이때이다. 따라서 우리에게 필요한 건 "쥐씹 같은 쥐씹 같은 이 기쁨" 속에서 죽음중음을 밀건하는 분석가의 눈이 아니라, 혀끝에서 발화되는 '공포와 기쁨의 이중주'를 동시에 알아채는 감상자의 귀이다.

4. 엑소도스(exodos): 끝나지 않는 마침표

시란 무엇인가? 그건 상스럽게 말하자면 "똥"(「오지게, 오지게」, 2)이고, 성스럽게 말하자면 "영혼"(「시」, 2)이다. 아버지와 어머니는 그 사이에 있다. 아버지는 구멍('ㅇ') 속으로 기어들어 가는 '어버지'가 되고, 어머니는 입('ㅁ')이 벌어진 '어버니'가 된다. 이로써 그들 '어버이'는 양순음 'ㅂ'이라는 중음(中音)을 공유한 자가 된다. '오빠'는 중음을 이중으로 갖고 있는 자이다. 그럼, 그것을 갖고 있지 않은 자는 누구인가? 그런 자는 없다. 다만 "혀 달린 비데"(「보고 싶은 오빠」, 5)에서 보듯, 중성모음 'ㅣ'가 중음 'ㅂ'을 건드리지 않는 자는 있다. 그가 시인이고, "윗입술과 아랫입술 사이"를 기는 "살아 꿈틀거리는 혼신(渾身)"(「양순음」, 5)이다. 시인이 "혀로 줄을 타는 어름사니"(「건질 수 없는 자」, 5)일 수밖에 없다면, 시가 "육절기(肉切機)로 썰어 넘기는//책장 한 장 한 장이 혓바닥"(「이 책」, 2)이라고 미리 말해 둔 것은 옳다.

이리하여 시는 해체하면서 해체되는 "혓바닥"의 발화가 된다. 「문장들」의 제일 끝에 매달린 갈고리 '쉼표'는 해체의 발화가 멈추지 않는다는 것을 암시한다. 그래서 『보고 싶은 오빠』의 마지막 시는 의미심장하다.

문장은 자석처럼 공포를 끌어당기고 공포는
쇳가루처럼 망막에 달라붙는데

나의 순교가
기교로
들통나는 이 밤, 끝끝내

기다린다 마침표는 문장의 끝에서

단두대 아래 놓인
바구니처럼

―「.」(5) 전문

돔덴의 "문장"이 끌어당기는 "공포"가 눈앞에 현시되는 광경을 목도하는 것은 "공포"마저도 능가하는 일이다. "공포"와 대면하고 있다는 것은 아직 죽음이 완료되지 않았음을 보여 주기 때문이다. 그리고 이때가 "나의 순교"가 "기교"로 추락하는 순간이다. 여기서 "絶望이 技巧를낳고 技巧때문에또絶望한다"[8]는 이상의 아포리즘을 떠올리는 건 이상한 일이 아니지만, "기교"가 재차 절망을 낳는 방식을 간과한다면 그보다 이상한 일도 없을 것이다. 그의 절망은 "기다린다"는 한마디로 완성된다. 여기서 "기다린다"가 기다리는 것이 "마침표"가 아니라는 것에 주의할 필요가 있다. 지연된 죽음의 완성을 기다리는 것은 차라리 "마침표"이다. 이것은 "마침표"가 이미 찍혔고, 그는 "마침표를 찍자/분수처럼 구더기가 솟구쳐 나온"(「뜻밖의 대답」, 3) 참혹한 광경을 대면한 자라는 것을 보여 준다. 기요틴의 "바구니"가 기다리는 것은 "문장의 끝"으로 굴러떨어질 "죽은 얼굴"이다.

0. 에필로그: 돔덴의 돔덴

에필로그는 끝이 아니다. 그것은 시작이다. 우리는 다시 프롤로그의 돔덴으로 돌아가야 한다.

---

[8] 이상, 「권두언」, 『시와 소설』 창간호, 1936.3, p.3.

하는 수가 없어 나는
나의 배를 가른다
가른 배를 마리나 앞에 열어 보인다 마리나는 토한다

하는 수가 없어 나는 나의 늑골을 톱질한다
섬벅섬벅 뛰는 심장을
꺼내

마리나의 손에 쥐여 준다 마리나는 기절한다

달은 여태 푸르고 마리나는 깨어나지 않고 여태 나는
살아 있다 등 뒤에서 목을
쳐 주기로 한

당신은

언제
오는가?

—「푸른 고백」(5) 전문

「푸른 고백」이 토해 내는 천장(天葬)의 광경은 처참하기 그지없다. 그 누가 "나의 배"를 가르고 "나의 늑골"을 톱질하는 광경을 보고 모골이 송연해지지 않을 수 있겠는가. 그러나 이것이 "하는 수가 없어" 벌어지는 일이라면, "새벽 세 시의 鳥葬"을 온전히 지켜본 자가 해야 할 일은 불안과 공포에 사로잡혀 돔덴의 무연한 손길을 제지하는 것이 아니다. 드러난 내장 앞에서 구토하거나 "섬벅섬벅 뛰는 심장"을 쥔 채 혼절하는 것은 더더욱 아니다. 그가 "등 뒤에서 목을/쳐 주기로 한" 자였음이 틀림없다면, 그가 해야 할 일은 한 가지이다. 천장의 에필로그는 "당신"에 의해 완성된다.

그러나! 티벳의 돔덴에게 돔덴은 없다. 그는 수장(水葬)될 뿐이다. 그렇다면 "푸른 고백"의 현장에서는 누가 "당신"이 될 것인가, 아니 누가 '돔덴의 돔덴'이 될 것인가? 단언컨대, '고도'와 같이 "왔다리 갔다리"(「일식(日蝕) #1」, 3) 하는 존재는 "당신"이 될 수 없다. 그의 무기는 거짓이다. "유식"으로 치장된 혀를 갖고 있는 자 역시 "당신"이 될 수 없다. 음(陰)의 세계를 발화하는 자에게 양(陽)의 시학을 들이대는 건 어울리지도 않거니와 추잡한 일이다. "이해하지 못하는 것은 이해해서는 안 되기 때문"이라면, "당신"은 틀림없이 시(時/詩)이다. 무연이라면 이 세상에 시와 같은 것도 없지 않은가. 그리하여 시(時)의 음경인 '해(日)'와 시(詩)의 음경인 '말(言)'에 웅크린 구멍(口)이 음문(陰間)에서 하나로 만날 때, 그는 필시 '문장들'에 의해 천장(天長)될 것이다.

제1부 실재, 타자, 서정, 그리고 언어

실재, 타자, 서정, 그리고 언어—2000년대 시의 세 개의 여울:
『문학들』, 2015.여름.

타자의 청색 편이와 섀도복서의 인파이팅: 『현대시학』, 2015.7.

아버지의 방정식과 아들의 방아쇠: 장석원, 『리듬』, 파란, 2016.

말의 춤과 사이의 감각: 『쓺』, 2016.가을.

오렌지 행성의 '사그라다 파밀리아': 이형기 문학제, 2013.5.

제2부 욕망의 스펙트럼과 상상의 도정

당신이란 이름의 비상구: 『현대시』, 2011.10.

'젊은 빠르끄'의 시선(視線)과 시간의 열병합: 『시와 환상』, 2011.12.

오르페우스적 여정: 이형기 문학제, 2012.5.

종말의 묵시록과 아포리아의 수사학:
『시를 사랑하는 사람들』, 2015.7-8.

Homo Homini Lupus: 『현대시』, 2014.9.

제5부 시적 언어의 벡터

'자유간접화법'과 텍스트의 주기율표: 『시작』, 2014.봄.

잃어버린 '단어'를 찾아서:

　유지소, 『이것은 바나나가 아니다』, 파란, 2016.

생의 미각과 맴도는 심경에서 건져 올린 한 편의 언어:

　이정원, 『꽃의 복화술』, 천년의시작, 2014.

상상 세계와 언어의 건축술: 『시를 사랑하는 사람들』, 2012.1-2.

내성의 문자와 전도된 나무: 『문학의 오늘』, 2015.봄.

시의 민낯, 무언의 자리에 핀 꽃: 『작가들』, 2014.가을.

제6부 나누어지지 않는 마음

척, 치, 책 그리고 샬레의 나머지들; 묵직함에 베이다:

　『시로 여는 세상』, 2014.여름.

입 없는 자의 살아남아야 할 권리; 곡옥의 눈과 잠복한 혀:

　『시로 여는 세상』, 2014.가을.

'괴물-되기'와 '언어의 탈' 쓰기: 『현대시』, 2016.1.

뜨거운 수학자의 노래와 차가운 이야기꾼의 시: 『포지션』, 2015.겨울.

알 수, 설명할 수, 이루 다 말할 수 없는 마음:

　『21세기문학』, 2015.여름.

시의 안에 들다: 『21세기문학』, 2015.가을.

0. 나를 내지르는 힘의 충직한 방향과 속도

돔덴(Domden)의 문장들:『계간 파란』, 2017.봄.